MW01609542

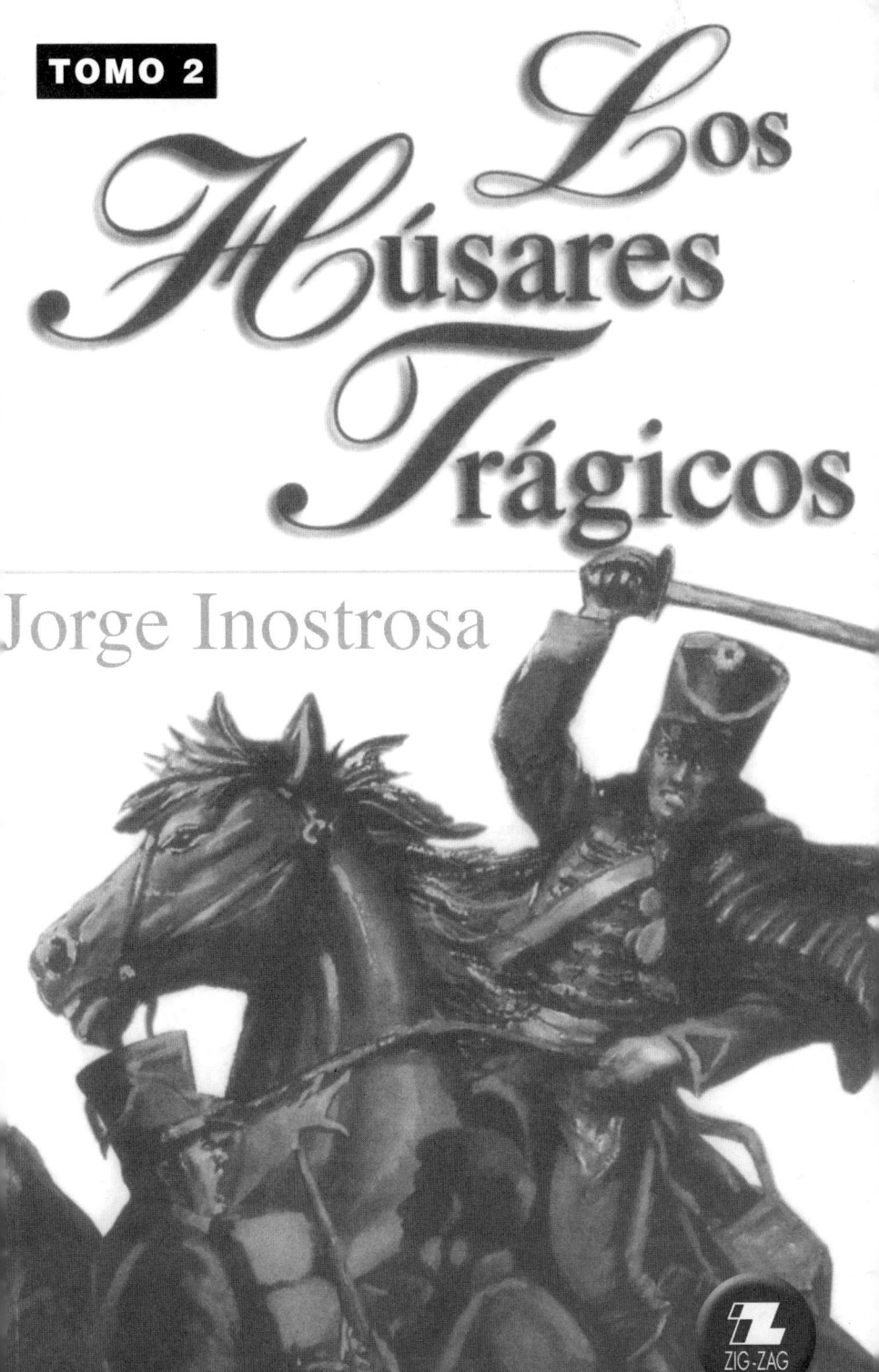

TOMO 2

Los Húsares Trágicos

Jorge Inostrosa

ZIG-ZAG

Obras de Jorge Inostrosa
disponibles en esta misma colección:

ADIOS AL SEPTIMO DE LINEA
(5 tomos)

¡SE LAS ECHO EL BUIN!
(1 tomo)

Ilustración de portada:
Rodolfo Paulus.

I.S.B.N. 3 tomos: 956-12-1448-2.
I.S.B.N. tomo 1: 9556-12-1449-0.
I.S.B.N. tomo 2: 9556-12-1450-4.
I.S.B.N. tomo 3: 9556-12-1451-2.
2ª edición: febrero de 2005.
3ª edición: abril de 2007.

Impreso por Maval.
San José 5862. San Miguel. Santiago de Chile.

*M*anuel Rodríguez vio entrar a Santiago a los miembros de la Junta de Gobierno en medio de vítores y sones marciales. Traían a Juan José Carrera en calidad de semiprisionero, pero lo dejaron en libertad en las puertas de la ciudad. Esa noche, en el Palacio de Gobierno, se dio la bienvenida a los tres vocales con un gran sarao, en el que predominaron los miembros más destacados de la familia Larraín.

Pero cercana la medianoche, cuando, entre danzas y mistelas, fray Joaquín Larraín y Antonio José de Irisarri habían agotado su elocuencia exaltando las acciones de los vocales, que aseguraban haber cerrado definitivamente el paso a los invasores, un suceso inesperado vino a desmentir brutalmente el motivo de tanto jolgorio. Fue la aparición súbita del teniente de milicias Feliciano Letelier, que llegaba a mata caballo desde Curicó. Había corrido cuarenta y nueve leguas en veinticuatro horas.

Su presencia en el gran salón de baile produjo el efecto de un apestado. Llegaba sucio de polvo, con el uniforme desordenado y los ojos hundidos en las órbitas. Hendiendo las elegantes hileras de bailarines, buscó a los miembros de la Junta, y, deteniéndose ante José Miguel Infante, le espetó con voz quebrada, pero hostil:

—¡Excelencia, Talca ha caído en poder de los realistas!

El estallido de un polvorazo no hubiera producido una conmoción mayor. Los hombres se arremolinaron en torno al miliciano exigiéndole odiosamente repetir su mensaje, como si se obstinaran en no darle crédito; las damas buscaron el amparo de sus maridos y sus padres, esbozando ademanes de fuga aterrorizada. La caída de Talca llevaba aparejado el avance inminente de los realistas sobre Santiago.

El teniente Letelier hablaba a gritos para hacerse oír de los tres vocales que lo rodeaban y a los que apretujaban los vecinos más autoritarios:

—Talca fue asaltada por los guerrilleros de Ildefonso Elorreaga —clamaba con rabiosa congoja—; y defendiéndola entregaron sus vidas con estéril heroísmo el teniente Carlos Alonso de Gamero y el coronel Carlos Spano. Fue una matanza horrible.

—Pero ¿cómo ha sido posible? —terció Irisarri, asaeteando con su mirada inquisidora a los tres vocales—. ¿Por qué las divisiones de

Mackenna y O'Higgins no apoyaron a las tropas de Spano? ¡Explíquenos, señor Infante! Usted mismo nos informaba hace unos instantes que las tres divisiones formaban un triángulo en el que quedaban encerradas las fuerzas realistas.

Presa de terrible confusión, el interpelado no hallaba una respuesta. Exigido por los concurrentes, trató de explicarse, balbuceando:

—Sí, sí, pero... la división de Mackenna está en Membrillar, al sur de Chillán, y la de O'Higgins, en Concepción.

Fray Joaquín Larraín infló su amplio pecho y abriéndose paso a codazos enfrentó a los vocales. Sus ojos ardían al preguntarles:

—Entonces..., ¿con qué fuerzas defendió Spano la ciudad de Talca, que era el baluarte decisivo en el paso a Santiago?

Eyzaguirre, Infante y el cura Cienfuegos se miraron entre ellos con mal disimulada angustia. El primero fue el único que se atrevió a responder, y en voz muy baja para ocultar la ambigüedad de sus palabras:

—Con..., con un batallón propio, señores.

El teniente Letelier se plantó ante él y lo contempló con desprecio y odio.

—¡Eso es falso! —proclamó—. El coronel Spano no tuvo para defender la ciudad más que setenta soldados y cuatro cañones pequeños, y esos soldados disponían apenas de veinte fusiles.

La voz acusadora del miliciano repercutió en el salón como si éste se hubiera quedado repentinamente vacío, y cuando Irisarri elevó la suya, ronca, lenta y apremiante, no se le perdió una sílaba.

—¿Es eso verdad, señor Infante?... ¿Pudo la Junta abandonar Talca y, conociendo la enorme importancia de ese punto estratégico, dejar en su defensa apenas setenta soldados?...

—Tenía... tenía trescientos —trató de justificarse el interrogado, pero el teniente Letelier lo rebatió al punto:

Cuarenta de los cuales, los mejor armados, vinieron escoltando a vuestras excelencias. Y el resto, por orden expresa de la Junta, tuvo que salir hacia el sur con los pertrechos que exigían las divisiones de los coroneles O'Higgins y Mackenna.

Nadie se atrevía a hablar. Parecía que cualquier palabra iba a desencadenar una borrasca. Durante largos segundos centenares de ojos se clavaron en los tres vocales y sus miradas ya no eran las mismas de antes; en ellas se reflejaba el repudio más enérgico. Una brutal acusación de Irisarri culminó la embarazosa escena:

—¡Señores Infante y Eyzaguirre, padre Cienfuegos…, ustedes tres condenaron a muerte al coronel Spano y abrieron a las tropas realistas el camino hacia la capital! ¡Grave, muy grave es vuestra culpa!

El escándalo alcanzó tales proporciones que desde ese momento fue inútil que los vocales trataran de hacerse oír. Los Larraín abandonaron el sarao en bloque y los demás invitados se escurrieron sin despedirse. Esa noche ardieron las candelas hasta avanzada la madrugada en las casonas principales; el presentimiento de una revuelta se sumaba al miedo de la llegada de los realistas, impidiendo el sueño de los santiaguinos.

En la casa de la calle de las Agustinas número 46, a la ansiedad de once meses de rogativas a Dios para que protegiera a los hermanos que estaban en la guerra se agregaba ahora otra angustia mayor. Casi simultáneamente con la noticia de la caída de Talca había llegado la que comunicaba la prisión de José Miguel y Luis Carrera. Doña Javiera se erguía una vez más, vibrante y pálida de furor, en defensa de los suyos. A su influjo, como en todos los momentos de apremio, se reunió a tempranas horas de la mañana toda la numerosa familia: primos, tíos y parientes más lejanos. En el estrado presidía, controlada y principal, la resuelta criolla. Por orden suya, los jóvenes Ureta habían salido a inquirir noticias sobre las consecuencias del escándalo habido la noche anterior; entretanto, los parientes más respetables discurrían planes para proteger las vidas seguramente amenazadas de los prisioneros en Chillán.

Juan José, más corpulento y bronceado por los meses de campaña, sugería que la Junta propusiera un canje de prisioneros al brigadier Gaínza; importantes jefes españoles estaban en poder de los patriotas. Pero doña Francisca Javiera rechazaba el recurso considerándolo absurdo. Según ella, sus hermanos estaban cautivos porque así lo habían deseado precisamente la Junta y el coronel O'Higgins; nadie podía sacarle esa convicción de la cabeza. Según ella, pedir ayuda a los vocales o al chillanejo era aumentar el peligro que se cernía sobre los prisioneros.

Discutían acaloradamente, cuando se abrió la puerta del salón y apareció en ella una figura conocida que se detuvo allí, inmóvil, con el sombrero en la mano, sin abrir los labios, como en espera de una reacción de los presentes. Su situación no era confortable. Juan José lo miró con ojos asombrados y duros, los demás se quedaron expectantes. Incluso doña Francisca Javiera no reaccionó de inmediato; tardó unos instantes en dominar la situación.

—Bienvenido, Manuel; entre —dijo por fin, comprendiendo cuánto habría tenido que vencerse Rodríguez antes de presentarse frente a los Carrera, de quienes estaba tan distanciado desde que llegara del sur.

El bachiller avanzó lentamente hasta el sillón de la que, sin ser la dueña de casa, se desempeñaba como tal en el hogar de su padre, y se inclinó cortésmente ante ella.

—Señora... —la saludó.

—No, no; con esa ceremonia no, Manuel. Si vuelve usted a esta casa debe ser como antes, como el amigo de toda la vida.

El ambiente glacial se anulaba. Rodríguez sonrió afectuosamente.

—Javierita, le traigo una información muy importante —dijo—.La Junta de Gobierno ha sido derrocada.

Todos los hombres de la familia se acercaron apresuradamente y rodearon al bachiller. Juan José lo atrapó de un hombro, olvidado ya de su frialdad anterior y lo volvió hacia él con la familiaridad de otros años.

—¿Qué estás diciendo, morocho? —le inquirió ansiosamente—¿Cayeron al fin esos viejos miserables?

Doña Francisca Javiera reclamó silencio alzando una mano y clavó en Rodríguez su mirada interrogante.

—Cuéntenos, Manuel.

—Los Larraín estuvieron reunidos durante toda la noche. Antonio José de Irisarri habló más que nunca y convenció a todos de que no podía seguir en el poder una Junta de Gobierno que había sacrificado a Spano y permitido, por estúpida negligencia, que se perdiera Talca. Esta mañana, los "ochocientos" que, como ustedes saben, constituyen la mayoría en el Cabildo, lo convocaron y, celebrando algo así como un cabildo abierto en plena Plaza de Armas, decidieron que el Gobierno debía quedar concentrado en las manos de un solo hombre, dada la situación apremiante del país.

—¿Y los vocales de la Junta qué actitud adoptaron? —quiso saber doña Francisca Javiera.

—Renunciaron, por cierto.

—¿Y cuál es o ha de ser ese hombre único que los reemplace?

—Don Francisco de la Lastra, gobernador de Valparaíso.

Diversas impresiones se reflejaron en los rostros de los presentes. Don Ignacio de la Carrera suspiró aliviado. De la Lastra era hermano del primer y difunto esposo de doña Francisca Javiera: mientras duró el

584

matrimonio de su hija se entendieron bien don Francisco y él. En cambio, Juan José torció el gesto; consideraba al coronel De la Lastra un presuntuoso, vano e inflado como un pavo real. Doña Francisca Javiera era quien mejor lo conocía. Entrecerró los párpados recordándolo y para esconder su pensamiento. Para ella, el coronel y sus pomposos ademanes cortesanos no encerraban sino a un intrigante, a un ambicioso de poder y, por añadidura, a un cobarde sin principios, capaz de traicionar hasta a sus seres más próximos. No dijo una sola palabra, para no chocar con la opinión de su padre. Este, con su natural bonhomía, consideraba todo solucionado.

—Llegando Pancho al poder lo haremos remover cielo y tierra hasta conseguir la libertad de "los niños" —decía, tranquilizado.

—Sí, es posible —le aceptó Rodríguez—, pero será preciso esperar algunos días. El coronel De la Lastra no podrá venir a hacerse cargo del Gobierno todavía y mientras tanto actuará como subrogante ese guatemalteco bullicioso, sobrino político de los Larraín.

—¡Mala suerte para la patria! —barbotó Juan José—. Con ese condenado Irisarri nada se hará de provecho y nosotros, menos que nadie, obtendremos cosa beneficiosa de él.

Doña Francisca Javiera hundió la cabeza entre las manos y se oprimió las sienes.

—Y, entretanto, José Miguel y Lucho pueden estar corriendo quizás qué peligros.

El presentimiento de la señora no podía ser más exacto. Justamente aquel día y a esa misma hora un oficial español, seguido por diez soldados, entró a la cárcel de Chillán y se hizo conducir a la celda donde se hallaban los tres prisioneros, acompañados ahora por el anciano Estanislao Portales, a quien también habían traído cautivo desde Penco.

Cuando la puerta del calabozo se abrió y entró el oficial, el general Carrera lanzó una mirada sobre el pelotón hostil y preguntó con calma:

—¿Qué significa esto, oficial? ¿Somos nosotros los enemigos a quienes piensan batir con tantos fusiles?

El aludido se detuvo a prudente distancia, pese a que los cautivos estaban aherrojados con grillos.

—Tengo orden de pasarlos por las armas si las tropas rebeldes que acampan en el Membrillar cruzan el Ñuble —dijo—. Y como acaban de prevenirme de que se están preparando para hacerlo, he venido a cumplir con lo que debo. De modo que salgan con nosotros.

Luis alzó la voz para protestar por el crimen que representaba fusilar a prisioneros de guerra, pero su hermano lo contuvo.

—¡Cálmate, Lucho! No les des en el gusto. Vamos.

Se pusieron de pie, imitados por el ordenanza Conde y el señor Portales. Pero el oficial, observando al anciano entorpecido por los grillos de fierro, lo atajó con insolente compasión:

—Tú no, viejo. Eres asunto aparte. Los demás, afuera.

Dos guardias se acercaron prestamente y, con movimientos que denotaban su experiencia en tal faena, les pasaron una cuerda por las muñecas dejando colgante un trozo de ella, el que anudaron a la parte anterior de los grilletes que les trababan los tobillos. Por primera vez los Carrera conocieron el sufrimiento y la humillación de movilizarse con aquellos pesados instrumentos de tortura. Alzando las manos levantaban un tanto los duros fierros para poder dar pasos cortos; mas, a pesar de esta precaución, las aristas les mordían la piel.

Salieron al patio de la cárcel. Pese a ser casi mediodía, la bruma opacaba la visión a escasos metros. Alcanzaron, sin embargo, a divisar dos postes recientemente enterrados en el suelo, destinados a servir de improvisado patíbulo. Frente a ellos, a una cincuentena de pasos, se observaba una formación de soldados y algunos jefes, irreconocibles entre la neblina.

Los soldados que los sacaron del calabozo los colocaron con las espaldas apoyadas contra los postes y fueron a ubicarse frente a ellos, a unos quince pasos de distancia, con los fusiles en descanso.

—Ten ánimo, mi pobre Lucho —susurró el general a su hermano.

—No lo pierdo, José Miguel —le respondió el joven artillero con una sonrisa desvaída.

En ese instante se les acercó un oficial y, crispado el rostro en una mueca cruel, se dirigió al general:

—A todos nos llega la hora de pagar nuestros crímenes, ¿no?

José Miguel lo miró de lleno al rostro y sus palabras cayeron como una sentencia:

—Comprenda entonces que pronto le llegará la suya.

—Me reconoce, ¿verdad?

—Nunca se debe olvidar el rostro de los villanos, para no darles la espalda.

El oficial apretó los dientes y pareció que iba a abofetear al inerme prisionero.

—¿Qué hizo usted con mi hermano? —le recordó rencorosamente.

—Lo mandé ahorcar en Concepción. ¿Y qué?... ¿Acaso no lo merecía?

El teniente Tirapegui, pasado al bando realista justamente a raíz de la ejecución de su hermano, retrocedió tambaleándose, y la voz le temblaba al tartajear:

—Pues, ahora voy a vengarlo doblemente fusilando a ustedes dos.

Carrera lanzó una carcajada seca e hiriente.

—Me parece bien. Yo habría hecho otro tanto —profirió, despectivo.

Tirapegui se alejó casi corriendo y tomó colocación junto al piquete de fusileros.

—¡Atención!... ¡Apunten!... —gritó, exasperado, y los diez soldados levantaron sus fusiles enfocándolos hacia los prisioneros.

—Adiós, José Miguel.

—Adiós, Luchito —se alcanzaron a decir los hermanos, y ambos se irguieron para recibir la muerte. Pero ésta no llegó.

Antes de que Tirapegui alcanzara a bajar su espada y dar la orden de fuego, una voz autoritaria se desprendió del grupo de jefes que observaba desde la distancia:

—¡Basta, basta! ¡Abajo los fusiles!

El brigadier Gabino Gaínza, identificable por su bicornio emplumado, se acercó a grandes pasos y se interpuso entre el piquete y los cautivos. Venía riendo con sádico solaz y sus ojos reflejaron verdadera admiración cuando se acercó a ellos.

—No se alarmen, señores Carrera —les expresó con acento frívolo—. Deseábamos solamente comprobar si en realidad eran ustedes tan valientes como los pregonan.

El general patriota movió la cabeza con apesadumbrada desaprobación. Una remembranza amarga acababa de cruzar por su mente.

—No lo felicito, brigadier Gaínza, porque me trae el triste recuerdo de cierta ocasión en que ordené un simulacro de fusilamiento contra un oficial adversario y enloqueció de miedo. Mi conciencia nunca se lo ha perdonado.

Había tal sinceridad en sus palabras, que el jefe español hizo un gesto de comprensión, y luego, con sus propias manos comenzó a desatar las muñecas del general, a tiempo que hacía señas a unos guardias para que liberaran también a Luis. En un minuto ambos cautivos estuvieron libres de toda traba y Gaínza sacó un paquete de cigarros toscanos liados con una cinta de cuero.

—¿Un cigarro, general?... ¿Fuma usted, coronel?

El brigadier realista era un hombre de bien y un militar caballeroso. Lo transparentaba su rostro mientras los tres exhalaban con fruición el humo de sus cigarros.

—Siento la tentación de mostrar a ustedes mis tropas de infantería —les declaró, al cabo de unos segundos—. Quiero que comparen y entiendan cuán poca vida queda a esa urdiembre de miserias y ambiciones que ustedes llaman patria.

—No necesito verlas, amigo mío —le replicó José Miguel, alzándose de hombros—. Sé que apenas alcanzan a cuatrocientos hombres.

Gaínza enarcó una ceja burlonamente, sin mostrarse, ofendido.

—Pues, sepa usted, el presuntuoso, qué cosas van a hacer esos cuatrocientos hombres —dijo, y comenzó a enumerarlas, señalando con un amplio movimiento de su brazo derecho hacia el noroeste—: Primero, destrozarán en las alturas del cerro El Quilo a la división que manda O'Higgins, que, según mis informes, intentará cruzar esta noche desde Concepción hasta Membrillar, para unirse con la división de Mackenna en un vano intento de cerrar el paso de mis tropas hacia la capital.

Carrera no pudo evitar un suspiro de alivio. Por fin se decidía el chillanejo a juntar las dos divisiones y tender una línea defensiva en el Maule. Se guardó de expresar su satisfacción. Por otra parte, el español proseguía alegremente, divertido de imaginar las maniobras que se estaban realizando:

—Corren los pobrecillos por los bosques con sigilo de conejos, esperanzados en deslizarse por entre mis puestos avanzados y reunirse en Membrillar. No sospechan que tengo allá a mi fiel guerrillero Barañao, parapetado tras el cerro El Quilo, esperando que los que pretenden sorprendernos sean sorprendidos. En seguida, atienda usted, general, de un revés aventaré la división de Mackenna. Y estando asentado ya firmemente en Talca, yo pregunto a usted, amigo mío: ¿quién impedirá que mis "pobres" cuatrocientos infantes, como usted los calcula, entren en Santiago y aplasten bajo sus botas a los insurrectos que han tenido la osadía de alzarse contra las armas de España? ¿Quién podrá detenerlos, general Carrera?

Reía en forma incontenible, echando hacia atrás la cabeza y chupando su cigarro, entre carcajadas.

Pero dentro del meditado plan del brigadier Gaínza no había sido contemplado un factor que, a veces, suele ser decisivo: el azar. Y éste fue el que salvó a las divisiones patriotas. Las tropas del guerrillero Barañao tenían orden de atacar sorpresivamente a O'Higgins cuando éste se acercara al cerro El Quilo, y los primeros disparos serían la señal para que la guerrilla de Urrejola flanqueara el cerro y cargara a la división patriota por un costado. Pero quiso el azar que los guías que conducían a Urrejola extraviaran el camino, y cuando Barañao comenzó a fusilar a las tropas de O'Higgins, condujeron a la guerrilla de refuerzo hacia el campo de Membrillar, donde estaba la división de Mackenna. La situación se invirtió.

Barañao se batió con denuedo durante tres cuartos de hora, esperando inútilmente el refuerzo y, al fin, abrumado por la superioridad numérica de las tropas de O'Higgins, tuvo que ceder el campo y retirarse dejando muchos muertos y heridos. El coronel patriota ocupó las posiciones de El Quilo, mientras, por su parte, Mackenna batía a las solitarias huestes de Urrejola. Al anochecer, cuando los realistas huían a la desbandada, pudo haberse decidido la guerra si Mackenna hubiera perseguido a los dispersos y avanzado sobre el cuartel general español, desguarnecido y en desconcierto. Pero el coronel patriota no logró saber el enorme daño infligido al ejército enemigo y, al igual que O'Higgins, se mantuvo inmóvil en su posición, dando tiempo a los realistas para recoger su armamento y reorganizar sus filas.

La sonrisa desdeñosa se apagó en los labios del brigadier Gaínza, pero pronto recuperó parte de su confianza. Pese al descalabro, había logrado salvar a más de trescientos de sus hombres y guardaba intacta la mejor de sus cartas: la avasalladora guerrilla del comandante Elorreaga, enseñoreada en Talca. Por otra parte, una proposición inesperada del general Carrera comenzó a hacer germinar en su cerebro un ardid sutil, que le traía a la memoria la sentencia de Maquiavelo: "Dividir para reinar". Carrera le había propuesto gestar la paz; él, prisionero e impotente, le ofrecía estudiar un tratado de paz. Parecía un absurdo, pero Gaínza sabía perfectamente qué gran fuerza tenían los Carrera en Santiago, a pesar de estar cautivos. Dejando madurar en su cerebro la idea que acababa de ocurrírsele, simultáneamente con dar la orden de que sus tropas se aprestaran a salir hacia Talca, se entrevistó con el general patriota.

—De modo que usted me propone la paz —fue lo primero que le dijo en cuanto estuvieron solos en el calabozo.

Carrera habló midiendo sus palabras. Había pedido estar sin testigos en aquel diálogo, porque iba a verse forzado a emplear un lenguaje contrario a su carácter.

—Miro por la felicidad de mi pueblo, brigadier Gaínza —comenzó—. Jamás pensé que llegaría el momento en que yo consideraría lo más atinado para salvar a mi patria proponer la paz a ustedes, los realistas.

—¿Y por qué me la propone ahora? ¿Cómo es que un patriota tan exaltado como usted quiere pactar con nosotros?

—Porque he llegado al convencimiento de que los chilenos no sabemos labrar nuestra propia felicidad, y porque, aun en el caso de vencerlos a ustedes, no podremos evitar una sangrienta revolución entre nosotros mismos. Las rivalidades son ya demasiado enconadas.

—En concreto, ¿cuál es su proposición, general Carrera?

—Que plantee usted, por intermedio mío y de mi hermano, un arreglo amistoso al Gobierno de Santiago; que nos deje en libertad y así nos permita influir sobre los gobernantes para que ese convenio de paz se realice.

Gaínza aprobó, inclinando la cabeza.

—Sí. Comprendo que si ustedes influyen, es posible llegar a la paz, e incluso conseguir que este reino vuelva al redil. Pero ¿cómo me garantiza que si los pongo en libertad no será simplemente para que comiencen a luchar de nuevo?

Carrera estuvo a punto de darle su palabra de honor en garantía, pero se contuvo a tiempo; él también estaba haciendo un doble juego. Guardó silencio, turbado, sin hallar qué responder, y fue el propio Gaínza quien vino a sacarlo de ese trance.

—Deberá usted hacerme su proposición por escrito —sugirió—. En otra forma yo no tendría cómo justificarme ante el virrey Abascal.

El general suspiró aliviado: un papel era fácil de recuperar y destruir.

—Está bien. Acepto —dijo.

Minutos más tarde, un oficial español tomaba al dictado su ofrecimiento y Carrera firmó al pie del pliego con su nombre abreviado y sin grado ni rúbrica. No imaginaba, sin embargo, la escena que habría de producirse en seguida. Tan pronto Gaínza tuvo el documento en su poder, se volvió hacia el oficial que lo escribiera y le pidió su pistola. Ante actitud tan inusitada, el jefe patriota entró en recelos:

—¿Qué significa esto, brigadier? —protestó.

Gaínza lanzó una carcajada a tiempo que retrocedía un paso.

—Que ha cometido usted un desliz, general; que este pliego firmado por usted, aceptando pactar con los realistas, puede tener un curioso valor más adelante.

Carrera palideció de furor y amagó abalanzarse contra él, pero el español levantó la pistola y se la apuntó al rostro.

—¿Pudo usted pensar que yo iba a ponerlo en libertad para arreglar una paz con los insurrectos de Santiago? —dijo fríamente—. ¿Cree que no estoy enterado de lo que dicen los papeles públicos de la capital? ¿Que no comprendo que, dado el rencor con que mira usted al actual Gobierno insurgente, nada conseguiríamos? ¡Oh no! Me considera usted demasiado cándido.

—Lo que lo considero es... un bellaco, brigadier.

Gaínza soportó el insulto con una larga inspiración y luego fue dejando escapar sonoramente el aire de sus pulmones.

—No castigaré su injuria, porque sé cómo me sentiría yo en su lugar. Pero en represalia a su insolencia voy a comunicarle una noticia que no le dará precisamente alegría. Asómese al ventanillo que cae sobre la plaza y dígame qué observa.

Carrera obedeció inquietamente, y lo que vio terminó de abrumarlo: una densa columna de tropas bien armadas y de carros con abundante bagaje empezaba a tomar el camino hacia el norte.

—Es mi división que marcha a juntarse con la guerrilla de Elorreaga en Talca —le aclaró innecesariamente Gaínza, agregando sin vanagloria, serenamente—: De ahí seguirán, sin que nadie pueda detenerlas, hasta Santiago.

José Miguel Carrera, silencioso, con la mirada cargada de tristeza, ni siquiera se apercibió de cuando el jefe español y su oficial abandonaron la celda. Lo único que sentía en esos momentos era una abrumadora impotencia pesando sobre su corazón. Esas tropas ascendiendo hacia el norte representaban la pérdida de la guerra. Los restos del ejército patriota estaban aislados en las cercanías de Concepción y derrotados en Talca. El brigadier Gaínza tenía la razón: nadie podía ya cerrarles el paso hacia Santiago.

Pero existía un hecho que tanto el jefe español como Carrera ignoraban: que el gobernador interino Antonio José de Irisarri había reclutado y armado a toda prisa a mil hombres, a los cuales enviaba ese mismo día en dirección a Talca. Su único posible error, impuesto, por otra parte, por los jefes del clan de los Larraín, había sido colocar al mando de ellos a un oficial de apenas veinticuatro años, Manuel Blanco Encalada, que no era militar sino marino, y cuya única experiencia en Chile había sido comandar la artillería de costa en Valparaíso.

Esta designación arbitraria, según el clan de los Carrera, pues atropellaba los legítimos derechos de Juan José, brigadier del Ejército, levantó una nueva ola de protestas en el vasto sector de la aristocracia santiaguina, compuesto por parientes y amigos de la poderosa familia.

Vanamente, en dos ocasiones, intentó el ofendido granadero entrevistarse con el gobernador suplente Irisarri. En ambas ocasiones el deudo de los Larraín esquivó recibirlo, adivinando con qué irritación el brigadier le reprocharía el menosprecio de su grado militar y el no haber hecho nada para canjear a sus hermanos por prisioneros realistas.

El 11 de marzo de 1814 almorzaban los Carrera en casa de don Ignacio, sumidos en hosco silencio, cuando se oyó en la lejanía el ruido inconfundible de un batallón en marcha. Se percibía el ruido de numerosos caballos y de carros rodando sobre el trozo de calle empedrada existente ante el Palacio del Consulado, a poco más de dos cuadras de distancia.

Don Ignacio dejó de comer y miró a Juan José, que se incorporaba extrañado, luego a su hija, y por último a su sobrino Francisco, que se abalanzaba hacia una de las ventanas que daban a la calle de las Agustinas, y abría uno de los postigos.

—¿Será que la división que partió hacia Talca ha decidido volver? —aventuró Juan José.

—Me alegraría que ese argentino Blanco Encalada hubiera sufrido un descalabro ante las fuerzas realistas —exclamó rencorosamente doña Francisca Javiera.

—No digas eso —le reprochó su padre—. Esa división es la última esperanza de Santiago. Si ella no consigue detener a los enemigos en Talca, éstos caerán sobre la indefensa capital.

—¡Alguien llega! —advirtió Francisco desde la ventana, y, efectivamente, se oyeron en ese instante las herraduras de un caballo redoblando sobre las losas del zaguán.

—Padre, permítame levantarme —solicitó Juan José—. Seguramente nos traen noticias.

Pero don Ignacio lo contuvo con ademán digno:

—Deja que el recién llegado venga hasta acá. Que nadie imagine que estamos viviendo en ascuas.

Afuera se oían voces, especialmente la del criado Cornejo, invitando al visitante a pasar, a tiempo que le recibía el caballo; después, unos pasos rápidos en el corredor enladrillado y casi en seguida se abrió la puerta del comedor. Manuel Rodríguez, sombrero en mano, pulcro y juvenil, se inclinaba vuelto hacia don Ignacio.

—Con su permiso, señor, y buen provecho. Buenas tardes a todos.

—Entra, muchacho.

Rodríguez se acercaba a estrechar la mano del dueño de casa, cuando Juan José lo interrogó ansiosamente:

—¿Te enteraste de qué tropas eran las que se oían en la calle?

—Las del flamante supremo director, don Francisco de la Lastra, que acaba de llegar de Valparaíso con la escolta más heterogénea.

—¡Llegó De la Lastra, por fin! —dejó escapar Juan José, pensando que, a pesar de la poca simpatía que existía entre ellos, podría obtener más de él que de Irisarri.

Ante la gravedad de sus auditores, Manuel reía como un jovenzuelo.

—Llegó, sí; pero déjenme contarles cual era su escolta.

—Soldados, supongo —tanteó doña Francisca Javiera.

—¡Y presidiarios, Javierita! —puntualizó jocosamente el bachiller—. Sí, no pongan esas caras. ¡Presidiarios! La columna que acaba de entrar presenta el aspecto más bizarro: trescientos milicianos de infantería; noventa y tantos soldados de línea y sesenta y dos presidiarios sacados de la isla de Juan Fernández. Todos ellos revueltos con mulas chúcaras que arrastraban veinticuatro cañones, que también trajeron del presidio isleño.

Rodríguez se paseaba por el comedor con aspavientos exageradamente parsimoniosos, inflaba los carrillos imitando las mejillas mofletudas del coronel De la Lastra, mientras describía la pomposa entrada que hiciera en la capital, jinete sobre un caballo blanco, con bicornio bordado en oro, y seguido por los patibularios individuos sacados del presidio.

—Señores —exclamó por último, engolando la voz—, desde este momento la salvaguardia del honor de los santiaguinos está en manos de esos exquisitos sujetos.

Sólo el primo Francisco, cínico por naturaleza, celebró la parodia con carcajadas; los demás permanecieron serios, especialmente doña Francisca Javiera, que bien conocía la debilidad de carácter que el coronel De la Lastra ocultaba bajo su actitud ostentosa.

—Quisiera saber cómo va a contener a esos hombres una vez que les entregue fusiles —comentó.

—Bueno, eso es asunto de él —terció don Ignacio, nerviosamente—. Lo que a nosotros nos interesa es que Pancho se preocupe de proponer a los realistas un canje inmediato de vuestros hermanos por prisioneros españoles. Decidamos cuál de nosotros va a hablarle.

—Si usted me lo permite, iré yo —propuso Juan José—. Poseo más grado que él en el Ejército y esa autoridad me ayudará a convencerlo.

—Tienes razón. Ve, hijo, y no demores en traernos su respuesta. Confío en que, por estar emparentado con nuestra familia, se dé prisa en auxiliar a "los niños".

El brigadier salió al momento acompañado por Manuel Rodríguez, dejando a don Ignacio con una sensación de alivio que lo hacía suspirar a cada instante. En cambio, doña Francisca Javiera estaba sombría. Un inexplicable presentimiento la dominaba. Sentía como si la fuerza de su familia hubiera terminado de agotarse con la prisión de José Miguel. Invadida por la depresión y la inquietud, prefirió no marcharse a su propia casa, donde la esperaban su marido y sus hijos, a quienes envió un propio advirtiéndoles que regresaría tarde, y se encerró en la antigua salita de estar de su madre, que se mantenía igual que cuando ella vivía. Allí esperó, inertes las manos, agitado el pensamiento. ¿Qué resultaría de la entrevista entre Juan José y el coronel De la Lastra?

Fueron pasando las horas de la tarde y su intranquilidad creció a medida que transcurrían. ¿Por qué no regresaba Juan José?

En un estado de tensa ansiedad la sorprendió la visita del cónsul Poinsett. Hacía tiempo que el norteamericano había desaparecido de las calles santiaguinas; su prestigio se derrumbaba paralelamente con el del general Carrera y prefería mantenerse recluido en su mansión o cumpliendo sus oficios de cónsul en Valparaíso. De modo que su inesperada aparición causó verdadera sorpresa a la señora y le trajo un sentimiento de alivio. Entre ambos siempre había existido una gran afinidad y una mutua admiración.

—Le agradezco que haya venido, Joel —le expresó con sinceridad la criolla—, llega usted precisamente en un momento en que necesito apoyo espiritual. La prolongación del cautiverio de José Miguel y Luis en

Chillán no me había causado tanta ansiedad como la demora de Juan José, que fue a entrevistarse con el coronel De la Lastra. Es el único que queda para defender a mi familia.

Poinsett suspiró profundamente y permaneció callado, gacha la cabeza por el desaliento. Por fin, acoplando valor, dijo:

—Es lamentable, Javierita; pero don Juan José tampoco va a poder seguir actuando.

La señora se puso lentamente de pie, con los ojos dilatados, fijos en el norteamericano.

—¿Qué le ha ocurrido a mi hermano?

—Lo tengo escondido en mi casa. Tuvo un gravísimo incidente con el señor De la Lastra. Como el Supremo Director se negara a iniciar tramitaciones para canjear a los hermanos de ustedes por prisioneros españoles, don Juan José lo insultó y estuvo a punto de golpearlo.

No fueron necesarias mayores explicaciones para que doña Francisca Javiera imaginara la escena consecuente: el iracundo brigadier dando un portazo y saliendo del Palacio a grandes zancadas, y luego, al coronel De la Lastra, repuesto del susto, llamando a gritos a la guardia y lanzándola en pos de su ofensor.

—Van a tener ustedes que discurrir un medio para sacarlo de Santiago rápidamente, porque lo buscan por todas partes —la previno el cónsul, quien, leyendo en la mirada de la señora un reproche por no seguir amparándolo en su casa, agregó—: Los hechos se encadenan desfavorablemente, para nuestra desgracia. ¡Cómo quisiera yo ayudarla! Pero hace una hora he recibido una información que me hace ver que yo también comienzo a estar en peligro. Usted sabe que mi profunda amistad con don José Miguel me ha malquistado con los actuales dirigentes del Ejército y del Gobierno; eso no me importaba porque tenía como respaldo a la fragata "Essex", de mi país, mandada por el comodoro Porter y anclada en Valparaíso. Pero ahora...

El ceño límpido de la criolla se trizó con una grieta de pesar ante la expresión abatida de su amigo.

—¿Le ha ocurrido algo a la fragata, Joel?

—Fue sorprendida en el puerto por los barcos ingleses "Phoebe" y "Cheru", mandados por el comodoro James Hillyar. Zozobró despedazada, después de una resistencia heroica. El comodoro Porter logró salvarse y hallar refugio en la hacienda Las Siete Hermanas, en Viña del

Mar. Allí ha permanecido una semana y sólo ahora consigue notificarme el desastre. El director De la Lastra estaba entonces en Valparaíso y se negó a auxiliarlo, prefiriendo inclinar su simpatía hacia el comodoro británico. En estos momentos Porter me llama para que lo ayude a embarcarse subrepticiamente en el "Essex Junior", otro barco norteamericano que merodea frente a la costa sin atreverse a entrar a puerto, por no correr la misma suerte ante las naves inglesas. Usted comprenderá que debo partir inmediatamente.

Ella asintió con una inclinación, y su mirada conmovida acarició al desalentado diplomático.

—Parta, querido amigo, y desentiéndase de nuestros problemas, que yo me encargaré de sacar a Juan José hacia la hacienda de mi padre.

Fue ahora el rostro de Poinsett el que manifestó preocupación.

—No, Javierita, no intervenga usted. Hay guardias vigilando en todas partes. Si ven salir caballos de esta casa los seguirán, apresarán a don Juan José en la mía y quizás usted misma sufra un grave disgusto. Debe recurrir a otra persona, a un amigo de confianza.

—¿Un amigo?... Solamente uno de los nuestros es capaz de arriesgarse en esta empresa y llevarla a feliz término: Manuel Rodríguez.

Poinsett afirmó con un gesto. Después, casi no hablaron. El norteamericano besó suavemente la diestra de doña Javiera y se retiró un tanto encorvado y con los brazos laxos.

La persecución desatada por el coronel De la Lastra contra el mayor de los Carrera repercutió en vano durante varios días en las calles de Santiago. Manuel Rodríguez, fiel a la amistad, había escamoteado astutamente al prófugo y lo dejó en seguridad en la hacienda San Miguel, en El Monte.

Pronto la urgencia de la situación reinante obligó al voluble jefe del Estado a encauzar su débil voluntad en otros sentidos. Ordenó que una comisión de eruditos redactara a toda prisa un Reglamento Constitucional para reemplazar a la Constitución del año 1812, firmada por Carrera, y sólo cuando aquél estuvo listo comenzó a preocuparse de la marcha de la guerra. Mientras la división de mil hombres mandada por Blanco Encalada descendía hacia Talca, formó un nuevo cuerpo con los elementos que trajo de Valparaíso, incluso los presidiarios de la isla de Juan Fernández y, colocándolo bajo las órdenes del teniente coronel argentino Santiago Carrera, lo apostó en la Angostura de Paine.

Ninguna noticia se tenía de las divisiones de O'Higgins y Mackenna, y menos de las fuerzas que el brigadier Gaínza parapetaba en Chillán, pero continuos rumores provenientes del sur aseguraban que la guerra se acercaba a la capital.

Por su parte, el general Carrera se atormentaba en la cárcel de Chillán por igual ignorancia de los movimientos de las divisiones patriotas, con el agravante de que él sabía que las tropas realistas habían partido ya hacía Talca, confiadas en llegar sin tropiezos hasta Santiago. Hora tras hora, a medida que corrían los últimos días de marzo, el prisionero se paseaba impotente en el reducido espacio de su celda. Así llegó el crepúsculo del día 27, en que se abrió inesperadamente la puerta del calabozo y un guardia susurró hacia el interior:

—¡Silencio, señores! No hagan manifestación de ninguna especie.

Ante el asombro de los prisioneros, entraron en el penumbroso recinto dos mujeres, que traían los rostros escondidos en espesos rebozos.

—Retírese, guardia, y espere afuera —dijo la que iba adelante, y apenas la puerta volvió a cerrarse dejó deslizar su mantón sobre los hombros, descubriendo su semblante.

—¿Me reconoce usted, don José Miguel? —preguntó al general, enfrentándolo.

Este se inclinó hacia ella aguzando la mirada y tratando de ubicar esa voz entre sus recuerdos.

—Excúseme, señora, pero la escasez de la luz... —De pronto, su memoria retrocedió de un salto muchos años atrás al contemplar los rasgos principales del rostro que tenía frente a sí: los ojos oscuros y aterciopelados, la nariz pequeña y sensitiva, los labios carnosos, la barbilla redondeada y con un inolvidable hoyuelo en el centro.

—¡Doña María Loayza! —dejó escapar en un murmullo.

La había conocido en Lima hacía alrededor de diez años, cuando su padre lo mandó al Perú para ponerlo a salvo de la justicia, que lo requería por un desventurado episodio de su turbulenta juventud. Entonces él tenía diecinueve años y ella tal vez veintidós, lo que no fue impedimento para que se trenzara entre ambos un fugaz romance, amorío tortuoso dadas su condición de proscrito y las convenciones sociales. No obstante los años transcurridos, el recuerdo venía tumultuosamente a su cerebro.

—¡María!... ¿Tú aquí?... —musitó, atónito—. ¿Quién hubiera podido imaginar en aquellas tardes limeñas que habríamos de volver a encontrarnos en esta...?

La señora extendió una mano frente al rostro del general, interrumpiéndolo.

—Han pasado muchos años, general —lo reconvino con suavidad, y señalando a su acompañante que, quitado el rebozo, mostraba un rostro juvenil y encantadoramente atractivo, añadió—: Quizás usted recuerde a mi hija Marcela. Era una pequeñuela entonces.

José Miguel se inclinó ante la jovencita, sonriendo para sí, mientras la señora se dirigía a su hija:

—Ya has cumplido tu antojo de conocer al general Carrera, de quien tanto hemos hablado.

—Servidora —musitó con mucha gracia la aludida, y como mirara hacia Luis, que se mantenía un paso detrás de su hermano, el general reparó en que se había olvidado de él.

—Perdónenme mi distracción, obra de lo imprevista que es la visita de ustedes. Les presento a mi hermano Luis.

El joven artillero se puso a la par de su hermano e hizo una profunda reverencia a las damas. Cuando se enderezó, la mirada de la señora Loayza estaba fija en su rostro.

—Un poco más joven que este niño era usted, general, cuando lo conocí. Yo estaba viuda aún en esa época —agregó, como excusándose ante su hija por el acento emotivo de su voz.

—¿Acaso volvió a casarse?

—Sí. Mi marido es el actual intendente del ejército realista acantonado en Chillán. Usted debe haberlo oído nombrar: don Matías de la Fuente.

El general hizo un gesto de afirmación y de asombro al mismo tiempo.

—¿Y cómo es que su marido le ha permitido venir hasta acá?

Madre e hija se miraron e intercambiaron una sonrisa maliciosa.

—El no se encuentra en Chillán —aclaró la primera—. Partió hace varios días con el padre Almirall, para apoderarse de Talcahuano y Concepción.

El recuerdo de la guerra borró de un soplo las sonrientes sensaciones de Carrera, volviéndolo a la cruda realidad.

—¿Y lo lograron? —preguntó.

—Sí.

—¿Y dónde estaban las divisiones de O'Higgins y Mackenna, que no fueron capaces de rechazarlos? —exclamó incontenerablemente el general.

—Habían abandonado esas ciudades, dejándolas defendidas por el teniente coronel Diego José Benavente y unos doscientos soldados.

—¡Perdidas también Concepción y Talcahuano! Ya no falta sino Santiago —musitó José Miguel, amargamente, y comprobó con sorpresa que la señora seguía proporcionándole antecedentes que él no le solicitaba, como si la guiara un propósito determinado.

—Los coroneles O'Higgins y Mackenna pasaron anoche con sus divisiones flanqueando Chillán, en marcha forzada hacia el norte.

Carrera exhaló un suspiro de alivio. Eso representaba una esperanza, la que fue corroborada por la señora Loayza.

—Así se supo hoy al mediodía en Chillán, y se enviaron mensajeros al brigadier Gaínza para comunicarle que las fuerzas patriotas se apresuran por los faldeos cordilleranos con el propósito de interponerse en la ruta hacia Santiago.

Conversaron todavía unos minutos más, pero la disposición de ánimo del general ya no era la misma. Escuchaba casi sin oír las frases de la señora, respondiéndole con corteses monosílabos, pero su mente estaba lejos; calculaba las posibilidades de O'Higgins y Mackenna, las distancias que podrían haber recorrido ya, los obstáculos que probablemente encontrarían en la ruta del faldeo cordillerano.

Percatándose la señora de su ausencia, puso fin a la entrevista. Los dos cautivos, imposibilitados por los grilletes de acompañarlas hasta la puerta de la celda, se inclinaron ante ellas. Doña María musitó entonces al general:

—En memoria de ese otro tiempo diferente en que nos conocimos, seguiré preocupándome de ustedes. Volveremos a vernos, general.

José Miguel asintió en silencio, y las dos damas abandonaron el calabozo. Luis se sentó en el borde de su camastro y contempló los grilletes que le aherrojaban los pies, avergonzado de su situación; en cambio, su hermano permaneció de pie, vuelto hacia el estrecho ventanillo que se abría sobre la plaza. Seguía pensando en O'Higgins y en Mackenna.

Esa noche, el coronel chillanejo pasaba con sus tropas a dos leguas de San Carlos, por el oriente. Pese a que sus exploradores le informaron que en ese lugar pernoctaba un destacamento realista de solamente setecientos hombres, no se detuvo. Su idea fija era cruzar el Maule antes que el grueso del ejército enemigo y cortarle el camino a la capital en Talca o poco más allá. Había enviado a uno de sus ordenanzas, el viejo Soto, con una nota para el teniente coronel Blanco Encalada, que debía venir descendiendo hacia Talca, ordenándole rehuir toda batalla formal con las guerrillas apostadas en esa ciudad, limitándose sólo a escaramuzas destinadas a entorpecer el avance realista hacia el norte. Sin el refuerzo de los mil soldados y las milicias que Blanco pudiera haber reclutado en su camino, toda posibilidad de éxito se desvanecía. La división de Mackenna y la suya, solas, quedaban en gran desventaja ante el ejército realista. Pero la esperanza de reforzarse con las tropas de Blanco Encalada no tardó en esfumarse.

Al amanecer del día siguiente, cuando dejado atrás Parral permitía un descanso a su extenuada columna en un vado del río Longaví, irrumpió entre la masa de hombres el ordenanza Soto, quien traía cruzado sobre el arzón de su montura el cuerpo de un herido. Era un soldado realista y llegaba en estado casi agónico. Soto había logrado sonsacarle algunas declaraciones en el momento de recogerlo en un campo cercano a Talca. Se trataba de un desertor, al que habían baleado las propias avanzadas del brigadier Gaínza. La información que proporcionó a Soto y éste a O'Higgins echaba por tierra todas las esperanzas de los patriotas. El teniente coronel Blanco Encalada había arriesgado sus tropas en una batalla contra la guerrilla de Angel Calvo, sin reparar en que ésta venía respaldada por las guerrillas de Olate y Lantaño. La lucha se inició en el llano de Cancha Rayada, y como viera Blanco Encalada que sus enemigos iban aumentando en forma gradual, emprendió la retirada precipitadamente, factor que aprovecharon los guerrilleros para irle acuchillando los hombres por la espalda. Su vacilante iniciativa terminó, en consecuencia, en un desastre. Sus carros con víveres, pertrechos y municiones quedaron en poder del enemigo, así como también trescientos soldados.

O'Higgins se tornó cárdeno de furor; a gritos proclamó que sometería a Consejo de Guerra a Blanco, si lograba ponerle la mano encima. Luego, exasperado y ciego a todo raciocinio, obligó a sus hombres a reemprender la marcha. Pretendía realizar un intento desesperado: cruzar el Maule por el vado de Queri, ubicado dos leguas y media más al oriente que el de Duao, al que probablemente todavía no habrían alcanzado a llegar los realistas.

—¿Y si no podemos cruzarlo antes que ellos, don Bernardo? —le inquirió con aire inquieto el coronel Mackenna, en el momento de reanudar la marcha. A lo que respondió O'Higgins, con mirada turbia:

—¡Entonces nos embromamos, qué condenación! Pero cuando menos habremos hecho un último esfuerzo por interceptarles el paso hacia la capital.

Fue aquélla una marcha de pesadilla. Las divisiones, abrumadas por la fatiga, lograron adelantarse a los realistas y entrar al torrentoso vado de Queri, pero en la arena blanda y entre las piedras quedaron atascados muchos de sus carros y cañones. Luego vino la lucha contra las guerrillas movedizas de Calvo, Lantaño y Olate, que les cerraban el paso hacia Talca y que les hostigaban sin tregua, con el propósito de dar tiempo a las tropas de Gaínza para atacarlas por la retaguardia. O'Higgins se vio forzado a salvar a su desordenada columna conduciéndola a la carrera hasta la hacienda Quechereguas, de don Juan Manuel Cruz, en donde los batallones se parapetaron.

Pero el esfuerzo que exigió a sus hombres había sido excesivo, y el batallón argentino Auxiliares de Buenos Aires comenzó a dar muestras de insubordinación. Su propio comandante, el coronel Marcos Balcarce, tuvo una violenta disputa con O'Higgins, tras la cual dejó el batallón a cargo del comandante Juan Gregorio Las Heras, y se marchó a Santiago, barbotando injurias contra los jefes chilenos que habían llevado a sus infantes a tan triste situación. La travesía que realizó en seguida por el estribo de la cordillera terminó de agriar su carácter, y cuando llegó a Santiago, sus declaraciones públicas sobre el desastre de las armas patriotas introdujeron el pánico entre los santiaguinos. Las familias comenzaron a huir, cargando solamente lo más indispensable para la subsistencia, y los vecinos principales presionaron al director De la Lastra exigiéndole una solución. Este, perdida también la entereza, envió un mensajero al coronel Mackenna, reclamándole con urgencia que acudiera a Santiago.

El 10 de abril, mientras las iglesias llamaban a novenas a las mujeres empavorecidas y los corrillos se agitaban tumultuosamente en la plaza y en los portales, entró al despacho del director el coronel Mackenna. Venía andrajoso y sucio, como si saliera de una mazmorra.

El coronel De la Lastra se desplomó en su sillón y resopló aliviado al verlo.

—No imagina usted qué descanso me trae, coronel —le confesó.

—He galopado todo el día tratando de imaginar el objetivo de su llamado tan urgente, excelencia —le expresó, ansiosamente Mackenna—. Y no acierta a caber en mi cerebro nada más que una razón que lo justifique.

—Exactamente, coronel —lo interrumpió De la Lastra—. No hay más que una. Razón que probablemente me cubrirá de aprobio, pero que es el único remedio que veo a este desastroso conflicto.

Mackenna se enderezó penosamente, y miró a su interlocutor al fondo de los ojos. No habló al momento, sino que dejó pasar unos segundos antes de preguntar en voz muy baja:

—¿La paz?...

De la Lastra tragó saliva y hurtó la mirada.

—O la rendición —exclamó casi en un sollozo, y ante el relampagueo de las pupilas del militar, se levantó apoyándose en su escritorio y trató de justificarse atropelladamente—: Por favor, coronel, no me mire usted así .¿O cree que mi permanencia en el poder ha sido un lecho de rosas?

—¿Lo ha sido la nuestra allá en los campos de batalla?

Cuando menos ustedes han peleado, han tenido desahogo en el aturdimiento de la lucha. En cambio, yo he permanecido aquí, impotente, contemplando cómo todo se venía abajo.

—Todavía es tiempo de salvar la independencia —porfió Mackenna—. Nuestras tropas pueden resistir en Quechereguas.

El director se agitó presa de un rapto de nervios, manoteando en el aire.

—¡Todo es inútil! Malamente hemos resistido mientras España tenía sus manos ocupadas en derrotar al invasor Bonaparte. Pero ahora los franceses están siendo expulsados de la Península. La alianza de España con Inglaterra ha traído como resultado que el duque de Wellington los derrotara en Vitoria, en Roncesvalles, en Bazán. Las tropas del corso apenas se mantienen en Barcelona y Figueras. Dentro de muy poco tiempo también serán arrojadas de allí. Entonces volverá a ocupar el trono Fernando VII y sus ejércitos saltarán a América para recuperar las colonias perdidas.

—¡Uniremos a todos los países que luchan por su independencia!

—No diga ingenuidades, coronel Mackenna. Los argentinos han sido despedazados por las tropas del virrey Abascal en el Alto Perú, y en casi todos los países del norte la revolución ha sido aplastada. —El director calló, agotado por el esfuerzo que exigía a su pusilanimidad, y terminó de derrumbarse al proclamar—: Voy a pedir la paz al brigadier Gaínza.

El resto de la confesión del director, pues era una confesión dolorosa, musitada con la cabeza gacha, la escuchó Mackenna anonadado. En Valparaíso se hallaba el comodoro británico James Hillyar, quien había recibido el encargo del virrey Abascal de actuar como mediador entre el virreinato y los patriotas chilenos. Después de rendir a la fragata norteamericana "Essex", había enviado una nota al director De la Lastra proponiéndole arreglar las condiciones de paz con el brigadier Gaínza, entre las cuales la principal era el reconocimiento de Fernando VII como soberano legítimo de Chile y el retorno a la dependencia absoluta de España.

Pero ni siquiera aquel paso denigrante lo daba el coronel De la Lastra con sinceridad. Su mente tortuosa había concebido una estratagema basada en el engaño, que él juzgaba de astuta política, sin detenerse a considerar que los españoles jamás caerían en ella. Pretendía conseguir un año de tregua, mediante un tratado de paz, para reorganizar el Ejército durante ese lapso e intentar después nuevamente la consecución de la independencia.

Mackenna no lograba entenderlo; en el fondo, no quería entenderlo. La actitud del director repugnaba a todos sus principios.

—Piensa usted firmar un tratado de paz aceptando cualquiera condición y al mismo tiempo insiste en luchar por la independencia. ¿Cómo concilia ambas cosas?

—Firmando el tratado, obteniendo mediante él una tregua, y luego...

—¿No cumpliéndolo?...

—¡No cumpliéndolo! Sí, coronel; aunque usted me mire con esa expresión. ¡No cumpliéndolo!

Pero la artimaña de don Francisco de la Lastra no encontró buena acogida en el Senado. Antonio José de Irisarri, asesor del Gobierno, usando igual mala fe que el director, consiguió que la corporación aprobara un proyecto de tratado compuesto de un preámbulo y ocho artículos. El primero estaba destinado a descargar sobre los Carrera toda la presunta culpabilidad por los intentos de independencia, y los ocho artículos a reconocer la soberanía de Fernando VII, admitir la reincorporación de Chile a las colonias de España y proponer el envío de diputados a la

Península, para que concertaran con la Corona la solución de los problemas existentes entre el virrey del Perú y el Gobierno de Chile. Pero mientras los diputados resolvían el asunto con el rey o con las Cortes, el Gobierno patriota continuaría desempeñando sus funciones con todas sus facultades hasta el momento de la decisión final.

En estas circunstancias, el 25 de abril, llegaba el comodoro Hillyar a Quechereguas, y al día siguiente entraba a Talca para cumplir su misión de mediador.

Las primeras noticias sobre el tratado de paz las recibió el general Carrera el 1° de mayo en la tarde. A la hora del crepúsculo, como todos los días, se presentó en el calabozo doña María Loayza, con el rostro velado por su mantilla y, tan pronto el guardia sobornado por ella cerró la puerta a su espalda, se acercó con vehemencia al cautivo.

—Mi apreciado José Miguel, traigo a ustedes una maravillosa noticia — le expresó con la mirada brillante—. Se trata de la libertad.

—¿Nuestra libertad? —Carrera la observó asombrado, y luego enarcó las cejas con recelo—. ¿Concedida por mano de quién?...

—De un tratado de paz que firmarán en estos días los jefes patriotas con el brigadier Gaínza.

La señora Loayza hablaba con entusiasmo febril, respondiendo atropelladamente a las escuetas preguntas que intercalaban tanto el general como su hermano. Explicó que no se llegaba a ese pacto como consecuencia de una victoria de los realistas, sino que había sido solicitado por el Gobierno de Chile y que la proposición era manejada en esos instantes por un comodoro británico. Pero cuando explicó que el tratado implicaba el reconocimiento de Fernando VII como soberano y el reingreso de Chile al área colonial española, José Miguel Carrera la interrumpió con un ademán violento.

—¡Eso representa renunciar a la libertad! ¿Cómo pueden ser tan cobardes los actuales gobernantes que se proponen matar en forma ruin la independencia, que se resignan a dar por perdidos todos los sacrificios, las vidas inmoladas por esta causa?

—No renuncian totalmente a la lucha, general; imponen condiciones antes de aceptar la paz —le rebatió la señora, apasionadamente—. Y una de ellas es que el Gobierno patriota conserve la misma autoridad que tiene hasta que los diputados enviados a las Cortes resuelvan con el soberano qué gobierno ha de darse a Chile.

Carrera se quedó mirándola perplejo. Luego, en sus labios fue marcándose una sonrisa que terminó por convertirse en una estentórea carcajada.

—¿Y han podido De la Lastra, O'Higgins y Mackenna imaginar que el brigadier Gaínza va a aceptar esa condición? Antes de que los diputados y el rey lleguen a una resolución pasarían sobradamente dos años. ¿Han creído esos señores que podrán hacer comulgar con esa rueda de carreta al virrey Abascal?

Reía con tal mordacidad que doña María Loayza se sintió avergonzada y molesta.

—No me interesan las implicaciones políticas que pueda encerrar ese tratado de paz —expresó, intentando dominar su turbación. Lo único que veo en él, y que deben ver ustedes, es que en sus artículos se contempla el canje inmediato de los prisioneros y que, gracias a esta circunstancia, podrán ustedes recobrar la libertad.

El aire contrito con que habló la señora hizo ver al general cuán descomedida había sido su actitud, y trató de justificarse. No concebía que el brigadier Gaínza aceptara firmar un tratado de paz que, de acuerdo con la lógica más elemental, el virrey tendría que rechazar, dado que las fuerzas realistas eran enormemente superiores a las patriotas, y fácilmente entrarían a Santiago.

—Se equivoca usted —le rebatió doña María—. El brigadier Gaínza ha escrito a mi marido revelándole que la toma de Concepción y Talcahuano, realizada por la división que él se llevó, ha tenido repercusiones desastrosas en el ejército realista que está en Talca.

—No me imagino por qué.

—Porque la mayor parte de los reclutas que lo forman pertenecen a esas ciudades; y ellos, al saber que éstas han sido recuperadas por las armas reales, se han apresurado a desertar para regresar a sus hogares. Les importa un ardite la guerra. Fueron enganchados casi a la fuerza. No se sienten ligados a sus jefes, ni enemigos o siquiera diferentes de los soldados del bando contrario. Lo único que vale ante sus ojos es la casa que dejaron abandonada, la esposa, los hijos... Y como casi todos ellos eran propietarios de los caballos que montaban, han privado también al ejército del brigadier Gaínza de sus medios de movilización y arrastre. La opinión de mi esposo, como intendente del Ejército, es que los efectivos del brigadier son actualmente tan inferiores a los que poseen los patriotas, que no sólo no podrían avanzar sobre Santiago, sino que serían derrotados en Talca si el coronel O'Higgins los atacara. Esta es la verdadera causa por la cual el señor Gaínza va a firmar el tratado de paz. ¿Me entiende usted ahora?

Carrera inclinó repetidamente la cabeza. Comprendía que el debilitamiento de sus fuerzas impeliera a Gaínza a buscar la paz, pero al mismo tiempo la información le hacía ver otro aspecto de los hechos. Quechereguas y Talca eran puntos muy próximos, y en esa última ciudad existían muchos patriotas que necesariamente tenían que haber informado a O'Higgins del trance porque atravesaba el ejército realista. ¿Cómo se explicaba entonces que, conociendo el chillanejo su superioridad militar, se avenía a firmar un tratado que sepultaba todos los principios de la revolución, que volvía a colocar el yugo español sobre el cuello del país?

Absorto en encontradas conjeturas, sin conseguir dar una respuesta a su interrogante, permaneció como ausente durante todo el resto de la visita de la señora Loayza, y aún después de que ella se hubo marchado siguió sumergido en tan arduas cavilaciones que esa noche sólo pudo dormirse a horas muy avanzadas.

En la mañana del 3 de mayo el frío sol de invierno alumbraba un cobertizo de tablones y techumbres de ramas improvisadas en una de las márgenes del río Lircay. Dos pequeños grupos de jinetes avanzaron uno al encuentro del otro, desde el sur y el norte, hasta que se juntaron frente a la choza de artificio. El destacamento proveniente del sur escoltaba a un birlocho en que viajaba el comodoro James Hillyar, quien presidiría la conferencia que iba a realizarse entre los jefes realistas y patriotas. Tras él venía el brigadier Gaínza, envuelto en un grueso capote decorado con botones dorados y cubierto con un bicornio guarnecido de piel. Lo acompañaban su asesor letrado, José Antonio Rodríguez Aldea, y el capitán Matías Tirapegui, que actuaría de secretario.

Bernardo O'Higgins llegaba enrojecido por la fiebre que lo atenazaba desde hacía varios días, y cubierto por un tosco capote oscuro sin ningún distintivo de su jerarquía. Una bufanda de fabricación casera le abrigaba el cuello y la mitad inferior del rostro. Lo escoltaban Juan Mackenna, recientemente ascendido a brigadier, y el abogado Jaime Zudáñez.

El comodoro Hillyar, imponente en su uniforme de marino británico, cruzó por entre los dos grupos, seguido por su intérprete, Juan Diego

Barnard. Cuando ambos hubieron entrado a la choza, los componentes de los dos bandos se hicieron una leve reverencia y O'Higgins cedió el paso a los realistas.

La conferencia, iniciada a las diez de la mañana, pronto se convirtió en un duelo verbal entre los abogados Zudáñez y Rodríguez Aldea, el que se prolongó hasta las seis de la tarde. A esa hora se pudo llegar, por fin, a un acuerdo sobre los artículos que compondrían el tratado de paz. En ellos se reaceptaba la autoridad del rey Fernando VII, pero también se admitía la legitimidad de la Junta de Gobierno establecida en 1810 para gobernar el país durante el cautiverio del monarca y se reconocía a don Francisco de la Lastra como continuador de ella. En otros acápites se proponía el envío de diputados a las Cortes de España, las cuales resolverían en definitiva sobre el régimen gubernamental que habría de darse a Chile en el futuro. Por último, se exigía la evacuación de las tropas realistas de Talca en el plazo de treinta horas y de la provincia de Concepción en el término de un mes.

Pero aún quedaba algo más por tratar; esto fue la cláusula relativa al canje de los prisioneros; tema candente para el abogado Zudáñez, que había recibido instrucciones especiales del director De la Lastra. Lo abordó, pues, con reticencias.

Aunque desde el primer momento ambos abogados estuvieron de acuerdo en que se concedería la libertad de todos los prisioneros, Zudáñez dejó entender, a través de una laboriosa argumentación, que su Gobierno deseaba recortar en cierta medida la amplitud de esa cláusula, lo que hizo arrugar el entrecejo al brigadier Gaínza.

—¿Pretendéis vosotros guardar algunos de los prisioneros que nos habéis tomado? —inquirió.

—Todo lo contrario, señoría —le aclaró el abogado patriota, agregando cautelosamente—: Ustedes tienen prisioneros a dos hombres que si pudieran disfrutar en estos momentos de la libertad, no estaríamos tomando acuerdos dentro de esta cabaña, ni el director don Francisco de la Lastra se encontraría en el poder esforzándose por llegar a un avenimiento con ustedes.

Rodríguez Aldea no pudo ocultar una sonrisa astuta que distendió sus labios pálidos.

—Comienzo a comprender, mi estimado colega —razonó—. Traducido en términos más simples, lo que vosotros teméis es que esos dos hombres, al recobrar la libertad, derriben al Gobierno de Santiago, anulen sus actos y castiguen a sus realizadores. ¿No es así?

—¡Lo que buscamos es la tranquilidad en el país! —le replicó Zudáñez, con sequedad que vanamente trataba de ocultar su bochorno.

—No es por temor, sino por precaución que nuestro Gobierno desea enviar fuera de Chile a los Carrera —intercaló O'Higgins, sin los ambages con que Zudáñez había silenciado los nombres de aquellos que interesaba siguieran cautivos, añadiendo en seguida, con acento de sinceridad—: Pero yo, señores, no solidarizo con ese propósito. Me parece impropio excluir a los Carrera del goce de la libertad otorgada a los demás prisioneros.

El brigadier Mackenna adhirió a la afirmación de O'Higgins con una inclinación de cabeza.

Rodríguez Aldea se quedó mirando a sus interlocutores con expresión mordaz y abrió los brazos, como si fuera presa del mayor asombro.

—Me abismo de admiración, señores, al contemplar cuánto empeño gastáis en defender la libertad de dos rivales capaces de causaros los mayores trastornos.   ·

—Ese es asunto nuestro, señor Rodríguez Aldea —lo atajó Mackenna—. La libertad de los Carrera es una cuestión de honor para nosotros.

El abogado Zudáñez suspendió la conferencia. Las inesperadas declaraciones de los militares le imposibilitaban para cumplir las instrucciones que había recibido del director De la Lastra.

—En todo caso, la libertad de los Carrera estará condicionada —dijo, poniéndose de pie, con expresión de disgusto—. Ellos serán trasladados, bajo custodia, a Talcahuano. Desde ahí se los enviará por mar a Valparaíso, para ser puestos a disposición del Gobierno. Ruego a los señores O'Higgins y Mackenna que me acompañen al exterior para esclarecer ciertos puntos de nuestra actuación. Si ustedes lo permiten, reanudaremos la conferencia en media hora más.

Cuando los tres plenipotenciarios patriotas reingresaron a la cabaña, los rostros de O'Higgins y Mackenna reflejaban un notorio desagrado, y durante el resto de la conferencia se mantuvieron silenciosos y hoscos. Fueron Zudáñez, Rodríguez Aldea y el comodoro Hillyar quienes continuaron el debate. Tras largas discusiones llegaron a establecer que los realistas entregarían en rehenes, como garantía del cumplimiento del tratado, a dos coroneles, y los patriotas a tres personajes destacados. El propio O'Higgins pidió se lo incluyera entre ésos.

La noche había caído sobre la cabaña y parecía que todo había sido estudiado ya, cuando el abogado Rodríguez Aldea solicitó inesperadamente que se interrumpiera de nuevo la conferencia para estudiar las cláusulas del tratado a solas con el brigadier Gaínza. Durante dos horas, mientras todos los demás, incluso el comodoro Hillyar, combatían el frío paseando por la orilla del Lircay, el auditor de guerra realista demostró al brigadier español la inaceptabilidad de aquel tratado, el seguro rechazo que haría de él el virrey Abascal, y, cogiendo la pluma, escribió en el margen de los borradores enmiendas que representaban la transformación completa de lo acordado. El brigadier Gaínza, pese al temor que lo impelía a aceptar cualquiera solución que le permitiese reorganizar su debilitado ejército, no pudo oponerse a sus vehementes argumentaciones. Se sometió, en consecuencia, a exponer el tratado corregido a los plenipotenciarios patriotas con la remota esperanza de que lo acatasen, pero dispuesto a echar pie atrás ante el primer obstáculo.

Siendo ya cerca de las nueve de la noche, llamaron nuevamente a los patriotas. A la luz de dos velas, Gaínza alargó a O'Higgins el documento enmendado, diciéndole:

—De acuerdo con las instrucciones de su excelencia el virrey, el asesor letrado y yo hemos considerado necesario introducir algunas modificaciones en el texto del tratado. Servíos leerlas.

El chillanejo paseó lentamente sus pupilas azules sobre las innovaciones discurridas por Rodríguez Aldea. En su esencia, ellas exigían el restablecimiento de las antiguas autoridades coloniales y la mantención de las tropas realistas ocupando todo el territorio extendido al sur del Maule. Además, no se concedía al tratado más validez que el tiempo que demorara el virrey del Perú en aprobarlo o rechazarlo.

—¡Esto es inadmisible, señores! —protestó O'Higgins, acrementente—. No es proceder de buena fe. Seguirá entonces la guerra.

Gaínza se estremeció; se producía exactamente lo que había temido. La guerra en esos momentos equivalía para él la derrota.

—Calmaos, señor O'Higgins —expresó en tono apaciguador—. Tratemos de conciliar nuestros pareceres. No veo inconvenientes para que, mientras viene la respuesta del virrey, los dos gobernemos provisionalmente el país, con independencia el uno del otro. Vos podéis mandar en la parte que se extiende al norte del Maule, y yo, en la que hay al sur.

O'Higgins acalló con un gesto a Zudáñez, que intentaba intervenir, y se puso resueltamente de pie.

—¡No, de ninguna ma-nera! —rebatió a Gaínza—. Perdemos el tiempo. No habrá paz si se alteran las bases del tratado ya propuestas y aceptadas.

El jefe español se levantó también, pero su rostro expresaba ansiedad.

—En definitiva, ¿qué es lo que vos consideráis imprescindible?

—Que las tropas realistas abandonen Talca en treinta horas y desalojen la provincia de Concepción en treinta días —porfió inflexiblemente el chillanejo.

Gaínza dejó escapar el aire que comprimía en sus pulmones y esbozó un ademán de desaliento.

—Bien, lo que vosotros deseáis es que dejemos la provincia de Concepción; así, dejándola, no hay necesidad de más.

Rodríguez Aldea lo miró rabiosamente e intentó detenerlo, pero el brigadier lo apartó con un brazo.

—El tratado se firmará sin modificación alguna, tal como había sido redactado, señor Rodríguez Aldea —afirmó, rehusando escucharlo—. Que los secretarios lo copien en limpio para darlo a la firma. Eso es todo.

En el viaje de regreso a su cuartel general en Talca, el brigadier Gaínza iba preocupado. Temía a la lengua de estilete del auditor de guerra. Este se había negado, con ambiguas razones, a firmar el tratado y, posteriormente, cabalgó a la retaguardia del piquete sin hablar con nadie y dando la impresión de ir sumido en profundas cavilaciones. El jefe español trotó unos minutos junto al birlocho que conducía al comodoro Hillyar y después fue a colocarse a la cabeza de la columna.

Se acercaban ya a Talca cuando, en la oscuridad, tuvo el presentimiento de que alguien le estaba dando alcance para emparejar sus cabalgaduras. Giró la cabeza y, en efecto, distinguió a su lado el rostro enjuto y afilado de Rodríguez Aldea. Tuvo un verdadero sobresalto de sorpresa al comprobar que, en lugar de manifestar enojo, el asesor letrado sonreía, sonreía de ese modo sardónico que le era característico.

—Ese tratado es imposible de cumplir —le oyó que susurraba, lo que le provocó una reacción de fastidio.

—¡Ya lo sé! ¡Ya lo sé! Pero ¿qué podía hacer? Las tropas de O'Higgins están ahí, en Pelarco. Y no dispongo de fuerzas suficientes para resistir un choque si las lanzan sobre nosotros. Tampoco tengo caballos, ni mulas, ni carros para sacar rápidamente mi ejército de Talca y atrincherarlo al sur del Maule.

—Ese tratado no se puede cumplir y no se cumplirá —insistió el abogado, manteniendo su maligna sonrisa, sin que parecieran importarle las razones del brigadier. Este lo observó desconcertado.

—¿Cómo que no, si lo hemos firmado?

—Vos lo habéis firmado, señoría— ronroneó Rodríguez Aldea, con cinismo—, pero yo rehusé hacerlo. Además, el tratado quedará sin cumplirse no por nuestra voluntad. No seremos nosotros los incumplidores; serán ellos.

—No os comprendo, señor asesor.

La mueca ladina se acentuó en el rostro del abogado y emitió dos carcajadas secas.

—Ellos no podrán cumplirlo, señoría; no estarán en el poder cuando llegue el momento de hacerlo; estarán otros. Y esos otros repudiarán violentamente el pacto, liberándonos de la fastidiosa obligación que hemos contraído esta noche.

Gaínza lo oía como atontado, sin acertar a comprender qué juego se traía entre manos el marullero jurista. Una sola pregunta acudió a sus labios:

—¿Quiénes serán ésos otros?

Rodríguez Aldea hizo un guiño, que pretendió fuera travieso, pero que en su semblante fue una mueca perversa, y contestó con fingida inocencia:

—Los hermanos Carrera, señoría.

—Pero si los tenemos presos en Chillán...

—Pueden fugarse, señoría.

Sólo entonces vino a caer en cuenta el brigadier de la maquinación que el abogado había venido urdiendo por el camino. Dejar en libertad a los Carrera, que debían estar ansiosos de venganza, era ponerlos en camino para que derribaran al Gobierno que los había abandonado a su suerte.

—Realizarán admirablemente bien este juego, señoría —insistía el asesor, con su habitual costumbre de hablar en medias palabras—. Es lógico imaginar que provocarán una revuelta contra el coronel O'Higgins, a quien creen culpable de su prisión, hecho que vendrá a aligerar considerablemente nuestra incómoda posición actual. ¿No os parece?

Gaínza no tuvo coraje para responderle; se hubiese visto obligado a alabarlo por su astucia o a insultarlo por su felonía.

Siete días más tarde, mientras en Santiago se echaban a vuelo las campanas en señal de regocijo por la paz, el asesor Rodríguez Aldea entraba en Chillán. Allí también los franciscanos hacían resonar las campanas de su convento, pero eran los suyos repiques furiosos en manifestación de repudio al vergonzoso Tratado de Lircay.

El general Carrera y su hermano Luis escucharon por la ventana enrejada de su celda el tumulto que crecía en la plaza y en el cuartel general, pero no supieron precisar si era muestra de júbilo o descontento. Por esa causa, cuando vieron al auditor de guerra cruzar la plaza precedido por soldados que portaban antorchas, los invadió una silenciosa inquietud. Intrigados, esperaron de pie en el fondo del calabozo, con las miradas fijas en la puerta. Esta no tardó en abrirse y asomó en ella el abogado, que enarbolaba en la diestra una antorcha, que tomó de manos de un soldado. Sonriendo con gran amabilidad, los saludó con una reverencia.

—Buenas noches, señores. Lamento no haberme enterado de que quedabais privados de luz después de la puesta de sol.

Los Carrera lo observaron recelosos de su extremada cortesía, notoriamente intencionada, y el general se limitó a expresarle:

—Excúseme usted, pero no recuerdo su nombre.

—José Antonio Rodríguez Aldea, asesor letrado del Ejército del rey y servidor vuestro —se apresuró a presentarse el abogado, y lo hizo con acento tan melifluo que don José Miguel no pudo menos que lanzar una carcajada.

—¿Servidor nuestro? Valiente servicio puede prestarnos usted, señor asesor letrado.

—Conozco muy bien el castellano, general, y jamás uso una palabra por otra —precisó el aludido sin inmutarse. Si dije "servidor vuestro", es porque estoy dispuesto a serviros. Desde ya, haré que os liberen de esos incómodos grilletes que os traban los tobillos.

Obedeciendo a una señal suya, dos guardias se acercaron a los prisioneros y rápidamente les quitaron los grillos de fierro. Carrera los dejaba hacer, pero su mirada penetrante calaba hondo en el rostro del abogado.

—Si intenta usted repetir la broma pesada que nos jugó el brigadier Gaínza a nuestra llegada a Chillán, le advierto que...

—Perdonadme, general —lo interrumpió Rodríguez Aldea, con desdeñosa suficiencia—, pero entre el brigadier Gaínza y yo existe un desnivel de estatura intelectual que me priva de buscar las mismas diversiones. Con un ademán perentorio despidió a los soldados y cerró la puerta de la celda. Actuaba con pasmosa tranquilidad, como si se hallara en un salón rodeado de amistades.

—¿Quiere usted explicarnos entonces a qué obedece esta gentileza suya? —le inquirió Carrera, realmente desorientado.

—A un hecho aparentemente simple, caballeros: a que ha terminado la guerra. Con fecha 3 de este mes se firmó un tratado de paz, en el que se estipula la libertad de todos los prisioneros.

—¿La libertad nuestra también? —El general no podía dar crédito a lo que oía.

Rodríguez Aldea lanzó una breve carcajada a tiempo que extraía de una de sus mangas un pañuelo de blondas, que se llevó a la nariz. Procedía sin prisa, estudiadamente.

—Imaginé que vosotros repararíais en que dije "un hecho aparentemente simple", pero veo que se os escapó ese matiz. En efecto, caballeros, la libertad que el Tratado de Lircay concede a los prisioneros es fácil de comprender, pero no es igualmente sencillo entender que, a pedido expreso de los firmantes por el bando insurgente, se hayan establecido dos excepciones.

—Debí habérmelo figurado desde el primer momento —adivinó el general, con desdén—. No era posible soñar siquiera que O'Higgins y Mackenna se atrevieran a dejarnos en libertad.

Fue entonces que Rodríguez Aldea comenzó a jugar la mejor parte de su comedia. Adoptando un aire grave y digno, dijo:

Caballeros, yo soy un hombre de honor y mi alma tiene cierto parentesco con la del hidalgo don Quijote de la Mancha. Muchas veces me siento tentado de deshacer entuertos, cuando es muy burda la trama que los produce. Y en la actualidad, el haber visto la saña con que ciertos hombres, que mucho deben a vosotros, pretenden arrebataros toda posibilidad de salvación, ha hecho inclinar mi simpatía en favor vuestro.

Los Carrera, cruzados de brazos, contemplaban divertidos la farsa que estaba protagonizando el abogado.

—Gracias, señor Rodríguez Aldea —dijo el general. Quiero abusar de esa simpatía que menta usted para pedirle que nos informe sobre los propósitos que tienen O'Higgins y Mackenna respecto a nosotros.

El asesor no titubeó un segundo. Su plan consistía en enardecer a los Carrera contra los jefes militares patriotas y, a sabiendas de que habían sido justamente O'Higgins y Mackenna los que se opusieran al proyecto del Gobierno patriota, no vaciló en afirmar:

—Exigen que vosotros seáis conducidos, bajo custodia, a Talcahuano y una vez allí se os embarque, aparentemente con rumbo a Valparaíso, para ser puestos a disposición del director De la Lastra. Pero, en realidad, vais derechamente a caer en manos de los marinos del virrey Abascal, los cuales os llevarán a podriros en las casamatas del Callao.

José Miguel Carrera no fue capaz de seguir participando en esa comedia; la cólera saltó a sus ojos y enfrentó al abogado con rostro adusto.

—Dejémonos de esgrimas verbales, señor. Si usted se ha tomado el trabajo de venir a esta celda, seguramente no ha sido sólo por ordenar que se nos quitaran los grillos.

—Por supuesto que no. Vine porque se me hacía duro pensar que vosotros pudiérais alentar esperanzas de conseguir una libertad gestionada por el Gobierno insurgente.

—En otras palabras —intervino Luis encolerizado—, usted nos advierte que únicamente podremos lograr la libertad por medio de...

¡Chist, don Luis! lo interrumpió el abogado con aire cómplice. Os dejáis arrastrar por una indiscreción muy propia de vuestra juventud, pero... ¡Vaya, vaya, olvidemos lo dicho! Permitidme, sí, que os participe que el coronel Urrejola, jefe de esta plaza, tiene un concepto de la honorabilidad que repudia esta felonía con que vuestros compatriotas desean perderos. Al igual que yo, en compensación, ha sentido la invencible necesidad de ser menos riguroso con vosotros. Por ello, os autoriza desde este instante para abandonar este calabozo y moveros libremente por la ciudad, manteniendo, eso sí, sus límites como encierro. ¿Me comprendéis, caballeros?

No eran necesarias más palabras y los Carrera asintieron con gestos graves. Las frases y acciones siguientes del abogado confirmaron sus suposiciones; fue hasta la puerta y la abrió de par en par.

—Así estará desde ahora dijo. Podéis salir cuando gustéis y visitar a quienes deseéis. Aun más, esta noche se realizará en la casa donde alojo una pequeña tertulia íntima en celebración de mi regreso. Si tenéis a bien asistir, me sentiré realmente honrado.

Aunque ya se había hecho plenamente la luz en sus cerebros y comprendían que los realistas les estaban facilitando la fuga, los dos patriotas no hallaban qué responder, no habían tenido tiempo de prepararse para tan inesperado acontecimiento.

—Le agradecemos, señor Rodríguez Aldea —musitó el general, pero usted comprenderá que con estas ropas, que nos han acompañado durante toda la campaña y que no nos mudamos desde hace dos meses, no podemos presentarnos en parte alguna.

El abogado restó importancia al asunto con un gesto amistoso.

—Eso es fácil de solucionar. No faltará quien os proporcione ropas adecuadas. Adelante, caballeros, la puerta está franca. Como los Carrera, recelosos, no se decidieron a salir, hizo una mueca de comprensión ¡Ah, es natural vuestra desconfianza! Pero no temáis, no hay emboscadas afuera y es fácil demostraroslo. A ver, venid conmigo. Servíos tomaros de mis brazos. Así. Salgamos ahora como buenos amigos.

Tomados los tres de los brazos abandonaron la celda y salieron a la plaza. Rodríguez Aldea los condujo hasta su alojamiento y dejándolos atendidos por su propio ordenanza, que les proporcionó navajas de afeitar, jabón y toallas, volvió a salir para conseguirles ropas limpias.

9

El cónsul norteamericano Joel Roberts Poinsett entró al salón de doña Javiera Carrera y se quedó inmóvil, observándola. Vestía de viaje y su mirada reflejaba una honda emoción. Sus labios esbozaban una sonrisa triste cuando se inclinó a besar la mano de la señora y fue su beso, suave y prolongado, más decidor que una larga misiva. Cuando se enderezó, las pupilas de ambos se encontraron y en las de doña Javiera vibraba una trémula interrogación, a la que él respondió con una frase escueta:

—He venido a decirle adiós.

La señora no tuvo ánimos para inquirirle más. Se sintió entonces totalmente abandonada. Dos de sus hermanos estaban prisioneros, Juan José se ocultaba en la hacienda San Miguel, hasta su padre había partido a la antigua heredad; su marido era apenas una sombra, con la que no podía contarse para nada; además, no tenía sangre Carrera. En cambio, Poinsett... El sí que era del mismo temple. Y se marchaba. Sus frases suaves, dichas con voz profunda, y su leve acento sajón, acariciaban dolorosamente los oídos de la criolla. Debía partir hacia Argentina; su permanencia en Chile se había hecho insostenible. Ya el intendente de Santiago, Antonio José de Irisarri, se había presentado en su casa para advertirle que, siendo tan amigo del general Carrera, su presencia no era grata para el Gobierno. Pero él sabía que tal iniciativa no había nacido del director De la Lastra, sino del endiosado comodoro Hillyar que, además de gestar el humillante Tratado de Lircay, luchaba por cortar toda conexión entre Estados Unidos y Chile. Por otra parte, el comodoro Porter, que hasta entonces fuera su resguardo, se había visto obligado a partir hacia Norteamérica en la "Essex Junior" casi como un prófugo, y el cónsul norteamericano en Buenos Aires le venía ordenando desde hacía tiempo que marchara a reunirse con él.

—Tenía usted orden de partir y nada me había dicho —musitó doña Javiera con dolido acento de reproche.

—Hice algo más práctico que comunicárselo: desobedecí la orden —le replicó afectuosamente Poinsett—. Pero ahora es imposible quedarme más; debo partir.

—¿Hoy mismo?

—La calesa que me conducirá a Santa Rosa de los Andes está esperándome en la puerta. Tan pronto me separe de usted, marcharé hasta la hacienda San Miguel, donde se esconde don Juan José y, valiéndome del fuero diplomático que protege mi carruaje, lo haré trasponer la cordillera y lo dejaré en Mendoza. Han dictado una sentencia de destierro en contra suya. Si no parte conmigo, será enviado a la isla de Juan Fernández.

Doña Javiera inclinó la cabeza y sumergió el rostro entre sus manos. Después, sacudió sus cabellos como si deseara ahuyentar sus pensamientos y miró al cónsul a los ojos.

—Gracias, Joel. Hasta el último momento me hace usted deudora de sus favores.

Poinsett se inclinó hacia ella, dando la impresión, por un instante, de que iba a hincar una rodilla en tierra. Pero se contuvo y dijo tristemente:

—Es la única y pobre manera de manifestarle mis sentimientos,

Javierita. Durante los tres años que viví en Chile aprendí a admirar el temple de sus hombres, pero el recuerdo que llevaré más hondamente impreso en mi corazón será el rostro de la mujer más admirable que he conocido en todas mis correrías por el mundo.

La criolla agitó la cabeza y lágrimas rebeldes humedecieron sus ojos; extendió sus manos como si las ofreciera a su interlocutor, pero, súbitamente arrepentida, deshizo su ademán.

—¡Joel, no me atormente usted! Si no quiere llevarse sólo el recuerdo de una mujer triste, separémonos con un simple y cordial adiós.

El norteamericano, demacrado por la emoción, asintió mudamente y besó una de las manos que ella recogía.

—Adiós, mi querido amigo —musitó la señora, y él le respondió en voz que era apenas un susurro:

—Hasta siempre, mi inolvidable amiga. —De inmediato dio vuelta la espalda y salió como si huyera.

Doña Javiera se mordió los labios y lo miró perderse, con las pupilas dominadoras dulcificadas por las lágrimas.

Pero esa misma mañana se presentó en el Palacio de Gobierno y, desoyendo a los ujieres que intentaron interceptarle el paso, se introdujo en la sala de espera del coronel Francisco de la Lastra. Con palabra autoritaria se anunció a un edecán; exigía hablar con el director. No obstante, pasaron dos horas largas antes de que éste se atreviera a recibirla, y cuando lo hizo, estaba parapetado tras una máscara de frialdad que hacía olvidar que en otros años habían estado emparentados.

—Aquí estoy, señor De la Lastra, pese a su descortesía —le espetó la señora sin saludarlo—. Mientras los Carrera estuvieron en el poder, antes se hubiera suicidado usted que atreverse a ofenderme como lo ha hecho ahora.

—Doña Javiera, usted ha provocado mi descortesía viniendo —le replicó desabridamente el director, tratando de no dejarse amilanar por la actitud fiera de la patricia—. Sabe perfectamente que las puertas de toda Casa de Gobierno deben estar cerradas para los insurrectos.

—¿Insurrecta yo?... ¿Insurrectos mis hermanos?... ¡No somos sino víctimas de traidores!

El coronel se levantó tan prestamente como se lo permitía su obesidad.

—¡Señora, está usted hablando con el jefe del Gobierno!

—El único jefe del Gobierno que existe en Chile es José Miguel Carrera, elegido constitucionalmente como presidente de la Junta, la que él tuvo que dejar en manos de sustitutos al partir a la guerra en defensa de la patria. Si esos substitutos resultaron traidores, ello no hace caducar sus derechos de gobernante constitucional.

El coronel De la Lastra sabía que no era capaz de enfrentarse con la autoritaria dama y su único anhelo fue que la discusión no se prolongara.

—Esta entrevista es completamente inútil, señora —balbuceó—. Le ruego no obligarme a perder la compostura interrumpiéndola bruscamente.

—Quien la interrumpirá seré yo, pero solamente después de que usted me confiese qué ha hecho con mis hermanos, de qué voluntad villana nació la orden de mantenerlos en poder de los realistas y embarcarlos hacia las prisiones del Perú.

El director se turbó visiblemente. Pese a que en todo Santiago eran conocidos los entretelones del Tratado de Lircay, no imaginaba que la criolla estuviera enterada. Elevando la voz hasta el falsete, intentó desvirtuar el cargo que se le hacía.

—¡Eso es falso! Mi Gobierno se ha preocupado con dignidad de sus hermanos. Ellos partirán en la fragata del comodoro Hillyar hacia Río de Janeiro. Don José Miguel irá investido con el rango de ministro plenipotenciario ante el emperador del Brasil, y don Luis se desempeñará como su secretario.

—¿También el decreto que firmó usted enviando a mi hermano Juan José a Juan Fernández lo designa ministro plenipotenciario en esas islas?

La mordacidad silbaba entre los dientes de la criolla y su gesto iracundo cubría de desprecio al director. Este resopló apoplético y la papada se le estremeció, acorralado por las frases hirientes que le caían encima como latigazos.

—¡Basta, señora! ¡Hemos terminado!

—¡No, señor! Aún es preciso que le recuerde que lo que usted llama la locura de los Carrera y que nosotros consideramos el ideal patriótico está simbolizado en esta escarapela tricolor que llevo en mis cabellos; y que las banderas de franjas blancas, azules y amarillas que flamean en todos los lugares donde todavía los patriotas defienden la patria, no han sido abatidas. ¡No ha bastado, pues, su traición en Lircay para que sean arriadas!

—¡Pues, sepa usted que desde mañana mismo quedará prohibido el uso de esos emblemas! Y esto es todo, señora. Si usted no se retira, abandonaré yo el despacho.

Insinuó el ademán de dirigirse hacia una puerta interior, pero la señora se puso de pie. Ya había dicho cuanto necesitaba. No obstante, desde la entrada se volvió una vez más hacia él.

—Pese a todas sus prohibiciones, llevaré esta escarapela bien visible; y lo mismo harán todos los hombres íntegros que, junto a los Carrera, hicieron de Chile una nación independiente.

—¿Me desafía usted? —bufó el coronel.

Sí. Nuestra causa es la libertad de la patria.

—¡Pues, mañana verá usted la bandera de España sobre todos los edificios públicos!

La prohibición de usar la bandera que los había guiado en todas las batallas la sintieron los patriotas como una puñalada a traición.

—No hubo ninguno, por tímido que fuese, que no se preparara a resistir la orden. El Batallón de Voluntarios, al regresar de Talca, trajo en sus gorras la cucarda azul, blanca y amarilla, en tanto que la guarnición que quedó en esa ciudad se negó a enarbolar la bandera española y su repudio llegó hasta el extremo de que el comandante de Húsares, don Joaquín Prieto, y sus soldados se presentaron a las carreras del domingo llevando las escarapelas españolas atadas a las colas de sus caballos. En Santiago, sin embargo, pese a que la propia guardia del Palacio de Gobierno, mandada por el capitán José Santiago Aldunate, pisoteó esos emblemas, en lo alto de la gran puerta de entrada ondeó desafiante la bandera de España.

Doña Francisca Javiera Carrera, pálida y tensa, la contempló esa tarde al regresar a su casa desde la catedral. Luego, paseó nerviosamente por los cuartos silenciosos de la mansión y durante gran parte de la noche mantuvo ardiendo en su alcoba la vela de la vigilia.

Simultáneamente, numerosas sombras embozadas, que en forma furtiva iban saliendo de distintas puertas, formaron corrillos, esquivos y sigilosos y, después, como procesión mimetizada con la negrura de las siluetas que estampaba la luna sobre los muros, fueron convergiendo sobre la Plaza de Armas. En los gruesos arcos del Portal de Sierrabella encontraron oscuro asilo y allí esperaron y, por gracia de la Providencia, les fue concedido contemplar un patético espectáculo.

Poco antes de la medianoche, cuando aún ardían los farolones altos del Palacio de Gobierno, doña Francisca Javiera Carrera, vestida con negro sayal, como la viuda que va por la venganza, pasó escoltada por su hijo Manuel, un muchacho de quince años que remedaba en sus ojos y en su frente la imagen de José Miguel. Recortada contra las luces del fondo, la criolla se detuvo frente al Palacio, alzando la testa orgullosa y clavó su mirada en la bandera española que usurpaba el puesto a la suya. Con majestad de reina la señaló con su mano señorial.

—Hijo mío, ¿te atreves a trepar por la reja de la primera ventana hasta la cuerda que sustenta esa bandera?

El mocito no miró la dificultad, sino a los ojos febriles de su progenitora.

—Si vos lo ordenáis, madre, treparé adonde sea —dijo con voz aún no formada, pero que repetía los tonos metálicos de sus tíos.

—Pues, sube, Manuel. Arría ese estandarte y tráemelo. Yo, desde aquí, con toda la fuerza de mi espíritu estaré vigilando por tu vida. Sube y que el cielo comprenda la justicia de nuestra determinación y te proteja. ¡Arriba, hijo!

Rígida y vibrante, como una imagen marmórea de la ansiedad, doña Javiera sostuvo con toda la fuerza de su alma al hijo en cada vara que ascendía, y cuando el trapo, oro y gualda, desprendido de su driza, cayó laxo a sus pies, el suspiro que escapó de su pecho llenó la plaza y estremeció a sus mudos espectadores. Cogiendo la bandera con mano crispada y arrastrándola por el suelo, la señora avanzó con impresionante solemnidad hasta la horca, y mediante ademanes violentos, que trasuntaban todo su odio, estranguló el pendón castellano. Luego, apoyada grácilmente en un hombro de su hijo, cual si éste fuese un paje, abandonó la plaza.

Sólo entonces, cuando la dama estuvo fuera de peligro, uno de los embozados saltó de los portales gritando entusiastamente:

—¡Viva la Panchita!... ¡Viva la Panchita!

Era Manuel Rodríguez y su voz clara fue coreada por la de los otros misteriosos personajes, todos los cuales se diluyeron en la noche antes de que alcanzara a abrirse el gran portón de la Casa de Gobierno vaciando hacia el exterior a la alarmada guardia.

Aquella misma noche, por una de esas coincidencias extrañas del destino, el general Carrera y su hermano Luis, vestidos con uniformes españoles, sin charreteras ni distintivos, recibían en una fiesta realizada en casa de doña María Loayza la señal de su inmediata liberación. Mientras la música de un fandango encendía las voces de los invitados y concentraba las miradas sobre dos parejas de bailarines, la dueña de casa se prendió súbitamente de un brazo del general a tiempo que le susurraba:

—Venga usted conmigo, como si fuéramos al corredor.

Simultáneamente, su hija Marcela ofrecía su brazo a Luis y lo guiaba en la misma dirección. Don José Miguel observó a la señora, intrigado, comprendiendo a medias.

—Jamás me llevó una mujer hacia el misterio, doña María —le musitó con cierta socarronería—. Siempre fui yo quien tuvo la iniciativa.

Los dedos de la hermosa española se crisparon en el brazo del húsar, mientras sus labios fingían una sonrisa forzada.

—Sonría usted también, por favor; como si estuviera decidido a quedarse en la fiesta hasta el amanecer.

—Si no pensara en mi Chile antes que en mí, me quedaría no sólo hasta el amanecer, María —le replicó el general junto a un oído, sonriendo como ella se lo ordenara.

Así abandonaron el salón y traspusieron la puerta que daba al corredor. Bajo ellos se extendía un jardín, a cuyo término se veía entreabierta la cancela que daba al zaguán.

—En la puerta falsa están los caballos —se acercó a decirles Marcela, hablando en sordina—. El caballerizo me acaba de advertir que hace un momento los ha traído el capitán Campillo. —Y tomando con desenfado la mano de Luis, lo guió hacia la calle.

El general y la señora cruzaron el jardín más lentamente y pasaron por entre los batientes de la cancela enrejada. Allí, en la penumbra del zaguán, doña María se detuvo y sujetó a Carrera por un brazo, haciéndolo volverse hacia ella.

—José Miguel... —musitó y luego guardó de nuevo silencio, como si la voz se le estrangulara en la garganta o una súbita cortedad la cohibiera. Pero de la joven fogosa que fuera quedaba todavía un rescoldo quemante y éste brotó en su aliento apasionado—. Perdóname si arriesgo tu libertad reteniéndote por unos segundos —prosiguió tuteándolo—. Son los últimos míseros segundos que le robo a tu agitada vida.

El húsar la tomó de las manos y las retuvo apegadas a su pecho. En ese momento despreciaba la libertad, a cambio de los segundos que ella le pedía. Como ola cálida le volvían al recuerdo las horas íntimas vividas en Lima, hacía años. De doña María emanaba el mismo perfume de mujer fina y sus ojos oscuros lo asaeteaban como en aquellos encuentros furtivos de antes.

—He sido una cobarde, mi adorado —continuaba ella exaltadamente—. Has estado dos meses en Chillán, al alcance de mi voz y, sin embargo, no tuve valor de confesarte que te amo siempre, que para mí nada existía en este pueblo sino tú. Aherrojado por los grilletes, fatigado de batallas, roto y sucio, has sido de nuevo para mí la luz alumbrando mi vida estéril.

En el corredor, al otro lado del jardín, asomó la figura nerviosa del abogado Rodríguez Aldea haciéndoles repetidos gestos con los brazos, urgiendo a Carrera a partir.

—Bueno, mi amor, ya te dije mi sentimiento, ahora estoy más tranquila —susurró blandamente la señora—. Sálvate pronto y vuelve al lugar que tu alma anhela. Pero, por caridad, no té olvides de esta pobre mujer.

—Jamás olvidaré tu bondad, María, y ojalá...

La mano suave de la dama le selló los labios.

—No, no; no nos hagamos falsas ilusiones, querido. Para nosotros no hay futuro. Márchate ya. Marcela tiene dos pistolas para ustedes. Pídeselas. Adiós, mi inalcanzable amor.

Con ademán impulsivo, posó su diestra en la nuca del general y lo inclinó hacia ella; y al besarlo largamente su cuerpo se apegó al suyo como si deseara fundírsele. Después, sofocada y temblando, se separó de golpe y huyó hacia el interior de la casa, murmurando apenas:

—Buena suerte, José Miguel Carrera.

El húsar respiró profundamente, para reponerse del arrebato y se alejó a toda prisa por la calle en dirección al sitio donde lo esperaba su hermano, ya montado y manteniendo un segundo corcel de la brida.

Aquella misma noche los fugitivos encontraron en el camino que corría hacia el norte apegado a la cordillera al teniente Samuel Jordán, al sargento de Dragones Pedro López y a un soldado de artillería, que merodeaban la ciudadela realista guiados por un huaso de la comarca. Juntos prosiguieron la marcha, semiextraviados por la densa oscuridad, hasta que encontraron un vado del Ñuble, por donde pasaron. Pero, a poco andar, el ruido de unos arrieros que buscaban a unas mulas que se les habían arrancado atemorizó al guía, quien huyó creyendo que se trataba de una patrulla realista. Siguieron adelante, a campo traviesa, sin saber por dónde marchaban, procurando solamente progresar hacia el norte.

Por fin, al rayar la aurora, divisaron una choza, en donde una campesina vieja que la habitaba les proporcionó un muchacho que los guió hasta Panguilemu, hacienda de don Pedro Benavente. De allí siguieron solos hasta la hacienda Coronsi. El mayordomo, al reconocerlos, les dio como guía a un famoso cuatrero, apodado "Chingue", quien por cien pesos se comprometió a llevarlos a Talca por caminos ocultos.

Después de una apresurada marcha por tortuosos senderos, pernoctaron en la noche del 13 de mayo en un cerro boscoso, para dar un descanso a los caballos, y a las ocho de la mañana siguiente se encaminaron rectamente a Talca.

Era una determinación temeraria, que podía acarrearles nuevamente la pérdida de la libertad, pero el general Carrera había pesado concienzudamente las alternativas posibles de su resolución. De nada les serviría la libertad si no contaban con partidarios que les ayudaran a defenderla; esos hombres leales pertenecían todavía al Ejército y la mayor parte de la oficialidad se encontraba en Talca. Cierto era que también se hallaba en esa ciudad el brigadier O'Higgins, ya ascendido a ese grado, y que, según creía el húsar, había sido el principal causante de que ellos cayeran en poder de los realistas. Pero, por otra parte, el conocimiento que tenía del chillanejo le llevaba a juzgarlo un hombre de reacciones lentas, que demoraba horas en elaborar sus decisiones.

—Nuestra sorpresiva aparición en su cuartel general lo aturdirá —iba participando cautelosamente a su hermano, mientras se acercaban a Talca, y en tanto echa a andar su cerebro, jugará su parte en la farsa al igual que nosotros.

—¿Qué farsa, José Miguel? —le inquirió Luis.

—La de la amistad. Nosotros llegaremos hasta él con extremada cordialidad, como si su traición no nos hubiera mordido nunca. No creo que O'Higgins vaya a tragarse completamente este anzuelo, pero cuando menos verá que no le tememos; y mientras pone en orden sus ideas, nos devolverá nuestra cordialidad con otra semejante, aunque esté muy lejos de sentirla. Y si el comandante en jefe del Ejército nos sonríe, los partidarios suyos no se atreverán a alzar sus puñales.

Luis asintió, pero con aire dudoso. Eso podía durar un día. ¿Y después qué ocurriría?

—Me bastará que dure lo necesario para escudriñar los sentimientos de los oficiales del Ejército —afirmó el húsar—. Y si entre todos ellos hay siquiera veinte amigos nuestros, en pocas horas los organizaremos a favor nuestro y en un par de días las riendas del Ejército estarán nuevamente en mis manos.

Su hermano volvió a mover la cabeza con desgano que manifestaba su incertidumbre. O'Higgins no podía ser tan incauto como para haber dejado junto a sí a los oficiales carrerinos.

—Es posible. Pero, cuando menos, tendremos ocasión de calcular las fuerzas de que disponemos nosotros y él, apresurándonos en seguida a trasladarnos a Santiago.

Pero hubo un factor que escapó a las conjeturas del general Carrera y que pudo ser la causa de su perdición inmediata. Este fue un comunicado que el brigadier Gaínza envió a O'Higgins, en el que lamentaba vivamente la fuga de los Carrera.

El comandante en jefe del Ejército patriota prefirió no compartir sus temores con el brigadier Mackenna, temeroso de que el rencor profundo que el irlandés profesaba a los Carrera ofuscara su juicio y, en cambio, consultó el asunto con su amigo, el viejo coronel Andrés del Alcázar. El veterano, de quijotesca apostura, se limitó a comentar en tono sentencioso:

—La libertad de esos hombres es para nosotros lo que para un pastor de ovejas el rugir de los pumas en la montaña.

O'Higgins enarcó las cejas y lo miró al rostro curtido.

¿Acaso aconseja usted emplear ahora el procedimiento que se usa contra los pumas?

—Muerto el perro, se acabó la rabia —volvió a sentenciar el coronel encogiéndose de hombros.

—¡Hum! Pero presiento que, en este caso, son muchos los perros contaminados con la rabia, coronel. Y ni siquiera sabemos qué dirección lleva la leva.

—Seguramente han arrancado para el lado de la cordillera, a fin de conservar la libertad que tanto les ha costado —razonó Del Alcázar, pero O'Higgins hizo un gesto negativo.

¿Y por qué no para Santiago? En la capital tienen mejores apoyos que en los picachos cordilleranos.

El viejo coronel le rebatió con una risa seca y cascada:

—Si yo fuera José Miguel Carrera, me apresuraría a poner la cordillera de por medio.

No terminaba la frase cuando se abrió suavemente, la puerta del despacho y aparecieron en el vano las figuras de José Miguel y Luis Carrera.

—Pues, se equivoca usted, estimado coronel —dijo el primero acercándose con desenvoltura—. ¿Por qué habríamos de trasponer la cordillera, cuando estamos con buenos amigos, con los cuales debemos defender la patria?

Los dos jefes patriotas se quedaron de una pieza, aturdidos por el asombro. O'Higgins apenas pudo articular una apagada exclamación:

—¡General Carrera!

—El mismo que viste y calza, brigadier; y el que, un poco raído, se da el gusto de saludarlo y estrecharle la mano.

O'Higgins no lograba sobreponerse a su sorpresa y se dejó apretar la diestra, mientras oía que Luis Carrera decía, a su turno, a Del Alcázar:

—Tengo mucho placer en volver a verlo. Caballero, se lo saluda como en los buenos tiempos.

Desconcertado por el desparpajo con que los recién llegados invadían la escena, O'Higgins no halló la forma de dar rienda suelta a sus verdaderos sentimientos, los que, además, eran en esos momentos sumamente confusos y, con extrañeza, se oyó a sí mismo decir con voz opaca:

—También es para nosotros un alivio el verlos a salvo. Precisamente, estábamos haciéndonos conjeturas sobre el paradero de ustedes, más no sospechábamos que tendríamos la satisfacción de verlos aparecer así, tan..., tan pronto. En fin, explíquennos a qué circunstancia venturosa deben ustedes la libertad.

—¡Ah, es una historia larga, brigadier! —repuso sonriendo José Miguel—. Tendré mucho gusto en contársela, pero ahora llegamos muertos de hambre y sed. Sírvanse ustedes aguardar hasta que mandemos a algún antiguo subalterno adonde las niñas Navarrete para que nos envíen viandas y nos preparen alojamiento, y entonces...

—De ningún modo, general Carrera —volvió a oírse decir O'Higgins, como si no fuera él quien hablara—. No nos harán el desaire de rechazar la modesta hospitalidad que les ofrecemos en este cuartel. Nuestra amistad exige que ustedes se alberguen junto a nosotros.

Esta última frase sí que fue verdaderamente suya y los cuatro interlocutores lo entendieron perfectamente. O'Higgins lograba, por fin, salir de la estupefacción y controlar su juicio. Habiendo llegado los Carrera a Talca era imprescindible mantenerlos al alcance de su vista, mientras adoptaba alguna resolución respecto a ellos. Temió una evasiva que lo obligara a imponerles la permanencia en el cuartel, pero, lejos de eso, ambos fugitivos aceptaron con el mejor talante. Y mientras el húsar comenzaba a narrar al coronel Del Alcázar las incidencias de su fuga de Chillán, dispuso que los ordenanzas les prepararan una habitación cerca de la sala de guardia. Media hora más tarde, tras haber comido y conversado, los Carrera se retiraron a ella para descansar del penoso viaje que habían realizado.

No se tuvieron noticias de ellos hasta las seis de la tarde, en que Luis Carrera solicitó por medio de un ordenanza que se le prestara un uniforme de oficial patriota, a fin de despojarse del realista con que había llegado y, poco rato después, se le vio salir a la calle con la misma tranquilidad que si fuera a dar un paseo.

A la hora del rancho nocturno, ambos hermanos cenaron en compañía de O'Higgins y Del Alcázar, haciendo el gasto de la conversación José Miguel, quien expresó jocosos comentarios sobre la vida de los realistas en Chillán. Y volvieron a separarse sin haber tocado en momento alguno el tema de la guerra y de la situación irregular de los Carrera. Pero la actitud del brigadier O'Higgins delataba la incómoda postura en que se debatía ante los jefes y oficiales; se le veía nervioso y menos locuaz que de costumbre. El fue el primero en levantarse de la mesa, pretextando urgentes funciones del servicio, y Del Alcázar no tardó en seguirlo. Los Carrera se encerraron en el cuarto que les destinaran y trancaron la puerta por dentro.

A la mañana siguiente, alrededor de las nueve, se presentó en la habitación el coronel Santiago Calderón, que sirviera bajo las órdenes directas del general Carrera en las campañas anteriores. Con sonrisa a todas luces fingida lo saludó, manifestando extrañeza de no encontrar allí al hermano de éste.

— Luis salió antes de la diana —se limitó a explicarle el húsar, examinando curiosamente a su antiguo ayudante— ¿A qué debo su amable visita, Calderón?

—Antes que nada a mi deseo de saludarlo, señor.

—Gracias, pero no olvide que todavía me debe el tratamiento de general. ¿Y además de su afán de saludarme, qué otra cosa lo trae?

El coronel vaciló, espiando temerosamente hacia la puerta abierta antes de comenzar a hablar en voz nerviosa y baja:

—He venido a hacerle una advertencia y a pedirle un favor, mi general.

—¿Cuál es la advertencia?

—La llegada de ustedes a este cuartel general ha despertado entre los oficiales o'higginistas una sorda irritación que crece minuto a minuto.

—¡Ah! Entonces el favor que usted va a pedirme es que me marche de Talca, ¿no es así?

El coronel Calderón se ruborizó y repuso tartamudeando:

—De ningún modo me atrevería a pedir eso a su señoría. Tan sólo deseo advertirle que evite, en lo posible, salir a la calle; así como también su hermano.

Carrera no pudo disimular una sonrisa despectiva. Adivinó que el paso dado por el coronel Calderón no era fruto de su propia iniciativa, sino que obedecía a instrucciones confidenciales del comandante en jefe del Ejército, que comenzaba a temer que las salidas de los Carrera tuvieran por objeto captarse las voluntades de los oficiales.

Este aserto se vio confirmado al día siguiente por boca del propio brigadier O'Higgins, quien, notoriamente nervioso, le repitió la petición de que no abandonaran el cuartel.

—Los oficiales adversos a ustedes pueden cometer algún atentado —fue la explicación con que justificó su actitud.

Carrera se quedó mirándolo al fondo de los ojos, en los cuales creyó ver el desagrado que el chillanejo trataba de disimular.

—Amigo mío —le replicó con gravedad—, no hago jamás favores que están en pugna con mis principios. Si me mantengo encerrado en este cuartel, creerán con razón que tengo motivos para ocultarme, y mis amigos extrañarán que no los visite. En cuanto a los oficiales que quieran ofendernos, corren de nuestra cuenta.

La voz de O'Higgins sonó entonces más seca y tajante:

—He creído mi deber advertirles contra posibles ataques de hombres que se sienten irritados por la presencia de ustedes aquí.

Carrera mantuvo su talante sereno, pero replicó con superioridad:

—Irritados no, temerosos. Temen que una parte del Ejército manifieste la simpatía que aún siente por los Carrera. Pero puede usted tranquilizar a esos señores nerviosos asegurándoles que mañana partiremos hacia la cordillera.

—Creo que es lo mejor que pueden hacer —dijo sordamente O'Higgins, y repitió, alejándose—: Lo mejor..., lo mejor.

*M*anuel Rodríguez llegó embozado, como siempre, a la sólida casona ubicada al término de la calle de la Merced, en cuyo mojinete campeaba el escudo asturiano de la señora De la Quintana. Por razones que él ignoraba, doña Amanda había postergado en varios días la celebración de su cumpleaños, ocasión para la cual proyectara con bastante anterioridad realizar una suntuosa fiesta. Le extrañó, en consecuencia, no ver coches ni cabalgaduras estacionados frente a la casa y el portón cerrado. A sus golpes con el llamador de bronce le fue abierto el postigo pequeño enmarcado en una de los batientes y pronto se encontró a solas con la elegante asturiana en su refinado saloncillo francés.

—Veo que no has convidado a nadie a la fiesta de tu cumpleaños —le observó Rodríguez, intrigado. A lo que ella respondió con un mohín misterioso:

—Hubiera querido que así fuese en verdad, mi bien; que en torno a mi mesa y en el recogimiento de esta habitación no estuviésemos sino nosotros. Pero he considerado indispensable traer un invitado más.

—¿Un realista?

—No una patriota. —Doña Amanda sonreía maliciosamente, entretenida por el asombro de su enamorado. Y, como confirmando sus palabras, en ese momento se sintió detenerse un coche en la calle y casi en seguida golpes en el portón.

—Ahí llega. Voy a recibirla, si me permites. Permanece aquí, que no tardamos, querido.

—¿No te compromete mi presencia?

Doña Amanda hizo un ademán negativo desde la puerta y salió al corredor.

El bachiller esperó paseándose de un lado a otro del salón y volviendo a cada instante los ojos a la puerta, sin conseguir adivinar quién sería la incógnita visitante y a qué conducía la reunión tramada con tanto misterio. Por fin, sintió los pasos leves de dos mujeres en el enladrillado corredor y asomó en la puerta la figura de doña Amanda, invitando con un ademán a su acompañante. El joven se sintió sacudir por la estupefacción al verla aparecer.

—¡Doña Javiera! —dejó escapar en un susurro, y se adelantó a besarle la mano.

Igual sorpresa manifestaba el rostro entristecido de la patricia, pero no dijo nada, volviendo, en cambio, el rostro interrogante hacía la dueña de casa.

—Estaremos como deseabais, señora —le explicó ésta—: casi solas. Manuel es tan discreto que podremos hablar con entera libertad.

Sólo entonces la criolla pareció recuperar su aplomo y habló con voz entera. Aún no lograba adivinar para qué la había invitado la señora De la Quintana.

—Sentaos, que voy a comunicaros algo que hará necesaria toda vuestra entereza —proseguía la asturiana, señalándole un sillón y acomodándose después junto a ella—. Voy a daros una noticia que es todo un sorpresón. Vuestra tristeza tan notoria y comentada ablandó mi corazón de española. No pude resistir y os invité para hacer una buena obra, como una satisfacción de cumpleaños.

La señora Carrera no pecaba de paciente, y tanto preámbulo encendía su ansiedad.

—Por favor, doña Amanda, decidme cuál es esa noticia.

La interpelada hizo una pausa, y luego expresó con voz afectuosa y suave, tratando de atenuar el impacto de su informe:

—Vuestros hermanos, don José Miguel y don Luis, se fugaron hace tres días de Chillán.

Doña Javiera apretó el ceño y se llevó las manos a la boca como si fuera a lanzar un sollozo. Parecía inexplicable verla sufrir en lugar de alegrarse. Pero así era su temperamento; tanto había ansiado la noticia, que recibirla de pronto le provocaba una impresión terrible.

—¡Se fugaron al fin! —fue lo único que pudo articular, y quedó como deslumbrada, parpadeando nerviosamente.

Manuel había sufrido una conmoción parecida, pero su semblante reflejaba atonía más que nada.

—¿Cómo es que lo sabías, Amanda? —exclamó, olvidando que habían establecido que ante los demás nunca se tratarían de tú.

Y ahí fue donde también llegó el momento de que la asturiana manifestara estupor.

—¿Acaso tú también estabas enterado? Yo lo supe por una carta proveniente del propio Chillán y que me llegó esta mañana. ¿Y tú?...

—Por el propio José Miguel. Me envió un comisionado desde las puertas mismas de Santiago.

Doña Javiera lo atrapó de una manga y lo remeció atolondradamente. La descontrolaba que sus dos interlocutores supieran de sus hermanos y ella no.

—Hablan ustedes de los míos y no me explican nada. ¿Cómo es eso, Manuel? ¿Dónde están mis hermanos?... ¿Cómo están?

—Sanos y salvos, aunque agotados, Javierita —la tranquilizó Rodríguez—. Llegaron anoche a Rancagua y hoy se dirigirán a...

Un gesto perentorio de la señora Carrera lo hizo enmudecer. Una mirada suya a doña Amanda, aunque fugaz, bastó para que ésta comprendiera y se tornara intensamente pálida.

—¿Desconfiáis de mí? —balbuceó dolida—. ¿De mí, que acabo de revelaros un secreto grave?...

Doña Javiera comprendió su error, pero ya era tarde. Vanamente trató de justificarse pidiéndole que tratara de comprenderla, que era la vida de sus hermanos la que estaba en juego; la noble asturiana se había cubierto con una máscara de frialdad y de distancia que anulaba sus manifestaciones anteriores.

—Ya estáis servida, señora —dijo con lentitud—. Podéis iros contenta. Ya no necesitáis más a esta realista. Con un ademán habéis vuelto a establecer el abismo que siempre existió entre las dos. Idos ahora y dejadnos que celebremos un poco tristemente mi cumpleaños.

El reproche fue más fuerte que los recelos de la siempre desconfiada criolla. Dando muestra de que también sabía corresponder con nobleza, se volvió a Rodríguez y le rogó:

—Por favor Manuel, decidnos a ella y a mí adónde se dirigen mis hermanos.

—A la casa de campo de ustedes en El Monte, a la hacienda San Miguel, donde están Juan José y don Ignacio.

Rodríguez respiró aliviado y clavó su mirada inquieta en las dos mujeres, que se contemplaban una a la otra. Doña Javiera extendió sus manos a la asturiana y ésta se las estrechó, sonriendo apaciguada.

—Doña Amanda, perdóneme usted, pero esta noche voy a entrometerme en vuestros amores, robándoles unas horas de dulce plática, pero la alegría que me invade me autoriza a ser egoísta. Le ruego que me permitan acompañarlos a cenar.

La dueña de casa observó con el rabillo de los ojos a su enamorado y asintió en forma afectuosa.

—¿Podría yo, voluntariamente, opacar el brillo de contento que chispea en la mirada de Manuel? —dijo con llaneza—. No, señora. Quedaos enhorabuena. Brindaremos los tres por la felicidad; por la vuestra y, ¿por qué no también por la nuestra?

Minutos después alzaron sus copas. Doña Amanda observaba a Rodríguez con ojos enigmáticos, interrogantes. Este sonreía henchido. La señora Carrera parecía deslumbrada; miraba hacia muy lejos al beber. José Miguel y Luis estaban de regreso; volvería a lucir el lustre de los Carrera.

La primera ventisca, precursora del invierno, azotaba los campos de El Monte ese atardecer del 17 de mayo. Mortecinamente, no más luminosas que fuegos fatuos, habían ido encendiéndose las luces de la hacienda San Miguel a medida que la penumbra iba apoderándose de las casas patronales.

Doña Javiera había llegado a media tarde acompañada por Merceditas Fontecilla que contra la voluntad de sus padres, se había empecinado en estar presente en el momento del arribo de su prometido. Pero las horas transcurrían con exasperante lentitud sin que se viera recompensada la anhelosa espera.

Sentado junto a un brasero de bronce, envuelto en una manta de vicuña, don Ignacio permanecía sumido en sus pensamientos. Merceditas tejía nerviosamente frente a él, enredando la lana a cada instante, y doña Javiera se paseaba por la vasta estancia, asomándose con frecuencia a la puerta que daba al corredor. En la puerta de la choza del capataz Miguel Cornejo, que se alzaba frente a la casona, ardía una lánguida fogata, en cuyo contorno se adormecían los perros. De súbito, en el último de sus atisbos, la señora vio recortarse contra las llamas las siluetas ágiles de los perros, que se habían levantado y, con las orejas tiesas, escuchaban. Después, con un concierto de ladridos, se alejaron a todo correr por las hojas secas de la sombría alameda que conducía al camino real. Doña Javiera salió al corredor con la respiración entrecortada y se quedó escuchando a su vez. Oyó el bullicio de los canes alejándose unos doscientos metros y, de pronto, sus ladridos se acallaron de golpe.

Con el corazón ahogándola, la señora echó medio cuerpo fuera de la balaustrada tupida de enredaderas y trató de perforar la oscuridad que entenebrecía la alameda. Allá lejos, saltaban chispas de las piedras incrustadas en el suelo. Eran, sin duda, caballos que se acercaban. Los perros ladraban jubilosamente ahora y un grito sordo se arrancó de la garganta de la criolla:

—¡Padre! ¡Merceditas! ¡Son José Miguel y Luis que llegan!

Al momento, bajó la escalinata a toda prisa y corrió sobre la tierra fría.

—¡José Miguel!... ¡Luchito de mi alma! —resonaban sus voces en el silencio nocturno, y en respuesta le vino el brusco apresurarse de los cascos. Impedida de seguir corriendo, por los charcos y las piedras, esperó en mitad de la pampilla con los brazos abiertos en cruz.

Los caballos y los perros llegaron arrolladores y la voz del general Carrera sonó, estrangulada por la emoción y la alegría, entre aquellos árboles que contemplaran su infancia.

—¡Javierita!... ¡Javierita!...

Se detuvieron las bestias con estruendo y dos sombras envueltas en largos ponchos saltaron al suelo y atraparon en un arrebato de brazos a la señora, levantándola en vilo. Ella se ahogaba, llorando y riendo, entre los cuerpos de sus hermanos que se la disputaban. Después, Luis, que era como su hijo, la tomó en brazos y la llevó corriendo hasta la escalinata del corredor. Allí la volvió a dejar en el suelo, pues en lo alto, erguido e inmóvil, estaba don Ignacio.

—¡José Miguel! ¡Lucho! ¡Por fin aquí! —fue lo único que acertó a exclamar el caballero, y sus hijos se le aproximaron, subiendo los escalones lentamente, con profundo respeto. Primero José Miguel, después su hermano menor, le besaron la diestra y permanecieron una grada más bajos que él.

—Aquí estamos, padre; de nuevo en casa —dijo suavemente el general, y Luis murmuró, a su turno:

—Gracias por mantenerse sano y bueno hasta nuestro regreso, tatita.

—¡Se acabaron las penurias, padre; ya los tenemos de nuevo con nosotros! —vibró la voz nerviosa de doña Javiera, como una clarinada, y arrebatada por la ternura abrazó a Luis y lo besó sonoramente en una mejilla—. Por ti he sufrido más, chiquillo.

—Hemos vivido horas de angustias por ustedes, hijos —dijo gravemente don Ignacio, agregando con un hondo suspiro—: Pero ya se terminaron, gracias a Dios.

Fue entonces que en la puerta de la sala asomó una sombra silenciosa que hizo volver a la realidad a doña Javiera.

—¡Por Dios! —exclamó, compungida—. En la emoción del momento, me olvidé de advertirte, José Miguel, que está aquí, con nosotros...

El general no alcanzó a oír el resto de la frase; había reconocido de inmediato a Merceditas Fontecilla y se adelantaba hacia ella con las manos tendidas y una sonrisa tierna:

—¡Merceditas! —musitó cariñosamente, tomando entre las suyas las frágiles manos de su prometida, y no supo qué más decir.

Ella no pronunció palabra alguna, sino que lo arrastró con levedad hacia el rectángulo de luz que salía del vestíbulo y se quedó mirándolo intensamente. El húsar estaba ante ella tal como lo soñara en sus noches de pesadillas: con la barba crecida, como la de un santo, rendido, flaco, con el cabello largo y los ojos brillándole afiebrados en las órbitas ahondadas por las penalidades.

—¡Cómo te han dejado, José Miguel! —protestó la joven, con un hilo de voz, y lágrimas lentas le resbalaron por las mejillas.

El general ocultó el rostro inclinándose a besar sus manos y escondió sus propias muñecas bajo el halda de su manta para que ella no viera las marcas de los grilletes con que lo habían tenido encadenado.

—Es la guerra, querida —se limitó a explicar—. Fueron las privaciones de esa campaña desastrosa.

Pero doña Javiera traía también a Luis hasta el cuadro de luz y lo observaba con la mirada centellante.

—¡Vea, padre! ¡Observe cómo han dejado a sus hijos! —clamaba con acento cargado de rencor—. Y los culpables no son sino O'Higgins y ese descastado de De la Lastra. No me bastarían sus muertes para...

—¡No, Javiera, calla! —Don Ignacio interponía su cansada autoridad para acallarla—. No hagamos de nuestra vida un perpetuo luchar. Juan José tuvo que cruzar la cordillera y refugiarse en Mendoza por causa de esta rebeldía insensata. Si mis hijos aún me respetan, les ordeno calmarse, olvidar los rencores aunque sólo sea por el tiempo necesario para que recuperen la salud. Mantengámonos todos en el reducto sereno de la hacienda y dejemos que los que han ambicionado el poder se gocen en ejercerlo. Si mi orden no basta, se los suplico hijos míos.

La actitud de Mercedes Fontecilla, con sus ojos clavados en el rostro de húsar, ansiosa y trémula, reforzaba el ruego del abatido patricio.

—He sufrido más de un año temiendo la llegada de noticias fatales

633

referentes a ti —decía—. La guerra aplazó nuestro matrimonio. Si vuelves a ella, te daré por perdido definitivamente.

José Miguel respiró profundamente y dejó escapar el aire de sus pulmones en forma casi dolorosa; sus músculos se distendieron y su mirada perdió el brillo febril.

—Tienen ustedes razón; ya hemos dado demasiado de nosotros a la guerra. Es preferible que tratemos ahora de disfrutar de un poco de paz.

—El coronel De la Lastra no nos dará tregua, José Miguel —acotó en voz baja Luis, que hasta entonces guardara respetuoso silencio.

El húsar esbozó una vaga negativa. Quería confiar en que, si el director del Gobierno llegaba al convencimiento de que sólo anhelaban reducirse al descanso en la lejana hacienda, los dejaría tranquilos.

—Voy a escribirle mañana mismo una nota comunicándole nuestra llegada y nuestro propósito de mantenernos aislados en la hacienda, renunciando a todo deseo de intervenir en la política del país. Espero que sepa comprendernos.

Don Ignacio le palmeó la espalda aprobando su determinación y en seguida entró a la casa llevando a sus dos hijos bajo sus brazos abiertos.

Pero la reacción de don Francisco de la Lastra fue totalmente contraria a lo esperado. Al recibir la carta del general Carrera, su temor se acrecentó, no creyó en la sinceridad de las expresiones vertidas en el papel. Su ira se descargó primero sobre Bernardo O'Higgins por no haber apresado a los hermanos en Talca. El 18 de mayo le escribía:

Ha salvado V. E. la patria por su valor y energía, y ha consumado tan heroica obra proporcionándole la paz de que disfrutamos; pero, al mismo tiempo, olvidado de los enemigos interiores de ésta y de sus crueles tiros teniendo a la vista su conducta anterior y mis repetidas prevenciones para no concederles paso a la capital, permite su venida a los que con ella sólo tratan de envolverla con horror y sangre.

Simultáneamente, el clan de los Larraín, representado por Antonio José de Irisarri, secretario de Gobierno e intendente de Santiago, presionaba al nervioso gobernante para que la guardia de Palacio se trasladara a la hacienda San Miguel y apresara a José Miguel y Luis Carrera.

Atardecía el 23 de mayo, cuando un inesperado jinete cruzó al galope la alameda de acceso a la hacienda y detuvo su caballo sudoroso bajo el alto corredor, donde platicaban blandamente don Ignacio y sus hijos. La paz se rompió como si hubiese sonado un estampido. La costumbre de estar siempre alertos hizo saltar a los dos hermanos de sus asientos y asomarse sobre la balaustrada. Luis fue el primero en reconocer al recién llegado.

—Es el ordenanza de Manuel Rodríguez — exclamó asombrado, ¿Qué ocurre, hombre?

Pascual Silvestre Corrales se quitó el sombrero con un ademán rápido y espetó la razón de su visita en una sola frase:

—¡Vienen los soldados a tomarlos presos, patrones!

Los cuatro Carrera se miraron entre ellos y en el semblante del general se fue marcando una expresión de desencanto y pesar al observar la actitud sobresaltada de su padre.

—Ya ve usted que de nada sirve ser manso, señor —reflexionó con voz sorda y, pasando rápidamente a la acción, preguntó al ordenanza—: ¿Cuántos son y a qué distancia se encuentran?

—Vienen veinte de caballería mandados por el capitán Pablo Vargas y no demorarán media hora en estar aquí. Mi patrón Rodríguez se enteró a última hora y apenas alcancé a montar a caballo y tomarles la delantera. No vino él mismo por quedarse observando lo que está pasando en Santiago. Pero, de todos modos, vendrá mañana para ayudarles a salir de este lugar.

Verse obligados a salir de su propia morada y emprender otra vez la fuga sublevaba a los dos militares, pero comprendieron que era una ingenuidad afrontar las circunstancias; defenderse con ayuda de la peonada del fundo, desembocaría en una matanza inútil. De la Lastra se estaba jugando entero para salvar su propio pellejo. Fue una vez más doña Javiera la que resolvió el dilema; ella lo había previsto.

—¿Recuerdan, el antiguo subterráneo que existe detrás de la pesebrera? Hice disimular su entrada con ramas y enredaderas y coloqué adentro colchones, mantas, víveres y velas, presintiendo que algún día tendríamos que usarlo como escondrijo. ¡Dense prisa! Ocúltense allí.

Resignándose difícilmente a esa nueva humillación, los dos hombres la obedecieron y, cuando la guardia de Palacio, bajo las órdenes del capitán Vargas, llegó a la hacienda no halló rastro alguno de los fugitivos. Vanamente los soldados registraron las habitaciones, cobertizos y bodegas. El general y su hermano sintieron varias veces el ruido de sus botas sobre sus cabezas y cerca de la entrada del refugio, pero nadie la descubrió.

El capitán Vargas estaba desconcertado y maldecía la misión en que se veía metido. De pie en el corredor, sentía las miradas agresivas del dueño de casa y de su altanera hija apuñaleándolo con su desprecio. Finalmente, cuando el último de sus soldados regresó, fracasada la búsqueda, se volvió nerviosamente a don Ignacio y le expresó:

—Señor De la Carrera, es más conveniente para usted confesarme dónde se esconden sus hijos. Comprenda que no obro por mi iniciativa, sino cumpliendo una orden inflexible.

No hubo odio sino pesadumbre en la respuesta del caballero.

—No puedo oponerme a que registren mi hacienda, capitán —le replicó—, pero de más está que le advierta que, tarde o temprano, usted va a tener que responder de este atropello ante mis hijos. Y bien sabe que tienen la mano dura.

Demasiado lo sabía el desventurado capitán y, al igual que el director De la Lastra, se veía obligado a jugarse el todo por el todo para no tener que enfrentar las consecuencias. Por esa razón, no atinó sino a defender su vida con la del propio señor De la Carrera.

—Mientras cumplo mi misión y, en tanto no esté seguro en mi cuartel de Santiago, usted será mi prisionero, mi rehén —balbuceó sordamente, sin disimular su vergüenza, y, volviéndose de espaldas, ordenó a dos soldados que encerraran a don Ignacio en el escritorio de la casa hasta que los demás terminaran de recorrer las casas de los inquilinos.

Pero, en su nerviosidad, el oficial cometió un error imperdonable, que fue despreocuparse de doña Javiera, y ella se desvaneció en los corredores sumidos en la negrura de la noche.

Vargas era un militar duro y celoso cumplidor de su deber, pero esa noche se sentía como sobre ascuas. El silencio lo abrumaba, los macizos de árboles le parecían llenos de sombras movedizas; el presentimiento del peligro le impedía mantenerse sentado en el corredor, donde había hecho colocar una mesa con un velón. El regreso de uno de sus soldados, al cabo de media hora, le trajo algún sosiego, pero el informe que éste le rindió terminó de decidirlo a partir inmediatamente.

—Es imposible que los hallemos durante la noche, mi capitán —le dijo el hombre—. Todo está oscuro como una tumba; hay demasiado silencio en torno a las casas y me da mala espina no encontrar a ninguno de los jornaleros de la hacienda.

Le expresaba el oficial la orden de reagrupar a los soldados para abandonar el lugar cuando sintieron a lo lejos un ahogado grito de dolor. A toda prisa bajaron a la pampilla frontera a la casa y se quedaron expectantes, observando en la dirección de donde había provenido el grito. Entonces oyeron un segundo alarido, más próximo, por el lado del huerto. Los nervios del capitán se descontrolaron.

—¡Llame a nuestra gente a gritos! ¡Rápido, rápido! ¡Tenemos que reunirnos todos aquí o van a eliminar a nuestros hombres uno tras otro!

— Se adelantaba el soldado hasta el borde del débil halo de luz, cuando surgieron de entre los árboles algunos componentes del piquete. Fácil fue ver que traían en vilo a tres de ellos.

—Los aturdieron a garrotazos —informó un sargento, respirando aliviado al encontrarse junto a su jefe. Todos los peones de la hacienda están alzados, mi capitán.

—Monten a caballo y espérenme en el centro de la pampilla. Que uno de ustedes llame a los que faltan —replicó el oficial, y se encaminó a la casa a grandes zancadas.

Frente a la puerta del escritorio donde estaba encerrado el dueño de la hacienda montaba guardia un soldado, a quien ordenó reunirse con el resto de la tropa. En seguida, nerviosamente, abrió la puerta y se enfrentó con el padre de los Carrera.

—¡Arriba, señor! —le ordenó bruscamente—. Va usted a servirme de escudo contra sus peones alzados, y en Santiago tendrá que responder por este desacato a la autoridad.

Don Ignacio lo miró con parsimonia, casi compasivamente, y no se levantó de su asiento.

—Si yo estuviera en su lugar, capitán Vargas, no daría este paso —le observó—. Va a serle funesto.

—¡Ese es asunto mío! —se violentó el oficial, pero con la voz temblorosa—. ¡Levántese de esa silla y camine, si no quiere que lo saque a empellones!

No había terminado su frase cuando una voz seca como un latigazo resonó a su espalda:

—¡Otro atrevimiento como ése y no contendré mis ansias de meterle una bala!

Vargas se volvió sobresaltado y se halló frente a doña Javiera que, habiendo entrado a la habitación detrás de él, lo apuntaba fríamente con una pistola. Esbozó un ademán de acercarse a ella, y la mano de la señora se crispó en la culata del arma.

—¡Deténgase! ¡No me obligue a fatalizarme con usted!

—¡No se atreverá, señora! —la desafió el oficial, recuperada su entereza ante el peligro. Pero en ese momento se abrió violentamente el postigo de una ventana que daba al jardín trasero y asomó en el hueco el rostro amenazador del ordenanza de Rodríguez, apuntándolo con un fusil recortado.

—¡Pero yo sí me atreveré, guaina atrevío! ¡Le doy tiempo, mientras le hago puntería a su calabaza, para salir ahuecando! ¡Agorita mesmo, pa juera o me lo cargo!

Vargas salió atropelladamente y corrió por el pasillo exterior, bajando a saltos los escalones que daban a la pampilla. Sus hombres estaban tan amedrentados como él; ahora sí que los contornos se veían repletos de sombras que se movían entre los árboles. Montó a caballo y alcanzó a oír a doña Javiera, que le gritaba duramente desde el corredor:

—¡Deserte y pásese al bando realista o tendrá que llorar mucho por haber afrentado la casa de los Carrera!

El capitán y sus hombres picaron espuelas y se perdieron galopando por la alameda, agazapados sobre sus caballos por temor a que los abatieran a balazos desde los árboles de los costados.

Esa noche, después de la fuga del piquete, las velas ardieron hasta consumirse en el salón de la vetusta casona. Don Ignacio, paseándose ansiosamente ante sus tres hijos, habló largamente, acumuló argumentos, autoritario a ratos, suplicante en otras ocasiones, hasta que, cercano ya el amanecer, las réplicas encendidas de sus vástagos se apaciguaron y su voluntad fue acatada. José Miguel y Luis partirían horas más tarde hacia Argentina, para reunirse con Juan José en Mendoza. Allí aguardarían los tres hasta que la tranquilidad retornara a Chile y pudieran regresar en paz.

Pero tampoco esta solución habría de dar los frutos esperados. Apenas introducidos en la cordillera, las fuertes nevazones del invierno cortaron el camino a la caravana que conducía a los dos exiliados voluntarios. Una muralla insalvable de nieve y hielo les cerró el paso, e inútiles fueron los esfuerzos que realizaron durante tres días tratando de abrirse camino. Agotados y entumecidos, tuvieron que emprender el regreso a la hacienda paterna.

Entretanto, los espías del coronel De la Lastra le habían comunicado la partida de los Carrera hacia la cordillera, y él, enturbiada la mente por sus imaginarios terrores, llegó al absurdo convencimiento de que el propósito de los fugitivos era salir al encuentro de un numeroso grupo de soldados que les habría reclutado el hermano mayor en Mendoza. El pánico fue el que le dictó sus disposiciones siguientes: ordenó la vigilancia de los cuarteles, atropellando la dignidad de los jefes; hizo rodear el Palacio de Gobierno con milicias voluntarias, reclutadas entre sus adictos y completadas con los peones de sus tierras, postergando a los militares encargados de ese servicio y, por último, promulgó un decreto insensato que los Carrera conocieron apenas regresaron a su hacienda.

Se disponían éstos a descansar del viaje abrumador que acababan de realizar, cuando Manuel Rodríguez saltó de un caballo frente a la casona, subió precipitadamente las gradas del corredor y abriendo puertas llegó hasta el comedor, en donde José Miguel y Luis bebían un ponche de vino hervido para desentumecerse.

—¡Menos mal que están ustedes aquí! —exclamó con alivio el bachiller, inclinándose ante doña Javiera, que entraba en ese momento a la habitación—. No creí encontrarlos tan fácilmente.

—¿Qué ocurre, Manuel? —lo interrogó el general—. Algún motivo muy poderoso debes tener para venir en forma tan precipitada.

—¡Y vaya que es poderoso! Se trata nada menos que de salvarte la cabeza, José Miguel.

El bachiller reía, pero sus interlocutores sabían que era capaz de decir riendo las cosas más serias, por lo que le insistieron que se explicara.

—Francisco de la Lastra, muerto de miedo ante los rumores de que regresabas de la Argentina con un ejército, ha puesto a precio tu cabeza, querido —les reveló Rodríguez, pasándose la mano abierta por el cuello, a tiempo que hacía una morisqueta macabra.

Pero los Carrera no estaban para bromas. Doña Javiera crispó los puños y dio un golpe sobre la mesa.

¡Como si José Miguel fuera un bandido!

—Ese hombre está decididamente loco —estalló Luis.

—Sí, loco de pánico —le confirmó Rodríguez—. Ha dictado las disposiciones más absurdas, al mismo tiempo que hizo pregonar un bando en el que ofrece doce mil pesos por la cabeza de José Miguel, y en que le fija plazo hasta el 23 de julio para entregarse voluntariamente.

El general no se exaltó como sus hermanos. Lejos de eso, su reacción fue tan fríamente serena, que resultaba más grave que una amenaza.

—Estamos llegando al límite, Manuel —dijo—. He hecho los mayores esfuerzos por mantenerme en paz y alejado del campo en que reina De la Lastra. No he querido utilizar los elementos de que dispongo, porque ellos me hubieran conducido indefectiblemente a derribar el Gobierno. Pero De la Lastra, con estúpida testarudez, se empeña en provocarme. Ahora me coloca en el dilema de entregar mi cabeza o tomar la suya. Debe considerar que le tengo muy poco apego a la mía.

Rodríguez se había puesto repentinamente serio, tan serio como sus amigos no lo vieran nunca antes, y sus ojos relucían sombríamente. Posando una mano sobre la espalda del húsar, le habló roncamente, inclinado sobre él:

—Despierta, José Miguel. Hay centenares de hombres que sólo esperan que tú les ordenes: ¡Adelante! No se trata ya de defender tu vida solamente, sino también de intentar el salvamento de la patria, que mediante ese ignominioso Tratado de Lircay O'Higgins y De la Lastra han puesto al borde de la pérdida. Muchos, que al llamado del chillanejo volverían las espaldas, a una señal tuya se mostrarán dispuestos a morir sobre el caballo. ¿Qué esperas, José Miguel? ¿Dejarte apresar por un mentecato como De la Lastra, tú, que puedes derribarlo con el dedo meñique? ¿Quieres perecer como un bandido en el cadalso?

Todos callaron ante la acertada argumentación del bachiller. El general se mordía los labios. y doña Javiera lo observaba con gran ansiedad. Fue Luis el primero en reaccionar, resuelto a entrar en acción.

—Si tu cabeza ha sido puesta a precio, la mía no —dijo—. Yo tendré algo más de libertad para introducirme en Santiago con menos riesgos. Déjame que parta con Manuel y que te prepare los ánimos de la oficialidad de los regimientos. Entre ambos podemos conseguirlo, ¿verdad, Manuel?

Rodríguez asintió con la cabeza, sin quitar la mirada del general, y acotó resueltamente:

—Nosotros te recuperaremos el apoyo de los que fueron tus partidarios, de modo que, cuando lo estimes conveniente, entres a la ciudad, encabeces las tropas y te apoderes del Gobierno.

—¿Cuántos días necesitan ustedes para realizar esa tarea?

—Concédenos diez.

—Bien —aceptó el general, dirigiéndose a su hermano—. El 8 de julio llegaré a Santiago. ¿En qué lugar te encontraré?

Luis pensó un instante y respondió con rapidez:

—En la casa de mi... —se sonrojó, sin atreverse a decir "mi novia"—, de Tomasita Alonso de Gamero.

El 8 de julio, José Miguel Carrera vestido de huaso pobre, con el rostro oscurecido con jugo de nueces y un ancho sombrero de paja sumido hasta las cejas, se disponía a montar en un viejo caballo para emprender el viaje a Santiago, cuando entró a la hacienda un propio enviado por su hermano Luis. En un papel garabateado a la ligera, éste le comunicaba que uno de los oficiales ya comprometidos, el teniente Contreras, había sido arrestado por la guardia del Gobierno y que demorara su llegada a Santiago hasta nuevo aviso.

Consumido por la impaciencia, el general esperó todo el día siguiente, pero su nerviosidad no le permitió prolongar más su inacción. Volvió, pues, a vestir su disfraz, y, tomando esta vez, por precaución, un buen caballo, se encaminó hacia la capital. Apenas había dejado atrás el caserío de Talagante cuando, en sentido contrario al suyo, vio acercarse a otro jinete que venía a todo correr. Por no despertar sospechas redujo la marcha de su cabalgadura y esperó. Prosiguió con la cabeza gacha, ocultando el rostro y mirando por debajo del ala del sombrero, lo que le permitió observar al hombre que se aproximaba. Iba éste pasando al lado suyo, cuando, con una exclamación de sorpresa, lo reconoció. Era Manuel Rodríguez.

—¡Manuel! ¡Manuel!

El bachiller frenó en seco su caballo.

—¿Quién me llama? —preguntó, acercándose con cautela.

Carrera le contestó con una carcajada que fue bastante para identificarlo.

—¡José Miguel! —exclamó ansiosamente Rodríguez—. Es providencial que te encuentre a mitad de camino. Ha ocurrido algo grave y es preciso que tú intervengas lo antes posible. Se trata de Lucho.

Carrera presintió que su hermano había tenido un contratiempo con los guardias del coronel De la Lastra y que debía hallarse en peligro, lo que no tardó en confirmarlo su amigo.

—Los guardias del Gobierno lo apresaron ayer. Lo vendió una mulata, criada de Tomasita Alonso de Gamero. Lo arrestaron precisamente en casa de su novia.

—¿No le han hecho nada todavía? —El general temblaba por su hermano.

Rodríguez hizo un gesto vago, que dejaba lugar a muchas dudas.

—Que yo sepa, aún no le han hecho nada. Pero el pánico que domina a De la Lastra es una verdadera locura y, arrastrado por ella, temo que haga un escarmiento irremediable con tu hermano.

Carrera se irguió sobre los estribos, abandonando el aspecto sumiso que correspondía a su vestimenta, y profirió con los dientes apretados:

—¿Ah, sí? ¡Pues, ya veremos quién saca primero el cuchillo! ¡Vamos, Manuel, sígueme, si puede correr tu caballo!

Desde aquel instante, el terror, la alarma y las acechanzas imprevistas empezaron a reinar sobre Santiago. Confirmando el aserto de que no hay ser más temible que un cobarde en peligro, el director De la Lastra siguió extremando las medidas de represión contra el movimiento carrerino que presentía. Las patrullas armadas vigilaban constantemente las calles y se introducían sin miramientos en todas las casas que consideraban sospechosas. Pero la organización policial improvisada por el coronel y el intendente Antonio José de Irisarri se estrellaba contra la habilidosa maña con que los parientes de los Carrera y los amigos de Manuel Rodríguez protegían a José Miguel. Por otra parte, adivinando que el peligro lo cercaba cada vez más estrechamente, De la Lastra no se atrevió a someter a Luis a castigo alguno, limitándose a mantenerlo encerrado en un calabozo bajo estricta vigilancia.

Durante más de diez días, usando de los más estrafalarios disfraces, el general Carrera se movía por la capital, amparado por la noche; visitaba los cuarteles y se mantenía en contacto con sus lugartenientes: el canónigo Julián Uribe, Manuel Rodríguez y su primo Miguel Ureta. Un santo y seña derivado del nombre de doña Francisca Javiera los identificaba en los lugares en que se reunían: "Panchita".

El 20 de julio, a la hora del Angelus, en momentos en que unas decenas de beatas rezaban sus oraciones de la tarde en la iglesia de San Francisco, un franciscano, con la capucha calada, se arrodilló junto al canónigo Uribe, que aparentaba estar sumido en la oración, y le musitó al oído, espiando al mismo tiempo a un viejo que rezaba en la banca de más atrás:

—"Panchita".

El sacerdote giró apenas la cabeza y le respondió en el mismo tono:

—¡Caramba, don José Miguel, ya temíamos por usted! Cada día es más difícil escabullirse de las patrullas del Gobierno.

—Bien lo sé —musitó Carrera—. Parece que adivinaran mis pasos o que alguien cercano a nosotros advirtiera a De la Lastra.

El padre Uribe resopló suavemente, relajando sus nervios, y movió la cabeza.

—Paciencia tres días más, general —susurró—. Ya está todo preparado.

—¿Manuel Rodríguez está advertido? —quiso saber el caudillo, y se sobresaltó al oír una breve risilla a sus espaldas. El viejo de la banca trasera había levantado el rostro y le brillaban los ojos, chispeantes de malicia. Carrera reconoció al punto a su travieso amigo, que aparentaba rezar con una mueca bobalicona.

—¿Qué noticias me tienes, bribonazo? —le consultó.

Como si continuara rezando, sin mirar y hablando con sonsonete, Rodríguez le respondió:

—¿Te atreves a pasar conmigo frente a la casa de Santo Domingo N° 79 esta noche? Ahí verás con qué febrilidad se activan para cazarte los amigos de Gregorio Argomedo. Anoche vi entrar a esa casa a no menos de veinte, encabezados, por supuesto, por el coronel Mackenna. Se reúnen como conspiradores y me parece que han formado una liga secreta.

—Debí imaginarme que Mackenna e Irisarri no cejarían —reflexionó Carrera—. Pero de todos modos daremos el golpe.

Inclinándose sobre un hombro del padre Uribe, para alcanzar a ser oído por Rodríguez también, comenzó a exponerles su plan definitivo. El sacerdote, con unos veinte peones de la hacienda San Miguel, armados de carabinas, se apoderarían del Cuartel de Artillería, donde contaban con el mayor Arenas; los hermanos Juan de Dios y Toribio Rivera sublevarían al cuerpo de Dragones, y su primo Baltazar Ureta, secundado por un alférez de apellido Toledo, se apoderaría del Cuartel de Granaderos.

—¡Magnífico! —aprobó Rodríguez—. Fijemos fecha y hora, entonces.

—El 23 a las tres de la madrugada —dijo Carrera—. Ya hablé con los otros amigos fijando ese momento. Corran la voz ustedes. Los veré ese día a medianoche en casa de don Juan Enrique Rosales.

Se ponía de pie para marcharse, cuando Rodríguez le repitió:

—Si puedes, acompáñame esta noche a la casa de Santo Domingo. Conocerás a la mayoría de tus ocultos perseguidores.

—Está bien. Espérame a las nueve en la venta de la negra Rosalía —musitó rápidamente el general, y se marchó enfundado en el cuello de su manta.

Doña Rosalía era una mulata famosa por los picarones en almíbar que sabía preparar, y a su venta de techo pajizo, ubicada en la esquina de la calle Catedral con el callejón de los Teatinos, acudían casi todos los nocherniegos del centro de la ciudad.

Puntuales se encontraron allí los dos conspiradores y, deslizándose apegados a las murallas, fueron a apostarse en el pórtico de la casa de los Portales, apodada "La Bastilla" por sus dos torres de ladrillos y su ancho portón, sustentado por columnas en espiral. Allí, amparados en las sombras, se dedicaron a espiar la casa de don Gregorio Argomedo, a la que vieron entrar, con muchas precauciones, a numerosos políticos santiaguinos, e incluso al agente diplomático de Buenos Aires, don Juan José Passo.

Se disponían a escabullirse ya de su escondite, anotados en la memoria los nombres y los rostros de sus presuntos adversarios, cuando en la bocacalle del callejón de los Teatinos sonó un silbato y se movieron las sombras de varios hombres.

—¡Diablos, las patrullas de guardias! —exclamó Rodríguez—. Alguien les ha indicado nuestra presencia. Seguramente tienen vigilantes en la casa de Argomedo.

—¡Busquemos salida por la calle Atravesada de la Compañía! —indicó Carrera, y ambos se lanzaron en dirección hacia el oriente, manteniéndose apegados a los muros para disimularse.

Pero la persecución se hizo sentir de inmediato. Los silbatos resonaban por todas partes. Los dos hombres torcieron por la primera calle y, llegando a la puerta trasera de la Catedral, se detuvieron un instante para examinar su situación.

—Es preferible que nos separemos —determinó Carrera—. Sigue tú por la Atravesada, que yo iré hacia la Merced.

Se rozaron las manos y partieron cada uno en distinta dirección.

José Miguel avanzó a saltos hasta la Plaza de Armas, y agazapándose entre los carretones de los verduleros que pernoctaban en ella, la cruzó en diagonal con el propósito de salir frente a la casona de su tía, doña

Borja de la Carrera, suegra del conde de la Conquista. Pensaba refugiarse allí, pero el portón estaba firmemente atrancado. Sintiendo tras él los trajines de los guardias, continuó por la calle de la Merced, en dirección a la plazuela de ese convento. Pero cuando ya estaba por llegar, oyó voces y carreras de caballos frente a él. Sus perseguidores se habían adelantado por alguna calle paralela para cerrarle el paso. José Miguel se detuvo con el corazón saltándole en la garganta. Una mirada le bastó para comprender que estaba acorralado. Instintivamente buscó el quicio de una puerta y se incrustó en el hueco. Con la espalda apoyada contra los batientes, contempló el cauteloso avance de los guardias, abarcando todo el ancho de la calle. Sobresaltado, se apegó más a la puerta y, de pronto, se quedó con la respiración suspendida. Esta había cedido un tanto, crujiendo débilmente. El general afirmó los pies en el suelo y cargó su cuerpo contra las maderas, haciendo fuerzas poco a poco. El batiente contra el cual presionaba se bamboleó una y otra vez y, con un chasquido, cedió.

Carrera no demoró un segundo en terminar de abrir la puerta, trasponerla y cerrarla a sus espaldas. Respirando profundamente, se quedó con la nuca apoyada en las maderas y los ojos cerrados. En esa posición sintió pasar a los guardias y escuchó sus voces cuando se encontraron con los del otro pelotón que venía desde la plazuela de la Merced. Pensó entonces en que iniciarían una búsqueda puerta por puerta y que podrían hallarlo allí. Abrió los ojos y trató de saber dónde se encontraba, pero estaba totalmente desorientado; en la vertiginosidad de la fuga a oscuras no había tenido oportunidad de fijarse en qué casa se introducía, y todo allí dentro estaba sumido en la negrura más profunda.

Estirando los brazos para protegerse, avanzó hacia el interior, paso a paso, resbalando las suelas de sus botas sobre el piso. Penetró así algunas varas, descendió dos escalones y continuó avanzando hasta estrellarse con un mueble, que hizo un ruido que le pareció estruendoso. Sorteándolo cuidadosamente, pisó sobre una alfombra. Se detuvo entonces, comprendiendo que estaba en el vestíbulo de la casa. Por otra parte, las voces de los guardias se habían apagado y eran apenas perceptibles.

Fue en ese instante preciso que brotó una luz tenue del fondo de la estancia, en lo alto, como si estuviera apegada al techo, la que fue precisándose, aumentando de intensidad a medida que se acercaba. Pronto el halo luminoso permitió a Carrera distinguir la parte superior de una escalera, al mismo tiempo que sus oídos captaban el ruido inconfundible de unos pies calzados con zapatillas de noche, que se deslizaban en el piso superior.

El general quedó clavado en su sitio, incapaz de movimiento alguno, y en esa situación vio aparecer, primero, un pequeño candelabro de dos velas sujeto por una mano que surgía de la flotante manga de una bata de mujer; después, dos pies enfundados en chapines de seda que comenzaban a descender la escalera lentamente.

—¡Ramón! ¿Es usted?...

La voz de la mujer, lenta y quejosa, con cierto dejo infantil, hizo que una onda helada recorriera la espina dorsal del húsar. Pensó en huir, pero ya era tarde. No temía por él, sino por la mujer solitaria que habría de espantarse al encontrarlo allí, en medio del salón a oscuras. Se irguió entonces, tratando de adoptar una actitud tranquila y se quitó el sombrero campesino que lo cubría.

La dueña de casa había llegado casi al término de la escalera y se asomaba a la estancia, apoyada en la baranda y proyectando hacia abajo la luz del candelabro. Fue entonces que ella distinguió la silueta inmóvil y se hizo visera con una mano sobre los ojos para observarla mejor.

—¿Es usted, Ramón? —repitió, ladeando la cabeza, para escuchar la respuesta.

Carrera sofocó una exclamación de sorpresa al contemplarle el rostro. Era doña Juanita Micheo, "la oidora", como la llamaban en otros tiempos la íntima amiga de su hermana Francisca Javiera. Hacía diez años que no la veía y realmente la había olvidado. Pero era imposible no reconocer los rasgos de la mujer que fuera la más bella de Chile en los años aproximados a 1800. No había lugar a equivocarse: era la hermosa limeña, casada con el anciano oidor don José de Rezábal, por cuyos desplantes andaban embobados todos los oficiales de la guarnición de Santiago en aquellos años.

Una tibia sensación de añoranza cayó como un bálsamo sobre la nerviosidad del perseguido y le impelió a responder con voz suave, casi risueña:

—Soy yo, Juanita: José Miguel Carrera.

La señora se quedó en silencio, como si no hubiera entendido o le costara retrotraer sus recuerdos. Pero de pronto se llevó una mano a la boca para acallar una exclamación que le brotaba incontenible, bajó corriendo los últimos escalones y se acercó ansiosamente al militar.

—¡José Miguel! —musitó con un hilo de voz proyectando sobre él la luz de las velas y examinándolo con intensa atención. E inesperadamente su semblante adquirió vida, se distendió en una sonrisa traviesa y se transformó de tal manera que Carrera se quedó estupefacto—. ¿Vienes de algún sarao a esta hora? —le preguntó ella, en tono picaresco, igual que si no hubieran transcurrido años y mil incidencias desde la última vez que se vieran: y como él continuara inmóvil, mudo por la sorpresa, pareció turbarse y balbuceó, encogiéndose dentro de su batón nocturno—: Perdón... Antes nos tratábamos de tú, pero... ¡Oh José Miguel! ¿Siempre has de estarme provocando estos "acholos"?

Juanita Micheo agachó la cabeza con pueril coquetería, y una sensación de indefinible tristeza y compasión invadió al general. Observaba la cabellera abundante de "la oidora", apretada en una gruesa trenza; esos cabellos magníficos y renegridos que él admirara en otra época, ahora opacos y entremezclados de abundantes hebras blancas; veía sus mejillas ajadas y las comisuras de sus ojos surcadas de innumerables arrugas, y las pupilas, antes brillantes y llenas de fuego que despertaran en él incontrolables ansias, lo habían mirado hacía unos segundos apagadas y cansadas. No alcanzó a hablarle, porque la señora volvió a levantar el rostro y, tomándolo con impulsiva familiaridad de un brazo, lo condujo a un sofá cubierto por gruesa funda.

Doña Juanita hablaba, hablaba, como si las palabras le brotaran en torrente irrefrenable. Mencionaba nombres y títulos, se refería a fiestas ya olvidadas, a hechos totalmente borrados por los acontecimientos posteriores, como si el tiempo no hubiera corrido para ella. Saltaba de un tema a otro, sin esperar respuesta. De pronto, su alegría se trocó bruscamente y una sombra de melancolía se extendió por su semblante.

—¡Qué cruel has sido siempre conmigo! —le reprochó con debilidad—. En otros años, cuando yo era "la oidora" Rezábal y triunfaba en los salones, y todos los hombres bebían los vientos por mí, tú, que eras el único a quien hubiera querido tener a mis pies, te burlabas. Ahora puedo confesártelo. Cuando visitaba a Francisca Javiera y oía tus carcajadas en el zaguán de entrada de tu casa, me encogía presa de alegría y de miedo. Alegría de verte y miedo de tus ojos burlones. Y en las fiestas, cuando bailaba frente a ti, sentía tu mirada atrevida clavada en mi escote, en mis brazos, prendida a mis caderas, punzante como si hubiera querido traspasar mis vestidos. Sufría entonces una vergüenza que me enrojecía el rostro y, al mismo tiempo, un fuego que me consumía entera.

—Juanita, ¿a qué recordar aquellas torpezas de mi juventud? —trató de aquietarla Carrera, desazonado por su vehemencia tan fuera de lugar. Pero ella seguía divagando, en otro tono, perdidos los ojos en el vacío.

—Debiera odiarte..., creo que, en verdad, te odié durante mucho tiempo —decía—. Tú sabes... ¡No, ni siquiera te habrás enterado! Mi marido, el oidor José de Rezábal, que bastante había sufrido el pobrecillo con mis descocos y devaneos, murió por tu culpa.

—No, murió de enfermedad —trató de oponerle el militar, impresionado; pero ella proseguía acusadora:

—Murió por tu culpa. Fue en 1811. Tú habías regresado de España y te tomabas el poder. El pensó que ibas a ponerte de parte de los realistas y defendió tu nombre en todas las reuniones. Pero, de súbito, manifestaste tus verdaderas intenciones y vino la persecución. Mi marido, que era viejo, una tarde tuvo que huir corriendo ante una carga de tus granaderos y apenas entró a nuestra casa, jadeante por el esfuerzo, cayó muerto en esta misma sala. Aún recuerdo sus últimas palabras maldiciéndote.

La voz de "la oidora" había ido subiendo hasta la estridencia, y se cortó en una nota alta, bruscamente. Carrera se mantenía rígido en el sofá, sin atinar siquiera a justificarse. Y de pronto, la actitud de la señora volvió a cambiar, tan sin transición como en las oportunidades anteriores. Su expresión se tornó dulce, apasionada. Acercándose más a él lo contempló rasgo por rasgo.

—El tiempo no te ha hecho daño, mi adorado —murmuró cariñosamente—. Estás curtido por el sol, más hombre, y en tus cabellos todavía no aparecen las traicioneras canas. Lo que importa es que has vuelto, mi bien; te he esperado tanto.

Y sus manos trémulas se alzaban sobre la cabeza de Carrera esbozando una caricia, mientras su rostro se acercaba al suyo con los ojos entornados.

—¡Ay, Dios mío, siempre deseé tomar tu frente entre mis manos y nunca me atreví! Pero ahora..., ahora que has vuelto...

Carrera sentía que un nudo doloroso le estrangulaba la garganta, y sus manos frías detuvieron el gesto de la señora, a tiempo que le expresaba dificultosamente:

—Juanita, vuelve en ti.

"La oidora" recogió los brazos como si la hubieran herido y sus ojos desorbitados se clavaron en el general, azorados y violentos.

—¡Otra vez! —exclamó, mordiéndose los labios—. ¡Otra vez me avergüenzas!

Poniéndose bruscamente de pie, retrocedió hasta la escalera con las manos crispadas sobre el pecho, exhalando un quejido pueril enfermizo.

Del piso alto surgió entonces una voz gruesa de mujer, maternal y autoritaria al mismo tiempo:

—Misia Juanita, ¿qué está haciendo usted en los bajos?

Era la de una criada vieja, una "mama" mulata que, al contemplar la escena, clavó una mirada incrédula primero, de terrible reproche después, sobre el visitante.

Bamboleando su cuerpo pesado, bajó a toda prisa la escalera y fue a colocar un manto sobre los hombros de su señora.

—No debe volver a hacer estos despropósitos, mi niña. Vuélvase al tiro a su cuarto —le ordenó afectuosamente, y guiándola de los hombros, la encaminó a la escalera.

El general recogió su sombrero y, presa de profunda turbación, se despidió de "la oidora".

—Adiós, Juanita; me alegro de haberte visto.

Pero fue la criada la que respondió en lugar de su ama:

—¡Márchese, márchese, don José Miguel! ¿No le basta con el daño que ha hecho?

Sin embargo, la señora subía la escalera riendo infantilmente:

—No hagas caso de mi "mama", José Miguel. Me quiere y me regaña por todo. Nos volveremos a ver en los saraos de este invierno. No me olvides, José Miguel.

Aquella noche Juanita Micheo no consiguió dormir. De espaldas en su lecho, permaneció con los ojos abiertos contemplando las imágenes que forjaba su cerebro trastornado, y, al amanecer, oscuras ojeras destacaban como sombras violáceas en su rostro pálido. Soñaba con volver a ver al hombre que había sido su ilusión y su ruina. No imaginaba que tres días después, a las tres de la madrugada...

La noche del 23 de julio había cerrado sobre Santiago con un cielo encapotado y tormentoso. Una tensión perceptible vibraba en la atmósfera, y el capitán Vargas, convertido en jefe de los guardias por imposición del director De la Lastra y por su propio temor sentía escapársele por entre los dedos los hilos de la conspiración que intentaba apoderarse del poder supremo. Sus patrullas perseguían, impotentes, sombras inalcanzables y hasta pasada la medianoche rindieron desalentadores informes a su jefe.

El coronel De la Lastra se durmió abrumado por la inquietud en el Palacio de Gobierno, y un pesado silencio envolvió el sector de la Plaza de Armas.

Pero, en cambio, en otros lugares se desarrollaba una actividad febril. Los lugartenientes de Carrera: Uribe, Ureta, los hermanos Rivera y Manuel Rodríguez, cumplían minuciosamente el plan que se habían trazado. A las tres de la madrugada todo estaba concluido, y Manuel Rodríguez rendía cuentas al general. Este se hallaba postrado en un lecho, estremecido de dolores provocados por una afección al hígado contraída durante las campañas anteriores, la que, sin embargo, no le impidió levantarse y vestirse con prolijidad cuando llegó la hora en que debía actuar personalmente.

El director De la Lastra despertó sobresaltado aquella mañana al sentir toques de corneta y aclamaciones en la Plaza de Armas. Dominado por el temor, se echó una bata sobre los hombros y se asomó a una ventana para averiguar qué ocurría. Lo que vio lo hizo temblar de pies a cabeza: tropas de infantería ocupaban la plaza y numerosos cañones asomaban sus tubos oscuros en las bocacalles. Rápidamente se vistió, sin adivinar a ciencia cierta lo que estaba aconteciendo, y luego, en su despacho, agitó en vano su campanilla y llamó a voces a sus edecanes. Nadie le respondió. Era como si el Palacio estuviera vacío. Trémulo, corrió a otro balcón al escuchar nuevas aclamaciones, y se quedó helado. Erguido sobre su potro tordillo, cruzaba la plaza un militar vestido con el muy conocido uniforme del batallón Húsares de Galicia. Un minuto más tarde, la puerta del despacho se abría lentamente, y ante don Francisco de la Lastra se mostraba José Miguel Carrera seguido de sus ayudantes. La conspiración había triunfado. Lo reflejaban las pupilas dominadoras e irónicas del general Carrera.

—Aquí estoy, señor De la Lastra —decía el recién llegado—. Usted me había fijado el día 23 como plazo máximo para presentarme. Hoy estamos a 23. Dispense que no haya acudido más pronto a su llamado.

Vibraba una burla tan punzante en las palabras de Carrera, que De la

Lastra comprendió que estaba perdido, irremediablemente perdido. Tambaleándose retrocedió hasta apoyarse en su escritorio, y jadeó penosamente:

—¿Qué va a hacer usted de mí?

—Debiera darle el tratamiento que usted me reservaba, ¿no le parece? Usted quería mi cabeza; yo tengo ahora la suya.

El obeso coronel no pudo resistir más. Acezando asmáticamente se desplomó en su sillón y quedó allí, como una masa, con la cabeza doblegada sobre el pecho. Apenas, entre velos de sordina, escuchó las siguientes órdenes de Carrera. Este, después de contemplarlo con despectiva conmiseración, se volvió a sus ayudantes y les dijo:

—Que un pelotón de guardias conduzca a este caballero a su casa, con todo respeto. No se merece ni siquiera que se le odie.

El único que protestó fue el apasionado canónigo Uribe.

—¿Cómo?... ¿No va usted a castigarlo, siendo que puso a precio su cabeza?

Carrera negó con un movimiento indiferente y pareció despreocuparse del cautivo.

—Quiero que mis enemigos vean que no tengo la entraña tan quemada —fue su única reflexión—. Llévenselo.

Dos guardias llamados por Manuel Rodríguez entraron a la sala y sacaron al director de los brazos, pues éste no tenía fuerzas para caminar por sí mismo. Cuando hubo desaparecido por los corredores, Carrera se volvió al capitán Francisco Cuevas, y le ordenó:

—Diríjase al Cuartel de Voluntarios y ponga en libertad a mi hermano Luis. —Luego, volviéndose al capitán Juan de Dios Ureta, le encomendó a su vez—: Usted tome veinticinco fusileros y, acompañado por el capitán Manuel Cuevas, proceda a arrestar a Antonio José de Irisarri y al coronel Mackenna. Ambos serán desterrados a Mendoza.

Por último, tomando asiento en el sillón que el coronel De la Lastra había dejado vacío, proclamó:

—De acuerdo con lo establecido en la Constitución del año 1812, mi período como Presidente de la Junta de Gobierno no expira aún. Así, pues, legalmente, vuelvo a ocupar un cargo que me corresponde. Pero, de todas maneras, deseo que ustedes, padre Uribe y Manuel Rodríguez, organicen una asamblea de corporaciones y vecinos. El pueblo es quien debe decidir si acepta la reinstalación de la Junta.

A las doce de aquel mismo día se reunió en la sala del Cabildo la asamblea popular requerida, y ésta determinó que volviera a tomar las riendas del poder una Junta como la anterior a la campaña, pero esta vez integrada por José Miguel Carrera, el canónigo Uribe y Manuel Muñoz Urzúa, actuando como secretario Bernardo de Vera y Pintado. La figura del húsar de Galicia volvía a levantarse imponente como antes.

⌐ 11 ⌐

*H*asta el refinado saloncito de doña Amanda de la Quintana llegaban apagados estampidos de cohetes, rasgueos de guitarras, voces de multitud enfiestada. Era la celebración de la vuelta al Gobierno de José Miguel Carrera.

Manuel Rodríguez había intervenido en la organización de los festejos y, sin embargo, no participaba de ellos. Por lo contrario, se encerraba en la mansión de su bella amante y permanecía derrumbado en un sillón, con la mirada vacía y la expresión distraída. Vanamente la asturiana intentó encauzarlo en una charla que disipara su preocupación; el bachiller mantenía su aire adusto y reconcentrado. Colocándole en la mano una copa de jerez, ella le dijo, por fin:

—¿Qué puede hacer una pobre mujer para desarrugar el ceño pensativo de un hombre cuando lo siente cercano, pero ausente?

Rodríguez volvió en sí ante el afectuoso reproche.

—Ayudarlo a adivinar el porvenir —le respondió.

—Esta noche hablas en enigmas, querido. ¿Qué porvenir?

—El de Chile.

—¿Y qué habrías de adivinarle?

El joven se puso de pie y abrió una de las ventanas, a tiempo que contestaba, como si hablara para sí mismo:

—El misterio insondable que encierra.— Sus ojos atraparon las parábolas de los voladores de luces que se elevaban en la plaza—. Hoy hay jarana, fiesta, risas, ¿y mañana? —reflexionó—. ¿Sabes tú que Luis Carrera reprochó a su hermano que no hubiera tomado medidas más rigurosas contra quienes los odian? José Miguel se limitó a desterrar a Mendoza al coronel Mackenna, a Irisarri, a Argomedo, a Hipólito Villegas, a Francisco Formas, al capitán Pablo Vargas y a los hermanos Huici. A los otros, que también buscaron la ruina de los Carrera: los frailes Camilo Henríquez y Joaquín Larraín y los viejos Francisco Antonio Pérez y los hermanos Mendiburu, los tiene sentenciados a relegación en pueblos apartados de la capital. Pero para sus hermanos estas condenas son demasiado suaves; no han querido comprenderlo.

—¿Y tú lo entiendes, Manuel?

—Sí. Estuve de acuerdo con él cuando justificó su clemencia, argumentando que más allá del Maule hay un formidable ejército realista esperando la división de las fuerzas patriotas para despreciar la farsa del Tratado de Lircay y posesionarse de la capital; por lo tanto, no podía permitirse la insensatez de ser excesivamente severo, sabiendo que los castigos provocarían la rebeldía de las tropas de O'Higgins y el repudio de la aristocracia santiaguina.

—Y dime, Manuel —quiso saber la señora—, ¿qué piensa hacer Carrera con el propio O'Higgins?

Rodríguez se volvió lentamente y contempló el rostro despierto de doña Amanda, que lo observaba con marcada picardía.

—Tratará de convencerlo por la vía amistosa, de que es imprescindible que se unan para hacer una defensa común, pero entretanto fingirá que acepta el Tratado de Lircay, a fin de darse tiempo para organizar tropas suficientes con las cuales resistir al ejército realista.

—¿Y entonces de qué te preocupas, mi bien?

O'Higgins sabrá comprender la cordura del proceder de Carrera.

Rodríguez meneó la cabeza pesarosamente. Conocía demasiado bien a los personajes que ocupaban la escena.

—O'Higgins jamás aceptará volver a unirse con Carrera —afirmó, en forma categórica—. El rencor entre ambos se ha ahondado excesivamente.

—¡Oh! —le rebatió la señora— ¿Cómo puede saber alguien lo que O'Higgins piensa?

—¿Cómo?... —Rodríguez hizo una mueca de fastidio—. Mi ordenanza acaba de regresar de Talca, adonde lo mandé hace unos días en busca de noticias. ¿Y sabes cuál me ha traído? —Doña Amanda negó con la cabeza—. Que ese terco de O'Higgins, lejos de aceptar la alianza que José Miguel le ofrece, se dispone a avanzar con su ejército a Santiago, decidido a derribar a Carrera del poder por medio de las armas. O sea, provoca una guerra civil dentro de la guerra contra los realistas, emplea la mitad del ejército patriota para destruir la otra mitad. Sabiendo esto, dime, ¿puedo mirar sin inquietud el porvenir de Chile?

En efecto, la reacción del brigadier O'Higgins había sido absolutamente contraria a los deseos de Carrera. El 25 de julio, cuando se presentó en el cuartel de Talca el teniente coronel Diego José Benavente portando un mensaje del húsar, en el que solicitaba el concurso del general en jefe del Ejército, el chillanejo lo mandó apresar y reunió a sus oficiales en Junta de Guerra y a los vecinos de Talca en cabildo abierto para oponerse al golpe de Estado generado en Santiago. El auditor de guerra, don Miguel de Zañartu, fue el encargado de exponer su pensamiento en aquellas asambleas y, lógicamente, de ellas surgió el rechazo categórico del gobierno de Carrera, de quien se llegó a decir que no era "digno no sólo de mandar, sino que tampoco de vivir". En medio de exaltadas vociferaciones, se resolvió negar obediencia a la Junta de Santiago y establecer una Junta Provisional de Guerra en Talca. Y en tanto se realizaban esos trámites, las dos asambleas determinaron depositar todas las facultades del gobierno en manos del general en jefe, a fin de que él tomara "todas las medidas de seguridad que le dictaran su prudencia y las circunstancias".

Reunidos, por último, militares y civiles en una sola asamblea, junto con ratificar el desconocimiento del nuevo Gobierno, acordaron deponerlo por medio de las armas si no acataba las disposiciones tomadas por la Junta de Guerra de Talca. Y el día 14 de agosto las tropas de O'Higgins comenzaron a marchar sobre la capital.

Enterado el general Carrera del acuerdo de la Junta de Guerra, buscó por todos los medios evitar una lucha intestina. Junto con pedir al doctor Juan José Passo, delegado argentino y amigo de O'Higgins, que intercediera para impedir aquella calamidad, escribió una carta personal al general en jefe, en uno de cuyos párrafos le expresaba:

Mi amigo O'Higgins:
No sé si aún puedo hablar a usted con este lenguaje; lo fui verdadero y no disto de serlo, a pesar de los pesares. No sé si es usted o soy yo el loco desnaturalizado chileno que quiere envolver a Chile en sus ruinas. Lo cierto es que no procederé y que usted no debe proceder sin que antes nos estrechemos e indaguemos la verdad. Maldecido sea de Dios y de los hombres el que quiera hacer infructuoso tantos sacrificios y trabajos. Salvemos a Chile o seamos odiados eternamente.

Pero tampoco su carta surtió el efecto esperado, como no lo consiguió que representantes de Carrera salieran al encuentro del chillanejo en Rancagua, para llamarlo a la cordura. Su única respuesta fue:

—Dejad el mando y que elija el pueblo.

Las avanzadas del general Carrera apostadas en la Angostura de Paine retrocedieron por orden de su jefe, sin presentar batalla. Y O'Higgins siguió acercándose hasta llegar a la hacienda de Mardones, ocho leguas al sur del río Maipo.

Entretanto, en el paso de Uspallata, en la cordillera, dos convoyes se encontraban: el que conducía al brigadier Mackenna al destierro y el que escoltaba a Juan José Carrera de regreso de Mendoza. Cuando las mulas se emparejaron en medio del camino, el antiguo jefe de los granaderos no pudo sofrenar su inquina y dirigiéndose a Mackenna le expresó acremente:

—Al fin se encauza el destino en el sentido que debe, brigadier.

A lo que el desterrado respondió con serenidad que mal ocultaba su reprimido enojo:

—Aún falta algo por verse, brigadier Carrera. Usted vuelve a Chile cuando salimos nosotros expatriados, pero le aseguro que antes de muchos meses todos los patriotas chilenos que salven de los campos de batalla vendrán a reunirse conmigo. Veo muy próxima la ruina de la patria y el triunfo definitivo de los realistas. Entonces ustedes, los Carrera, tendrán que responder de sus actos.

Juan José Carrera lanzó una carcajada fanfarrona, pero que sonaba a falsa, y latigueo suavemente a su mula.

—Eso sí que está por verse, Mackenna —exclamó—. Si los traidores dejan de atacarnos por la espalda, aún es tiempo de salvar a la patria —y se alejó urgiendo cada vez más a su bestia.

La cabalgata desenfrenada que había sido la vida política y militar de Chile desde 1810 llegaba a su momento culminante. José Miguel Carrera lo presentía con un ansioso latir de sus sienes. El tañido de las horas solemnes comenzaba a sonar. Había que actuar rápido y con decisión, manejar esos momentos candentes con tanta habilidad y astucia que de aquella maniobra surgieran la victoria de la patria y el engrandecimiento de los Carrera. Pero O'Higgins, endurecido por el rencor, se negaba a colaborar en el plan que elaboraba su mente. Y su obstinación irlandesa colocaba a la patria en cruz entre los cañones realistas y el ejército de Talca. Contra ambos a la vez era imposible luchar, de modo que, sofocando su orgullo, el general Carrera enfocó su atención sobre la detención de los realistas. El 19 de agosto, en respuesta a un oficio del brigadier Gaínza; despachó un comunicado ratificando el Tratado de Lircay, el convenio que él había sido el primero en repudiar. Pero así como ninguno de los que lo firmaron lo hizo de buena fe, así también él decidió utilizarlo solamente como un instrumento tendiente a paralizar al ejército realista durante el tiempo necesario para convencer o derrotar a O'Higgins. Y en aquella hora quieta que precede a las tempestades, José Miguel contrajo su tantas veces postergado matrimonio con Mercedes Fontecilla y su luna de miel fue de alerta y zozobra.

El 24 de agosto hizo el último intento de paz: por medio de delegados suyos, propuso a O'Higgins compartir entre ambos las responsabilidades de la guerra y entregar el Gobierno a una persona nombrada por la Junta.

Durante toda la tarde y la noche del 25 de agosto, el caudillo y su secretario, Manuel Rodríguez, esperaron una respuesta. Cada cierto tiempo, Carrera se agitaba en su sillón y preguntaba a su acompañante, que se mantenía junto a una ventana:

—¿No llega ningún jinete desde el sur, Manuel?

Y la respuesta era siempre igualmente desalentadora:

—Ninguno, José Miguel.

Pasada la medianoche, Rodríguez se volvió con ademán cansado hacia su amigo y jefe y fue a sentarse sobre una esquina del escritorio.

—Deberías ir a tu casa, José Miguel, o traerte a Merceditas a vivir a la Casa de Gobierno. No es justo que, recién casados, la abandones así.

—¿Y qué quieres que haga? —le replicó con fastidio el húsar, los nervios exasperados por la espera—. ¿Que me dedique a gozar de mi luna de miel, mientras O'Higgins se acerca a Santiago con mil doscientos veteranos? ¡Ah, si pudiéramos siquiera oponerle un número igual de soldados!

Creo que el chillanejo aceptará la proposición que le has enviado.

—¿Y si no la acepta?... ¿Cuántos hombres podemos enfrentarle?

Rodríguez se encogió de hombros y respondió en un murmullo:

—Doscientos fusileros y ochocientos milicianos traídos de Aconcagua por el coronel José María Portus.

Carrera plegó sus labios en una mueca de desprecio. ¿De qué podían servirle los milicianos sin ninguna instrucción militar? Pero no tenía otro remedio que resignarse, como se lo hacía ver en ese momento su secretario. No disponían más que de milicias: las ya mencionadas, las de San Fernando traídas por el coronel Manuel Muñoz y las de Santiago.

—¿Y el cuerpo Auxiliares de Buenos Aires? —recordó esperanzado el general.

Rodríguez volvió a encogerse de hombros y respondió con cansancio:

—Su comandante Gregorio Las Heras se negó a que luchara contra O'Higgins.

La actitud de Las Heras venía a demostrar el desquiciamiento a que se había llegado. Carrera se sintió como atado con cadenas, que hubiera querido romper de un golpe y aplastar la insolente altivez de Las Heras ordenándole salir inmediatamente del país, pero Rodríguez le hizo ver que ese acto se acumularía en la otra banda de la cordillera a los informes denigrantes enviados por Alvarez Jonte, Vera y Pintado y otros argentinos.

Había amanecido ya cuando entró a la plaza el tan esperado jinete. Con profunda sorpresa, los dos hombres vieron que el recién llegado era nada menos que el propio Luis Carrera.

—¿Qué haces tú aquí? ¿No deberías estar frente a tus tropas a orillas del río Maipo? —le inquirió el general, apenas lo tuvo, jadeante, frente a sí.

El joven coronel de artillería se explicó atolondradamente. No había sido capaz de mantenerse más tiempo en la incertidumbre, de modo que tomó en sus manos la respuesta que el brigadier O'Higgins diera a los representantes de Santiago.

—¿Y cuál es la resolución de O'Higgins ante mi propuesta de dirigir la guerra entre ambos y entregar el Gobierno a un tercero? —le consultó ansiosamente el general.

Luis dejó escapar ruidosamente el aire de sus pulmones y profirió con rabia:

—Se niega a pactar contigo y avanza dispuesto a destrozarte.

El húsar se irguió en toda su estatura, lentamente, como si le dolieran los músculos, y se quedó inmóvil frente a la ventana, mirando hacia afuera. Comprendía que ya no le era dable dilatar más su resolución. O se decidía a trabar batalla con las tropas de O'Higgins o se resignaba a entregarle el poder; y eso equivalía a someter a todos los Carrera y sus partidarios a los castigos consecuentes.

No demoró mucho en resolver el dilema y su rostro mostraba una pétrea impasibilidad cuando se volvió a su hermano y le ordenó en tono fríamente oficial:

—Coronel, corte el paso a O'Higgins en el río Maipo y trátelo como a un enemigo, ya que él insiste en serlo.

Luis Carrera procedió con vertiginosidad. A las diez de la mañana del 26 de agosto había distribuido sus tropas como un general veterano. Nunca se le había dejado la ocasión de dirigir una batalla, pero aquella mañana actuó con un acierto que le hubieran envidiado todos los jefes que habían mandado tropas en Chile. Sus hombres, aunque bisoños, formaban dos largas líneas incrustadas en la tierra y disimuladas entre los árboles a ambos costados del camino real, y sus avanzadas, abiertas en abanico, dominaban el paso del Maipo. La retaguardia quedó parapetada tras los desmontes del canal de Ochagavía. Estaba compuesta por los ochocientos milicianos de Aconcagua armados sólo de lanzas, bajo el mando del teniente coronel Portus.

Cinco minutos antes de las doce meridiano, Cornejo, el fiel capataz de la hacienda San Miguel, se arrastró por entre los matorrales hasta el lugar donde se mantenía Luis Carrera y le señaló hacia el río. Por el camino que bajaba al cauce se acercaba descuidadamente un piquete de dragones, a cuya cabeza era posible distinguir al capitán Ramón Freire. Era la avanzada del ejército de O'Higgins.

—¿Cuántos más vienen tras éstos? —consultó el coronel a su antiguo criado.

—El brigadier O'Higgins con cuatrocientos cincuenta hombres —le informó Cornejo, que, gracias a su apariencia de viejo campesino, había logrado filtrarse impunemente entre las filas adversarias—. El resto del ejército marcha extendido entre Rengo y San Francisco de Mostazal, patrón.

Luis Carrera se frotó las manos con nerviosa satisfacción y ordenó a uno de sus ayudantes que se trasladara junto al coronel Rafael Muñoz, que mandaba la primera línea, para transmitirle la orden de abrir fuego sobre la guerrilla de Freire tan pronto hubiera cruzado el río. Enseguida debía retirarse ordenadamente hacia el lugar donde estaba el grueso del ejército santiaguino. El propósito del novel jefe de las fuerzas era envalentonar a O'Higgins, mostrándole la facilidad con que penetraba la descubierta de Freire, para que introdujera también toda su Primera División entre la doble hilera de soldados emboscados a las orillas del camino. De todos modos, por precaución, comunicó a su hermano la forma en que se anunciaba la batalla, solicitándole que hiciera adelantar su caballería para dar el golpe de gracia al ejército del sur.

Los hechos se eslabonaron exactamente como lo previera Luis Carrera. La guerrilla de Freire se introdujo por el camino real disparando sin concierto, seguida a toda prisa por la Primera División de O'Higgins. El jefe de la fuerza santiaguina los dejó balear sin alterarse, seguro de que sus hombres estaban perfectamente a cubierto dentro de las zanjas y entre los matorrales, y sólo cuando comprobó absolutamente que sus adversarios pasaban entre sus columnas de soldados, dio la orden de fuego. Dos descargas cerradas cogieron a las sorprendidas tropas o'higginistas por ambos costados, causándoles numerosas bajas y, sobre todo, un profundo desconcierto. Este se vio agravado por la aparición súbita de doscientos fusileros montados, a cargo del comandante Diego Benavente, que acudían a la batalla por orden del general Carrera. Al verlos aparecer, Luis Carrera les ordenó atacar por el flanco derecho con la misión de cortar la retirada a las fuerzas de O'Higgins y, en lo posible, toma prisionero a ese jefe.

La carga de la caballería fue vertiginosa y definitiva, provocando el desbande general de las tropas del sur. No obstante, el brigadier O'Higgins logró escabullirse de la trampa en que se pretendía cogerlo y se replegó con su plana mayor hasta la retaguardia de su columna, con el propósito de reorganizar sus fuerzas e intentar una segunda embestida.

Difícilmente en otra ocasión Bernardo O'Higgins pudo haber sentido una amargura mayor. Había sido vencido por Luis Carrera, por el más inexperto de los tres odiados hermanos, y, entre la baraúnda de los disparos con que éste los envolvió, había dejado más de ciento cincuenta hombres entre muertos, heridos y prisioneros. Con quemante rencor imaginaba el júbilo de sus contendores, el orgullo con que celebrarían la victoria; seguramente doña Francisca Javiera pediría que se echaran a vuelo las campanas de la capital.

Cejijunto y sombrío lo hallaron el coronel Del Alcázar y el comandante Calderón, que llegaban a paso de carga desde Rancagua con sus batallones de dragones e infantería. Aún no se aflojaba su ceño cuando regrese, del campo de batalla el capitán Freire, con el resto de su guerrilla, que fuera la que resistió la carga más dura.

—Tenemos que vengar esta derrota lo antes posible —exclamó extemporáneamente, después de practicar un recuento de las tropas que le quedaban; y se disponía a reemprender la marcha sobre Santiago, cuando el inesperado son de una trompeta lejana lo hizo erguirse sobre los estribos y volver el rostro hacia el sur. El sonido del bronce que llegaba a sus oídos era distinto, mucho más bronco y poderoso que el de las cornetas que usaba el ejército patriota. Una reminiscencia extraña lo hizo estremerse. El había escuchado antes aquellos toques vibrantes, pero ¿dónde?... La voz del viejo coronel Del Alcázar aclaró su memoria de un golpe.

—¡Es el toque de una trompa, brigadier! Esas son las que usa en España la caballería real.

Dos jinetes asomaban por el camino del sur, acercándose al galope corto. Uno de ellos hacía sonar su trompeta y el otro enarbolaba en alto una bandera blanca de parlamento.

—Entonces esos jinetes son... —dejó escapar O'Higgins, sin atreverse a concluir la frase.

Del Alcázar lo hizo por él:

—Son soldados de línea del Ejército español.

¡Soldados regulares de España! Pero ¿de dónde salían? El estupor tenía paralizado al jefe chillanejo. Eran demasiadas sorpresas en un mismo día. Entretanto, el capitán Freire se había adelantado hacia los parlamentarios y les abría paso entre las tropas que se agitaban en las filas para observar el vistoso uniforme azul y rojo que lucía el trompetero.

—¡Ese uniforme! —exclamó O'Higgins, asaltado por los recuerdos de varios años atrás—. ¿Conoce usted ese uniforme, coronel Del Alcázar? —Como el interpelado negara con la cabeza, se contestó con rabioso desaliento—: Es el que usa el regimiento más famoso de España, el que derrotó a Napoleón en la batalla de Bailén: el Regimiento Talavera.

El aturdimiento del brigadier O'Higgins fue mayor cuando reconoció en el parlamentario escoltado por el soldado talavera al capitán Antonio Vitel Pasquel, a quien conociera formando parte de la guerrilla de Clemente Lantaño en las batallas de Concepción.

El oficial realista detuvo su caballo frente a O'Higgins y, después de saludar a todos los presentes con una venia, esperó hasta que los oficiales se retiraron a una discreta distancia, dejando aislados a los tres jefes principales. Entonces habló:

—Vengo como parlamentario del nuevo general en jefe del Ejército del rey.

—¿Un nuevo general?... ¿Quién?... —exclamó O'Higgins.

—El general Mariano Osorio, que desembarcó en Talcahuano el 12 de agosto, con nuevas tropas españolas.

Los jefes patriotas sintieron que un gran peso les caía sobre los hombros. Nuevas tropas españolas desembarcadas en Chile significaban la consumación de la catástrofe. El parlamentario Pasquel seguía hablando, ufano, con soberbio orgullo:

—El general Osorio trae consigo, además de las tropas de Chiloé y Valdivia, a los regimientos Talavera y Artilleros de Burgos, venidos directamente de España.

O'Higgins desmontó cansadamente, dándose tiempo para ordenar sus pensamientos, y, señalando una vieja casa al borde del camino, invitó al parlamentario a entrar con él.

—¿Cuál es el parlamento que me trae usted de parte del nuevo general español? —le preguntó, cuando estuvieron a solas.

Vitel Pasquel sonreía sarcásticamente al contestarle:

—Su excelencia el virrey del Perú, don Fernando de Abascal, ha rechazado categóricamente el Tratado de Lircay, firmado entre usted y el brigadier Gabino Gaínza, el 3 de mayo recién pasado y, junto con someter a sumario militar a ese jefe, ha enviado las mejores tropas veteranas de España para reducir a los insurgentes que se han apoderado del mando de este reino. El general don Mariano Osorio, premunido de amplios poderes para la pacificación y dominio de Chile, ofrece a usted la paz y el olvido a cambio de la rendición inmediata del ejército insurgente.

—¿Y si no acepto?...

Pasquel acentuó su sonrisa despectiva a tiempo que extraía de la bocamanga de su dormán dos pliegos, uno de los cuales extendió a O'Higgins.

—En ese caso, tengo el deber de entregar a usted este escrito.

El jefe chileno lo leyó de una ojeada. En breves frases, el general Osorio le advertía que si movía sus fuerzas del punto en que las tenía, ese acto sería considerado como una declaración de guerra.

—¿Y ese otro pliego que tiene usted en la mano? —preguntó al parlamentario.

—Tiene una destinación especial —sonrió Pasquel, mostrándole el encabezamiento. Este decía: "A los que mandan en Chile".

O'Higgins leyó solamente esa frase y el párrafo final, que expresaba claramente los propósitos del general Osorio, en caso de ser rechazada su propuesta de rendición. Decía:

Yo, los oficiales y tropas que hemos llegado a este reino, venimos o con la oliva en la mano proponiendo la paz o con la espada y el fuego, dispuestos a no dejar piedra sobre piedra en los pueblos que, sordos a mi voz, quieran seguir su propia ciega voluntad.

O'Higgins devolvió parsimoniosamente el pliego al parlamentario y le señaló la puerta, con expresión grave:

—Le proporcionaré los medios para que llegue a Santiago sin inconvenientes y entregue esa intimación a quien corresponde.

—Al general Carrera, ¿no es así? —observó mordazmente Pasquel, y como su interlocutor afirmara cerrando los ojos y agachando varias veces la abatida cabeza, reflexionó sin ocultar su rencorosa satisfacción—: Prefiero que sea él quien deba soportar esto, brigadier O'Higgins, y no usted.

El chillanejo clavó en el rostro del parlamentario sus pupilas cansadas y musitó roncamente:

—No le agradezco, Pasquel. Es para mí, de todos modos, el mayor motivo de pesar. Abandone usted mi campamento y cumpla cuanto antes su ingrata misión.

No imaginó Vitel Pasquel la recepción de que sería objeto en Santiago. Apenas hubo entregado su parlamento a uno de los edecanes de José Miguel Carrera, el belicoso presbítero Julián Uribe, que lo reconoció como uno de los guerrilleros realistas que más los persiguieran en Concepción, lo hizo encarcelar, y el general, tan pronto hubo leído la nota de Mariano Osorio, ordenó que se le remachara en los pies una barra de grilletes tan pesada como las que él y su hermano habían debido cargar en la prisión de Chillán.

—"A los que mandan en Chile" —leía el húsar, y el pliego le temblaba entre las manos iracundas—. ¡Qué se han imaginado de nosotros esos godos insolentes!

Luego, llamó a su lado a Manuel Rodríguez y le dictó una breve nota que debía portar como respuesta el trompetero talavera que había acompañado al parlamentario. Esa contestación expresaba en su párrafo principal:

La nueva agresión, general Osorio, lo hará criminal delante de Dios, del rey y del mundo entero, si en el momento no desiste, abandonando nuestro territorio, de un proyecto vano y que será confundido a impulsos del gran poder a que se ha elevado la fuerza de Chile, puestos en movimiento los copiosos recursos de que un Gobierno débil no supo aprovecharse oportunamente.

Rodríguez terminó de escribir la belicosa conminación y se quedó inclinado sobre el papel, con la frente apoyada en una mano. No hubiera sido ése su modo de encarar la situación; las circunstancias no se presentaban como para soberbias grandilocuentes que sólo conducían a la guerra inmediata contra las tropas veteranas de España. La astucia era lo único que valía en esos momentos; diplomacia dilatoria a fin de darse el tiempo suficiente para llegar a un acuerdo con O'Higgins y reunir las tropas patriotas en un solo bloque. Pero Carrera estaba encabritado como un potro de batalla y nada podía contenerlo.

—Cuando se trata de poner a salvo la dignidad de una nación no se le mira la cara al enemigo —afirmaba categóricamente—. De todos modos, la guerra es inevitable y ninguno de nosotros entregará voluntariamente el cuello al yugo de un nuevo vasallaje.

Rodríguez entregó la respuesta al trompetero talavera a sabiendas, de que, esta vez, era la verdadera espada de España la que pendía sobre el corazón de la patria. Ahora era contra los soldados veteranos de la Península, con una tradición guerrera de diez siglos, que tendrían que enfrentarse. Su aire tranquilo y su expresión llana le permitieron también sonsacar algunos datos al trompetero. Por él supo que esas tropas españolas, bajo el mando del general de artillería sevillano, don Mariano Osorio, serpenteaban ya hacia el norte, en dirección a las primeras líneas O'higginistas establecidas en el Maule.

Por su parte, el general Carrera, en lo más íntimo de su ser, comprendía cómo había sido un instrumento astutamente manejado por el auditor de guerra realista, Rodríguez Aldea. El había facilitado su fuga de Chillán con una visión clara de los hechos por venir. "Dividir para gobernar", se había dicho el ladino abogado, y la situación presente lo confirmaba. Carrera se había posesionado del poder dividiendo al bando patriota. Pero en un solo punto fracasaba el plan de Rodríguez Aldea: creyó que, ante la aparición de nuevas tropas realistas, los insurgentes se rendirían, y eso no iba a ocurrir. Carrera no sabía cómo podría evitarlo. Contaba apenas con unos ochocientos soldados de mediana calidad y unos mil milicianos de caballería, que en el campo de batalla más servirían de estorbo que de ayuda. En Santiago estaban aún los doscientos auxiliares de Buenos Aires mandados por Las Heras, pero su orgullo le impedía solicitar su concurso. Por último, el general en jefe, Bernardo O'Higgins, vencido en Tres Acequias por Luis Carrera, no disponía de más de mil novecientos soldados. Si lograba zanjarse el abismo de odio abierto entre los dos, quizás fuera posible intentar una resistencia, pero el húsar prefería ser aniquilado solo antes de ser él quien estirara la mano al chillanejo.

Entretanto, los sedosos pendones reales de España, sus heráldicas banderas recamadas de oro y plata, formaron un desafiante muro de colores junto a la orilla sur del Maule, y sus zapadores comenzaron a tender puentes sobre las aguas para dar paso a la artillería del Burgos. En dos días, el ejército invasor podría pisotear los restos de la tropa o'higginistas, y en tres estaría en Santiago, por sobre los cadáveres de las huestes carrerinas.

Solamente entonces, en el filo del desastre, pudieron acallarse las voces de la vanidad y del rencor. Y fue O'Higgins quien dio el primer paso. Mandó inicialmente a don Estanislao Portales con proposiciones de reconciliación. Carrera acogió la oferta, pero temiendo un golpe de mano, esperó. El general en jefe, angustiado por la amenaza cada vez más próxima del ejército realista, insistió enviando a don Venancio Bezanilla a conversar con el húsar, y éste se negó a creer en intermediarios. Fue preciso que O'Higgins le escribiera una noble y apremiada carta de su puño y letra:

Mi amigo:
No perdamos un instante. Nuestra entrevista es necesarísima; vamos a salvar al Estado a costa de toda clase de sacrificios. Por mar y tierra nos atacan los piratas. Los documentos adjuntos lo impondrán a usted de ello. Esto es necesario para una verdadera unión. Acuérdese usted que, cuando desembarcó Pareja en Penco, se reconciliaron los ánimos.

La entrevista será mañana a las once en los callejones de Tango. Iré con un oficial y mi ordenanza y hasta el río iré con una escolta de diez hombres.

Su amigo,

BERNARDO O'HIGGINS.

Pero la entrevista a orillas del Maipo, el 2 de septiembre, no pasó más allá de una serie de frases corteses cambiadas entre los dos jefes, envueltos ambos en los mantos rígidos de sus soberbias. Al separarse, apenas quedó la seguridad de que no habrían de darse de puñaladas al reencontrarse, pero la discordia seguía separando a sus ejércitos.

O'Higgins volvió a escribir proponiendo que se nombrase un Gobierno Provisional a quien él entregaría sus fuerzas para que él o los hombres que lo compusieran decidiesen a quién entregar el mando total de las tropas patriotas. Mas, don José Miguel, receloso siempre de que el sureño pretendiera alzarse por su cuenta con el Ejército, para marginar a los Carrera, desoyó también esta oferta.

Ante la inminencia de la crisis, la poderosa casa criolla pareció recuperar su vigor de antaño. Presintiendo que se avecinaban momentos decisivos, en que sólo habría de valerles su férrea unión, los Carrera retornaron a la costumbre de agruparse todos en la mansión de la calle de las Agustinas Nº 46. Pero ahora eran más rostros los que rodeaban la larga mesa familiar; se habían añadido las esposas de los dos hermanos mayores: Ana María Cotapos y Mercedes Fontecilla, Don Pedro Díaz Valdés asistía solamente a los almuerzos.

En la noche del 3 de septiembre la cena se vio interrumpida bruscamente por la introducción del criado Toribio, quien con aire estupefacto anunció que en el zaguán estaba el brigadier O'Higgins esperando a José Miguel. Este último solicitó la venia a su padre para levantarse de la mesa y se dirigió a pasos lentos hacia el exterior, haciéndose conjeturas sobre la intempestiva visita del chillanejo.

O'Higgins estaba acompañado por cuatro personas: el presbítero Casimiro Albano, el capitán Ramón Freire y los señores Isidro Pineda y Pedro Nolasco Astorga. Todos ellos saludaron con continente grave al general y guardaron silencio para dejar hablar a su principal.

—Dispénseme usted si me he tomado la libertad de venir a importunarlo a su casa —dijo O'Higgins con cierto embarazo, e hizo una larga pausa, como si le costara continuar, por lo que Carrera tuvo que ayudarlo.

—¿A qué debo el honor de esta imprevista visita, brigadier?

El caudillo sureño aspiró profundamente y terminó de explayarse:

—Vengo a ponerme a las órdenes incondicionales del Gobierno, con todo mi ejército y mis amigos, persuadido de que sólo un sacrificio total de nuestros sentimientos puede conducirnos a la unión necesaria para salvar la patria —expresó de una hilada y guardó brusco silencio, penetrando con sus pupilas azules a José Miguel Carrera.

—¿Debo interpretar que, con eso de "colocarse a las órdenes", quiere usted decir que renuncia a seguir ordenando?

—Exactamente —respondió O'Higgins, sin vacilar—. Devuelvo a usted el mando en jefe del Ejército y me subordino a combatir bajo sus órdenes en cualquier condición.

—¿Y sin ninguna exigencia?...

—Solamente que se me permita ocupar el puesto de mayor peligro: el comando de la vanguardia.

Carrera sostuvo durante unos segundos la mirada terca del brigadier e hizo un gesto de aceptación. Enseguida cedió el paso a sus visitantes y los invitó a entrar.

—Sírvanse pasar, caballeros. Ahora sí que podemos conversar.

A las doce del día siguiente, 4 de septiembre, el batir de tambores enmarcaba la lectura de una inflamada proclama redactada por Bernardo de Vera y Pintado, anunciando la reconciliación de los caudillos, y ellos recorrían los cuarteles tomados del brazo y con sonrisas rígidas en los labios. Esas noches O'Higgins se alojó en la casa de los Carrera y los dos hombres trataron de estudiar un apresurado plan de defensa, pero no lograban entenderse, sus ideas eran diametralmente opuestas. El chillanejo se empecinaba en sostener un punto de vista que había discurrido el año anterior con el brigadier Mackenna.

—El mejor lugar para detener el paso de un ejército que avance desde el sur es la ciudad de Rancagua. Por la especial configuración de su trazado es fácil fortificarla y defenderla con una fuerza reducida. Como usted sabe, sus calles principales desembocan en la plaza por los costados y no por las esquinas, afectando la forma de una cruz. Si levantamos barricadas en cada una de esas calles, convertiremos la plaza en una fortaleza inexpugnable.

Carrera aceptaba aquella maniobra como una medida transitoria destinada a llamar la atención del enemigo sobre ese lugar y ganar tiempo para que el grueso del Ejército alcanzara a tomar posiciones más seguras.

—Porque no se puede pensar en detener a los realistas en ese punto, ya que el valle en que está situada Rancagua tiene tal anchura que los realistas pueden pasar cómodamente por los flancos, sin necesidad de tomarse el pueblo —argumentaba. Según él, el mejor sitio para contener a los enemigos era la Angostura de Paine—. Allí el valle se estrecha de tal modo que se convierte en un desfiladero. La Angostura de Paine puede ser considerada como las Termópilas chilenas.

A lo que O'Higgins oponía que, aunque la angostura era posición muy defendible, existía otro camino por la cuesta de Chada, por el que podía pasar igualmente la tropa adversaria, dejando burlado al ejército patriota.

Vanamente discutieron durante horas, obstinándose cada cual en su punto de vista, hasta que Carrera decidió ceder en parte.

—¿Por qué no enlazar los dos sistemas de defensa? —propuso—. Dice usted que Rancagua puede ser un bastión inexpugnable con el empleo de algunas tropas escogidas. Pues, sea Rancagua el primer obstáculo que opongamos a los realistas. Pero si la resistencia allí se hace imposible, todos sus defensores se replegarán a las fortificaciones que levantaremos en la Angostura de Paine, y en ese lugar cerraremos definitivamente el paso al enemigo.

O'Higgins no transigió fácilmente, pero terminó por aceptar con la condición de que su división sería la encargada de la defensa de Rancagua.

—Me parece lo justo —reconoció Carrera, y dieron fin a la discusión determinando que O'Higgins partiría lo antes posible hacia el Maipo, donde aún tenía acampadas sus tropas, para marchar al momento con ellas a Rancagua y comenzar los trabajos de fortificación de ese pueblo; en tanto, Carrera ordenaría a Isidro Pineda que abriera fosos y trincheras en la Angostura de Paine.

Mientras tanto, Manuel Rodríguez recorría sin descanso las calles de Santiago reavivando los ánimos, incitando al pueblo, con falso optimismo, a plegarse a la aventura bélica. Detestaba la guerra, no era hombre de armas, pero sabía que era preciso hacerla. José Miguel Carrera confiaba en que él le ganaría muchos reclutas entre la gente proletaria, y

Rodríguez cumplía su misión, informando todas las noches a su jefe sobre los resultados que iba obteniendo.

A mediados de septiembre había conseguido enganchar a más de doscientos hombres y, preocupado del armamento que ellos iban a necesitar, se encaminó una tarde hacia el Cuartel de San Pablo, confiando en encontrar allí al general, pero sólo halló al ordenanza José Conde.

—Mi general acaba de marcharse con el brigadier O'Higgins hacia el Cuartel de Artillería —le informó el soldado—. Fueron a conferenciar con mi coronel Luis Carrera.

Conde montaba un caballo y arrastraba otro del diestro, circunstancia que Rodríguez quiso aprovechar para llegar más rápido al otro cuartel. Pero se disponía a montar, cuando de entre la multitud que se agolpaba en las proximidades de la Aduana de San Pablo surgió una asombrada voz de mujer, cuyo acento hizo volverse sobresaltado al bachiller.

—¡Manolillo!... ¡Ay, Manolillo de mi alma! —clamaba.

Aquella voz era inconfundible y sacudió las fibras más íntimas de Rodríguez. Le bastó ver una forma de mujer envuelta en un oscuro rebozo agitando los brazos para reconocerla de inmediato. Era Marilola, la ardiente andaluza que le fuera arrebatada misteriosamente hacía dos años y medio.

La mujer hendía la muchedumbre repartiendo codazos y maldiciones, tenso el rostro y revueltos los vestidos. Manuel la contemplaba impresionado. Ya no era la misma de antes; se la veía pobre y sucia, el cabello desgreñado le caía sobre el semblante enflaquecido y las mejillas ajadas. Mas, a pesar de su demacración, aún conservaba algo de su antigua belleza, y sus ojos agrandados por las sombras de sus órbitas acentuaban su tipo de gitana trágica.

Rodríguez la miraba, mudo y paralizado, y todavía cuando la andaluza le engarfió sus dedos en un brazo, no lograba reaccionar.

—¡Manolillo mío, cuatro vidas he muerto desde que te perdí y ahora puñales de gozo me están desangrando el corazón por haberte hallado, y tú..., y tú, rey ingrato, no me has reconocido! —le reprochaba atolondradamente, riendo con los ojos llenos de lágrimas, al mismo tiempo que le estrujaba las manos.

—¡Marilola!... —fue lo único que logró articular el bachiller, y su acento delató el dolor que le causaba verla en tal estado.

—La misma que viste y calza —exclamó la andaluza, fingiendo una risa que desmejoró sus facciones aún más—. La que se había jurado amarrarse con el lazo de sus brazos a tu vida, pero llegaron unos malnacidos y a golpes rompieron el nudo y me llevaron lejos.

—Te he creído muerta, perdida —confesó él, todavía balbuceante, pero tratando de recobrar su aplomo—. Para mí desapareciste como el humo y, aunque mi gente te buscó por todas partes, nunca dieron contigo. ¿Qué te ocurrió, mi mora? ¿Adónde te llevaron? ¿Qué ha sido de ti en estos años que corrieron?

La mujer contrajo el rostro en una mueca amarga y el rencor pareció espumajearle entre los labios.

—Cuchillos me han clavado en el alma —barbotó con voz áspera—. Me han arrancado uno por uno los velos del pudor, de la vergüenza; me emponzoñaron la vida con sus sórdidas pasiones y sus sucias monedas.

—Lanzó una carcajada que sonó como un desgarramiento—. ¡Ah, qué no ha corrido la pobre Marilola en estos años! Pero no es para contarte mi calvario, ni mis desvergüenzas que te he detenido. —Calmó su arrebato y sus grandes ojos profundos amortiguaron su brillo; ronroneando suavemente, prosiguió—: Algún día quizás tú quieras volver a platicar conmigo como en aquellas noches locas de otros años, cuando tú eras un pobrecito estudiante de cánones y yo una tapada traída con engaño por un señorón reumático...; aquellas noches, ¿recuerdas?, en que las estrellas se nos caían sobre la frente como goterones de plata.

Rodríguez sentía que una tristeza infinita le anudaba la garganta y no hallaba palabras para responder a la verba apasionada y de rústica poesía de la gitana. En otros tiempos sí lo conseguía, cuando él era "un pobrecito estudiante de cánones", como ella había dicho. Pero en el presente comprendía que también él ya no era el mismo y los recuerdos y los sentimientos tardaban en volverle. Trató de sonreír con la liviandad de antes, y no pudo, Marilola pareció adivinarlo y un gesto de resignada comprensión envejeció el óvalo aceitunado de su cara.

La intervención de José Conde, que guardaba prudente distancia, vino a salvar la embarazosa situación.

—Excúseme el señor —terció discretamente—. Tengo que cumplir órdenes de mi general. Me es forzoso retirarme.

—Tiene razón. Yo también debo verlo cuanto antes —recordó Rodríguez, y volviéndose a Marilola le preguntó con afecto—: ¿Dónde puedo encontrarte de nuevo?

Ella se encogió de hombros y tardó en contestar, despertando en el joven la sospecha de que no paraba en parte alguna.

—No puedo decirte nada, mi rey —se evadió—. Pero si deseas verme, me verás. Tú lo sabes. Mi corazón sabrá encontrarte en el preciso instante en que tengas sed de... —pensó decir "amor", pero se arrepintió, y concluyó con deliberado desparpajo— de mujer. Adiós.

Volvió la espalda y se alejó arrebujándose en el rebozo, cual si deseara ocultarse de la gente. Rodríguez no pudo dejarla marchar así y la alcanzó con presteza.

—¿De veras volveré a verte? —le preguntó, reteniéndola de un brazo—. ¿No te desaparecerás otra vez como un sueño?

La preocupación del mozo entonó el ánimo de la andaluza y entonces sí que sonrió con una chispa de sincera alegría.

—¿Queriéndote como te adoro, mi rey, podría dejar de verte y seguir viviendo? No. Adiós, sueñito de mis ojos. —Se besó la punta de los dedos y los estampó en una mejilla de Rodríguez. Luego, recuperada su entereza, agregó en voz baja y rápida—: Ve y dile a tu general Carrera que ya viene el general Osorio, a quien malas pesadillas le dé el diablo, y que trae cinco mil hombres bien armados para tomarse la capital. —Para evitar seguir siendo interrogada, se escabulló entre la gente, pero aún volvió el rostro una vez, y levantó dos dedos colocados en forma de cruz—: ¡Volveré, mi rey; te lo juro por ésta!

Rodríguez la vio perderse tragada por la muchedumbre de comerciantes estacionados frente a la Aduana y, exhalando un suspiro, volvió junto a José Conde, y ambos se alejaron al galope de sus caballos en dirección al Cuartel de Artillería.

Verde y plata el uniforme del general Carrera; azul y oro el del brigadier O'Higgins: eso fue lo que retuvieron las retinas de Rodríguez cuando se encerró en la comandancia del cuartel para darles la noticia que acababa de recibir de labios de Marilola. No veía la férrea unión que pregonaban y que era indispensable, sino sus vanidosos uniformes y la falsa amistad que simulaban. Lo lamentó por ellos dos, por Chile entero, por él, que se encontraba uncido al mismo carro. Pero cerró los ojos a sus reflexiones íntimas y repitió lo que sabía:

—Cinco mil hombres bien armados y apertrechados son los que trae el enemigo, señores.

—¿Es un dato seguro? —insistió Carrera.

—Me lo ha revelado una mujer que viene del campo realista y que es..., que fue mi amiga.

Carrera y O'Higgins se miraron, inquietas las pupilas; jamás hubieran imaginado que tendrían que enfrentar a un número tan crecido de enemigos.

—Debemos obrar con mayor rapidez y con la máxima energía —resumió el chillanejo—. Es indispensable detenerlos antes de que traspasen el Maule.

Carrera habló dirigiéndose especialmente a Rodríguez, de quien esperaba la mejor ayuda en esa emergencia. Era forzoso reorganizar el Ejército sobre la base de los efectivos que poseían, y añadiéndoles cuantos reclutas pudieran conseguir; llegarían hasta el enganche por la fuerza, si era preciso.

—Nuestra salvación reside en formar una masa militar muy numerosa y tratar de adiestrarla para que, cuando menos, sus soldados aprendan a morir —concluyó exaltadamente el húsar.

Los dos caudillos y Rodríguez barajaron planes hasta la medianoche y se habían acallado ya todos los serenos cuando salieron a la calle. En el silencio nocturno, por sobre el susurro del viento, se oía el gotear monótono de los caños de una fuente. Los dos generales marcharon juntos y silenciosos por la calle de los Morandé; ya no iban del brazo, no había para qué seguir la farsa, puesto que sólo los observaba Rodríguez, y éste conocía el verdadero pulso de sus corazones.

O'Higgins volvía a alojarse en casa de los Carrera y en esa dirección se perdieron sus sombras hoscas. Manuel movió la cabeza mirándolos desaparecer; luego, se encaminó hacia el Portal de Sierrabella, donde alquilaba un pequeño despacho que había sido antes una venta de hilos y lanas. Cansadamente introducía la gruesa llave en forma de cruz, cuando una mano tibia se posó sobre la suya. Se volvío prestamente, sobresaltado por no haber sentido llegar a nadie, y sus ojos distinguieron la forma difusa de una mujer envuelta en un amplio manto. La reconoció antes de que ella le hablara en un susurro:

—¡Hola, Manolillo! Ya estoy aquí, ¿ves? Y dichosa de encontrarte sin que nadie nos mire. ¿No te alegras tú?

El bachiller sonrió en la oscuridad; aquella mujer era sorprendente: aparecía y desaparecía como un fantasma. Le pasó un brazo sobre los hombros y con la mano libre terminó de girar la llave en la cerradura. La vieja puerta se abrió crujiendo y del interior del despacho brotó un olor húmedo a encierro y ranciedumbre. Rodríguez soltó a su acompañante después de cerrar la puerta y se aventuró en busca de una vela. Mientras trataba de hallarla tentando sobre los escasos muebles, oyó la voz de Marilola, casi suplicante:

—Demórate en encontrar la palmatoria, mi rey, que presiento vas a hacerme preguntas y solamente así, en la oscuridad, soy capaz de responderte.

—Pues, comienza a hablar —aceptó Rodríguez, ya con la vela en la mano, pero sin encenderla. Por el tono de la confesión que iba haciendo la andaluza la imaginaba apoyada contra un muro, con la cabeza gacha.

—Cuando tú me amaste... ¿Se puede decir así, mi rey? —Rodríguez asintió con un monosílabo—. Cuando tú me amaste y yo te adoré, no era más que una tapada, una pobre muchacha andaluza traída por el capricho de un vejete linajudo y caduco. Pues, ahora soy algo peor; he vuelto a Chile con la soldadesca, soy lo que llaman una "camarada" o una "rabona". ¡Oh, pero toda esta inmundicia yo no podía evitarla! Porque, como dice la copla: "El destino Dios lo da, pero si se mete el diablo de nada valen los santos ni la muerte más pintá". ¡Vamos, que soy una copla deshecha y ya ni sé si tengo cuerpo todavía! —La voz de la muchacha se quebró en un sollozo rebelde y Manuel se aproximó a ella, aunque sin tocarla.

—¿Cómo fue que desapareciste hace años, Marilola? —le inquirió suavemente.

—Era una mañana muy temprano, ¿sabes? Te juro por la pobrecita de mi madre, que no me crió para esto, que en ti pensaba. Llamaron a la puerta, tiró el diablo de la manta y abrí. Cuatro esbirros me cogieron y me llevaron a rastras hasta un coche donde esperaba mi vejete despótico. Me amarraron las manos y, mientras el birlocho rodaba, se entretuvo en golpearme hasta que me tuvo hecha un guiñapo en el piso. Después, me metieron en un barco y... al Perú. Allá me abandonó el miserable en los muladares del Callao. Estoy casi segura de que me vendió por dinero a una vieja fiera el muy Judas. Desde entonces y por años fui... lo que ellos quisieron.

La confesión se apagó en un murmullo amargo en que se ahogaban la rabia y el llanto. Rodríguez permaneció inmóvil durante un largo rato, incapaz de decir nada.

—¿Enciendo ya la vela? —musitó por fin.

—No, que aún no me bajan los colores —se opuso ella y agregó lo que le faltaba por declarar—: Se organizó, más tarde, la expedición a Chile, ésta que desembarcó con Osorio, y me vine en ella. Pagué..., como pude, como ellos me han enseñado a pagar. —Su voz volvió a alzarse retorcida de angustia—. Quería verte. Como llevo el santo escapulario en el pecho, llevaba tu imagen sobre el corazón. Porque, aún así como soy, te quiero.¡Ay, mi Dios, ya no soy tu tapada, tú no usas la remendada capa de estudiante, pero yo sí que hasta el alma tengo en jirones!

Calló nuevamente y, de súbito, en forma inesperada, rió, rió con esfuerzo e hizo cascabeles con sus dedos.

—Pero vine porque soy, como dice otra copla: "Corazón de filigrana embutido en fino acero. ¿Cómo quieres que te olvide, si has sido mi amor primero?". Y tú te quedas ahí, inerte, desconcertado, y no me abres tus brazos. ¡Ea, que te encuentro muy señorón y desenamorado!

Manuel lanzó lejos la vela y la atrapó en sus brazos. Después hizo un esfuerzo para ponerse a tono con ella y fingir también despreocupación.

—¿Para qué luces, para qué velas ahora? —exclamó, y parodiándola recitó a su vez—: "Aunque me digan que eres mujer de mala conducta y de malos procederes, te quiero porque me gustan tu dolor y tus placeres".

El calor del cuerpo de Marilola, que lo había enloquecido en sus tiempos de estudiante, volvió a despertar su instinto. En la oscuridad no recordaba su demacración, su cabellera descuidada, sus ropas raídas; sólo sentía su aliento y el ronroneo inarticulado que ella dejaba escapar en sus momentos de excitación amorosa. Transportado de golpe al pasado, comenzó a besarla con el mismo frenesí de antes, hasta que ella interpuso una mano entre sus bocas.

—Espera, espera, mi rey, no sigas besándome hasta que no sepas a qué he venido. A ti no puedo engañarte. Escucha que he venido a traicionarte, a ti y a tu patria.

—¿Qué dices?

—Ellos, Osorio y los de su alto mando, me dijeron: "Manuel Rodríguez es secretario de Carrera; ve, y averíguale todo lo que harán. Sabemos que tú puedes conseguirlo". Y agregaron, entre risas, lo de siempre: que yo había sido tu manceba y que, en consecuencia, podía sonsacarte el número de las fuerzas que ustedes tienen. —Como Rodríguez hiciera ademán de separarse lo retuvo con fuerza, aunque siguió hablando en tono suplicante y apasionado—: En cambio, ya ves, aquí estoy besándote. ¡Dios santo, yo que no tengo más patria que el rinconcito magro que me des en tu corazón o en tus deseos, estoy besándote y revelándote mi secreto, secreto por el cual ellos me ofrecieron devolverme a España con dinero sobrado para terminar decentemente. Pero prefiero perderlo todo antes que traicionarte. ¿Qué otra cosa puedo hacer, si te quiero tanto?

Sin una palabra, Rodríguez la alzó en sus brazos y la condujo hasta un camastro desvencijado cubierto con unas mantas, en el que solía dormir en las noches peligrosas.

—Impón un poco de paciencia a tu sangre, mi rey —le decía ella, mientras él la depositaba en las mantas—; mira que voy a traicionarlos a ellos por amor a ti. Déjame que te diga que tu patria debe tener pocas esperanzas.

Manuel contuvo sus ímpetus y la escuchó, inclinado sobre su rostro en sombra.

Osorio sabía que ustedes estaban divididos en dos bandos y que se peleaban; creyó encontrarlos deshechos, por eso avanzó. Ahora se ha detenido al sur del Maule, pero se prepara para dar el salto final. Y mira tú que trae buena gente: un batallón que llaman Talavera, con soldados aguerridos que han jurado que os comerán crudos, y otro, el batallón Burgos, que se disputa la ferocidad con el primero, y además, los cuerpos de Chiloé, de Concepción y de Chillán. Conque, anda y diles a los tuyos que se preparen, pues la tarea es dura y si no le rompen la cruz al toro en el comienzo, la cosa se pondrá color de sangre.

—¿Tú volverás a ver a Osorio?

—O le mandaré noticias.

Rodríguez se enderezó y buscó la vela en el rincón donde había caído. Volvió con ella encendida junto a la mujer.

—Espérame aquí —le dijo, provocando su extrañeza—. Volveré, te lo prometo. Daré cinco golpes en la puerta y me abrirás.

—¿Y por qué me dejas, mi rey?

—Te traeré un oficio que dirás a Osorio me lo has robado. Ese documento, firmado por mí y dirigido a Carrera, expresará que el pueblo se niega a ingresar en el Ejército y que es preferible capitular. ¿Me entiendes? Nosotros necesitamos tiempo, tiempo para prepararnos, y este engaño frenará la impaciencia de Osorio, creyendo que obtendrá la victoria sin necesidad de batallar. Voy y vuelvo pronto.

Marilola se incorporó sobre un codo y clavó sus ojos ardorosos en él.

—Bueno, pero si no vuelves, diré a Osorio otras cosas. Tú sabes que a una gitana que tiene el corazón incendiado por ti, no puedes engañarla como la engañaron otros. Te mataría, mi rey; echaría a rodar la suerte de tu Chile, te haría la peor traición y después me arrancaría las venas a dentelladas para terminar de una vez mi calvario.

Rodríguez se inclinó sobre ella y se dejó besar en la boca, larga, ansiosamente. Después, se desprendió de ella.

—Volveré, mujer, espérame —le prometió y, envolviéndose en su capa, abandonó rápidamente la estancia.

Afortunadamente para él, las luces del salón principal de la casa de los Carrera estaban aún encendidas cuando llegó frente a ella, indicio de que los dos generales no se habían recogido a sus dormitorios. Guiado por una instintiva cautela y un sentido de curiosidad que cada día se le desarrollaba más, Rodríguez se acercó a una de las ventanas y trató de mirar al interior por la juntura de un postigo. Bajo la araña de veinte velas que arrojaba su sombra circular sobre la mullida alfombra francesa, se veía a Bernardo O'Higgins de pie, con las manos fuertemente enlazadas en la espalda y en actitud de escuchar. Su rostro ceñudo indicaba que seguía en su interminable discusión con el general Carrera. Era este último el que hablaba en ese momento, pero su voz llegaba ininteligible a los oídos de Rodríguez. Lo único que le pareció entender fue el nombre de Juan José repetido varias veces. Seguramente, el húsar estaba disgustado porque O'Higgins aún no abandonaba Santiago; demora que lo había obligado a enviar a Rancagua a su hermano, al frente de la Segunda División. Rodríguez comprendió que su presencia en ese momento no sería bien vista, pero se encogió de hombros; era inútil esperar, los dos generales estarían discutiendo siempre. Así razonando, golpeó con los nudillos en la ventana. El postigo fue abierto por el propio José Miguel, quien al identificarlo giró la españoleta y entreabrió un batiente de la ventana.

—¿Qué ocurre, Manuel? —le preguntó en el mismo tono seco con que estaba discutiendo—. ¿Traes alguna noticia importante?

—Sí. Perdónenme ustedes que los importune en esta forma, pero necesitaba verlos a los dos antes de que se recogieran.

675

—Voy a abrirte el portón.

—¿Para qué si está franca la ventana? —Pasando ágilmente una pierna sobre el alféizar, Rodríguez se introdujo, sonriente, en el salón, y saludó con una venia al brigadier O'Higgins, a tiempo que preguntaba—: ¿Los interrumpo en momentos en que conversaban sobre algo privado?

—No —le respondió Carrera—. Hablábamos de un mensaje que acaba de enviarnos Juan José desde Rancagua. Nos participa que el ejército de Osorio está cruzando el Maule y avanza lentamente hacia el norte.

—Ya lo sabía —apuntó Rodríguez.

—¿Cómo puede usted saberlo? —le inquirió con cierta acritud O'Higgins—. El mensaje que nos lo anunciaba era absolutamente confidencial.

—¡Hum, hay muchos modos de enterarse de las cosas que están pasando! —sonrió Rodríguez—. De igual modo el general Osorio está en conocimiento de todo lo que nosotros hacemos. Puedo asegurarlo porque, en estos instantes, tengo encerrada en mi despacho a una espía suya.

—Me hablaste de una mujer que había llegado del campo realista —recordó Carrera—. ¿Es la misma?

—Sí, pero ahora ella ha pasado a ser espía a favor mío y les garantizo que nos será absolutamente leal. Por eso he pensado en utilizarla para retardar un tanto el avance del general Osorio.

—¿En qué forma? —quiso saber O'Higgins.

—Devolviéndola al campamento realista con una nota oficial, firmada por mí, en mi calidad de secretario del Gobierno, en la que escribiré algo completamente falso, pero que dará confianza al enemigo y lo inducirá a no precipitar los hechos. En ella te diré a ti, José Miguel, que he sondeado al pueblo y que nadie quiere enrolarse, exigiendo, en cambio, que se capitule. Si Osorio cree en esa nota, detendrá sus tropas con la esperanza de que nuestra rendición le evite dar batallas en las que lógicamente habrá abundantes muertos por ambos bandos.

—Tienes razón —aprobó Carrera—; y tu estratagema surge en el momento más oportuno. Acabamos de llegar al acuerdo de que el brigadier O'Higgins parta en la madrugada con la Primera División a reunirse con la que mantiene Juan José en Rancagua. De modo que tu espía podrá marchar con la escolta del brigadier y pasarse a las líneas realistas en forma rápida. Así es que redacta al instante esa nota.

Rodríguez asintió con un gesto y fue a instalarse en una mesa sobre la cual había recado de escribir. Desde el rincón donde ella se encontraba, seguía oyendo las últimas órdenes que Carrera daba a O'Higgins. Habían elaborado un nuevo plan que completaba los anteriores. Este consistía en contener a los realistas en la línea del río Cachapoal, cubriendo los tres vados practicables con las tres divisiones que lograron organizar. Las dos primeras estarían en sus puestos al día siguiente, la tercera, mandada por el coronel Luis Carrera y reforzada por la escolta del general en jefe, se les uniría días más tarde. El plan estratégico contemplaba la posibilidad de no ser capaces de detener a los enemigos en el Cachapoal; en ese caso, las dos primeras divisiones se replegarían a Rancagua, pero sin dejarse encerrar en la ciudad, para ofrecer allí un segundo frente de resistencia. De ser impotentes para contener a Osorio en éste, se continuaría el repliegue hasta la Angostura de Paine, donde estaría la Tercera División, y en ese desfiladero se atrincheraría definitivamente, el ejército patriota.

Los dos generales se despidieron justamente cuando Rodríguez terminaba su nota y la sellaba. Con su traviesa desenvoltura de siempre, se acercó a ellos, los saludó inclinándose y se encaminó hacia la ventana.

—Por la ventana entré, por ella me marcho —dijo festivamente—. Buenas noches, señores. Mi emisaria se incorporará a la escolta del brigadier O'Higgins al amanecer. Me preocuparé de conducirla personalmente.

Dicho esto, saltó a la calle y se perdió en las sombras de la noche. Sonreía para sí mismo, mientras iba pensando en que apenas podría estar unas cortas horas con Marilola.

—¡Qué diablos —musitó—, habrá que conformarla sobre corriendo!

12

Inmediatamente después de que partieron las dos primeras divisiones hacia el sur, José Miguel Carrera, secundado por el presbítero Julián Uribe, prosiguió su desesperada labor de organización. Era necesario renovar los uniformes, fabricar municiones, reunir carretas, caballos, mulas, forraje, víveres y aumentar las tropas existentes. Mientras Rodríguez se empeñaba en esta última faena enganchando cuanto hombre se ponía al alcance de su voz, Uribe y Carrera recolectaban fondos para costear los gastos de la guerra. Impusieron a los realistas un empréstito forzoso de trescientos mil pesos y otro a los patriotas por ciento treinta y seis mil. Pero, a pesar de eso, tuvieron que echar mano a la plata labrada existente en las iglesias y conventos.

Estas arbitrarias medidas provocaban el rencor de la aristocracia y la desconfianza del pueblo, lo que redundó en incontables deserciones. La fuerza reunida, que teóricamente alcanzaba a cuatro mil novecientos hombres, en la realidad apenas quedó establecida en poco más de tres mil novecientos. Luego, los préstamos forzosos no fueron cumplidos, pese a las violencias puestas en práctica por el cura Uribe; éste desterró a Mendoza a ochenta y cinco frailes de distintas órdenes y a más de setenta civiles. Finalmente, para evitar que los realistas pudieran prestar servicios al enemigo, hizo publicar un bando que amenazaba con la muerte a todo aquel que se le comprobara alguna comunicación directa o indirecta con él. Pero ninguna medida o conminación podía acelerar o enmendar la marcha de los acontecimientos; el mal residía en el antagonismo de opiniones de los dos conductores de la guerra. Mientras O'Higgins escribía, obstinado en su idea: "Mándeme Vuestra Excelencia mil hombres de infantería, trescientos de caballería de fusil, igual número de lanceros, la culebrina de a ocho y el obús, y yo soy responsable de que el enemigo no podrá entrar jamás en Rancagua", Carrera expresaba a sus ayudantes:

—Ese insensato ha terminado de confundirse de tal modo con su idea fija, que ya no quiere una pequeña partida para defender ese pueblo, sino que pretende encerrar al grueso del Ejército dentro de sus ocho manzanas y hacerlo terminar muerto de hambre y sed, en tanto que los realistas se pasean a su antojo por el territorio.

En el fondo, el general Carrera temía que O'Higgins pretendiera sacarle astutamente la mayor cantidad de sus hombres para volverse posteriormente contra él; razón por la cual decidió no dejarlo fortificarse en Rancagua, ni tampoco participar en la defensa en la Angostura de Paine, por hallarse esta última muy próxima a Santiago. Su cuarto plan fue ordenarle que levantara parapetos y excavara trincheras frente a los tres vados del Cachapoal para resistir en esos puntos.

El 18 de septiembre O'Higgins avanzó con su división hacia el río, pero dejó gente en Rancagua terminando las barricadas que cerraban las cuatro calles que, en forma de cruz, llegan a la plaza.

Entretanto, en Santiago, en la conmemoración del aniversario patrio,

Carrera hizo quemar una efigie del virrey Fernando de Abascal rellena de cohetes y pólvora y puso a precio la cabeza del general Osorio, ofreciendo los mismos doce mil pesos que ya una vez don Francisco de la Lastra había ofrecido por la suya. El 24 de septiembre partió la Tercera División al mando del coronel Luis Carrera, pero todavía el general en jefe habría de cambiar el plan de defensa una vez más. Enterado por su cochero Miguel Cornejo, que se había infiltrado en las líneas enemigas, de que efectivamente las tropas realistas alcanzaban a cinco mil soldados, decidió ganar un mes de tregua haciendo aumentar las aguas del Cachapoal, mediante un sistema que indicó a O'Higgins en los siguientes términos:

Creo indudable para la seguridad de nuestras glorias agarrarnos un mes para la organización del Ejército, que aumentado en número, disciplina y armamento, podrá emprender entonces decisivamente la expulsión de los piratas. Me aseguran ser muy fácil duplicar el agua del Cachapoal cegando porción de tomas que lo sangran. No se pierda ni un instante en plantificar esta obra. Ella nos dará el tiempo que apetecemos, estacionando la marcha del enemigo. Dado en Santiago a 28 de septiembre de 1814.

Pero este último proyecto no alcanzó a ser puesto en práctica. Apenas O'Higgins había recibido la nota y se disponía a mandar hombres a cortar los canales regadores que sangraban al río, se produjo el primer choque entre las vanguardias de ambos ejércitos. El estruendo de la fusilería obligó al jefe de la Primera División a enviar de inmediato a su ayudante, el teniente Garay, a comunicar al general Carrera que comenzaba la guerra y que hiciera avanzar a toda prisa la Tercera División.

O'Higgins escribía en su mensaje "la guerra", pero bien sabía que ésta no sería sino una sola batalla, la primera y definitiva. Detrás de las tropas patriotas no había más, y en la retaguardia de los batallones realistas tampoco existían otros hombres que pudieran emprender una segunda campaña. Así, pues, de esos disparos que se cruzaban por sobre el Cachapoal en la mañana del 28 de septiembre había de surgir el resultado de cuatro años de lucha.

Minutos después de la partida de su ayudante, el brigadier O'Higgins recorría las posiciones de las tropas junto al río. La Primera División, bajo su mando, protegía el vado de Baeza, que daba acceso al pueblo de

Rancagua; la Segunda División, comandada por Juan José Carrera, defendía el vado de Robles, situado una legua hacia el poniente, y el capitán Rafael Anguita, con veinte dragones, custodiaba el vado de Cortés, otra legua más hacia el poniente, en espera de que viniera a apostarse en ese paso la Tercera División, a las órdenes de Luis Carrera.

El teniente Garay logró entrar a Santiago a las cuatro de la tarde y entregó su mensaje al general Carrera. Este, que acababa de recibir con retardo otro mensaje del brigadier O'Higgins en que le encomendaba a su madre y a su hermana, se encaminó rápidamente a su casa para disponer su viaje al sur. Lo acompañaba su colega de la Junta, el presbítero Uribe, a quien encomendó satisfacer el pedido de O'Higgins.

—Ordene usted que se ubique a las parientas de O'Higgins en el palacio del obispo, que está desocupado desde el destierro del vicario capitular Rodríguez Zorrilla, y que se les proporcionen mil pesos del tesoro público.

Pese a la animadversión que existía entre ambos, era lo menos que podía hacer. O'Higgins no cobraba sus sueldos desde hacía ocho meses y sus familiares no podían quedar abandonadas.

Lo último que le recomendó dejó muy preocupado al sacerdote.

—Si somos vencidos —le dijo—, debe usted empacar los caudales públicos y trasladarse a Valparaíso, para seguir con ellos y los soldados que se salven hasta Coquimbo, en donde intentaremos la postrera resistencia.

A las dos de la madrugada del día 30 de septiembre pudo, por fin, dejar Santiago el general en jefe. Acompañado por una pequeña escolta galopó hasta San Francisco de Mostazal, donde vivaqueaba la Tercera División, comandada provisionalmente por el coronel José María Benavente, puesto que Luis Carrera acompañaba al general.

Quiso la mala fortuna que al pasar por el caserío de Paine el caballo de José Miguel se encabritara sorpresivamente arrojando al suelo a su jinete. De modo que cuando la comitiva llegó a su destino, dos oficiales tuvieron que ayudarlo a desmontar. Sin embargo, dominando sus dolores, el húsar se dispuso a seguir viaje al momento con la división, pero el coronel Benavente lo disuadió diciéndole:

—No es necesario hacerlo tan precipitadamente, mi general. Acabo de recibir un parte del brigadier O'Higgins comunicándome una noticia profundamente halagadora.

En efecto, el jefe de la Primera División informaba que las circunstancias habían variado y que el enemigo no cruzaría el Cachapoal. La verdad era que O'Higgins se había dejado engañar por el hecho de que los realistas se retiraran precipitadamente después de intercambiarse los primeros disparos; pensó que tal acción obedecía simplemente al miedo, y, con esa seguridad, permitió que cruzara sus líneas un huaso que portaba un mensaje para el general en jefe. Este mensajero se cruzó con la comitiva a la altura de Las Bodegas del Conde, pero, incapaz de alterar la orden que recibiera, siguió de largo hacia Santiago.

El general Carrera, engañado también y envanecido por aquella aparente victoria, dispuso que la Tercera División descansara hasta el día siguiente, y él se retiró a una casa para reponerse de la caída que sufriera.

Mas todo aquello no era sino una precipitada estratagema urdida por el general realista Osorio con el fin de darse tiempo para resolver un problema que se le presentara inesperadamente. Acampaba con sus tropas en la hacienda Apalta, perteneciente a don Francisco Valdivieso, y terminaba de estudiar su plan de ataque con sus lugartenientes, los coroneles Maroto, Elorreaga, Quintanilla, Lantaño y Barañao, cuando irrumpió en su Consejo de Guerra un emisario mandado por el intendente de Concepción, quien le retransmitía la más insólita orden. El general Osorio se demudó al leer el pliego, que traía la firma y sello del propio virrey del Perú, don Fernando de Abascal.

—¿Qué mala noticia trae ese documento, señor? —le consultó el coronel Elorreaga al verlo desencajarse.

—Es una ordenanza del excelentísimo señor virrey, que trastorna por completo nuestros planes, señores —le contestó el general.

El mensaje tenía relación con la guerra que las tropas virreinales mantenían en el Alto Perú contra las fuerzas de las Provincias del Plata; ellas habían sufrido un serio descalabro y se temía que el Perú se perdiera. En vista de lo cual, el virrey Abascal le ordenaba enviarle de inmediato al Regimiento Talavera.

Este hecho produjo la mayor consternación a los jefes españoles, especialmente al comandante del famoso regimiento, el coronel Rafael Maroto, quien, despechado, resumió en pocas palabras cuáles serían las consecuencias de obedecer la inesperada orden.

—Desprendernos ahora de mi regimiento significa renunciar a toda posibilidad de derrotar a los insurgentes. Tendríamos que retirarnos a cuarteles de invierno en Chillán.

Eso equivalía a postergar las acciones por todo un año, hasta que el clima permitiera reiniciar la campaña. Pese a las enérgicas protestas de los jefes, el general Osorio se manifestó decidido a obedecer y se retiró a la casa de la hacienda para meditar con más calma. Fruto de sus cavilaciones fue un mensaje que envió a los jefes del gobierno patriota, en el que les daba un plazo de cuatro días para rendirse. Al emisario que conducía esa nota fue al que dejó pasar O'Higgins hacia Santiago.

Pero las circunstancias cambiaron por obra de los coroneles que secundaban al general Osorio. Todos ellos, incitados por Rafael Maroto, lo forzaron a reunirse nuevamente en Consejo de Guerra y le expusieron escuetamente sus puntos de vista.

—Su excelencia el virrey expresa en su orden que, en caso de no haber triunfado nuestro ejército en Chile, pacte usted una tregua con los insurgentes y embarque a mis talaveras hacia el Perú —dijo el coronel Maroto, hablando a nombre de los demás, y aclaró con firmeza—: Pero sólo en el caso de no haber triunfado. Y la situación en que nos encontramos equivale al triunfo. ¡General Osorio, uno o dos días más de retardo en embarcar a mis talaveras no alterarán la situación en el Perú!

—Pero yo no puedo arriesgar a ese cuerpo en una batalla —trató de oponerle el superior, a lo que acotó categóricamente el coronel Quintanilla:

—Sí, general; cuando la batalla está ganada.

Mariano Osorio paseó una mirada aturdida por los rostros de sus jefes subalternos y vio en todos ellos tal determinación que no se atrevió a imponer rudamente su autoridad.

—Señores, ¿qué es lo que han pensado ustedes? —les inquirió con cautela, y la respuesta le llegó en coro:

—¡Atacar de inmediato, general!

—¿Y si la victoria demora?

—¡No demorará! —Maroto se erguía resuelto, denotando una seguridad absoluta—. Yo respondo a usted por el formidable empuje de nuestras tropas. Destrozaremos las líneas insurgentes en pocas horas.

El general vaciló durante largos segundos, pero los rostros resueltos de sus subalternos lo presionaban, lo conminaban a proceder según sus acuerdos.

—Está bien —aceptó, por fin, aunque con cierto acento condicional—. Desobedeceré a su excelencia el virrey, pero ustedes me responderán de la rapidez con que se ha de obtener la victoria.

Los jefes asintieron con frases decididas y el coronel Maroto volvió a tomar la palabra.

En sus conciliábulos privados habían trazado un plan completo, para ponerlo en práctica inmediatamente.

—Dos escuadrones de caballería mandados por los coroneles Elorreaga y Quintanilla tomarán posiciones frente a los vados de Robles y Baeza, para hacer creer a los insurgentes que los atacaremos por esos pasos —resumió finalmente—, pero el grueso de nuestro ejército cruzará el río por el vado de Cortés, que aún no ha sido cubierto por el enemigo.

El plan expuesto por Maroto denotaba hasta qué punto todos ellos estaban al tanto de los movimientos de los patriotas y cómo podían manejar la situación a su antojo. Este factor terminó de convencer a Osorio, quien lanzando un apagado "¡Viva España!", afirmó en tono triunfal:

—Señores jefes, mañana almorzaremos en Rancagua. Dispóngalo todo para iniciar la marcha a las nueve de esta noche.

La Primera División patriota vivaqueaba a dos cuadras del vado de Baeza manteniendo solamente una gran guardia a lo largo de la orilla transitable del río. Los centinelas se pasaban la voz de alerta, monótonamente, cada diez minutos, vigilados por los oficiales de ronda que giraban en forma continua en torno al campamento. Esta estricta vigilancia, permitió que una pareja de soldados distinguiera en medio de la oscuridad una sombra que intentaba introducirse al campamento. Se trataba de una mujer, que, aunque atrapada de improviso y golpeada fuertemente por uno de los soldados, opuso una fiera resistencia.

—¡Tienen que llevarme ante el general, so brutos! —les repetía una y otra vez, forcejeando por avanzar hacia el centro del vivac.

Pero los centinelas se negaban a complacerla atendiendo a que el jefe de la Primera División estaba durmiendo.

—Mi brigadier O'Higgins apenas ha podido pegar los ojos en las noches pasadas y no vamos a despertarlo porque se le ocurra a una sarracena —gruñía uno de ellos.

Como la algazara surgida entre los dos soldados y la mujer aumentara, se acercó al grupo José Soto, el viejo ordenanza de O'Higgins, que velaba continuamente cuando su jefe dormía.

—¿Quién escandaliza tanto ahí? —se acercó a preguntar, viendo que algunos soldados comenzaban a despertarse.

—Esta sarracena que pillamos cerca del río —le informó uno de los centinelas, soportando los remezones que le daba la mujer.

—Yo no soy sarracena —insistía ella—. Tengo que darle una noticia importante al jefe de ustedes; y ya verán cómo me escucha en cuanto empiece a hablarle.

El viejo Soto se acercó más y de un manotón terminó de correrle el rebozo que le cubría el rostro y los hombros, contemplándola con reconcentrada atención. A pesar de la oscuridad aquel rostro moreno de grandes ojos le pareció conocido, por lo que dijo en tono indeciso:

—Yo la he visto a usted antes, mocita.

—¡Claro que sí!... En Concepción, ¿no se acuerda?... En el alojamiento del general Carrera... Mi nombre es Mercedes Velásquez.

José Soto hizo una mueca que imitaba una sonrisa maliciosa y se atusó con los dedos los espesos bigotes canos.

—Pero si es la mocita del general Carrera. ¿Y qué anda haciendo por estos lados, mirevé? ¿Y a estas horas?

—Vengo del campo realista y traigo una noticia urgentísima para el comandante de este campamento.

—Es que mi patrón O'Higgins está durmiendo —repitió Soto con cachaza, buscando que ella le diera algún antecedente que le permitiera pesar el valor del informe.

La mujer supo interpretar su desconfianza y lo urgió:

—Despiértelo y dígale que los realistas van a cruzar el Cachapoal esta misma noche.

El ordenanza abrió los ojos desmesuradamente. No era hombre de grandes manifestaciones, pero la impresión que la noticia le causó se tradujo en sus actos. Apartando a los centinelas con un ademán, cogió a Meche de un brazo y la condujo a toda prisa a la tienda en que alojaba el brigadier O'Higgins.

Minutos más tarde, se encontraba ante el jefe de la Primera División y Mercedes Velásquez relataba atropelladamente cuanto había ocurrido en el campamento realista pocas horas antes. Ella había podido enterarse porque su padre había sido forzado a servir como caballerizo del coronel Barañao.

684

—"Almorzaremos mañana en Rancagua", terminó diciendo el general Osorio, y las tropas se pusieron en marcha hacia el río a las nueve de la noche —concluyó su informe la antigua manceba de José Miguel Carrera.

O'Higgins se mordió los labios y volvió la espalda a la lámpara de carburo que los iluminaba; no deseaba que sus interlocutores vieran en su rostro la rabia que sentía consigo mismo. Esa misma mañana había comunicado a la Tercera División que no se moviera de Las Bodegas del Conde porque los realistas se retiraban.

—Dígame, mujer, ¿supo usted por cuál vado pensaban cruzar? —preguntó girando nuevamente hacia su informante. Esta esbozó un ademán de desencanto.

—Los oficiales españoles armaron tal algazara que mi padre no alcanzó a oír ese dato, señor.

—Pero ¿por dónde cruzó usted el río?

—Por el vado de Cortés, que está como a dos leguas hacia el poniente. Había seis dragones guardándolo.

—¿Cómo que seis?... Yo dejé allí veinte, bajo el mando del capitán Anguita...

—A los demás los vi descansando sobre una loma, general.

O'Higgins trenzó las manos fuertemente y se mordió los nudillos. Trataba de pensar a prisa, pero no conseguía calcular por dónde cruzarían los enemigos.

—¿Vio usted algún movimiento de tropas?

—Claro que sí: dos escuadrones de caballería que salieron de Requínoa.

—¿Y no la alcanzaron a usted cuando iba hacia el vado de Cortés?

—No, señor. No fueron para ese lado.

—¡Hum! Entonces quiere decir que se dirigen hacia este vado y al de Robles, que custodia la Segunda División, al mando de Juan José Carrera.

O'Higgins dejó de preocuparse de Meche Velásquez. Dirigiéndose a Soto le ordenó despertar al momento al teniente Garay para que se hiciera cargo de un mensaje que enviaría al general Carrera. Después personalmente fue a la tienda vecina e hizo levantarse a su ayudante, el teniente Jiménez, y le ordenó montar a caballo y dirigirse a escape al vado de Cortés, guardado por el capitán Anguita y sus veinte dragones.

—Si advierte usted la presencia de sarracenos, corra a avisármelo —terminó de instruirlo.

Partía el oficial, cuando Meche Velásquez volvió a ponerse frente a O'Higgins.

—¿Me permite que le dé un consejo, general?

El chillanejo la contempló con extrañeza y no disimulado fastidio.

—¿También las mujeres opinan sobre asuntos militares?...

Mercedes levantó el rostro, con las mandíbulas apretadas, herida en su orgullo.

—Sólo deseaba decirle que los godos son cerca de cinco mil —le expresó secamente y vienen disputándose entre ellos el privilegio de aplastar a ustedes. Los batallones criollos del coronel Elorreaga quieren demostrar a los desdeñosos talaveras que saben batirse mejor; y estos últimos están dispuestos a exhibir con la sangre de ustedes lo que aprendieron luchando contra un tal Napoleón. Creí conveniente advertírselo, pero por el tono con que me trata veo que es usted tan engreído como los talaveras. Buenas noches.

Mercedes se alejó sin importarle el enojo del brigadier O'Higgins y no se detuvo cuando éste le gritó exasperado:

—¡Alto ahí! ¿Adónde va usted?

—A dormir en Rancagua. No creo que usted me necesite más.

O'Higgins prefirió dejarla marchar; no era oportuno entrar en discusiones con una mujer en momentos de tanta urgencia. Además, llegaba ya el teniente Garay sobre un caballo recientemente ensillado.

—Teniente, parta usted al galope a comunicar al general Carrera que avance a marchas forzadas con la Tercera División. Dígale que los realistas se disponen a cruzar el río.

No se perdía el ruido de la cabalgadura de Garay, cuando el brigadier montó a su turno en el caballo que le traía su ordenanza Soto, y dispuso que se despertara a todos los soldados de la división. En su cerebro se debatía un solo pensamiento: que los atacantes serían cinco mil y que las divisiones patriotas establecidas en la margen norte del Cachapoal no alcanzaban a reunir dos -mil hombres. Junto con enviar otro mensajero a prevenir a la Segunda División, hizo avanzar la suya hasta la orilla misma del vado de Baeza y distribuyó a los soldados en posiciones de combate.

Después, esperó nerviosamente la iniciación del ataque. Su mente era un torbellino; hubiera dado cualquiera cosa por adivinar por cuál de los tres vados se abalanzaría el enemigo; pero nada le permitía aclarar su terrible incertidumbre. A las doce de la noche su desconcierto fue mayor; lejos, hacia el poniente, comenzaron a oírse algunos estampidos dispersos, pero era una fusilería rala, como de pequeños grupos que disparaban más por nerviosidad que por la visión de enemigos. La tensión de O'Higgins era tan insoportable que, cuando escuchó el estruendo de una gruesa masa de caballería al otro lado del río, directamente frente a él, sintió un verdadero alivio, el que se acentuó al romperse los fuegos entre sus hombres y las avanzadas enemigas. ¡Por fin comenzaba la batalla; ya sabían contra quiénes tendrían que combatir!

Durante varias horas las balas silbaron sobre el vado defendido por la Primera División, y el nutrido tiroteo se mantuvo ininterrumpido hasta que vino la aurora. Entonces, a las primeras luces de la mañana, O'Higgins pudo ver algo que le causó, primero, extrañeza y, después, un profundo recelo: sus atacantes no constituían más que un escuadrón de caballería, que se movía a toda prisa por la margen opuesta, pero sin manifestar la menor intención de cruzar el río. Comenzaba a tomar cuerpo en su cabeza la sospecha de que había estado sometido a un juego insólito e inexplicable, cuando regresó a todo galope su ayudante, el teniente Jiménez, a quien mandara al comenzar la noche a investigar en el vado de Cortés. Llegó gritándole desde lejos, sobreponiendo su voz al estrépito de las detonaciones:

—¡Mi brigadier!... ¡Mi brigadier, los godos están pasando por el vado de Cortés!

La turbia sospecha se hizo luz en el cerebro de O'Higgins; sin embargo, quiso terminar de convencerse.

—¿En qué cantidad lo cruzan? —inquirió en voz alta.

—¡Todos, mi brigadier! —afirmó el oficial, ya junto a él—. ¡Es el grueso del ejército realista el que está terminando de cruzar el río!

El jefe de la Primera División se dio un golpe con el puño en la frente, como un castigo. Lo habían engañado limpiamente; se habían burlado de él hostigándolo con un escuadrón de caballería, mientras lo principal del contingente enemigo pasaba sin inconvenientes por el único vado desguarnecido. Despreciando la prudencia, se levantó de la zanja dentro de la cual se encontraba y asió un estribo de la montura de su ayudante.

—Jiménez, ¿qué ha ocurrido a la Segunda División en el vado de Robles? —quiso saber, presa de intensa ansiedad.

—No lo sé, señor. Pasé por detrás de sus líneas, pero sentí a los soldados sableándose con la caballería sarracena que estaba en la otra orilla.

A O'Higgins no le cupo duda de que Juan José Carrera había sido engañado con una estratagema igual: le habían puesto por delante la masa movediza de un escuadrón de caballería para mantener a su división inmovilizada en el sitio. Sólo pensó entonces en arbitrar una medida que quizás les permitiera detener aún a los enemigos. A gritos y agitando los brazos como aspas de molino llamó al capitán Freire, y cuando el valiente oficial estuvo a su lado, le expresó, jadeando por la inquietud:

—Voy a fraccionar nuestra división en dos, capitán. Usted, con una mitad, permanecerá defendiendo este vado; yo, con la otra, haré un esfuerzo desesperado para contener a los realistas con la ayuda de la división de Juan José Carrera, hasta que llegue la Tercera División.

La maniobra aparentaba ser tardía, sin embargo O'Higgins no quiso dejar de intentarla y replegó la mitad de su fuerza, haciéndola desfilar en seguida por detrás de los repechos y matorrales de la orilla del cauce. Al trote vivo iban los soldados hacia el poniente para sumarse a la Segunda División e intentar taponar el boquete que había quedado abierto en el vado de Cortés.

Entretanto, el teniente Garay había sorprendido al general José Miguel Carrera en mitad del sueño y costó cerca de una hora poner en pie y en disposición de marcha a la Tercera División. Pero, aunque las tropas estaban ya formadas frente a Las Bodegas del Conde, el general permanecía nerviosamente meditabundo, sin dar la orden de partir. Fue preciso que su hermano Luis se le acercara para inquirirle la causa de su inexplicable tardanza.

—O'Higgins mandó comunicar que los realistas estaban cruzando el río —le contestó en voz baja—, y estamos a dos leguas y media del Cachapoal. ¿Alcanzaremos a llegar antes de que todo el ejército enemigo esté al lado norte del vado?

—Tenemos que intentarlo —razonó enérgicamente Luis—. Sin nuestra ayuda las divisiones de O'Higgins y de Juan José están perdidas.

—Mucho me temo que con nuestra ayuda lo estén de todos modos —aseveró sombríamente el general—. ¡Oh, si ese testarudo de O'Higgins no hubiera mandado la nota jactándose de haber puesto en fuga a los realistas, no nos habríamos detenido y estaríamos copando todos los pasos del río.

—Esas reflexiones puedes írtelas haciendo sobre la marcha, José Miguel —le reprochó su hermano—. Hay muchas cosas graves de que hablar, pero no podemos perder el tiempo. Partamos y por el camino iremos examinándolas.

Pero el general meneó la cabeza negativamente. El se quedaría aún unos momentos escribiendo unas cartas y tomando algunas determinaciones impostergables.

—Parte con tu división —dijo a Luis—, aunque no estoy seguro de que tu ayuda mejore en algo la situación de nuestro ejército. Trasládate con tus hombres hasta la chacra de Lo Cuadra, que queda una legua al norte de Rancagua, y desde allí manda exploradores para que averigüen en la zona de batalla si aún es tiempo de detener a los realistas. Si no han terminado de pasar el río, es posible realizarlo. En ese caso, únete a las otras dos divisiones. Pero si los godos están ya al lado de acá, hostígalos mientras adviertes a O'Higgins que deben replegarse todos sobre la Angostura de Paine, y, por nada del mundo te dejes encerrar en Rancagua. ¿Me has comprendido?

—Perfectamente, José Miguel. ¿Y tú?...

—Mandaré unas cartas al presbítero Julián Uribe con mi ayudante José Samaniego y me reuniré con ustedes en la chacra de Lo Cuadra.

A través de una de las ventanas de Las Bodegas del Conde, el general vio partir a la Tercera División y no pudo ocultar un gesto de pesadumbre: eran apenas trescientos sesenta y ocho fusileros y seiscientos jinetes milicianos armados de lanzas; contra los cinco mil veteranos realistas no harían más efecto que el de una miga de pan lanzada contra una puerta de roble. Sacudiendo coléricamente la cabeza, se volvió hacia su ayudante, que esperaba pluma en mano, y comenzó a dictarle un comunicado destinado al cura Uribe, cuya esencia era participarle que si los realistas pasaban el Cachapoal, no habría poder humano capaz de salvar a los patriotas de ser derrotados y de que la capital cayera vencida. Como único recurso les quedaría, en ese caso, proseguir la guerra desde el norte, desde Coquimbo. Para ello sería preciso instalar el Gobierno allá, transportar los caudales públicos y disponer todos los barcos útiles para trasladar a ese punto las escasas tropas que permanecían guarneciendo Santiago y Valparaíso. Pero hubo algo más que ordenó en esa nota al presbítero Uribe y que hizo temblar la mano del ayudante al escribirlo: que destruyera toda riqueza, provisiones o pertrechos existentes en la capital y que pudieran servir a los invasores.

José Miguel Carrera terminó de dictar su comunicado transpirando; luego ordenó a su ayudante que partiera sin tardanza, y él, escoltado por cuatro dragones que lo aguardaban, galopó pausadamente hacia el sur. No actuaba con la misma tranquilidad el brigadier O'Higgins, sino que corría alocadamente con sus hombres al vado de Robles. No tardó más de media hora en recorrer la legua que promediaba entre las dos posiciones, y, sin embargo, su sorpresa fue enorme al llegar a ese sitio. Allí no había nadie. Inútil resultó que sus exploradores recorrieran al galope los contornos: no se oía ni una voz, ni un ruido, e igual cosa ocurría en la otra ribera del río. Desesperaba ya de hallar alguna explicación al insólito hecho, cuando uno de sus jinetes encontró a un soldado agazapado bajo unos matorrales. Estaba bien oculto, pero lo denunció el castañetear de sus dientes. Fue sacado de su escondite a rastras y llevado ante Bernardo O'Higgins. No estaba herido, sino trémulo de miedo.

—Perdón, mi brigadier... Perdón, pero nos atacaron ... Todos huyeron —fue lo único que atinó a confesar el acobardado individuo, y se encogió bajo la mirada dura del chillanejo.

—¿Quiénes huyeron y por qué?

La explicación del soldado, aunque confusa y atolondrada, bastó para ilustrar a O'Higgins sobre los acontecimientos que se habían producido allí. La Segunda División había comenzado a balearse con los enemigos que se presentaban en la otra orilla del río, cuando sus jefes vieron repentinamente que todo el ejército enemigo había cruzado el vado de Cortés, una legua más hacia el poniente, y sus filas se abrían como una tenaza para encerrarlos por un lado y cortarles la retirada por el otro. El brigadier Juan José Carrera ordenó a sus hombres que les hicieran frente, pero apenas los realistas abrieron fuego y tumbaron a unos pocos jinetes, la caballería patriota se desbandó despavorida. Juan José Carrera gritaba como un loco para contener la dispersión, pero era lo mismo que intentar detener la corriente del río con las manos. La caballería pasó atropellando a la infantería y, sin detenerse ante las voces de mando de sus jefes, galopó atolondradamente hacia Rancagua, en donde se encerró. La infantería no tardó en imitarla, actuando también en el más absoluto desorden.

—Yo me vine a esconder entre las matas mejor, mi brigadier —concluyó el soldado—. ¿Para qué me iba a ir con ellos, cuando naiden pensaba en defenderse? ¡Toíto está perdido, mi señor!

O'Higgins estaba pálido de ira. Pensaba que todos se habían comportado como una recua de cobardes, desde Juan José Carrera hasta el último de los reclutas. Ya no quedaba sino afrontar los hechos como se presentaban y con la mayor prisa posible. A lo lejos se divisaba la nube de polvo que señalaba la marcha continua de los realistas hacia el norte, y el comandante Cuevas se encargaba de urgirlo haciéndosela notar. El jefe de la Primera División giraba la vista por los contornos buscando una solución sin hallarla. Fue su fiel ordenanza Soto quien se la señaló diciéndole:

—Allá, como a diez cuadras al poniente de Rancagua, hay unos tapiales altos, patrón. Se me ocurre que podríamos parapetarnos detrás de ellos.

O'Higgins asintió con un gruñido y, volviéndose al comandante Cuevas, le mostró el sitio.

—Nos fortificaremos tras aquellas tapias y combatiremos hasta que lleguen la Segunda y Tercera División. Luego, el general en jefe decidirá si defendemos Rancagua o nos replegamos hasta la Angostura de Paine. Ejecute al momento la maniobra.

Parapetados en las rústicas pircas que cercaban un potrero denominado de Sotomayor, los soldados de la Primera División combatieron durante más de una hora, en espera de que se les reunieran las otras dos divisiones. Pero fue una operación estéril; el resto del Ejército no apareció. Por último, las fuerzas realistas se dividieron con la evidente intención de dejar frente a los patriotas parapetados un número equivalente de soldados, mientras los demás desfilaban por el flanco izquierdo para cortarles el paso al norte.

Permanecer inmóviles en esa posición equivalía a quedar aislados y sin conexión posible con las otras divisiones, por lo que O'Higgins tuvo que resolverse a abandonarla. Pensó en tomar la dirección de la Cuesta de Chada, por cuyo sendero podría posteriormente dirigirse a la Angostura de Paine, pero cuando se disponía a hacerlo se presentó ante él, jinete sobre un caballo espumajeante de fatiga, el capitán Labbé, ayudante del brigadier Juan José Carrera.

—¡Mi brigadier O'Higgins, el comandante de la Segunda División reclama urgentemente el auxilio de sus tropas! —le espetó desde su montura, sin cuidarse del efecto que sus alarmadas frases podían causar entre los soldados.

—¿Qué es lo que le ocurre a ese hombre? —inquirió de mal talante O'Higgins.

—Nuestra caballería miliciana huyó, y el resto, junto con la infantería y las dos baterías, se ha refugiado en Rancagua —le informó nerviosamente Labbé, agregando con desaliento—: En estos instantes las fuerzas realistas están principiando a cercar la ciudad.

—¿Y qué quiere que yo haga? —protestó rabiosamente el chillanejo.

—Que sume usted esta división a los restos de la Segunda y que se defienden en Rancagua. Dice el brigadier Carrera que, de lo contrario, ambas fuerzas se pierden.

O'Higgins pensó que, desde luego, la Segunda División podía darse por perdida; en cambio, la suya aún podía salvarse por la Cuesta de Chada. Cierto era que él fue quien trató de imponer la resistencia en Rancagua y hasta había alcanzado a fosear y parapetar sus cuatro calles principales; pero, desechado su proyecto, no se preocupó de acumular víveres, municiones, asegurar el suministro del agua, ni siquiera de evacuar a los niños y las mujeres. No obstante, sus escrúpulos perdieron su valor ante la mirada ansiosa con que lo observaba el capitán Labbé. Si no afrontaba el posible sacrificio, condenaba a un seguro exterminio a la Segunda División. Dejó, pues, de vacilar, y volviéndose al comandante Cuevas le ordenó que, replegara las tropas sobre Rancagua.

La operación se realizó con toda la prisa que exigían las circunstancias, a tal extremo que las avanzadas, no advertidas de la acción general, al entrar en el pueblo, tomaron por enemigos a los restos de la Segunda División y abrieron fuego contra ellos, terminando de ponerlos en fuga. Sólo seiscientos infantes y escasos artilleros quedaron junto a Juan José Carrera. Este, apenas O'Higgins desmontó de su caballo, se le acercó y lo abrazó nerviosamente, diciéndole:

—Aunque yo soy brigadier más antiguo, usted es el que manda. Disponga a su arbitrio de todas las fuerzas.

O'Higgins pensó no contestarle, pero comprendió que la ocasión no era adecuada para altiveces. Además, él era quien mejor había estudiado la defensa de Rancagua.

—Acepto el mando —respondió secamente y, alzando la voz, gritó a los oficiales y soldados—: ¡Todo el mundo a las barricadas! ¡Viva la patria!

Sus órdenes posteriores restallaron como latigazos que obligaban a la obediencia inmediata. Fueron apostadas dos baterías en cada una de las trincheras que cerraban las cuatro calles. El capitán Santiago Sánchez, con ciento cincuenta infantes, defendería la de la Merced, situada al norte; la de San Francisco, al sur, sería protegida por el capitán Manuel Astorga, con tres cañones y doscientos hombres; el capitán Hilario Vial cerraría la del oriente, con cien soldados, y el capitán Francisco Javier Molina, la del poniente, con ciento cincuenta.

A su turno, el capitán Ramón Freire recibió instrucción de distribuir fusileros en las ventanas y los tejados de las casas vecinas a las trincheras y en las torres de la parroquia y del templo de la Merced. Y el ordenanza José Soto se encargó de cumplir las dos últimas órdenes de O'Higgins.

—Encierra la caballada en los patios de las casas que rodean la plaza.

—A su orden, patrón.

—¿Dónde está el abanderado Ignacio Ibieta?

—Izando la bandera tricolor en la torre de la Merced, señor.

—Pues ve y dile que ponga sobre ella un crespón negro. Que por medio de ese símbolo sepan los godos que no habrá rendición, que este combate durará mientras haya un soldado vivo en esta plaza.

Sólo la última orden alcanzó a ser cumplida y la bandera de las franjas amarilla, blanca y azul lució sobre su tope el heroico crespón negro. Pero la caballada no pudo ser encerrada, sino apenas acorralada entre carros y cordeles en un rincón de la plaza. No hubo tiempo para más, porque entonces comenzaba el ataque del ejército realista.

Eran las diez de la mañana del 1° de octubre. El Regimiento Talavera rompió el fuego desde la distancia para cubrir el avance de sus primeras filas; pero fueron las suyas unas descargas destinadas a tantear la resistencia que podían ofrecer los patriotas en la barricada del sur. Al recibir en respuesta una lluvia de balas, se detuvieron fuera del alcance de los proyectiles.

O'Higgins aprovechó esa breve pausa para arrear a todas las mujeres y niños al interior de las iglesias de la Merced y San Francisco. En seguida, trepó a la torre de la primera para observar los movimientos de los realistas y con la vaga esperanza de ver aparecer a la Tercera División. Pero sus pupilas penetrantes no distinguían hacia el norte ni una nubecilla de polvo que alentara su anhelo. En cambio, pudo contemplar a su sabor el anillo de bayonetas que cercaba la plaza. Los realistas progresaban lentamente por los cuatro costados, acercándose a los parapetos. Por el norte venían los regimientos de Chillán y Valdivia; por el sur, el Talavera y el Real de Lima, manteniendo como reserva al Húsares de la Concordia, mandado por el guerrillero Barañao; por el oriente, los batallones chilotes, y por el poniente, los de Concepción y uno de Castro. Los talaveras volvieron a hacer otro amago de ataque a pecho descubierto, y el estruendo estremeció la atmósfera. O'Higgins descendió a saltos a la nave de la iglesia, repleta de mujeres y niños que lloraban o rezaban despavoridos. Con un grito destemplado, del que se arrepintió al momento, les impuso silencio y ordenó a las mujeres de más ánimo que no abrieran las puertas por motivo alguno. Frente al templo montó a caballo y cruzó la plaza como una exhalación, dirigiéndose a la trinchera del sur, alzada junto a la Iglesia de San Francisco. Los artilleros estaban con las mechas de sus cañones listas para hacer fuego; los atacantes se habían inmovilizado otra vez, sin que O'Higgins lograra entender el por qué. Se lo consultó al capitán Astorga, quien le mostró un pequeño puente que cubría una acequia formando un lomo de tierra que cruzaba la calle a lo ancho.

—Los talaveras vienen avanzando sin que los veamos, escondidos tras ese puente.

El más ciego hubiese adivinado inmediatamente su intención. El puente estaba apenas a media cuadra de la barricada. Llegarían impunemente hasta él y, después de organizarse, se lanzarían a todo correr al asalto del parapeto. Los patriotas dispondrían apenas del escaso tiempo que demoraran en recorrer esa distancia para abatir al mayor número de ellos, de lo contrario serían aplastados por su enorme masa.

—Procuren no perder ni un solo disparo y tengan las bayonetas listas para recibirlos en esta barricada —recomendó O'Higgins a los soldados, y él mismo desenfundó su pistola. Era el momento preciso; los talaveras surgían de detrás del puente y corrían como locos al ataque.

—¡Fuego!... ¡Fuego!...

Los enemigos avanzaban como una ola cubriendo todo el ancho de la calle. Soldados avezados, disparaban con eficiencia sobre la carrera. Pero las descargas de los fusiles de los patriotas y las gruesas balas de sus cañones abrían enormes claros en sus filas. No obstante, los fieros veteranos españoles prosiguieron su penetración hasta llegar al parapeto y enterrar sus bayonetas en los intersticios de los adobes de que estaba hecho. Usando las hojas de acero como peldaños, trataban de trasmontar el muro defensivo. Pero arriba eran recibidos por sables, cuchillos y bayonetas patriotas. Traspasados, tajados en los rostros y los pechos, aplastadas las cabezas a culatazos, los talaveras caían sobre sus compañeros. Por otra parte, desde los techos de las casas vecinas, los fusileros hacían una carnicería entre ellos. Mas no bastaba la matanza para amilanar a los bravos talaveras y sus armas hacían cruento estrago entre los patriotas. Pronto por la barricada corría la sangre como pintura espesa. No obstante, no lograron romper la defensa y el coronel Rafael Maroto se vio obligado a retirar a sus talaveras al cabo de veinte minutos.

Pero O'Higgins no alcanzó a regocijarse por aquel primer y transitorio triunfo. Obedeciendo a un plan perfectamente organizado, apenas se replegaron los talaveras los regimientos de Valdivia y Chillán, mandados por Lantaño y Carvallo, irrumpieron por el norte cargando sobre la fortificación levantada junto a la iglesia de la Merced.

El jefe patriota encargado de defender ese punto, capitán Santiago Sánchez, alentaba a sus hombres como un león embravecido. Detenidos allí también los realistas, la batalla prendió en el parapeto del oriente, que amagaban los chilotes y defendía el capitán Hilario Vial. Una segunda compañía de talaveras participó en ese ataque, pero, como en las dos barricadas anteriores, fueron nuevamente repelidos. Mas no alcanzó a haber un respiro. El bastión del poniente recibió la carga impetuosa de los batallones de Concepción y Castro mandados por el coronel Ballesteros, los cuales se mostraron allí como encarnaciones de la destrucción. Fue entonces que el ataque se generalizó en las cuatro calles.

O'Higgins galopaba de un parapeto a otro, precipitando su caballo en medio de la refriega cuando algún realista más diestro lograba ponerse de pie sobre la barricada, y lo traspasaba con su sable.

El asalto de la barricada del poniente era el más recio; en cambio, en la del sur los talaveras habían vuelto a ceder, lo que descontroló al general Osorio en la casaquinta donde había establecido su cuartel general. Habiendo hecho llamar al coronel Maroto, lo responsabilizó del fracaso del mejor cuerpo de guerra español.

—¡Responsabilícese usted, general! —le replicó enardecido el jefe del regimiento—. ¡No fui yo quien ordenó un avance tan torpe, a pecho descubierto, sobre barricadas bien defendidas! Jamás habría dado una orden semejante.

—¡Esta batalla no puede prolongarse más! —gritaba el general, sin atender a razones y pensando solamente en que había desobedecido al virrey empeñándola y que el regimiento que creía destrozado ya debía estar embarcado hacia el Perú. Histérico por aquel inesperado desastre, se volvió al coronel Barañao y le ordenó sin importarle el ultraje que infería a Maroto—: ¡Ponga usted fin a esta pesadilla! Si los talaveras no fueron capaces de romper la defensa enemiga, lance al Húsares de la Concordia contra la misma fortificación y, a pechazos de sus caballos, derríbela y caiga sobre esa jauría de perros.

Maroto sujetó a Barañao de un brazo antes de que saliera a cumplir la orden y lo retuvo mientras decía con vehemencia a su superior:

—¡No es lógico que usted insista en una táctica tan desastrosa! El ataque debe ser llevado por el interior de las casas; tenemos que ubicar fusileros en los techos, como ellos; no dejarnos matar como borregos.

Pero el general Osorio, estaba demasiado nervioso para atender a razonamientos. Clavando sus ojos desorbitados en el coronel Barañao, le insistió:

—¿Puede usted arrollar con su caballería la barricada de los insurgentes?

Barañao infló el pecho con jactancia y librándose de un tirón de la mano con que lo sujetaba Maroto, exclamó despectivo:

—¡Ahora veréis cómo pelean los americanos! —y abandonó la estancia casi corriendo

El abanderado Ibieta, que seguía vigilando desde la torre de la Merced, fue el primero en avistar la carga de la caballería y a gritos trató de prevenir al capitán Astorga. Por fortuna, Soto, el ordenanza de O'Higgins, logró ver sus desesperadas señales y previno a su jefe. De modo que cuando los jinetes del Húsares de la Concordia embocaron la calle San Francisco, los recibió una descarga cerrada de fusilería y cañones. No obstante, los realistas siguieron avanzando y su choque contra la barricada fue terrible; parte del muro de adobes se derrumbó a la embestida de los caballos. Pero estos mismos, encabritados por el dolor de las heridas que recibían, crearon tal confusión junto al parapeto, que los realistas no pudieron continuar su carga, y allí, en sangrienta mezcolanza, fueron enredándose cabalgaduras y jinetes.

El propio coronel Barañao, alcanzado por un casco de granada, tuvo que escabullirse por entre las patas de las bestias y, sangrando abundantemente, ordenó a sus hombres desmontar y replegarse. Luego, cobijándolos en las calles laterales, los reorganizó y lanzó a los techos, desde donde abrieron fuego con sus tercerolas. No obstante, no tardó en llegarle la orden de retirarlos del pueblo, lo que realizó con grandes dificultades y maldiciendo al que lo hacía echar pie atrás.

La quietud cayó sobre un campo donde hombres y animales resbalaban sobre charcos de sangre; los ayes de dolor y los gemidos estertorosos brotaban de todas partes, los heridos yacían sembrados en ambos lados de las barricadas.

O'Higgins aprovechó la tregua para recoger a los suyos. Hizo habilitar como hospital de sangre una casa vecina a la iglesia de San Francisco y solicitó que salieran algunas mujeres del templo para ayudar a los cirujanos que hasta ese momento curaban a los heridos junto a la acequia que corría por el centro de la plaza.

Fueron momentos de grave desconcierto y de vergüenza. Meche Velásquez encabezó a las mujeres que acudieron en auxilio de los heridos, pero antes de salir denunció a un cirujano que se había escondido detrás del altar mayor. El ordenanza de O'Higgins fue el encargado de traerlo arrastrándolo del cuello. Era un doctor de apellido Morán. O'Higgins lo enfrentó con los puños crispados.

—¿Usted ha sido capaz de semejante cobardía, doctor?

—Soy muy nervioso, general, y el estampido de los cañones me crispa —gimió el hombre, retorciéndose las manos—..., me enloquece...

En ese segundo preciso resonó un cañonazo y la bala penetró por la puerta de la iglesia, pasando justamente entre el militar y el médico. Este lanzó un grito de espanto y las piernas se le doblaron.

—¡No quiero morir! —gimió lamentablemente—. ¡No quiero morir!

O'Higgins lo levantó atrapándolo de las solapas de la casaca y lo mantuvo de pie.

—Pues, si desea tener algunas posibilidades de vida, vaya cumpliendo con su deber; porque, de lo contrario, de las balas que no escapará será de las de sus propios compatriotas que no le perdonarán su cobardía.

Minutos más tarde, hallándose ya en el centro de la plaza, se le acercó nuevamente su ordenanza Soto y le comunicó, esta vez en voz baja:

—¿Sabe a quién encontré dentro de la otra Iglesia? Pues, nada menos que al brigadier Juan José Carrera. Pero no parecía asustado, ni mucho menos. Está sentado junto a la "puerta del perdón", sin hablar con nadie, fumando y fumando.

O'Higgins no pudo preocuparse de analizar la actitud del brigadier Carrera. En ese momento llegaba a su lado el capitán Astorga para comunicarle con gran alarma que los realistas estaban levantando barricadas frente a las patriotas.

El chillanejo corrió hacia una de las calles para mirar. El informe de Astorga era exacto. Los realistas acumulaban líos de charqui, adobes, vigas, muebles, trozos de cercados, para que les sirvieran de improvisados parapetos.

—Eso significa que están decididos a montar el asedio —razonó rabiosamente O'Higgins, y participó a los hombres que tenía más cerca—: ¡Hay que impedirles fabricar defensas! Instalarán en ellas sus cañones y nos coparán sin remedio. No tenemos víveres ni para el día de hoy. Si nos sitian tendremos que rendirnos por hambre antes de tres días. ¡Que nuestras baterías disparen continuamente para destruirles las barricadas antes de que las terminen! ¡Dirija la operación, capitán Astorga! Yo iré a ver si en las otras tres calles están usando el mismo procedimiento. ¡Tenemos que impedírselo a toda costa o estaremos definitivamente perdidos!

Pero todos los esfuerzos de los patriotas resultaron vanos. Aunque se mantuvo a los enemigos bajo un constante cañoneo, lograron levantar sus barricadas y apostaron en ellas sus baterías. Los parapetos se enfrentaban a menos de una cuadra de distancia, de modo que los efectos de ambas artillerías eran espantosos.

Por otra parte, el general Osorio había aceptado, por fin, escuchar al coronel Maroto y acatar sus planes, de resultas de lo cual grupos de soldados se escurrieron a los techos de las casas y desde lo alto dominaron las posiciones patriotas. Al mismo tiempo, piquetes de zapadores demolían las paredes y las tapias y por el interior de las casas abrían callejones para que avanzaran las tropas. Estas últimas maniobras se realizaron con tal sigilo, que O'Higgins y los suyos no se apercibieron de ellas y, creyendo que se les daba un respiro, se dedicaron a retirar los muertos y a buscar comestibles en los almacenes.

A las dos de la tarde, bajo un sol que les quemaba los sesos, vinieron a darse cuenta de cómo se había estrechado el cerco en torno de ellos. El ataque se descargó simultáneamente en las cuatro calles y las balas llovían sobre los patriotas desde el frente y lo alto. Muchos defensores de las barricadas cayeron acribillados antes de que se adoptaran posiciones adecuadas contra esos francotiradores. En medio de aquel caótico aturdimiento, O'Higgins pudo percatarse de que los talaveras traían también sus estandartes enlutados con crespones negros. Era innecesario, pensó el chillanejo; ya todos sabían que el que triunfara en esa batalla habría obtenido la victoria a costa de los cadáveres de la totalidad de sus enemigos. Pero esos crespones negros parecían duplicar el empuje, enloquecer a los talaveras. Se los veía llegar hasta la barricada del capitán Astorga gesticulando con las bocas llenas de maldiciones, y cuando lograban encimarla, sus siluetas recortadas contra el sol semejaban las de seres malignos ejecutando una danza demoniaca. No obstante, ninguno conseguía traspasar el parapeto, las bayonetas de los patriotas los acuchillaban inmisericordes. Pero ya era una masa compacta la que se apretaba al otro lado del muro defensivo y, entre el humo y el polvo, era posible distinguirlos individualmente. Se destacaba en el lugar de mayor peligro la figura alta, de rostro moreno, del coronel Maroto. Exponiéndose más que sus soldados sobre su caballo, daba silbantes tajos horizontales con su sable y gritaba, gritaba continuamente:

—¡La rendición o la muerte, insurgentes!... ¡La rendición o la muerte, insurgentes!

Los soldados patriotas lo hacían blanco de sus tiros, infructuosamente; cualquiera hubiera pensado que lo protegía un escudo sobrenatural, porque se mantenía indemne y hasta reía cuando los defensores de la barricada gritaban a su vez:

—¡Viva la Patria! ¡Mueran los sarracenos!

El salvaje combate duró hasta las cuatro de la tarde sin interrupción. Durante él, los regimientos realistas lanzaron a todos sus efectivos contra los refugios patriotas, como una marea hirviente, con un flujo y reflujo de bayonetas, fusiles e insultos. Una, diez, veinte veces fueron rechazados, sin que los defensores perdieran un palmo de terreno y las barricadas fueron cubriéndose de cadáveres de ambos bandos. A esa hora, los jefes españoles debieron ordenar el abandono del campo y se replegaron a sus propios parapetos devorados por rabia impotente.

El general Mariano Osorio, en su cuartel de operaciones sobre el camino al sur, se sentía afiebrado por nerviosa impaciencia. Vanamente los miembros de su Estado Mayor le hacían ver que era la certidumbre de no tener salvación posible la que daba fuerzas a los patriotas para soportar el tremendo asedio a que estaban sometidos; él sólo atendía a que cada hora que transcurría le representaba con peores caracteres su desobediencia al virrey. Era forzoso terminar de una vez por todas aquella batalla exasperante en que se estaba diezmando al Regimiento Talavera, que reclamaban desde el Perú. La enervante convicción de que ahondaba su falta a medida que corría el tiempo, lo determinó a adoptar un procedimiento que en toda su carrera militar jamás usara y que en otras circunstancias seguramente habría rechazado: el empleo del fuego.

—Ellos se escudan tras las casas que rodean la plaza —dijo con acento histérico a sus asesores—. Pues, destruyámosles su escudo mediante el incendio. Préndase fuego a todo el contorno y, cuando ellos estén ocupados en extinguirlo, córteseles el único conducto de agua que entra a la plaza.

La última medida, la de obligarlos a rendirse por la sed, le había sido insinuada por un hacendado de la provincia plegado bajo sus banderas, don Juan Manuel Echaurren, pero éste jamás imaginó que a ella se uniera la de incendiar la ciudad, por lo que se quedó contemplando con estupor primero, y luego con repelencia al general. Pero ya había hecho su ofrecimiento y no se atrevió a echar pie atrás; por otra parte, Osorio estaba al tanto de que la acequia que nutría a la fuente de Rancagua pasaba por su fundo. De modo que agachó la cabeza asintiendo, conturbado, cuando el jefe español le ordenó que fuera a cegar el canal.

—Los insurgentes deben ser reducidos en el menor tiempo posible —fue lo último que le oyó participar a los comandantes y, entre los ruidos del campamento, apenas escuchó en jirones la orden que daba al coronel Maroto de prender fuego a las casas.

Eran las siete y media de la tarde y los soldados patriotas, sucios y en harapos, confiaban en que podrían tomarse un descanso una vez que el sol terminara de ocultarse, cuando comenzaron a ser cumplidas las órdenes del general Osorio. Gruesas columnas de humo y llamas surgieron al mismo tiempo en las cuatro esquinas de la plaza, las que muy pronto ocultaron la visión de las barricadas realistas. Los patriotas sólo supieron entonces de la presencia de los enemigos por los tiros que, aunque disparados a ciegas, casi siempre hacían blanco.

El descontrol prendió entre los defensores, y O'Higgins, para no desguarnecer los parapetos, exigió a las mujeres refugiadas en las Iglesias que salieran a extinguir los incendios, sacando agua del estanque de la plaza hasta con los vasos sagrados. Era una escena dantesca la que se desarrollaba allí; muchas mujeres gritaban enloquecidas, moviéndose como ebrias en la proximidad de las casas que ardían; los caballos, acorralados entre carretas y cuerdas en una esquina de la plaza, piafaban y se revolvían enloquecidos de pavor, amenazando con romper su encierro y desparramarse por sobre los seres humanos. Ese era el momento que esperaba el general Osorio para lanzar su ataque definitivo.

Una vez más sus regimientos cargaron por las cuatro calles y, entre la lluvia de balas rasantes, apenas hubo tiempo para arrear nuevamente a las mujeres al interior de la iglesia. El propio O'Higgins vigilaba que eso se realizara, cuando una de ellas se acercó a su caballo y, sin mostrar miedo a los proyectiles, se aferró a uno de sus estribos.

—¡General O'Higgins —le dijo, con la boca seca por el calor a que se había visto sometida—, el agua se ha terminado!

El jefe patriota la reconoció, a pesar de la confusión. Era Meche Velásquez. Desatentado por lo que acababa de oírle, sintió tentación de propinarle un latigazo, pero lo contuvo la firme actitud de ella.

—¿Cómo se va a haber terminado el agua?

—A medida que sacábamos del estanque, noté que se iba acabando. Pensé que después llegaría más, pero no fue así. Y ahora sé que se ha terminado definitivamente; recorrí la acequia que la trae y está seca..., seca del todo.

No eran necesarias más explicaciones. O'Higgins pesó en un segundo la hecatombe que eso significaba: los soldados no habían comido en todo el día, durante horas mascaron el rabo de los cartuchos para introducirlos a los fusiles, tenían los labios agrietados y resecos por la acción corrosiva de la pólvora...

—¡Maldición de todos los diablos! —gritó desesperadamente—. ¡Y ese miserable de Carrera que no viene a sacarnos de aquí!

Meche crispó los puños y retrocedió, desgreñada, amenazándolo con uno de ellos.

—¡Ya vendrá!... ¡Ya vendrá! Y entonces usted...

—¡Llegará cuando no quede vivo ni uno de nosotros!

Ni siquiera reparó en la actitud agresiva de la mujer; pensaba en que, si los soldados se daban cuenta de que no había agua, se les derrumbarían los ánimos. Sin darse cuenta, exclamó:

—Los ilusionaré haciendo excavar un pozo en un extremo de la plaza y diciéndoles que de un momento a otro habrá agua.

701

Mercedes rió con dureza.

—¿Y cree usted que no irán a mirar?

—No permitiré que se acerque nadie. Además, estarán continuamente ocupados en las trincheras. —Argumentaba dolorosamente, como hablándose a sí mismo—. ¡Tenemos que retardar el momento en que se den cuenta de que no hay agua para sus gargantas secas! ¡Quiera Dios que para entonces haya ocurrido algo que nos ayude!

Estallaba más violenta la batalla en la calle del oriente y abandonó a la mujer sin preocuparse más de ella. En medio de la lucha, mientras propinaba sablazos como un autómata, seguía pensando: "Sin agua, sin víveres, sin municiones casi. ¿Dónde diablos está Carrera que no viene a socorrernos?"

Junto con la agonía del crepúsculo, los realistas se replegaron otra vez. El general Osorio temía a las sorpresas que podía depararles la obscuridad de la noche; estaba demasiado abrumado con lo que ocurría. Decidió postergar la reanudación de las acciones hasta el alba siguiente.

Fue el descanso, por fin, para los aniquilados patriotas. Los hombres se tumbaron en el sitio mismo donde minutos antes combatían; no hubieran tenido fuerzas para alejarse ni unos pasos. Los oficiales tuvieron que encargarse de recoger los heridos y trasladarlos a la posta de auxilios; después, seleccionaron a los hombres que aún tenían energías para reparar las barricadas.

Meche Velásquez regresó, paso a paso, a la iglesia de la Merced. Adentro se oían un zumbido gemebundo y llantos de niños, mezclados con gritos destemplados y soecidades que proferían algunas mujeres descontroladas. Otras, habían encendido los cirios de los altares y rezaban manteniendo a sus hijos apegados a sus polleras.

Varias salieron al encuentro de Meche al verla venir del exterior. Sus voces se atropellaban, acosándola.

—¿Se rindieron esos testarudos?... ¿Termina ya esta pesadilla?... ¿Qué es lo que va a ocurrir?... ¿Van a incendiar también las iglesias?...

—Déjenme en paz, por favor. Vengo rendida.

—¡Todas estamos rendidas!... ¿Por qué Dios nos castiga así?... ¿Qué hemos hecho nosotras?...

Meche se irguió, dura y despiadada.

—¡Cierren la boca y, en lugar de gemir, vayan al puesto de socorro y ayuden! Hay centenares de hombres heridos y moribundos.

—¿Salir nosotras a cuidar a esos soberbios —rugió una mujer ancha y tosca, señalando hacia la plaza—, a esos salvajes, a quienes no les importa sacrificar mujeres y niños con tal de aparecer como héroes?...

Mercedes iba a cruzarle el rostro, cuando de un costado del pórtico surgió la voz hosca y tajante de un hombre:

—¡Cállese la miserable! ¡Cállese le ordeno!

Desde la penumbra brotaba la figura alta e imponente de Juan José Carrera, brillando sus galones y entorchados a la luz de las velas. Las mujeres retrocedieron acobardadas a mezclarse con la masa doliente, sólo Mercedes se quedó mirando estupefacta al brigadier.

—¿Usted?... ¿Desde cuándo está usted aquí?...

—Desde que comenzó el combate.

Meche se le acercó hasta enfrentarlo, rostro con rostro, y vibrando entera.

—¿Me reconoce? —le espetó ásperamente—. ¿Sabe quién soy?

—Por supuesto: Mercedes Velásquez, la moza de José Miguel.

No había menosprecio, sino cansancio en el acento de Juan José, pero la mujer estaba enfurecida.

—¡"La moza" de José Miguel! —le replicó mordiendo las palabras—. ¡Con qué desprecio me ha tratado usted siempre! Pero nunca podrá ser tanto como el que yo siento por usted ahora. ¡Yo habré sido "la moza" de José Miguel, pero usted es un cobarde! —La cachetada con que el granadero le torció la boca la hizo tambalear, pero no calló; lejos de eso su voz se alzó más insultante—: ¡Un cobarde que debiendo haber mantenido el mando de la fuerzas patriotas, se desprendió de él con alivio y corrió a esconderse entre las polleras de las mujeres!

Las zarpas de Juan José la aferraron de lo hombros y la remecieron como si fuera a desarticularla.

—¡Calla, estúpida! —masculló sordamente para no atraer la atención de las demás mujeres—. ¿Qué querías? ¿Que después de entregar el mando a O'Higgins siguiera actuando como subalterno suyo?

—¿Y por qué entregó entonces el mando a un inferior?... ¿Por qué, si no por miedo o ineptitud?...

Juan José la levantó hasta ponerla casi a la altura de sus ojos y su saliva le salpicaba el rostro.

—¿Para ponerme al frente de la división de O'Higgins, cuyos oficiales, al igual que su jefe me odian como a todos mis hermanos?... ¿No supiste que todos los cobardes de mi división huyeron como ratas al primer ataque enemigo?... ¿Y luego de refugiarnos en Rancagua terminaron de desbandarse cuando entraron las avanzadas del chillanejo disparando sobre ellos, con la excusa de creernos enemigos, pero, en el fondo, con la intención de matarme a mí?... ¿Después de eso iba a tomar el mando por vanidad, para que las escasísimas posibilidades de resistencia se frustraran por el rencor de los soldados hacia mí?... ¿Y acaso la defensa de Rancagua no la había planificado O'Higgins, no era ésta su máxima ambición, no levantó él mismo las fortificaciones? ¿No piensas tú, desbocada, que la mayor muestra de mi patriotismo ha sido entregar el mando y venir a meterme aquí, entre este atado de viejas, tragándome la vergüenza de saber que allá fuera todos me considerarán un cobarde?

Con un ademán brusco soltó a Meche y quedó jadeando. Después, concluyó en forma opaca, con los ojos sombríos:

—Era la única manera de dejar que O'Higgins obrara libremente y llevara adelante su plan; que venciera o perdiera por su propia calidad. El mantuvo una y cien veces que era capaz de detener a los realistas en Rancagua.

Se detuvo y su rostro cansado volvió a adoptar una expresión altanera al divisar, clavado en el pórtico, al viejo Soto, el ordenanza de O'Higgins.

—¿Qué quiere usted? —le preguntó con acritud.

—Mi general O'Higgins ruega a su mercé que salga un momento a la plaza.

—¿Qué ocurre?

—Mi general desea mandar un voluntario, por los albañales, para que vaya a pedir el auxilio de la Tercera División.

Juan José Carrera miró de soslayo a Meche y le hizo un gesto como diciéndole: "¿Ves tú, necia? Necesitan el socorro de José Miguel". Y salió en pos del capataz de Las Canteras.

Apenas asomó al exterior, sintió que se le doblaban las piernas ante la impresionante escena que se ofrecía a sus ojos. Los soldados con los uniformes desgarrados, ennegrecidos por la pólvora, con fiebre en los labios agrietados y en los ojos, se curvaban hoscos sobre los parapetos o yacían tendidos de espaldas en el suelo, convulsionados por las balas, con los fusiles inertes entre las piernas. Junto a la acequia, otros, con expresiones atónitas, hundían sus manos ávidas en el cauce y sólo sacaban barro entre sus dedos sangrientos. Del costado oriente de la plaza llegaban los gemidos ahogados de los heridos que pavimentaban el piso de la casa de socorro.

O'Higgins estaba en el medio de la plaza con el coronel Cuevas y varios oficiales. En el momento en que el brigadier Carrera llegó hasta ellos, daba instrucciones a una mujer que, observada más atentamente, era un joven dragón disfrazado como tal. Parecía ser el único que conservaba el ánimo entero. Al consultarle O'Higgins si estaba seguro de poder burlar el cerco realista, respondía casi alegremente:

—Déjelo usted de mi cuenta, mi general. Conozco todas las zanjas que salen de Rancagua. Además, usted mismo lo ha dicho: es forzoso que alguien salga del pueblo y llegue hasta la Tercera División.

El jefe de la plaza reparó entonces en la presencia del brigadier Carrera y le habló en voz baja, temeroso de ser oído por los soldados:

— Ya comprende usted nuestra situación, ¿verdad? Cerca de quinientos hombres están fuera de combate, no tenemos agua ni víveres y las municiones comienzan a agotarse. Mañana apenas podremos resistir una embestida. Es preciso que pidamos que acomodemos nuestro proceder al de la Tercera División. Si el general Carrera ataca con ella podremos invertir los papeles y seremos nosotros los vencedores. Pero ni siquiera sabemos dónde se encuentra la Tercera División; si está en la Angostura de Paine, si fue batida por la caballería de Elorreaga que marchó hacia el norte...

—No me dé usted más explicaciones y mande al mensajero —lo interrumpió Juan José.

—Pero tiene que ser usted quien firme el mensaje. Ante el general en jefe usted es el brigadier más antiguo y lógicamente el que debe estar mandando en Rancagua.

Juan José pasó por alto las sonrisas desdeñosas de los demás jefes y cogió un minúsculo papel de cigarrillo que le extendía O'Higgins. Con letra diminuta, éste había escrito en él: "Si vienen municiones y carga la Tercera División, todo es hecho". Apoyándose en la bocamanga de su guerrera, el brigadier Carrera firmó y devolvió la hoja de cigarrillo a O'Higgins, quien la traspasó al dragón vestido de mujer.

—Entréguelo en las propias manos del general en jefe, a quien encontrará en algún punto del camino que lleva a Las Bodegas del Conde, en los graneros de la Compañía. Cumpla usted esta misión y la patria se lo agradecerá.

—Llegaré, mi general. —El joven soldado se llevó la mano a la sien como si portara quepis y se escabulló en la oscuridad haciendo flamear la pollera y el manto que lo envolvían.

O'Higgins dejó escapar ruidosamente el aire de sus pulmones y se secó la transpiración de la frente con un pañuelo sucio de sangre seca y barro.

—Ahora, señores oficiales, no nos queda sino esperar, confiar en la Providencia y en que llegue la Tercera División. Que los jefes duerman por turnos y los soldados reposen junto a los parapetos.

Escurriéndose por los albañales, ahora secos y fétidos a orines y excrementos, el dragón salió del pueblo y se deslizó a campo traviesa, encorvado entre los matorrales. Como una culebra se arrastró después en los claros, que dejaban desguarnecidos los grupos de soldados realistas que vivaqueaban frente a las cuatro calles de entrada, hasta dejar atrás la zona de peligro. Entonces corrió hacia el norte por los potreros paralelos al camino real. A las diez de la noche llegó a la chacra de Lo Cuadra, donde acampaba la Tercera División, y a voces se identificó ante los centinelas, quienes lo condujeron al alojamiento del general en jefe. Tuvo que esperar unos minutos, sin embargo, porque un escuadrón de caballería y una columna de infantes regresaban del cerro Pan de Azúcar, al mando del coronel Luis Carrera. Cuando fue llevado a presencia del general en jefe, éste discutía furiosamente con su hermano menor, que acababa de informarle que las otras dos divisiones se habían encerrado en Rancagua. El nombre de O'Higgins brotaba de los labios del general como el del único culpable.

—Ha cumplido su torpe propósito de fortificarse en esa plaza que no les ofrece otra probabilidad que la de morir encerrados como ratas.

El coronel Luis Carrera había salido en persecución de una masa de soldados que vieran pasar hacia la Angostura de Paine, resultando no ser sino los restos de las milicias de Aconcagua mandadas por el coronel José María Portus, que se desbandaran al ver a los realistas cruzando el Cachapoal y terminaron en franca fuga cuando la división de O'Higgins entró en Rancagua y la emprendió a tiros con ellas, creyéndolas fuerzas enemigas.

José Miguel Carrera crispaba los puños, frenético de ira.

—Este ha sido el provecho que supo sacar O'Higgins de los milicianos que demostraron su capacidad derrotándolo a él en Tres Acequias. ¡Gran Dios, esto no tiene perdón!

En ese estado de ánimo se hallaba, cuando el coronel De la Sotta introdujo al mensajero que venía de Rancagua. Carrera leyó las dos líneas escritas en la hoja de cigarrillo e hizo una mueca de asombro al reconocer la firma de su hermano.

—Es Juan José quien envía este mensaje —participó a Luis, pero el mensajero se apresuró a aclararle:

—No, mi general. El brigadier Carrera firmó solamente. Quien dirige la batalla es el brigadier O'Higgins. Su señor hermano le cedió el mando al comenzar el asedio.

Don José Miguel emitió un gruñido que parecía una aprobación. Era natural; la jefatura debía tenerla quien hacía semanas meditaba la defensa de esa plaza. Pero ¿cómo pretendía O'Higgins que le llegaran municiones? ¿Existía alguna posibilidad de penetrar a Rancagua?

Las preguntas iban dirigidas al mensajero, quien negó con ademán evasivo.

—El pueblo ha sido rodeado por las cuatro entradas y ellas están cortadas por parapetos realistas y patriotas.

—O sea, para entrar hay que salvar ese doble impedimento. ¿Cuántos realistas cercan a Rancagua?

—Alrededor de cinco mil, mi general.

Carrera dio un formidable puñetazo sobre la mesa que tenía frente a sí.

— ¿Y pretende ese desventurado que con los trescientos sesenta y ocho fusileros y los seiscientos milicianos armados únicamente de lanzas que componen esta división abra una brecha en los cinco mil realistas, salte las dos barricadas y me encierre también allí, sacrificando a los únicos elementos que nos restan para continuar la resistencia?

Luis Carrera se escandalizó ante la idea de dejar abandonadas las dos divisiones encerradas en Rancagua y se suscitó una violenta discusión entre los dos hermanos. Don José Miguel argumentaba que no estaba en sus manos salvarlas, insistiendo en no sacrificar las únicas tropas que le quedaban para organizar un nuevo ejército y proseguir la lucha en el norte del país. Por último, llegaron a la conclusión de que quedaba una sola probabilidad de salvar a las divisiones sitiadas: proporcionarles la oportunidad de hacer una salida desesperada.

El plan que fraguaron en aquel mismo momento fue el de amagar un ataque sorpresivo al día siguiente en la madrugada y atraer sobre la Tercera División al grueso del ejército realista, movilizando la caballería de un lado a otro sin llegar a trabarse en una batalla verdadera. El propósito contemplaba solamente distraer la atención de los sitiadores, a fin de brindar a O'Higgins la ocasión de sacar a los suyos del encierro. Luego, se replegarían todos juntos aceleradamente hacia el norte, para tomar posiciones en la Angostura de Paine.

Concertado este acuerdo, el general en jefe escribió en otro pequeño papel su respuesta a O'Higgins. Esta decía: "Municiones no pueden ir sino en la punta de las bayonetas. Mañana al amanecer hará sacrificios esta división. Chile para salvarse necesita un momento de resolución".

Pero junto con entregar esta nota al mensajero, Carrera añadió un segundo mensaje verbal en que expresaba al jefe de los sitiados en Rancagua que en el momento en que la Tercera División se hiciera presente, lanzase sus tropas por sobre las barricadas y se abriera paso como en un "sálvese quien pueda", para reunirse todos, posteriormente, en la Angostura de Paine.

Eran las once y media de la noche cuando el dragón disfrazado de mujer volvió a perderse en la oscuridad, y José Miguel y Luis Carrera quedaron ultimando los detalles. La división sería fraccionada en cuatro partes; las milicias de caballería formarían dos, mandadas por los tenientes coroneles José María y Diego Benavente; la mitad de la infantería y dos cañones irían bajo las órdenes de Luis Carrera y el resto serviría de escolta al general en jefe.

Este aún insistió a su hermano, una vez más, alrededor de las doce, cuando se disponía a partir:

—Los hombres y las bestias deben estar perfectamente descansados al iniciarse la acción; por eso partes a esta hora. Así podrás hacer dormir a la gente a la menor distancia de la alameda que corre por el norte de Rancagua. Luego esperarás a que los realistas reanuden su ataque a la plaza. Y cuando los observes cansados de pelear y con sus armas descargadas, lanza tu embestida. Yo y mis hombres cuidaremos de que los enemigos no te flanqueen y encierren también. Pero escúchame, Lucho: por nada del mundo entres a Rancagua; mantén siempre en tu pensamiento que éstas son las últimas tropas que van quedando para la defensa de la patria. Que se pierda Rancagua con todos sus defensores; O'Higgins tal vez intente una salida, pero tú no malgastes estos escasos soldados.

—Nuestro hermano Juan José está también allí dentro —le observó

Luis, contemplándolo con aprensión —. Si cae Rancagua, su muerte es segura.

El general apretó el ceño y su voz sonó más metálica que nunca:

—Eso no altera la situación; mantengo mis órdenes. ¡Ve y cúmplelas como te he dicho!

Luis volvió la cabeza y le dio la espalda sin añadir palabra.

En el campo de los sitiados, a las dos de la madrugada, cuando el desaliento aplastaba a los centinelas y a los defensores tumbados tras los parapetos, volvió a presentarse el temerario soldado de Dragones portando la respuesta del general en jefe.

La frase "Mañana al amanecer hará sacrificios esta división" fue interpretada precipitadamente como que el general Carrera asaltaría Rancagua. Posiblemente O'Higgins no lo entendió así, pero lo dio a saber en esa forma para alentar los decaídos ánimos de sus soldados, objetivo que logró, puesto que todos sintieron renovado su vigor ante la esperanza de la próxima ayuda. Lo errado fue que los aprestos que realizó durante todo el resto de la noche giraron en torno a la artillería, denunciando su intención de batallar al día siguiente, en lugar de abrirse paso y salir del aprieto.

Desde que comenzó a clarear estuvo oteando el camino del norte desde lo alto de la torre de la Merced, con ansiedad extrema.

Entretanto, en el interior de la misma se renovaban los llantos de los niños y mujeres martirizados por el hambre y el miedo.

Mercedes Velásquez se había quedado dormida con la espalda apoyada en un muro, y frente a ella, sentado en un saliente del muro de piedra, pálido y ceñudo, fumaba interminablemente Juan José Carrera. Poco después de las seis de la mañana resonó el primer cañonazo y el templo se llenó de gritos y lamentaciones. Mercedes se levantó de un salto y miró al granadero.

—¡Dios santo! ¿Qué fue eso?

—Tranquilícese. Es lo mismo de ayer. Los realistas atacan.

Confirmando las palabras de Juan José la atmósfera se estremeció ante el coro de estampidos de la fusilería disparada al unísono, y los vitrales del fondo de la nave saltaron hechos añicos derramándose sus pedazos sobre el altar mayor. Voces aterradas proclamaban que los sitiadores estaban atacando el templo por detrás y el tropel de mujeres pugnó por arrancar hacia la plaza. Comprendiendo que afuera serían rociadas de balas, el granadero cerró los recios batientes y cruzó la tranca de hierro, apoyando en seguida sus anchas espaldas contra la puerta, a tiempo que trataba de sobreponer su voz a los alaridos del mujerío.

—¡Cálmense! —gritaba—. ¡No atacan el templo! Lo que ocurre es que los realistas han cambiado de táctica y se acercan a la plaza por el interior de los patios. Por eso las balas entran por las ventanas altas.

—¿Y no herirán a los niños? —clamó una de las mujeres más próximas.

—No lo creo; los proyectiles van hacia el techo. ¡Sosiéguense, por favor! ¡No hagan más grave el asunto!

Su estatura, su vistoso uniforme y sus frases aparentemente tranquilas tuvieron la virtud de apaciguar en parte el nerviosismo de las mujeres, pero muchas de ellas siguieron llorando y rezando en sordina. La propia Mercedes Velásquez estaba contagiada por la angustia, y cada vez que el edificio se estremecía por los impactos del cañón, volvía los ojos dilatados hacia el granadero.

—¿Hasta cuándo durará esto, por Dios?... ¿Saldrá alguno de nosotros vivo de aquí?

—Ustedes sí —le respondió Juan José con acento fatalista, dando por descontada su muerte—. Ya no puede tardar mucho más el desenlace.

—¡Virgen santa!... ¡Virgen santa, ten clemencia de nosotros!...

Juan José se sintió afectado por la angustia de la aguerrida moza. Soberbio y duro como se portaba con los hombres, era afectuoso con las mujeres. Desprendiéndose de la puerta, la tomó suavemente de un brazo y la hizo sentarse sobre el saliente de piedra donde él permaneciera durante la noche.

—Usted ha mantenido la calma hasta ahora —le expresó con afecto—, no se deje dominar por los nervios. Hable mejor, conversemos. Cuénteme cómo llegó hasta aquí. La dejamos en Concepción.

Mercedes comprendió su intención y trató de controlarse.

—No pude soportar sola allá. Huí a San Carlos el día antes de que los españoles volvieran a ocupar Concepción. Encontré a mi padre en su fundo Las Ñipas.

—¿Y por qué no se quedó en ese lugar, fuera del peligro?

—Los realistas enrolaron a la fuerza a mi padre y se apoderaron de todos los animales. Formé entonces entre las soldaderas del ejército de Osorio para seguir a mi viejo.

—¿No podía haberse quedado en San Carlos?

—No quise. Desde que abandoné Concepción tenía un solo pensamiento: venir a la capital y encontrar a mi generalito.

—¡Tu generalito! ¡Bah! —chasqueó la lengua Juan José, con amargura y tristeza—. ¡Fascinada también por la verba de José Miguel! ¿Pero pensaste seriamente, cándida, que podías jugar un papel en la vida de mi hermano?

Meche alzó el rostro igual que si la hubieran pinchado y, a través de las lágrimas, sus ojos recobraron su firmeza.

—Cuando se ama no se piensa —sentenció ingenuamente—. El me juró mil veces que nunca había encontrado un amor de mujer tan completo como el mío. Y yo sé que me decía la verdad. Lo he tenido emocionado contra mi pecho; con su cabeza junto a la mía soñó sus más grandes proyectos. Me dijo que no me olvidaría jamás y que, aunque el cielo se viniera abajo, volvería algún día a buscarme. Pero yo no pude esperar tanto y me vine a encontrarlo a él.

Aunque sinceramente impresionado por la hondura de los sentimientos de la mujer, Juan José no pudo acallar su ironía. Su envidia al hermano menor, pero más brillante, la envidia de todos sus actos, lo empujó también en esos terribles momentos en que trataba de ser bondadoso.

—¿Imaginas encontrarlo y revivir aquellos días de pasión que compartieron durante la guerra del sur?

—¡Tiene que ser así! —lo interrumpió impulsivamente Meche—. Mi vida sin su calor no es vida. En sueños y despierta lo estoy oyendo repetirme sus promesas. El no puede haberme olvidado.

—¿Lo crees?... —la voz del granadero tajaba como un hacha—. ¡Pues, sácate esa idea de la cabeza! ¡José Miguel se casó con su novia en agosto!

Un formidable cañonazo, que arrancó una esquina de la torre, ahogó el grito de Meche Velásquez. Y mientras trozos de mampostería, maderas y adobes caían con estruendo en la nave arrancando aullidos de terror a las mujeres y los niños, Meche atrapó a Juan José del pecho de la guerrera y lo remeció frenética:

—¿Qué ha dicho usted?... ¿Qué ha dicho?...

—¡Que se casó en agosto con Merceditas Fontecilla! —Con un ademán brutal, el granadero se arrancó las manos de la mujer y se acercó a la puerta. Como si el cañonazo que desgajara una parte de la torre hubiera sido el último, el estrépito de la batalla cesó de golpe y el silencio externo agigantó el llanterío dentro de la iglesia.

Meche se había desplomado sobre las rodillas y completamente plegado el cuerpo, musitaba dolorosamente, con hipar de niña desolada:

—¡José Miguel!... ¡José Miguel!... ¿Por qué, mi generalito?... ¿Por qué?...

Juan José Carrera abrió la puerta y salió a la plaza por entre el humo que comenzaba a invadir la iglesia. Meche hablaba sola, llorando quedamente:

—Una noche soñé que ibas cabalgando por las nubes y que tu escolta era de cadáveres, José Miguel. Te vaticiné que sacrificarías a todos los que te aman. Y te reíste, mi generalito, te reíste...

La quietud inexplicable que sobreviniera después del ensordecedor estruendo no debía durar mucho. Las fuerzas realistas habían atacado por cuarta vez y con todos sus elementos, pero la esperanza del inminente socorro de la Tercera División dio bríos increíbles a los patriotas, permitiéndoles contener aquel infernal caos de sables, bayonetas, fusiles, caballos y cañones. La marea enfurecida de los asaltantes presionaba por las cuatro calles y ya amenazaba romper la titánica resistencia, cuando, repentinamente, de lo alto del campanario de la iglesia de la Merced había descendido un grito radioso:

—¡Viva la patria! ¡Llega la Tercera División!

Centenares de gargantas repitieron el anuncio salvador y los españoles, cogidos de sorpresa, sólo pensaron en volver grupas y replegarse hacia el sur a concentrarse en un solo grupo para resistir el nuevo ataque. El propio general Osorio dio el ejemplo. Nadie sabía con qué fuerzas contaba la Tercera División. Pero fue solamente la reacción del primer momento. No tardaron los jefes realistas en darse cuenta cabal del reducido número de soldados que asomaban por la alameda y rehicieron sus filas. Esta vez cargaron contra las tropas de Luis Carrera.

El joven coronel había avanzado con su infantería hasta la mitad de la alameda; allí la inmovilizó y pasó a encabezar la caballería miliciana que mandaban los Benavente. Al galope tendido se acercaron al linde de Rancagua, zigzagueando, cambiando velozmente de lugar. Pero los realistas, sin abandonar totalmente el cerco del pueblo, adelantaron gran parte de su caballería y varios centenares de infantes, ocupando todo el ancho de la alameda. Sus proyectiles, disparados con fría ordenación, granizaban sobre las tropas de Luis Carrera. Pronto, las dos alas de la línea realista se curvaron para cerrarse como una tenaza en torno a ellas y triturarlas con su número.

Luis Carrera comprendió que iba a verse envuelto por los enemigos, se desesperó al comprobar que O'Higgins no aprovechaba aquella oportunidad, en que se había relajado en parte el asedio, y teniendo en cuenta la orden categórica de su hermano José Miguel, aunque atormentado por la sentencia de muerte que su acto significaba para los sitiados, dio la orden de retirada.

—¡Traición, traición!

Los gritos brotados desde Rancagua, pretendían alcanzar a los jinetes milicianos como latigazos, pero éstos se retiraban sordos, perseguidos por la caballería realista.

Cuando se desvaneció el polvo de los caballos en la distancia, la convicción de que habían sido abandonados a su suerte dio a los defensores de Rancagua el empuje final que tienen las fieras que saben que van a morir acorraladas.

A la una de la tarde los realistas realizaron el último asalto, y repeliéndolo perecieron ciento cincuenta de los novecientos patriotas que aún combatían. Durante unos momentos, los asaltantes contuvieron su ímpetu, como si esperaran una nueva orden. Y el general Osorio, que ya se acercaba a la barricada del sur, la dio fríamente:

—Hay que terminar de una vez. Esto es inicuo. Me estremece el alma tanta calamidad. ¡Coroneles Maroto y Barañao, que se incendien todas las casas! Ya no tienen ni una gota de agua para extinguir las llamas. Tendrán que rendirse. Ofrézcanles clemencia y, si no aceptan, carguen todos los regimientos a la bayoneta, forzando la entrada a la plaza a cualquier precio.

Las primeras llamas saltaron lamiendo al templo de San Francisco; luego, toda la hilera de casas alineadas en la misma vereda fue una hoguera inextinguible. Los soldados, ahogados por el humo, se esforzaban por mantenerse en las barricadas disparando sobre los enemigos que avanzaban paso a paso, inexorables. Después, vino el caos. Los caballos enloquecidos rompieron sus ligaduras, atropellaron las carretas y desbordaron en estampida dentro de la plaza. Eran mil doscientas bestias sin control, que corrían desenfrenadamente de un lado a otro, relinchando y coceando, arrollando a los soldados, derribando los cañones, atropellándose entre ellos mismos, pisoteando a los heridos; todo eso dentro del reducido espacio de una manzana, entre el humo y las llamas. Y culminando esta escena de frenética insanía, una terrible explosión estremeció los ámbitos: había estallado el polvorín, todas las municiones acumuladas a un costado de la plaza.

Pese al inconmensurable desorden, un parlamentario realista se arriesgó a aproximarse a la barricada del sur y a gritos intimó la rendición a los patriotas. La voz corrió desalada, repetida con rabia, sin hallar eco.

—¡No, no! ¡Es tarde para rendirse! —vociferaban algunos. Otros señalaban al abanderado Ibieta que, acribillado, doblegado sobre el alféizar del campanario de la Merced, aún sostenía con sus últimos alientos la bandera enlutada. Era un ejemplo. Como también lo era el capitán Hilario Vial, que yacía muerto, como un muñeco destripado, sobre la barricada del oriente.

—¡Así! debemos morir todos! —proclamaban gargantas enronquecidas por la fatiga y la exasperación— ¡Pero rendirnos, nunca!

O'Higgins luchaba desesperadamente por organizar a sus hombres, mas ya era imposible, ni los más próximos lo oían. De súbito, un jinete se detuvo a su lado y lo remeció de un brazo. Era su ordenanza Soto.

—¡Patrón, hay que salvarse! ¡Los godos comienzan a entrar por las calles del sur y del poniente!

El jefe de la heroica plaza comprendió que había llegado el fin.

—¡A caballo los dragones! —gritó, y fue hendiendo la masa de soldados, repitiendo su orden, ausente del peligro de las balas que rociaban el lugar—. ¡Todos los que puedan, que cojan los caballos dispersos! ¡A caballo todo el mundo! ¡Saldremos por el costado de la Merced, saltando el parapeto del norte!

Doscientos ochenta dragones montaron y el resto de los oficiales y soldados trepó a las ancas de los caballos, hasta enterar unos quinientos. Reunidas las mulas de carga y de la artillería, se las enfiló hacia el norte y, enloqueciéndolas a latigazos, se las lanzó adelante, ocupando todo el ancho de la calle. Tras ellas corrieron los jinetes y los infantes que podían seguirles.

Los realistas fueron sorprendidos por la arrolladora embestida que aplastaba cuanto encontraba a su paso y huyeron o se apegaron a los muros, incrustándose en los quicios de las puertas.

El caballo de O'Higgins, demasiado extenuado, no pudo saltar la barricada realista, pero los soldados levantaron en brazos a su jefe, lo pasaron por encima y le cedieron otro caballo. Aquella masa humana, enloquecida por la desesperación, cruzó a través de una espesa lluvia de balas hasta la alameda, y de ahí tomó rumbo hacia la Cuesta de Chada. En la cumbre de ella, O'Higgins detuvo el caballo que le había cedido noblemente uno de sus soldados y, sobrecogido por la tristeza, contempló cómo ardía la ciudad mártir, en donde aún se cazaba a tiros a los defensores rezagados y se remataba a los heridos. Después, ocultando el rostro sobre el pecho, tomó el camino a Santiago.

Por su parte, Juan José Carrera, aprovechando la fortaleza de su magnífico caballo, saltaba la barricada del poniente, por sobre las cabezas de los realistas que, estupefactos por su temeraria acción, quedaron paralizados y le permitieron que se alejara a galope desenfrenado, también rumbo a la capital.

13

$\mathscr{D}$esde la cumbre del cerro Pan de Azúcar, el general José Miguel Carrera contempló el humo del incendio de Rancagua. Desde que las tropas mandadas por su hermano Luis se reintegraron a la Tercera División, después de retirarse para no ser copadas como las divisiones de Rancagua, el último resto del ejército patriota esperó en Las Bodegas del Conde, dispuesto a luchar junto a los fugitivos de la ciudadela sitiada, cuando rompieran el cerco. Pero el estrépito de los cañones cesó a breve plazo, indicando la pérdida de la ciudad, y ningún soldado hizo su aparición por el camino central. El general en jefe calculó que todos habían sido aniquilados o que habían huido por la Cuesta de Chada. Destrozada su postrera esperanza, delegó el mando en su hermano Luis y emprendió el galope hacia Santiago, aferrado aún a su quimérico propósito de continuar la defensa de la patria desde Coquimbo. En la madrugada del 3 de octubre detenía su extenuada cabalgadura ante el portón de la casa Carrera y, rompiendo el silencio penumbroso con sus pasos desilusionados y el opaco tintinear de sus espolines, ponía en conmoción a familiares y criados.

Su padre y su hermana, envueltos en batas que se echaran precipitadamente sobre los hombros, lo enfrentaban con pupilas cargadas de interrogantes. No fue necesario que hablara para que comprendieran que todo se había perdido; lo habían presentido desde días antes, y doña Javiera, previsora como jefa del clan, ya tenía amparados en la casa paterna a los parientes más cercanos. Estaban allí Mercedes Fontecilla, Ana María Cotapos, el abatido don Pedro Díaz Valdés, y sus cinco hijos. Demasiado bien sabían ellos que, de producirse una derrota, todos los Carrera serían la presa más codiciada de los realistas, quienes intentarían hacer un escarmiento feroz en cualquiera que llevara su sangre. A nadie extrañó, en consecuencia, oír las deprimidas frases del general.

—Tienen que alejarse de la capital y cobijarse en lugar seguro —fue lo que dijo, y comprendieron que se refería a la totalidad de la ramificada familia, incluso la anciana tía Damiana, los Araos, los De Toro y Valdés, los Ureta...

Don Pedro Díaz Valdés estaba rodeado por sus hijos e interrogaba con su expresión compungida. José Miguel lo tranquilizó con ademán afectuoso:

—Usted es español, cuñado; lo respetarán. Quédese y proteja a los niños de Javiera.

—¿Y ella...?

Doña Javiera abrazó a su esposo y le oprimió los hombros para infundirle conformidad; los realistas sabían sobradamente qué influencia tan decisiva había ejercido siempre sobre sus hermanos. Por su parte, don Pedro no podía hacerse ilusiones: la enérgica patricia iría donde fueran los tres caudillos.

Don Ignacio, en cambio, se negó a oír toda insinuación de abandonar sus lares. Alguien tenía que quedar cautelando los intereses familiares; además, su dignidad le impedía admitir la fuga.

—Lo comprendo, padre —aceptó José Miguel—. Pero, como mis hermanos y yo deberemos ocuparnos de reorganizar las fuerzas que nos seguirán a Coquimbo, encárguese usted de llevar a los nuestros a la hacienda Chicauma, en Lampa, donde estarán protegidos.

Así quedó decidido. Y los criados comenzaron a llenar petacas con los efectos más indispensables y a enrollar colchones en almofrejes de cuero de buey, mientras en el patio del fondo se uncían caballos a la calesa y al birlocho pequeño.

Carrera se encaminó a la puerta de calle, escoltado por su hermana, que iba muda y pálida, pero sin delatar temor. En el umbral se detuvieron. El húsar quería decir algo y no hallaba palabras; por fin, murmuró con una desnudez de arrestos propia de una confesión:

—Presiento que nos costará mucho tiempo y esfuerzos volver a pisar este zaguán, Javierita. Ha llegado el momento de hacernos un nudo en el corazón y tomar el infortunio con entereza.

—¿Adónde vas en este instante?

—A despertar al presbítero Julián Uribe, para enterarme de cómo cumplió las instrucciones que le envié desde Paine.

Marchó a pie y solo, como si se anticipara a las circunstancias que habrían de venir, y cuando estuvo ante el padre Uribe, en su salón de piso enladrillado, con olor a velas y a encierro, mantenía un aire ausente. Sus preguntas eran precisas y aún guardaba imperio su voz, pero su espíritu parecía lejano. Sin embargo, su memoria iba recogiendo las respuestas del impulsivo sacerdote.

—Siguiendo sus prevenciones, general, dispuse que se empaquetasen los caudales públicos en la Casa de Moneda. Alcanzan a trescientos mil pesos de oro.

Los enviaremos al norte, por San Felipe, con algún oficial de confianza. ¿Y las tropas que debían reunirse en un cuartel de Santiago?

—Todas las de la ciudad están concentradas en el Cuartel de Granaderos.

—¿También los doscientos hombres de Auxiliares de Buenos Aires, que esperaban la apertura de los pasos de la cordillera para transponerla?

El rostro ancho y tosco del cura Uribe enrojeció, pareciendo que no se atrevía a revelar lo que pensaba.

—Comuniqué al comandante Las Heras que regresara al momento con ellos a la capital. Pero no han llegado, ni he recibido noticia alguna que indique que ese argentino tiene intención de obedecerme.

—El rostro de Carrera se tornó más hermético y el religioso siguió rindiéndole cuentas, intranquilizado por su actitud. Había conseguido elementos para transportar la artillería y los bagajes al norte; el hacendado José Miguel Villarroel le prestó mil mulas y quinientos caballos; y se comunicó con el intendente de Valparaíso para que tomara medidas que fueran útiles a la futura campaña en el norte. Fue a su escritorio y regresó con un papel. Era la nota que enviara al intendente.

Carrera posó sus ojos en ella en forma automática e iba a seguir interrogando, cuando el tenor de las líneas allí escritas lo hizo arrugar el entrecejo.

—¿Cómo es esto? —exclamó, atónito, y volvió a leer los renglones en voz alta—: "Al momento incendie Vuestra Señoría los buques y, dejando Valparaíso en esqueleto, retírese, con todas sus fuerzas a la capital, sin perder instante".

La mirada del general iba de la nota al rostro del cura Uribe, desconcertado por el asombro.

—Esto es absurdo, ¿verdad? Yo le indiqué que impartiera órdenes al intendente en el sentido de no dejar nada aprovechable para los realistas, pero..., si quema los barcos, ¿en qué transportamos nuestras tropas hasta Coquimbo?

El presbítero se mordió los labios y agachó la cabeza. Se maldecía por su estupidez. Dejándose llevar de su habitual impulsividad, no había reparado en eso, que no era un detalle sino un factor vital.

—Rectificaré esa orden al momento —se excusó, sin atreverse a confesar que el estafeta había partido hacía ya dos días.

—¡Por supuesto que hay que rectificarla! Que no se cometa la insensatez de quemar los barcos y que las milicias de Valparaíso se dirijan por el camino más corto al valle de Putaendo, donde las reuniré con las tropas que me acompañen.

Carrera no ahondó más en el asunto por no estallar. Pero la desconfianza iba creciendo dentro de su pecho. También el fraile Uribe le resultaba inhábil. Eso lo hizo pensar en los enormes perjuicios que sobrevendrían a los patriotas santiaguinos que participaron en la revolución si los realistas encontraban los papeles de Estado. Uribe aseguró haberlos hecho traer todos a su propia casa, pero el general no quedó tranquilo hasta que los vio por sus propios ojos quemados uno a uno en el fogón de la cocina del padre Uribe. Fue ésta una operación lenta y enojosa que los demoró casi hasta el mediodía, provocándole rabiosa impaciencia.

Por fin pudieron regresar al salón del cura Uribe y una criada vieja les trajo una palangana con agua para que se lavaran las manos tiznadas de hollín. Carrera se sentía cansado y sucio y no pudo evitar desahogarse en palabrotas cuando alguien tiró de la campanilla de la puerta.

La criada, siguiendo la costumbre, abrió sin preguntar, y Manuel Rodríguez se coló en la casa llamando al general en voz no muy alta. Venía alterado y no lo ocultó.

—Javierita me hizo llamar hace una hora y me contó toda la calamidad de Rancagua. ¡Es terrible, José Miguel! He venido a ponerme a tus órdenes para lo que precises y a darte la noticia de que Lucho acaba de llegar con sus tropas.

La información distendió en parte los nervios del húsar. Le alivió comprobar que su hermano menor seguía sin fallarle.

—¿Y Juan José?... —quiso saber.

—También está en tu casa, bañado por las lágrimas de su esposa.

Carrera dejó escapar un suspiro de alivio. ¡Qué gran peso se le quitaba de encima! Ahora podría relevar a su anciano padre del compromiso de sacar a las mujeres de la familia fuera de Santiago.

—Padre Uribe, cumpla usted con lo demás que hemos acordado —dijo al presbítero y, tomando a Rodríguez de un brazo, salió rápidamente de la casa.

Caminaban a toda prisa en dirección a La Atravesada de la Compañía, Rodríguez hablaba con su volubilidad de siempre. Santiago estaba anarquizado, entregado en manos de pillos y saqueadores. La ausencia de las tropas y el presentimiento de una derrota habían despertado los apetitos de los malhechores. No había noche en que no entraran a saco en las casas de los hombres que estaban en el Ejército, robando indiferentemente a patriotas y realistas; incluso ya se lamentaban varias muertes.

—Peor será cuando hayamos dejado esta ciudad —reflexionó Carrera, y su acompañante se detuvo en seco.

—¿Cómo?... ¿Abandonas Santiago?

—No podemos pensar siquiera en dar una batalla aquí; sería la destrucción y el desastre. Saltaré al norte, a Coquimbo, con las tropas que restan, y allí organizaré otro ejército.

—¡No! ¡Eso sí que no! ¡Es un disparate!

Rodríguez no pudo seguir protestando, un jinete llegaba al galope desde la calle de las Agustinas. Era Juan José. Ni siquiera desmontó para saludar a su hermano y explicarle cuanto le había ocurrido en Rancagua.

—Vengo a avisarte que ha llegado O'Higgins —le espeteó escuetamente—. Uno de nuestros criados lo vio saliendo de la casa del obispado, donde alojaste a su madre y a su hermana. Me apresuré para prevenirte; ya debes suponer que ahora O'Higgins es capaz de sacar una pistola y darte muerte.

—Pues, si yo lo encuentro lo que haré será someterlo a Consejo de Guerra por la pérdida de su división y la tuya.

—Sin duda irá a buscarte a la Casa de Gobierno.

—Pues bien, allá lo esperaremos. Ven conmigo, Juan José. Perdónanos, Manuel, y ten la bondad de ayudar en lo que puedas a nuestros familiares.

—Cuenta conmigo, José Miguel.

Se separaron. Por el trayecto Juan José fue contando a su hermano lo que había ocurrido en el interior de Rancagua y después del desastre.

Desde una loma pudo observar las fuerzas que logró salvar O'Higgins: los dragones del capitán Freire y unos pocos más; en total, cerca de cuatrocientos hombres.

El encuentro de los dos jefes del Ejército fue espectacular. Parecían dos luchadores dispuestos a quebrantarse todos los huesos. Hablaban a gritos, ya sin tapujos y olvidados de sus charreteras, inculpándose mutuamente del descalabro. O'Higgins calificaba de cobardía criminal la retirada de la Tercera División; Carrera, de estúpida obstinación el empeñarse en seguir dentro de Rancagua.

—¡Habríamos obtenido la victoria de haber cargado la Tercera División! —porfiaba exasperado el chillanejo.

—¡Lo hizo!

—Pero en seguida se retiró cobardemente, cuando yo preparaba la salida.

—Una hora completa combatió la caballería al mando del coronel Carrera, dando a usted una oportunidad sobrada para abrirse paso.

—No alcanzamos a hacerlo. La caballería de Quintanilla cerró el paso a nuestra caballería mandada por el capitán Ibáñez y el teniente Maruri.

—¿Y por qué no lanzó todas sus fuerzas juntas para abrir la brecha?

—Hubiera sido una mortandad inútil. Tampoco habríamos podido realizarlo.

—¿Y cómo pudieron hacerlo después, con menos hombres y extenuados? ¿Por qué esperó usted a que se produjera el exterminio dentro de la plaza y no salió cuando le di la oportunidad de salvar a la mayoría de su gente?

—¡Quería la victoria y no simplemente la ocasión de huir!

—¡La victoria!... ¡Presuntuoso!

Los dos hombres crisparon los puños y pareció que iban a saltar uno contra otro; lo habrían hecho de no haber interpuesto Juan José su corpulencia.

—¡Basta, señores! ¡Basta de insensateces! Ahora lo único que importa es tomar las medidas necesarias para proseguir la resistencia.

—¡No hay resistencia posible! —gritó furiosamente O'Higgins—. ¡Los soldados están desbandados y el enemigo se encuentra a las puertas de Santiago!

José Miguel hizo un esfuerzo terrible para controlarse. Tenía los nudillos blancos y jadeaba ardorosamente.

—Aún podemos oponerles unos dos mil quinientos hombres —observó entre dientes y, como su antagonista lanzara una seca carcajada de desprecio, los enumeró con precipitación—: Novecientos de la Tercera División, ciento dieciséis fusileros y doscientos milicianos que destaqué en Topocalma, al mando del teniente coronel Manuel Serrano; cuatrocientos que forman la guarnición de Valparaíso, trescientos setenta y seis que están acantonados en Santiago y los doscientos Auxiliares de Buenos Aires que deben venir de regreso de Aconcagua.

—Pues, presentemos batalla con ellos en el llano de Maipo.

—¿Y traemos a los soldados por el aire? Mañana o pasado mañana estarán los realistas en los suburbios de Santiago —aclaró Carrera.

—Entonces, ¿de qué resistencia me habla, por mil diablos?

—De la que podemos ofrecer en Coquimbo. La carcajada de O'Higgins hirió a los hermanos como un bofetón. El chillanejo estaba desfigurado por el odio y el desprecio.

—¡Usted está loco! —barbotó—. ¿Acaso no se percata de la desmoralización de los soldados? Desertarán todos antes de someterse a la marcha al norte.

—¡Si el general que los conduzca les merece fe y los traidores suspenden su labor de zapa, no desertarán! —le replicó el general Carrera en tono abiertamente insultante.

—¡Pues, guíelos usted! Yo no quiero responsabilidad en tan descabellada empresa.

—¡Nadie piensa en dársela!

—Bien. ¡Sigan los Carrera haciendo su voluntad entonces y que la nación se hunda! ¡Yo me marcho a Mendoza!

El portazo que dio O'Higgins estremeció la sala y los golpes de José Miguel Carrera sobre su escritorio hicieron saltar plumas, tintero y papeles.

El chillanejo cumplió su propósito. Pero, en lugar de marcharse aquel mismo día y dar alcance a su madre y a su hermana, a quienes había enviado unas horas antes a Los Andes, esperó hasta el siguiente, en que terminó de concentrarse en Santiago el escuadrón de dragones del capitán Ramón Freire; y marchó con él hacia la cordillera, debilitando en cerca de trescientos hombres las defensas con que contaba Carrera. Junto a él desertó el coronel Del Alcázar, con un escuadrón que pusiera bajo su mando el presbítero Uribe. Y en la Cuesta de Chacabuco los emigrantes se encontraron con los doscientos soldados del Auxiliares de Buenos Aires, que el teniente coronel Las Heras devolvía a Santiago. A insinuación de O'Higgins dieron media vuelta y marcharon con él hacia la cordillera.

La mayor confusión agitó a Santiago en aquellos días. Mientras las familias patriotas, en toda clase de vehículos y cabalgaduras, huían precipitadamente hacia la cordillera para trasmontarla y refugiarse en Mendoza, los realistas y los adulones de siempre, pescadores en río revuelto, se aprestaban para recibir con vítores a las tropas invasoras. El odio estaba en todas partes, los delatores redactaban listas vengativas, nadie vivía ni dormía tranquilo.

En aquel torbellino, perdida toda mesura, en que nadie pensaba sino en anticiparse a los demás en la fuga, empleando los más arteros arbitrios, engañándose mutuamente, sustrayéndose los caballos y mulas, el presbítero Uribe actuaba como un poseso, desligado del control del general Carrera, que atendía solamente a sacar a sus familiares hacia la hacienda de Chicauma. Después de quemar todos los archivos y los papeles públicos, desmontó las prensas en que se imprimiera la "Aurora de Chile" y empasteló los tipos, gozándose del dolor que esta barbaridad causaría a fray Camilo Henríquez, desterrado en Mendoza. Su último acto fue el de empacar en una sólida petaca el Tesoro Público y entregarlo al capitán Pedro Barnechea, quien partió con una escolta de veinte soldados hacia San Felipe para, desde ahí, tomar el camino al norte.

Por su parte, el general Carrera, después de ver partir la caravana de coches en que viajaba la mayor parte de su familia hacia Lampa, bajo la protección de Juan José y de un grupo de criados armados, se dispuso a emprender la marcha hacia Los Andes. Pero en el momento preciso en que revisaba por última vez el Palacio de Gobierno, para cerciorarse de que no quedaba nada comprometedor o que pudiera servir a los invasores, llegó hasta el pórtico del Palacio, ya sin guardia, un jinete sobre extenuado caballo. Carrera tardó en reconocerlo, pero cuando lo consiguió, su rostro se iluminó con franca alegría. Era su antiguo ordenanza José Conde, a quien dejara en calidad de prisionero en Chillán.

—¡Mi general, por el santo cielo, cuánto me costó hallarlo! Si ya creí que lo perdía para siempre —exclamaba el fiel andaluz. Estaba flaco y vestía un raído uniforme de la milicia de Chillán, irreconocible por la suciedad. Su condición de español y su acento cerrado le permitieron pasar de prisionero a sirviente de un oficial realista de baja graduación. Después de la batalla de Rancagua, mientras los españoles celebraban la victoria, logró escaparse y pasar a Santiago.

—¿Y vienes a compartir mi suerte, sabiendo que estoy al borde del desastre? —le inquirió Carrera afectuosamente, y el mozo se cuadró con energía, la decisión reflejada en su afilado semblante.

—Por supuesto, mi general. Pero, si no quiere que nos lleven presos, otra vez, monte a caballo y emprendamos la retirada. Las avanzadas del ejército de Osorio están ya en el río Maipo; las manda el coronel Quintanilla.

Carrera y Uribe cambiaron un breve diálogo; ya no quedaba más que hacer en Santiago y las tropas enemigas no tardarían más de tres horas en llegar.

—Tal vez algo más —les corrigió Conde—. El coronel Quintanilla quedó conferenciando con un grupo de santiaguinos que fue a pedirle protección y a señalarle el estado en que se hallaban las cosas en la capital.

Don José Miguel se mordió los labios; los traidores seguían minando toda posibilidad de resistencia.

—Vamos —dijo resignadamente—. Los restos de la Gran Guardia me esperan frente a mi casa; nos escoltarán hasta Los Andes.

Salieron rápidamente a la calle y montaron a caballo. Frente a la Casa de Moneda se veía el Cuartel de Artillería, vacío, con el portón entreabierto. Doblaron por el callejón de los Morandé y se encaminaron hacia la calle de las Agustinas. En el corto trayecto, Conde emparejó su caballo al del general y le habló en voz baja:

—También traigo un mensaje para usted, señor. —Como Carrera lo observara extrañado, prosiguió—: Se lo envía una mujer, que encontramos encerrada dentro de una iglesia en Rancagua, junto con muchas otras.

—¿Quién es esa mujer?

—Doña Mercedes Velásquez. ¿La recuerda usted? —dijo lentamente el andaluz espiando el rostro de su superior, como temoroso de que éste hubiese podido olvidarla. Pero la expresión emocionada del general y su acento dolido lo aliviaron.

—¡Meche! ¡Mi pobre generalita!

—Venía a buscarlo a usted y se quedó encerrada en Rancagua, de la que no ha podido salir. Pero me dio un recado para usted, señor. "Corre y dile a mi José Miguel —me expresó— que todos los oficiales y soldados realistas tienen orden expresa de buscar a los Carrera, aprisionarlos donde los encuentren, y matarlos en el sitio mismo, si intentan huir". —José Conde sintió vergüenza de español al añadir—: Y los talaveras demostraron en Rancagua que saben cumplir las órdenes. Hicieron una degollina general. No respetaron a los prisioneros, a las mujeres, ni a los heridos; hasta dejaron quemarse vivos a los que yacían en el hospital de sangre. Doña Mercedes me dijo también que iría adonde usted vaya, que lo seguirá a todas partes.

Carrera lo escuchaba a medias; sólo pensaba en los suyos y en la orden de matarlos a todos. Era, pues, insensato dejarlos en la hacienda Chicauma, al alcance de los talaveras.

—¡Conde! —dijo precipitadamente a su ordenanza—. ¿Sabrías encontrar el camino a Lampa?

El andaluz asintió vivamente. Había acompañado varias veces a doña Javiera a ese lugar.

—Pues, parte al galope y alcanza a mi familia que va hacia la hacienda Chicauma. Dile a Juan José que no se refugien allí, que sigan camino hacia Los Andes y se acojan a la hospitalidad del hacendado José Miguel Villarroel. Yo me reuniré con ellos en ese lugar tan pronto pueda. ¡Pero corre, corre!

Conde apartó su caballo y partió levantando polvo en dirección al Mapocho. Carrera se lo quedó mirando hasta que se perdió de vista. Sentía que se debilitaba en su ánimo la resolución de fortificarse en Coquimbo. Había enviado a la Argentina un delegado con la misión de solicitar auxilios del director supremo de las Provincias Unidas del Plata, don Gervasio Posadas, pero ellos, de venir, lo harían por Mendoza. Todo, pues, parecía encaminarlo indefectiblemente hacia el pueblo trasandino. No obstante, aferrado siempre a la esperanza de conseguir agrupar nuevamente los restos dispersos del Ejército y sumarle los doscientos hombres del Auxiliares de Buenos Aires, decidió partir hacia Los Andes. Allí resolvería cómo trasladar aquella masa humana hacia Coquimbo. Lo primordial era imponer nuevamente su mando.

Aquella tarde se trancaron las puertas de la casa de los Carrera y se clavaron las ventanas con gruesos tablones. Los últimos criados partieron en una carreta a la hacienda San Miguel y un silencio de mausoleo se posesionó de la señorial mansión. José Miguel y Luis Carrera, encabezando a la Gran Guardia, salieron de Santiago al anochecer y tomaron el camino de la Cuesta de Chacabuco. Ni uno ni otro imaginaban siquiera que nunca desandarían ese camino.

Manuel Rodríguez los vio partir desde el interior de su casa y no hizo un solo ademán de salir a despedirlos. Estaba de pie frente a la ventana del dormitorio de su padre, con las manos cruzadas a la espalda y un pliegue de preocupación hendiéndole el ceño. Detrás de él, desplomado en su habitual sillón, se mantenía su progenitor. Don Carlos era apenas una sombra. Los otros dos hijos habían partido ya, sin rumbo conocido; estaban, pues, solos en la casa, salvo dos criadas viejas y regañonas que cuidaban del jefe del hogar desde que muriera doña María Loreto.

Manuel permanecía aún en Santiago, pese a saber que sería uno de los primeros a quienes buscarían los realistas vencedores; pero no se resolvía a dejar solo a su padre. El viejo oficial de la Aduana se negaba a oír sus argumentos. Con obstinación senil y quejumbrosa, insistía en que él jamás atentó contra las autoridades, fuesen éstas realistas o patriotas; no tenía, en consecuencia, por qué temer. Además, en Santiago quedaba su Loreto y no podía dejar su tumba abandonada.

—Parte tú…, parte tú —repetía, monocorde—. Yo me quedo.

Fue inútil todo razonamiento de Manuel. Su padre no tenía voluntad para mudanzas. Sin embargo, el joven se mantuvo en la ciudad hasta el último momento, ayudando a sus amigos a escapar, con la remota esperanza de una recapacitación de don Carlos. Disfrazado de gañán se escurría por las calles tomando nota en su memoria de cuanto antecedente pudiera servirle para una futura vuelta a la patria. No era pequeño el riesgo que corría; en cualquier momento podía ser reconocido por algún criollo realista y denunciado como uno de los principales insurgentes.

Comenzaban a entrar las patrullas exploradoras del ejército de Osorio cuando se decidió a partir; una hora más allí equivalía a encerrarse en una trampa. Vio por la vez postrera a su padre y no se atrevió siquiera a hablarle; don Carlos solamente movía la cabeza, negando, negándose siempre. Lo abrazó en silencio y se lanzó a la calle. Necesitaba un caballo. El fiel Pascual Silvestre andaba en la misma búsqueda, pero encontrar una cabalgadura en esos momentos era tan difícil como toparse a un patriota. Imaginó que en las chacras de la Cañadilla tal vez le fuera más fácil ubicar el que precisaba y hacia allá enderezó sus pasos.

Cruzaba el Puente de Calicanto cuando oyó prolongados gritos y vio elevarse una humareda hacia el lado del puente de los recoletos, en el barrio de la Chimba. Pronto se enteró de que la chusma embravecida había prendido fuego a una fábrica de coches y, pensando en los caballos que allí debía haber, acudió al lugar a toda prisa. Preocupado solamente de su problema, no reparó al principio en que el siniestro ocurría en un sitio muy conocido por él; fue preciso que se le cruzara en el camino la figura espigada de Elvira Recalde para que se orientara. La cochería incendiada era vecina a la casa de la muchacha y ella buscaba ayuda para impedir que las llamas se propagaran a su vivienda. La urgencia del momento y la peligrosa avidez de los malhechores que saqueaban la fábrica les impidieron casi hablar. Rodríguez tomó a Elvira de un brazo y la arrastró hacia el interior de la casa de ella. Las tías y las criadas la habían abandonado, temerosas del humo que lo invadía todo.

Desde el amplio patio, Manuel observó la bodega en llamas. Una alta muralla de adobes ponía a salvo la casa de los Recalde. Con frases breves y urgidas tranquilizó a la joven y trepando por el sarmentoso tronco de una enredadera de glicinas, asomó a la cochería. Ya los relinchos despavoridos de varios caballos lo habían advertido del cuadro que iba a ver. En efecto, al fondo del patio de la fábrica de carruajes estaban encerrados tres animales que, enloquecidos de terror, coceaban contra los muros de su pesebrera. Desolado por la suerte que aguardaba a los pobres brutos, Manuel buscó una puerta por donde sacarlos, pero la fábrica no tenía más salida que la del frente y en esa parte el edificio era una hoguera.

El bachiller se dejó caer de nuevo al patio de los Recalde. Elvira lo esperaba, temblando y con los ojos desorbitados.

—¡Pobres animales! se dolió Manuel—. No tienen escapatoria posible. Sería necesario derribar un trozo de muralla para sacarlos por detrás.

—¿Y no puede usted hacerlo, Manuel?

—Con toda mi alma quisiera poder; adoro los caballos. Pero tengo el tiempo justo para salir de la ciudad. Si mañana cuando aclare estoy todavía aquí, las tropas realistas habrán cerrado los caminos que llevan a la cordillera; y si me apresan, no doy un real por mi cabeza.

—Pues, márchese entonces. Huya todo lo aprisa que le sea posible. —Elvira lo tenía tomado de una mano y lo instaba a salir a la calle—. Yo buscaré ayuda para demoler un pedazo del muro y sacar a esos animales antes de que los alcancen las llamas.

Cruzaron la casa a la carrera cubriéndose los rostros con las manos y tosiendo por efectos del espeso humo. El altillo de la cochera vecina comenzaba a desplomarse con nubes de chispas y la gente arrancaba para no ser alcanzada por ellas. Esto les permitió ver a Pascual Silvestre Corrales que se acercaba apartando a los saqueadores a empellones. Había quedado de juntarse con su patrón en el Puente de Calicanto y la visión del fuego en el barrio de Elvira Recalde le dio la certeza de que allí habría de encontrarlo.

—¡Don Manuel, qué sustazo me ha hecho pasar su mercé! —llegó diciendo—. Creí que me lo iba a encontrar achicharrado por las llamas.

Rodríguez sonrió al comprobar una vez más el cariño de su ordenanza y volviéndose a Elvira le dijo:

—Aquí está el hombre que la ayudará a salvar a esos animales. Yo...

—Sí. ¿Usted qué...? —le inquirió ansiosamente la joven apretándose a uno de sus brazos.

—Usted, patrón, tiene que irse al tirito —terció Pascual, impidiéndole responder—. Me encontré hace poco con un sirviente de la casa de doña Amanda de la Quintana. Me dijo que había andado todito el día recorriendo las calles con la orden de encontrar a su mercé o a mí.

—¡Diablos, los criados de doña Amanda son todos realistas! —dejó escapar Rodríguez—. Por orden de su patrona pueden prestarme algún servicio, pero igualmente, por iniciativa propia, son capaces de denunciarme a los realistas.

—No, no, el hombre ese me notició que doña Amanda lo busca porque le tiene un buen caballo en su casa, para que pueda irse a Mendoza.

El bachiller respiró con alivio y no tuvo el tino suficiente para guardarse su impresión.

—¡Qué magnífica mujer es doña...! —Al sentir el brusco movimiento con que Elvira soltó su brazo comprendió su enorme desliz—. Perdón, Elvirita —trató de mentir—; entre doña Amanda y yo no hay más que... El rostro empalidecido de la joven, duro en su hosca tristeza, lo hizo callar, avergonzado y contrito.

—A mí no tiene para qué engañarme, Manuel —le replicó ella avanzando su mentón frágil—. Entre usted y yo es donde no hay nada. De modo que separémonos como...

—¡Por favor, Elvirita, escúcheme! —insistió Rodríguez, apenado por el triste fin que estaba dando a ese amorcillo juvenil—. Usted sabe que, en la época en que nos conocimos, a quien yo verdaderamente...

Elvira Recalde se irguió con una fiereza inimaginable a sus años y en su habitual dulzura y, aunque los labios le temblaban, sus pupilas relucían resueltas.

—Manuel Rodríguez —lo amenazó—, no agregue una palabra más o le prometo que pregono a gritos quién es usted.

—¿Sería usted capaz de hacerlo? —Manuel estaba cada vez más apesadumbrado. Percibía el esfuerzo que hacía la jovencita para no estallar en llanto.

—No me tiente —lo desafió ella, pero no fue capaz de mantenerse firme más tiempo y esquivó el rostro para que no la viera llorar—. ¡Váyase! ¡Váyase donde esa señora que tanto se preocupa de su salvación! Buen viaje, señor Rodríguez. ¡Márchese, no me atormente más obligándome a guardar la compostura!

El joven se humedeció los labios y no supo qué decir, limitándose a un pesaroso:

—Adiós, Elvira. Algún día habrá más calma y volveré. Quizás entonces usted querrá entenderme.

Dio vuelta lentamente y comenzó a alejarse, pero aún tuvo tiempo para decir a su ordenanza:

—Pascual, ponte a disposición de la señorita para salvar los caballos de la cochería. Te espero a la entrada de Renca, junto a la piedra blanca. Tú sabes donde es. Estaré allí a la medianoche justa.

Elvira Recalde no volvió la cabeza, mas cuando calculó que el joven se habría perdido entre la muchedumbre, hundió el rostro entre las manos y comenzó a sollozar.

Doña Amanda de la Quintana había buscado quedarse a solas en su casa para no exponer a Manuel. El portón de entrada estaba entreabierto y ella esperaba en el corredor, entre el zaguán y el jardín de enarenados senderillos. Había vuelto a vestir su negro traje de viuda, talar, de mangas apretadas en los puños y cuello rígido, cerrado hasta la barbilla, del más estricto estilo español. Recibió a Rodríguez con semblante marmóreo, casi ausente; tan sólo sus ojos verdes reflejaban su ansiedad interior. Era la suya una actitud estoica, propia de sus principescos abolengos.

Ambos parecían contenidos, como si estuvieran en un mundo donde sobraran las palabras; hasta dejaron de tutearse, como si desearan borrar de una plumada el recuerdo de sus arrebatos pasionales.

—Me dijo mi ordenanza que usted me iba a proporcionar un caballo.

La señora asintió con un gesto y lo precedió hacia el jardín.

—Tengo uno muy bueno para usted. No sé cómo logré salvarlo de los ruegos y exigencias de mis amigos que huyeron.

—Es usted una española que vale por una patriota —musitó Rodríguez sin que hubiera intención de halago en su acento, y en igual tono le respondió ella:

—Patriota me haría con tal de irme con usted.

Terminaron de cruzar el jardín en silencio y entraron al segundo patio. A la derecha, se veía la puerta de la caballeriza.

—El caballo está ensillado desde hace horas, esperándolo —dijo ella, y la voz se le quebró al término de la frase.

Rodríguez tragó saliva y sintió, tentación de tomarla de los hombros y estrecharla contra su pecho, pero lo contuvo el recuerdo de su reciente despedida de Elvira Recalde.

—No me emocione, Amanda, no quiero irme triste —murmuró sinceramente, y para dar otro curso a sus sensaciones, entró a la pesebrera y examinó el animal que la señora le reservara. Era un soberbio alazán, de pecho ancho y finos remos. Sintiéndose traspasado por la mirada fija de la asturiana, quitó la tranca del portón y se dispuso a abrirlo. Pero antes, se volvió a ella.

—Le recomiendo a mi padre. Cuide de él, si le es posible.

—Lo haré. ¿Desea algo más de mí?

—Sí. —Rodríguez miró hacia el corral vecino, donde forrajeaba con parsimonia un caballo viejo, mestizo, de pequeña alzada—. Me hace falta otra cabalgadura.

Los ojos de la asturiana relumbraron desconfiados y un parpadeo vivaz traicionó su recelo. Con movimientos rápidos entró a la pesebrera y se apoderó de un brazo de Manuel.

—¿Llevarás a otra mujer contigo?

No obstante su pesadumbre, Rodríguez no pudo sofocar la risa.

—¡Loca! Es a mi criado Pascual a quien quiero llevar.

La carcajada de Rodríguez tuvo la virtud de romper la contención que se había impuesto doña Amanda. Olvidada de su propósito, escondió el rostro en el pecho de su amante y sus brazos se trenzaron sobre su espalda.

—¡Llévate lo que quieras! ¡Lo único que desearía es que me llevaras a mí también, pero eso no es posible!

—Te tendré en mi recuerdo siempre. Estaré constantemente sintiendo tu cuerpo entre mis brazos, como ahora..., el olor de tus cabellos...

—Me olvidarás... Quizás no puedas regresar nunca.

—Volveré, Amanda. Entretanto, sé buena y, en nombre mío, ayuda a los patriotas. Horas muy negras se avecinan para ellos.

—También estoy tildada de sospechosa. Es el precio del amor que te tengo. Pero lo doy por bien pagado. Adiós, corazón mío; no me olvides.

Los labios de doña Amanda estaban fríos y temblaban al buscar la boca de Rodríguez. Mientras lo besaba, larga, ansiosamente, lágrimas silenciosas rodaban por sus mejillas.

—¡Vamos, vamos, mi sueño, no llores o me entregaré a los realistas para no irme de aquí! —le susurró Rodríguez, tratando de hacerla sonreír y la separó de sí. Pero ella volvía a estrecharlo, como si se aferrara a la vida.

—¡Abrázame, Manuel! ¡No me olvides, que mi vida sin ti no tiene encanto ni razón! Te esperaré minuto a minuto.

El joven se zafó de su abrazo lentamente.

—Los que me buscan no se dan reposo, querida —le observó—. Adiós.

Con pasos rápidos fue a la pesebrera vecina y regresó con el segundo caballo; luego, lo embridó también y montó sobre el que le estaba destinado.

Doña Amanda le abrió el portón y esperó de pie a un costado. Rodríguez hizo avanzar las bestias y se inclinó sobre ella, que alzó el rostro para dejarse besar por última vez.

—Hasta siempre, Amanda. Volveré con la patria.

—Sí, Manuel. Vuelve, mi adorado.

Apagado por el polvo suelto del Callejón de los Perros, el ruido de los cascos se perdió hacia el Mapocho. Manuel Rodríguez dejaba la ciudad de sus amores, camino del destierro, como lo hicieran en los días anteriores dos mil patriotas. Por el lado opuesto de Santiago se sentía el rodar de los carros y las cornetas de los realistas que entraban vencedores.

Galopando desenfrenadamente, evitando los caminos demasiado llenos de fugitivos, Rodríguez y su ordenanza flanquearon San Felipe, el caserío de Putaendo y se internaron en la cordillera por el Cajón de los Patos. La falta de impedimenta, sin tener que preocuparse por mujeres o cargas, les permitía avanzar más rápido que las columnas de emigrados. Trepando por senderos desconocidos, tanteando el terreno, recelando de las quebradas con nieve, fueron penetrando en el mundo misterioso y terrible, en los precipicios verticales de la cordillera de los Andes. Envueltos por la ventisca fría, doblados sobre los cuellos de los caballos, semicegados por la refracción de la luz en la blancura hiriente de la nieve, marchaban, marchaban empecinados, serpenteando por huellas apenas dibujadas sobre el vértigo de los abismos, manteniendo como única mira la línea del sol naciente. Allá, al oriente, en un punto indeterminado, estaba Mendoza, la meta final e insegura, donde mandaba con poder rígido un personaje del cual apenas sabían el nombre: el coronel José de San Martín.

El 5 de octubre, después de anochecido, había entrado el general Carrera a Los Andes. Esperaba encontrar el pueblo repleto con las familias patriotas que huían y los soldados que se retiraban a Mendoza y su estupor fue inmenso al hallarlo vacío y enterarse de que los últimos grupos iban dejando la población. El brigadier O'Higgins había ordenado la marcha, después de hacer leer un bando en que imponía a todos los emigrantes obedecer incondicionalmente los mandatos suyos y del teniente coronel Las Heras, que comandaba a los doscientos soldados del Auxiliares de Buenos Aires, con los cuales protegía la retaguardia de la desordenada columna.

Encontrar el pueblo evacuado habría sido para José Miguel Carrera un motivo de alivio, si junto con los civiles emigrados no se hubieran ido también las tropas con que él contaba para seguir la guerra desde Coquimbo. Sin ellas su proyecto era imposible. En un último intento por recuperarlas, ordenó nerviosamente a su fatigada Gran Guardia, reanudar la marcha y penetrar en la cordillera. Al alba siguiente, a pocas leguas del pueblo, junto a las riberas del río Colorado, avistaron a la retaguardia de la expedición, compuesta por los auxiliares argentinos. Pero al mismo tiempo su escolta fue vista por el teniente coronel Las Heras, quien con una orden seca formó a espaldas suyas a sus fusileros y así, en actitud bélica, esperó la llegada de Carrera.

—Buenos días, comandante Las Heras —lo saludó fríamente el general—. ¿Quiere usted explicarme qué es lo que ha sucedido? ¿A qué se debe que usted haya vuelto a la cordillera, siendo que tenía órdenes del general en jefe de dirigirse a Santiago?

El comandante Las Heras lo midió de arriba abajo con gesto irritado y se alzó de hombros.

—¿A qué hacer cuestión de órdenes menos u órdenes más, general? —exclamó—. Era inútil volver a Santiago después de la derrota de Rancagua y la fuga en masa de los patriotas.

—¡Ese no es asunto que se haya entregado a la discriminación de un jefe subalterno! —tronó Carrera—. ¡Usted tenía una orden que cumplir y no lo ha hecho!

—También tiene autoridad suficiente para dar órdenes el brigadier O'Higgins y él me indicó seguirlo por la cordillera —se engalló Las Heras, seguro de su superioridad bélica—. En las circunstancias actuales, aunque nadie hubiera dado esta orden, habría existido la del instinto de conservación. ¿O acaso el general Carrera no ha reparado en que los realistas vienen victoriosos sobre los patriotas?

El húsar deslizó automáticamente su diestra a la cartuchera de su silla, pero no llegó a sacar su pistola. Estaba pálido de furor.

—¡Comandante Las Heras, jamás he tolerado insolencias de mis subordinados y no estoy dispuesto a soportarlas ahora! ¿Me entiende? Escúcheme bien. Va usted a trasladarse inmediatamente al puesto de La Guardia, dos leguas más arriba, y no permitirá que cruce la cordillera ningún soldado sin un salvoconducto mío.

Las Heras se volvió a sus hombres, que presenciaban la escena espiando todos los movimientos de los soldados chilenos, y reafirmó su confianza en su mayor fuerza.

—¡Pierde usted el tiempo, general Carrera! —replicó secamente—. No espere por un instante que yo ponga dificultad alguna a los emigrados que tratan de refugiarse en Mendoza.

—¿Significa esto que se insubordina usted?

—Que tomo la situación como debe ser. Derrotado el Ejército chileno, dejo de depender de sus jefes y vuelvo a quedar bajo las órdenes del comando argentino.

—Mientras yo, como general en jefe del Ejército patriota, no haga transferencia de los servicios del Auxiliares de Buenos Aires, usted seguirá bajo mi mando, y si se opone al él, le aplicaré el castigo correspondiente.

Era el pretexto que Las Heras aguardaba. La amenaza de Carrera los incluía a él y a sus soldados. Apartando su caballo del camino con un violento espolazo, dio la orden que esperaban sus hombres:

—¡Auxiliares, atención: apunten!...

Doscientos fusiles se enfocaron sobre los escasos hombres de Carrera. Hubiera sido suicida intentar siquiera un movimiento para levantar un arma. El general permaneció inmóvil, aunque sin abatir su fiereza.

—Las Heras —pronosticó entre dientes—, pagará usted en el banquillo por este atropello al Presidente de Chile y por la insubordinación al general en jefe del Ejército.

El argentino sonrió con una mueca y volvió a encogerse de hombros, despectivamente.

—Tomo precauciones, nada más, contra los conocidos arranques de su carácter. Y permítame que le haga una advertencia antes de marcharme con mis hombres. Si usted no cruza la cordillera cuanto antes, después no podrá hacerlo. Tengo instrucciones de colocar cargas de pólvora en la Ladera de los Papeles a la menor amenaza de los realistas y desbarrancar el camino. De modo que o pasa la cordillera ahora o se quedará encerrado en Los Andes a disposición de los enemigos.

A Carrera le temblaban todos los músculos, tal era su tensión nerviosa, y sus acompañantes tenían los puños crispados en las bridas de sus caballos. Pero hubiera sido insensato lanzarse sobre los doscientos fusileros distribuidos en abanico a ambos costados del camino.

—Pasaré a Mendoza sólo por asistir a su castigo —replicó sordamente—. Pero lo haré en el momento en que yo lo disponga. Y entonces responderá usted ante el coronel San Martín o ante el propio Presidente Posadas, si es preciso. —Girando su caballo con brusco tirón de riendas, ordenó a su Gran Guardia—: ¡Volvamos a Los Andes!

Jamás el húsar había sufrido una humillación tan honda. Sentía en su espalda las miradas burlonas de los argentinos por sobre las miras de sus fusiles. Con rabiosa desesperación comprendía que su proyecto de continuar la guerra desde el norte de Chile había quedado definitivamente frustrado. Estaba cierto de que la orden de traspasar los soldados a Mendoza había emanado de O'Higgins y, en consecuencia, no se hacía ninguna ilusión respecto al castigo con que amenazara a Las Heras; conocía perfectamente la amistad que unía a esos dos hombres y sospechaba que el coronel San Martín estaba ligado también a ellos por lazos ocultos como el de la fraternidad de la Logia Lautaro. Asimismo, comprendía el peligro que representaría para él, trasgresor de los principios de esa organización secreta, llegar a Mendoza, donde vivían desterrados el brigadier Mackenna y otros hombres a quienes suponía afiliados a esa Orden.

Ante este dilema, sabiendo que los realistas podían caer de un momento a otro sobre Los Andes, decidió fortificarse en el pueblo. Afortunadamente, en las primeras horas de esa noche entró en la población su hermano Luis, que se había rezagado esperando a doscientos hombres de la Tercera División. En la sala del Ayuntamiento rindió cuentas al general.

—Me fue imposible aguardar más tiempo para que se me reunieran las milicias de Valparaíso, José Miguel. Los amenazantes rumores que hablaban del avance de los realistas mantenían a mis hombres en continua alarma y las deserciones iban en aumento. Apenas he conservado doscientos hombres. Si no los traigo, también se habrían marchado.

En las sordas revelaciones del joven coronel se asomaba la desoladora verdad: los soldados no deseaban seguir luchando, ni siquiera consideraban auténticos enemigos suyos a los realistas; para ellos el triunfo del general Mariano Osorio no significaba sino un nuevo cambio de Gobierno, en el que hasta era posible que hubiera más tranquilidad y más orden. Nadie seguiría, pues, al general Carrera hacia el norte; era absurdo seguir alentando esa esperanza. Luis lo resumió todo en una sola frase:

—Lo único que podemos hacer es protegernos contra los realistas. Sé que partió de Santiago el coronel Quintanilla con doscientos jinetes y seguramente lo seguirán otros.

El general había presentido que las cosas tomarían ese rumbo y desde la mañana discurría una estratagema, a raíz de haberse enterado de que en el pueblo existía un depósito de uniformes del Ejército patriota. Haría arrear hacia Los Andes a trescientos huasos de los alrededores, por la fuerza, igual que si se acorralaran animales, y los vestiría con esos uniformes. Cierto era que no disponía, para completar su farsa, de otros fusiles que los que arrojaron por inservibles los soldados que iban con O'Higgins. Pero, aunque no dispararan, cuando menos impresionarían; y no era más que eso lo que pretendía Carrera. Necesitaba ganar tiempo hasta que regresara el capitán Barnechea con el tesoro público, a quien había mandado buscar con su criado Miguel Cornejo, y también para que llegaran las milicias de Valparaíso, mandadas por el capitán Juan Rafael Bascuñán.

—Esta noche, a la luz de grandes fogatas, rodearán el pueblo mis pobres diablos armados de fusiles inservibles —dijo el general y concluyó con desaliento—: Ellos y tus escasos soldados serán nuestra única salvaguardia, Lucho.

—¿Y tu escolta?

El general trazó con la diestra un ademán vago señalando hacia la distancia. Se había visto forzado a enviar a esos sesenta fusileros, bajo el mando del capitán Javier Molina y del teniente Maruri, a la Cuesta de Chacabuco. Alguien tenía que sacrificarse soportando el primer choque de los realistas.

Luis se oprimió las sienes con una mano y se quedó meditando. Estaba cansado y triste. Al fracaso de la guerra se sumaba dentro de su corazón un doloroso quebranto sentimental. En ese momento entró José Conde y extendió a un costado de la habitación unos pellones y unas mantas.

—¿Has tenido noticias de nuestra familia? —preguntó Luis distraídamente. El general señaló con un movimiento de cabeza a su ordenanza.

—Conde acaba de regresar de la hacienda de Villarroel. Trajo la noticia de que están sin novedad, junto a un centenar de parientes y amigos.

—¿Vas a dormir aquí? —Como José Miguel asintiera con un gesto cansado, Luis pidió al ordenanza que le trajera también sus mantas a la habitación.

Cuando el hombre salió a buscarlas, el joven se quedó con las manos trenzadas bajo el mentón, los codos sobre la mesa, mirando al vacío. Su hermano mayor lo miraba con afectuosa preocupación.

—Estás cansado, ¿verdad, Luchito?

—Sí.

—Pareces triste.

—Quizás.

Carrera se acercó a él y le posó la diestra en la espalda, cariñosamente, igual que un padre.

—Eres una sorpresa constante para mí Lucho. Estás siempre sereno, sin quejas, dispuesto a todo; me secundas tan admirablemente, que me he acostumbrado a considerarte como un instrumento perfecto. Sin embargo, a veces te miro, como ahora, y sospecho que hay algo en ti que no me cuentas, algo que te socava el espíritu.

—Dejar la patria; eso es lo único que puede preocuparnos ahora.

José Miguel rechazó su afirmación con un además bondadoso.

—¿Y Tomasita Alonso de Gamero?... —le insinuó, sondeándolo.

Luis alzó la cabeza y lo miró sonriendo tristemente.

—Debe estar ahora en la hacienda de Villarroel junto al hombre que prefirió a mí.

Carrera tomó asiento frente a su hermano y lo observó de lleno a los ojos.

—Tampoco he comprendido eso. ¿Por qué no luchaste por retenerla? Ustedes eran novios desde niños.

Luis suspiró profundamente y habló con la cabeza doblegada sobre la mesa, como para sí mismo:

—Rafael Muñoz Urzúa es un hombre fino, de un carácter mesurado; alcanzará éxito en la vida. Y yo estaba preso contigo en Chillán cuando comenzó a cortejar a Tomasita. Después, tú lo nombraste vocal de la Junta de Gobierno, se destacó más...

—Yo no sabía que te estaba arrebatando la novia —protestó apasionadamente el húsar—. Si llego a sospecharlo, no lo encumbro.

—Por eso mismo no dije nada —le aclaró Luis, con sencillez—. Hubiera sido absurdo alterar tus planes de gobierno por mi contrariedad amorosa. No, hermanito.

Entró Conde, interrumpiendo el diálogo. Mientras extendía las mantas los dos hermanos guardaron silencio, pero en cuanto el ordenanza volvió a salir, José Miguel asió una mano de Luis.

—Escucha —le dijo—. Mañana tendremos que adentrarnos en la cordillera y pasaremos por la hacienda de Villarroel a buscar a los nuestros. ¿Me permites que hable con Tomasita y Rafael Muñoz?

736

El joven coronel sacudió enérgicamente la cabeza y sus ojos parecieron entristecerse más.

—¿Estás loco? ¡De ningún modo, José Miguel! ¡No! No hablemos más de esta pequeñez y tratemos de dormir.

Volviendo la espalda a su hermano, que lo seguía con su mirada inquieta, se quitó la guerrera y las botas. Enseguida, sin dar el rostro, se arrebujó en las mantas, vuelto hacia el muro.

—Buenas noches, hermano.

—Que descanses, Luchito.

La estratagema del general Carrera salvó a los restos de la caravana de emigrados que aún permanecían en Los Andes. El coronel Quintanilla, usando el camino viejo de la Cuesta de Chacabuco para esquivar a la Gran Guardia patriota, llegó durante la noche hasta muy cerca de la población, pero no se atrevió a atacar, impresionado por los centenares de soldados que divisó paseándose frente a las hogueras. Prefirió regresar a Colina para robustecer sus fuerzas con las tropas del coronel Ildefonso Elorreaga.

Tranquilizado por la quietud que mostraba la región, el general Carrera esperó aún un día más, con la esperanza de ver llegar a las milicias de Valparaíso o al capitán Barnechea, portador del tesoro público. Y habría continuado aguardando en aquel puesto de peligro de no haberse presentado otro factor irremediable: no había víveres para alimentar a tanta gente. Fue preciso ordenar la partida hacia la hacienda de Villarroel,

Anochecía cuando cruzaron el puente sobre el río Colorado y asomaron a la hacienda, y entonces la sorpresa más viva se pintó en los semblantes de los Carrera, que encabezaban la columna. Todos los potreros más allá de las casas estaban punteados de innumerables fogatas. Parecía aquello el vivac de un ejército.

—Pero... ¿cómo es posible que se reuniera tanta gente aquí? —observó el general, participando su extrañeza a su hermano.

—Dijiste que estaban los parientes y amigos de nuestra familia, pero, por el número de fogatas, aquí deben estar pernoctando más de mil personas.

—Conde, ¿cuando tú viniste...?

—No estaba esta multitud aquí, mi general —se apresuró a contestarle el ordenanza, estrujándose el mentón azuloso—. Y deben haber cerca de dos mil, si es que se ha producido lo que imagino.

—¿Qué?...

—Que la columna de emigrados que entró a la cordillera haya tenido que regresar, sin poder abrirse camino a través de la nieve.

Carrera pensó de inmediato en O'Higgins y en que, sin buscarla, se le presentaba la oportunidad de quitarle las tropas. Su expresión endurecida reflejaba tan claramente su propósito, que Luis le adivinó al instante el pensamiento.

—¿No querrás exponer las vidas de todos nuestros familiares que están en las casas? —le advirtió con acento reprobatorio.

—Es verdad —reconoció el general—. Además, no sabemos quiénes son los que acampan más allá y será imposible averiguarlo de noche. Esperaremos a oír lo que nos informe nuestro padre.

Minutos más tarde, desmontaban frente a las casas. Mientras los sesenta hombres de la Gran Guardia y los doscientos de la Tercera División armaban pabellones con sus fusiles y aprestaban el vivac, los Carrera subieron las gradas de troncos que conducían al corredor. Llegaban arriba cuando la puerta se abrió violentamente dejando escapar una oleada de voces inquietas y Juan José apareció ante ellos.

—¡Al fin llegan ustedes, por mil demonios!

—No pudimos acudir antes —le respondía José Miguel—. ¿Cómo están todos?

—Ocupadísimos y nerviosos. Yo soy el único que no ha perdido del todo la cabeza esta noche —replicó el granadero, pero se le veía extremadamente fuera de sí.

—¿Qué ocurre? —le inquirió el húsar, alarmado.

—Que a la esposa de nuestro primo Manuel Araos, doña Mercedes Baeza, se le ha ocurrido dar a luz ahora.

Los recién llegados sintieron como si el techo del corredor se les viniera encima. Sólo eso faltaba: que una mujer alumbrara justamente cuando era posible que tuvieran que salir todos huyendo en cualquier momento. Era una nueva calamidad.

Durante toda la noche del 9 al 10 de octubre se oyeron los pasos y las órdenes de doña Francisca Javiera en una de las habitaciones y los gemidos descontrolados de la parturienta.

Diseminados por los pasillos, los corredores y hasta en las graderías que daban al patio, dormían los miembros de la vasta familia Carrera, agobiados por el cansancio. Sólo Juan José y José Miguel velaban fumando interminablemente. De súbito, el general recordó las fogatas que viera al asomar a la hacienda y preguntó a su hermano si estaba O'Higgins en ese campamento. Este se encogió de hombros con irritación.

—¡Eso qué importa! Nadie lo sabe. Comenzaba a anochecer cuando volvió esa gente de la cordillera. Alguien que estuvo entre ellos dijo que la nieve les había cerrado el camino y que un delegado de la Junta de Gobierno argentina, un tal Juan José Passo, discurrió echar por delante las mulas de las cargas para que trillaran la huella. Entre tanto, devolvieron a los emigrados y allá arriba deben estar ese Juan José Passo, O'Higgins y Las Heras abriendo el camino.

Comenzaba a amanecer cuando un terrible alarido de Mercedes Baeza de Araos despertó a todo el mundo. Casi enseguida, el llanto de un recién nacido puso una nota enternecedora en el ambiente caótico. Los dos Carrera se levantaron de un salto. En la puerta del dormitorio donde se había producido el nacimiento asomaban los rostros tensos y fatigados de sus esposas: Merceditas Fontecilla y Ana María Cotapos.

—Ha sido una niña —exclamó suavemente la primera y se abrazó a José Miguel.

—¡Cálmate, negrita, y llévale nuestra enhorabuena a esa muchacha! —la apaciguó el general.

En ese instante llegaba don Ignacio agitadísimo y tomando a José Miguel de un brazo lo arrastró hasta una ventana.

—¡Mira, hijo, mira! ¡Los emigrados se han ido!

El general se quedó perplejo. Efectivamente, allí donde en la noche reciente se observaban centenares de fogatas no quedaba nadie. Tan sólo restaban desperdicios, unas carretas inservibles y los humos de algunas hogueras murientes. José Miguel no podía dar crédito a sus ojos, no comprendía la razón de un desaparecimiento tan precipitado. Gran número de sus parientes se habían agolpado a espaldas suyas y le oyeron cuando dijo:

—Esto no puede significar sino una cosa: que han tenido noticias de que los realistas avanzan.

Se dio cuenta de sus imprudentes palabras al oír el coro espantado de las mujeres detrás de sí.

—¡Hay que salir de aquí!... ¡Tienen que sacarnos al momento! —gritaban histéricamente, retorciéndose las manos y colgándose de sus hombres.

José Miguel contempló sus rostros congestionados, demacrados por la fatiga, sucios, esos rostros de mujeres otrora hermosas y elegantes..., y no supo qué hacer. La conmoción hubiera seguido creciendo de no haber surgido en tan crítico momento doña Francisca Javiera. Traía en sus brazos a la recién nacida envuelta en un tosco paño. Con los largos cabellos revueltos sobre la espalda y la frente perlada de transpiración parecía una figura bíblica, imponente, con algo de sagrado. Exhibiendo a la criatura, proclamó:

—Mercedes Baeza de Araos nos ha dado una Carrera más. —Y como siguieran las lamentaciones y lloros, alzó la voz en forma imperativa—: ¿Que no me oyen? ¿Hay acaso algo más importante que el nacimiento de un hijo?...

Las voces fueron acallándose subyugadas por la actitud majestuosa de la patricia. Doña Javiera se tambaleaba, pero tuvo fuerzas para agregar:

—¡Alabado sea Dios por haber traído al mundo otro ser de nuestra sangre!

José Miguel alcanzó a sostenerla abrazándola por la espalda, a ella y a la criatura.

—Estás cayéndote de fatiga, hermana. Descansa un poco. Que las demás se encarguen ahora de la niña y de la madre. Tú, échate en una cama y duerme. Presiento que tendremos que ponernos en marcha muy pronto.

Doña Javiera se dejó quitar la niña de los brazos, mirando consternada a su hermano.

—¿Ponernos en marcha?... ¿Y Mercedes de Araos?...

La voz de don Ignacio se alzó paternal y mesurada.

—Yo me quedaré aquí con ella y con mi sobrino Manuel Araos —dijo, y miró a sus hijos como si ya se despidiera.

—Padre, si usted se queda, los realistas se ensañarán castigándolo por todos nosotros —intervino Juan José, pero el anciano se mantuvo imperturbable.

—Ya dije que alguno de nosotros debía quedarse cuidando los intereses de nuestra familia. Si lo hiciera cualquiera de ustedes, le significaría la muerte. En cambio, yo..., yo estoy ya demasiado viejo para que darme muerte sea un espectáculo digno de verse.

Además, lo he pensado toda la noche. No tengo valor para acompañarlos al otro lado de la cordillera y verlos luchar contra la vida como mendigos. Prefiero no contemplar eso.

Vibraba tan irrevocable decisión en sus congojadas frases, que nadie se atrevió a discutirle. Todos agacharon las cabezas acatando su deseo y José Miguel les indicó en voz baja:

—¡Tíos!... ¡Primos!... ¡Preparen sus petacas!

Nerviosamente, hablándose en cuchicheos, entregados por completo a las voluntades de doña Javiera y de José Miguel, el centenar de fugitivos fue liando sus bultos y cargándolos en mulas y caballos; los menos afortunados se los echaban a la espalda como mochilas. Las cabalgaduras se destinaron casi todas a las mujeres y los niños. Hubo animales que llevaban hasta tres personas sobre sus lomos. Era insensato intentar cruzar la cordillera así, pero los que poseían experiencia no tenían tiempo de fijarse en esos detalles.

José Miguel hablaba con sus hermanos, tomando las últimas medidas. Juan José, con algunos soldados de la diezmada Tercera División, guiaría a los emigrantes hasta el refugio de La Guardia, una legua más arriba que la Ladera de los Papeles.

—Allí me esperarán dos días —advirtió el general, con gran asombro de sus hermanos.

—¿No piensas ir con nosotros? —le inquirió Juan José.

—No. Tengo que recuperar primero el tesoro público que se llevó hacia el norte el capitán Barnechea. No deseo llegar a la Argentina como un pordiosero, como dijo nuestro padre, sino como un general que dispone de medios para equipar un ejército y regresar en demanda de la libertad de su patria.

—Voy contigo entonces, José Miguel —le insinuó Luis, pero su ofrecimiento fue rechazado.

—Tú tienes que proteger la retirada de nuestros parientes y amigos. Marcharás en la retaguardia hasta la Ladera de los Papeles y allí, en la angosta senda que sube a la cordillera, te fortificarás para detener un posible avance de los realistas.

—Pero. ¿Pretendes ir solo a buscar esos dineros? —le insistió Juan José.

—Llevaré mi escolta, los sesenta hombres que restan de lo que fue la Gran Guardia. Partiré al momento. Tú, Juan José, quedas con la responsabilidad de llevar a Mendoza a toda nuestra gente. Voy a despedirme de nuestro padre.

Don Ignacio se encontraba sentado en una silleta de paja, apoyadas las manos sobre el pomo de un bastón. Se mantenía inmóvil, con los ojos azules opacados por la tristeza. Casi pareció no oír cuando José Miguel le habló:

—Padre posiblemente a mi vuelta de la exploración que voy a emprender no regrese por este camino y esté obligado a cruzar la cordillera por otro sitio, sin verlo nuevamente.

—No digas más, hijo. —Don Ignacio hablaba con la voz estrangulada, envejecida totalmente—. Hagamos cuenta de que todo está como antes, como cuando ustedes eran más jóvenes y yo tenía el respeto de los gobernantes. Una vez marchaste a España y yo te despedí, seguro de que habías de volver; y tú te marchaste con la certeza de que me dejabas a salvo. Pensemos ahora lo mismo. —Trataba de sonreír mientras oprimía entre sus dos manos la diestra del general—. Hasta pronto, hijo.

José Miguel se inclinó reverente y besó a su padre en una mejilla.

—Hasta pronto, "tata". —Dio vuelta la espalda y salió a toda prisa.

Junto a la escalinata que bajaba del corredor se despidió de su esposa y montó a caballo. Segundos después, galopaba desenfrenadamente encabezando a los jinetes de su Gran Guardia en dirección al valle de Putaendo, por donde debería venir el capitán Barnechea con los caudales y su escolta de veinte dragones. Flanqueando Los Andes, contorneó la cordillera por espacio de ocho leguas, hasta que su ordenanza le indicó un jinete que corría en sentido contrario por el medio del camino. Era Miguel Cornejo, quien detuvo su cabalgadura alborotada junto al corcel de su amo. Su excitación era tanta, que le costó hablar.

—¿Cómo es que vienes solo? ¿No supiste nada de Valparaíso? —alcanzó a preguntarle el general.

—Ordene que vuelvan grupas sus soldados, patrón —le gritó enronquecido el capataz—. ¡Todo se ha ido al diablo! Ese traidorazo del capitán Juan Rafael Bascuñán entregó las milicias del puerto a los realistas y viene al frente de ellas hacia acá para coger y matar a todos los patriotas que gatean por la cordillera.

Nunca logró Carrera explicarse cómo se produjo lo que vino enseguida. Es posible que los jinetes de su guardia se hubieran confabulado antes, quizás la revelación inquietante de Cornejo terminó de minar su resistencia, el caso fue que, repentinamente, muchos de ellos encabritaron sus caballos y se diseminaron por los campos huyendo a todo correr.

—¿Adónde van ustedes?... ¡Vuelvan acá, cobardes! —comenzó a gritarles, apenas repuesto de la sorpresa, pero ninguno de los desertores le prestó oídos, aunque seguramente les llegaban sus voces furiosas—: ¡Cobardes!... ¡Cobardes!...

¡Déjelos irse, patrón! —lo contuvo Cornejo, con una mueca de asco—. Si queremos salvar la vida, vamos con la gente más segura no más.

Carrera miró en torno suyo. De su Gran Guardia no quedaban más de treinta. Cerró los ojos y se oprimió la frente con los puños crispados. Así estuvo largo rato; después, sus músculos se relajaron y quedó laxo sobre la montura.

—Volvamos —dijo sordamente—. Ya nada podemos hacer en Chile. Tratemos de cruzar la cordillera.

Comenzó el éxodo definitivo. Carrera se bamboleaba sobre su caballo cual si su cuerpo fuese un muñeco sin vida, todas sus agotadas energías concentradas en el pensamiento. Miguel Cornejo, consciente del derrumbe de su amo, guiaba a la columna urgiendo a los jinetes. Pasaron al galope soslayando los pueblos: Putaendo, Curimón, Los Andes. Remontaban el portezuelo abierto al norte del cerro y junto al río Aconcagua cuando sintieron disparos apagados en el otro extremo del pueblo. Era la caballería realista que entraba a las calles lanzando tiros contra las casas.

Los estampidos parecieron resucitar las energías del general Carrera, haciéndolo volver en sí. Se irguió sobre su montura y miró hacia el llano. La caballería enemiga no tardaría en estar sobre ellos. Era forzoso sumarse a las tropas de Luis, que esperaban en la Ladera de los Papeles. Exigiendo un nuevo esfuerzo a sus animales galoparon por la orilla del río hasta que el cerro les tapó la visión de Los Andes. Se entenebrecía el crepúsculo cuando cruzaron el angosto sendero suspendido sobre un abismo que conducía a la Ladera de los Papeles. Allí, siempre fiel y valeroso, esperaba Luis Carrera, al frente de los restos de su Tercera División.

José Miguel sintió un alivio inmenso al enterarse por su boca de que la masa acongojada de emigrados había ascendido ya hasta la Aduana de La Guardia. Con un poco de suerte, podía considerárselos a salvo. Pero a la mañana siguiente se produjo el ataque de los realistas. Eran las guerrillas sumadas de Ildefonso Elorreaga y el coronel Quintanilla. Sus efectivos alcanzaban casi al doble que los patriotas. Cargaron con caba-

743

llos descansados y abundantes municiones. La fuerza de su ataque se hizo sentir muy pronto. Pese a las disposiciones del capitán Javier Molina y del teniente Maruri, los soldados patriotas iban cayendo con penosa frecuencia.

Fue preciso ordenar el repliegue hacia la montaña. El general Carrera, armado con el fusil y las cartucheras de un soldado muerto, se obstinó en quedarse en la retaguardia. A pie, pues envió su caballo adelante con su ordenanza, parapetándose en los riscos, retrocediendo paso a paso y disparando siempre, fueron remontando la Ladera de los Papeles, hasta encimarla. Los guerrilleros realistas les concedieron una tregua entonces; también tenían abundantes bajas entre sus hombres.

Horas más tarde, cuando llegaban al paso de Las Calaveras, los hombres de Carrera sostuvieron el último tiroteo. Poco más arriba estaban en observación casi todos los soldados del Auxiliares de Buenos Aires, pero no prestaron ayuda alguna. Entre las peñas del paso de Las Calaveras y en el fondo del abismo abierto a un costado, quedaron las últimas víctimas de la guerra que allí terminaba. Los jefes realistas no quisieron arriesgar sus hombres entre las nieves que cubrían ocultas grietas y en medio del temporal de viento que se colaba como un chiflón por el cajón del río. Regresaron a Los Andes.

Los patriotas, abrumados por aquel postrer esfuerzo, llegaron arrastrando a sus caballos de los ronzales hasta el puesto de La Guardia. Pero el espectáculo que allí vieron los hizo morder su desesperación y disimular sus propios quebrantos. La columna de mujeres, niños, hombres de edad, civiles, militares, caballeros de alcurnia y turba andrajosa, todos confundidos, marchaban lentamente, las cabezas gachas, como un pueblo maldecido, hundiendo los pies en la nieve barrosa. Por todas partes se oían gemidos y llantos quedos y el jadear pesado de hombres y animales.

En el centro de la columna, cabalgaba doña Francisca Javiera, llevando a sus costados a sus dos cuñadas. Mostraba el rostro marmóreo inmóvil, fijos los ojos en la lejanía, apretadas las mandíbulas, unidas las cejas formando un solo trazo enérgico. Detrás se desparramaban los familiares, rebaño sumiso entregado a la voluntad de los Carrera. Delante, abriendo la marcha, cabalgaba Juan José, sólido sobre su bestia, pero sin palabras capaces de traducir sus sentimientos.

Luis quedó en la retaguardia con los últimos soldados, presto siempre a la defensa.

Don José Miguel se adelantó hasta emparejarse con su esposa y, trasladándola desde la mula en que montaba, la acomodó sobre su resistente caballo de guerra. Después, caminó a pie, como muchos de sus infortunados compañeros, llevando el animal del diestro. Pensaba en O'Higgins, que iba una jornada más adelante, cuidando también a su madre y a su hermana. Formaban dos grupos antagónicos, pero llevaban el mismo destino: Mendoza. Y el general Carrera presentía cuán distinta habría de ser la suerte de ambos. Allá imperaba como gobernador intendente de Cuyo el coronel José de San Martín, hermano de O'Higgins por los lazos secretos de la Logia Lautarina. Y allá también estaban los hombres a quienes él desterrara: Mackenna, Irisarri, tantos otros, los cuales habrían cumplido a conciencia su faena de desprestigiarlo ante los ojos del gobernador y del pueblo entero de Mendoza. ¡Triste panorama para él y los suyos! Tan triste como la pérdida de la patria, como las penurias que iban sufriendo todos los emigrantes, como el paisaje gris y blanco de la cordillera, que los acogía hostil con sus latigazos de nieve y viento.

Por las quebradas profundas, por los senderos de vértigo, por las cumbres encapuchadas de hielo iban resonando, pesados, lentos y obsesionantes los pasos de la caravana de vencidos que marchaba hacia el destierro.

☞ **14** ☜

𝒟e pechos contra el último risco de la más alta cumbre, asomando apenas la cabeza cubierta con un alón lacio color tierra, el arriero aguzó aún más la vista y, como dudara de lo que distinguía a lo lejos, se hizo visera con una mano sobre las cejas hirsutas. Luego se tendió de espaldas, apoyado en un codo, y se quedó pensando, los dedos enredados en la enmarañada barba. No podía engañarse: eran miles los hombres y mujeres que se escurrían abajo, por el desfiladero de Las Cuevas. Ya en la tarde anterior había visto pasar un grupo numeroso, que parecía de soldados, como una vanguardia de exploradores, y bajó al tambillo donde vivaqueaban los demás arrieros mendocinos con el viejo Justo Estay. Pero ahora lo que veían sus ojos eran una multitud de gente, hombres y mujeres, civiles y militares; algunos a caballo, otros a pie, y hasta le pareció que traían niños. Daban la impresión de ser un pueblo en fuga.

¿Qué podía haber ocurrido en Chile, al otro lado de los Andes, para que tanta gente se hubiera visto obligada a huir a través de la cordillera? Porque no podían venir de otra parte; ése era el camino que conducía a Chile. El arriero no se detuvo a pensarlo más tiempo. Ño Justo Estay, el baqueano de confianza del gobernador de Mendoza, sabría encontrar la explicación. Requiriendo su mula cordillerana, que mantenía escondida unos metros más abajo, cabalgó apresuradamente por la huella de guanacos apenas dibujada en la ladera casi vertical y culebreando en torno a las cumbres puntiagudas fue a caer al tambo donde mateaban los demás arrieros.

Justo Estay apenas levantó los ojos de su calabazo cuando le explicó lo avistado. Como todos los hombres de la cordillera, el viejo era de pocas palabras. Con un escupitajo se desprendió de los pedacitos de yerba mate que se le filtraran a través de la bombilla y dijo lacónicamente:

—Bajá a Mendoza y decíle al coronel San Martín que ya liquidaron a los chilenos; que vienen arrancando por la cordillera. El sabrá entender.

El hombre volvió a montar y se perdió hacia el oriente, bajando a Mendoza, distante cuatro jornadas.

Estay y los demás arrieros recogieron sus avíos, apagaron el magro fuego y cabalgaron en sentido contrario, para irse a ubicar en alturas desde donde pudieran observar el paso de los chilenos que emigraban de su país. Todos sabían ya lo que había ocurrido. Los patriotas de Chile habían perdido la guerra; cruzaban la cordillera en busca de refugio. Iba a ser un problema para el gobernador de Cuyo, coronel José de San Martín.

Mimetizados con las piedras de las cumbres, los arrieros contemplaron durante dos días el éxodo de los patriotas vencidos, tomaron cuenta aproximada de su número, comprobaron el estado de tribulación en que venían y, meneando las cabezas con pesadumbre, descendieron también hacia Mendoza.

Los emigrados chilenos marchaban en dos grandes grupos separados por una jornada uno del otro, deshechos, vencidos por la altura, el cansancio, las nieves de la serranía y el barro escarchado de las quebradas; el viento feroz de las cimas jugaba con ellos, empujándolos y rechazándolos.

Adelante iba el brigadier Bernardo O'Higgins con un millar de seres acogidos a su amparo. Lo alentaba la confianza: en Mendoza gobernaba, militar y civilmente, José de San Martín. Y el coronel cuyano estaba emparentado con él por un lazo secreto.

Al frente del segundo grupo marchaba el brigadier José Miguel Carrera, general en jefe del Ejército chileno y presidente de la Junta Ejecutiva. Con él emigraban los otros dos vocales del Gobierno y cerca de mil adeptos, entre familiares, amigos, subalternos del vencido ejército y pueblo anodino que seguía los caudillos por inercia, por temor, sin saber a punto fijo la razón.

Pero, al contrario que O'Higgins, Carrera experimentaba inquietud. ¿Cómo los recibiría aquel coronel argentino que detentaba el título de gobernador intendente de Cuyo? Tenía referencias muy vagas respecto a José de San Martín. Sabía que fue un jefe destacado en el Ejército de España y que había llegado a Mendoza apenas unos meses atrás. Su hermano Juan José alcanzó a conocerlo levemente durante las cortas semanas que se vio obligado a refugiarse en Mendoza, pero sólo podía decir de él que le pareció un hombre hosco, amargado por graves achaques.

Mientras continuaban la penosa cabalgata, subiendo y bajando serranías, atendiendo a sus aristocráticas esposas, ayudando a la doliente masa humana que los seguía, cuidando que nadie se rezagara, José Miguel Carrera seguía pensando en el coronel San Martín y se esforzaba en mantener en alto su ánimo argumentándose a sí mismo que él era un jefe de Estado y el otro nada más que el gobernador de una remota y pobre provincia argentina. Existía un pacto de alianza entre ambas naciones y, en consecuencia, su calidad debía ser respetada en toda ocasión. Pero no podía ahuyentar de su mente el recuerdo de que en Mendoza residían desde hacía meses trece de sus más enconados enemigos, a quienes él mismo desterrara a ese pueblo. Fácilmente imaginaba con qué encono y virulencia debían haber vaciado en los oídos del gobernador de Cuyo informes en contra suya, cómo lo habrían exhibido como culpable de todos los desastres sufridos en la guerra contra el ejército realista.

No participaba a los demás sus temores. ¿Para qué hacerles más amarga todavía la prueba que estaban sufriendo? Prefería hablarles poco, pero con entereza, sin mirarlos a los ojos. Marchaba junto al caballo en que iba su esposa, Merceditas Fontecilla, atento sólo a ella, reconfortándola, y esquivando el rostro a las pupilas de sus hermanos: Francisca Javiera, Juan José y Luis. Caminaba adelante, con las mandíbulas contraídas y el mentón levantado, confiando en que lograría imponerse sobre ese coronel José de San Martín, como había dominado a tantos otros hombres en su vida.

El desastre de Rancagua, que entre el 1º y el 2 de octubre ahogó en sangre la ilusión de la independencia de Chile, segando brutalmente las raíces de la Patria Vieja, fue conocido en Mendoza el 9 de aquel mes por boca de un soldado del batallón Auxiliares de Buenos Aires, que se adelantó a la doliente caravana de chilenos que cruzaba en penoso desorden la cordillera de los Andes. Pero el gobernador intendente de Cuyo, coronel José de San Martín, había sido enterado dos días antes por el baqueano Justo Estay, su explorador privado y hombre de confianza. Hombre de hermética reserva, el coronel argentino había guardado estrictamente para sí ese dato en espera de que los acontecimientos futuros le indicaran la actitud que debía adoptar. Los dos días que corrieron antes de que la noticia se hiciera pública fueron de arduas cavilaciones para él, y las atolondradas revelaciones que fueron haciendo los primeros chilenos que descendieron hacia Mendoza lo llevaron a una conclusión irrefutable: Chile estaba perdido, había vuelto a caer bajo el dominio de las armas de España.

La emigración de los dos mil chilenos que lograron escapar del desastre lo obligaba a enfrentarse con un problema de difícil solución. Mendoza, la capital de la provincia de Cuyo, era una ciudad sonriente y campesina, enclavada entre dilatados viñedos, pero una de las más pobres de la Argentina. Su población, aunque alcanzaba aproximadamente a doce mil almas, no contaba sino con una fuerza militar de unos treinta o cuarenta soldados, llamados "blandengues", mal armados y de escasa instrucción guerrera, cuya misión específica era guarnecer el fuerte San Carlos, situado a cinco leguas de Mendoza, para impedir ataques de los indios del sur.

Por otra parte el coronel San Martín era apenas una sombra del robusto militar que fuera años atrás. Delataban su mal el color ceniciento de su tez morena, cierta rigidez de movimientos que lo hacía aparecer extraordinariamente alto y solemne y el duro pliegue de sus labios, que le daba un aspecto severo y hosco. Pero, tal vez, eran sus ojos negros, hundidos en las órbitas huesudas, los que más traicionaban su condición. José de San Martín era un enfermo y exageraba sus dolencias con fines que sólo su mente sigilosa comprendía. Los médicos militares le habían diagnosticado artritis articular irremediable y una úlcera gástrica que le roía el organismo y el espíritu; pero también había sufrido de asma, disnea y vómitos de sangre. Junto a su lecho mantenía constantemente una cajuela repleta de pequeños frascos con polvos y yerbas anestésicas, predominando los que contenían opio, droga que ingería disuelta en agua, con excesiva frecuencia. Sin embargo, su voluntad era de una reciedumbre inquebrantable. Era un hombre de formación mental absolutamente diferente a todos los individuos que moraban en Mendoza en aquella época. Habiendo nacido en Yapeyú, en una misión jesuita del Alto Paraná, salió de Argentina cuando contaba siete años de edad y la mayor parte de su vida se desenvolvió en España. Allí ingresó a las filas del Ejército real, alcanzando hasta el grado de teniente coronel, y tuvo la oportunidad de combatir contra las tropas de Napoleón Bonaparte, que invadían la Península, destacándose por su acción de vanguardia en la célebre batalla de Bailén. Era, pues, un soldado de auténtica experiencia militar y un hombre de mentalidad europea, a la cual, por condiciones naturales de su carácter, sujetaba a inflexibles principios de mesura y organización.

Esta conformación mental era fruto de su estudio de los personajes de más amplio criterio de Europa y de la captación de las ideas libertarias que conmovían al Viejo Mundo a raíz de la Revolución Francesa y de la independencia de los Estados Unidos de Norteamérica. Este era el personaje visible y él se esforzaba en que nadie penetrara más hondo en su ser.

Aquella tarde, apenas divulgada la noticia de la aproximación de los emigrados chilenos, reunió al Cabildo y a los vecinos principales de Mendoza y les solicitó, con aquel imperio suyo que se traslucía en su acento grave, que recolectaran elementos para auxiliar a los chilenos que avanzaban por la cordillera desprovistos de lo más elemental para la subsistencia. A la mañana siguiente pudo enviar mil mulas, atados de charqui, vacunos, harina, yerba mate, mantas, por el camino a Uspallata. Después esperó encerrado en su casona de la Alameda del pueblo para no tener que comunicar a nadie sus pensamientos.

Su esposa, María Remedios Escalada, no se hubiera atrevido jamás a interrogarlo, pese al acendrado afecto que los unía. Ella tenía apenas dieciocho años; él, treinta y seis.

La señora preparaba el comedor para la cena, trajinando con su silenciosa dulzura habitual, cuando el coronel fue a acodarse en la baranda del corredor y se quedó contemplando el jardín pesado de fragancias primaverales. Pero estaba absorto en lejanos recuerdos. Su memoria volvía a España, a esos últimos años que militó en el Ejército del rey.

Cierto día, a fines de 1808, encontrándose de paso en Cádiz, se topó con su compatriota Matías Zapiola, oficial de la Marina española. Este le habló de una organización misteriosa, de una logia establecida en ese puerto, la que se dedicaba a captar las voluntades de todos los jóvenes hispanoamericanos con el propósito de conquistar organizadamente la independencia de las colonias que España mantenía en América. Después de estudiarse arduamente a sí mismo y de vencer sus escrúpulos por la fidelidad que debía al Ejército del rey, dejó primar su afecto a su tierra natal y se afilió a la organización secreta. Esta era llamada Logia de Lautaro o Lautarina, y dependía de una logia matriz establecida en Londres por el patriota venezolano Francisco Miranda, con el nombre de "Gran Reunión Americana". Los componentes de ambas, así como de otras logias libertarias, se denominaban "Caballeros Racionales" y se daban entre ellos el tratamiento masónico de "hermanos".

En el sigilo de las reuniones de la Logia Lautarina, San Martín fue conociendo los nombres de innumerables criollos americanos que también militaban en aquellas filas invisibles: Simón Bolívar, de Venezuela; Servando Teresa Mier, de México; Antonio Nariño, de Colombia; Pío Montúfar, marqués de Selva Alegre, de Quito; Andrés Bello, de Venezuela; numerosos argentinos, entre los que recordaba especialmente a Carlos María de Alvear y a Nicolás Rodríguez Peña; pero especialmente supo en aquellas reuniones que el fundador de la logia de Cádiz fue el discípulo predilecto de Francisco de Miranda, un joven chileno que erraba por Europa abandonado a su suerte: Bernardo O'Higgins. El bautizó a la logia con el nombre de un cacique de su tierra: Lautaro, porque aquel araucano sacrificó su vida por la libertad de sus lares, en igual forma como debían sacrificar las suyas todos los que se afiliaran a la hermandad secreta.

Junto con conocer a los hombres que integraban la organización, San Martín fue saturando su mente con los principios que allí se sustentaban: la libertad, la igualdad, el respeto a los derechos de todos los hombres. En estrecha comunicación de pensamiento con sus "hermanos" prestó el solemne juramento de dedicar todos sus esfuerzos, sus conocimientos y su vida entera, a luchar por la conquista de la independencia de todas las naciones iberoamericanas, de acuerdo con el plan general que Francisco Miranda y los "maestros" habían forjado en Londres. El precio que pagó por aquel juramento fue el abandono definitivo del promisorio porvenir que se le ofrecía en los altos grados del Ejército español.

Su partida de España fue una fuga. Utilizando un falso pasaporte que le consiguió Lord Macduff, conde de Fife, masón británico, logró embarcarse hacia Londres, en donde asistió a las reuniones de la Gran Logia de Miranda y recibió las últimas instrucciones para la labor que habría de realizar en el futuro en Argentina y los países vecinos.

En enero de 1812 zarpaba de Londres a bordo de la fragata "George Canning" junto con un grupo de compañeros argentinos, entre los cuales venían Carlos María de Alvear y José Matías Zapiola. Cincuenta días duró la navegación a través del Atlántico y durante ese lapso todos ellos ordenaron cuidadosamente sus pasos futuros, de modo que cuando, el 9 de marzo de 1812, anclaron en Buenos Aires, se dieron a la tarea inmediata de fundar una filial de la Logia de Cádiz en la capital del Plata, tomando como elementos humanos básicos a los militantes de los talleres masónicos que existían en la ciudad desde hacía unos tres lustros.

Pocos meses después, la sigilosa sociedad revolucionaria funcionaba activamente con la participación de los principales personajes que implantaron la Junta de Gobierno patriota de Argentina en mayo de 1810.

Simultáneamente, el teniente coronel San Martín ofrecía sus servicios al Ejército de su patria, empezando por crear un regimiento de granaderos a caballo, adiestrado según sus propios sistemas, en el que se moldeaba a los reclutas no sólo militarmente, sino también moralmente.

Al frente de los granaderos a caballo combatió durante dos años en las batallas del Alto Paraná, acumulando victorias propias, pero viendo la infructuosidad de aquella lucha tremenda. Por otra parte, su organismo ya venía minado por las penalidades de sus campañas en Europa y el clima despiadado del trópico terminó de aniquilarlo. Estaba realmente enfermo y los cirujanos militares hicieron diagnósticos graves de sus males. Pero ¿era en realidad tan extremadamente amenazante su estado como él se empeñó en pintarlo?

Habiendo sido designado para tomar el cargo de comandante en jefe del ejército del "Alto Perú, rehusó aceptarlo afirmándose obstinadamente en el quebrantamiento absoluto de su salud y solicitando, en cambio, que se le permitiera retirarse hacia el sur para atender a su restablecimiento. Así fue como abandonó Tucumán, donde sufrió un alarmante vómito de sangre, para ir a encerrarse en una pequeña hacienda cercana a Córdoba.

San Martín recordaba perfectamente cuáles habían sido los ocultos propósitos que lo movieron a exhibirse mortalmente enfermo. En una carta a su amigo y "hermano" Nicolás Rodríguez Peña, los expresaba claramente. En ella escribía:

"La patria no hará otro camino por este lado del Norte que no sea una guerra permanente, defensiva y nada más". Para agregar enseguida la esencia de su pensamiento: "Lo que yo quisiera que ustedes me dieran, cuando me restablezca, es el gobierno de Cuyo. Allí podría organizar una pequeña fuerza de caballería para reforzar a Balcarce en Chile, cosa que juzgo de grande necesidad, si hemos de hacer algo de provecho, y le confieso que me gustaría pasar montando ese cuerpo".

Allí estaba encerrado todo el secreto suyo. Buscaba llegar hasta Mendoza, crear un ejército y pasar con él la cordillera para acudir a Chile a colaborar en la consolidación de la independencia de ese país. Comprendía perfectamente que nada podía hacerse contra el virreinato del Perú atacándolo por el norte de Argentina; era preciso derrotar a los realistas en Chile, primero, y saltar sobre el Perú, enseguida, por el mar. Aquélla era la única posibilidad de victoria. Para desarrollar ese plan era que se había hecho nombrar gobernador intendente de Cuyo, trasladándose a Mendoza en septiembre de 1814. Pero he aquí que, sorpresivamente frustraban su proyecto la derrota de los chilenos y su emigración en masa; mejor dicho, no lo frustraban totalmente, sino que lo postergaban, introducían un obstáculo con el que no había contado, pero que habría que salvar. Este era derrotar a los realistas en Chile y después aniquilarlos en el Perú.

Cualquier otro se hubiera amilanado, pero no San Martín. Su voluntad tenaz y su cerebro organizador comenzaron a trabajar desde el momento mismo que supo que los patriotas chilenos llegaban vencidos. Mientras los baqueanos y soldados que mandó con las mulas le traían nuevas noticias, comenzó a ordenar en su mente los elementos de que podría disponer, calculó el número de soldados aprovechables que podrían venir con los emigrados, sus armas, la caballada que podría reunir en San Luis de la Punta y en San Juan, las tropas que le sería dable quitar de los fuertes San Carlos y San Rafael, ubicados unas leguas hacia el sur. Y cuando hubo anotado en una libreta, que siempre llevaba consigo, todos los pasos que daría en el futuro inmediato, se dispuso a internarse personalmente en la cordillera, para salir al encuentro de la columna de exiliados en las termas de Villavicencio o en el angosto valle de Uspallata.

Hubiera deseado hacerlo sin más compañía que la del sargento Ontiveros, jefe de los "blandengues", y algunos de sus soldados, libre de las influencias de los desterrados chilenos que vivían en Mendoza desde hacía algunos meses y cuyos persistentes chismorreos contra los Carrera lo tenían bastante fastidiado, pero el coronel Juan Mackenna y su primo Antonio José de Irisarri montaban una verdadera vigilancia frente a su casa y no pudo esquivarlos. Tuvo, en consecuencia, que admitirlos en su comitiva.

Partieron a primera hora de la mañana y, durante el duro camino de repechada hacia Villavicencio, San Martín y Mackenna conversaron sobre el lamentable paso atrás que significaba la derrota de los patriotas chilenos para la expulsión de los españoles de toda América. El coronel cuyano era un americanista absoluto, para él no habría victoria mientras todas las naciones del continente no hubieran alcanzado la independencia. Su equilibrio mental no hacía distingos entre los diferentes países, así como tampoco inclinaba su simpatía hacia uno u otro hombre por simple pasión. Por eso, cuando el brigadier Juan Mackenna se obstinó en cargar la culpa de la derrota chilena sobre José Miguel Carrera, lo observó de reojo y reflexionó:

—¿Podría usted comprobarlo, brigadier? ¡Hum! En estas cosas se unen muchos factores imprevistos. A mí se me ocurre que lo que les faltó fue experiencia. Ambos son muy jóvenes.

—¿Ambos?... —San Martín había aludido tácitamente a Carrera y a O'Higgins, provocando el estupor y la consecuente protesta de Mackenna—. Luego, ¿vuestra señoría admite la posibilidad de que nuestro amigo O'Higgins también haya tenido culpa?

El cuyano no le respondió directamente. Volvió a pasar sobre él su mirada esquiva e insistió evasivamente:

—Ambos son demasiado jóvenes, coronel. Quizás les falta la madurez necesaria para controlar sus pasiones. Y las batallas se ganan con el cerebro, librándolas primero dentro de un escritorio y con el corazón bajo llave.

Poco más se atrevió a hablar Mackenna. Las argumentaciones lentas y categóricas de San Martín, que parecían estudiadas anticipadamente, palabra por palabra, lo desconcertaban siempre. Encimaban casi la primera cuesta, de las dos que hay que vencer para llegar a Villavicencio, cuando un soldado que marchaba en la vanguardia detuvo su caballo y señaló hacia el norte. Por un sendero que corría a media altura, perpendicular al que ellos llevaban, venían dos jinetes a marcha lenta.

—Señoría, esos hombres no son cuyanos —advirtió al jefe—. Vienen en caballos con arreos militares. Seguramente se trata de emigrados chilenos que cruzaron la cordillera más al norte.

San Martín se quedó mirándolos, entrecerrados los ojos para evitar el encandilamiento del sol levante. Su mirada experta captó el cansancio de los caballos y la postura desmadejada de los hombres sobre las monturas.

—Esos individuos cruzaron la cordillera por algún paso difícil —razonó—. Vienen derrengados.

—Tal vez por Valle Hermoso o Lo Baeza —le acotó el guía.

Los recién llegados estaban ya a una cincuentena de pasos, cuando el brigadier Mackenna lanzó una exclamación sofocada:

—¡Caramba, sólo esto faltaba! ¡Ese hombre que viene adelante es Manuel Rodríguez!

San Martín volvió el rostro y repitió lentamente, como si tratara de encajar ese nombre en sus recuerdos:

—¿Manuel Rodríguez?... ¿Y quién es él?...

—Un picapleitos que fue secretario de la Junta de Gobierno revolucionaria y que luego se enfatuó como amigo y confidente de José Miguel Carrera.

Habló Mackenna con tal acritud que el gobernador no pudo disimular una sonrisa apenas insinuada en sus labios delgados.

—¿Traerá alguna misión?

—Como no sea la de armar una revuelta acá, en nombre de Carrera... —¡Mala fama tiene ese hombre!

—No siempre es verdad lo que se dice de los hombres —volvió a sentenciar San Martín—. Oigámoslo antes de juzgarlo. —E hizo una seña al sargento Ontiveros para que diera el alto a los jinetes.

Manuel Rodríguez mostraba el rostro demacrado por la fatiga y tal vez el hambre, cuando se quitó el sucio sombrero de ala lacia que lo cubría. Las pupilas le relucieron bajo las pestañas cargadas de polvo al reconocer a Mackenna, pero como éste se mantuviera rígido y hosco, no hizo ni siquiera ademán de saludarlo. En lugar de ello, se dirigió al sargento que lo había detenido.

—Me llamo Manuel Rodríguez y soy un exiliado chileno que viene en busca de refugio en estas generosas tierras de Cuyo. Busco se me indique ante quién debo presentarme a solicitar permiso para descansar en esta provincia.

San Martín permanecía inmóvil; solamente sus ojos movedizos escudriñaban atentamente al forastero.

—Aquí está quien debe acordarle esa autorización —dijo el sargento señalando con gesto respetuoso al coronel—: el gobernador intendente de Cuyo, don José de San Martín.

Bien había sentido ya Rodríguez que aquel hombre alto, de largas patillas negras y nariz aguileña era el jefe; su autoridad se hacía sentir sin necesidad de presentación. Sonrió aliviado por la suerte que tenía de conocerlo sin verse precisado a hacer antesalas.

—Tengo una verdadera satisfacción de conocerlo, señor —dijo suavemente.

Ni un rasgo cambió en el rostro del cuyano.

—Sírvase aproximarse, señor Rodríguez —expresó con frialdad, y su acento, cerradamente español, hizo recordar al chileno lo que había oído sobre la larga carrera militar que el hijo de Yapeyú realizara en la Península Ibérica—. Es usted el primer chileno que aparece —prosiguió San Martín—. ¿Cómo es que viene anticipado a los generales O'Higgins o Carrera?

—Casi no pertenezco al Ejército, señor —aventuró cautelosamente el interpelado—. Ellos traen en sus escoltas hombres más calificados. Además, mi asistente y yo cruzamos por otros caminos. Caímos al valle de Calingasta y flanqueamos San Juan para llegar directamente ante el gobernador de la provincia.

—Pero el general Carrera lo conoce mucho a usted y lo estima —terció con intencionada ironía el brigadier Mackenna.

Sólo entonces Rodríguez volvió a mirar a su compatriota y su réplica fue igualmente intencionada:

—Usted sabe tan bien como yo, brigadier Mackenna, que en Chile todos nos conocemos mucho. Espero que aquí no nos hagamos los desconocidos y, sobre todo, que no nos miremos mal las espaldas.

—Como en Rancagua, en que todos se traicionaron —insistió torvamente Mackenna.

Rodríguez dejó escapar una risilla seca y miró de arriba abajo a su interlocutor.

—Estaba convencido de que era yo el abogado, brigadier, pero ahora veo que es usted quien me llama a pleito. Rancagua fue una desgracia. No se perdió por traición, sino por vanidad, desunión e indisciplina; se perdió por no disponer de un ejército organizado para oponer a las tropas veteranas de los españoles. —Volvió el rostro hacia San Martín y agregó—: Estos fueron, gobernador, los elementos que dispuso el destino para aniquilarnos y no otros que puedan presentar falsamente a vuestra señoría.

Mackenna sintió el pinchazo y se irguió furibundo sobre su montura.

—¿Qué quiere usted dar a entender?

—¡Lo dicho, brigadier! Y le agradeceré que no ampliemos estos comentarios, porque no es oportuno. Si insiste en pedirme pareceres sobre la batalla de Rancagua, tendré que eludirlo, para bien de ambos, recordándole que no soy militar. —Dando por terminada la discusión, se dirigió calmosamente a San Martín, que permanecía inmutable, y le preguntó—: Señor gobernador, ¿podemos entrar a Mendoza?

—Sin duda.

—Muy agradecido de Usía. Vamos, Pascual.

El bachiller hizo una leve venia y desvió su caballo para tomar el camino de descenso. Aunque marchaba sin volver la cabeza, sentía sobre su espalda la mirada fuerte del coronel cuyano, por lo que guardó silencio hasta que estuvieron bastante lejos.

—Fregado el Mackenna —reflexionó el ordenanza, y él le replicó:

—Peor se va a mostrar cuando lleguen los Carrera. Aunque ya debe haber hecho su trabajito poniéndolos como el suelo ante San Martín. Lo grave es que José Miguel tiene demasiado orgullo para congeniar con este coronel tan hosco y seriote.

—Lo más malo es que el general O'Higgins va a llegar antes que él.

—Mal veo el naipe para los Carrera y los amigos de ellos —sentenció Manuel meneando la cabeza—. ¡En fin, ya veremos cómo se nos presenta la baraja a nosotros dos en Mendoza, Pascual! ¿Cómo va a ser posible que yo, que tengo amigos en todas partes, no vaya a encontrar ninguno aquí?... ¿Ninguna mujercita bondadosa siquiera?

Rieron patrón y criado, y Pascual Silvestre acotó, gorgoreándole la garganta:

—Lo que es por eso, don Manolito, no se preocupe su mercé; que, si no halla un antiguo amor, ya se ocupará de conquistarse uno nuevo.

Por entre los verdes campos de vides, que se extendían hasta el horizonte sombreado por los antiquísimos árboles del pueblo, entraron los dos chilenos a Mendoza. Guiado por una prudencia instintiva, que le advertía no meterse en el corazón del caserío sin haberse percatado primero del ánimo con que los recibirían los vecinos, Rodríguez comenzó a vagar, al paso de las cansadas bestias, por los arrabales. Buscaba..., buscaba algo, un indicio, un conocido, una señal de que en algún sitio podrían hospedarse sin temor.

Entretanto, San Martín y su escolta reanudaban su ascenso al interior de la cordillera. Confiaba encontrarse en primer lugar con los soldados del Auxiliares de Buenos Aires, cuyo comandante, Gregorio Las Heras, le había comunicado que regresaba con su batallón intacto. Esa fuerza era la única que podría oponer a los realistas que, posiblemente, perseguían a los emigrados chilenos para impedirles desbordar sobre Mendoza. Pero no era ésa su única mira respecto a ese batallón; también esperaba poder desprender de él los soldados necesarios para mantener el orden, que adivinaba se vería seriamente trastornado con la llegada de dos bandos antagónicos que aún contaban, cada uno, con fuerzas superiores a las suyas. Su penetrante previsión del futuro le señalaba el camino más seguro para eliminar ese riesgo: robustecerse rápidamente con soldados de Las Heras y conquistarse enseguida los restos de las tropas que traía O'Higgins, providencialmente adelantado en una jornada a Carrera. Como en la mayor parte de los actos de su vida, su cálculo en esa oportunidad no falló.

El 14 de octubre al mediodía tomaba contacto con las fuerzas de Las Heras y, reforzando su escolta con ellas, las hizo volver a su lado hasta Uspallata. Allí, en el caserío arriero, tupido de frondosos sauces y álamos, en una explanada abierta junto a un caudaloso arroyo, encontró al grupo de emigrados que encabezaba Bernardo O'Higgins. Y las circunstancias en que lo descubrió, que para otro hubieran sido motivo de enojo, para él fueron venturosas, porque ayudaban perfectamente a sus planes. Los soldados y civiles que acompañaban a O'Higgins estaban empeñados en una violenta disputa por los auxilios que les enviara desde Mendoza. Se los veía pelearse entre ellos por las mantas, los víveres, las mulas. En caótico desorden, las mujeres corrían de un lado a otro y los hombres llegaban a trenzarse a golpes.

La aparición de la organizada columna de San Martín, que hendió el campamento por el centro, tuvo el efecto de paralizar a los enardecidos emigrados, y O'Higgins y algunos oficiales lograron hacer oír sus voces.

Acompañado por Las Heras, que lo guiaba, el coronel cuyano se dirigió rectamente al brigadier chileno.

—General O'Higgins —le dijo sin preámbulos, cuando detuvo su cabalgadura a su lado—, ¿cómo es posible que se haya producido este tumulto? En tierras bajo mi jurisdicción no puedo permitirlo.

O'Higgins levantó la cabeza con aire sombrío y replicó secamente:

—Lo lamento, coronel San Martín; todo ha sido motivado por la desesperación. Usted tiene que comprender que la travesía de la cordillera ha sido para esta gente un calvario terrible. Sin esta ayuda que usted ha tenido la generosidad de enviarnos, creo que pudo haber terminado en la mayor tragedia de América.

Vibraba tal desaliento en la voz enronquecida del patriota, que el rostro adusto del gobernador de Cuyo cambió de inmediato. Sus pupilas oscuras recorrieron a la masa humana que los rodeaba. Casi todos los emigrados venían con las ropas destrozadas; la mayoría estaba descalza, envueltos los pies en trapos. Junto al jefe chileno se mostraban su madre y su hermana, enflaquecidas y resignadas.

San Martín desmontó rápidamente, pese al permanente dolor de sus articulaciones y se quitó el quepis, inclinándose ante las dos mujeres.

—Mi madre, doña Isabel Riquelme... Mi hermana Rosita —las presentó don Bernardo y el argentino acentuó su reverencia.

—Bienvenidas a esta tierra, señoras —les deseó suavemente—. Confío en que ya han terminado las tribulaciones de ustedes. En Mendoza tendrán cuanto necesiten para reponerse de este penoso viaje.

Luego se volvió hacia O'Higgins y le extendió la diestra. Las manos de los dos jefes se estrecharon y hubo en sus dedos una señal, un toque perfectamente reconocible para ambos. Era el sistema de reconocimiento de los afiliados a la Logia Lautarina. En una sola palabra que los dos pronunciaron quedó sellado su entendimiento.

—Bienvenido, "hermano" O'Higgins.

—Muchas gracias, "hermano" San Martín.

Alzando enseguida la voz para ser oído por todos los circundantes, el coronel cuyano volvió a adoptar su actitud severa.

—General O'Higgins, como no podemos aceptar que sigan produciéndose desórdenes semejantes al que acaba de terminar y siendo usted el jefe militar de mayor graduación del Ejército chileno en este momento, a usted pido se haga cargo del comando de todos los emigrados chilenos que pasan a mi provincia Mi entendimiento será solamente con usted y la responsabilidad de los actos que sus acompañantes realicen será enteramente de cargo suyo. ¿Estamos de acuerdo?

—Perfectamente, coronel San Martín.

—Pues, renueven ustedes sus cabalgaduras con las mulas que he mandado traer, tomen los víveres necesarios para una jornada y prosigan hasta Mendoza, en donde se los acogerá en un cuartel y casas que he prevenido. Yo esperaré en este sitio a la segunda fracción de exiliados, que sé vienen más atrás acompañando al general José Miguel Carrera y les prestaré igual socorro. Cuando estén ya todos amparados en nuestro pueblo, trazaremos planes para el futuro.

Bernardo O'Higgins inclinó la cabeza en forma aprobatoria y ordenó al capitán Ramón Freire y a otros oficiales próximos que procedieran a la distribución de los auxilios amontonados en el centro de la explanada.

Con una señal de despedida, San Martín volvió a montar y se alejó hacia el poniente, subiendo aún más por la cordillera para salir al encuentro del grupo en que venían los Carrera. Pero en Uspallata quedó un grupo de soldados del Auxiliares de Buenos Aires con la misión de ayudar a O'Higgins a controlar a su nerviosa hueste.

Ya más seguro de la situación, el coronel San Martín se dispuso a enfrentar la parte más difícil de su tarea. Presentía que su primera entrevista con el general Carrera no sería fácil, con mayor razón si éste se enteraba de que acababa de entregar el mando de los emigrados al brigadier O'Higgins. Sobradamente conocía, por los informes que le habían dado los desterrados chilenos radicados en Mendoza, la altivez no sólo del general Carrera, sino de todos los miembros de su familia. No ignoraba tampoco que él era legítimamente el Presidente del Gobierno de Chile y el general en jefe de su Ejército, y que antes promovería una batalla que dejarse despojar de tal calidad. Aconsejado por estas razones, procedía con la mayor cautela. Dando tiempo para que la columna de O'Higgins se alejara en dirección a Mendoza, subía despaciosamente hasta el tambo de Picheuta, donde decidió esperar el paso de la expedición que venía con José Miguel Carrera. Allí pernoctó y al alba distribuyó los soldados de Las Heras por las cumbres vecinas, en previsión de que pudieran venir tropas realistas persiguiendo a los emigrados. Tomadas estas precauciones, aguardó acompañado solamente de dos oficiales y dos baqueanos.

Abrumados por el cansancio, el hambre y la desesperanza, asomaron, por fin, el 15 de octubre por la tarde, los últimos militantes del bando patriota chileno. Los centinelas de San Martín, desde las cimas, los vieron trasponer el cordón montañoso que cerraba el horizonte y emprender el descenso hacia Picheuta.

A pie, arrastrando de la brida a su caballo de guerra, sobre el cual cruzara la cordillera su esposa, el general Carrera encabezaba la columna. Tras él cabalgaban su hermana Javiera llevando en sus brazos a su pequeño hijo Pedro, el único que se resolviera a traer consigo; Juan José, que difícilmente mantenía a su esposa, Ana María, sobre una mula, pues el viaje la había aniquilado; y muy atrás, cerrando la marcha, siempre vigilante y animoso, el menor de la familia, Luis. En torno de ellos, repletando la senda y despertando los ecos de las quebradas con sus lamentaciones, avanzaban en confuso desorden cerca de mil personas. Los Carrera marchaban sin mirar hacia atrás, para no dejarse quebrantar por el espectáculo que ofrecían las mujeres y los niños.

Pese a sus fundados recelos sobre la recepción que les haría el gobernador de Cuyo, después de haberse entrevistado con O'Higgins y, especialmente, tras haber escuchado a los políticos desterrados en Mendoza, el general Carrera confiaba en que se mantendrían los términos de la alianza existente entre Argentina y Chile, respetándosele, en consecuencia, su condición de director del Gobierno chileno. Alentado por esta esperanza descendía a Picheuta, aliviado por el pensamiento de que allí podría dar descanso y alimentos a sus extenuados compañeros. Divisaban ya el escaso caserío del tambo, cuando regresó de la vanguardia el ordenanza José Conde, que marchaba adelante en exploración. El abnegado asistente traía una expresión de estupor e inquietud.

—Mi general —dijo a Carrera en voz baja—, acabo de divisar al coronel San Martín acompañado por dos oficiales y unos baqueanos.

—¿Cómo sabes que era él?

—Lo consulté a un arriero que salió a cerrarme el paso, señor.

—Habrá venido a darnos la bienvenida —reflexionó José Miguel sin mucha convicción, y el gesto negativo de su ordenanza confirmó su duda.

—No lo creo, mi general —dijo con reticencia el soldado—. Llegó hasta el tambo de Picheuta, durmió allí, distribuyó tropas por todos los contornos y manifestó que iba a esperar a usted allí. Pero, repentinamente, pareció cambiar de idea y regresó a Mendoza con sus escoltas.

Carrera enarcó las cejas con extrañeza y disgusto y miró impaciente hacia el bajo.

—¿Cómo es eso? ¿No está ese tambo bastante cerca de aquí?

—A media legua, mi general.

El capitán José María Benavente, que estaba a un paso de distancia, intervino extrañado también:

—Ese es un desaire injustificado, mi general. Usted representa al Gobierno y al Ejército de Chile...

—Hay algo más grave todavía, mi general —prosiguió Conde y vaciló antes de explicarse—. El arriero con quien hablé, al oírme decir que yo era el ordenanza del general en jefe del Ejército chileno, me replicó riendo que dejara de fanfarronear, porque ese personaje ya había pasado hacia Mendoza, que él con sus propios oídos había escuchado cuando el gobernador San Martín lo confirmaba en el mando y le daba el pase hacia la provincia.

—A O'Higgins, ¿verdad?...

José Conde inclinó la cabeza confirmando silenciosamente y Carrera se mordió los labios para no dejar escapar su enojo en presencia de sus abrumados acompañantes.

—¡Gran Dios, qué principio! —exclamó entre dientes y, sin alzar la voz, agregó—: Sigamos hasta Uspallata. Allá obligadamente tendremos que encontrarnos con ese gobernador que tan suelto de cuerpo quita y concede rangos en un ejército extranjero. Vamos. Los que estén demasiado agotados descansarán en Picheuta. Yo seguiré hasta el valle con los que quieran acompañarme.

El joven general ya no pensaba en el cansancio ni en las penalidades sufridas; el enojo redoblaba sus fuerzas y resucitaba su orgullo. Avanzando como vanguardia a un pelotón de soldados de la Tercera División, bajo el mando del capitán Benavente y del teniente Ureta, pasó de largo por Picheuta y prosiguió en dirección al valle de Uspallata, cuyo largo trazo verde se divisaba en la distancia.

Cuatro horas después, trasmontaban la ondulación de una cuesta y asomaban sobre el angosto llano de precordillera. Desde lo alto les fue perfectamente visible el grupo de "blandengues" que custodiaban las mulas y socorros que les dejaran los emigrados que pasaron antes, y en los senderos laterales se divisaban algunos soldados del Auxiliares de Buenos Aires.

Pero para la mayor parte de los exilados lo único importante era el fresco arroyo que serpenteaba en el centro, los árboles, el pasto mullido y los vacunos que asaban los arrieros sobre grandes fogatas.

—¡Uspallata!... ¡Uspallata, al fin! —era la voz que se levantaba en toda la columna.

—Gracias a Dios que hemos llegado y pondremos término a esta pesadilla —exclamó roncamente Carrera, pero su mirada buscaba afanosamente en torno al vivac que se avistaba abajo. Deseaba ver la figura de San Martín y de sus escoltas. Mas su expectativa fue estéril. Aparte los soldados diseminados en los contornos, no se percibían sino los "blandengues" y los arrieros.

La columna apresuró la marcha a la vista de los auxilios. Juan José Carrera, que sostenía a su esposa sobre la montura abrazándola de la cintura, trataba de alentarla con voces jubilosas:

—¡Uspallata, Ana María! ¡Abre los ojos, querida! Ya estamos llegando. Allí descansarás y habrá algún remedio para tu mal de altura. ¿Ves? San Martín ha dispuesto socorros para nosotros.

Pero fue la voz enronquecida de su hermana Javiera la que respondió a sus exclamaciones:

—Volveremos a encontrarnos con O'Higgins y temo que la escena no será plácida. Tenemos que prepararnos a mantener nuestra dignidad intacta, a todo trance, aunque nos nieguen los auxilios que nos muestran.

El ordenanza Conde volvía a emparejar su caballo con el que llevaba de la brida José Miguel y, con ademán misterioso, le señaló al fondo del valle, que se prolongaba hacia el norte.

—¡Allá va, mi general! —le musitó—. Aquellos cuatro jinetes.

Efectivamente, a buena distancia, aunque perfectamente identificables, se veían cuatro hombres a caballo alejándose del vivac. Al frente de ellos y más alto que los otros se destacaba la figura de San Martín.

—Es el del quepis alto, mi general. Nadie cabalga tan tieso como él —insistió Conde.

José Miguel se tragó sus comentarios, pero su hermana, que alcanzó a oír las frases del ordenanza y siguió la indicación de su mano, intervino colérica:

—¿Acaso no ha visto tu estandarte? ¿Los uniformes de ustedes no le indican quiénes son?...

—Por supuesto que tiene que haberlo visto todo y que sabe perfectamente que quienes llegan son los Carrera. Francamente, no lo entiendo. Es como para pensar que nos odia..., o nos teme.

—Esto es fruto de las insidias de Mackenna e Irisarri —terció Juan José—. Imagínate qué calumnias le habrán contado esos bellacos.

—Pero es que en este momento yo no soy José Miguel Carrera simplemente; invisto el rango de jefe del Estado de Chile en exilio; y los que me acompañan son las más altas autoridades de nuestro país, que se acogen al asilo de Mendoza.

—Ya adviertes cómo lo toma San Martín —razonó Juan José.

—Pues en consecuencia será como obre yo —murmuró resueltamente el general—. Ya tendré la oportunidad de demostrarle a este "gobernador" que, siendo yo un jefe de Estado, el único que puede recibirme como a su igual es don Gervasio Posadas, Director Supremo de las Provincias Unidas de la Plata. Por el momento, atendamos a nuestra gente. Descansaremos en Uspallata y, cuando estemos repuestos, seguiremos adentrándonos en los dominios de este caudillo cuyano.

Pero aún habrían los Carrera de pasar por una prueba más dura. Supieron de ella cuando llegaron a la planicie del valle y se detuvieron en el campamento que había establecido la vanguardia comandada por Benavente y Ureta. Desde el primer momento llamó la atención del general que el campamento hubiera sido ubicado lejos del arroyo y de otro grupo de personas que acampaban bajo unos árboles. Ellos eran un centenar de los emigrados que acompañaban a O'Higgins y que prolongaron su descanso.

El capitán Benavente estaba cabizbajo cuando el general le llamó la atención por la inadecuada posición del campamento y le respondió con voz apenas audible, sin levantar la cabeza por la vergüenza:

—Fue por orden de ese hombre, mi general —dijo amargamente—. Su sentido de la hospitalidad es tal que, por no haberme quitado la gorra al saludarlo, cosa que jamás hace un militar chileno, enarboló su sable contra mí amenazando con golpearme. Y no contento con esa vejación injustificada, hizo descender de su mula al teniente Ureta y lo obligó a quitarle la silla y llevarla sobre sus hombros, argumentando que la bestia estaba muy agotada. En el fondo, no fue con otro propósito que el de ponernos en ridículo ante los oficiales argentinos que lo acompañaban. Mi general, le ruego encarecidamente que, de aquí en adelante, procure entenderse personalmente con él.

El encuentro entre los dos jefes fue al día siguiente, cuando la columna de Carrera entraba al caserío de Villavicencio. En el camino recto que partía al poblado por el centro los dos grupos fueron perfectamente visibles. San Martín estaba al borde de la senda escoltado por sus cuatro hombres; José Miguel Carrera avanzaba a caballo encabezando a su gente. La distancia fue haciéndose rápidamente menor y ninguno de los dos dio muestras de salir al encuentro del otro. El coronel cuyano se mantuvo rígido como una estatua y cuando la columna pasó frente a él su mirada resbaló sobre Carrera recorriendo al grupo entero. Por su parte, el húsar se mantuvo con la vista fija hacia adelante, sin hacer ni siquiera el ademán de llevarse la diestra a la gorra, ignorando absolutamente al gobernador. Fue ésa la declaración de guerra. Y Carrera no volvió a preocuparse de su antagonista. Acampando a su gente en la pequeña plaza del caserío, se ubicó con sus hermanos en una choza amplia que había dispuesto provisionalmente para ellos un amigo que hiciera Juan José durante su corto destierro en Mendoza, quien les ofreció hospitalidad futura en una extensa chacra que poseía en las vecindades de Villavicencio.

Por una imprevisible coincidencia, el coronel San Martín se hospedaba en una casa vecina a la que ocuparon los chilenos y hasta ella llegó en el anochecer de aquel día el brigadier Juan José Carrera. El sargento Ontiveros, jefe de los "blandengues", fue el encargado de anunciarlo al gobernador mendocino.

San Martín, ensombrecido el rostro, demoró en decidirse. Por fin dijo al suboficial:

—Hágalo usted entrar.

Juan José se presentó con su uniforme de parada de brigadier de Granaderos prolijamente aplanchado y limpio, denotando el cuidado con que su esposa lo hizo empacar en algunas de sus petacas. La alta figura del chileno, rasurado con la meticulosidad de siempre, en nada delataba las penosas jornadas que acababa de vivir. Y, aunque por sus condiciones naturales se veía imponente, no adoptó la actitud prepotente que le era habitual. Lejos de eso, se inclinó serena y cortésmente ante el gobernador y lo saludó con todos sus títulos y grado. En cambio, San Martín se limitó a observarlo pausadamente y a preguntarle:

—¿Cuál de los señores Carrera es usted?

Aun cuando el granadero comprendía que San Martín lo identificaba perfectamente, por haber estado desterrado en Mendoza no hacía mucho tiempo, le siguió el tortuoso juego a que sabía se hallaba acostumbrado.

—Soy don Juan José Carrera, brigadier del Ejército de Chile, señoría —le respondió con cierta altivez, pero guardando mesura—. El director del Gobierno de nuestro país, y al mismo tiempo general en jefe de su Ejército, me envía ante usía para poner en su conocimiento que se encuentra en una choza inmediata acompañado por los otros dos vocales de ese Gobierno. Manda a usted sus saludos y pone en su conocimiento esta noticia, por si su señoría desea ir a verlo.

El rostro imperturbable del cuyano experimentó un apenas perceptible rictus al escuchar el despectivo recado. Repitió lentamente, como pesando las palabras o haciéndoselas pesar a su interlocutor:

—Por si yo deseo ir a verlo a él. —Hizo una pausa y concluyó con sequedad—: Está bien. Buenas tardes, brigadier.

El granadero apretó los labios con enfado al verse despedido de modo tan tajante, pero también se guardó su impresión. Repitiendo su ceremoniosa venia, dio vuelta la espalda y salió. Pero apenas se hubo cerrado la puerta tras él, San Martín se puso de pie violentamente, con las manos crispadas en el borde de la mesa ante la cual se hallaba. Mordiendo las palabras, masculló:

—¡Qué soberbia! ¡Pretender conservar en un país extranjero la representación ambulante de una autoridad sin pueblo y sin territorio! ¡Bien me lo habían pintado al fanfarrón!

Cruzando la estancia a grandes zancadas, salió al corredor interior y llamó a voces al jefe de los "blandengues". Cuando el sargento Ontiveros estuvo frente a él, le expresó poniendo fuerte énfasis en cada palabra, a fin de que el hombre le entendiera sin lugar a equívocos:

—Va a ir usted a la choza próxima, donde se alberga el general Carrera, y presentará ante él y comitiva los saludos del gobernador intendente de Mendoza.

El sargento se quedó boquiabierto, pestañeando aceleradamente, estupefacto por la comisión que se le encomendaba. En su desconcierto, sólo atinó a objetarle:

—Perdóneme, señoría, pero... se me ocurre que quizás fuera mejor que cumpliera esa misión un oficial de más..., este..., de mayor graduación. —Como San Martín no lo interrumpiera, se atrevió a explicarse más claramente—: Reina gran agitación en el campamento, señoría, porque se ha corrido entre la gente la especie de que los señores Carrera traen en su equipaje el tesoro público de Chile.

El gobernador emitió un gruñido aprobatorio; ya le habían informado también eso.

—Lo grave del caso —prosiguió el sargento— es que el asunto ha llegado recientemente a los oídos de los señores Carrera, y ahora, en los momentos mismos en que usía conversaba con el brigadier, se produjo un alboroto terrible en la choza vecina. El general se enfureció al saber que se sospecha que ellos traen escondidos los fondos públicos de su país. Por eso pienso que sería mejor que fuera un oficial ante él.

San Martín meneó la cabeza tercamente y Ontiveros comprendió que no cabía discutirle más.

—No, sargento; irá usted y al instante.

El suboficial agachó la cabeza, resignado, y acató la orden llevándose la diestra al quepis.

El gobernador sacó su reloj y lo colocó sobre la mesa, tan pronto su subalterno salió. Presentía el curso de los acontecimientos y hasta podía calcular el tiempo que demorarían en producirse. Dos minutos tardaría Ontiveros para llegar a la casa vecina, otros dos para presentarse ante el general chileno y recitarle su recado, y un minuto después...

Justamente a los cinco minutos se abrió con violencia la puerta del cuarto donde estaba el coronel cuyano y en el hueco se recortó la figura esbelta e impulsiva de José Miguel Carrera. Se notaba perfectamente que había venido a toda prisa y, pese a que hacía un notorio esfuerzo por controlarse, los ojos le centellaban cuando se detuvo frente al argentino.

—¡Soy el general José Miguel Carrera! —dijo secamente a modo de presentación. De más está decir que ninguno de los dos hizo el menor amago de extender la diestra. Lejos de eso, el coronel guardó parsimoniosamente su reloj, a tiempo que exclamaba sin mirar a su interlocutor:

—¡Ah, el general Carrera! Esperaba impacientemente su visita.

—Ya me lo dio a entender su ayudante, el ¿coronel Ontiveros? —marcó tan intencionadamente el grado que mencionaba que, por contraste, la aclaración de San Martín sonó más chocante:

—No, solamente sargento.

—¡Ah! Creí que era exactamente un coronel argentino. —Pese al modo cortés la ironía era hiriente y se acentuó más cuando, de inmediato, Carrera agregó— : Y bien, "coronel" San Martín, necesito quitarle unos cortos minutos.

El argentino tascó el freno, pero sólo sus ojos oscuros parecieron apretarse. Con un ademán apenas insinuado señaló una silla a su visitante y esperó. Carrera rechazó la invitación con un gesto fugaz y siguió hablando:

—He enviado a las mujeres y a los civiles de mi comitiva a una quinta cercana a Villavicencio perteneciente a un pariente lejano de uno de los emigrados y debo preocuparme de la instalación de mis tropas, porque ya comienza a caer la noche; de modo que le robaré muy poco tiempo.

—Si es así, podemos postergar nuestra conversación hasta mañana.

—Es que el objeto de ella no admite postergación, coronel —insistió el chileno—. Ha habido un error que deseo rectificar ahora mismo, antes de que adquiera trascendencia. Primero, expresaré a usted, en nombre del Gobierno de Chile, que represento, la gratitud por la hospitalidad que brindan las Provincias Unidas del Plata a las víctimas de la causa de la libertad de mi país. Luego, deseo traer al juicio de su señoría una pequeña equivocación que ha sufrido, tal vez por causa de mi demora en arribar a este territorio.

—¿Una equivocación mía?... —San Martín se expresaba con más cautela que nunca, presintiendo la protesta de su interlocutor.

¿Cuál es, general?

—La de reconocer como jefe de todas las fuerzas chilenas en retirada a mi subalterno Bernardo O'Higgins.

Era exactamente lo que había presentido el mendocino y, en consecuencia, tenía su respuesta bien meditada. Según él, esa medida no había tenido otro objeto que poner fin al desorden que promovieron los emigrados que llegaron con O'Higgins al abalanzarse sobre los auxilios que se les enviaron a Uspallata.

—Me fue forzoso designar a una persona, al jefe de mayor graduación allí presente, para que se responsabilizara de la disciplina —concluyó.

Que se trataba de una excusa que disimulaba los verdaderos motivos no le cupo duda a Carrera, pero fingió aceptarla, aunque solamente como hecho consumado.

—De todos modos, coronel, quiero dejar bien establecido que, mientras el Gobierno de Buenos Aires no acuerde con los representantes del

Gobierno de Chile algo diferente, yo seguiré manteniendo la autoridad sobre los soldados chilenos y ellos se atendrán solamente a mis órdenes dentro del cuartel que usted se sirva designarles. ¿Está claro, señoría?

—Perfectamente comprendido, general. Y aún más, se pondrán a disposición de usted todos los medios para que viaje de Mendoza a Buenos Aires con el fin de entrevistarse con el Director Supremo, Gervasio Posadas. En cuanto al cuartel que usted solicita, ya estará preparado cuando usted baje con sus tropas a Mendoza.

—Gracias, coronel San Martín. Con su venia, me retiro entonces. Buenas noches.

—Buenas noches, general Carrera.

Al día siguiente, cuando recién abría los ojos el jefe chileno, llegaron dos de sus oficiales a enterarlo de que el gobernador de Cuyo se había marchado al alba hacia Mendoza sin alterar su disposición anterior, es decir, dejando el mando de la columna de emigrados en manos de Bernardo O'Higgins.

Pero hubo algo más, de lo que ellos no tomaron conocimiento hasta mucho después. Esto fue que San Martín ordenó al oficial del Resguardo de Aduana que revisara las cargas traídas por los Carrera, orden que el encargado no se atrevió a cumplir al momento por temor a ser agredido por los ordenanzas de ellos, prefiriendo esperar hasta que logró reunir a un grupo de "blandengues", que le sirvieran de respaldo.

Las tropas chilenas recogían sus equipos y empezaban a formarse en la plazuela para emprender la marcha hacia la capital de la provincia cuando el oficial del Resguardo se presentó con su guardia ante la cabaña que había servido de alojamiento a los Carrera. Los ordenanzas tenían las petacas listas para cargarlas en las mulas en el momento en que el aduanero puso su sable cruzado sobre una de ellas.

—¡Alto! —dijo perentoriamente—. Estos bultos tienen que ser sometidos a ciertos requisitos.

Quiso su mala suerte que en ese instante preciso salieran de la choza los tres Carrera acompañados por los dos vocales del Gobierno, quienes se sorprendieron al observar la actitud belicosa de los cívicos.

—¿Qué significa esto? —profirió José Miguel, avanzando hacia el aduanero. El hombre retrocedió un paso, pero no envainó su sable.

—Tengo órdenes categóricas del señor gobernador de revisar los equipajes que trae este convoy —dijo rudamente.

El ceño de los Carrera presagiaba tormenta, por lo que el presbítero Julián Uribe se apresuró a intervenir, con ánimo conciliador.

—¿No sabe usted, oficial, quiénes viajan en este convoy? —preguntó al agente del Resguardo.

—El general Carrera y su comitiva —replicó éste, con terquedad que trataba de disimular su temor—, y precisamente los equipajes de ese jefe son los que debo revisar.

José Miguel perdió la mesura ante la atrevida declaración. Adelantándose más, separó al hombre de sus petacas mediante un empellón y se plantó junto a ellas.

—¡Yo soy el general Carrera y el jefe del Estado chileno! Jamás consentiré un atropello semejante, una afrenta que importa la aceptación de las calumniosas especies lanzadas por nuestros enemigos, que aseguran traigo en mis baúles los caudales de Chile.

Pero el aduanero se mantuvo firme en su intento.

—Lo siento, general, pero debo revisar sus equipajes —insistió.

—¡Nadie pondrá las manos en ellos! ¿Me entiende? —rugió Carrera—. Antes los haré pasto de las llamas.

Tal vez la discusión no habría ido más allá ni hubiera tenido consecuencias mayores de no haber aparecido en escena en ese preciso momento doña Javiera, escoltada por el dueño de la quinta donde se alojaron las señoras y algunos civiles.

—¡José Miguel! —llegó diciendo exasperada—. He sido sometida a la humillación más insoportable de mi vida, e igual afrenta han debido sufrir todas las mujeres de nuestra familia.

Como siempre, fue Luis, el predilecto de la señora, quien saltó enardecido por su queja.

—¿Qué te han hecho, Javierita? —prorrumpió exaltado.

—¿Alguien las ha insultado? —inquirió, a su turno, Juan José, pensando en su esposa.

La mano nerviosa de la señora señaló acusadoramente al oficial del Resguardo y a los "blandengues".

—¡Estos hombres!

El puño de Luis se alzaba crispado para descargarse sobre el aduanero cuando José Miguel alcanzó a retenerlo.

—¡Quieto! —le ordenó, previendo las consecuencias de tal acto—. ¿Qué es lo que les han hecho estos hombres, Javiera?

—Hace media hora se presentaron en la chacra donde alojamos y aprovechando que nuestras petacas estaban en el corredor listas para ser cargadas, las abrieron y desparramaron su contenido en el suelo, hurgando con sus manos infames la intimidad de nuestras ropas.

El oficial del Resguardo se sentía acorralado y en peligro ante los impetuosos jefes chilenos y retrocedió al amparo de los fusiles de sus acompañantes, balbuceando una explicación:

—Señor general, tenemos orden de encontrar esos caudales que los propios compatriotas de ustedes afirman vienen escondidos en los baúles de los Carrera.

El general infló el pecho y llevó la diestra a la empuñadura de su sable. Su actitud bastaba por sí misma para mostrar lo que estaba resuelto a ejecutar.

—Escuchen ustedes —dijo al aduanero y sus guardias—: les doy diez segundos para desaparecer de nuestra vista. Si cuando termine de contar están todavía cerca, no podrán narrar a nadie este atropello cometido a los Carrera —y comenzó a contar lentamente, a tiempo que iba desenvainando su sable, imitado por sus hermanos. No llegaba todavía al número seis cuando el aduanero y sus acompañantes emprendieron la fuga. Y poco después, ya montados, se los veía desfilar al galope por el sendero a Mendoza.

El coronel San Martín no tardó muchas horas en enterarse de la acción rebelde de los jefes chilenos, y su reacción fue inmediata y típica de su carácter voluntarioso. Acababa de designar como lugar de establecimiento de las tropas chilenas el viejo Cuartel de la Caridad y enviaba en ese instante al sargento Ontiveros hacia Villavicencio para comunicar este hecho al general Carrera. Pero junto con dar al suboficial la orden de partir a ejecutar su misión, llamó a su despacho a uno de los oficiales del Auxiliares de Buenos Aires, que había solicitado al comandante Las Heras para reforzar las tropas del pueblo.

—Teniente —le dijo con acento que no admitía objeciones—, las tropas emigradas de Chile ocuparán el Cuartel de la Caridad. Usted aguardará la llegada de ellas en la puerta del cuartel acompañado por dos soldados armados. Ahora escúcheme usted bien. ¡Nadie entrará al cuartel sin que usted haya revisado previamente los equipajes de los Carrera! ¿Me ha comprendido? Con su vida impedirá usted la entrada de esa tropa si no se cumple ese requisito.

Pese a que el oficial elegido guardó en secreto la riesgosa orden que le diera el gobernador, posiblemente por boca de los soldados que fueron escogidos para escoltarlo la noticia se esparció por ciertos sectores del pueblo y la atmósfera mendocina se cargó de inquietud y recelo.

Ignorantes de lo que les esperaba, los jefes chilenos llegaron a Mendoza cuando anochecía y se encaminaron directamente al Cuartel de la Caridad, guiados por el sargento Ontiveros. El cuartel tenía al frente suyo una plazuela, destinada alguna vez a adiestramiento de soldados, y ella se hallaba ocupada por varios grupos de curiosos que esperaban con expectación la escena que imaginaban tenía que producirse.

Aquella pequeña multitud no llamó mucho la atención de los militares emigrados, pero, en cambio, dio mayores bríos al oficial argentino que aguardaba en la puerta con sus dos fusileros. De modo que, en el momento en que el general Carrera enfrentaba su caballo con el portón de entrada, no tuvo temor de interceptarle el paso.

—¡Alto, señor general! —le dijo en forma cortés pero firme.

Carrera lo observó extrañado y desmontó para identificarse.

—Soy el general Carrera, oficial, y tengo autorización del gobernador de Mendoza para ocupar con mis tropas este cuartel.

—En efecto, he recibido orden del señor gobernador de entregar a usted este cuartel —reconoció el oficial—. Pero antes de que lo ocupen, tengo el deber ineludible de revisar los equipajes suyos y de sus hermanos.

—¡Otra vez, por mil demonios! —estalló el húsar, agotada totalmente su paciencia—. Está visto que el coronel San Martín quiere poner a prueba nuestra tolerancia.

—Las órdenes que he recibido son estrictas, señor —replicó resueltamente el teniente—. Nadie entrará si no se cumple ese requisito. Tengo instrucciones de defender con mi vida y las de mis soldados esta entrada.

—Este es un insulto de una pertinacia exasperante— vociferó Juan José, dispuesto a echar su caballo sobre los que les cerraban el paso. Pero su hermano Luis alcanzó a sujetarle las bridas cuando los soldados argentinos levantaban sus fusiles.

—José Miguel —argumentó entonces el joven—, ya sé que te es penoso tolerar este vejamen. Pero ¿por qué no los avergüenzas con la evidencia? Permite que abran las petacas.

Bien sabemos que no han de encontrar lo que buscan. Así darás el mentís que se merecen los calumniadores que afirman que traemos los caudales públicos de Chile.

El general aspiró profundamente el aire y, jadeando levemente por obra del esfuerzo que hacía para refrenar sus impulsos, paseó su mirada por sus soldados abatidos, por el pueblo que observaba desde la plaza, y luego hizo señas a los ordenanzas que arrojaran al suelo los bultos que traían sobre sus mulas. En seguida, volviéndose al teniente argentino, le expresó altivamente:

—¡Ahí están nuestros equipajes! Descerrajen las cerraduras, pues no esperen que nosotros les demos las llaves. ¡Conde, permanece junto a estos hombres mientras realizan su fisgoneo e impide que se queden con nada! Y ahora —agregó, montando de un salto en su caballo y requiriendo las bridas—..., ¡ahora, apártense! ¡Entramos al cuartel! —Picó espuelas y pasó por entre los dos fusileros, a riesgo de derribarlos, seguido por sus oficiales y soldados.

El disgusto que experimentó San Martín al ser informado poco después de que en los equipajes de los Carrera no se había encontrado ni el menor vestigio de los caudales públicos de Chile, lo hizo salirse totalmente de sus casillas. Por primera vez desde que llegara a Mendoza sus subalternos conocieron hasta qué extremo podía llegar su enojo. Su voz restallaba metálica, dura, como latigazos; las mejillas se le hendieron con trazos plomizos y los ojos parecieron sumergírsele en las órbitas oscuras. El haber quedado en ridículo ante los altivos jefes chilenos le escocía como una quemadura. Y mayor fue su despecho cuando, minutos después, recibió una nota oficial del general Carrera, en la que le expresaba:

Apenas pisé este territorio conocí que mi autoridad y mi empleo eran atropellados; se daban órdenes a mis subalternos y se hacía a mi vista y sin mi anuencia cuanto me era privativo. Quiero que Vuestra Excelencia se sirva decirme cómo somos recibidos, para arreglar mi conducta. Hasta ahora me creo jefe de las tropas chilenas, creo que hasta no entenderme con el gobierno superior de estas provincias, nadie está facultado para alterar en lo menor. Quiero conservar mi honor y espero que Vuestra Señoría no se separe en nada de las leyes que deben regirle.

JOSÉ MIGUEL CARRERA,
*Presidente de la Junta Suprema del
Gobierno del reino de Chile.*

En el estado de ánimo que se encontraba San Martín, aquella nota escrita en el tono con que un jefe de Estado recrimina a un funcionario de menor rango, llegando hasta constreñirlo a no excederse de sus atribuciones, fue más de lo que podía soportar. En consecuencia, respondió con la dura altivez de la dignidad ofendida:

General don José Miguel Carrera.

Yo pregunto a Vuestra Señoría, de buena fe, si en un país extranjero hay más autoridad que la que el gobierno y leyes del país constituyen. Nadie daba órdenes más que el Gobernador Intendente de esta provincia hasta ahora. A mi llegada a Uspallata las impartí porque estaba en mi jurisdicción. Una caterva de soldados dispersos cometía los mayores excesos. Los robos eran multiplicados y en este estado mandé reunir a los soldados dispersos bajo los órdenes del general de Chile don Bernardo O'Higgins y otros oficiales del mismo Estado. Vuestra Señoría no se hallaba presente y, aun en este caso, estaba en mi deber contener a una muchedumbre que se hallaba en la comprensión de mi mando. Yo conozco a Vuestra Señoría como jefe de estas tropas, pero bajo la autoridad del Jefe de esta provincia. Nadie atenta contra el honor de Vuestra Señoría y yo me guardaré bien de separarme de las leyes que deben regirme, porque soy responsable de mis operaciones ante un gobierno justo y equitativo, así como no permitiré que nadie se atreva a recomendarme mis deberes.

CORONEL JOSÉ DE SAN MARTÍN,
Gobernador Intendente de la
Provincia de Cuyo.

La mecha estaba encendida y la explosión iba a comenzar a producirse por el motivo menos esperado. Juan José y Luis Carrera atribuyeron el contenido violento de la respuesta de San Martín a las intrigas de los desterrados chilenos que estaban en Mendoza hacía unos meses y, especialmente, a las insidiosas informaciones que debían haber proporcionado al gobernador los despechados Antonio José de Irisarri y el brigadier Juan Mackenna. Y el odio que ambos jóvenes guardaban a este último resucitó con toda su fuerza en esos momentos, a tal extremo que no se sintieron dispuestos a tolerar que el coronel siguiera viviendo en el mismo ámbito que ellos.

—Ya estoy harto de soportar humillaciones —estalló Juan José—. Conozco que ese ratón guatemalteco de Irisarri ha corrido Mendoza entera diciendo atrocidades de mí; ha contado a quien quiso oírlo que yo procedía con la más avezada bestialidad en la guerra y que la mayor parte de los salteos que asolaron el sur de Chile fueron capitaneados por mí. Pues bien, voy a proceder como un salteador la próxima vez que lo divise. Y eso debe ser ahora mismo.

Se ponía de pie para lanzarse fuera del cuartel, cuando lo alcanzó su hermano Luis, que se colgaba el sable del cinto con igual resolución.

—Espérame, Juan José —dijo—.Yo voy por Mackenna. Vamos a recordarles de una vez por todas a esos bellacos que los Carrera jamás han soportado ser juguetes de nadie.

Por su parte, los dos parientes de la familia Larraín, presintiendo la reacción de los Carrera, llevaban sus intrigas hasta el último extremo, como recurso desesperado para protegerse de ellos. En la mañana del 17 de octubre llegaban hasta la sala de armas del cuartel donde se alojaban los dragones del capitán Ramón Freire, y aprovechando que también se encontraba allí Bernardo O'Higgins, lo presionaban a dar un nuevo paso que terminara de hundir a sus antagonistas. Consistía éste en la firma de un memorial, que habían redactado Mackenna e Irisarri, en el que se hacía un análisis tendencioso de la conducta política y militar de los Carrera, que tendía a demostrar que ellos habían sido los culpables de todos los descalabros de las armas chilenas y de la pérdida de la naciente independencia de esa nación. Finalizaba el libelo solicitando que se los tratara como a delincuentes comunes, procediéndose a su apresamiento y a la confiscación de sus bienes. Los dos conspiradores garantizaron a O'Higgins que, si él estampaba su firma primero, ninguno de los oficiales emigrados dejaría de hacerlo. En tal forma, el memorial pasaría a tener la fuerza suficiente para convencer al gobernador de que era la totalidad de los emigrados la que pedía la anulación de los Carrera.

Atento solamente a pensar que el cese de las hostilidades entre los exiliados permitiría abocarse a la organización de un nuevo ejército para reconquistar su patria, el general O'Higgins puso su firma al pie y autorizó a Irisarri para que corriera el pliego entre la oficialidad hasta obtener que la mayoría lo imitase.

Sabedor de que actuaba en una carrera contra el tiempo, Irisarri se apresuró a cumplir su cometido, y esa misma noche lograba presentar a

San Martín el memorial acusatorio refrendado por setenta y cuatro oficiales, destacándose en primer término las firmas de O'Higgins, Mackenna, Irisarri, el coronel Alcázar y el capitán Freire.

—Esos setenta y cuatro personajes, así como las tropas bajo su mando, están dispuestos a traducir en hechos su aversión hacia los Carrera —puntualizó el guatemalteco cuando el coronel San Martín terminó de examinar el pliego.

Pero el gobernador mendocino no estaba dispuesto a seguirlos en el juego que traían entre manos. Mirando más lejos que los conspiradores, comprendía que si estallaba una refriega armada en el pueblo, los Carrera llevaban todas las posibilidades de ganar. Y el más leve desliz, una muestra siquiera de su debilidad, lo empequeñecería definitivamente ante ellos, dejándolo imposibilitado para dominarlos. Veía, en cambio, que ese memorial le daba la coyuntura legal para actuar en su calidad de gobernador de Cuyo. Así, pensando, escribió una nota oficial a "los representantes del Gobierno de Chile" en la que les indicaba que debían trasladarse al pueblo de San Luis, en medio de la pampa, porque acababa de recibir un memorándum firmado por la mayor parte de los exiliados chilenos, en que se amenazaba sus vidas. Terminaba expresando:

... deberán pasar a San Luis de la Punta, no sólo por la seguridad de ustedes, sino igualmente por la tranquilidad del pueblo. Dios guarde a usted.

JOSÉ DE SAN MARTÍN,
Gobernador Intendente

Era una manera disimulada y astuta de confinarlos al pueblo más aislado de la provincia, a quince días de marcha de Mendoza y a otros tantos de Buenos Aires. San Luis de la Punta estaba en el centro más árido de la pampa, exactamente a ochenta y cuatro leguas de la cordillera y a doscientas dieciocho de la capital argentina. Se componía apenas de tres callejuelas, una iglesia y el enorme barracón del presidio. Porque San Luis era en sí mismo sólo un gran presidio donde se confinaba a los presos políticos, cárcel sin más barreras que la aridez sin vida de la pampa y las distancias insalvables hacia los pueblos más próximos.

El pretexto de resguardar de ese modo sus vidas resultaba demasiado débil para que el general Carrera y los otros dos vocales del Gobierno en exilio, Julián Uribe y Muñoz Urzúa, no adivinaran la sentencia de confinamiento que ocultaba. Reunidos en la comandancia del Cuartel de la Caridad, en colaboración con el comandante Diego José Benavente y los capitanes Molina y Maruri, redactaron una protesta que enviaron de inmediato a San Martín. Simultáneamente redactaron un manifiesto que debía ser firmado por todos los oficiales y civiles exiliados que les eran adictos. La nota de protesta, escrita en el estilo altivo característico del general Carrera, decía:

Si Vuestra Señoría confinase a José Miguel Carrera, ya expondría los derechos del hombre al alcance de las judicaturas y del orden con que deben hacerse los juzgamientos. Pero, como General del Ejército de Chile y encargado de su representación en el empleo de vocal del Gobierno, que dura mientras lo reconozcan los patriotas libres que me acompañan y mientras hagamos al directorio de esta provincia la abdicación de armas y de personas con que marchamos, sólo puedo contestar que primero será descuartizarme que dejar yo de sostener los derechos de mi patria, la reputación de nuestros procedimientos y el decoroso motivo que obligó a nuestra retirada...

Aquel día los hechos parecieron encadenarse solos. Al mismo tiempo que se enviaba al gobernador San Martín la nota protesta y el manifiesto firmado por más de cincuenta oficiales, mientras José Miguel Carrera se dirigía a Villavicencio a visitar a las mujeres de la familia, su ordenanza Conde divisaba al brigadier Juan Mackenna dirigiéndose hacia el norte para examinar un terreno que San Martín deseaba emplear como futuro campo de adiestramiento de soldados. Habiendo prevenido éste a Juan José Carrera de su encuentro, el brigadier de Granaderos montó a caballo y salió al galope en busca de su odiado difamador. Cruzando velozmente la calle central de Mendoza, tomó el camino bordeado de viejos cedros que conducía a las lagunas de Guanacache. Allá, en las proximidades de un páramo denominado El Plumerillo, divisó a Mackenna, que, al paso de su caballo, analizaba el terreno con ojo de ingeniero militar. Espoleando más frenéticamente a su cabalgadura, en pocos minutos Juan José la emparejó a la de su perseguido y con un brusco tirón de riendas la cruzó ante él.

—¿Qué significa esto?... ¿Qué quiere usted conmigo? —exclamó Mackenna, sobresaltado al reconocer a su interceptor.

—¡Quiero decirle que es usted un canalla, un calumniador y un cobarde miserable! —le espetó el brigadier, sujetando difícilmente a su encabritado caballo.

—¿Cobarde, yo?... —Mackenna buscó una pistola en su cinto, pero andaba desarmado, como lo exigía el gobernador. En vista de lo cual, tuvo que conformarse con replicarle—: ¡En el sitio que desee, le demostraré cómo castigo a los atrevidos!

—Pues, en la bajada de El Divisadero, al pie del camino de Villavicencio, yo le demostraré qué fin doy a los calumniadores como usted. ¡Mañana al alba borre, si puede, el epíteto de canalla con un tiro de pistola!

Juan José dio aún una provocativa vuelta en torno a su rival, haciendo levantar polvo a su caballo, y se alejó enseguida al galope, de regreso a Mendoza.

La noticia del desafío no podía ser ignorada por San Martín. El brigadier Mackenna habló de su lance con Bernardo O'Higgins y éste no quiso callarlo. Estimaba mucho al jefe de ingenieros y, consideraba indispensables sus conocimientos militares para el momento en que pudiera organizar un nuevo ejército. Aun cuando obrara en contra de las reglas del honor, informó del hecho por producirse al gobernador San Martín, solicitándole, al mismo tiempo, que impidiera el duelo.

—No puede usted dejar que maten a Mackenna, señoría —concluyó, sinceramente afectado.

San Martín abandonó su asiento y comenzó a pasearse lentamente por su despacho, las manos enlazadas en la espalda y el ceño apretado. El dilema que enfrentaba era dificilísimo. No hacía muchas horas había leído la violenta protesta de José Miguel Carrera a dejarse trasladar a San Luis y, casi enseguida, el manifiesto firmado por una cincuentena de oficiales chilenos, tan férreamente adictos a él que se manifestaban dispuestos a obedecerlo en toda circunstancia. Entre líneas se traslucía claramente la amenaza de levantarse en armas en el momento en que su jefe se lo ordenara.

—Es cierto, amigo O'Higgins, que no puedo permitir que maten al brigadier Mackenna, como seguramente ocurrirá, porque ese Juan José Carrera es muy diestro con las armas; pero si intervengo y directamente frustro el duelo, es posible que esos tres soberbios hagan de eso una cuestión de honor y encuentren el pretexto para levantar en armas a los soldados que mantienen en el Cuartel de la Caridad.

—Es cierto —reconoció O'Higgins amargamente—. Los Carrera son capaces de todo cuando se lesiona su tremendo orgullo. Provocarían una verdadera guerra en Mendoza, que tan generosamente nos ha acogido.

—Eso es lo que debo evitar a todo trance —confesó San Martín—. No imagina usted qué penosos esfuerzos he tenido que hacer para mantener la cordura. Y sólo la Providencia sabe cuánto más tendré que soportar. La única arma de que dispongo en estos momentos, O'Higgins, es la astucia y ella tendrá que sacarnos del apuro. Pero le aseguro que esta situación no va a prolongarse. No puedo admitir un Estado independiente y con tropas propias dentro de la jurisdicción de mi provincia.

—¿En cuánto al duelo?... —quiso saber el jefe chileno.

—No se realizará —afirmó categóricamente el gobernador—. No sé todavía cómo procederé, pero no se llevará a efecto. Vaya usted tranquilo.

Aquella misma tarde partía el sargento Ontiveros hacia la cordillera con una misión secreta. Debía ubicar al comandante Las Heras, que aún patrullaba los senderos andinos con los Auxiliares de Buenos Aires, y transmitirle la orden de descender al momento y con todo sigilo a Mendoza.

El sargento Guayama, también de los "blandengues", partió hacia el sur para encontrarse con los soldados del fuerte San Carlos, que habían sido llamados con anterioridad, para obligarlos a acelerar su ingreso a la capital de la provincia.

Y los escasos militares mendocinos con que contaba San Martín en el pueblo fueron concentrados secretamente en el patio de la cárcel situada en la Plaza Pedro del Castillo.

Poco antes del amanecer, veinte de esos hombres partieron hacia El Divisadero, donde habría de verificarse el duelo.

El coronel San Martín, que durmió apenas unas tres horas aquella noche, esperó hasta las nueve de la mañana y se presentó en el Cuartel de la Caridad, para entrevistarse con el general Carrera. La conversación que mantuvieron fue de pocos minutos. El gobernador actuó sin cordialidad, pero con cortesía. Dijo a Carrera que estaba dispuesto a darle toda clase de facilidades para que se trasladara a Buenos Aires lo antes posible y que, aún más, movería sus relaciones en la capital para que fuera bien recibido por el Director Supremo Gervasio Posadas.

Su actitud conciliadora y presta a colaborar causó sincera alegría a José Miguel Carrera y se dispuso a ordenar los preparativos junto con el presbítero Uribe y Muñoz Urzúa. Pero poco duró su júbilo. Dos hechos casi simultáneos le trajeron la evidencia de la astucia con que San Martín jugaba con todos ellos. El primero fue la llegada de Juan José escoltado por Diego José y José María Benavente. El brigadier de Granaderos venía furioso: su duelo con Mackenna había sido impedido, según él, mediante una cobarde farsa. En los momentos en que enfrentaba en El Divisadero, a su antagonista, entraron en el campo veinte soldados mendocinos, que envolvieron a Mackenna en un cerco de caballos, y, bajo pretexto de aprisionarlo por contravenir las leyes de la provincia que prohibían el duelo, se lo llevaron con ellos. Nadie tocó siquiera al brigadier chileno, pero sí le impidieron acercarse a su enemigo.

El segundo hecho llegó a conocimiento del general Carrera por labios de su hermano Luis. El joven artillero acababa de enterarse de que hacía unos momentos habían partido hacia Buenos Aires el brigadier Mackenna y Antonio José de Irisarri escoltados por una patrulla de los auxiliares de Las Heras.

José Miguel resopló iracundo al comprender el doble juego con que los engañaba el coronel San Martín: por un lado, les arrancaba a Mackenna de entre las manos; por otro, lo enviaba junto con Irisarri a Buenos Aires, para que allá siguieran desacreditándolos ante el Presidente Posadas. Y el cortés ofrecimiento que le hiciera esa misma mañana se le aparecía como una maniobra hipócrita para mantenerlo tranquilo.

—¡Ah, pero su comedia me va a dar ahora pie para exigirle que me cumpla lo prometido! —masculló entre dientes. Tendrá que proporcionarme los medios para mandar representantes nuestros a Buenos Aires. Lastimosamente, no puedo reprocharle la jugada que nos ha hecho, porque estaba en su derecho, pero sí le exigiré que me entregue pasaportes para que pasen a Buenos Aires el padre Uribe y tú, Benavente.

San Martín ya estaba tranquilo cuando recibió a Carrera; había logrado salir limpiamente del apremio. Además, el general chileno tuvo la prudencia de no hablarle de los acontecimientos recientemente acaecidos, a los cuales no podía oponer objeciones legales. De modo que, pese a la borrasca interior que los conmovía, la conversación fue de lo más mesurada.

—Ruego a usted que autorice pasaportes para el teniente coronel Diego José Benavente y el señor vocal de la Junta don Julián Uribe —le solicitó en la parte esencial de su plática—. Ellos se trasladarán a Buenos Aires para preparar desde allá mi viaje a esa capital. —Como San Martín no le respondiera al momento, insistió—: ¿Existe algún inconveniente? —En cierto modo, sí —dijo el gobernador tras de prolongar la pausa—. Es que el señor Uribe, por ser miembro de la Junta de Gobierno de Chile, no puede presentarse en Buenos Aires si no es oficialmente y con la aquiescencia del Director Supremo Posadas. Tendríamos que esperar a que el Gobierno oficiara autorizando...

—¿Ese es el único obstáculo? —lo interrumpió Carrera.

El único, general.

—Pues, entonces lo salvaremos enviando a otro. Irá mi hermano Luis.

San Martín hubiera querido oponerse. Estaba en antecedentes de que ya en una ocasión, en Talca, Luis Carrera había intentado matar en duelo al brigadier Mackenna. Permitirlo viajar tras el amigo de O'Higgins equivalía a facilitar un posible encuentro en mitad de la pampa. Y él tenía el deber de proteger a Mackenna, no sólo por ser representante de O'Higgins, sino también porque era un alto dignatario masónico emparentado estrechamente con la Logia Lautarina. Pero no encontró la manera de evadir su resolución.

—Está bien. Le enviaré los dos pasaportes al Cuartel de la Caridad —aceptó sin dejar notar su disgusto.

Aquélla fue una tarde de nervios y zozobras para ambos personajes. San Martín se consumía de impaciencia por no ver llegar al grueso del batallón de Las Heras desde la cordillera. Carrera instruía apresuradamente al comandante Benavente y a su hermano Luis sobre los pasos que debían dar en Buenos Aires para anular la actuación de Mackenna e Irisarri y granjearse la simpatía del Presidente Posadas.

Las horas se escurrían pesadamente. Por fin, el gobernador no pudo, justificadamente, retener más los pasaportes y los envió. Luis Carrera y el comandante Benavente partieron con sus ordenanzas y un guía sin importarles que ya comenzaba a caer el crepúsculo. Y justamente cuando palidecían las últimas luces del día, una maquinación militar que se venía gestando desde la mañana reventó. Fue su promotor el coronel Andrés del Alcázar, quien insurreccionó a su batallón de dragones, pronunciándose belicosamente en contra de los Carrera. Habiéndose presentado ante San Martín, le entregó un documento en el que confirmaba las informaciones de Mackenna e Irisarri, se ponía exclusivamente bajo las órdenes del general O'Higgins y se declaraba dispuesto a apresar al general en jefe chileno.

José Miguel ascendió entonces apresuradamente a Villavicencio para prevenir a las mujeres de su familia que se aprestaran a emprender viaje fuera de Mendoza en cualquier instante, porque se avecinaban malos momentos para ellos.

—¿Iremos hacia Buenos Aires? —le inquirió, alarmada, doña Francisca Javiera.

A lo que el general le respondió en voz baja para no inquietar a su esposa y a su cuñada Ana María:

—O a cualquier parte, Javierita. En estos momentos estamos rodeados sólo de enemigos.

Como si sus palabras necesitaran ser confirmadas, desde el interior de la quinta en que se hallaban oyeron claramente el ruido sordo de un batallón en marcha. Prestamente, se dirigieron al corredor frontero, donde José Conde cuidaba los caballos y divisaron en la penumbra de la noche una numerosa columna de jinetes que descendía por el angosto camino hacia el valle.

—¿Quiénes son ésos? —exclamó Carrera asombrado. Y estuvo de más que su ordenanza le respondiera porque lo adivinó al momento.

—Si vienen de la cordillera, no pueden ser otros que los soldados del Auxiliares de Buenos Aires, mi general —le respondió Conde.

Así era en efecto, pero Carrera no comprendió en ese momento qué significado tendría para él la bajada de ese cuerpo de ejército a Mendoza.

A la mañana siguiente, después de alojarse en la quinta de Villavicencio, el general descendió al pueblo y de inmediato envió al coronel San Martín una nota en la que le solicitaba redujera a prisión al coronel Alcázar o diera al levantamiento una solución adecuada. Su temor de que el movimiento insurreccional pudiera seguir cundiendo lo llevó a proponer, irreflexivamente, dejar el mando en manos de otro jefe en tanto llegaba alguna resolución del Gobierno de Buenos Aires, consultado oportunamente sobre la situación de los emigrados chilenos.

El gobernador mendocino no tardó ni un segundo en advertir el resquicio favorable que le dejaba la carta del húsar y se apresuró a invitarlo a su despacho. Desde el primer momento procedió con la desenvoltura de quien sabe perfectamente adónde quiere llegar. En esa breve entrevista se despojó por completo del aire misterioso que siempre lo envolvía. Habló rectamente y con las frases precisas.

—Deseo que resolvamos ahora mismo la situación que usted dice lo desespera —comenzó, a tiempo que indicaba un asiento a su visitante.

—¿Va usted a castigar al coronel Alcázar por su insurrección? —quiso saber Carrera, a lo que respondió San Martín con un enérgico movimiento de cabeza.

—No puedo. El coronel Alcázar es chileno, sus tropas insubordinadas también lo son y se han puesto bajo las órdenes de un general de esa nacionalidad.

—¡O'Higgins! —protestó rencorosamente el húsar.

—Debo evitar las luchas partidistas en Mendoza, general —prosiguió el gobernador desoyendo la protesta y excusando su actitud pasiva. Pero sin transición suavizó su voz y dijo casi con sorna—: Mas nos queda la segunda solución propuesta por usted. Aquí tengo su nota. Puedo leerle el párrafo pertinente. —En efecto, sobre la mesa estaba la carta de Carrera y se veía en ella un par de renglones subrayados con rojo. San Martín los leyó pausadamente. Decían—: "Aseguro a usted que en el momento dejaré el mando de las tropas de Chile"... "Usía, en tal caso, puede comisionar alguna persona que se encargue de la División hasta que llegue la resolución del Director de Buenos Aires".

El coronel levantó el rostro, ufano, y se quedó mirando astutamente al general. Este lo observaba, a su vez, tenso y expectante.

—¿Ha pensado usted en esa persona para que me suceda en el mando de la división que me acompañó desde Chile? —preguntó.

—Sí. —San Martín sonreía, pero volvió a la gravedad al expresar—: Alcance usted la paz que busca declinando el mando en el coronel Marcos Balcarce.

Carrera se quedó paralizado de sorpresa.

—¿El coronel Balcarce? —repitió lentamente, como si no hubiera oído bien. Jamás imaginó que San Martín pretendiera hacerlo entregar el mando de sus tropas a un jefe argentino, y mucho menos a Balcarce, que durante su permanencia en Chile sólo supo granjearse antipatías—. Seguramente se chancea usted, coronel —murmuró, estupefacto. Pero su interlocutor negó con un gesto.

—Jamás hago bromas en actos del servicio, general. ¿Debo entender que rehusa usted abdicar al mando, como lo ofrece en su carta?

—En manos de Balcarce, categóricamente.

—¿Basa usted su negativa en la creencia de que sus tropas se negarán a servir bajo el mando de un argentino?

—No sólo en la creencia; en la seguridad de que rechazarán ese arreglo.

—¿Y si los soldados declararan otra cosa?

Carrera se encogió de hombros, dando por descontado que estaba en la razón.

Interróguelos. Me atendré a lo que ellos dictaminen.

—Bien —concluyó el gobernador con extraña seguridad—. Llegado el momento se les planteará el asunto; les consultaremos bajo qué bandera prefieren seguir.

No tardó San Martín en poner en práctica su proyecto. Al amanecer del día siguiente, dos compañías de fusileros entraban al Cuartel de la Caridad, mientras tres compañías del Auxiliares de Buenos Aires, entre cuyos hombres se disimulaba el propio coronel Balcarce, rodeaban el edificio.

José Miguel y Juan José Carrera, despertados apresuradamente por el ordenanza Conde, se vistieron en pocos minutos y salieron al patio. Pero cuando llegaban ya al centro de él, un oficial argentino había obligado al capitán Servando Jordán a formar las tropas chilenas desarmadas frente al portón de entrada y las estaba arengando, ofreciéndoles en tono conminatorio servir en las filas del ejército de las Provincias Unidas del Plata.

Los jefes chilenos corrieron hasta el sitio donde se encontraban, y José Miguel lo interrumpió con brusquedad, remeciéndolo de un brazo.

—¡Un momento, oficial! ¿Qué significa esta apropiación de atribuciones?

El argentino se zafó con un ademán violento y lo encaró, seguro del respaldo que le ofrecían sus tropas armadas y los infantes de Las Heras.

—Cumplo órdenes directas del señor gobernador, quien también me advirtió que usted ya dio su consentimiento anoche.

—Pero debió usted haberme avisado antes de formar mis tropas. Quien manda en este cuartel soy yo.

—Eso es precisamente lo que el señor gobernador desea esclarecer: si los soldados quieren todavía seguir bajo las órdenes de usted o prefieren ingresar a nuestro ejército regular. ¿Acaso se retracta usted del acuerdo a que llegó anoche con el señor coronel San Martín?

La actitud del oficial era francamente insolente y el general sintió la tentación de cogerlo del cuello y sacarlo a empellones del cuartel. Pero pesó que sus soldados estaban desarmados y, en cambio, los argentinos venían preparados para disparar al menor pretexto que se les diera, También lo vio así Juan José y aconsejó a su hermano:

—Deja que los soldados decidan, José Miguel.

—Sea —aceptó el general a regañadientes volviéndose al oficial—. Ya les explicó usted cuál era su misión. Terminemos de una vez.

Era notorio que también lo único que deseaba el capitán mendocino era concluir rápidamente con ese asunto, pues se apresuró a enfrentar a los soldados y les resumió toda su peroración anterior en una sola frase:

—¡Soldados, aquellos de ustedes que deseen traspasarse a las filas del ejército mendocino, den un paso al frente!

Se produjo entonces una larga pausa, sin que en la extendida hilera de soldados se advirtiera movimiento alguno. Después, fueron observándose unos a otros, a hurtadillas, y algunos intercambiaron comentarios con sus compañeros más próximos.

Las miradas de los Carrera recorrían la fila, de un extremo al opuesto, con pupilas recelosas. Los hombres se veían desgreñados, sucios, abrumados por el cansancio y el desconcierto. Desde que abandonaron su patria nada les salía a derechas, sufrían privaciones, vestían en harapos, no tenían licencia para moverse libremente por el pueblo; el porvenir se les presentaba totalmente incierto. Pero allí estaban sus jefes, los que habían luchado al lado de ellos en tantas batallas. En cambio, el que les hacía el ofrecimiento con ademán despótico era un extranjero.

Los soldados vacilaban, algunos hasta se tambaleaban en la fila. De pronto, uno dio un paso al frente. El ruido de sus calamorros resonó agigantado en el cuartel.

—¡Uno! —contó el capitán argentino.

Otro se decidió tan nerviosamente que tropezó al adelantarse un paso.

—¡Dos!

Pero no hubo más. Los restantes permanecieron inmóviles, rígidos, en sus puestos.

—¿Nada más que dos quieren entrar en nuestro ejército? —insistió el argentino con el ceño rabiosamente apretado—. ¿Solamente dos?...

—Apenas hay dos traidores entre mis soldados —exclamó despectivamente el general Carrera, y su reflexión pareció desatar un resorte dentro del pecho del oficial mendocino, pues se retiró aceleradamente una decena de pasos, a tiempo que gritaba:

—¡Adelante, coronel Balcarce!

Nadie se había percatado de que Balcarce estaba cercano, asomado por el portón de entrada del cuartel. Sólo vinieron a reparar en él cuando avanzó a la carrera encabezando a una compañía del Auxiliares de Buenos Aires, cuyos componentes desbordaron sobre el patio, abriéndose en abanico y rodeando en un abrir y cerrar de ojos a los chilenos.

—¡Fuera con ellos!... ¡A la calle todos con cajas y petacas! —entró vociferando el coronel—. ¡Sáquenlos a baquetazos y échenles todas sus porquerías a la plaza!

José Miguel Carrera intentó cerrarle el paso, pero la columna de auxiliares, en su avance vertiginoso, le impidió acercarse.

—¿Qué significa esta traición? —protestó a gritos el general, pero tanto él como su hermano se vieron rodeados por una escuadra de soldados que les enfocaban sus fusiles.

—¡Quietos, señores Carrera! —los conminó entonces el oficial que arengara a las tropas—. ¡Dense presos!

Habían perdido la partida. Nuevamente engañados por la astucia de San Martín, estaban inermes en poder de sus hombres.

—¡Al fin asomó sus garras la traición! —profirió sordamente Juan José y escupió el suelo frente al capitán.

En el patio reinaba entretanto el mayor alboroto. Los soldados chilenos, desarmados, intentaron en los primeros momentos defenderse a puñetazos y puntapiés, pero los culatazos que les propinaban los argentinos y unos tiros disparados al aire por sus sargentos los convencieron de la inutilidad de la resistencia. Golpeados despiadadamente, fueron arreados fuera del cuartel y, poco después, sus míseros equipos eran arrojados como desperdicios a la calle que cruzaba frente al portón. Solamente unos pocos de los chilenos se arriesgaron a recoger sus pobres enseres y trataron de alejarse en todas direcciones. Pero las otras dos compañías de Las Heras, que aguardaban afuera, los fueron rodeando metódicamente hasta acorralarlos en el centro de la plazuela.

Por su parte, los dos Carrera permanecían en la mitad del patio encerrados por el anillo de fusileros.

—Este acto cobarde perpetrado contra soldados indefensos merecerá el desprecio de todo el mundo —enrostró José Miguel al coronel Balcarce, que se mantenía a prudente distancia—. Algún día América entera sabrá de esta traición cometida por el gobernador de Cuyo.

Pero Balcarce permaneció imperturbable, limitándose a ordenar con tono tajante:

—¡Auxiliares, llévense a esos dos hombres y enciérrenlos, con centinela de vista, en la sacristía del Cuartel de San Agustín!

Envueltos por los ocho soldados, los Carrera fueron sacados del Cuartel de la Caridad. Como Juan José se debatiera, furioso, por los empellones que le daban, uno de ellos lo punzó brutalmente con la boca de su fusil en los riñones. Así fueron llevados, sometidos a la vergüenza pública, a lo largo de la calle central de Mendoza hasta el Cuartel de San Agustín, donde se los encerró en una estrecha y húmeda celda de la sacristía. Luego, dos fusileros con bayonetas caladas quedaron de centinelas en la puerta.

✒ 15 ✒

*M*anuel Rodríguez había tenido suerte. Su buena estrella lo guió también en aquella tierra extranjera. Aunque la primera noche la tuvo que dormir a campo raso y al día siguiente él y su ordenanza se comieron los últimos pedazos de charqui y de queso que les quedaban en las alforjas, apenas surgido el sol se dieron a cabalgar lentamente en torno al pueblo. El bachiller sabía perfectamente que era más cuerdo no entrar en Mendoza mientras estuvieran llegando y estableciéndose los demás emigrados; adivinaba la fuerza con que la confusión y los apremios resucitarían las enconadas rivalidades entre los partidarios de O'Higgins y Carrera, y no deseaba verse envuelto en las consecuencias. Por otra parte, no tenía prisa alguna, iba tanteando el terreno como perdiguero habiloso que se aventura en un pantano.

El calor del mediodía les caldeaba ya las espaldas y el hambre comenzaba a arañarles el estómago, cuando pasaron frente a una chacra campesina, humilde en apariencia, pero rica en cacareos de gallinas y mugidos de vacas y terneros. No era la primera semejante que divisaban, pero algo de especial tenía ésta que hizo detener su caballo al mozo. Por sobre la pirca de piedras y barro, junto a un añoso y desmayado sauce llorón, se veía un horno de barro, un típico horno chileno para hacer empanadas.

Rodríguez se hacía conjeturas sobre la presencia en ese lugar de un elemento tan de su tierra, cuando salió de la casa una mujer cargando una tabla de amasar llena de pan crudo. Era una mujer gruesa y rechoncha, entrada en años y en carnes. Mientras iba colocando los panes dentro del horno caliente, platicaba con una jovencita criolla, de pura estampa gaucha, que acababa de asomarse a la puerta.

—Andá a decirle al gaucho Luna, María Ester, que el pan no va a estar hasta una horita más y que se lo mando en cuantito esté.

Aunque hablaba con modismos gauchos, su acento no era propiamente el de una nacida en Cuyo. Y apenas la oyó y pudo verle la cara asorochada por el calor del horno, Rodríguez abrió los ojos, atontado por la sorpresa, y dejó escapar un silbido tenue.

—¡Güen dar la suerte mía! —exclamó—. Si hasta en estas tierras me sigue alumbrando mi buena estrella. —Y empinándose sobre los estribos llamó en voz no muy alta—: ¡Candelaria!... ¡Ña Candela!

Pascual Silvestre se lo quedó mirando con el más sincero pasmo.

—No me diga, patrón, que con esa jamona también...

Rodríguez rió en sordina y dio un palmetazo en la espalda de su compañero.

—¡Qué bruto eres, hombre! Si esa mujer es ña Candelaria, una sopaipillera famosa en el barrio de La Chimba, en Santiago. Ahora que la vi, recordé que se casó con un cuyano, hace unos años, y se desapareció de Chile. Y muy mala memoria ha de tener si no se acuerda de un cierto Manuel Rodríguez que se relamía con sus sopaipillas.

La mujer, ofuscada por el calor del horno, vino a levantar la cabeza solamente cuando el mozo la llamó casi a gritos y haciendo bocina con las manos. Entonces se quedó mirando a los dos jinetes, con extrañeza, vacilando, guiñando los ojos, hasta que Rodríguez se quitó el alón que le ensombrecía el rostro. Pareció reconocerlo de súbito y se quedó muda, restregándose las manos enharinadas en el delantal.

—¡Caramba, Candelaria! —insistió el bachiller—. ¿Así recibes a los viejos amigos de Chile?

La campesina se movió bamboleando su cuerpo pesado y después, de a poco, fue apresurando sus pasos hasta llegar a las tranqueras de la entrada.

—¡Señor de mi alma!... ¡Sagrado Corazón, si es don Manolito Rodríguez! —iba balbuceando, como si no pudiera creer en lo que veía—.

¡Por la Virgen, patroncito lindo, pero si se me aparece como un ánima venia del otro mundo!... ¡Desmóntese, por favor y disponga!

Rodríguez se deslizó por un costado del caballo y tendió los brazos abiertos a la panadera. Ella lo abrazó gimoteando y riendo, sin atreverse a apretarlo con las manos para no dejarle estampado de harina.

—¡Qué gustazo de verlo, don Manolito! ¿Siempre usté tan buena persona?...

El joven reía a carcajadas, zarandeando a la mujerona entre sus brazos.

—Aquí me tienes, mi vieja, y ahora la tortilla se ha dado vuelta y deberás ser tú quien me proteja a mí.

Candelaria se desprendió del abrazo y lo miró al rostro con cierta ansiedad maternal.

—¡Bah, y qué otra cosa mejor podría yo pedir! —expresó noblemente—. A su casa no más llega. Que se, apee también su mozo y pasen pa dentro.

Cruzaron el espacio despejado por donde corría una acequia y fueron a detenerse a la sombra del corpulento sauce. Semiparapetada tras un costado de la puerta de la casa, la gauchita de largas trenzas negras espiaba la escena sin comprender.

—¿Y los demás chilenos que dicen cruzaron la cordillera no vienen con usté, don Manolito? —quiso saber la Candelaria.

Rodríguez se encogió de hombros manifestándose ignorante de lo que pudiera estarles ocurriendo a los aludidos.

—Sé que vienen y muchos, ña Candela; pero ignoro qué suerte los aguarda en Mendoza. —Como se percatara de la presencia esquiva de la jovencita en la puerta, se agachó sobre la mujer y le inquirió en un susurro—: Oye, vieja, ¿y quién es esa lindura que me mira tan asustada?

Ña Candela no necesitó volverse para saber qué estaba ocurriendo y meneó la cabeza, refunfuñando condescendiente:

—¡Por la vida, don Manolito; siempre tan lacho! No se le va a quitar renuncia. ¡Si esa es la niña María Ester, la hija del dueño de una pulpería que está heí no más, a la salida de Mendoza! —y lanzó una carcajada, cuando la muchacha, al saberse aludida, arrancó corriendo hacia el interior de la casa y segundos más tarde se salió por un costado y se alejó a campo traviesa—. ¡Mirevé como se espantó la muy huasa! Es que ya la impresionó su mercé.

Ña Candelaria miraba a Rodríguez al fondo de los ojos, con curiosa gravedad y bastante enternecida, como si en las pupilas del joven quisiera encontrar los recuerdos de otros años. Pero éste se hallaba enteramente ocupado en seguir la carrera de la jovencita.

—¡Vaya, en todas partes las mujeres son iguales! —sentenciaba cínicamente—. Son como las perdices: arrancan, pero a los tres vuelos se las agarra con la mano.

—¡Este don Manolito!... ¡Déjese, déjese, que aquí es distinto que en Santiago! El gauchaje es muy serio y cuidan a sus chiquillas como si fueran de oro.

Rieron los dos y se dieron mutuamente cariñosos palmetazos, hasta que vieron venir a Pascual Silvestre cargado con las monturas de los caballos. Ni corto ni perezoso, el ordenanza había dado por hecho que ellos se acomodarían allí. Rodríguez carraspeó incómodo y preguntó, como al pasar:

—Y dime, Candelaria, ¿no sabes tú de alguna parte donde podamos hospedarnos mi asistente y yo? Será por unos pocos días no más; hasta que se aquiete la confusión que van a formar en Mendoza los demás emigrados.

La mujer miró a las monturas que Corrales dejara en el suelo, a los caballos que había atado dentro de la pirca, a la sombra de un castaño; luego clavó sus pupilas maliciosas en Rodríguez y dijo, haciéndose la que no adivinaba el propósito de los dos hombres:

—Y, bueno..., yo tengo este ranchito y la chacrita. Aquí hay siempre pan fresco y de vez en cuando alguna presa de ave... Si su mercé se acomoda a la pobreza...

Rodríguez la estrujó en un abrazo y giró con ella, como bailando.

—¡Imagínate, Candela!... ¡Vamos, pues, a lo dicho y sin dilatarse!

La campesina reía sofocada por la gordura, lagrimeándole los ojillos. Con un gesto automático se quitó el delantal y limpió los asientos de dos silletas de paja arrimadas al sauce.

—Asiéntense sus mercés que voy a buscarles un jarro de chicha fresca y d'hei platicamos sobre la instalación de ustees.

Se coló en la casa, alegre como gallina que reúne a sus polluelos. Rodríguez la contempló con cariño y luego, volviéndose a su ordenanza, se encogió de hombros y levantó las palmas de las manos hacia el cielo.

—Ya lo ves, Pascual: Manuel Rodríguez nació de pie. —Rió aliviado y murmuró, después, como para sí mismo—: ¡Gracias a Dios que caemos entre amigos! ¿Podrán decir lo mismo O'Higgins o José Miguel?

Su rostro se tornó en seguida grave y se sentó con un codo afirmado en las rodillas, vuelto hacia la cordillera que parecía una inconmensurable muralla blanca. Hacia votos íntimos porque allí encontraran la paz suficiente para reponer las fuerzas a fin de poder volver a luchar por la libertad de su patria.

En los días que siguieron, las noticias que llegaban desde Mendoza trizaban la apacible vida de la chacra de doña Candelaria. Rodríguez se fue imponiendo de todas las alternativas habidas en el choque de las vanidades de San Martín y Carrera, así como de las calumnias e intrigas que sembraran Mackenna e Irisarri. Pascual Silvestre penetraba todos los días en el pueblo y, recorriendo los cuarteles, tiraba de la lengua a los soldados de todos los bandos. Por esta vía, se enteró de la revisión del equipaje de los Carrera, del manifiesto injurioso firmado por setenta y cuatro incondicionales de O'Higgins, del conato de duelo entre Juan José Carrera y el viejo brigadier Mackenna y de los continuos desórdenes y riñas callejeras que ocurrían, a diario, en Mendoza. Pero lo que no llegó a saber fue que el coronel San Martín imaginaba que él también podía implicarse en aquella lucha de bandos y que, en la reunión que realizaba todas las noches con sus jefes subalternos, repetía la misma pregunta:

—¿Se ha visto a Manuel Rodríguez en el cuartel de los Carrera?

No, el bachiller ignoraba la preocupación que él significaba para el gobernador y, sólo cuando Corrales comenzó a oír su nombre en labios de soldados argentinos, se decidió a entrar en Mendoza. Ya estaba descansado y seguro de sí mismo; además, le atraía jugar con el peligro, aunque todavía no podía hablarse de peligro en Mendoza. Fue a la pulpería del gaucho Luna, después a otros lugares del centro del poblado, donde se reunían hombres, civiles y soldados, paseó por las calles y hasta se detuvo a mirar una vez el cuartel donde estaban los Carrera.

Esa misma noche, San Martín tuvo una respuesta afirmativa a su constante pregunta:

—Sí, señoría, ese tal Rodríguez estuvo esta tarde frente al Cuartel de la Caridad.

—¿Y qué conducta observa?

—La de un señorito que está de vacaciones en su propia hacienda, señor coronel.

—¿Ah, sí?...

—Algunas veces va a jugar al truco en la pulpería del señor Godoy, otras veces se junta con el capitán chileno Nicolás Maruri y van a la cantina de Luis Aceituno y allí beben, escuchan cantar; pulsa Rodríguez la guitarra y enamora a las mocitas de los alrededores.

Pese a su seriedad, San Martín no podía dejar de sonreír.

—¡Caramba el abogadito con buenos nervios! —comentó un día, al ser informado de que Rodríguez estaba aprendiendo a amansar redomones, a payar en versos y hasta se acostumbraba a tomar el amargo mate cimarrón de los gauchos.

Pero, aunque el mozo le provocaba simpatía, estaba siempre receloso de que se juntara con los Carrera a horas ocultas e insistía en que se lo vigilara.

—Me he enterado de que Manuel Rodríguez fue muy útil a José Miguel Carrera en Chile por lo escurridizo e inteligente que es. No celebraría mucho que aquí, en mi provincia, se aliaran y fueran ambos los que se me enfrentaran en lugar de ser Carrera solo. De modo que no le quiten el ojo de encima ni un instante.

No era difícil seguirle los pasos al inquieto emigrado; estaba en todas partes, recorría Mendoza de un extremo a otro, saludando a la gente, burlándose un poco de los exilados chilenos que se movían temerosos por las calles; vagabundeaba como si estuviera en su barrio, haciéndose ver despreocupado, como si no existiera problema alguno en su vida. Pero sus ojos chispeantes lo hurgaban todo, observaban atentamente hasta los más pequeños detalles del pueblo, como si deseara grabárselos en la memoria. Era su vieja costumbre de conocer bien el terreno en que pisaba; nadie podía garantizarle que no tendría, algún día, que escurrirse velozmente. No dejaba de advertir los negros nubarrones que se acumulaban sobre los militares chilenos en Mendoza y, por precaución, los rehuía, sin dejar, por cierto, de enterarse de todos los pasos que se daban en torno a ellos. Así llegó a conocer casi todas las casas de hospedaje del pueblo, las cantinas y especialmente las chinganas donde se bailaban las danzas gauchescas de Cuyo.

Hallábase una tarde justamente en una de esas chinganas, ubicada junto al camino que conducía hacia el sur, llevando el ritmo del baile con sus manos, cuando su acción quedó bruscamente interrumpida. Estaba sentado en el ancho alféizar de una ventana, de perfil hacia el camino, cuando con el rabillo de un ojo vio a un grupo polvoriento de jinetes que entraba a Mendoza. Eran "blandengues"; los identificaba su uniforme color marrón sucio. Pero lo que llamó la atención del bachiller fue un pequeño grupo de arrieros que cabalgaban a la retaguardia de la columna; y entre esos hombres venía una mujer. Montaba a un asa embozada en un oscuro manto que la cubría de la cabeza a los pies. Venía bamboleándose sobre la mula y su actitud toda era de un profundo cansancio. Al oír el son de las guitarras y las voces de los cantores, ella levantó el rostro abatido y miró hacia el lugar donde estaba Rodríguez. Entonces fue que el joven se quedó paralizado, con las manos en el aire. Porque el rostro que veía pasar ante sí era inconfundible, pese al polvo y a la demacración. Aquella mujer no podía ser otra que Meche Velásquez.

Tratando de disimular su prisa, Rodríguez contorneó el recinto y salió al exterior. La caravana había pasado, pero marchaba lentamente, de modo que a trancos rápidos pudo dar alcance al grupo que iba algo rezagado. No habló, no llamó por su nombre a la briosa chilena que fuera "la moza" de José Miguel Carrera. Pero, adelantándose algo por el borde del camino, se plantó de frente, bien visible para los viajeros. Era imposible que Meche no lo viera.

En efecto, ella le clavó su mirada mortecina y de inmediato recogió las riendas de su cabalgadura y la desvió hacia el costado donde estaba Manuel. Dos de los arrieros que la escoltaban la imitaron con cierta extrañeza y sólo detuvieron sus mulas cuando ella lo hizo con la suya y extendió sus dos manos al hombre que la aguardaba.

—¡Manuel!... ¡Manuel, por la Virgen! —fue lo único que pudo balbucear Mercedes y apretó los párpados para impedir el derrame de sus lágrimas, pero ellas le corrieron por las mejillas trazándole surcos sobre la máscara de polvo.

—¡Meche!... ¡Meche! —musitaba Rodríguez sin salir de su asombro—. ¿Pero de dónde sale usted y en esa facha?...

—De Chile vengo. Partí hace doce días —musitó ella, agotada—. Pero, por favor, no me haga preguntas todavía. Indíqueme primero dónde puedo echarme y descansar. Vengo deshecha por el dolor y la ansiedad. Mi padre, que partió conmigo desde Talca, se me murió el pobrecito en el fuerte San Carlos, hace dos días.

—¡Qué calamidad, por Dios! ¡No hable!... ¡Ya está usted junto a un amigo seguro! ¡Confíe en mí, que sabe no les fallo a los amigos! Venga. Yo la llevaré adonde personas buenas que la acogerán con cariño. Déme la brida, yo la llevaré.

Meche suspiró desde el fondo de su alma y se entregó en manos del hombre que sabía cuidaría de ella. Rodríguez echó a andar rápidamente arrastrando la cansada mula, y los dos arrieros, que se habían mantenido quietos a cierta distancia, espolearon también sus bestias.

—¿Vienen con usted, Meche? —quiso saber el joven al sentir los cascos detrás suyo.

La mujer asintió con la cabeza y murmuró:

—Son chilenos también. Acompañaron a mi padre por amistad. Eran vecinos de nuestro fundo de San Carlos.

Rodríguez no preguntó más; eso le bastaba para cuidar de ellos también. Volviéndose les hizo una seña con el brazo invitándolos a seguirlo.

Media hora más tarde, después de contornear Mendoza por el oriente para no despertar la curiosidad de la gente, entraba con su pequeño grupo al parral que sombreaba la hostería del gaucho Luna. Sabía que el hombre era de hospitalidad ancha y querendón de los chilenos.

No necesitó darle muchas explicaciones. Por otra parte, allí estaba también la hija, la mansa María Ester, que prendada recatadamente de él, lo apoyaba en cuanto decía.

Meche Velásquez tuvo las atenciones de la muchachita criolla, agua para lavarse, comida y un lecho donde tumbarse. Los dos campesinos chilenos, que soportaban en silencio sus quebrantos, recibieron grandes panes con tajadas de carne recalentada, cebollas y un voluminoso jarro pleno de vino grueso. En el vecino pajar, mataron su necesidad y se quedaron dormidos como leños junto a sus mulas ahítas de pasto tierno.

Manuel esperó en la cercana chacra de doña Candelaria, paseándose nerviosamente desde el corredor refrescado por enredaderas de glicinas a la habitación que le habían destinado. Se había puesto de acuerdo con María Ester para que le avisara tan pronto Meche Velásquez despertara, pero corrían las horas y la jovencita no venía. Cuando cerró la noche, perdió las esperanzas de conversar con la chilena y enterarse por ella de los sucesos ocurridos en Chile después de la emigración de los patriotas. Se disponía a acostarse, pero los ladridos de los perros lo sobresaltaron y su oído conocedor del lenguaje del campo supo entender que los animales ladraban y gruñían acusando a un hombre.

Embutiéndose su pistola en el cinturón, salió a la pampilla frontera en mangas de camisa. En efecto, los perros saltaban y gruñían amenazando a una sombra humana que se parapetaba tras la tranquera.

—¡Manuel!... ¡Manuel! —oyó que lo llamaban con voz cautelosa, que reconoció era la de su amigo el capitán Maruri.

—¡Caramba, Nicolás! ¿Qué haces por aquí a estas horas? —le inquirió, acercándose a la tranquera y tranquilizando a los perros con suaves chasquidos de la lengua. Su sorpresa fue mayor al comprobar que Maruri había venido a pie, pues su caballo no se divisaba por parte alguna—. ¿Qué ocurre? —le preguntó presintiendo que había motivo para alarmarse.

—He venido a prevenirte, Manuel —le susurró gravemente el oficial—. Creo que, entre todos nosotros, tú puedes ser el que esté más expuesto.

Rodríguez lo remeció de un brazo, impaciente por aquel largo preámbulo.

—Dime de una vez qué es lo tan grave que ha pasado.

—Acaban de desarmar a los soldados de Carrera y de reducir a prisión a José Miguel y a Juan José.

Rodríguez apretó los labios, pero no pareció asombrado; en realidad, esperaba eso desde hacía varios días.

—Al fin, se decidió a dar el zarpazo San Martín —dijo solamente y se quedó callado un buen rato, para preguntar en seguida—: ¿Y doña Javierita?...

—Está todavía en Villavicencio con las demás señoras de la familia. Es posible que ya esté enterada.

Maruri miraba a su pensativo amigo y su rostro reflejaba verdadero afecto.

—Escucha, Manuel —le aconsejó—: guárdate de acercarte a los Carrera. Seguramente todos los adictos a nuestro desdichado jefe van a salir desterrados a San Luis de la Punta y tú eres considerado el hombre más próximo a él y su mejor colaborador.

El aludido agitó la cabeza con desdén, negándoles importancia a sus posibles perseguidores, lo que movió al oficial a insistir:

—San Martín es un hombre que no se detiene a mitad de camino; tiene un carácter de fierro. Y yo también conozco el tuyo, por eso te prevengo. No te metas a redentor, Manuel. Trata de vivir en paz en esta provincia.

Rodríguez dejó escapar sonoramente el aire de sus pulmones y chasqueó la lengua con disgusto.

—Hay cosas que no he podido tragar nunca, Nicolás. Se me atragantan en el gaznate. No, m'hijo, me iré a Chile, aunque allá me revienten los españoles contra un muro.

—No podrás hacerlo. Te detendrán en la cordillera acusándote de desertor.

—Me marcharé a Buenos Aires entonces.

—¿Te dejarán?... —El oficial se respondió a sí mismo moviendo la cabeza con aire dubitativo.

—Te agradezco el aviso, hermanito. Rodríguez le estrechó la diestra afectuosamente y lo empujó de un hombro—. Ahora, vete. Has venido a pie para no hacer bulto y el camino a Mendoza es solitario y peligroso. Y no te preocupes por mí. Ya verán quienes quieran jugar al escondite conmigo que soy un ratón muy escurridizo. Buenas noches, Nicolás.

—Buenas noches, Manuel. —Maruri se volvió cuando se alejaba y dijo con sinceridad—: Ya sabes que cuentas conmigo para todo. Avísame de cualquiera determinación que tomes.

Manuel lo despidió agitando una mano y se internó en la casa.

Desde ese momento la chacra de doña Candelaria dejó de ser segura para él y se preparó para estar siempre en estado de alerta, como cuando se lanzó al campo en Chile. Al día siguiente expuso vagamente su inquietud a ña Candela y le pidió que le procurara un lugar más escondido para vivir en tanto se decantaban los acontecimientos. Y apenas iniciada la mañana se dirigió a la hostería del gaucho Luna para entrevistarse con Meche.

Aunque ella había dormido más de doce horas todavía su semblante mostraba las huellas del cansancio, por lo que no se atrevió a darle la noticia de la prisión del general Carrera. Prefirió dejarla hablar, que le relatara cómo era que había llegado a Mendoza.

Meche estaba todavía bajo la impresión de la muerte de su padre y fue muy breve, como si restara importancia a los hechos que a ella misma la habían afectado. Pasó por alto las dificultades que tuvo que vencer para arrancar de Rancagua después de la trágica batalla en que perecieron los últimos elementos del ejército patriota, limitándose a explicar, que, después de varios días de viajar por atajos, logró reunirse con su padre en San Fernando. El primer pensamiento de ambos había sido seguir hasta San Carlos y refugiarse en su pequeño fundo Las Ñipas. Pero pronto vieron que era absurdo pasar hacia el sur. Los criollos realistas, especialmente los campesinos, envalentonados por el triunfo de los soldados españoles vagaban en cuadrillas por los campos, saqueando y cometiendo toda clase de tropelías. Por otra parte, el único anhelo de Meche era cumplir la promesa que había hecho a Carrera de seguirlo a Mendoza.

En tales circunstancias, ayudados por dos traficantes de ganado amigos de Antonio Velásquez y que eran profundos conocedores de la cordillera, se aprestaron a cruzar por el paso del Planchón. Por causa del invierno demasiado prolongado, el viaje fue durísimo aun para los propios arrieros. La nieve borraba la huella y el barro empantanaba las quebradas. Además, el padre de Meche venía minado por el servicio forzado que le habían impuesto los españoles; estaba flaco y sin energías. Sus últimas reservas se agotaron en la dura ascensión y, aunque las alturas que escalaban no eran excesivamente pronunciadas, pronto comenzó a afectarlo la puna. Ocultaba su quebrantamiento para no afectar a su hija, pero su respiración acezante, la dificultad de sus movimientos y su silencio lo delataban. En el crucero del paso del Planchón ya no pudo seguir sosteniéndose sobre el caballo. Fue preciso que los arrieros le ataran los tobillos por debajo del vientre del animal y que uno de ellos llevara a éste del diestro.

Durante el descenso hacia Argentina ya no habló palabra. Sólo en las noches, cuando descansaba de espaldas envuelto en varias mantas, recobraba algún vigor y conversaba con su hija.

Meche lo veía apagarse como un cirio y su impotencia para reanimarlo la desesperaba. Pero también se tragaba su pena. Al enfrentar la pampa tuvo que montar al anca del caballo de su padre y manejar las bridas, manteniéndolo sujeto entre sus brazos. Don Antonio ardía por obra de la fiebre y a ratos deliraba.

Apenas alcanzó a llegar al fuerte San Carlos. Los soldados de esa escasa guarnición estaban a punto de partir, llamados desde Mendoza, pero postergaron su salida para desmontar al enfermo y tenderlo en una de las dependencias del pequeño fuerte. Uno de los baqueanos argentinos intentó darle una infusión de yerbas para aplacarle la fiebre, pero ya era tarde. Murió sin exhalar una queja, a los pocos minutos.

El oficial que comandaba a la guarnición, compadecido del dolor mudo de Meche, puso a sus hombres bajo las órdenes de un sargento y se quedó acompañado por dos soldados para ayudar al entierro del difunto.

Lo sepultaron junto a la empalizada, detrás de una pequeña huerta, en un espacio abierto hacia la pampa donde había tres o cuatro cruces. De rodillas rezaron todos y luego se retiraron en silencio. En el largo viaje hasta Mendoza, Meche se mantuvo con el rostro constantemente cubierto con su rebozo para que no la vieran llorar. Así entró a la capital de la provincia y la primera persona con quien habló, desde que muriera su padre, fue Manuel Rodríguez.

El bachiller le retuvo las manos entre las suyas durante largo rato, después que ella terminó el relato de su odisea. Quedaron silenciosos y él le acariciaba las manos suavemente para infundirle tranquilidad. Por fin, la mujer formuló la pregunta que seguramente traía en los labios desde hacía tiempo y que Rodríguez sabía no iba a atreverse a responder directamente.

—¿Qué es de mi generalito? ¿Dónde está José Miguel?

—Está... en Mendoza.

—¿En qué parte? Lo único que quiero es verlo. Estando al lado suyo siquiera un momento se me espantará esta pena negra que me está estrujando el alma.

Hubiera sido remachar su dolor confesarle la verdad de golpe, pero tampoco era posible ocultársela: lógicamente ella insistiría. Rodríguez dejó pasar intencionadamente los segundos para que su mutismo fuera preparándola a recibir la mala noticia.

—¿Qué pasa?... ¿Acaso le ha ocurrido algo? —Meche, que estaba sentada al borde del lecho en que había dormido, se puso nerviosamente de pie y sus ojos hundidos relucían inquietos.

—Meche, usted ha sido siempre una mujer fuerte... —comenzó lentamente el joven, pero ella lo remeció con violencia de un brazo.

—Hombre, por Dios, dígamelo de una vez. ¿Qué tiene José Miguel? ¿Está enfermo..., herido?...

Rodríguez suspiró profundamente y se decidió a hablarle con franqueza:

—No es demasiado grave lo que le pasa; tampoco está enfermo ni herido. Lo que ocurre es que no fue bien recibido por el gobernador de Cuyo.

—¿Ese coronel San Martín?...

—El mismo. Es un hombre duro y voluntarioso; no habría podido entenderse con José Miguel. Se enemistaron desde el primer instante.

—¿Y...?

—San Martín le ha quitado sus tropas a Carrera, reduciéndolo a prisión junto con su hermano Juan José.

Meche quedó como atontada, igual que si no lograra entender lo que oía o le fuera muy difícil formarse un cuadro de la situación. Pero cuando el sentido de la revelación penetró en su cerebro, reaccionó con la impulsividad que le era propia.

—¿Dónde lo tienen? —preguntó perentoriamente—. Quiero ir a verlo. Sé que le hará bien mi visita.

Era inútil oponerse. Bien lo comprendió Rodríguez. Ella iría de todos modos, apelaría a los recursos más inimaginables para llegar hasta el preso.

—Está encerrado en la sacristía del Cuartel de San Agustín.

Meche recogió su manto con presteza y se envolvió en él, decidida a salir al momento.

—¿Dónde queda eso? ¡Lléveme al tiro!

Rodríguez la contuvo posándole una mano en un hombro.

—Es preferible que vaya con otra persona; mi presencia lo estropearía todo. La haré acompañar por la hija del gaucho Luna. Usted la conoce: María Ester.

Meche asintió con un gesto rápido.

—Vamos a buscarla —dijo y salió del dormitorio a toda prisa.

Minutos más tarde, las dos mujeres marchaban apresuradas por el camino polvoriento que entraba a Mendoza. Rodríguez las vio alejarse, acodado en la baranda del corredor, mordiéndose los nudillos de la diestra. Recordaba que, hacía dos años, esa misma mujer atropelló a todos los centinelas del campamento patriota, en San Carlos, para entrar a matar a José Miguel Carrera; ahora sería capaz de matar a quienes le impidieran verlo.

Afortunadamente, el día anterior, José Miguel Carrera había elevado una mesurada protesta al coronel San Martín por las condiciones indignas en que se los mantenía, en una celda sucia, sin aire ni luz, y sometidos a la ultrajante vigilancia de un centinela que se mantenía constantemente sentado, con el fusil entre las piernas, frente a ellos. El jefe mendocino comprendió que no era justificada tanta rigurosidad y que hasta podría acarrearle una reacción desfavorable del Gobierno de las Provincias Unidas del Plata. Ya el coronel Luis Carrera debía estar llegando a Buenos Aires y seguramente encontraría modo de entrevistarse con el Presidente Posadas. Pesando estos factores, relajó el rigor con que se mantenía a los prisioneros y autorizó que recibieran comida de afuera y que fueran visitados por algunas personas.

Gracias a esta medida, Meche Velásquez pudo entrar al Cuartel de

San Agustín sin más obstáculo que identificarse en la sala de guardia y declarar que era una campesina chilena que deseaba agradecer al general Carrera por favores que él le prestara durante la travesía de la cordillera.

Escoltada por un soldado llegó hasta la puerta de la capilla y allí un centinela la tomó por su cuenta para introducirla hasta la sacristía. Cuando este último hacía girar la llave en la cerradura de la recia puerta, Mercedes temblaba entera, y al abrirse, chirriando el pesado batiente, tuvo que morderse los labios antes de resolverse a entrar. Dio uno, dos, tres pasos y se detuvo. Ante ella estaban de pie los dos hermanos Carrera. Con un ademán nervioso, la mujer se quitó el rebozo que le cubría la cabeza y parte del rostro y quedó trémula, mirando fijamente a José Miguel.

—¡Mi generalito! —dejó escapar, afónica, y su voz fue como un gemido.

En otra ocasión se hubieran precipitado uno en los brazos del otro, pero la situación insólita en que se encontraban, la sorpresa de José. Miguel, la presencia de Juan José, los cohibieron. El general avanzó hacia ella con los ojos desmesuradamente abiertos, sin habla, y lo único que atinó a hacer fue extenderle ambas manos, de las que ella se aferró frenéticamente. Se miraban a pleno rostro, con una mezcla de avidez y amargura. Luego él la llevó a un rincón, como si instintivamente buscara esconderla, y la hizo sentarse a su lado, sin soltarle las manos.

—¡Meche!... ¡Mi linda!... —balbuceó entonces.

Juan José, sin poder ocultar cierto despecho, se encaminó a la puerta y se quedó mirando hacia afuera por el ventanillo enrejado.

—Bienvenida, señora —dijo roncamente al pasar.

—Perdón, don Juan José. Me alegro de volver a verlo —se disculpó ella, comprendiendo la descortesía a que la había arrastrado su absorbente pasión.

Sólo entonces José Miguel pareció volver a la realidad y comenzó a interrogarla ansiosamente. No lograba comprender cómo era posible que se encontrara en Mendoza, siendo lógico deducir que los pasos cordilleranos debían estar copados por los soldados realistas. Fue preciso que Meche le relatara su triste travesía por el boquete del Planchón para que entendiera lo que a primera vista le parecía increíble. La joven ya no lloró al recordar la muerte de su padre: la presencia del hombre amado había sido suficiente para cubrir todo lo anterior. Ahora pensaba solamente en él; proyectaba sus anhelos hacia el futuro y nada más.

—¿Cuánto durará tu encierro?... Me imagino que no cometerán la torpeza de mantenerte mucho tiempo. Ese coronel San Martín se está jugando su carrera con esta arbitrariedad. Tú eres el director del Gobierno de Chile...

Carrera asentía a sus reflexiones, pero en el fondo de sí mismo tenía dudas. Había aprendido a conocer al gobernador de Cuyo y lo sentía capaz de llegar a cualquier extremo, aprovechando el aislamiento de su provincia y la distancia que la separaba de Buenos Aires. Pero no lo dijo. Porque durante los dos días de encierro había estado constantemente tratando de convencerse de que sus temores eran infundados. Por igual razón se esforzó en olvidar sus recelos para dar confianza plena a la mujer.

—Tienes razón —le aseguró—. San Martín tendría que ser un iluso si considerara que Buenos Aires va a aprobar que se veje a los gobernantes de Chile. Este no ha sido más que un alarde de poder a que lo han inducido el traidor Alcázar y los otros miserables a quienes desterré hace meses a este pueblo. Es posible también que haya intervenido O'Higgins, pero me niego a creerlo. Mucha será la distancia que nos separa, pero no es hombre para caer en este tipo de bajezas.

—Luego, si tienen que ponerte en libertad pronto, es preciso que yo me prepare para que acomodemos nuestra futura vida en Mendoza —dijo ella, irreflexivamente.

José Miguel no le respondió; pensaba en su esposa, en su hermana Francisca Javiera, que se desesperaban por él en Villavicencio. No podía mencionarlas en ese momento; preferible era que Meche las recordara por sí mismas. Pero la mujer estaba demasiado ofuscada por el encuentro tan ansiado y seguía tejiendo planes, sin atenerse a la realidad.

—Traje algún dinero —exponía—; mi padre lo juntó vendiendo los animales de nuestra finca y lo mantuvo escondido en previsión de posibles apremios. Alcanzará para que alquile o mejor para que compre una casa en este pueblo. Lo demás será fácil. Tú no tendrás que preocuparte y te aseguro que nada te faltará. Soy mujer de recursos y jamás le he quitado el cuerpo al trabajo. ¡Instalaré una hospedería! ¡Eso es! Seguramente hay muchos emigrados chilenos que no tienen dónde vivir...; la mayoría trajo consigo algún caudal, joyas u otras cosas de valor. Además, están los viajeros y los militares. El peligro de los realistas que se hallan al otro lado de la cordillera obligará al Gobierno de Buenos Aires a reforzar esta guarnición...

Meche seguía divagando y el general asentía a todas sus razones con leves movimientos de cabeza, aunque bien comprendía que sus puntos de vista eran divergentes. Para él no existía otro camino que el de Buenos Aires. Toda posibilidad de ser reconocido como el representante máximo de Chile y de organizar un nuevo ejército para regresar a reconquistar su patria estaba allá. Tanto avanzaba Meche en sus planes que se vio forzado a interrumpirla, aunque con cautela:

—Todo lo que dices está muy bien, mi negra. Pero vas a tener que hacerte de un poco de paciencia. Tu proyecto lo cumplirás como lo piensas, pero durante el primer tiempo deberás actuar sola. Yo me veré precisado a ir a Buenos Aires.

El entusiasmo de ella se apagó de golpe y lo contempló con cierto recelo.

—¿Por qué tienes que ir tan lejos?

—Es absolutamente indispensable, querida. Trata de comprenderme. Soy el Presidente de la Junta de Gobierno de Chile, debo hacerme reconocer por el Gobierno de Argentina. Sólo así podré conseguir que me proporcionen la oportunidad y los medios para preparar nuestro regreso a la patria.

Meche calculó fugazmente; eso retendría al general largo tiempo en Buenos Aires. Su impresión fue tan visible que Carrera se apresuró a tranquilizarla, aunque no había convencimiento en sus frases:

—No creas que estaremos mucho tiempo separados. El Director Gervasio Posadas es tío de un íntimo amigo mío, compañero de mis campañas en España, el general Carlos María Alvear, personaje de enorme influencia en Buenos Aires. Con su ayuda conseguiré que se me atienda rápidamente y se me faciliten los elementos que necesitaré. Tan pronto haya establecido bien mi condición ante el Gobierno rioplatense, volveré a Mendoza y aquí, ¿me entiendes?, en Mendoza nos dedicaremos a formar un nuevo ejército, tomando como base los soldados veteranos que me siguieron en este exilio.

—¿Volverás?... ¿De veras regresarás pronto?

—¡Te lo prometo!

—Mira que te esperaré, te esperaré siempre. Mi vida en Mendoza se va a reducir solamente a eso: a aguardarte.

801

Carrera cerró los ojos y apoyó la frente sobre sus manos empuñadas, como si se sometiera a un examen de conciencia. Después repitió con firmeza, como quien echa a rodar los dados que decidirán su vida:

—¡Espérame! ¡Sea como fuere, volveré y juntos pasaremos a Chile!

Juan José carraspeó junto a la puerta, tal vez para impedir que su hermano siguiera enredándose en promesas dudosas de cumplir o porque uno de los centinelas se disponía a girar la cerradura.

—Ya está bueno, señora —dijo el soldado por la puerta entreabierta—. Ha permanecido usted aquí más tiempo que el que se le autorizó.

Meche se puso de pie y estrechó entre sus palmas las mejillas del general, pero no cumplió su impulso de besarlo. Con sonrisa melancólica se despidió:

—Hasta pronto, mi generalito. Trata de verme antes de partir a Buenos Aires y no olvides que estaré siempre esperándote anhelosa.

—Adiós, mi linda —dijo simplemente él—. Cuídate durante mi ausencia.

—No te preocupes; la suerte ha puesto delante de mí a tu amigo Manuel Rodríguez. El me ayudará a encontrar la casa en que instalaré mi posada.

Se dirigió a la puerta y, al pasar, hizo una tímida reverencia a Juan José.

—A usted también le deseo suerte. Cuando se apacigüen los ánimos, espero que lleguemos a conocernos mejor.

—Ya veremos —dijo vagamente el brigadier, y le cedió el paso—. Adiós, señora.

Desde aquel momento Meche Velásquez volvió a ser la mujer de antes. Su voluntad y su sentimiento se impusieron sobre su organismo debilitado por las anteriores privaciones. Briosa y optimista la vio regresar Manuel Rodríguez y con cierto pesar la escuchó exponerle sus planes. Presentía que la pasión la cegaba impidiéndole ver la cruda realidad, pero, al mismo tiempo, comprendía que era preferible dejarla en aquel ilusorio engaño. Eso le daría las fuerzas necesarias para reponerse, para salir adelante. Su propia experiencia le recordaba qué fuerzas extraordinarias puede dar el amor a las mujeres, y cerraba los ojos, nostálgico.

Aquella misma noche plantearon al gaucho Luna el proyecto de comprar una casa amplia. El argumento decisivo fue una bolsa con casi un centenar de onzas que extrajo Meche de debajo de su saya; onzas españolas eran, en verdad, pero de oro. Resignándose a perder algo, era fácil reducirlas a un considerable capital en monedas argentinas; en Mendoza residían muchos españoles, seguramente la mayor parte realistas, pero disfrazados de patriotas.

El gaucho Luna resumió su pensamiento en una sentencia de su rústica filosofía:

—"Con plata se compran huevos" —dijo, y agachó la cabeza en rotunda afirmación—. ¡Mañana mesmo le consigo una casa, doña, ansí no más tenga que tentar al propio señor cura!

Cumplió su palabra. Un "compadre" suyo, lo que no significaba que fuera padrino de ninguno de sus hijos, estaba dispuesto a vender una casona grande que tenía en la propia plaza Pedro del Castillo, en el costado que hacia ángulo recto con el de la cárcel pública y enfrentando a la iglesia parroquial.

El trato se selló al estilo gaucho. El dueño y Mercedes se escupieron la palma de la diestra, se las estrecharon, ella le pasó el dinero pedido por la propiedad y él le entregó las llaves. Un escribano presenció el acto y levantó una breve acta que firmó él solo anteponiéndole la frase de rigor: "Por ante mí..."

Rodríguez no estuvo presente en la ceremonia. Por el pueblo corría un sordo rumor que hablaba de represiones. Un grupo de chilenos, acosados por la imposibilidad de adaptarse al medio, habían asaltado a un carrero que traía un par de cerdos desde su campo. Pese a que Meche lo invitó a instalarse en su nueva casa, tan pronto ella lo hizo, prefirió seguir en el escondite que le escogiera doña Candelaria. Era éste una casucha de paja semejante a un palomar, suspendida sobre cuatro postes, en medio de una viña, y que servía a la empeñosa mujer para colocar un cuidador en la época de las uvas. En aquel alto cubil, desde el cual dominaban un ancho espacio de campo, se instalaron Rodríguez y su ordenanza y su único medio de comunicación con el resto del mundo fue la modosa gauchita María Ester, que les llevaba las comidas y las noticias. Allí esperaron, fastidiados por la adversidad, creyendo a cada instante escuchar el bullicio de las patrullas de San Martín, que recorrían los alrededores acorralando a los chilenos presuntamente culpables del asalto al gaucho dueño de los cerdos.

Pero esa adversidad no sólo alcanzaba a los caudillos patriotas; también doña Javiera, que sombría de rencor tenía que someterse al aislamiento de la chacra de Villavicencio, habría de sufrir el ensañamiento del infortunio. Dos días después de la prisión de sus hermanos, una mula extenuada cruzaba el portón de piedra de la chacra y se detenía frente al alto corredor de techo pajizo de la casa. Sucio, con aspecto lastimoso, descabalgó Toribio, el viejo jardinero de los Carrera.

Doña Javiera acudió a su llamado y quedóse mirándolo, asida al marco de la puerta, con el corazón agitado por negros presentimientos.

El fiel servidor se quitó la chupalla y besó respetuosamente una de las manos de la señora.

—Ya pueden secárseme los ojos, mi niña, después de verla sana y buena —musitó, enternecido.

—¡Mi viejo Toribio!... —Doña Javiera no sabía decir más, ni se atrevía a hacer preguntas, adivinando que el motivo del viaje que el pobre hombre había hecho solo a través de la cordillera tenía que obedecer a una razón muy poderosa. Confirmaba su temor el largo preámbulo del jardinero antes de explicarse.

—Cariños le mandan todos, señora: su marido de usté, los niños, ña Antonia, mi Rosalía. Lo mismo a los caballeros. Pero ¿dónde están que no los veo, misia Javierita?

—¡Presos, Toribio! —La amargura de la patricia se descargaba entera en su acento martirizado—. Ese monstruo de San Martín los hizo arrestar anteayer.

El hombre doblegó la cabeza cana, colmada su capacidad de resistencia.

—Pero ¿por qué? . . . ¿Por qué?... —murmuraba, aturdido.

—Por la maraña de intrigas que manejan tenebrosamente San Martín, O'Higgins y la cuadrilla de despechados que los rodean. Y aquí estoy sola otra vez, tratando de sacar fuerzas de flaqueza para conformar a mis cuñadas. Merceditas y Ana María están agobiadas por el temor.

Toribio meneaba la cabeza pesarosamente y guardó silencio largo rato. Girando su chupalla entre los dedos nudosos, fruncía los labios como si buscara la forma de expresar algo, difícil de transmitir en ese instante. Por fin, pareció resolverse y comenzó a hablar lentamente, mirando al suelo:

—Usté es fuerte, misia Javiera. Yo lo hei dicho siempre a quien quiso oírme: "Mi señora doña Javiera es la mujer más firme que hay; ella es el alma de la familia y mientras viva todos los señores Carrera tendrán un refugio a su lado"

—Estoy en tierra extraña, Toribio. Me siento sola, desamparada.

—Su mercé es valiente —porfió el criado, y marcando intencionadamente sus palabras, agregó—: Ahora tendrá que serlo más todavía.

No escapó a la señora la entonación extraña que vibró en la voz de su servidor y su rostro se contrajo por obra de la alarma.

—¿Por qué dices eso, Toribio?... ¿Mi marido...?

El hombre negó con la cabeza.

—Alentado lo dejé, señora.

—¿Acaso mis hijos...?

—Quedaron llenando la casa con sus risas inocentes.

—¡Dios santo!... ¡Mi padre entonces!...

Toribio apretó los ojos e inclinó varias veces la frente.

—¡Ay patroncita, por la Virgen Santa! —gimió compungido—. A don Ignacio se lo llevaron hace unos cuantos días.

Doña Javiera tuvo que afirmarse en la baranda del corredor. Siempre había temido que los realistas se vengaran en él.

—¡Se lo llevaron!... ¡Se lo llevaron!... —musitó consternada.

—Desterrado, patroncita. Vinieron a sacarlo una mañana y, sin respeto a sus canas y a su dignidad, se lo llevaron. Lo encerraron en el cuartel de los talaveras junto con otros treinta caballeros de la misma importancia, y allí les leyeron la sentencia del general Osorio. Yo me apegaba a la reja de la entrada y, aunque los soldados me daban de culatazos, entre el redoble de los tambores lo oí todito. ¡A la isla de Juan Fernández los mandaron desterrados, patroncita!

Doña Javiera para no derrumbarse se abrazó a uno de los postes que sustentaba el techo y apoyó la frente sobre la madera rugosa. Imaginando la vida que habría de llevar su anciano padre en aquel temido presidio, sentía un dolor como si le taladraran el pecho con un estilete.

—Fue tremendo, señora —proseguía el jardinero, gemebundo y monocorde—. A todos los sacaron de Santiago ese mismo día. Yo los vi marchando a los pobres caballeros; don José Antonio Rojas, don Manuel de Salas, don Juan Egaña... Hasta a don Juan Enrique Rosales, que estaba enfermo, lo arrebataron de su casa, y su hija, misia Rosarito, salió tras él y se fue hasta Valparaíso regando el camino con sus lágrimas.

Doña Javiera lloraba, agobiada por la cruel condena que sufría su padre. Era la primera vez que su servidor la veía doblegarse, por lo que se dio prisa en sacar una carta que traía en un bolsillo.

—Tome, patroncita; para que consuele su pena. Se la manda el señor don Pedro.

El marido de doña Javiera gemía sus penas, como de costumbre. Y demostraba con cuánta facilidad había renacido en él su ancestro español. En uno de los párrafos decía:

Aunque nuestro muy amable General en Jefe, don Mariano Osorio, condescendió en un rasgo de generosidad a la insinuación mía de conceder permiso para que regreses, no pudo tener efecto, mediante hallarse poco después cerrada la comunicación a ese territorio. Procura cuanto antes facilitar tu viaje, pues yo no puedo avenirme a cuidar aquí de todo. Tu padre sigue con buena salud en su confinación, según manifiesta la carta que he recibido. Los niños claman por su madre y te dan mil memorias. Domitila bien hallada con la Sánchez y cada vez más logotera. Expresiones a Pedruñito y también de sus hermanos. Pásalo tan bien como quiere tu afectísimo.

PEDRO DÍAZ VALDÉS.

Lejos de apaciguarla, aquella carta vino a atormentar aún más a la sensitiva criolla. El general Osorio condescendía con magnánima superioridad a otorgarle autorización para regresar junto a los hijos que extrañaba tanto. Pero doña Javiera pensaba en sus hermanos prisioneros, en sus hermanos que, por extraña conformación de su carácter, estaban por sobre todo.

Por su parte, el coronel San Martín ya había sido informado de la verdadera pasión que la señora sentía por ellos. Hasta el propio O'Higgins, habitualmente parco, le expresó un día:

—No son tan de temer los oficiales carrerinos como doña Javiera. Ella removerá cielo y tierra por sacar libres a sus hermanos. Es la más fuerte de los cuatro y el odio que se anida en su corazón no se aplaca jamás.

Aunque poco conocedor del sexo femenino, San Martín entendía de caracteres y, de ver solamente una vez a la criolla, adivinó su fuerza.

—Buen cuidado tendré de no toparme con esa tigresa —confió a O'Higgins en esa oportunidad; y secretamente ordenó a uno de sus ayudantes que vigilara en forma estrecha la chacra de Villavicencio.

Pero O'Higgins estaba tan inquieto con el curso que tomaban los acontecimientos en Mendoza y con la notoria irritación que veía crecer entre los oficiales y soldados, que terminó por sugerir al gobernador:

—Lo más cuerdo sería hacer salir de Mendoza a los Carrera. Mientras ellos estén aquí no podremos concentrarnos jamás en los planes de organizar un ejército para cruzar los Andes.

San Martín emitió un gruñido de aprobación. Acababa de recibir una comunicación de Buenos Aires en la que se le informaba que ya estaban en esa capital Mackenna e Irisarri, quienes trabajaban activamente en torno al Presidente Posadas noticiándolo de los puntos que calzaban los Carrera, al mismo tiempo que solicitaban su apoyo para el proyecto de crear un ejército en Mendoza. Avanzados esos pasos, ¿qué razón tenía seguir manteniendo a los Carrera prisioneros en Cuyo?

—Los mandaremos a Buenos Aires convenientemente custodiados —resumió, sin mirar a su interlocutor, como era su característica—. El Director Posadas sabrá qué hacer con ellos. Pero tenemos que escoger un oficial que, por su antipatía a los Carrera, nos dé la seguridad de que no se le fugarán en el trayecto.

Fue elegido el teniente Agustín López, que buenas pruebas había dado de su inquina contra los prisioneros. Secundado por treinta de los dragones del coronel Alcázar, escoltaría a un carromato donde irían los cautivos, los que, por otra parte, deberían costear, no sólo sus propios gastos, sino también los de sus custodios. San Martín sabía que el general traía en su cinto algunos pesos.

—Daré orden para que se prepare una galera y partan mañana al amanecer —dijo categóricamente. A O'Higgins se le opacaron las pupilas azules, contrariado por ese exceso de rigor. Obligarlos a partir al alba siguiente era impedir que pudieran llevarse a sus mujeres, que no alcanzarían a llegar desde Villavicencio. Se lo expresó a San Martín, pero éste lo contempló con curiosidad, como si hablaran dos idiomas distintos, y se limitó a razonar con indiferencia:

—Pues, irán solos. Son ellos los presos.

La determinación, de por sí despótica, hubiera bastado para encolerizar a los prisioneros y, aún más, transmitida en forma despectiva por un oficial argentino, los hizo estallar, sobre todo a Juan José, que penaba por la salud de Ana María.

—¡Qué refinamiento de crueldad está ensayando con nosotros ese miserable! —barbotó, y el oficial cuyano se irguió ante él amenazador, poco acostumbrado a que los presos se insubordinaran.

—¡Basta! ¡Partirán al amanecer y le prohíbo proferir expresiones injuriosas sobre su excelencia el gobernador!

La actitud imperiosa del oficial sólo sirvió para atizar el fuego que ardía en el pecho del granadero, que no hizo el menor empeño en sofrenar su enojo.

—¡El sabe perfectamente que estoy casado con una señora que no es capaz de separarse de mí sin que le cueste la vida! —replicó amargamente—. ¡Con una mujer que se halla agobiada por los padecimientos y enferma en un país extraño! ¿Cómo puedo dejarla sola?

—¿Qué me dice a mí?... ¡Cuénteselo al gobernador!

—Por supuesto que lo haré. San Martín, cuando llegamos, me dio garantías de que podríamos vivir en Mendoza. Fiado en eso, arrendé una casa, pagando cuatro meses adelantados. Y ahora que pensábamos vivir en paz y buscar allí el alivio que ella precisa, primero se me encarcela y, luego, se me envía lejos, obligándome a abandonarla sin recursos. ¿De qué vivirá, si yo apenas alcanzo a conservar sesenta pesos?

El oficial cuyano se encogió de hombros, manifestando que el asunto no era de su incumbencia, y se volvió para salir.

—¡Ya están advertidos: parten mañana! — dijo. Pero una de las rudas manos de Juan José lo agarró por la espalda, del centro de la casaca, y lo inmovilizó en su sitio.

—¡Es que esto no puede ser! —gritaba el granadero a tiempo que lo remecía como a un pelele—. ¿Es que no comprenden que condenan a muerte a mi Ana María?... ¿No lo entiendes, maldito?

El oficial trataba inútilmente de zafarse, desconocedor de las fuerzas hercúleas del que lo tenía atrapado. José Miguel sonreía en un rincón, mirándolo debatirse.

—¡Quieto, mequetrefe! —ronroneaba peligrosamente Juan José—. Vas a permanecer aquí, a mi lado, sin moverte. ¿Me oyes? Si intentas marcharte, te cojo del cuello y terminas ahora mismo. — Y para demostrarle que podía hacerlo, lo atrapó con la otra mano de la nuca y presionó unos segundos. El hombre emitió un gemido ronco y se inmovilizó de inmediato. De un empellón, el granadero lo lanzó sobre un asiento y tomó nerviosamente pluma y papel y escribió una breve misiva a San Martín en la que le sugería que lo mandara a una hacienda distante diez a doce leguas o que le permitiera salir a su alojamiento arrestado bajo palabra de honor unos seis días para poder disponer el viaje de su esposa con algún desahogo.

El gobernador hubiera querido negarse a satisfacerlo, pero O'Higgins se empeñó ante él en favor de la petición.

—Las nuestras son querellas de hombres y persiguen fines superiores —le advirtió gravemente, agregando en voz baja—: Jamás me perdonaría haber dañado a una mujer deliberadamente.

San Martín cedió entonces, pero a regañadientes; la humillación que Juan José Carrera había inferido a uno de sus oficiales le escocía como una quemadura.

—¡Sea! —dijo malhumorado—. ¡Que partan con sus mujeres! ¡Que se vayan todos y nos dejen en paz de una vez! Postergaré la salida de la galera hasta el mediodía para que alcancen a llegar esas mujeres.

El 3 de noviembre de 1814, bajo el sol quemante del mediodía, una antigua galera, incómoda y crujiente, apenas un amplio cajón con cuatro ruedas de llantas de fierro, se disponía a partir de Mendoza llevándose a los Carrera. En su interior, Juan José acunaba a su Ana María, casi desfallecida, entre sus brazos; doña Javiera conversaba suavemente con su pequeño hijo Pedro, tratando de alejar su atención de los treinta dragones que aprestaban sus caballos cerca del carromato, y José Miguel ayudaba a su esposa a subir por la tosca pisadera lateral.

Fue en los momentos en que el general se volvía para cargar las valijas de Merceditas, que apareció Manuel Rodríguez en la esquina de la calle del cuartel. Pese a su aire absolutamente distraído, como el de un frívolo paseante que recorre el pueblo, Carrera presintió que su antiguo amigo había estado al atisbo de esa oportunidad. Caminando despreocupadamente se acercó al carruaje y se detuvo fingiendo profundo asombro.

—¡Vaya, José Miguel! —exclamó—. ¿Van ustedes de viaje? No imaginaba que se marcharían tan pronto.

Viéndolo conversar con tanta naturalidad, el teniente López, jefe de la escolta, lo dejó hacer. Además, sus dragones ya montaban y la caravana partiría al instante.

—Nos mandan a Buenos Aires —musitó el general Carrera y con los ojos le señaló al grupo de soldados, en forma decidora.

El rostro de Rodríguez permaneció inmutable, manteniendo una sonrisilla intrascendente, pero sus pupilas saltaban inquietas examinando todos los detalles. Inclinado junto al general, como si se mirara las botas, le susurró furtivamente:

—Sé de alguien que se va a desesperar por tu partida. —Aludía veladamente a Meche Velásquez, y Carrera demostró que lo comprendía mordiéndose los labios con cierta turbación.

—Volveré, Manuel —dijo roncamente—. Comunica a los que tienen fe en mí que volveré, que deseo que me esperen. No tardará en llegar el día en que regrese con elementos suficientes para pasar a Chile y rehacer nuestra vida de antes.

Aunque había empleado la forma plural, Rodríguez entendió perfectamente que el mensaje iba dirigido casi exclusivamente a Meche.

—Está bien —respondió—. Así lo diré a quienes deba.

El teniente Agustín López estaba ya sobre su caballo y se volvió con gesto agrio hacia Carrera.

—Usted parece olvidar su condición, señor —le expresó malhumorado—. ¡Suba al carro, que partimos ya!

El general, sabedor de que iba a estar entregado al poder de ese hombre durante muchos días en la pampa desamparada, se tragó la réplica que le asomaba a los labios. Estrechando rápidamente la mano de Rodríguez, subió al coche y cerró la portezuela. Un soldado contorneó el vehículo y afianzó la puerta con un sólido pasador de fierro.

—¡En marcha! —se oyó gritar al teniente López y el látigo del auriga restalló sobre los lomos de los cuatro caballos que arrastraban el carromato. Diez metros adelante, guiando un tronco de dos caballos auxiliares unidos por una larga cuerda a los que iban uncidos a la pértiga, cabalgaba un postillón haciendo sonar una aguda cornetilla.

Entre los denuestos del auriga, que maldecía por costumbre, los chirridos de los ejes y el estrépito de las herraduras de los caballos, el viejo carro se alejó camino de la pampa.

Rodríguez se quedó mirándolo con el rostro ensombrecido, pero reaccionando bruscamente, adoptó el mismo aire despreocupado y frívolo con que llegara. Así, silbando una tonadilla, regresó por donde había venido. Pero apenas dobló la esquina apresuró el paso y se encaminó directamente a la posada que comprara Meche Velásquez.

En el interior de la galera, que dejaba atrás Mendoza, el general Carrera había acomodado a su esposa sobre mantas extendidas y disponía sus escasas pertenencias en los costados del coche para que no les estorbaran. Juan José seguía mudo sosteniendo entre sus brazos a Ana María, que iba con los ojos cerrados, en tanto que doña Javiera mantenía en su regazo a su hijo "Pedruñito", como lo llamaba mimosamente. Por el estrecho y único ventanillo que permitía la entrada del aire contemplaba correr hacia atrás la árida perspectiva de la pampa. Por la mente de la sufrida patriota los pensamientos también corrían hacia atrás, a los tiempos en que todo brillaba en torno a los Carrera, y, golpeada por el zarandeo despiadado de la galera, comparaba. Por su angosto campo visual divisaba a ratos al comandante Diego Benavente o al padre Julián Uribe, que cabalgaban junto al estribo del coche, y un melancólico sentimiento de naufragio se ahondaba en su corazón. El rítmico galopar de los caballos los alejaba cada vez más de la cordillera de los Andes, de Chile. ¿Y hacia dónde los encaminaba el destino?... Nada se prestaba para despejarle la incertidumbre de lo por venir.

Sobre la pampa sin horizontes, reseca y hostil, el sol sin estorbos caía a plomo veteando el panorama de rayas color rojo oscuro, plomo pizarra y marrón en todas sus tonalidades, colores de agotamiento y muerte. Por las dos huellas de la senda la galera proseguía su galope interminable. Algarrobos achaparrados por el cálido viento zonda eran los únicos vestigios de vegetación que adornaban el desolado paisaje.

Ana María, la frágil esposa de Juan José, iba cada vez más enferma; el hercúleo granadero la llevaba literalmente en brazos, como a una criatura.

Pero si aquello era insufrible de día, de noche resultaba martirizante. El carromato se detenía en la posta más cercana al momento en que los alcanzaba la oscuridad y allí esperaba a los desterrados una choza común, de paredes agrietadas, con techo podrido, repleta de humo, mosquitos, pulgas y chinches.

Quince días sin descanso duró la primera etapa, hasta que, al anochecer del 18 de noviembre, la galera con su escolta enfiló hacia el pueblo-presidio de San Luis, arrojado en mitad de la pampa como una isla en medio del océano.

—¡Chitooo..., mancarróooon!... ¡Chito, qué canejo!

Los seis caballos, envueltos en sudor y espuma, se detuvieron pesadamente a un costado del cuadrilátero semidesnudo de la plaza de San Luis; resoplaban como fuelles a punto de reventar y los belfos les babeaban sobre la tierra reseca y polvorosa. El postillón los guió al paso hasta la sombra de un gigantesco ombú y allí los sofrenó definitivamente. Al sonido de su cornetín salió un mozalbete de la casa de postas trayendo en una mano un cántaro de vino para los conductores y en la otra un gangocho para secar a los caballos al tiempo de quitarles los arneses.

El teniente López por su propia mano descorrió el pasador que cerraba la puerta de la galera y franqueó la salida a los prisioneros.

—Descendamos; nos hará bien movernos un poco —se oyó decir al general Carrera con acento cansado, y poco después se le vio bajar dificultosamente los dos peldaños de hierro de la pisadera.

—Por supuesto que hay que bajar. ¡Bajar y no volver a subir más a este carro maldito! —exclamó Juan José asomando en el hueco de la portezuela. Sucio y desgreñado sostenía con un brazo a su esposa. Ana María parecía un espectro. Su cuerpo se doblaba como si se sustentara en cartílagos. El viaje agobiador había terminado de robarle sus últimas energías; casi no comió en esos quince días y la anemia progresiva se le advertía en la trasparencia de la piel y en las profundas sombras que enmarcaban sus ojos.

Juan José la bajó en sus brazos y la depositó delicadamente en el suelo rojizo.

—Nosotros nos quedaremos en San Luis, aunque me fusilen —protestaba—. Lo prefiero a seguir matando a pausas a mí pobre Ana María.

Ella intentaba sonreír, pero los labios exangües le dibujaban apenas una mueca triste.

—Resistiré, querido. No nos arriesguemos a contrariar las órdenes de San Martín.

—Ya estamos lejos de las garras del cuyano; hemos corrido ochenta y cuatro leguas desde Mendoza.

José Miguel, que ayudaba a bajar a Mercedes y a Javiera, quien traía a su niño de la mano, volvió el rostro con aire pesaroso.

—¿Acaso piensas que te permitirán quedarte aquí? —preguntó a su hermano.

—Pues, tendrán que echarme amarrado al carro —le replicó el granadero, mientras se alejaba apoyando a su esposa, que se resistía a que duplicara su propio cansancio por servirla—. ¿Para qué quiero mis fuerzas, hija mía, si no es para apoyarte a ti? —le iba diciendo—. Prefiero agotarme yo antes que tú te esfuerces. Tu coraje para resistir este tormento me enciende la sangre. Sería capaz de matar al que intentara imponerte que continúes este viaje infernal.

Doña Javiera se quedó mirándolos con pupilas inquietas en tanto avanzaban hacia la casa de postas. Sabía perfectamente que las expresiones de su hermano mayor no eran vanas amenazas.

—José Miguel —advirtió en voz baja al general—, tendremos que vigilar a Juan José.

El húsar hizo una seña afirmativa y caminó en pos de él llevando a Merceditas del brazo. La joven señora soportaba medianamente bien el viaje, pese a que pasaba los tres primeros meses de la gravidez. Marcharon en silencio observando el áspero paraje que los rodeaba. San Luis de la Punta era un pobrísimo oasis. El pueblo consistía en tres calles no del todo paralelas, una plazuela, una iglesia y el gran barracón que servía de presidio a los reos políticos.

Se veían contadísimas personas a esa hora en que el sol oblicuaba sobre la pampa tiñéndolo todo de color rojizo: apenas una decena de gauchos, vestidos con chiripá, gorro puntiagudo y botas de cuero de potro; algunos guardias somnolientos mateando frente a la poterna del presidio, y una pequeña bandada de chiquillos zarrapastrosos moviéndose en torno a la casa de postas, despierta su curiosidad por la llegada de los viajeros.

El teniente López y los sargentos estaban ya dentro del merendero y los soldados desensillaban sus caballerías junto a un varón lateral. El presbítero Uribe y el comandante Benavente esperaban al general y a las señoras en la puerta de la posta. Ninguno de los custodios se preocupaba de los desterrados, como tampoco parecían hacerlo los guardias con sus prisioneros, ya que el portón del penal estaba abierto por completo. Perfectamente sabían todos ellos que nadie podría escapar de San Luis, salvo que dispusiera de un buen caballo y de víveres y agua suficientes para recorrer la desnuda extensión que se abría a lo largo de doscientas dieciocho leguas hasta Buenos Aires. Hacia el sur y el norte todos los centros poblados estaban más lejanos.

El general Carrera adivinó que su hermano iría directamente a hablar con el teniente López, con el propósito de obtener, a cualquier precio, su autorización para quedarse en San Luis con su esposa. Apresuró el paso para evitar que cayera en una de sus habituales violencias, agravando de ese modo su situación.

En efecto, el brigadier de Granaderos había dejado a su esposa sentada ante una mesa y se enfrentaba con el oficial encargado de custodiarlos hasta Buenos Aires.

José Miguel condujo a Merceditas junto a Ana María, hizo señas a uno de los mozos de la casa de postas para que les trajera algo de comer, y se acercó a su hermano, que ya hablaba fuertemente con el oficial.

—La orden del gobernador de Cuyo fue que yo saliera de ese pueblo y viniera a ponerme a disposición del Director Supremo de Buenos Aires —decía el granadero—. Pero no fijó fecha para mi llegada a la capital. Ahora, yo le doy a usted mi palabra de honor de que permaneceré en San Luis apenas el tiempo necesario para que mi esposa se reponga y en seguida seguiré hasta Buenos Aires.

El teniente López movía la cabeza, irresoluto. Veía claramente que la señora estaba mal y no dejaba de preocuparle lo que podía sucederle a él mismo si llegaba a la capital con una de las mujeres Carrera muerta por una porfía suya de mantenerse apegado a la orden que había recibido. Pero él también era chileno y era fácil que lo pusieran en tela de juicio si tomaba la iniciativa de dejarlos a medio camino.

La simple visión de su semblante bastó a José Miguel para entender la causa de las vacilaciones del oficial, por lo que le expresó:

—Teniente López, si usted teme que puedan castigarlo por permitir que mi hermano se quede aquí con su esposa, yo, que deberé presentarme ante el Director Supremo, me hago responsable. Además, le aseguro que cuento en Buenos Aires con amigos tanto o más poderosos que el coronel San Martín.

—Sí, pero...

—Usted es chileno, teniente; debe tener más consideraciones con sus compatriotas. Piense también que los Carrera no estarán siempre en desgracia. Bien ha visto usted en otros años con qué facilidad nos sobreponemos a esta clase de trastornos —le recordó el general, marcando intencionadamente sus palabras—. Le garantizo que, cuando volvamos a ocupar el lugar que nos corresponde, sabremos ser agradecidos.

—Además, por el momento, yo le puedo dar cincuenta pesos para compensarle sus molestias —lo tentó Juan José.

El oficial se resolvió, no tanto por el dinero que le ofrecían, como por la velada advertencia sobre el futuro que contenían las palabras del general.

—Está bien —aceptó indirectamente—. Yo cierro los ojos; parte la galera y no me doy cuenta de que faltan dos personas hasta que lleguemos a Río Quinto, que es la próxima posta. Desde ahí notificaré al gobernador de Mendoza, argumentándole que no pude desandar lo andado.

—Gracias..., muchas gracias —le expresó Juan José con sinceridad y, pese a que el oficial se oponía blandamente, le introdujo en el cinto los cincuenta pesos prometidos.

—Pernoctaremos aquí, señores —dijo el oficial, alejándose hacia una mesa donde ya le servían un plato de comida—. Continuaremos viaje mañana antes de que amanezca.

Los dos Carrera volvieron al lado de sus esposas. El brigadier respiraba aliviado, casi contento. En cambio, el general fruncía el ceño.

—Le has dado los únicos cincuenta pesos que tenías —le iba diciendo—. ¿Con qué vivirán ustedes en San Luis?

Juan José levantó sus poderosos hombros, reanimado por la solución que le diera el teniente.

—Eso no importa. Trabajaré aunque sea de peón. Después de que mi pobre Ana María coma algo aquí, me la llevaré al instante a la iglesia. Presumo que el párroco no se negará a recibirnos; los dos hemos sido siempre buenos cristianos. Después, ya veremos cómo me arreglo.

José Miguel se entreabrió la camisa y hurgó bajo la pretina de su pantalón extrayendo en seguida una pequeña bolsa, de la que sacó cien pesos.

—Toma —le dijo, extendiéndoselos—; son de los dineros que guardé como último recurso para todos. Desde Buenos Aires te mandaré más en cuanto pueda.

Juan José los guardó con una sonrisa de fraterno agradecimiento y fue a sentarse junto a Ana María, en tanto que su hermano lo hacía entre Javiera y Merceditas.

—Alégrate, querida —dijo el granadero—. Hemos conseguido que el teniente López nos permita quedarnos en San Luis.

Ana María protestó con un débil movimiento. Le parecía que el hecho de desobedecer a San Martín les acarrearía muchos desagrados.

—No te preocupes por eso —la alentó José Miguel—. Yo me encargaré de arreglar la situación en Buenos Aires. Ahora lo único importante es que el aire seco y cálido de San Luis te haga recuperar la salud.

La joven se reclinó en el pecho de su marido, suspirando. Pensaba que cuando menos ahí disfrutarían de una relativa paz, paz que no habían conocido en todos los años que llevaban casados. Las revoluciones y la guerra mantuvieron a Juan José constantemente alejado de ella.

—Aquí te tendré como prisionero mío, mi amor —dejó escapar en un

815

susurro, y una pálida sonrisa se dibujó en sus labios. Juan José la abarcó con sus brazos y la besó en la frente. Estaba realmente contento.

Una hora más tarde se encaminó con ella hasta la iglesia y sus acompañantes no volvieron a saber de los dos. El resto durmió como pudo en los escaños de la casa de postas y antes de que se disipara totalmente la oscuridad, el cornetín del postillón los llamó a reanudar la marcha. Tres nuevos tiros de caballos habían sido uncidos a la galera y los dragones esperaban montados ya.

El general Carrera miraba hacia la iglesia en penumbra mientras se dirigía al carro. Sentía junto a su flanco el cuerpo frágil y agotado de su esposa y pensaba con cierta envidia en la suerte de su hermano, que podía alejarse siquiera un tiempo de esa vida de zozobras. Pero, sobreponiéndose a ese instante de flaqueza, se irguió reflexionando. "Ojalá pudiera conformarme con una tranquilidad tan fácil. ¡Pero no, para mí no habrá paz mientras quede un solo realista pisando en mi tierra!"

El presbítero Uribe y el comandante Benavente ocuparon los lugares que dejaron vacíos Juan José y Ana María en el crujiente carromato y éste reemprendió más alocadamente el camino a Buenos Aires. Posta tras posta fueron quedando atrás Morrón, Portezuelo, Achiras, Barranquitos, Santa Bárbara, Punta de Agua, Arroyo de San José, hasta que, el 21 de noviembre, llegaron a Esquina de Medrano, lugar donde confluían los caminos de Mendoza y el Alto Perú en la ancha senda que conducía a Buenos Aires. Con el ánimo algo más ligero, ante la inminencia del término de su penoso viaje, los emigrados vieron a la galera torcer hacia el sureste y tomar la ruta que cortaba la pampa como una línea recta. Al final de ella estaba la capital de las Provincias Unidas del Plata.

Tercera Parte

A través
de los Andes

1

La posada de Meche Velásquez comenzaba a tomar vida muy lentamente. Pese a que la enérgica mujer se aturdía trabajando para olvidar el quebranto que le produjera la marcha del general Carrera a Buenos Aires, los posibles parroquianos se mostraron reacios a penetrar en la vieja casona en los primeros días. No era que estuvieran enterados de la relación que existía entre la criolla y el caudillo proscrito, pues solamente unos pocos de los altos oficiales allegados a Carrera la habían conocido antes, y siempre desde la distancia; lo que ocurría era que los emigrados chilenos se tenían desconfianza entre sí. Dos mil personas sin ocupación representaban un lastre muy pesado sobre una población de doce mil almas y eso había acarreado como consecuencia los continuos latrocinios y rapacerías cometidos en las fincas y viñedos que rodeaban Mendoza. Los emigrados se sentían molestos por la severa vigilancia a que los sometía el gobernador de la provincia por culpa de unos pocos, que, apremiados por la necesidad, creían encontrar una solución fácil en el pillaje. Como no había sido posible descubrir a nadie en flagrante delito, los exiliados creían ver en todos sus compañeros de infortunio a los autores de los desmanes; por eso evitaban relacionarse unos con otros, y hasta reunirse en los mismos sitios.

Afortunadamente, en los primeros días de diciembre, los que lograron cruzar la cordillera con algún dinero o con especies de valor comenzaron a encauzarse hacia Buenos Aires. Todos los días partían convoyes de carretas y carromatos repletos de mujeres, niños y ancianos, escoltados por numerosas caballerías en que iban los hombres jóvenes. Pero los soldados que militaron en el ejército chileno no disponían de medios ni de autorización para abandonar Mendoza. Esos fueron los primeros que empezaron a acudir a la posada de Meche Velásquez. No constituían un beneficio para el negocio, puesto que no poseían dinero, pero la mujer los toleraba en espera de mejores tiempos. No era que estuviera dispuesta a servirlos gratis indefinidamente. Todo lo contrario. El tratamiento que les daba, aunque generoso, tenía cierta dureza. Su voz seca y amarga restallaba sobre sus dobladas cabezas, exigiéndoles que buscaran trabajo, a fin de que pudieran vivir decentemente en el pueblo y evitaran la situación desmedrada en que se veían ante los mendocinos.

Sus continuas exhortaciones fueron dando lentamente fruto y los emigrados más diligentes se ocuparon en las chacras cercanas y algunos hasta se resignaron a entrar al servicio doméstico de las casas de hacendados y comerciantes.

Pero ninguno podía sentirse cómodo en semejante situación; los embargaba la nostalgia, añoraban la posición que tenían en la tierra natal y esas sombrías corrientes del espíritu fueron las que los impulsaron a reunirse todas las noches en el amplio vestíbulo del caserón. Se los veía llegar taciturnos y formar una tertulia en sordina, para recordar, para hurgar en el pasado y entibiar sus corazones con las remembranzas de una vida mejor.

Meche Velásquez hablaba poco. Sentada en un alto taburete, tras el largo mesón, dominaba las bancas de madera apegadas a los muros en las que se acomodaban los hombres como golondrinas en un alambre. Sus ojos oscuros, endurecidos por el combate fiero que estaba librando con la vida, abarcaban todo el escenario desde su punto de observación: un vasto vestíbulo casi cuadrado dividido en varios sectores por los horcones de álamo que sustentaban el techo de barro y cañas atadas con correones. Un recio portón de tres pulgadas de espesor cerraba la entrada y angostas y altas ventanas enrejadas, que miraban hacia la plaza, daban paso a una luz opaca. En lo alto, contorneando el techo, existía un corredor con baranda, semejante a un coro de capilla, al que se subía por una tosca escalera de mano. Allí se guardaban las carnes, colgadas de ganchos; el charqui, en canastas: los quesos, en zarandas de alambre, para ponerlos a salvo de los múltiples ratones, y cueros de vacuno, monturas, pellones y riendas.

Al costado derecho del mesón se recortaba un hueco rectangular que daba paso hacia el interior, al patio de piedras y tierra apisonada, en cuyo contorno se alineaban diez o doce piezas provistas de jergones para los alojados. Cerraba este patio, por el fondo, una pesebrera, a través de la cual se pasaba para ir al huerto, cuyo deslinde final era un tapial de carrizo zajado por una puertecilla desvencijada que daba a un cequión bullicioso, canalizado con piedras de huevillo.

Por esa pequeña puerta entró Manuel Rodríguez las dos veces que fue a ver a Meche en los días agitados que siguieron a la partida de los Carrera. Después de la arriesgada aparición que hizo para despedirse de José Miguel, había preferido mantenerse prudentemente oculto en el viñedo de doña Candelaria. Tenía la certeza casi absoluta de que lo buscaban los hombres del coronel San Martín. Los robos cometidos por los chilenos habían dado al gobernador un pretexto irrebatible para perseguir a todos los partidarios de Carrera, encarcelarlos o desterrarlos a sitios lejanos. Nadie podía ser una presa más codiciada para el cejijunto coronel que Manuel Rodríguez, el más íntimo colaborador del general chileno en otros tiempos.

En sus dos visitas a la posada, Meche le ofreció que se fuera a vivir a su establecimiento, pero Rodríguez rehusó la generosa invitación. Le exasperaba la idea de tener que vivir escondido sin que hubiera una justificación legítima, pero al mismo tiempo comprendía que ponerse a la vista de los hombres de San Martín le significaría el inmediato destierro a quizás qué remoto lugar. Y su espíritu estaba vuelto hacia Chile; su único anhelo, cada día más ardiente, era trasmontar la cordillera y regresar a su patria. Por eso fue que perdió definitivamente la paciencia con que se había mantenido oculto en la viña de doña Candelaria, cuando, una tarde, María Ester, la hija del gaucho Luna, se deslizó sigilosamente hasta su escondite para llevarle una alarmante noticia.

—Esta mañana estuvieron unos soldados en la chacra de mi taita, Manolito —le comunicó atolondradamente la muchacha, y había en sus pupilas pavor y tristeza—. Dijeron entre ellos que se lo iban a llevar a usté no sé adónde. ¡Y yo no quiero que se lo lleven a ninguna parte, Manolito!

Su expresión reflejaba tanta ansiedad y angustia, que Rodríguez tentó apaciguarla acariciándole la barbilla. Experimentaba un sentimiento de culpabilidad ante el candoroso amor de la cuyana. Se sabía un hombre sin patria, sin fortuna, que ni siquiera podía darle paz, puesto que ya empezaba a robarle la que antes tenía.

—Estás exponiendo tu buen nombre niña —le reprochó cariñosamente—. Vuelve a tu rancho y no te hagas difícil la vida por mí.

—Pero es que... ¡yo te quiero, Manolito! Vos sos un caballero, y yo... nada más que una china, pero... te doy lo que tengo.

Rodríguez meneó la cabeza, pesaroso, y caminó unos pasos delante de los postes que sustentaban la casucha que les servía de refugio, buscando a su ordenanza.

—No puede ser, chiquilla —observó quedamente a María Ester—. No tengo derecho a quebrarte la risa complicándote en los azares de mi vida. Creo que será mejor que me marche.

—¿Marcharte?... ¿Y adónde?...

—Adonde no tenga que vivir escondido como un conejo. No sirvo para esto, querida; no nací para ser la liebre que se persigue y mata sobre la carrera.

—¡Manolito, no te marchés!

Rodríguez negó con un gesto amargo, y alzó la voz hacia las parras, entre las cuales acostumbraba dormitar su asistente:

—¡Pascual, trae nuestros caballos y los ensillas al momento!

La cabeza redonda de Corrales emergió por entre las hojas nuevas y los tallos tiernos de la viña.

—Están ensillados desde temprano, patrón. ¿Pa qué lado vamos?

El mozo miró hacia la cordillera. Las sombras comenzaban a trepar hacia las cumbres y el llano era ya un lago verde plomizo.

—¿Crees que podrías llevarme al cuartel donde se aloja el capitán Maruri, pese a la oscuridad?

Pascual llegó frotándose las manos, contento de romper, aunque fuera por unas horas, la inactividad en que se enmohecía.

—¡Clarito, pus, patrón!

—Pues, vamos a ir allá ahora mismo.

María Ester lo prendió ansiosamente de una manga.

—¡Te van a apresar y no te veré más, Manolito!

Rodríguez la contempló sonriendo con ternura, y le desprendió la mano de su brazo, abriéndole los dedos uno tras otro.

—Si me apresan, podrás verme, chiquilla. Si no me pillan y puedo salir de Mendoza, entonces quizás pase algún tiempo antes de que volvamos a encontrarnos.

Pascual marchaba por entre las hileras de parras balanceando los brazos con ademanes simiescos e indicando con movimientos de cabeza el sitio donde estaban los caballos. Rodríguez volvió a tomar el mentón de la muchacha en su mano, y, sin más palabras, se alejó tras su ordenanza.

Cuando entraron a Mendoza, la noche había cerrado, y las calles se veían solitarias. Cabalgaron suavemente por el centro de la alameda vieja, con casas espaciadas a un costado y un canal sonoro corriendo por el otro. En los corredores de las quintas se veían vagamente las siluetas de los vecinos que tomaban el fresco primaveral de la noche, y las lumbres de sus cigarros y de los braseros donde hervían las pavas del mate punteaban la oscuridad como luciérnagas rojas. No se advertían luces en las casas, de modo que las del cuartel destacaban como faros. Había dos: una en el portón de entrada, junto a la caseta del centinela, y otra tras las ventanas cerradas del cuarto que hacía esquina. Esta última era la sala de la comandancia. Todos los mendocinos estaban acostumbrados a verla encendida hasta altas horas, pues el coronel San Martín prefería trabajar de noche en sus asuntos de escritorio.

—Más vale que no nos acerquemos por ese lado —bisbiseó Pascual, cuando estuvieron a unos cincuenta pasos—. Ese hombre me da la idea de que todo lo ve y que adivina hasta los pensamientos.

Los labios de Rodríguez se estiraron en una sonrisa rígida, mostrando los dientes apretados.

—Pues, si adivinara los míos ahora, se apresuraría a gritar a un piquete de soldados que saliera a fusilarme. Pero dudo mucho que pueda ser tan brujo. Calló y luego dijo en brusca transición—: Bien, ahora a lo nuestro. Arrímate a la guardia y pregunta por Maruri. Cuando lo tengas delante, confíale con todo disimulo que lo estoy esperando y que salga como esté.

—¿Y si me pregunta pa qué lo necesita?

—Dile al oído que deseo me sirva de escolta o de testigo para acompañarme ante el coronel San Martín, ante quien voy a presentarme, para aclarar de una vez por qué me persigue. —Como Corrales lo contemplara con la boca abierta, perplejo y asustado, razonó con aspereza—: ¿Te crees que tengo aguantaderas para vivir escondiéndome como si estuviera muerto de miedo? ¡No, mi viejo! ¡Aunque estoy en tierra extraña, sigo siendo quien siempre he sido! Conque, ¡hala!, a buscarme una escolta para enfrentar a mi perseguidor.

Rodríguez se quedó aguardando sobre su caballo, inmóvil como una estatua. Al cabo de unos minutos, en el claro iluminado del pórtico del cuartel se destacaron dos hombres: Pascual y el capitán Maruri. El oficial vino hasta el jinete y, después de un breve saludo, lo escuchó en silencio. Cuando el bachiller hubo terminado rechazó vehementemente acompañarlo en su empeño.

—Es una decisión absurda —argumentó—. Tan pronto te hagas presente ante San Martín, dará orden de arrestarte.

Rodríguez sacudió la cabeza. Estaba seguro de que, si conseguía llegar hasta el gobernador, éste tendría que oírlo.

—De todos modos —concluyó—, esta situación de zorro perseguido por los perros me exaspera, y voy a liquidarla aunque me traiga como consecuencia ser encerrado en una celda de piedra, con grillos en las manos y en los pies. Por lo tanto, respóndeme: ¿me acompañas o no? Maruri dejó caer los brazos resignadamente y asintió con gesto desmayado. Rodríguez se volvió entonces hacia Corrales y lo instruyó de esperarlo solamente media hora. Si transcurrido ese plazo no salía del cuartel, debía ir a la posada de Meche Velásquez a informarle que había sido apresado.

El ordenanza recibió las bridas del caballo que le entregaba su amo, y afirmó tozudamente:

—Yo hei de esperarlo hasta que las velas no ardan, patrón, y si no sale, voy a sublevar a los amigos chilenos contándoles la barbaridá que cometen con usté.

Los dos hombres echaron a andar hacia el portón del cuartel. Maruri iba visiblemente inquieto, y antes de llegar frente al centinela se volvió hacia su acompañante.

—Si te detienen en la guardia, todo está perdido. Por lo tanto, si te preguntan quién eres, responde con acento argentino: "Servicio reservado del señor gobernador".

La fórmula propuesta por Maruri fue como una clave salvadora. El sargento que comandaba la guardia los dejó pasar sin más averiguaciones. Pero aún faltaba franquear la sala del oficial ayudante de San Martín.

—Todo irá bien, Maruri —tranquilizaba Rodríguez a su compañero, mientras recorrían el largo corredor de ladrillos que contorneaba el patio—. No tengas miedo, hombre. De peores situaciones he salido. Camina bien erguido, como yo, igual que si fuéramos los dueños del cuartel. Así, mi viejo.

Marchaba con trancos firmes, haciendo tintinear insolentemente sus espolines. Pero justamente ese alarde denunciaba su nerviosidad. En cambio, Maruri iba transpirando helado cuando llegaron a la puerta de la comandancia, y contuvo la respiración en el momento en que Rodríguez golpeó con los nudillos.

—No debiste arriesgarte, Manuel —susurró, casi sin voz, pero su acompañante lo hizo callar con un ademán; sentía los pasos de una persona que venía a abrir. Segundos más tarde, asomaba en el hueco de la puerta el rostro moreno de un oficial.

—¿Señores?...

—Deseamos entrevistarnos con el coronel San Martín —explicó Rodríguez, esforzándose en mantener la voz entera—. Dígale que lo requiere Manuel...

El oficial lo interrumpió sin interés en escuchar su nombre.

—Es imposible, señor —dijo, haciéndose a un lado para que se viera que la sala estaba vacía—. El señor coronel se ha marchado a Córdoba, y no regresará en varios días.

Maruri no pudo contener un suspiro de alivio, y dejó escapar en un susurro:

—¡Menos mal!...

Pero Rodríguez se agitó, fastidiado; su tensión nerviosa había sido vana.

—¿Cómo que menos mal?... —exclamó en voz alta—. El se ha marchado a Córdoba, pero su orden de perseguirme ha quedado dada, y voy a tener que andar escondiéndome hasta que regrese.

El oficial ayudante, atónito, iba a decir algo, pero se lo impidió una voz seca que resonó a pocos pasos, en el corredor.

—No tendrá para qué seguirlo haciendo, señor Rodríguez —dijo, saliendo de una puerta vecina, y encaminándose hacia el grupo. Era el brigadier Bernardo O'Higgins.

Rodríguez se volvió levemente sobresaltado, pero se repuso al instante. A la luz que salía de la sala, O'Higgins se veía cansado; llevaba el cuello de la casaca entreabierto, en forma no usual en él, que siempre vestía muy correctamente su uniforme.

—Buenas noches, señores —llegó diciendo con voz grave, y despidió al oficial ayudante mediante un gesto.

—¿No tendré para qué seguir escondiéndome, dice usted, porque ya no volveré a salir de este cuartel? —aventuró Rodríguez, sin responder al saludo.

O'Higgins lo contempló con aire severo, aunque tranquilo; después, se encogió de hombros, cansadamente.

—¿Habría mandado alejarse al ayudante?

Manuel se desconcertó un momento, y le costó hallar una réplica.

—Entonces, ¿qué debo pensar, brigadier?

—Que bajo mi responsabilidad puede usted seguir viviendo tranquilamente en Mendoza; que, aunque no está en el pueblo el coronel San

Martín, me ocuparé de conseguir con las autoridades subrogantes que se anule o suspenda, mejor dicho, la orden de prisión que puede haber en contra suya.

Manuel dejó escapar el aire de sus pulmones, como si se desinflara; se sentía súbitamente cansado de aquel juego y dispuesto a afrontar lo que viniera.

—¿Y cuáles son las condiciones, brigadier? —preguntó sin interés—. Porque alguna muy especial debe haber para que usted me conceda la libertad.

Esta última frase pareció herir a O'Higgins, y se vio endurecerse sus facciones.

—Los soldados de Chile que vinimos a Mendoza lo hemos hecho con el único objeto de preparar aquí un ejército que devuelva la libertad a nuestra patria —dijo secamente—. Mientras su manera de vivir no entorpezca nuestros trabajos, mientras usted no vuelva a provocar revueltas o desórdenes que retrasen los preparativos del plan de liberación de Chile, puede hacer lo que le venga en gana, trabajar en Mendoza como le acomode, y levantar una fortuna, si tiene dedos para comerciante. ¿Nos entendemos?

Manuel inclinó lentamente la cabeza, y se quedó pensativo. Pasaron varios segundos antes de que hablara, y cuando lo hizo, sus palabras se oyeron espaciadas, como si las fuera enhebrando una tras la otra.

—¿El coronel San Martín considerará las cosas como usted? ¿Verá con buenos ojos mi libertad?

—No lo sé. Pero creo que eso dependerá de usted —fue la rápida réplica del chillanejo—. De todos modos, hasta que el coronel regrese de Córdoba, puede transitar tranquilo por Mendoza. Buenas noches.

Sin mirarlos, ni preocuparse más de los dos jóvenes, O'Higgins dio vuelta la espalda y desapareció en la habitación inmediata.

Desde aquel día, Rodríguez pudo vivir en perfecta paz en Mendoza. Bernardo O'Higgins cumplió su palabra de hacer anular la orden de arresto en contra suya. Entonces, el bachiller se decidió a irse a vivir a la posada de Meche Velásquez, y durante los primeros días se lo vio alegre y despreocupado. Acompañado siempre por su ordenanza, recorría las chacras suburbanas, las pulperías, las canchas de bolos, los reñideros de gallos, en general, todos los sitios en que se reunía el pueblo mendocino. Pronto fue muy conocido en esos lugares, y su destreza en los juegos o cantando con la guitarra le ganó una fama que lo hacía ser recibido dondequiera reinase la alegría. Los versos que improvisaba payando en "la relación" del Pericón eran repetidos admirativamente entre todos los cultores de ese baile gaucho. Su voz bien timbrada tomaba acentos cuyanos cuando ofrendaba sus cuartetas a las "chinas" poblanas:

Hay un pájaro en la sierra
que urutaú se llamó.
Su amor le robó la guerra
y en lágrimas se volvió.
Hay una luz en la pampa
que en la noche es como el sol;
es en el cielo una estrella,
pero en la pampa sos vos.

Mas la bullanguera despreocupación de Rodríguez no duró mucho. Al cabo de unas semanas comenzó a vérsele mohíno y fastidiado en medio de las fiestas. Poco a poco fue dejando de ser el mozo brillante y dicharachero que conquistaba a las mujeres con su gracia chispeante y vencía a los hombres en ingenio y burla. Así lo encontró el término de 1814.

En la tarde del 31 de diciembre, cuando en todas partes se hacían los preparativos para la celebración del Año Nuevo, llegó hasta la hostería de Meche Velásquez el capitán Maruri, vestido con un flamante uniforme celeste y amarillo. Extrañado de no encontrar compatriotas en el amplio recinto, se acercó al mostrador y golpeó con la palma de la mano. Una voz de mujer preguntó desde el interior:

—¿Quién es? —Y casi en seguida apareció Meche, secándose las manos en el ruedo del delantal. Ella sonrió al identificar al capitán—. Buenas tardes, don Nicolás —lo saludó cordialmente.

—Buenas las tenga usted, señora. ¿No está Manuel Rodríguez?

Meche hizo un ademán ambiguo, como si ocurriera algo que no acertaba a explicarse.

—No sé qué le pasa a Manuel; ni siquiera habla —dijo, señalando hacia las habitaciones del patio interior—. Entre usted a verlo, y trate de averiguar qué tiene. Se lleva encerrado en su pieza y no quiere salir ni para comer.

Maruri siguió la dirección que le marcaba la mujer y se detuvo ante una puerta levemente entreabierta.

—¿No se enojará si entro? —dijo en voz baja.

—Ahora nadie sabe cómo se va a poner cuando le hablan —respondió Meche, levantando las manos—. Entre, no más.

Maruri franqueó la puerta, y asomó la cabeza dentro de la habitación en penumbra. Sobre un viejo catre de fierro dormía o dormitaba su amigo.

—¡Hola, Manuel! —lo saludó tímidamente—. ¿Qué te pasa que te encierras así? ¿Estás enfermo?...

Rodríguez apenas levantó la cabeza de la almohada, y reconociéndolo, se incorporó perezosamente sobre un codo.

—¡Hola, Nicolás! Pasa. No tengo nada. Solamente que me han entrado ganas de estar solo algún tiempo.

Maruri tomó asiento en un costado de la cama y permaneció sin hallar qué decir. La actitud de su amigo no invitaba a la charla. En cambio, Manuel se restregó los ojos, y se quedó mirando el nuevo uniforme del oficial.

—¿Y eso?.. —le preguntó, señalándoselo, con un ademán vago.

El capitán sonrió con infantil orgullo y vaciló antes de confesar:

—Es el uniforme de la Legión de Arauco; un batallón que acaba de ser creado.

—Turbado por el desinterés que se retrataba en el rostro amodorrado de su amigo, cambió de tema—. Pero no he venido a hablar de mí, Manuel, sino de ti. ¿Qué haces que no se te ve? ¿Por qué estás de un humor tan desastroso? ¿A qué te dedicas?

Rodríguez respondió gruñendo, tumbado de espaldas en el lecho:

—Me como los dedos, me masco los nudillos, me consumo... He perdido el ritmo de la vida, y me estoy muriendo de rabia, de fastidio, de ociosidad; en resumen, llegué a la conclusión de que no sirvo para nada. Hasta la alegría se me ha terminado. Ya no me distraen las mujeres, ni el canto, ni siquiera el trago. No sé qué hacer de mí. A veces pienso en montar a caballo y cruzar la cordillera, pero no tengo ánimo para poner el pie en el estribo. ¡Ah, todo esto es una buena mierda!

—¿Por qué no entras al ejército?

El mozo agitó un brazo rechazando la idea.

—¡Oh, yo no soy soldado, hermano!... Tampoco me gusta meterme en cosas administrativas. Ya te digo: todo es una mierda.

Maruri se inclinó sobre él y lo remeció de un brazo.

—Pero ¿cuál es la causa?... ¿Cómo es posible que un hombre como tú se deje vencer por el hastío? ¿Qué es lo que te falta?

—Chile. Eso es todo. —Rodríguez había vuelto a incorporarse, y los ojos le brillaban sombríamente en lo profundo—. Me falta mi Chile —repitió con amargura—. Yo no sirvopara vivir en tierras extrañas. Me está matando la nostalgia de mi tierra, Nicolás. ¿Comprendes tú qué es eso? Me estoy muriendo como las tórtolas, muchacho. Así como ellas lloran, se amustian y se mueren sino les dan la libertad, así voy a terminar en tierra mendocina, si no me dejan pasar a mi patria.

Maruri suspiró profundamente, afectado por la melancolía que vibraba en las palabras de su amigo. También él deseaba ardientemente volver a la tierra natal, y por eso se había enrolado en la Legión de Arauco, con la esperanza de que ese cuerpo formaría parte del ejército que pensaban organizar San Martín y O'Higgins para libertar a Chile.

—¿Por qué no hablas con el gobernador? —le sugirió débilmente—. Acércate a él; es un hombre sagaz; te emplearía.

Rodríguez rodó sobre sí mismo, hasta quedar boca abajo, y gruñó malhumorado.

—Te he dicho que no quiero trabajar en el ejército; me exaspera la disciplina. Lo que yo deseo es ir a Chile; quiero volver a encontrarme con mis amigos de La Chimba y de la Cañadilla; quiero abrazar a las guasas y parrafear con los guasos; anhelo correr por los campos burlándome de los realistas, y levantar montoneras para destruirles sus cuarteles, volarles los arsenales y azuzar al pueblo contra ellos.

Había hablado mordiendo la almohada, y cuando concluyó se quedó inmóvil, oculto el semblante, como si se hubiera marchado su espíritu.

Maruri lo dejó estar un rato y después lo remeció de un hombro con fraterno afecto.

—Habla con el coronel San Martín —le insistió, compadecido—. Dile lo mismo que me acabas de contar a mí; que quieres volver a Chile, y que allá serás capaz de organizar montoneras con las cuales volver locos a los realistas. Pero ¡despierta, sacúdete, vuelve a ser tú mismo!

Rodríguez se levantó en el lecho y dejó deslizarse sus piernas a un costado. Sentado en el borde del camastro se rascó rabiosamente la cabellera revuelta por la pereza y los desvelos.

—Sí, tal vez tengas razón —reconoció resoplando—. Posiblemente el mejor camino para que vuelva a pisar mis tierras sea hablar con San Martín. Hablarle a calzón quitado, decirle que me deje pasar la cordillera, aunque no sea sino con lo puesto. ¿Tú crees que podría verlo?

Maruri asintió, aliviado de ver reaccionar a su amigo.

—En la noche, sin duda. Ya sabes que regresó de Córdoba y que lo han ascendido a general, según parece. Es tan poco comunicativo el hombre. Pero a ti te acogerá, te lo aseguro. Estoy dispuesto a acompañarte de nuevo. Pero antes tienes que cambiar de aspecto, muchacho. Cámbiate esa camisa, sumerge la cabeza en un tacho de agua fría, y después salgamos juntos. Yo sé de un sitio donde hay vino y guitarras chilenas. Vamos a darle alimento a tu nostalgia.

Manuel sonrió, por fin; las cariñosas expresiones de su amigo lo reconfortaban.

—Vamos, Nicolás —aceptó, encaminándose a una tinaja llena de agua que estaba en un rincón—; hagamos que la nostalgia sea tan fuerte, que grite dentro del alma, que aúlle tan alto que ya no sea posible dejar de oírla día y noche, y nos obligue a saltar la cordillera como sea. Esta noche misma, con los recuerdos reavivados, hablaré con San Martín.

El gobernador de Cuyo escribía sobre una modesta mesa cuando su ayudante entró, estupefacto, a anunciarle la presencia de Manuel Rodríguez. Enarcó entonces una de sus espesas cejas y retrocedió la cabeza hasta que su rostro salió del halo de luz de la lámpara a carburo.

Hágalo usted pasar —dijo suavemente, al cabo de una pausa, y se quedó inmóvil, mirando la espalda del oficial que salía a cumplir su deseo. Después, se inclinó nuevamente sobre el pliego que redactaba, y en esa actitud se mantuvo aun después de oír abrirse otra vez la puerta y los pasos del que entraba. Deliberadamente prolongó la espera hasta que el silencio se hizo tenso entre su visitante y él. Entonces enderezó el cuerpo lentamente y clavó su mirada oscura en el recién llegado.

—Buenas noches, señor Rodríguez —lo saludó, y añadió con aire indiferente—: ¿Viene usted a verme de parte del general Carrera?

Rodríguez estuvo a punto de girar sobre sus talones y mandar al demonio la entrevista que buscaba, pero se contuvo, haciendo un gran esfuerzo.

—El director del gobierno de Chile está lejos, señor —respondió con acre mordacidad—. Parece que alguien lo forzó a alejarse.

El esbozo de sonrisa que asomaba en los labios del gobernador se borró al instante.

—¿A qué se debe su visita, señor? —preguntó secamente.

—Necesitaba hablar con usted, general.

—Un poco ocupado estoy.

Rodríguez se irguió, herido por el desprecio.

—Bien. Si su señoría no tiene tiempo de oírme, me retiro —replicó insinuando el ademán de darle la espalda y salir, pero la voz de San Martín lo contuvo:

—Espere..., por favor. —Su acento era ahora más cortés, y su actitud menos severa. Inclinándose hacia su interlocutor lo invitaba a conversar.

—Usted ha dicho recientemente, refiriéndose al general Carrera, "el director del gobierno de Chile". Le es usted muy leal, ¿verdad?

—Soy muy respetuoso de los hombres que valen, general —le repuso Manuel, cautelosamente, sin adivinar qué giro pensaba dar San Martín a la conversación—. No hay pasión lo suficientemente fuerte como para hacerme sentir de otro modo. Pero la lealtad la mantengo solamente mientras los hombres se la merecen. Por otra parte, no he sido, no soy, ni seré nunca un incondicional de persona alguna. No escatimo jamás ni un esfuerzo cuando trabajo junto a un hombre cuya obra me satisface; pero si lo veo torcer su rumbo, me aparto, primero; y si comienza a ser dañoso, lo ataco en seguida.

San Martín entrecerró los ojos y lo observó por debajo de los párpados pesados.

—¿Me quiere dar una lección?...

—Nunca me ha gustado ser profesor de nadie. Generalmente los hombres son vanidosamente apegados a sus principios, y no admiten que otro pueda pensar mejor. Pero, como no he venido aquí a discurrir sobre principios, le ruego que me permita retirarme. Buenas noches.

Entonces sí que dio vuelta la espalda y alcanzó a avanzar dos pasos en dirección a la puerta, pero otra vez lo contuvo la voz del general, ahora áspera y autoritaria:

—¡Entendámonos! Usted vino a hablar conmigo. ¿Qué deseaba decirme?

Rodríguez regresó hasta el borde del escritorio, y afirmó en la superficie las palmas de sus manos.

—¡Que necesito irme a Chile, que ya no doy más en esta tierra, hermosa para todos, pero triste para mí! —dijo exaltadamente, y se quedó esperando la reacción del cuyano, que suponía violenta. Pero lejos de eso, éste reflexionó con acento zumbón:

—¿Triste Mendoza?... Primera vez que lo oigo decir.

El joven alzó los hombros con cansancio, y trató de explicarse. Echaba de menos su patria, su paisaje, sus costumbres. Se sentía inactivo y torpe al no poder hacer nada que contribuyera a la reconquista de su libertad.

—Necesito pasar a Chile a cualquier precio —insistió—. Allá podré organizar montoneras, levantar al pueblo y a los campesinos. Incluso me será posible colaborar con usted, informándole de cuanto ocurra al otro lado de la cordillera. ¿Le interesa, general?

San Martín negó lentamente con la cabeza y los párpados le velaron las pupilas. No podía fiar en Rodríguez; los informes que tenía sobre él le imponían proceder con cautela.

—No sé hasta qué punto podría interesarme —dijo evasivamente—. Además, hay ciertos aspectos de su comportamiento que...

—¡Ah, su eterna desconfianza! —exclamó el chileno, profundamente herido—. Usía imagina que no soy un patriota de verdad, y que mi único anhelo es reponer a los Carrera en Chile. Pues vuelve usted a equivocarse conmigo. —Y como San Martín se pusiera bruscamente de pie, enfadado por su tono violento, prosiguió con terquedad—: Sé ser leal; si le ofrecí mis servicios fue porque pensaba cumplirle. Pero ya que me rechaza, le advierto que, con o sin su ayuda, iré a mi país a levantar montoneras con las cuales combatir a los realistas que lo oprimen. Con su permiso.

Y sin esperar la reacción del gobernador mendocino, dio vuelta la espalda y abandonó la sala con un portazo.

En el corredor exterior le salió al encuentro el capitán Maruri, que lo había esperado, presa de ansiedad.

—Y bien, Manuel..., ¿qué te dijo el general?

Rodríguez lo tomó de un brazo y lo indujo a caminar a su lado.

—Me lanzó por la cabeza su eterna desconfianza, y le respondí como se lo merecía —explicó rabiosamente—. Y ahora, aviva el paso, Nicolás, o vas a dar a un calabozo tú también.

—¿Tan agria fue tu entrevista con él? —quiso saber Maruri, marchando a tranco rápido a su lado, a lo que su compañero respondió con un gruñido.

—En unos minutos más tenemos a un piquete de soldados a nuestros talones. Pero ya no me importa un bledo lo que intente hacer el señor San Martín. Yo paso a Chile, aunque tenga que hacerlo disfrazado con los hábitos de un fraile mendicante. Y si me matan, ¿qué he de hacerle? Habré saldado mi cuenta. Pero yo no vuelvo a regir mi vida por el antojo de los mandones.

Llegaban al portón de entrada y lo cruzaron en silencio, pero apenas se encontraron en la calle, Rodríguez se lanzó a cruzar la plaza en diagonal, arrastrando a su amigo.

—¡Hala! Salgámonos del camino para que no nos cojan de inmediato, y vamos a recibir el Año Nuevo donde la Meche Velásquez, que tiene preparada una fiesta para sus parroquianos. ¡Vamos, capitancito; no me mires con ojos de plato! ¡Sacúdele el polvo a los botines, y metámonos por la oscuridad de la alameda!

Desde lejos comenzaron a oír las cadenciosas guitarras sonando en la posada de la chilena, y a medida que se acercaban fueron percibiendo el rítmico tintinear de las espuelas de los gauchos que bailaban la zamba cuyana.

Entraron, y, contorneando el penumbroso vestíbulo, fueron a afirmarse en el mesón.

Cuatro faroles de aceite alumbraban el recinto y a través del humo espeso de los cigarros de hoja se distinguían guirnaldas de papel tijereteado pendientes de las vigas del techo. En una repisa de los anaqueles posteriores al mostrador tentaban a los concurrentes un pavo adornado con banderitas y un lechón con una manzana mordida en el hocico. Al fondo, al lado derecho de la sala, unas mujeres viejas tocaban guitarras y un requinto y, a sus sones, el mocerío, galano, ingenuote y vanidoso, bailaba con parsimonia, siguiendo las indicaciones del caporal de una estancia, que actuaba de maestro de ceremonias.

Minutos más tarde llegó Meche por la arcada que daba al interior. Hendiendo el humo que flotaba en nubes perezosas, fue a acodarse en el mesón entre dos hileras de grandes vasos verdosos.

—Buenas noches —la saludó Rodríguez, en sordina—. Déme aguardiente, Meche, que no estaría bien que el Año Nuevo me pillara con la cara larga.

La mujer, con aire ausente, suspiró hondo, como si le costara volver a la realidad, y miró a los recién llegados con expresión melancólica, ensayando una sonrisa. Llenó dos vasos, y se los alargó sin palabras. Los jóvenes comenzaron a beber a pequeños sorbos, taciturnos, como si la música les arañara el alma.

Cinco chacareras y un gato bailaron los concurrentes, y un par de gauchos jóvenes intentó un malambo antes que los chilenos hablaran o se miraran siquiera. Cada uno de ellos parecía absorto en sus propias cavilaciones. Formaban un mundo aparte, ignorando a los demás compatriotas que se arrinconaban en las bancas en penumbra.

Iban a ser ya las doce, cuando Meche suspiró como si volviera en sí, y llenó por quinta vez los vasos de los dos mozos.

—Beba, Manuelito, y levante ese corazón —dijo extendiendo uno a Rodríguez y acercándoselo casi hasta los mismos labios.

El aludido trasegó el ardiente líquido con lentitud, pero sin interrupción, como si tragara una droga. Después, chasqueó la lengua, depositó el vaso vacío en el mostrador, y miró a la mujer al fondo de los ojos:

—¡Otro Año Nuevo lejos de nuestra, tierra, Meche! —musitó—. ¡Otro año que pasa sin que podamos volver a nuestras canchas!

—¿Quiere que le dé un remedio, Manuelito? —discurrió ella, como si sólo entonces lo pensara.

—¿Hay remedio para la nostalgia, mujer?

Meche enderezó el cuerpo y golpeó las manos con imperio, vuelta hacia los guitarristas.

—¡Amigos, paren el baile y perdonen! —expresó, y como todos la miraran con extrañeza, les aclaró—: Habemos aquí varios chilenos acordándonos de nuestra patria, y está también Manuel Rodríguez, que echa de menos la música de su tierra. Concédannos unos instantes.

—Abandonando el mesón se acercó a los ejecutantes y tomó una guitarra de las manos de su dueño. Sus dedos se engarfiaron en las cuerdas, y, con un brío que tenía mucho de desesperación, comenzó a tocar una tonada chilena, llena de reminiscencias.

—¡Va para usted, Manuelito! —la ofrendó al bachiller, y cantó con sentimiento.

Rodríguez, apoyados los codos en el mesón, hundía la frente entre las palmas, inmóvil, traspasado por la canción cargada de recuerdos. Por su mente pasaban en tropel arrebatado imágenes que se iban sobreponiendo unas a las otras, apenas evocadas: las quintas de La Cañada abajo, las fondas del Paseo del Galán de la Burra, las chinganas de La Chimba, los rodeos de Colchagua, las misas del gallo en la Recoleta Dominica, las carreras de caballos y las topeaduras en La Cañadilla.

Tan absorto estaba en sus recuerdos, que no sintió abrirse el portón de la hospedería al violento empellón que le dio un grupo de soldados que irrumpía bruscamente en la casa, encabezado por un oficial. Sólo volvió a la realidad cuando el rudo vozarrón de este último acalló la guitarra y el canto.

—¡Alto! —y la música fue muriendo entrecortadamente, como sorprendida.

"Vienen por mí", calculó Rodríguez al alzar los ojos, y no tuvo duda de que San Martín lo había hecho seguir despaciosamente, para darse el gusto de arrestarlo ante numerosa concurrencia. Confirmó su pensamiento la actitud del oficial, que se encaminaba en derechura hacia él.

—¡Señor Rodríguez, dése preso! ¡Acompáñenos! —fue la escueta conminación, y el chileno ni siquiera tentó inquirir la causa.

Fue Meche la que se encargó de oponerse. Plantándose ante el oficial con los brazos en jarras, derramó un torrente de reclamaciones y denuestos.

Uno de los chilenos presentes se atrevió a preguntar:

—¿Por qué lo arrestan?

—Ordenes del general San Martín —fue la respuesta, acompañada por un gesto perentorio, invitando a Rodríguez a salir de la posada, Manuel se encogió de hombros y reflexionó con acento fatalista:

—Hablar claro cuesta caro. En fin, vamos, capitán. —Y volviéndose a los concurrentes, les deseó con sonrisa melancólica—: ¡Que tengan un feliz Año Nuevo! No dejen que se les agüe la fiesta por mi causa —y echó a andar ante el piquete de soldados.

Maruri no se arriesgó a decir nada, ni a esbozar un gesto; comprendía que su amigo lo había ignorado deliberadamente, para no comprometerlo. Pero abandonó la fiesta casi en seguida. Por su parte, Meche, enfurruñada y hosca, sólo permitió que ella se prolongara hasta que los parroquianos terminaron de consumir los jarros de vino que ya habían pedido: luego, antes de dos horas, expulsó a los últimos bebedores, y cerró su negocio, cruzando la gruesa tranca de encina. Después, a solas, se quedó sentada en su alto taburete, ante el mesón, con las pupilas empañadas y las comisuras de los labios caídas. Pensaba en los ausentes, predominando en sus recuerdos la figura de José Miguel Carrera. Nada sabía de él, y era tanta su ansiedad de noticias que había proporcionado medios al ordenanza José Conde, a quien mantenía escondido en su posada, para que se trasladara a Buenos Aires. Esperaba..., esperaba, contando los días y las horas. Tenía el presentimiento de que aquélla habría de ser su actitud constante a través de largo tiempo: aguardar; sin otro aliciente, sin más esperanza que la de recibir una carta en que su "generalito" le participara que venía, para regresar juntos a Chile.

Manuel Rodríguez yacía tumbado en el camastro del calabozo en que lo habían encerrado, cuando lo despertó el chirrido de los goznes de la puerta. Restregándose los ojos, vio recortarse contra la luz del nuevo día la silueta inconfundible del general San Martín. Este dio una orden hacia afuera, y la puerta de la celda se cerró tras de su espalda. El chileno lo vio avanzar despaciosamente hacia él y le pareció que una leve risilla le zumbaba entre los labios.

—Buenos días, Rodríguez —lo saludó el mendocino, con acento malicioso—. Lamento que haya tenido que pasar la noche de Año Nuevo en la cárcel, pero no había otro remedio.

—¿Para saciar su rencor?...

—No, para satisfacer su anhelo de pasar a Chile.

Rodríguez se incorporó en el camastro, sin comprenderle, pero adivinando que tras sus palabras existía un secreto que iba a serle revelado.

—¿Qué quiere darme a entender? —le inquirió intensamente.

La risilla del gobernador se hizo más perceptible entonces, y las pupilas le brillaron con malicia.

—Que hay demasiados realistas emboscados en Mendoza, que se mantienen en correspondencia permanente con los de Chile —le aclaró—. Estos harán saber a aquéllos que el ogro de San Martín dio su merecido al loco de Manuel Rodríguez y lo metió en la cárcel.

El bachiller comprendió de un golpe la argucia del jefe cuyano, y se puso de pie de un salto. Mientras los realistas chilenos consideraran a Manuel Rodríguez anulado por largo tiempo en la cárcel de Mendoza, fácil le sería aparecer en Chile sin despertar sospechas, y convertirse en el caudillo montonero que preparara el terreno al ejército que posiblemente se organizaría en Argentina.

—General San Martín —dijo con sincero arrepentimiento—, perdóneme los malos pensamientos que he incubado en contra suya.

Una leve sonrisa estiró los labios delgados del cuyano, pero de inmediato su rostro volvió a la gravedad al añadir con acento autoritario:

—Esta noche se presentará usted en mi despacho, vestido con el uniforme de la Legión de Arauco, que le traerá el capitán Maruri. Se presentará a las once, sin darse a conocer, bajo el nombre de capitán Falcón, y evitando que nadie pueda descubrir su verdadera identidad. Allá le daré mis últimas instrucciones; estudiaremos juntos qué puede interesarme que usted me averigüe en Chile, qué trabajos realizará en su país, y qué medios necesitará que se le proporcione. Confeccione una lista de cuanto se le ocurra que puede serle útil, y, en la medida de nuestros escasos recursos, trataremos de satisfacerlo. Pero lo esencial es que persona alguna sospeche siguiera que está usted libre. ¿Comprendido? —Como Rodríguez hiciera un gesto afirmativo, se despidió, llevándose la diestra a la visera del quepis y abandonó la celda.

A las diez y media de esa noche abandonaron la cárcel dos oficiales embozados en las amplias capas celestes de la Legión de Arauco, y a tranco rápido se internaron en las sombras de la alameda. Las once en punto marcaba el voluminoso reloj de bolsillo del general San Martín, depositado sobre la mesa cubierta de papeles, cuando su ayudante abrió la puerta y le anunció que llegaba el capitán Maruri.

—¿Solo?... —le inquirió el jefe.

—No, señor, acompañado por otro capitán que no conozco,

—¡Ah, Falcón! Hágalos entrar ahora mismo.

Segundos más tarde, los dos recién llegados quedaban a solas con el general, y éste les invitaba a sentarse, manteniendo entre sus manos el borrador de un bando que había escrito al mediodía.

—Esta tarde, capitán Falcón —dijo con entonación irónica dirigiéndose a Rodríguez—, se leyó este bando en la plaza pública y en las calles principales. En él se anunció que el revoltoso Manuel Rodríguez era condenado a relegación en el presidio de San Luis, sitio al cual sería enviado en el acto. Y alrededor de las seis partió efectivamente la galera que lo conducía, custodiada por cuatro "blandengues" a caballo. —Su sonrisa mordaz se acentuó al resumir—: Por ende, nadie en Mendoza ha dejado de enterarse de la calamidad que acaba de ocurrirle a ese alocado de Rodríguez.

—Y dentro de pocos días lo sabrán también los realistas de Chile —celebró el bachiller alborozadamente.

—También nos hemos preocupado de eso —observó San Martín—. Esta tarde se despacharon cartas a destacados realistas chilenos, firmadas por emboscados realistas residentes en Mendoza, cuyas firmas tenemos cuidadosamente guardadas, y que son imitadas a la perfección por uno de mis ayudantes. En esas cartas, que transportará mi baqueano Justo Estay, se informa a los de la otra banda sobre su rigurosa prisión, Rodríguez. El chileno contempló, admirado, al general. Pese a la diferencia de sus caracteres, y a la poca simpatía que dimanaba San Martín, se veía obligado a reconocer su talento y astucia para manejar la intriga. Sin encontrar expresiones cabales con qué expresar su pensamiento, se limitó a colocar sobre la mesa, frente a su interlocutor, la lista de elementos que precisaría para su viaje.

—Hágame proporcionar estas cosas y estaré listo para partir en el momento que usted me señale —dijo.

El gobernador paseó su mirada sobre el papel, y, agitando una campanilla para que acudiera su ayudante, le expresó cuando lo tuvo ante él:

—Reúna todos esos efectos con la mayor rapidez y deposítelos en este despacho. Que nada falte. —En seguida, una vez que el oficial se hubo retirado, se volvió al capitán Maruri y le ordenó—: Usted recogerá todos esos elementos y los entregará al ordenanza de Rodríguez. Esa entrega la hará en la casa de usted, sin que nadie lo vea; de modo que nuestros dos viajeros estén listos para partir en la noche de mañana. Por su parte, Rodríguez, usted permanecerá encerrado en el dormitorio de Maruri, sin dejarse ver por persona alguna.

El bachiller arrugó la frente, contrariado. No le hacía ninguna gracia partir sin despedirse de sus amistades. Intentó protestar, pero la mirada dura del general lo acalló antes de expresar del todo su reclamo.

—¿Habré disfrazado tanto su liberación para que usted, por asuntos de faldas, lo desbarate todo? —razonó acremente el mendocino.

—Es que tengo que..., que hacer algunos preparativos por mi cuenta, general.

—Ya están hechos todos —lo atajó San Martín—, hasta algunos en los que usted parece no había pensado. —Y abriendo una gaveta inferior de su escritorio, extrajo dos pistolas, una caja de balas, un cuchillo de monte y un lazo de cuero de vacuno trenzado, los que puso frente a Rodríguez—. Tome usted. —Recordando algo, de súbito, tiró de otro cajón y sacó un mazo de naipes, una bolsa con tabaco y una botella de aguardiente anisado—. Todo esto le servirá. Por último, reciba usted también esta cartera con dinero. Es cuanto puedo darle. Más tarde le mandaré de acuerdo con sus necesidades y con lo que haya aquí en caja. Ahora, dispóngase a cumplir estrictamente con lo que le he ordenado: no salga del dormitorio de

Maruri por ninguna causa, hasta el momento mismo en que deba partir. Me preocuparé de que su ordenanza lo espere con todos los elementos a la salida del pueblo, en el lugar en que desemboca el camino de Villavicencio, a las once de la noche. Eso es todo, señores.

Rodríguez comprendió que era inútil insistir, y se despidió llevándose militarmente la mano al quepis.

—Por primera vez me someteré a la disciplina, general —dijo—, pero usted se lo merece. Buenas noches, y hasta la vuelta.

San Martín no pudo ocultar una sonrisa de satisfacción ante el cumplido, y, por sobre el escritorio, alargó la diestra a Rodríguez.

—Buena suerte, capitán Falcón. Que tenga usted una feliz travesía y mucho éxito en su campo de operaciones.

Nervioso por la inminencia de la partida, Rodríguez pasó todo el día siguiente moviéndose de un lado a otro en la habitación de Maruri, y exhaló un gruñido de alivio cuando el viejo reloj de péndulo del recibidor dio las diez y media. Era la hora convenida con el capitán para que le franqueara la salida. En efecto, casi en seguida vino su amigo, alumbrándose el camino con una vela.

—¿Estás listo?

—Sí, Nicolás. Te he dejado sobre la cama el hermoso uniforme que me prestaron; guárdamelo para otra ocasión.

Salieron juntos al vestíbulo, y de ahí a la calle. Rodríguez vestía su clásica casaca de pana color marrón, con pantalones grises y botas a media pierna. Se sujetaba el cordobés con el barbiquejo pasado bajo el mentón y llevaba su manta de vicuña al brazo. La noche estaba tibia, y no se oía sino el croar de los sapos en las múltiples acequias de Mendoza y el ladrido de los perros tras los tapiales.

Caminaron en silencio hasta la primera esquina, y allí se detuvieron. Maruri estrechó la diestra de su amigo, y le susurró emocionado:

—Saluda a los míos en Chile, y si me necesitas por cualquier causa, mándame un mensaje con tu ordenanza. No vacilaré en ir a prestarte mi ayuda.

Rodríguez rechazó la oferta, sonriendo afectuosamente.

—Gracias, Nicolás, pero éste es tu lugar: tú eres militar, yo no. Hasta la vuelta, hermano —le sacudió vigorosamente la mano y echó a andar a tranco largo. Media hora más tarde, se encontraba con Pascual Silvestre Corrales en la boca del camino a Villavicencio.

Jinetes en fornidas mulas pehuenches, de corta alzada y algodonoso pelo rizado, animales soportadores del frío de la altura, y dueños de enjutas patas de acero para trepar por las sendas escarpadas, cabalgaron la noche entera, y el alba comenzaba a romper sobre los empinados picachos cordilleranos cuando se detuvieron en la bifurcación de los caminos que trepaban por la cuesta de Villavicencio y por la Quebrada del Toro. Siendo el primero el más concurrido, Rodríguez se decidió por el otro, y a paso vivo embocaron la profunda y culebreante quebrada. Dos horas más tarde se detuvieron nuevamente en un sitio en que ella se convertía en estrecha garganta proyectada hacia las cumbres. A corta distancia se alzaba un mísero tambo, último hospedaje para los temerarios que se adentraban en el laberinto de la montaña blanca. Un viento arrachado y penetrante comenzaba a pronunciarse sobre los altos bordes de la quebrada cuando entraron y pidieron al ventero dos vasos de aguardiente, una pava con agua, mate y pan.

Sólo un hombre más estaba en el tambo, y Rodríguez tuvo tiempo de examinarlo mientras el patrón les servía. Era un individuo pequeño, de tez surcada por infinitas grietas y arrugas. Resultaba imposible calcularle la edad, pues sus ojillos tenían un brillo tenaz, en tanto que sus escasos cabellos eran cenicientos y se escapaban ralos por los costados del grasiento sombrero de ala corta. Estaba sentado ante una mesa desnivelada, y hablaba solo accionando vagamente, mientras sorbía un mate con sonoras chupetadas.

—¿Los señores van a Chile? —les indagó el mesonero, a tiempo de servirles.

—Sí. Este es el camino, ¿verdad? —se limitó a responderle Rodríguez.

El tabernero hizo un gesto afirmativo y regresó al mesón en silencio. Pero, al cabo de un rato, dijo como quien hace una recomendación sin importancia:

—Yo les aconsejaría que no siguieran hoy. Escuchen cómo silba el viento en las alturas. Dentro de unas horas va a haber un temporal deshecho.

Los dos chilenos tendieron los oídos hacia el exterior. El tambero tenía razón: ya se oía el viento arreciando y sus rachas furiosas presagiaban un huracán de esos que arremolinan la nieve y la sacuden en la atmósfera como látigos blancos. El ordenanza miró a Rodríguez y en sus ojos había una clara interrogación. Este respondió a su mirada con un gesto afirmativo, igual que si le dijera: "tenemos que pasar de todos modos".

Siguieron sorbiendo sus mates en silencio, intercalando de vez en cuando unos tragos de aguardiente. Quien habló en seguida, sin que nadie se lo solicitara, fue el viejo que mateaba aparte.

—Si están necesitaos de pasar, yo los cruzo al otro lao, don —dijo con marcado acento gaucho, y se quedó esperando, sin mirarlos.

El tambero ahogó una risa e hizo ademán de acallar a su curioso parroquiano.

—No hagan caso al "loco Salustio", patrones —dijo, atornillándose disimuladamente un dedo en la sien—. Hace tiempo que tiene metida en la cabeza la idea de que posee un camino propio.

—¡Y lo tengo, qué canejo! —porfió agresivamente el aludido—. En un día los pongo en Chile, riéndonos de la tormenta y sin encontrar godos ni alma viviente en el camino.

Rodríguez lo observó en silencio y era tanta la seguridad con que se expresaba el llamado "loco Salustio", que pensó que bien pudiera ser cierto que poseyera un sendero secreto para cruzar la cordillera.

—Si es verdad lo que dice, pagaré lo que sea —aceptó condicionalmente—. Pero si es falso...

—Ustedes son dos y van bien armaos —se engalló el viejo—. Si los paso a la otra banda en veinticuatro horitas cabales, me pagan cinco onzas de oro. Si me ven sospechoso, me meten una bala. ¿Estamos?...

Rodríguez miró a su ordenanza y, como lo viera resuelto a correr el riesgo, decidió aceptar. Sacó un reloj que llevaba pendiente de una gruesa cadena y comprobó la hora.

—Son las siete de la mañana —expresó—. Deberemos estar en Chile mañana a esta misma hora.

—¡Trato hecho, don! —aprobó el arriero—. Terminen sus mates y partimos.

Poco después se pusieron en marcha sin que se volviera a hablar del convenio. Sobre sus cabezas aullaba ya el temporal y rachas de nieve gruesa se iban colando en la quebrada. Al cabo de una media hora, el "loco Salustio" fijó sus condiciones. Eran simples: les vendaría los ojos minutos antes de introducirse en la senda secreta, para que no conocieran la entrada, y media hora antes de salir a Chile volvería a vendárselos, a fin de que no se enteraran de dónde desembocaba el camino. Durante aquellos cortos trechos, el arriero llevaría las mulas de los chilenos tiradas de pescueceros cortos.

—Y me sabré ir cantando tuito el camino pa' que midan bien que voy al ladito de ustedes —concluyó el "loco Salustio".

Poco más avanzaron y el extraño guía detuvo su mula.

—Denme sus pañuelos, sus mercés —dijo a los chilenos—, que ya es el momento.

Mientras obedecían a su pedido, Rodríguez observó atentamente en torno suyo. Estaban todavía en la Quebrada del Toro, pero se habían detenido en un lugar en que ésta se ensanchaba dando nacimiento a un dédalo de senderos que se desperdigaban en todas direcciones. Ninguno de ellos presentaba alguna característica especial, que permitiera diferenciarlo de los demás; en cambio, frente a los viajeros, la cordillera exhibía su mole como un muro de granito.

Apresuradamente y sin delicadezas, el arriero les vendó los ojos y tomó las bestias de sus ronzales. Simultáneamente con montar en la suya y dar un sonoro grito de partida, comenzó a cantar. Su voz rasposa salmodeaba una vieja trova gaucha, que recordaba las nostalgias de un payador. Era un cantar andino, lánguido y prolongado como el sonido de una zampoña, que iba repitiéndose en los paredones de la montaña igual que si otros invisibles arrieros lo corearan.

Serpenteando, paso a paso, por un abrupto sendero, entraron a la entraña de los Andes. Con profunda sorpresa, a poco, Rodríguez y su ordenanza oyeron alejarse paulatinamente los rugidos del huracán y pronto marcharon en una quietud extraña, en la que resonaban las pezuñas de las cabalgaduras con fantásticos ecos y la voz del "loco Salustio" se agigantaba.

Largo rato siguió el arriero enhebrando trovas viejas, hasta que las bestias dejaron de marchar por terreno desigual y entraron en un plano perfectamente horizontal. Entonces, el viejo cortó sus estrofas y gritó a sus acompañantes:

—¡Ya pueden destaparse los ojos, sus mercés!

Rodríguez resopló aliviado y se quitó la apretada venda.

—¡Uf, ya estaba bueno! —exclamó—. Vengo "asorochado" con...

Las palabras se le truncaron en la boca y sólo supo lanzar un silbido de asombro al contemplar el sitio en que se hallaban.

—¡Caramba! —dejó escapar al cabo de unos segundos—. Jamás me habría soñado esto.

Se encontraban en el fondo de una profundísima grieta de paralelos muros de piedra cortada como con sierra, tan profunda que la luz les llegaba apenas convertida en penumbra.

—Este es mi caminito, don —se jactó el "loco Salustio" gozándose con el estupor de sus contratantes—. Contaba el que me dejó en herencia el secreto que, en un desafío con un santo cura, el diablo pegó en la cordillera tan tremendo tajo con su espada de fuego que la partió en dos, dejando esta rajadura. Por eso lo llaman el "Camino del Diablo" o el "Paso del Fraile".

Rodríguez miró hacia adelante y vio el desfiladero, perderse culebreando en la masa misma de la montaña, sin acusar desnivel alguno.

—¿Y este sendero no sube nunca? ¿Llega a esta misma altura a Chile? —quiso saber.

El viejo sonrió, ladino.

—Cuando asoma a Chile sube un poco y desemboca... ¡Bueno, en uno de los cerros de Apoquindo! —confesó.

En medio de la intensa confusión que lo dominaba, Rodríguez sintió que en su cerebro brotaba un pensamiento involuntario, por lógica generación, al comprobar la existencia de aquel camino libre, fácil y totalmente desconocido: por él podía pasar el ejército que proyectaba el general San Martín.

—¡Por Dios santo, don Salustio! —exclamó en sordina—. ¿Comprende usted qué valor vital tiene este paso para la reconquista de Chile?

El arriero hizo una mueca de desagrado y emitió un gruñido, al mismo tiempo que negaba tercamente con la cabeza.

—Mire, don, yo no soy hombre de guerra y no creo que el Altísimo haya hecho a los hombres pa' que se destruyan peleando — rezongó—. Por eso, cuando me legaron este secreto, hice el juramento de que nunca guiaría a un ejército por esta senda.

—Eso es absurdo.

—Los juramentos, mocito, no se rompen —concluyó sentenciosamente el baqueano—. A sus mercés los pasaré cuantas veces quieran por aquí, si me pagan cinco onzas de oro cada vez, pero a un general con tropas no lo traigo por tuito el oro del mundo. Y aura no se hable más del asunto. Vamos a seguir marchando tuito el día y tuita la noche. Cuando aclare les volveré a vendar los ojos, porque ya vamos a estar a punto de asomarnos a Chile.

Y sin preocuparse más de sus acompañantes, chicoteó su mula y la adelantó a buen trote por la penumbrosa grieta, a tiempo que reanudaba su desafinada cantinela.

Los chilenos lo siguieron, todavía impresionados. Rodríguez trataba de formarse una idea de la ubicación de la senda por la cual marchaban, pero nada conseguía con observar las paredes de roca rugosa, que se elevaban y parecían juntarse en lo alto, impidiendo la visión del cielo. Las curvas largas, poco pronunciadas de la grieta, se sucedían sin diferencias, salvo algunos chorrillos de agua que brotaban en algunos sitios por entre las resquebrajaduras de las rocas.

Al cabo de unas horas, el bachiller se confesó totalmente desorientado y se dejó sumir en el sopor de la marcha amodorrante. No estaba seguro de llegar a Chile: en fin de cuentas, el hombre que los guiaba era considerado un loco entre sus paisanos; pero confiaba en su buena estrella, que siempre lo había protegido. Sabedor de que nada podía hacer por alterar los acontecimientos ya iniciados, se abandonó a divagaciones en que se anudaban recuerdos y esperanzas. Sin ningún plan de ilación brotaban en su mente escenas y rostros de los lugares y seres que le eran afectos, como flores que germinaran espontáneamente en terreno fértil. Rememoraba su casa en la calle de Las Agustinas, el semblante pálido y sufrido de su madre... Sin saber por qué evocó el callejón "del Chirimoyo" y se vio caminando por él una tarde, a la hora en que las beatas salían de los templos, terminado el oficio del ángelus. En una ocasión así había cambiado las expresiones amorosas más apasionadas con doña Amanda de la Quintana, la briosa asturiana tan orgullosamente española como una onza con la efigie de Carlos III, pero al mismo tiempo tan mujer. ¡Cuántas veces doña Amanda rugió en sus brazos su protesta de linaje, ahogada en besos! En contraposición, asomaba en sus recuerdos el rostro sereno y juvenil de Elvira Recalde, su dulce novia de la época de estudiante de Leyes y Sagrados Cánones. La veía en su chacra de La Chimba, sentada en el ancho alféizar de una ventana escuchando sus ardientes pláticas a través de un enrejado de estilo morisco. La casa era roja, de adobón austero, impenetrable para el inquieto mozo, pero en dos o tres oportunidades la niña burló la vigilancia de sus tías y fueron juntos, alegres como pájaros, a elevar volantines en el cerro Blanco. Desde lo alto contemplaban Santiago y soñaban, mientras el viento ceñía el vestido floreado al cuerpo fino de Elvira.

La revolución, con sus agitaciones y azares, los separó. Rodríguez bajó al pueblo, se metió en las chinganas, bailó la zamacueca e hizo brindis en cachos por la patria naciente. Entonces conoció a otra mujer, Flor María Peña, la hija de un amansador de potros retirado del oficio. Morena intensa, de ojos achinados y trenzas gruesas, generosa de pechos y de caderas, Flor María fue un vértigo que arrastró al bachiller. Ella lo ayudó a salvarse en la fuga final, pero, en el fondo, fue el desastre quien lo salvó a él de Flor María.

Ahora iba a regresar a Chile; quizás las encontrara: a alguna de ellas o de las otras varias que jugaron papeles menos importantes en su vida. Su misión de guerrillero posiblemente le dejaría alguna oportunidad para buscarlas.

Alimentándose de sus remembranzas, solazándose en la evocación de pequeños detalles, de retazos de escenas íntimas, marchó todo el resto del día y la noche entera. Comenzaba a introducirse nuevamente una claridad pálida en la profunda grieta, cuando sintió que el arriero detenía su mula y desmontaba.

—Ya estamos cerca del final —dijo a los chilenos, acercándoseles—. Tengo que vendarles los ojos de nuevo.

Reanudaron la marcha a ciegas, las mulas arrastradas por los diestros que llevaba el "loco Salustio" atados al borrén de su montura. No transcurrió mucho tiempo sin que el ruido monocorde de las pezuñas de las bestias empezara a alterarse, se hizo más opaco y débil; disminuía la resonancia. Rodríguez calculó que el desfiladero se ensanchaba o se hacían más bajas las paredes laterales. Después, súbitamente, un aletazo de viento les rozó las caras. No cabía equivocarse: estaban saliendo del desfiladero. El frío recrudeció durante una media hora, mas enseguida fue decreciendo, a medida que las mulas marchaban un poco inclinadas hacia adelante. Descendían por una pendiente suave.

Rodríguez sintió, de pronto, la inconfundible caricia del sol sobre las mejillas y le pareció que el aire tenía olor a yerbas. La voz del baqueano le llegó casi simultáneamente:

—¡Fuera las vendas, patrones! ¡Ya pueden mirar!

Los dos chilenos se arrancaron los pañuelos de un manotón y contemplaron el paisaje que los rodeaba, encandilados por la luz del sol. Cuando sus pupilas se acostumbraron al fulgor, vieron que estaban en un elevado portezuelo entre montañas bajas. A sus pies se abría un vallecito verde cercado por cerros apiñados. Como Rodríguez girara la cabeza hacia la cordillera buscando el lugar por donde habían salido del "Paso del Fraile", el "loco Salustio" rió mostrando sus encías desdentadas.

—Es inútil, don. Ya estamos muy metíos en su tierra. ¿Qué no la reconoce?

—¿Ya pasamos toda la cordillera? —caviló con incredulidad el ordenanza y el arriero se golpeó los muslos con ademán de payaso.

—Les dije que a las siete de la mañana estaríamos en Chile y todavía no deben ser. De modo que me he ganao bien ganás las cinco onzas, porque estamos.... ¡estamos en los mesmos cerros de Apoquindo!

Sólo entonces Rodríguez vino a ubicar el sitio en que se hallaban. Una mirada al panorama le bastó para confirmarlo; media legua hacia el poniente se divisaban las dos torres redondeadas de una vieja iglesia, la del convento de los frailes dominicos. Dos leguas más abajo debía estar Santiago.

—Francamente, le estamos muy reconocidos —dijo al arriero, todavía maravillado de la extraordinaria rapidez con que los había conducido hasta allí; y pensando en eso mismo, volvió sobre la idea que le manifestara en el lado argentino—: Quisiera hablar de nuevo con usted sobre el valor que tendría para la reconquista de Chile el conocimiento de este camino...

Pero el "loco Salustio" no lo dejó terminar.

—¡Pare el arpa, don! —lo atajó con ademán categórico—. Ya le dije que jamás dejaré que por el "Paso del Fraile" cruce un ejército. Aura denme mi paga y vayan con Dios. Son cinco onzas.

Rodríguez las sacó de su bolso y las puso una a una en la mano del arriero. Este giró de inmediato su mula y comenzó a alejarse sin una despedida. Pero, cuando se había distanciado unas varas, volvió el rostro y les gritó:

—¡Si me necesitan, otra vez, déjenme recao con el portero del convento de los dominicos! Yo vengo a Chile muy tupido y siempre me alojo allí.

Taloneando su mula, cruzó el portezuelo y su figura se fue acortando a medida que descendía por la pendiente del otro lado.

Rodríguez se quedó meditabundo largo rato. Calculaba los impagables servicios que podría prestarle en el futuro aquel prodigioso paso que acababa de conocer. Cuando pareció volver a la realidad y movió su bestia hasta la parte más alta del portezuelo, la estampa del "loco Salustio" se veía empequeñecida a lo lejos y los múltiples ecos de la montaña repetían su voz cascada cantando otra de sus antiguas coplas.

Haciendo girar la mula sobre sus cuartos traseros, Rodríguez se volvió hacia el poniente. Allá, bajo la bruma de la mañana, debía estar Santiago, y dentro de la ciudad, la vida: los realistas despectivos, los patriotas apasionados, las mujeres, las chinganas; en resumen, su pueblo, su mundo. Agitando alegremente un brazo, hizo señas a su ordenanza de marchar hacia adelante y taloneó su cabalgadura.

Marcharon con ánimo ligero durante dos horas, descendiendo siempre por el camino en suave pendiente que tenían trazado los frailes dominicos, que poseían detrás de su convento una amplia viña encerrada entre cerros. Las mulas tropezaban de cansancio cuando cruzaron frente al claustro de los religiosos, edificio monumental con aire de fortaleza. En el alto corredor extendido a la derecha del templo de dos torres, vieron a dos o tres monjes acodados en la baranda, quienes los saludaron con la fórmula ritual, sin ocultar su asombro de verlos aparecer por esos lados:

—¡Ave María Purísima!...

—Sin pecado concebida —respondieron al unísono Rodríguez y su ordenanza, llevando las diestras al ala de los sombreros de paja y, ocultando el rostro, siguieron descendiendo hacia el poniente, sintiendo clavadas en sus espaldas las miradas inquisidoras de los frailes. No volvieron ni una sola vez la cabeza, pero la desconfianza de los religiosos sirvió para hacer pensar a Rodríguez en los riesgos que correrían si entraban en Santiago sin tomar precauciones. En poco más de una hora estarían en las puertas de la ciudad y todavía faltaba para el mediodía. Era descabellado intentar introducirse a plena luz; además, no tenían ninguna prisa. Así pensando, al embocar en la doble y prolongada avenida de encinas frondosas que corría a la entrada del fundo Santa Rosa de Apoquindo, Manuel detuvo su mula y echó pie a tierra.

—Vamos a dar un descanso a las mulas, Pascual —dijo a su compañero y comenzó a quitarle las alforjas y la montura a la suya—.

También nosotros necesitamos un poco de reposo, después de la travesía que acabamos de hacer. Es posible que, una vez en Santiago, las cosas no se nos presenten fáciles y tengamos que movernos con rapidez.

—¿Dónde alojaremos esta noche, patrón? —le preguntó Pascual, imitándolo y, como Rodríguez nada dijera, lo miró de reojo.

Manuel parecía desorientado y se encogió de hombros, con un ademán vago.

—Ya veremos —expresó al cabo de unos segundos, dejando su saco de viaje junto a las alforjas. Pero, de súbito, pareció coger una idea al vuelo, aflojó la gareta que cerraba su saco y empezó a extraer del interior cuanto éste contenía: collares de cuentas, pelucas y barbas postizas, piezas de géneros floreados, pañuelos, sortijas, sombreros, etc.; por último, del fondo, entre camisas y medias, sacó una sotana color marrón.

—¡Aquí está lo que necesito! —exclamó jubilosamente—. Temí que hubieran considerado absurdo satisfacer esta petición mía.

Pascual lo miraba hacer, con la boca abierta, pasmado por los actos de su jefe.

—¿Y pa qué quiere su mercé esos hábitos? —le inquirió, viendo que se probaba la sotana por encima de sus ropas.

—¿Para qué?... Desde que salimos de la cordillera vengo pensando cómo entrar a Santiago sin peligro de que me reconozcan; y acabo de encontrar la solución. —Con un movimiento rápido se quitó la chupalla y se caló la sotana por la cabeza. Cuando asomó el rostro por la abertura superior, mostraba una expresión jocosamente beatífica—. ¿Quién podría sospechar jamás de un santo hermano de San Francisco de Asís —dijo con voz melosa y acentuó su tono farsesco al agregar—: ¿Cómo podría nadie pensar que dentro de estos santificados hábitos puede esconderse ese maligno, ese satánico insurgente llamado Manuel Rodríguez?

Pascual esbozó una risa tímida; era buen cristiano y no le gustaba bromear con los asuntos sagrados.

—¡Qué malazo es su mercé! —musitó y terminó de desensillar su mula. Después, le golpeó suavemente los jarretes para hacerla tumbarse y se tendió junto a ella—. Será bueno echar un sueñito pa estar más descansado —dijo hablándose a sí mismo y se puso la chupalla sobre la cara. Rodríguez lo imitó, a la sombra de unos arbustos y, minutos después, ambos dormían plácidamente.

Cuando Corrales despertó ya su jefe tenía las dos mulas ensilladas y parecía listo para partir. Comenzaba a declinar la tarde y el fondo del valle, donde estaba Santiago, se veía levemente brumoso.

—¡Apura, hijo! —lo apremió Rodríguez manteniendo el acento a tono con su atavío religioso—. No sería propio que un honesto franciscano anduviera a horas tardías de la noche por las calles... y podría despertar sospechas.

Pascual se puso de pie, desperezándose, y recogió sus alforjas, las que colocó cruzadas sobre el testuz de su mula. Rodríguez, insistiendo en hablar como fraile, como si se ensayara para más tarde, lo llamó a su lado:

—Hijo mío, sujétame la borriquilla, en tanto monto; mira que estas polleras se me enredan bastante en las botas. —Sólo entonces pareció darse cuenta de que su calzado no cuadraba con su disfraz y lanzó una carcajada—. Voy a tener que conseguirme un par de sandalias a toda prisa o el primer soldado que me mire a los pies me va a meter de un golpe su fusil en los riñones. Estas botas proclaman a gritos que soy un fraile más falso que Judas.

Ya sobre la montura, se estiró la sotana hasta que cubrió los estribos y se caló la capucha dejándose al descubierto solamente el semblante.

—¡Dios mediante llegaremos sanos y salvos a Santiago y al perfumado refugio de la casa de doña Amanda de la Quintana! —dijo cómicamente—. ¡Ay, pecador de mí! —y taloneó los ijares de su animal—. ¡Hala, hermana mula! ¡Pt!... ¡Pt!...

Pascual montó perezosamente y lo siguió al trote de su bestia.

Serían las siete de la tarde cuando alcanzaron la ribera sur del río Mapocho y, siguiéndola, divisaron el contrafuerte del Tajamar en los momentos en que las últimas luces del día se diluían en tintes morados. Orillándolo lentamente, llegaron hasta el espolón del cerro Santa Lucía y entraron a la ciudad por el nacimiento de la calle de La Merced. Las pezuñas de los animales repicaron como castañuelas sobre las piedras de huevillo que pavimentaban la calle frente a las primeras casas y Rodríguez tendió la vista hacia el poniente buscando los escasos árboles de la Plaza de Armas. Sus pupilas se inmovilizaron entonces sobre la casona que se levantaba en la esquina del Callejón de los Perros; era la mansión de doña Amanda de la Quintana. Pero, en lugar de detenerse, se encogió sobre la mula y se echó más sobre la frente el borde del capuchón. Era que había visto a un criado que salía en ese momento a encender el gran farol empotrado en uno de los pilares de la puerta y ese hombre conocía de sobra el rostro de Manuel Rodríguez. Solamente cuando hubieron dejado atrás la casa se decidió a romper el silencio en que marchaban.

—¡De nuevo en Santiago, Pascual! —susurró suspirando—. ¡Qué emoción, hombre!

Pero el ordenanza no estaba para disquisiciones sentimentales.

—Sí, patrón —dijo en voz baja inflando los carrillos—; pero muchísima más emoción me da a mí el no saber adónde diablos nos vamos a esconder, mirevé. Ya parece que nos falló la casa de misiá Amanda, por lo que veo, y me imagino que no vamos a golpear a las de otros conocidos diciendo: "Aquí llega don Manuel Rodríguez con su ordenanza y hay que alojarlos".

—En media hora estaríamos en la cárcel y mañana el grandísimo pecador Manuel Rodríguez purgaría sus muchas herejías, colgado en la horca más alta de la plaza. No, no, Pascual; sólo en tres lugares podemos encontrar asilo.

—Desde luego, en su propia casa, patrón. Don Carlos, el padre de su mercé, se sentirá feliz de...

—No, Pascual —lo interrumpió Manuel con, el ceño ensombrecido—. Demasiado habrá sufrido mi pobre viejo por mi causa. El refugio tenemos que buscarlo en otra parte.

El asistente hizo una mueca maliciosa y chasqueó la lengua dentro de la boca.

—¿Quiénes pueden recibir mejor a su mercé que las que lo están esperando tantazo tiempo? —Como Rodríguez sonriera, envanecido, se sintió autorizado para seguir desgranando posibilidades—. ¿En la casa de cual de todas piensa cobijarse, patrón? ¿En la fonda de la Flor María, la hija del mulato Peña?...

Manuel consideró la sugerencia, pero luego hizo un gesto negativo.

—Claro es que estaríamos seguros allí, pero esos amigos son chilenos pobres y tendrían que sufrir una pena muy dura si los descubrieran encubriéndome. —Cabalgó una veintena de varas, pensativo, y monologó en voz queda—: Si pudiera encontrar a mi andaluza, a Marilola..., ¿la recuerdas, Pascual?

—¡Y cómo no acordarme de ese volcán, patroncito! —replicó el ordenanza con entusiasmo, pero al instante frunció el morro y reflexionó—: Pero ella estaba llevando mala vida entre los sarracenos, señor.

—Y quién sabe en qué lugar se encuentra; a lo peor se la han llevado a Lima —lo apoyó Rodríguez y siguió marchando cabizbajo.

—¿Y que no tenía su mercé una amiguita muy relinda, al otro lado del río, en una casa que está al frente del puente de Calicanto? —recordó Pascual.

—¿Elvira Recalde?... —musitó el mozo entornando los párpados con aire ensoñador.

—¿Y por qué no se aloja su mercé en la casa de ella?

Rodríguez lo miró jocosamente asombrado.

—¿Estás loco?... ¿Cómo se te ocurre?

—¿Por qué no?...

—Pues, porque... Sencillamente porque Elvira no me recibiría. Me imagino llegando ante ella y diciéndole: "Elvirita, vengo a alojarme en su casa". —Emitió una carcajada, que se apresuró a sofocar dentro de su capuchón de fraile.

Pascual lo observaba desorientado y tardó en comprenderlo.

—¿Entonces la niña esa no alcanzó a ser su..., este..., su...?

—¡Cállate la boca, animal! —lo atajó Manuel, con leve turbación. Luego, esbozó una sonrisa melancólica—. Elvira Recalde no fue más que un sueño para mí. Y a lo mejor ya se casó con otro.

Asomaban a la Plaza de Armas y justamente en ese momento salía de la calle de Ahumada un pelotón de soldados a caballo, que se lanzó a cruzar la plaza en diagonal, en dirección a los edificios de gobierno. Los dos viajeros los identificaron al momento por sus uniformes de paño azul y encarnado y, especialmente, por sus altos quepis cilíndricos; eran talaveras, miembros del temible regimiento español que tan cruelmente aplastara a los patriotas en la batalla de Rancagua. Al frente del grupo de jinetes cabalgaba un oficial fornido, grueso más bien y de unos cincuenta años, un típico "pino", como llamaban a los jefes que ascendían desde soldados rasos. Cruzaron la plaza como una exhalación y fueron a frenar ruidosamente sus caballos frente al portón de la cárcel pública, que se abría hacia la calle de La Nevería.

—¿Qué estará ocurriendo en la cárcel que llegan esos bárbaros tan apresurados? —alcanzó a preguntarse Rodríguez, cuando su ordenanza advirtió que otra partida de talaveras se acercaba, también a todo galope, por la calle de la Catedral.

-¡Cáraspita, vienen otros por el frente, patrón; nos van a pasar a llevar!

—¿Estás loco? Para ellos soy en este instante un auténtico religioso y esos talaveras son totalmente fanáticos.

Pascual se empequeñeció dentro de su manta y se agachó sobre el cuello de su cabalgadura para esconderse, mientras decía, amedrentado:

—Pero es que yo no voy na de fraile, patrón.

—Pues, gira tu bestia y desaparécete por una calle lateral.

El ordenanza obedeció automáticamente y se alejó a toda prisa, pero antes de desaparecer volvió el rostro compungido.

—¿Dónde nos encontraremos, patrón?...

—Prepárame el terreno donde Belarmino Peña —fue lo último que alcanzó a decirle Rodríguez, a tiempo que veía llegar a los jinetes realistas.

—Haceos a un lado de la calle, reverendo, que os pueden atropellar nuestros caballos —le gritó uno de los que parecían dirigir a los talaveras y Manuel tuvo que sacar prestamente su mula hacia un costado, pero no se alejó, sino que permaneció apegado al muro de la esquina. Fingiendo aturdimiento y temor, alzó la voz, articulando con marcado acento andaluz:

—¿Qué acontece, hijo mío? ¿Por qué estos movimientos vertiginosos de caballerías?

El interpelado detuvo su cabalgadura solamente porque quien lo interrogaba era un religioso, pero no pudo ocultar cierta irritación al responderle:

—Se ha descubierto una conspiración de presos políticos en la cárcel y estamos rodeándola. De modo que ¡hala, padre, salíos con vuestra mula al centro de la plaza, que hasta balas pueden correr aquí!

Rodríguez no intentó seguir poniendo a prueba la escasa paciencia del soldado y espoleó a su animal en la dirección indicada, mas no se alejó mucho; por nada del mundo hubiera dejado perderse el espectáculo que estaba empezando a producirse. Lejos de ello, procuró detenerse cerca de un hombre del pueblo que, por empujar un carro de mano cargado de sacos, no podía alejarse del lugar, e intencionalmente le echó la bestia encima buscando un pretexto para hablarle.

—¡Cuidado, padrecito, que me pasa a llevar con su burro! —protestó el sujeto esquivando el cuerpo.

—Perdón, hijo, perdón; pero este ruido de armas y caballerías me aturde, me desazona por completo. ¿Qué está ocurriendo allí, dentro de la cárcel, por Cristo?

—Dicen que el capitán San Bruno descubrió que unos patriotas presos se iban a fugar está noche y se dejó caer de sorpresa sobre ellos, con sus malditos talaveras —le explicó rabiosamente el carretelero y se encogió, medroso, al pensar que el sacerdote pudiera ser realista y delatarlo.

Rodríguez no pareció darse cuenta de la actitud del individuo; estaba atento sólo al nombre que éste acababa de pronunciar: el capitán San Bruno. Ya en Mendoza había tenido ocasión de oírlo mencionar y siempre acompañado de los peores epítetos. Se decía de él que era un sujeto sin entrañas, astuto y cruel; que usaba al regimiento "Talavera" como una guardia férrea, destinada exclusivamente a perseguir a los patriotas y que a tanto habían llegado sus extremadas medidas punitivas contra la población de Santiago, que tanto patriotas como realistas lo temían por igual.

—¿Tan bellacos son esos talaveras, hijo, que nadie los quiere? —preguntó, con el ánimo de sonsacar más detalles al labriego.

—Son como perros rabiosos, padrecito —le recalcó éste, alentado por la curiosidad del franciscano—. Su capitán, Vicente San Bruno, es un demonio enloquecido caído en la tierra. Un fraile renegado tenía que ser.

Manuel carraspeó desaprobatoriamente, muy puesto en su papel de religioso, pero el hombre estaba lanzado en sus confidencias y no hizo intento de detenerse.

—Ese capitán lleva matados a azotes y tormentos a muchos de los principales patriotas de Santiago. Basta que un hombre le despierte la menor sospecha para que lo haga apresar y lo curta a latigazos, por muy inocente que sea. Y cuando echa a sus talaveras por la ciudad o por los campos, ¡válgame Dios!, es como si soltaran una manada de lobos hambrientos o como si subieran del infierno los peores diablos. No hay nada sagrado para ellos, nada digno de respetarse. Pasan al galope botando las ranchas, atropellando a los viejos, robándose a las mujeres...

Rodríguez, observando los ademanes insolentes con que los talaveras se movían frente a la cárcel y en la esquina de la plaza, no dudó que lo que escuchaba era la estricta verdad, y, olvidado de su papel, dejó escapar con voz entera:

—¡Conque así son esos salvajes!

El campesino lo miró sorprendido y, alertado por la astucia natural de su raza, comentó sospechoso:

—¡Por la vida, padrecito, que sacó harta voz de repente!

Manuel comprendió que acababa de dar un traspié y se apresuró a justificarse, acentuando el acento frailuno:

—Es mi indignación de pastor de almas la que da fuerza a mi garganta, hijo.

Sin embargo, supo que la explicación no iba a satisfacer a su interlocutor, por lo que decidió poner distancia de inmediato. Pero no alcanzó a hacerlo, ni tampoco el campesino insistió en sus reflexiones, porque en ese momento comenzó a rodar por un costado de la plaza una calesa tirada por dos mulas. El carruaje venía en derechura al lugar donde estaban los talaveras, y Manuel pensó que en su interior debía traer a un personaje de mucho valimiento. Pero la actitud de su acompañante lo sacó de su error. Este escupió en el suelo con desprecio y fijó sus ojos cargados de odio en el vehículo.

—¡Esa es uno de los regalos que nos ha traído España! ¡La muy sinvergüenza!...

El coche pasaba cerca y Rodríguez pudo ver que en una de sus ventanillas iba asomada una mujer, identificable en la penumbra por su cabello. abundante y por un mantón de flecos cuyo extremo colgaba hacia afuera de la portezuela.

—Hijo mío —reprendió a su interlocutor—, no se debe hablar mal de una mujer sin...

Pero el labriego lo interrumpió con una breve carcajada mordaz.

—Se nota que el padrecito no es de Santiago. Esa es una andaluza más conocida que el Mapocho. Toditos los jefes y oficiales andan como perros nuevos detrás de ella.

—¿Una..., una mujer de mal vivir? —inquirió Rodríguez, fingiéndose escandalizado.

—Una tapada elegante, con el perdón de su reverencia —le aclaró— el hombre, gozando del perverso placer de denigrar a quien disfrutaba mejor de la vida con menos esfuerzo.

La calesa se había detenido en el centro de la bocacalle y la mujer asomaba la cabeza por la ventanilla. Estaba a una treintena de pasos de distancia y Manuel pudo oír perfectamente su voz pastosa cuando preguntó con hiriente mordacidad:

—Y bien, capitán Rebolledo, ¿hay toros esta noche o no?

Rodríguez sintió un estremecimiento que le corrió por la espina dorsal. Aquella voz, ese acento mordiente, no podían salir sino de una sola garganta. Aguzando la mirada, trató de distinguir las facciones de su dueña, pero era excesiva la oscuridad. No oyó la reflexión del campesino que le explicaba que los toros a que aludía eran los patriotas, atento sólo a la voz que agregaba a la distancia con gorjeos de risa:

—¡Pa mí la oreja, capitán Rebolledo!... ¡La oreja de un insurgente!

Ya no le cupo duda. La mujer que hablaba desde la calesa no podía ser otra que Marilola, su frenética andaluza de otros años. Tratando de ocultar su impresión, murmuró a su acompañante:

—¡Jesús, María y José, qué tiempos tan revueltos! Mejor será que yo me apresure a recluirme en mi convento y no vuelva a salir de él para no recibir estas impresiones. ¿Dónde, dijo usted que vive esa desvergonzada pecadora para no pasar por la misma calle?

—En Santo Domingo esquina con la calle Atravesada de La Compañía, padre, al ladito de una tienda de ultramarinos.

—Gracias, hijo; queda con Dios.

Echándose el capuchón sobre la frente; Rodríguez taloneó a su mula y la dirigió a través de la plaza hacia el poniente.

Poco menos de un cuarto de hora después, entraba la misma calesa en el zaguán de una antigua y amplia casona que, aunque venida a menos, conservaba todavía algunos arrestos de nobleza, y en ella descendió Marilola. Manuel no se había equivocado. Era la andaluza, pero ya no con el talante antiguo. Se la veía erguida y dura, insolentemente autoritaria. Vestía un traje de buena tela y de colores chillones fuertemente ceñido a las caderas y de uno de sus hombros dejaba resbalar un pañolón de seda amarilla por sobre su espalda. Su rostro ya no tenía la frescura de los años en que Rodríguez la conoció, pero tampoco se lo veía ajado; sin embargo, algo había en la transparencia de su piel en torno a los ojos y en el brillo marfileño de sus pómulos que hablaba de insomnios y de noches agotadoras. Con paso firme, haciendo tamborilear sus tacones, avanzó por el corredor enladrillado, dejando arrastrar con descuido los encajes de sus sayas. Iba a introducirse en una de las puertas abiertas al primer patio, cuando su cochero le dio alcance y le habló con negligente familiaridad, que denotaba no establecer mucha diferencia entre él y su patrona.

—Oiga, niña, pasa algo la mar de divertido —le dijo con risa zafia, pero la réplica altanera de Marilola cortó su hilaridad.

—¡Hala, menos intimidá y dime qué te ha hecho sacudir la pereza!

—Allí, en el zaguán —aclaró el criado y sofocó sus carcajadas maliciosas—..., allí está un fraile franciscano preguntando por usted.

Marilola enarcó las cejas con asombro y luego una chispa de maligna hilaridad le bailó en las pupilas renegridas.

—¿Un fraile ha entrado en esta casa? —exclamó divertida.

—E insiste en hablar con usted, niña.

La risa de Marilola se transformó en una mueca de fastidio.

—Oh, ese fraile debe estar loco o no conoce Santiago!

—O, quizás, el demonio de la tentación lo ha arrastrado... —arriesgó maliciosamente el cochero, pero la andaluza lo atajó escandalizada.

—¡Calla, hereje! Ve y dile al padrecito ese que esta casa no es lugar para él y menos Marilola "la Andaluza" compañía para...

No tuvo tiempo de terminar su reflexión porque en ese momento se percató que en el arco del zaguán estaba asomado el franciscano que anunciaba el sirviente, quien, al verse descubierto, se inclinó con ademán beatífico.

—Perdón, señora —dijo melosamente—, pero como vuestro criado se demoraba tanto y tengo mucho interés en hablar con usted, me atreví a...

Marilola dejó escapar estrepitosamente el aire que había comprimido en los pulmones al ver aparecer al religioso e hizo una mueca de resignación.

—¡Caramba, padre, que sois verdaderamente tenaz! —rezongó—. En fin, ya que estáis aquí, aproximaos.

Manuel Rodríguez, que no era otro el franciscano, avanzó temblequeando como si fuera un hombre viejo y debilitado, inclinado el rostro y calado el capuchón.

—¡Vete, Raimundo! —ordenó la andaluza al cochero, malhumorada, y el criado se retiró disimulando malamente las carcajadas.

Marilola tamborileaba con la punta de un pie en los ladrillos, mientras esperaba que el sacerdote llegara cerca suyo.

—Y bien, paternidad, espero que me expliquéis pronto a qué debo vuestra visita —le dijo con impaciencia cuando lo tuvo a su lado y se quedó mirando a la figura encorvada. De pronto, ésta se enderezó vigorosamente y el rostro de Rodríguez, brillantes los ojos y la boca llena de risa, quedó frente al suyo.

—Mi visita se debe a mis locos deseos de abrazarte, de besarte, Marilola de mi vida —declamó apasionadamente extendiéndole los brazos.

La andaluza retrocedió aterrada, en el primer momento, temiendo encontrarse ante un fraile loco, pero al reconocer a su antiguo amante y bajo tan insólitas vestiduras, se demudó por la sorpresa.

—¡Dios santo, no es posible! —balbuceó, estupefacta—. ¿Tú?... ¿Manolillo?... ¡Manolillo, por la salvación de mi alma!

—El mismo que comprueba, con pena, que estás más hermosa que antes... y más mundana.

El captar la velada alusión a sus vestidos demasiado llamativos, a su coselete ceñido a los pechos, a sus ojos sombreados de negro, frenó la expansión de la andaluza y la hizo repetir en voz baja:

—¿Más mundana?...

—Y más, mucho más elegante —afirmó Rodríguez entrecerrando los párpados, con aire socarrón.

Marilola tuvo uno de sus característicos arrebatos; avanzó el pecho y levantó la barbilla en ademán desafiante.

—¡Mira tú y sábelo de una vez! —exclamó, pero le vaciló la voz—. Soy la misma tapada de otros años, eso sí que más personaje, para que lo sepas. —No obstante, no fue capaz de mantenerse en aquella actitud ante el hombre que la conocía íntegramente y se doblegó vencida—. ¡Ay, mi madre! Con ella sueño a veces y contigo; y entonces lloro. Sí, hijo del alma, lloro. No te reirás, ¿verdad?

—No me río; me muero de tristeza —reconoció sinceramente Manuel, aunque mantenía fijo su gesto mordaz.

—¡Ay, Manolillo, no me digas esas cosas que son para mí peores, pero muchísimo más dañinas que todas las prédicas de los curas de verdá. Mejor hablemos de otra cosa. ¿Cómo es que te has atrevido a entrar en Santiago, en donde está puesta a precio tu cabeza, como la de uno de los principales comprometidos en la revolución?

Rodríguez se encogió de hombros y dijo sencillamente:

—Tenía que venir, mujer. Y he llegado hasta tu casa para pedirte que me prestes ayuda,

Marilola sonrió aliviada, con espontánea alegría, y abrió los brazos teatralmente.

—¡Con alma y vida, mi perdición! Dispón de mí entera, de mi pensamiento, de mi vida, de mis amores, de todo.

Se hubieran lanzado una en brazos del otro, de no haberlos interrumpido el llamador de la puerta, que rebotó varias veces sobre su base de bronce.

—¿Esperas visita? —inquirió Rodríguez en voz baja y ella le respondió afirmando con la cabeza.

—Y me temo que ahí llega. —Se mordió los labios con turbación y le esquivó la mirada—. Si te descubre, estás perdido, mi nene. Vamos, entra en la alcoba. Déjame atenderlo yo. Lo que pasa es que estoy tan aturdida con tu llegada que ya no sé lo que pienso, ni atino a nada. Vamos, vamos, entra a mi alcoba y espera —agregó tomando a Manuel de un brazo y empujándolo hacia la habitación vecina. El mozo la dejó hacer, pero cuando ella cerró la puerta, hurgó bajo la sotana y sacó de su cinto una pistola, que mantuvo escondida en su mano izquierda sumergida en la ancha manga marrón. Tenso y silencioso, aguardó hasta que sintió regresar los pasos de la andaluza. Le extrañó que viniera sola y así se lo manifestó cuando ella volvió a abrir la puerta.

—¿Y...? ¿Tu visitante?...

—Va a venir —le respondió ella con amargura.

—¿No puedes decirle que no venga?

Marilola sacudió la cabeza, haciendo flamear de un lado a otro su cabellera negra. Sus ojos apretados estaban húmedos de lágrimas rebeldes.

—Es al único al que no puedo cerrarle las puertas. No me mires así y compréndeme. El es... ¡El paga todo esto: casa…, calesa…, criados!...

Rodríguez sintió el ramalazo de los celos.

Comprendía que era absurdo; no podía esperarse otro modo de vida en una tapada y con sangre gitana, por añadidura. Además, había sido sólo su amante ocasional durante los años corridos desde sus tiempos de estudiante y en los intervalos en que la perdió de vista desempeñó su oficio, el que los hombres le impusieron, sin ocultárselo después. Ahora había quedado sola, en un país convulsionado por la guerra, sin medios de subsistencia...

Todos esos argumentos pasaron como una ráfaga por el cerebro de Manuel, pero fueron inútiles; su naturaleza apasionada y su absorbente amor propio le atizaron los celos.

—¿Quién es él? —le preguntó involuntariamente.

—Un oficial español. Ramón Rebolledo, capitán del regimiento "Burgos".

—¿Vendrá pronto?

—Su ordenanza vino a anunciármelo cuando él ya iba a salir de la cárcel, donde tuvo que impedir una degollina general que tramaba el capitán San Bruno.

A la rabia sorda que dominaba a Rodríguez se sumó entonces el deseo de aprovecharse de aquel oficial que se interponía en su camino, de manejarlo como a un instrumento, de rebajarlo ante los ojos de la andaluza.

—¿Qué quieres que haga? ¿Que me quede o me marche?

Marilola se desazonó. Veía ridículo a su amante dentro de la sotana frailuna, pero no podía olvidar que era el hombre que le diera mayores goces en su vida mancillada. Además, era un ave de paso, siempre inatrapable, desconcertante en sus inesperadas desapariciones. En cambio, el capitán Rebolledo representaba la existencia sin sobresaltos, hasta con ciertos lujos.

—¡Ay, por mí, por la satisfacción de mi alma debieras haberte quedado siempre a mi lado! —se lamentó irresoluta, reprochando los hechos consumados.

—Me quedo entonces —afirmó Manuel, disfrutando perversamente del problema en que sumía a su antigua manceba.

—¿Cómo?... ¿Lo esperarás?

—Y hablaré con él.

—¿Y si te identifica?

Rodríguez esbozó una sonrisa torcida, en que había desdén y reconvención.

—Tendría que haberme conocido mejor que tú y eso no es posible, ¿verdad? ¿Y tú me reconociste? ¡No! El tiempo puso telarañas en tus ojos, párpados trasnochados. —Hizo una pausa y rió sin ganas—. Además, Manuel Rodríguez está desterrado en San Luis, como deben saberlo todos los mandones de aquí. No temas. Hablaré con él en el español más acentuado y tendría que ser brujo para ver en mí a otro que no sea un fraile franciscano que conociste en Madrid, hace muchos, muchos años.

Marilola dobló un poco la espalda y cruzó las manos sobre el regazo, Se veía abatida y triste.

—Sea todo como tú quieras, mi dueño; siempre fue así. En tus manos soy varillita dócil que se tuerce o se endereza y que un día se quebrará definitivamente, si me pisoteas.

Manuel no pudo menos que sentir compasión por ella y se arrepintió de sus sarcasmos. La debilidad de aquella mujer fuerte y fiera lo hizo ver cuánto la dañaban sus palabras. Deseó entonces ser cordial durante los pocos minutos que estarían cerca y luego marcharse, quizás para no volver a verla.

—Te veo igual que antes, Marilola; no has cambiado mucho, aunque vives entre realistas y egoísmos.

—Soy alguien ahora, ¿comprendes? —argumentó ella con amarga rebeldía que trasuntaba falsedad, quebranto interior—. Todos se pirran por estos ojos y por este palmito que Dios me dio, para mantenerme toda la vida a prueba de templanzas.

Rodríguez no quiso replicarle. Seguramente los hombres la acosaban, pero con las más pérfidas intenciones; y no había felicidad en esos ojos afiebrados e inquietos, en la tez traslúcida por la falta de sol y las malas noches. Deseando poner fin rápido a la entrevista, le preguntó:

—¿Podrías conseguirme unos pasaportes?

—¿Para qué? —saltó Marilola, como si adivinara sus pensamientos—. ¿Piensas marcharte apenas llegado?

—Necesito salir al campo, ir a recorrer el sur. Sé que el gobernador Mariano Osorio ha encerrado Santiago en un círculo de bayonetas que sólo se abre mediante un salvoconducto.

Marilola volvió a encorvarse, reconociéndose incapaz de oponerse.

—No será fácil conseguírtelo, pero tampoco es imposible. El que los otorga... —suspiró cansadamente, antes de expresar con cierta vergüenza— bebe los vientos por mi talle y... ¡Vamos, que te conseguiré ese pasaporte! ¿Qué remedio? A tu lado no me queda más que ser una española renegada y pasarme a los patriotas. ¡Ay, Manuelillo, si tú lo hubieras querido en otros tiempos, si...!

Rodríguez adelantó la diestra, como si le fuera a cubrir la boca y la mujer calló. En ese instante se repitieron los aldabonazos en la puerta y Marilola musitó, nerviosa:

—¡Ahí llega! ¿De veras no temes que te identifique? Te llevarían a la horca mañana mismo, al amanecer. El nombre de Manuel Rodríguez suena a muerte en esta capital, mi adorado.

Rodríguez negó lentamente, a tiempo que se calaba el capuchón de la sotana.

—Tengo que saber muchas cosas y, ¿quién mejor me puede informar que un capitán del regimiento "Burgos"? Abre y que venga aquí tu..., tu dueño. Para martirizarme como un santo antiguo sofrenando mi odio y mi envidia.

La sangre acudió al rostro de la gitana, arrebolándola, y exclamó con apasionada vehemencia:

—¡Manolillo, si tú lo odias, si tú dispones que lo mate aquí mismo para privarte de martirios, te juro que...!

Alguien había abierto la puerta de calle y se oían pasos firmes acercándose. Rodríguez hizo una cómica morisqueta de resignación y se encogió dentro de los hábitos.

—Ya es tarde para pensarlo, mujer; ahí llega el ladrón.

—Manuel, ¿por qué me dices así?

—¡Chist, que llega!

Marilola se oprimió las sienes con los puños, para recuperar el aplomo y en seguida abrió la puerta. Afuera se oyó, alegre y fanfarrona, la voz de un hombre:

—¡Oh, nace la luz cuando apareces, gitana, reina y...! —El capitán se hallaba paralizado en el umbral y clavaba sus pupilas estupefactas en la figura del fraile—. Perdón, reverencia, no imaginé nunca que... —dejó escapar, desconcertado.

Marilola intervino entonces, sonriente, pero sin poder dominar un leve temblor de su voz:

—Ramón, tengo el agrado de presentaros al padre franciscano don Jacinto Hernández, que conocí en Madrid hace unos años.

Sin controlar todavía su extrañeza, el capitán se inclinó respetuosamente, pero los ojos le brillaban con recelo.

—Reverencia...

—A los pies de usted, señor capitán, y mande sobre este humilde siervo del Señor.

Marilola volvió el rostro con asombro. Jamás hubiera reconocido en esa voz la de Manuel Rodríguez. Respondía con un acento más cerrado y castizo que el de un castellano viejo. No obstante, la desconfianza del oficial no pareció disiparse. Enderezándose observó al visitante con el rostro puesto de lado, con expresión de pájaro alerta.

—¿Vos, un religioso, en esta casa, padre? —inquirió lentamente.

Rodríguez replicó en tono declamatorio y altisonante, como imaginaba debían haber usado los frailes fanatizados por la conquista:

—Soldado del Altísimo, batallo en todas partes por la fe. Y aquí me tiene, capitán, con el deseo de ayudar en lo que pueda a la dominación de este pueblo de herejes sin Dios.

—Comprendo vuestra misión, pero ¿era preciso que vinierais a pelear vuestra batalla en una casa..., hum..., pecadora como ésta?

Manuel estaba lanzado ya en su papel de fraile iluminado y decidió seguirlo hasta el fin. Así, alzó las manos al techo y declamó con aire inspirado:

—Las garzas caminan sobre el cieno de los pantanos sin manchar su blanco plumaje; así, los ministros de la fe pueden llegar hasta descansar sus fatigados huesos en los lechos del pecado, manteniéndose, sin embargo, puros como la llama.

El oficial se declaró vencido. Nunca se había atrevido a controvertir con un sacerdote, le parecía casi peligroso.

—Perdonadme, padre, pero yo, a decir verdad, jamás he sido muy fuerte en asuntos de teología —se excusó y quedó haciendo ademanes vagos con las manos; desconcierto que aprovechó Marilola para poner fin a la escabrosa conversación.

—Pues entonces mientras menos opines, hijo, mejor —intervino malhumorada—. Si su reverencia, el padre Jacinto Hernández, ha considerado bueno venir a mi casa a visitarme, tú, mi príncipe, cuanto menos saques al trajín esa sonsera de "pecado, pecado", más posibilidades tienes de que, cuando termine esta entrevista, no te mire a la cara y te escupa. Conque, a hablar de otra cosa. ¿Qué noticias nos trae de los países que ha visto, padre Jacinto?

Rodríguez sintió que algo en su interior se relajaba, como resorte que se afloja. Había salido bien del primer examen; podía continuar tranquilo. Frunciendo el ceño con gesto terrible y esgrimiendo un índice acusador, contestó:

—Que en todas partes los malvados, pérfidos vasallos de nuestro adorable monarca, don Fernando, gritan pidiendo la libertad... y lo peor es que la obtienen.

El capitán Rebolledo se sentía molesto, cohibido como un palurdo ante el fraile dominante, pero intentó mantenerse en su papel de dueño de casa a fin de no desmerecer más a los ojos de Marilola.

—¿No pasó por Mendoza, reverencia? —expresó, buscando cualquier tema de conversación.

—Por Mendoza pasé, sí.

—¿Y no se lo comió San Martín? Dicen que es un come frailes. —El oficial del "Burgos" se celebró a sí mismo con una risa tonta, que le valió una ojeada desdeñosa de la andaluza.

—¡Oh, ése no se come a nadie! —contestaba Rodríguez, cargando el acento peninsular—. ¿Qué se va a comer? Su ejército está dividido en facciones irreconciliables, una carrerina, la otra o'higginistas; no tiene dinero, se agitan las turbas en las calles y todo anda mal. El mejor día revienta el San Martín ese. —Rió cavernosamente y los ojos le brillaron con astucia bajo las cejas contraídas—. Yo, que como franciscano mendicante entro en todas partes, me gané la confianza de ese insurgente y hasta llegó a darme unas cartas secretas para algunos caballeros principales de Santiago. —Con ademán misterioso, se abrió el pecho de la sotana y sacó dos sobres sellados con lacre—. Cartas como éstas, capitán —bisbiseó con malicia. Y como el oficial las observara codiciosamente, agregó—: Mi curiosidad no llegó a ser tan fuerte como la que os consume a vos en este momento. Es explicable: los religiosos estamos acostumbrados a vencer la tentación. Pero vos, confesadlo, querríais leerlas, ¿verdad?

Rebolledo se sintió descubierto, pero negó por fórmula, argumentando, en cambio, que esas cartas debían ser entregadas al presidente Osorio.

—Sí —reconoció ladinamente Rodríguez—, pero también podríais entregarlas vos, capitán, y así ganaríais dos méritos. —Rebolledo lo contemplaba sin comprender—. Uno, dar al excelentísimo señor Osorio una demostración de vuestro celo funcionario; el otro, daros la satisfacción de ver rugir de envidia al capitán San Bruno, ¿eh?...

—¿Cómo sabéis mi malquerencia con...?

—Todo se sabe, hijo, todo se sabe. —Rodríguez se felicitó interiormente de su don adivinatorio, ya que lanzó esa opinión en forma totalmente aventurada—. Confesad que tenéis a ese Vicente San Bruno una bronca tal que si podéis enfurecerlo como sea lo haréis sin asco.

El capitán era demasiado simple para poder contrarrestar el juego envolvente de Rodríguez y fue cayendo en sus redes sin resistencia.

—En verdad, ese talavera me ha ofendido —dijo enfurruñado—. Siempre busca indignarme. Si yo pudiera llevar esas cartas a su excelencia...

No terminaba de expresar su idea, cuando ya Rodríguez se las metía bajo las narices, insistiendo en que las tomara.

—Pues, preparad una escena como se debe —le aconsejó—. Cogéis preso a un arriero cualquiera, ¿eh?, y decís que él traía las cartas que entregáis a su excelencia. ¿Qué os parece? Yo os absuelvo desde luego: "in nómine patris et fillis et spiritu..." ¡ta, ta, ta!

Rebolledo cogió las cartas con avidez y leyó los nombres de los destinatarios. Rodríguez miró a Marilola por encima de su cabeza y le hizo un guiño chulesco.

—La primera viene dirigida al señor Juan Agustín Alcalde, conde de Quinta Alegre, y ese caballero está con la monarquía ahora —observó Rebolledo.

—Mejor. Así se desenmascara a un pícaro —concluyó rotundamente Rodríguez y se sacudió las manos como Pilatos después del lavatorio—. Guardadlas que ya no tendría oportunidad de entregároslas hasta un tiempo más. Mañana debo hacer un viaje al sur para cumplir instrucciones de nuestra Orden en el convento de Chillán. —Aprovechando que el oficial seguía embebido en las cartas, volvió a hacer un guiño a Marilola, invitándola a terciar. Ella supo interpretarlo e intercaló con su acento más inocente:

—¿Y tenéis ya el pasaporte para abandonar la ciudad, padre?

—¿Pasaporte?... —Rodríguez abrió desmesuradamente los ojos y se dio una teatral palmada en la frente— ¡Oh, es verdad! Había olvidado completamente ese trámite del pasaporte. ¡Ah, pero la mano de Dios ha sido seguramente la que os ha puesto en mi camino, capitán Rebolledo! —discurrió complacido, punzando con un índice rígido el pecho del militar—. Yo os doy la ocasión de luciros con esas cartas y vos, en cambio, me hacéis el servicio, fácil para un hombre de vuestra posición, de conseguirme un pasaporte para salir de Santiago sin que me incomoden. ¿Estamos?

El capitán se apresuró a aceptar, prometiéndole que dejaría el pasaporte de marras en manos de Marilola a la mañana siguiente.

—Sois un buen cristiano —le agradeció Manuel con perfecto cinismo y se dispuso a partir, pero el militar se desentendió y le propuso beber una copa.

—Marilola —ordenó a su amante—, alcánzame el jerez.

—Para mí lo de siempre —dejó escapar Rodríguez inconscientemente, pero como sorprendiera el vuelco con que Rebolledo giró la cabeza y la mirada ratonil con que lo sondeó, se dio prisa en corregirse—. Quiero decir que..., lo de siempre...; o sea, el vinillo dulce con que oficiamos nuestras misas y del cual me ha brindado una copa esta niña, poco antes de que vos llegárais, capitán.

Pero la renovada desconfianza del militar quedó pesando entre ambos. Ya Rodríguez no pensó sino en escabullirse lo antes posible. Con la copa alzada se volvió al capitán y brindó con énfasis:

—¡Por la monarquía, capitán! Y porque la autoridad del rey traiga nuevamente la paz a este reino.

Rebolledo no bebió, sino que se quedó girando la copa entre sus dedos, mientras decía con aire distraído:

—Aquí nos odian por las crueldades de San Bruno. Los talaveras son tremendos, como una banda de asesinos, y se lo llevan todo para ellos. Por eso, el resto del ejército está muy desorganizado. Hasta mis propios soldados del "Burgos"... ¡Bah! ¿A qué amargarse ahora?

—Tenéis razón. ¿A qué amargarse? —aprobó Rodríguez—. Mejor será que vosotros sigáis con vuestra fiesta y...

—Padre, espero que no nos dejaréis ahora que ya os conocéis —intervino Marilola, sinceramente dolida de verlo marchar y temerosa de no volver a encontrarlo hasta mucho tiempo después. Manuel se calaba el capuchón y, aprovechando que una manga le ocultaba el rostro, le susurró malignamente:

—Yo no te dejaría, bandida. —Pero alzando rápidamente la voz rectificó—: Yo no os dejaría, pero esta noche debo ir a alojar a mi convento y queda lejos. Así es que, con vuestra venia, capitán. —Cruzó las palmas unidas sobre el pecho y se inclinó seráficamente.

El oficial se despidió, alegre de verlo partir y de quedarse a solas con la andaluza, mas ésta no parecía dispuesta a soltar a su antiguo amante tan fácilmente y conteniéndose apenas, se ofreció para acompañarlo hasta la puerta. Marchando por el angosto pasadizo, le susurraba indignada:

—Dices quererme y, sin embargo, te marchas.

—Te adoro —le replicó Manuel en el mismo tono y sin abandonar su actitud fervorosa.

—Sin embargo, me dejas a solas con ese mentecato.

Rodríguez estuvo a punto de lanzar una carcajada.

—Querida mía, ese mentecato ha estado cuatrocientas veces a solas contigo. Y no pretenderás que, ansiando el otro quedarse con tu cuerpo en la casa que paga y desconfiando de un fraile que no huele a fraile, voy a ser tan incauto como para quedarme embelesado junto a ustedes, bendiciendo vuestra unión. ¡Vamos, querida, vuelve a ser quien eres y no te llenes la cabecita de telarañas!

—Manuel, por mi calvario!...

Había replicado casi en voz alta y el chileno tuvo que remecerla de un brazo para que se contuviera, a tiempo que espiaba con el rabillo del ojo hacia atrás. Afortunadamente, el capitán no miraba.

—Más fácil te será terminar de conseguirme ese pasaporte marchándome yo, que si me quedo —le cuchicheó, imperioso, y alzando los ojos al cielo, volvió a adoptar su aire frailuno—. ¡Hasta mañana, hija mía, y que el señor te guarde!

Marilola ardía de despecho y lo apremió, bisbiseante:

—¿Dónde vas a pasar la noche, Manuel?

El giró la manilla de la cerradura y abrió la puerta.

—Ya lo oíste, hija mía: en mi convento —y salió a la calle.

—¡Tu convento!... ¡Canalla!... —Con la cabeza asomada hacia afuera, Marilola alcanzó a oír la risa apagada de Rodríguez y pateó rabiosamente el umbral. Luego, tuvo que esperar unos segundos para recomponer su rostro y volver junto al capitán Rebolledo.

Apegándose a los muros y tratando de apagar el ruido de sus traicioneras botas contra el suelo, Manuel se deslizó rápidamente por la calle de Santo Domingo hasta la de Las Claras y bajó por esta última hasta la plazuela de La Merced. Pero al asomar en la esquina se echó hacia atrás precipitadamente. Centenares de candelabros alumbraban la mansión de doña Amanda de la Quintana, media cuadra al oriente, y muchas calesas iban deteniéndose en los charcos de luz que se escapaban por el portón y las ventanas. La más pura aristocracia chapetona descendía de los coches, arrastrando las damas sus basquiñas de raso y terciopelo, y los caballeros posando con cuidado en el barro sus calzados de sobado cordobán y hebillas de plata. Varios serenos huroneaban frente a los barrotes de las ventanas y una multitud anónima se agolpaba, curiosa, formando calle a ambos lados del portón.

Calándose aún más la caperuza de su hábito, Rodríguez asomó la cabeza para ubicar a Pascual, que presuntivamente debía estar esperándolo por los contornos y, al fin, sus ojos penetrantes lo descubrieron adosado a una palmera, justo en medio de la plazoleta. Escurriéndose junto a los muros de la aristocrática parroquia de La Merced, se acercó por la espalda a su criado y le susurró:

—¿Has visto qué mala leche, Pascual? —El interpelado se volvió con sobresalto, pero tuvo la prudencia de limitarse a escuchar a su amo, cuya voz brotaba enrabiada por la juntura del capuchón—: En la casa de la andaluza, un capitán más realista que una culebrina goda; aquí, en la de doña Amanda, un sarao al que seguramente asisten desde el capitán general Mariano Osorio hasta el último oficialillo talavera.

Pascual no tuvo fuerzas para dialogar; al cansancio de la travesía de la cordillera se había sumado el día entero de vagabundeo y hasta los huesos los sentía pesados. Confiaba en que la imaginación de su jefe descubriría dónde poder alojarse. Pero Rodríguez parecía preocupado de otra cosa.

—Ni siquiera he podido quitarme esta condenada sotana —mascullaba— y un fraile recorriendo las calles a esta hora es un disparate que llamará la atención al menos avispado.

—No queda otra salida que irnos a la fonda de los Peña, patrón —aventuró Pascual, somnoliento—. Yo pasé por allá hace un rato y puedo decirle que están todos los amigos locos de ganas de estrecharle la mano y la Flor María de que su mercé le estreche la cintura —rió sin ánimo y cambió el peso del cuerpo de una pierna a la otra.

Manuel se mordió los nudillos de la diestra, caviloso. ¿Cómo iba a llegar allá vestido de fraile? Todos los parroquianos españoles que podían estar presentes sospecharían y terminarían por denunciarlo a los alguaciles. Pensando rápidamente, decidió arriesgarse a ir a la casa de su padre, donde podría quitarse la sotana y ponerse un traje viejo, de los que seguramente quedaron en ella.

—Vamos a mi casa —ordenó escuetamente a su ordenanza—. Allá me mudaré y aprovecharé de dar un abrazo a mi padre. No nos dilatemos. Marcha adelante y si adviertes obstáculos en el trayecto, me silbas despacito, como lo tenemos convenido.

Pascual recobró su mula, que había dejado maneada en el costado más oscuro de la plazuela y marcharon por la calle de Las Claras, solitaria y sombreada por los altos muros de los mercedarios. Llegados al callejón del Chirimoyo, como era llamado el comienzo de la calle de Las Agustinas por el oriente, torcieron por la angosta vía y marcharon apresuradamente hasta la esquina del callejón de los Morandé. La penumbra más espesa invadía aquel encuentro de calles. Ausentes los Carrera, ya no se encendían los grandes faroles de sebo empotrados en los pilares del portón de su casona.

Por su parte, la casa de los Rodríguez parecía totalmente muerta. Manuel la contempló con un escalofrío; la imagen de su difunta madre emergió, fantasmal, en su memoria y, sin poderlo evitar, se persignó. Después, ya desmontado, fue recorriendo una tras otra las ventanas que miraban hacia

Las Agustinas, operación que imitó Pascual con las que daban al callejón de los Morandé. Pero en vano golpearon discretamente con los nudillos sobre los diversos postigos. La casa permaneció muda y lóbrega.

—Hasta los perros faltan, patrón —cuchicheó Pascual, cuando volvieron a encontrarse.

Manuel sentía una congoja abrumadora; imaginaba cosas terribles que podían haberle ocurrido a su padre y lo asaltaba el deseo descabellado de buscar a los que perseguían a los patriotas, al presidente Osorio, al capitán San Bruno, y apuñalarlos en la calle.

—¿Si fuéramos a preguntar a la casa de los Carrera, al otro lado del callejón? —sugirió el ordenanza y, como su jefe rechazara con fastidio aquel recurso absurdo, ya que todos los Carrera estaban desterrados en Buenos Aires, le señaló una ventana, a través de cuyas junturas se filtraban rayos de luz.

—Don Pedro Díaz Valdés y los hijos de misiá Javiera deben estar viviendo en esta casa... o quizás el propio don Ignacio. Alguien tiene que cuidarla; está llena de cosas valiosas.

Manuel comprendió que estaba en lo cierto; esa mansión, que fuera la más fastuosa de Santiago, no podía haber quedado abandonada.

—Vamos —aceptó—. Aunque tenga que delatarme, debo saber qué fue de mi pobre viejo.

Se encaminaron directamente a la ventana que filtraba luz y Rodríguez golpeó con suavidad. Tuvo que repetir varias veces su llamado antes de que el dueño de la luz se atreviera a responder. Fue la suya una voz atemorizada y doliente, en la que Rodríguez reconoció la de don Pedro Díaz Valdés.

—¿Quién llama a esta hora tan impropia? —preguntó entreabriendo apenas un postigo.

—Un viajero que desea saber dónde puede encontrar a los habitantes de la casa de los Rodríguez —le replicó en forma vaga Manuel, temeroso de que, al oír pronunciar su apellido, el caballero se negara a seguirlo escuchando. Y, en verdad, la reacción de don Pedro fue en ese sentido.

—¿Quién sois para venir a estas horas a preguntarme sobre tan peligrosos revolucionarios? —murmuró con cautela y exagerando su pronunciación española.

Rodríguez se mordió los labios, dolido de saber a su padre incluido en aquel duro tratamiento.

—Señor Díaz Valdés —le replicó con voz ronca—, usted sabe perfectamente que mi padre jamás ha sido revolucionario.

La identificación de su nocturno visitante, lejos de tranquilizar al esposo de doña Javiera Carrera, la desasosegó más. Sofocando un grito de protesta, lo rechazó atolondradamente.

—¡Por favor, idos, Manuel, idos! Ya bastantes pesares hemos sufrido mis hijos y yo por causa de mis cuñados. Hasta a mi esposa perdí por culpa de vuestra revolución. No agreguéis ahora vuestro propio daño. ¡Marchaos, Manuel, os lo suplico!

Había abierto plenamente el postigo y a la lejana luz de las velas se hacía visible un lado de su rostro. Rodríguez lo observó con impresión. El caballero estaba flaco, demacrado y pálido, denotando claramente las pesadumbres que mencionaba. Temió que, por obra de su quebranto, pudiera proceder en contra suya y le preguntó lentamente:

—¿Vais a denunciarme si no os obedezco?

Don Pedro pareció reaccionar ante esa suposición y se lo vio erguirse, arrebujándose más en la manta que le cubría los hombros.

—¡Soy un caballero de honor! —afirmó, y las pupilas le brillaron en una resurrección de su carácter, pero fue una reacción fugaz—. ¡Idos y no turbéis más la paz de mis hijos! —repitió anhelante.

—Una sola pregunta más, señor Díaz Valdés —insistió Manuel, compadecido, pero necesitado de sus informes—. ¿Sabe usted qué fue de mi padre, por qué falta de su casa?

—No ha sido apresado todavía, pero por ser padre vuestro está en entredicho y lo han trasladado a la aduana marítima de Valparaíso. Eso es cuanto sé y ahora marchaos, no me comprometáis más. Puede venir un sereno o alguna de las malditas patrullas de vigilancia del infame San Bruno.

Iba a cerrar el postigo, pero Rodríguez se lo impidió sujetándolo con una mano.

—Hágame usted un favor, se lo suplico —le expresó suavemente—. Necesito una capa y un sombrero español por esta noche. No puedo llegar a solicitar alojamiento en parte alguna vestido de religioso.

Díaz Valdés lo observó, como si sólo entonces se percatara de que llevaba hábito de fraile e hizo una mueca de fastidiada resignación.

—Está bien. Esperadme un segundo mientras voy por un sombrero y una capa a la habitación que fue de mi cuñado Luis.

Cerró el postigo y se oyeron sus pasos tenues alejándose hacia el interior de la casa. Rodríguez miró a su ordenanza, como consultándole su parecer y, al ver que éste permanecía confiado en su sitio, comenzó a quitarse la sotana con ademanes resueltos. Terminaban de esconderla en el fondo del saco de viaje que cargaba la mula de Pascual, cuando volvió a abrirse el postigo y asomó la figura pálida del marido de doña Javiera Carrera.

—Tome, Rodríguez —le dijo apresuradamente extendiéndole un bulto y un sombrero cordobés—. No regrese a devolvérmelos. Pertenecieron a Luis, y mi cuñado quizás no vuelva nunca. Y ahora, téngame compasión, comprenda lo que he sufrido y déjeme cerrar la ventana.

Manuel hizo un gesto de comprensión y le palmeó furtivamente el dorso de una mano.

—Gracias, don Pedro. Enciérrese, su merced. Buenas noches y resignación.

El señor Díaz Valdés no se hizo repetir dos veces la invitación. Los viajeros vieron cerrarse rápidamente la ventana, oyeron el ruido de la gruesa tranca y observaron en seguida atenuarse la luz de la candela que el caballero se llevaba consigo hacia el interior.

—¡Pobre don Pedro! —suspiró Pascual—. Debe haberse visto en amarillos aprietos.

Rodríguez asintió con un gesto mudo, mientras se colocaba la capa sobre los hombros y se calaba el cordobés.

—Vamos andando, Pascual —determinó ladeándose el sombrero sobre una oreja. En seguida, agregó imitando el acento andaluz—: Con estas prendas de mi querido Lucho voy a parecer torero o chulo recién llegado de los propios Madriles o de la mesmísima Sevilla.

Echaron a andar por las calles oscuras llevando a sus mulas del diestro, a fin de que el movimiento les espantara el sueño que amenazaba dominarlos y cuando llegaron a la fonda de Belarmino Peña, el campanario de la iglesia de San Francisco daba las once.

Desde la puerta pudieron ver que había varios desconocidos bebiendo en el mesón, razón por la cual entraron sin demostrar que conocían al dueño del negocio y a sus hijas, que se deslizaban por entre las mesas, atendiendo a los parroquianos. La menor de ellas, Flor María, los distinguió a los pocos segundos y se quedó mirándolos con los ojos dilatados por la ansiedad y con la boca entreabierta, como si fuera a dejar escapar un grito para llamar a Manuel, pero guardó silencio. En otras mesas,

870

apegadas a un costado, varios rostros amigos, de campesinos y hombres del pueblo, los contemplaron sonriendo y nada dijeron, ni hicieron además de haberlos reconocido.

Alcanzaron a estar unos diez minutos sentados en un rincón, antes de que el último de los desconocidos se separara del mesón y se perdiera en la calle. Sólo entonces Rodríguez se puso de pie y se arriesgó a cruzar el centro iluminado de la fonda. Una docena de voces lo saludó y numerosas manos se tendieron hacia él para estrechar las suyas. Todos manifestaban el más sincero regocijo al volver a encontrarlo. Manuel se acercó entonces a la mesa con mayor número de parroquianos y les habló con afecto.

—Mis amigos, me alegro de encontrarlos unidos siempre y de comprobar que todavía me aprecian.

Las dos hijas del viejo Peña vinieron a saludarlo. La mayor le sacudió la diestra con la efusiva rudeza de las campesinas, llena la boca de risa; en cambio, Flor María se colocó a su lado, silenciosa y cohibida, arrebolado el rostro por la emoción.

—No se quede aquí, Manuelito —era lo único que atinaba a repetirle—. No se quede aquí, mire que las rondas de los talaveras pasan siempre a estas horas. —Como Rodríguez la observara fingiendo aire de reproche, se turbó profundamente y balbuceó una justificación confusa—: Usté sabe que lo único que yo no quisiera sería que..., pero van a venir los talaveras, créamelo.

Manuel la tranquilizó con un guiño cariñoso y se volvió hacia los demás auditores.

—Tenemos muy poco tiempo para conversar, porque, según parece, el capitán San Bruno mantiene patrullas que recorren las calles y se llevan preso a cualquiera por un quítame allá esas pajas.

—Así es no más, patrón —asintió uno de los hombres—. Pero díganos qué es lo que quiere de nosotros y nos tendrá dispuestos a obedecerle.

Rodríguez comenzó a hablarles rápidamente, inclinado sobre la mesa que rodeaban. Les explicó que el Ejército de los Andes se estaba ya organizando y que intentaría cruzar la cordillera. Pero que no sería tarea fácil hacerlo, por el impedimento de los cañones y los pertrechos de guerra. Según él, la única forma de que lo lograran dependía de que los realistas los dejaran en paz durante los días de la travesía. Para eso era forzoso que no llegaran a enterarse del día y lugar por donde realizarían el cruce.

—Es preciso que no tengan tiempo ni oportunidad de saber por dónde va a pasar ese ejército, a fin de que no caigan sobre él en algún desfiladero y lo destrocen —les recalcó—. Para eso he pensado en organizar unas bandas que recorran, sembrando alarma, la región comprendida entre Santiago y Talca. Luego, mediante fingidos mensajeros, haremos creer a los españoles que el general San Martín y su tropa vendrán por el sur. Para eso los necesito a ustedes.

Los concurrentes aprobaron con graves inclinaciones de cabeza y uno de ellos le inquirió en un susurro:

—¿Y esas bandas que recorran los campos, qué van a hacer?

—Atacar a cuantos realistas sea posible y hacerse perseguir constantemente, para que, cuando cruce el Ejército de los Andes, las tropas de Casimiro Marcó del Pont estén ocupadas en seguirnos a nosotros. ¿Están dispuestos a acompañarme?

Ninguno de los hombres guardó silencio; al unísono respondieron aceptando y varios de ellos se levantaron, empezando a enardecerse. El ruido de sus voces apagó el de un grupo de caballos que se acercaba al trote flojo por La Cañada y fue necesario que el viejo Peña silbara desde el mesón poniéndolos sobre aviso. Flor María se abalanzó a una ventana y miró por el resquicio del postigo.

—¡Los talaveras! —alertó nerviosamente, y los hombres se pusieron de pie.

—Escapen los que tengan cuentas pendientes con ellos —les musitó Rodríguez, y varios se encaminaron hacia la puerta del fondo.

—Usted es el primero que debe desaparecer —lo urgió Flor María tomándolo de una manga, pero Rodríguez la contuvo sonriendo.

—No, chiquilla, no. Cabalmente necesito enhebrar alguna amistad con los talaveras, de modo que voy a quedarme —y tomando el centro del recinto desplegó su capa en gesto teatral y comenzó a representar la comedia de un español fanáticamente monárquico.

—¡Eh! ¿Qué dicen ustedes de patria y de insurgentes? ¡Marditos sean los cachos de la luna, que si siguen por esa vía les haré saber cómo habla mi navaja!

En medio de su exaltada perorata asomaron los rostros de varios soldados talaveras, encabezados por un sargento. Vestían todos el temido uniforme azul y rojo y se tocaban con el alto quepis que los caracterizaba. Contemplándolo con jocosa curiosidad, el sargento avanzó unos pasos y exclamó:

872

—¡Olé, así se habla en España! Y que na tienen ustedes que esperar de esa patria, confirmo.

Rodríguez se volvió hacia él, como si sólo entonces se enterara de su llegada y exageró su ademán teatral.

—¡El lo dice, canario! Y lo digo yo y lo dicen todos esos señores talaveras que vien entrando y lo dice hasta el viento que sacude los árboles. ¡Comparen ustés, garbosos, lo que le espera al ejército de peleles de ese tal San Martín, que es menos santo que estos taburetes en que ponen ustés sus posaderas!

Contagiado con la verba ampulosa del perorador, el sargento de talaveras lanzó una rotunda carcajada y confirmó, desafiante:

—¡Por los cuernos del toro más bravo de Sevilla, por la torre de la Giralda, que los arrasaremos como a cucarachas! Hizo una pausa, durante la cual paseó su mirada pesquisante por sobre los parroquianos. Después, sus pupilas recayeron sobre Rodríguez y una chispa desconfiada brilló en ellas—. Pero ahora dime tú, torerillo, quién eres. Porque los ojos no me engañan jamás y a ti, no te he visto en esta capital ni asomao a una ventana, ¿eh? De modo, que hablando. ¿Quién eres tú y de dónde vienes tan pinturero? ¿Estamos?...

Los diez talaveras rodeaban a Rodríguez y a sus guasos; sus altos quepis tocaban el travesaño de la puerta, de modo que era vano pensar en escapar. Manuel midió la situación de una ojeada y trató de prolongar su juego hasta que se le ocurriera una salida airosa. Sin responder a la pregunta, volvió a endilgar a los guasos un ardiente discurso sobre el respeto a España y a los reyes, anatematizando a los patriotas. Agitaba la amplia capa toledana con pomposo ademán, estrellaba el fino cordobés sobre las mesas, arengaba e insultaba con vehemencia andaluza. Pero el sargento había entrado en sospechas y, a los pocos segundos, lo atrapó sorpresivamente de un brazo y cortó en forma brusca su peroración.

—No me has respondido, torerillo. ¿Quién eres tú y de dónde llegaste?

—¿De dónde puede llegar un gachó que sepa bien cuánto es el respeto que se debe al rey, a quien Dios guarde, y cuánta fuerza tiene la sangre española pa dominar a los ejércitos insurgentes sólo a gritos, como se domina a una maná de cervatillos aterraos? —respondió Manuel sin alterarse y exagerando su aire andaluz—. ¿De dónde sino de los propios Madriles, de la tierra de la cual toos quieren venir para arrasar a los insurrectos a soplidos?

—Eso mismo dice el capitán San Bruno, que es tío serio, muy serio —terció otro de los talaveras, avanzando hacia el centro del recinto con el pecho hinchado fanfarronamente, como gallo de pelea—. Allá quiero ver a los pícaros insurgentes cuando se atrevan a sacar la cabeza. Dicen que vendrán por el sur..., ¡pues allí los mataremos! Que vienen por la cordillera..., ¡acá los recibiremos! Los caminos de estas montañas, ¡mi madre!, no son como los de Sierra Morena, ni ellos tienen un José María que salte los precipicios y se gaste unos hígados más grandes que el Concordato. La cordillera la cubriremos toda, ¿saben? Y si ustedes, me refiero a ustedes —y abarcaba con un movimiento de su brazo derecho a los parroquianos—, los que se dicen patriotas, porfían que no, aquí comenzará, por la leche de mi madre, la guerra. ¿Me explico?

Uno de los guasos no pudo soportar mansamente las expresiones jactanciosas del coro de talaveras y masculló por lo bajo, pero en forma audible, que si los atacaban se defenderían, remachando su afirmación con una palabrota. Manuel, como viera fruncir el ceño al sargento, se apresuró a intervenir con aire conciliador:

—Mira tú, Juanillo; tú estás por España, ya me lo has dicho. Entonces no busques pleito, mira que la candela la pueen encender los ojos. Y ten cuidao que tus palabras se me suben a la chola, ¡vamos! Y sabe tú que aquí correrá sangre, ¡por el copón divino!, mucha sangre. ¿Verdá ustés?...

—¡Verdá! —aprobaron los talaveras, a quienes iba dirigida la pregunta.

Sintiéndose más seguro, Rodríguez hizo revolotear su capa y buscando a Flor María con la mirada, le ordenó:

—¡Chica, que venga una ronda de mistela para toos, por mi sangre! Paga este gachó, que es rumboso porque es de España, la tierra de la generosidad, de la hombría y de la gracia.

—¡Y olé! —le apostilló uno de los soldados, que era andaluz.

Manuel alzó entonces los brazos, quebró la cintura e hizo castañuelas con los dedos. Su figura era la de un legítimo gitano bailador de flamenquerías.

—Anda, niña, tú que pareces andaluza, acércate con esas copas y arrímame tus ojos como espejos pa mirarme y ver si estoy vivo o si tu salero me tiene el corazón turulato, como cuando en la plaza me enfrento con el bicho, y ¡muuu! —volteó la capa simulando una elegante verónica y se empinó sobre los pies muy juntos, como si viera pasar a su lado al toro. Luego, mientras la joven se deslizaba cerca de él, la requebró—: Habla, háblame, prenda. Echa por esa boca tus palabras, que parecen canto —y enardecido por sus propias expresiones, cantó en falsete, con entonación de cante jondo—: "Una palabra me dijo, una palabra le oí; y esa palabra fue un sueño, porque ella me dijo sí".

La otra hermana llegaba con una bandeja cubierta de vasos y una jarra de mistela. Mientras los vasos colmados iban a manos de los talaveras, Rodríguez giraba por el recinto cantando y taconeando hasta que llegó a un rincón donde colgaba una guitarra.

—Donde hay españoles no puede faltar el cante jondo —peroraba rasgueándola con brío—. ¡Y ahora a bebé! —Se volvió hacia los demás parroquianos, que contemplaban su comedia con sonrisas socarronas, y les espetó—: Beban toos, que si ustés no se dan a razones, éstos, que son sordaos legítimos de España, hacen aquí un escarmiento. ¡Salú y que viva la gloria del rey, a quien Dios guarde, y que viva la Macarena y que sea de por vía!

De un golpe se echó al coleto el vaso de mistela, y dejándolo sobre la mesa más próxima, se absorbió en la guitarra, arrancándole los ritmos enardecedores de una jota.

Eso bastó para despertar el entusiasmo de los talaveras, que se agruparon en torno suyo, cantando y jaleándole la melodía. Pronto, los soldados estaban olvidados de la obligación que los había traído al lugar, y se entregaban por completo a la diversión. Después de tocar algún rato, Rodríguez encajó la guitarra entre los brazos del que se mostraba más poseído por la música, y fue retirándose de la escena, canturreando y haciendo pasos de baile. Sus partidarios, comprendiendo su propósito, se levantaron disimuladamente de sus asientos y abandonaron el recinto por distintas puertas, uno tras otro, hasta que en la fonda quedaron solamente Belarmino Peña, sus hijas, los talaveras y Rodríguez. Este observó una vez más a los soldados, y, en un último quiebro de su danza, saltó por la puerta hacia afuera. Pocos pasos más allá, en un rincón en sombras, lo aguardaba Pascual, junto a las mulas. Montaron apresuradamente, y se alejaron conduciendo a sus animales por el polvo blando. Se habían distanciado más de una cuadra, cuando el ordenanza se decidió a romper el silencio.

—Toda la pantomima que su mercé hizo estuvo muy bien, pero el caso fue que se arruinó nuestra intención de alojarnos en la fonda, señor, y yo estoy que me caigo de sueño.

Rodríguez sonrió en la oscuridad, y taloneó a su mula.

—Vamos a tener que buscar un nido en otra parte, y lo antes posible —reconoció—, porque el bailecito que hice terminó de cansarme.

—¡Güen dar con el patrón! ¿Y adónde vamos, señor? La andaluza está ocupá...

—Adonde doña Amanda de la Quintana.

—Pero si ella tiene una tremenda fiesta en su casa y hasta el capitán San Bruno está bailando allá —le opuso Corrales, desconcertado.

—Es el único sitio donde podremos refugiarnos sobre seguro, Pascual. Por otra parte, la casa es bastante grande y ya encontraremos la forma de colarnos por alguna puerta falsa. Me imagino que no habrás dejado en la fonda la bolsa en que metimos mi sotana de franciscano.

Pascual negó con un gruñido y golpeó un bulto que llevaba en la trasera de la montura. Manuel señaló entonces hacia una esquina, y, después de conducir su bestia hasta ella, dobló y echó pie a tierra.

—Dame la sotana y busca entre los elementos que nos hizo dar el general San Martín, a ver si encuentras una capa con capuchón o algo parecido para que te pongas tú.

Con movimientos apresurados, se quitó el cordobés y la capa que traía puestos, y se colocó el hábito marrón. Entre tanto, Corrales había sacado del saco algo que en la oscuridad parecía un capotón de pastor o de arriero, y se lo echaba encima de sus ropas.

—Esto bien puede pasar como la sotana de un fraile pobre.

—Pues termina de ponértelo y marchemos a prisa hacia la casa de doña Amanda.

El ordenanza concluyó de acomodarse la extraña vestidura, y se miró meneando la cabeza:

—Usté es un diablo, don Manuelito; está aforrao no más en cuero de cristiano —sentenció.

Al trote menudo de las mulas, con las cabezas escondidas dentro de los amplios capuchones, cabalgaron nuevamente hacia la plazuela de La Merced, donde vieran iluminada de fiesta la casona de doña Amanda. Protegidos por el inviolable disfraz de religiosos, cruzaron por entre los serenos, que eran los únicos curiosos que todavía permanecían ante la mansión, y fueron a buscar alguna entrada de servicio por el lado de la calle de Las Claras.

Poco después, a cosa de treinta varas, junto al pesado portón de la cochera, asomaron a una puertecilla entreabierta sobre un patiezuelo adornado con tinajas de barro y rodeado de corredores protegidos por aleros.

Bajo las arcadas circulaban mulatos y chinas de la servidumbre portando bandejas y azafates, que llevaban desde la cocina del fondo hasta los salones del primer patio.

Los dos hombres se deslizaron al interior de la mansión y se detuvieron junto a un pilar, en sitio visible, pero donde nadie se dio tiempo de ir a atenderlos. Por fin, Rodríguez vio venir desde los salones a una mocita, morena y agraciada, y dio con el codo a Pascual Corrales:

—Esa es la doncella de doña Amanda. Llámala.

Corrales chistó ruidosamente, y atrajo su atención haciéndole un guiño, lo que le valió un puntapié de su amo.

—Con modos de fraile, grandísimo idiota.

El ordenanza hundió las manos en las mangas, y adoptó la expresión más beatífica que pudo.

—Perdón, hija mía, ¿quieres prestarnos un instante de atención? — dijo a tiempo que la jovenzuela pasaba junto a él. Ella se desvió de la dirección que llevaba, y se les acercó a pasos menudos y contoneando las caderas.

—Buenas noches tengan sus reverencias —les expresó con aire pizpireto—. Aunque mucho se estima en esta casa a los ministros del Señor, les ruego que se retiren por esta noche, y que vuelvan mañana a "los conchos". Deben ustedes comprender que en estos momentos estamos demasiado ocupadas, atendiendo al todo de la aristocracia santiaguina, que se ha dignado honrar nuestros...

Manuel no pudo contenerse ante los melindres de la sirvienta, y exclamó, sofocado por la risa:

—¡Conque al todo de la aristocracia santiaguina, eh!...

La mucama creyó no haberle entendido bien, y replicó algo ofendida:

—¿Qué dice usted, reverencia?

—Hum, nada..., nada, hija mía..., mijita.

Tan maliciosa intención había en el segundo apelativo que la muchacha retrocedió un paso, herida en su pudor.

—¡Padre!...

—Dispense usted al padre Cristóforo —intervino atolondradamente Pascual—; no domina bien el castellano, y es un poco tartamudo. Sí, tarta... tartamuuu... mudo.

Pero Rodríguez no parecía dispuesto a enmendar su conducta. Lejos de ello, se inclinó hacia la joven, sonriéndole malignamente.

—Doroteíta, hazme el favor de decirle a tu ama que estamos cayéndonos de sueño.

Lanzando una exclamación escandalizada, la doncella esbozó el ademán de alejarse, pero Manuel la retuvo de un brazo.

—Espera. Ve y dile a tu ama en voz baja, para que se entere ella sola, ¿me entiendes?, ella sola; dile que me mande el oporto de costumbre.

—¡Ay, Virgen santa, este fraile está loco! —profirió Dorotea, y se distanció, volviendo la cabeza como si temiera ser perseguida. Pero tan pronto se le pasó la primera impresión, aprovechando que pasó cerca de su ama, le secreteó al oído el encuentro que acababa de tener con los desenfadados frailes.

Doña Amanda frunció las cejas cuando supo que uno de ellos pedía que le enviara el oporto de costumbre, y repitió la frase como si le sonara oída muchas veces antes.

—Dime, Dorotea...

—¡Oh, y hasta me llamó por mi nombre el fraile desvergonzado! —la interrumpió la doncella, recordando ese detalle—. Me dijo Doroteíta.

Las pupilas de la señora relumbraron, y, espiando a los que la rodeaban, se oprimió el pecho con una mano.

—¡Madre mía! ¿Será posible?... ¿Y su voz no te recordó la de nadie?

—No, señora.

—¿Y su porte cómo es?

—Alto y delgado.

—¿Y sus ojos...?

—Los lleva ocultos por el capuchón, pero en un momento los vi brillar como carbunclos.

—¡Es él!... ¡Es él que ha vuelto! —dejó escapar doña Amanda, enternecida y quejumbrosa, y se puso de pie, ocultando el rostro a los demás. Dorotea la observaba estupefacta.

—¿Quién, amita?...

—¡Manuel, pues, loca! ¿Quién otro?... ¡Manuel Rodríguez!

—¡Don Manuel...! ¡Oh, qué perverso, reírse así de mí!

—¿Dónde está, muchacha?

Dorotea señaló con la cabeza hacia los patios e hizo ademán de salir apresuradamente del salón, pero la señora la contuvo aferrándola disimuladamente de la pollera.

—Con discreción, muchacha. Que no nos vean salir despavoridas. Si despertamos la curiosidad de estas señoras, nos van a seguir todas, como gatas al olor de un pescado podrido. Vamos, pero con calma.

Cruzaron los dos patios pululados de sirvientes. Doña Amanda marchaba arrastrando su larga falda de corte, aparentando no mirar a nadie, pero sus pupilas le bailaban dentro de las órbitas, registrando todos los rincones.

Rodríguez había tenido la precaución de deslizarse con su ordenanza hasta el lugar más obscuro; desde allí la vio venir, y en su boca mordaz se marcó una sonrisa de posesión. La señora llegó frente a ellos y vaciló un segundo, sin atinar a adivinar cuál de los dos era Rodríguez.

—¡Manuel! —profirió en voz baja, y extendió los brazos hacia las dos sombras. El montonero fingió un púdico espanto.

—¡Caray, doña Amanda, que los criados que pasan están boquiabiertos mirándola estirar los brazos a un fraile!

No era verdad, y ella lo sabía, por lo que concretó su gesto abrazándolo furtivamente.

—¡Ay, hereje; al fin regresas! Pero ven a un lugar donde podamos hablar. —Lo conducía de un brazo al repostero, que se veía iluminado, pero Dorotea se le interpuso, alelada:

—¿Está usted desvariando, ama? Las criadas tienen invadido ese lugar.

—A mi alcoba, entonces.

—Honradísimo —musitó Rodríguez, divertido por la situación.

La criada volvió a interceptarles el paso.

—No, no, las señoras entran allí a cada momento. Usted comprende, ama —y susurró al oído de doña Amanda una frase, de la cual Rodríguez alcanzó a oír algo así como "aguas menores", la que lo hizo sofocar una carcajada.

—¡Calla, malvado! —lo reprendió la señora, y giró la cabeza buscando un sitio donde conducirlo.

—El lugar más solitario es ahora mi alcoba, señora, y está aquí, al lado —le sugirió Dorotea, indicando una puerta cerrada.

Doña Amanda no se hizo repetir la insinuación, y empujó a Rodríguez en ese sentido. Este volvió el rostro y advirtió a la criada:

—Dorotea, hazme el favor de llevar a mi compañero a un sitio tranquilo, donde pueda comer algo, ¿quieres? Pero no te confíes mucho en su sotana, ¿eh?

La sirvienta hizo un respingo desdeñoso, y se llevó a Pascual. Su ama empujó a Manuel dentro del dormitorio, y cerró la puerta tras ella. En la oscuridad se dejó besar, pero había en sus respuestas mucho más calor que en los labios del aventurero. Luego, sentados en el lecho de Dorotea, hablaron apresuradamente. Rodríguez le explicó cómo había llegado a Santiago y la argucia de que había tenido que valerse para conseguir un salvoconducto que le permitiera el paso hacia el sur.

—Tengo que ir al campo, reunir gente —concluyó.

—¡Oh, es difícil, difícil! —lamentó doña Amanda—. Los talaveras lo vigilan todo. Y son crueles esos bárbaros. Chile entero está intimidado; las cárceles se ven llenas, han ahorcado gente a racimos; San Bruno manda asesinar con la frialdad de un dueño de la vida y de la muerte. Es horrendo. Ahora echo de menos la patria. Osorio hace fiestas imbéciles y debemos asistir, aplaudir y cumplimentarlo, ofreciéndole otras fiestas en retribución. Esta, por ejemplo.

—¿Está allí dentro el brigadier Osorio?

—Y toda su corte, desde el capitán San Bruno hacia arriba y hacia abajo.

Rodríguez silbó entre dientes; en buen refugio había ido a meterse. Pero la señora no le dejaba tiempo para reflexiones; hablaba nerviosamente:

—¿Has sufrido en el destierro?

Manuel se encogió de hombros, dando a entender que la vida lo había arañado algo, aunque no mucho, porque tenía la piel dura.

Y sus medias palabras parecieron tocar la fibra sentimental de la señora, que se apegó a él, dolorosa y apasionada.

—¡Oh Manuel, no sé qué se desprende de tu persona, que se te quiere y recuerda a través de todo! Una te seguiría a la vida, a la muerte, no sé adónde. Pero tener un hombre como tú es un privilegio tan imposible como atrapar un sueño.

—Y poseer una mujer como tú es apoderarse del propio romance —le replicó en el mismo tono lírico el revolucionario, sabedor de que la oscuridad ocultaba su expresión burlesca—. Es gozar de una vida que no cesa de florecer. Si yo tuviera que dejarte, te acariciaría hasta fundirte con mi calor a mi propio ser. Pero los caminos me están llamando a gritos... —Bien sabía él que ese tono dramático era el más adecuado para despertar resonancias en el alma de esa mujer saturada de tradiciones épicas, y, en consecuencia, no escatimaba la teatralidad—. Me llama la tierra de mi patria, para que me lance como guerrillero o bandido y gaste mi luz y mi sangre en levantar una bandera de resurrección de la libertad o dignifique una horca con mi cuerpo martirizado. Pero si como un viajero sediento puedo detenerme un instante en este puerto tibio para beber tu aliento, tus labios, tu vida...

Doña Amanda palpitaba desfallecida dentro de uno de sus brazos, mientras la otra mano de Manuel le ascendía, posesiva y voraz, por las rodillas y los muslos. Con un último resto de cordura se desprendió del abrazo y bajó, ruborizada, su basquiña.

—¡No, no, por caridad, Manuel; debo regresar a la fiesta! Es seguro que San Bruno ya ha notado mi ausencia, y ¡ay de ti si llegara a descubrirnos juntos!

Hurtando el cuerpo a las manos de Rodríguez, se escurrió nerviosamente hasta la puerta, y la abrió.

—Dorotea te traerá oporto y comida —alcanzó a susurrarle, antes de salir—. Y yo volveré cuando todos duerman, mi adorado.

No terminaban de oírse sus pasos, alejándose por el corredor, cuando ya Rodríguez bostezaba fieramente. El cansancio del viaje a través de la cordillera se le hacía presente con imperio.

—¡Ojalá no esté dormido yo también cuando regreses, mi generosa Amanda! —alcanzó a musitar entre bostezos, y se dejó caer desplomado sobre la cama.

Eran las tres de la madrugada, y un silencio casi total envolvía la casa cuando doña Amanda volvió al cuarto de su doncella. Los birlochos de los últimos invitados resonaban alejándose por el polvo, y algunas voces dispersas, despidiéndose, acallaban el croar de los sapos en las acequias. Caminando en punta de pies, para no despertar a los demás criados, la señora entró en la alcoba. El corazón le redoblaba dentro del pecho.

—¡Manuel!... ¿Me oyes, Manuel? —llamó en un susurro, pero de la oscuridad sólo le llegó en respuesta el acompasado roncar del dormido. Haciendo chasquear los labios con despecho, fue a sentarse en el borde de la cama, y tomó al hombre de los brazos—. ¡Manuel! ¡Manuelito de mi corazón, despierta, mi adorado! —balbuceaba, acongojada y molesta—. Que no fue para que yo te viera dormir que viniste a esta casa.

—Era inútil; Rodríguez seguía sumido en el sueño más profundo. La señora se impacientó y lo remeció de los hombros— ¡Manuel, despierta ya, o voy a creer que me estás jugando una chanza fastidiosa! ¡Abre los ojos, hombre de Dios! —Como el dormido no respondiera sino con gruñidos, su impaciencia se convirtió en franco enojo—. Pero ¡habráse visto! Hijo mío, está bien que hayas dormido otras veces en mi casa, pero ahora... —Alzó la diestra, como si fuera a palmearle la cara, pero no fue capaz de terminar su acción. Lejos de eso, hizo un mohín de llanto y bajó la mano con gesto impotente. Segundos después, abandonaba el cuarto y se perdía en sus habitaciones privadas.

Apenas aclaraba, cuando Dorotea entró en el dormitorio donde quedara Rodríguez. Bastó el leve ruido de la puerta para que el joven se incorporara bruscamente en el lecho, y la doncella tuvo que tranquilizarlo en voz baja, para que no saltara sobre ella, confundiéndola con un enemigo.

—Menos mal que ha descansado su mercé —celebró la criada, sobándose los riñones para dar a entender que ella había sufrido las consecuencias de la usurpación de su lecho. Lo que es doña Amanda no pegó los ojos, y ahí está, desde hace más de una hora, odiándome para que viniera a saber de usté.

—¿Se puede pasar a su alcoba? —quiso saber Manuel, y la mujer le respondió con risa procaz y bobalicona:

—Como si no lo supiera el señor.

—Bien. Dile que me echo una manito de gato en el pilón del patio, y que paso a verla. ¿Qué fue de mi ayudante?

—Durmió en la leñera, y, al venir hacia acá, lo vi en la cocina. Seguramente está preparándose desayuno, antes de que se levanten los demás criados.

—Qué hora es, entonces?

—Deben ser más de las cinco.

Rodríguez echó una rápida cuenta: tenía que pasar a la casa de Marilola, calculando que se hubiera ido el capitán Rebolledo, para recoger los salvoconductos, y después conseguirse unos caballos, en los cuales viajar al sur. Alcanzaría a abandonar Santiago alrededor de las ocho, antes de que comenzaran a transitar por las calles conocidos peligrosos. Por lo tanto, podía disponer de una hora para resarcir a doña Amanda. Descansado por las horas de reposo, salió ágilmente al patio, y fue a quitarse la última pereza bajo el chorro de agua del pilón. En seguida, buscó a Pascual, y se cambió la sotana que llevaba por la capa y el sombrero de Luis Carrera, que el ordenanza guardaba en el saco de viaje. Quince minutos más tarde se presentaba en el dormitorio de doña Amanda, listo ya para partir, pero con el oculto propósito de no hacerlo todavía.

—¡Oh, es muy temprano para que te marches! —le reprochó la señora, sumergida en las ropas de su lecho y con los ojos ensombrecidos por el insomnio.

—Amanda, tengo que salir a la calle y conseguirme cuatro caballos para irme al sur —le argumentó suavemente él.

—Te daré unas letras para que pases a recogerlos a la dehesa de una comadre mía.

—¿Me darás caballos realistas? —rió Manuel—. Está bien; espero que no me volteen. ¿Y qué hago ahora, ya que me allanas las dificultades?

La hermosa asturiana le extendió los brazos y dejó que las sábanas se deslizaran hasta la mitad de su pecho.

—Es temprano, mi adorado —le susurró, amorosa y suplicante. Manuel lanzó a un rincón el sombrero y la manta.

Eran las ocho cuando asomó al patio donde lo esperaba Pascual con las mulas ensilladas. El ordenanza mascullaba maldiciones y pateaba rabiosamente las piedrecillas del suelo.

—No me diga na, patrón —refunfuñó cuando lo tuvo al frente—. Si nos pillan, todita la culpa la va a tener su mercé. ¡Tan relacho que lo han de ver!

Rodríguez le contestó con una carcajada en sordina y un coscorrón en la revuelta pelambrera, que tuvo la virtud de aplacarlo.

—Vamos, hombre, no perdamos tiempo. No podemos mostrarnos en Santiago a plena luz. —Pero en lugar de montar en su mula, sacó un papel de un bolsillo interior, y lo extendió a Pascual—. Vete con esto a la dehesa de doña Mariana Rubilar de García Reyes, que es una comadre de doña Amanda, y te entregarán cuatro caballos. El nombre y la ubicación de la chacra están anotados en el papel. En seguida, regresas al galope, y me esperas en la fonda de Belarmino Peña.

—¿Pero qué va a hacer entretanto su mercé? ¿Cómo va a andar así, vestido de civil por las calles del centro?

Manuel hizo un ademán de fastidio; no iba a proceder como un ratón porque anduvieran por las calles algunas personas que pudieran conocerlo. Además, tenía que ir a la casa de Marilola a recoger los pasaportes que necesitaba para dirigirse al sur.

—Vete pronto, y no preguntes más tonterías. Te encontraré donde la Flor María Peña dentro de dos horas.

Presurosamente tomó Rodríguez la calle de Las Claras, para llegar hasta la de Santo Domingo, y caminar por ella en dirección a la Atravesada de La Compañía, en cuya esquina estaba la casa de la andaluza. Se escurría con rapidez, apegado a los muros y con el sombrero cordobés de Luis Carrera caído sobre las cejas, e iba pasando ya frente al templo de Santo Domingo, cuando por la alta verja ojival sustentada en robustas piedras salió don José Santiago Aldunate, quien, encandilado por la luz exterior, fue a chocar con él. Tratando de excusarse, el señor Aldunate lo miró al rostro, y, pese a que lo llevaba escondido lo reconoció al instante.

—¡Manuel Rodríguez! —exclamó, quedándose con la respiración suspendida—. ¡Por Dios santo! ¿Será posible?... ¿Usted aquí?...

El bachiller agachó aún más la cabeza, y lo atrapó de un brazo, remeciéndolo rudamente.

—¡Chist, calle, bochinchero! ¡Cállese, y deje de mirarme como si fuera un espectro!

Pero el asombrado santiaguino no podía sujetar su lengua; estaba demasiado impresionado por el encuentro, y la deducción de que éste podía significar un peligro para él lo ponía terriblemente nervioso.

—¿Está usted loco, Rodríguez, o no le tiene apego a su vida? —repetía entre otras frases de advertencia.

Manuel presintió que sus aspavientos no tardarían en llamar la atención de los pasantes, y, sin consideración, lo aferró de un brazo y lo arrastró con él.

—¡Camine a mi lado, y no diga tonterías, hombre!, ¡Vamos, camine, pero normalmente, que va usted con un cristiano y no con un engendro salido del infierno!

Aldunate lo obedeció, con paso trémulo. Sentía que en cualquier momento podía caerle sobre los hombros la mano de los guardias realistas. Pero no había forma de eludir la peligrosa compañía del revolucionario; éste, recelando una posible delación, no lo dejaría separarse de su lado hasta que abandonara Santiago. Bien lo demostraba la presión de sus dedos en el brazo del que lo llevaba sujeto mientras caminaban por la calle de Santo Domingo. Llegaban ya a la esquina de la calle del Puente, cuando el caballero sintió que se le erizaban los pelos de la nuca. Frente a ellos acababan de aparecer dos talaveras, seguidos por una bandada de chiquillos y de curiosos. Don José Santiago hizo un movimiento instintivo de retroceso, pero la mano del bachiller lo inmovilizó en su sitio.

—¡Déjese de miedos, que va a llamar la atención! —le cuchicheó rabiosamente—. No son más que dos pregoneros que van a leer un bando.

En efecto, los talaveras se habían detenido en el cruce de calles, y uno de ellos redobló sobre un tambor durante unos segundos. En seguida, el otro desplegó un rollo de papel, y leyó con voz engolada:

—Por cuanto los inculpados Tomás Becerra y Sebastián López están convictos y confesos de haber hablado contra nuestro muy amado monarca, el rey Fernando VII, a quien Dios guarde, criticando el benigno régimen que impera en este reino, y por haber asesinado alevosamente a dos soldados talaveras que intentaron aprehenderlos, cumpliendo su deber de resguardar el orden moral, serán ahorcados mañana al amanecer. Hará un sermón expiatorio y ejemplarizador el reverendo padre dominico don Jerónimo Lisboa, fiel servidor del rey y de la Iglesia.

Envuelta en los redobles del tambor, que volvía a sonar, Manuel escuchó la voz balbuceante de Aldunate, que al oír la sentencia de muerte se había tornado pálido como una hostia.

—¡Por caridad, Rodríguez, salga usted pronto de la ciudad, y déjeme marchar a mi casa! Ya ve usted que las horcas están continuamente en acción. Los talaveras se encargan de alimentarlas de continuo con nuevas víctimas.

Pareció que iba a agregar algo más, pero se quedó, de súbito, con el rostro desencajado y la mandíbula colgante. Siguiendo, intrigado, la dirección de su mirada, Manuel descubrió, en el centro de la calle, una figura gruesa y alta, que se destacaba como un manchón rojo y azul. Sin necesidad de que Aldunate se lo informara, adivinó que el impresionante personaje era el propio capitán Vicente San Bruno. Se lo dijo la siniestra sonrisa socarrona con que saludaba a su acompañante, y, sobre eso, la mirada voraz de sus ojos pequeños y agudos. Sin quitarles la vista de encima, se alejó retorciéndose las guías de su largo mostacho.

Aldunate temblaba de tal modo que tuvo que sostenerlo para que no tambaleara, y, pocas varas más allá, compadecido de su mísero temple, lo soltó y se alejó de él sin despedirse. Después, comprendiendo que el aterrado señor no dejaría de comunicar a sus familiares y amigos su encuentro, resolvió abreviar cuanto pudiera su permanencia en la ciudad. Marchando a grandes zancadas, llegó hasta la casa de Marilola y se dispuso a golpear su puerta. Pero la andaluza lo había estado oteando por una ventana y le franqueó la entrada antes de que lo hiciera.

—¿Y los pasaportes?... —fue lo primero que le preguntó Manuel, apenas estuvieron en el interior.

La mujer le mostró cuatro tarjetones, que traía en el bolso de su delantal.

—Están en blanco —le explicó—. Supuse que necesitarías varios.

Rodríguez respiró aliviado y empinándose dio un beso en la frente a Marilola.

—Gracias, gitana. ¿Te costó conseguirlos? Ella lanzó una carcajada burlona, y se exhibió, chulesca, con las manos en jarras:

—El tío ese tenía una desconfianza que no le cabía en el cuerpo, pero..., ¡ay, esta servidora es más ambicionada que las minas del Perú, mi rey! ¿Almorzarás conmigo?

El mozo mostró un rostro exageradamente contrito, y meneó la cabeza.

—Me perseguirán muy pronto... No he venido a divertirme; tú comprendes. Te he de confesar también que ese bellaco de San Bruno ya me echó el ojo encima.

—¡Jesús! ¿Y tienes miedo?

—Tanto como tener miedo, no, y si lo tuviera, sabría ocultarlo.

—Pues ¿quieres un buen consejo? Si San Bruno te vio, ¡hala, márchate al momento, y pon toa la América de por medio!

Manuel echó atrás el cuerpo y rompió en carcajadas. La idea de que él pudiera huir despavorido de un personaje a quien venía conociendo le hacía mucha gracia.

—No es para tanto, mi mora; no es para tanto. Por el momento, tengo otras cosas que hacer, por ejemplo, comer algo.

—¡Eso es lo que me gusta oírte, mi rey! —celebró Marilola, acariciándole fugazmente el rostro—. Porque una mujer sólo puede afirmar que tiene un hombre cuando éste le pide besos o de comer.

Riendo cantarinamente pasó a una habitación contigua, donde tenía la cocina, y comenzó a remover peroles y platos. Entretanto, Rodríguez extrajo de sus bolsillos una pequeña cartera de cuero, de la cual sacó varios croquis dibujados en papel casi transparente.

—Escucha Marilola —la previno—. Aquí te voy a dejar estos planos, para que se los entregues a tu capitán Rebolledo, diciéndole que yo, el cura Hernández, que él conoció anoche, se los arrebaté en el camino a un arriero malencarado, y que se los traspaso para que gane méritos ante el capitán general. Adviértele que ellos indican los caminos y boquetes cordilleranos por donde pasará San Martín con su ejército para invadir Chile.

—Y claro es —se oyó la voz burlona de la mujer desde la cocina— que por esos boquetes y caminos lo único que vendrá será el gran chasco de los soldados de Osorio, que se quedarán allí cazando moscas cordilleranas, mientras ese zorro de San Martín cruza las montañas por cualquier otro lao. ¿Estamos?...

Rodríguez se agachó a mirarla por el hueco de la puerta, y sus pupilas tenían un brillo cariñoso y admirativo.

—Afortunadamente, el general Osorio y sus subalternos no tienen la astuta cabecita de cierta gitana andaluza, que...

—Que la ha perdío por completo por tu causa, ladrón —completó ella, regresando al cuarto con un plato con comida—, y que está chalada, muy requetechalada por un bandío que no se lo merece, porque no quiere a nadie y se sirve de todas las mujeres.

Manuel le rodeó las caderas con un brazo, y le rozó la parte posterior del cuello con los labios.

—Te engañas, mi reina mora —le susurró con teatral apasionamiento—: a ti te adoro.

Justamente a las dos horas establecidas, Rodríguez cruzaba Santiago e iba a detenerse en la fonda de Belarmino Peña, en La Cañada, donde lo esperaba su ordenanza. El recinto estaba vacío, pero al hacer su aparición, surgieron de la trastienda cinco hombres, que, por su vestimenta, demostraban ser campesinos acomodados y hombres resueltos. Guiados por Pascual Corrales, rodearon respetuosamente al joven, que se había sentado ante una mesa poco visible desde la puerta.

—¿Trajo los pasaportes, don Manuelito? —le inquirió el que parecía más desenvuelto—. El amigo Corrales ya nos explicó todo lo que usted desea de nosotros, y estamos listos para servirle.

Rodríguez sacó los salvoconductos, y entregó los dos que le sobraban, después de guardar uno para sí y otro para Pascual, a los hombres que tenía más próximos.

—Todos ustedes pasarán como trabajadores míos, que me acompañan a mi fundo El Colmenar, que está en el partido de Colchagua. Pero, antes de partir, quiero que sepan algo. —Los cinco guasos se acodaron en la mesa, para oírlo mejor y esperaron—. Me parece que nos van a perseguir desde el comienzo —siguió Rodríguez—, y presumo que la horca nos estará aguardando constantemente. De modo que aquel de ustedes que tenga demasiado apego por su pellejo, es mejor que me lo diga ahorita mismo, para no exponerlo al peligro.

Todos protestaron al unísono, y uno de ellos hasta llegó a decir:

—Yo voy a colgar a los talaveras de la cola, que dicen que tienen. Nosotros lo acompañaremos a donde quiera, don Manuel.

Como si necesitaran justificar las razones que los impulsaban, todos ellos narraron en breves palabras el motivo de su odio. A uno lo habían hecho azotar, y lo condenaron a trabajos forzados en la fortaleza del cerro Santa Lucía; a otro le ultrajaron la mujer y le robaron la chacra y el caballo; a un tercero le incendiaron el rancho y le dieron de rebencazos hasta dejarlo por muerto.

—...y encima se reidan los muy chanchos —concluyó el que hablaba—. Pero yo me juré por la cruz de cobrárselas como juera, y aquí estoy esperando. Hei estao a punto de irme con el bandío Neira, pero parece que Dios ha dispuesto que me vaya mejor con usté.

Ya había oído Rodríguez mentar varias veces, en Argentina, al bandido José Miguel Neira, que se lanzara a los caminos para matar españoles. Se decía que era un hombre de increíble ferocidad, que asolaba los fundos de los realistas vengando una afrenta que sufriera de uno de ellos, Manuel se había hecho el propósito de encontrarlo y anexarlo a sus planes.

—¿Conoce alguno de ustedes a Neira? —preguntó. Los guasos respondieron negativamente. Pero uno de ellos adelantó:

—Contimás, yo sé onde encontrarlo. Es roto harto crudo y harto perro. Creo que es capaz de hacernos la cruz, si no le caemos en gracia. Siempre es mejor hacerse amigo de él.

—¿Y dónde podemos hallarlo? —insistió Manuel.

—En los cerros de Cumpeo, patrón.

El guaso hizo su revelación con acento misterioso, y el prestigio siniestro del bandido Neira pareció flotar sobre ellos. Rodríguez examinó los rostros de sus acompañantes, uno tras otro, como si buceara en el fondo de sus almas. Después, más seguro, dijo, calurosamente, aunque sin alzar la voz:

—Hoy somos únicamente siete, pero como no estamos trabajando sólo por nosotros, sino por los hijos de ustedes y por todos los pobladores de esta tierra, muy prontito acudirán otros a ayudarnos a levantar nuestra bandera. Estamos sembrando los granos de una patria, en la que no haya tiranos ni ladrones; una patria que tenga alimentos, seguridad y justicia. Se derramará, tal vez, nuestra sangre en este empeño, pero caerá como una rosa roja, y allí donde caiga brotará la planta de la libertad. Así será, amigos. ¡Y ahora, al camino!

2

Como un trueno sobre los techos de Santiago estalló la noticia en los salones dorados del Palacio de Gobierno: ¡Manuel Rodríguez, el cabecilla insurgente, estaba en la ciudad! Lo habían visto tres, cinco, diez personas... y otras tantas lo observaron cuando pasó al galope, al frente de una banda de forajidos, en dirección al campo, donde comenzaría a sembrar la revolución.

El general Mariano Osorio se puso en pie, como impulsado por un resorte, pero en seguida volvió a dejarse caer abúlicamente en su sillón. Esa era la oportunidad de destacarse que había ansiado durante todo su gobierno, pero llegaba tarde. Hacía dos noches había arribado a Santiago un nuevo capitán general designado por Su Majestad Fernando VII; y ese día justamente tomaría posesión del alto cargo. Era el recién llegado don Francisco Casimiro Marcó del Pont, caballero de la Orden de San Juan, comendador de la Orden de Calatrava, oficial poseedor de la Cruz de San Juan de Arcos y petimetre dueño de ochenta baúles llenos de trajes, pañuelos perfumados, pelucas sedosas y centenares de potes con almibarados ungüentos para hermosear la piel.

Con sus blancas manos de odalisca laxamente extendidas sobre el escritorio de roble, don Casimiro se quedó mirando fijamente al general Osorio, cuando éste le participó la noticia. A través de sus párpados femenilmente entornados, sus pupilas relumbraban oscuras y desdeñosas. De pie junto a los muros, un poco sorprendidos por la asombrosa información, varios cortesanos anónimos pendían de los gestos del nuevo gobernador. El señor Marcó del Pont se puso blandamente de pie y con ademán frailuno, como quien prodiga incienso, agitó una campanilla de plata.

—Que venga al instante el capitán San Bruno —ordenó escuetamente al oficial que acudió a su llamado. Luego, comenzó a pasearse por el despacho sin mirar a nadie.

Los concurrentes lo observaban a hurtadillas, en absoluto silencio, razón por la cual se sobresaltaron cuando el adamado personaje encaró al general Osorio con expresión fastidiada.

—Ya veis, caballero, cómo la desorganización contagia hasta a los lugartenientes más seguros. No os reprocho, general Osorio, pero... ya veis: hasta el capitán San Bruno se permite hacer esperar al gobernador.

—Como el jefe militar no le respondiera, volvió a su paseo, para detenerse en un costado de la estancia, mirando esta vez a los silenciosos cortesanos—. ¿No os dais cuenta, caballeros, de la importancia de esta entrevista que deseo tener con el jefe de los talaveras? Todo el mundo dice que ese terrible insurgente, Manuel Rodríguez, está en las cercanías de Santiago, al alcance de nuestra mano, y el capitán San Bruno no da señales de vida.

Afortunadamente, en ese momento regresaba el edecán que fuera en busca del militar y lo anunciaba atolondradamente:

—El señor capitán don Vicente San Bruno, Excelencia.

—¡Al fin! —exclamó Marcó del Pont e hizo chasquear los dedos con irritación—. No lo anunciéis con tanto ditirambo, oficial. El capitán San Bruno y basta. Hacedlo pasar.

La masa imponente del aludido se proyectó en la puerta y desde allí esbozó una brusca reverencia, como si tuviera una dura bisagra en la cintura. El gobernador no se dignó ni siquiera saludarlo. Con voz que atiplaba el enojo le observó:

—Parece que hay un solemne burlón que se está riendo a carcajadas de vos, de vuestro sistema de vigilancia y de todos nosotros, capitán. Imagino que ya sabréis a quien aludo, ¿no es así?

San Bruno tenía ordinariamente un acento áspero y tajante, pero esta vez sonó como una quebrazón de ramas secas por obra del esfuerzo que hizo para contenerse.

—Tendrá poco tiempo más para burlarse, Excelencia; ya he tomado las medidas necesarias. Por órdenes mías, ha salido hacia el sur el sargento Villalobos, al frente de un destacamento de talaveras, con la misión de recorrer todos los caminos y apresar a ese Manuel Rodríguez y a cuantos se le parezcan.

—Pues, completad vuestras órdenes enviando otro piquete de talaveras para que bata los montes, entre todas las chozas del inquilinaje y registre hasta en las copas de los árboles. Pero advertid a todos esos soldados que el gobernador les prohíbe regresar a esta capital si no traen ensartada en una pica la cabeza de ese odioso insurgente. ¿Habéis entendido, capitán San Bruno?

El zarandeado oficial, cuadró los hombros y apretó las quijadas.

—Iré más allá, Excelencia —dijo con encono—. Les ordenaré que regresen con cuantas cabezas les sean sospechosas, a fin de que vos tengáis donde escoger. Con vuestra venia. —Entrechocó sus tacones con estrépito, que delataba su molestia, y salió a grandes pasos. Poco después, su voz bronca resonaba soberbia en la sala de guardia, ordenando la partida de nuevos talaveras tras las huellas de Rodríguez.

Desde ese instante, los caminos hacia el sur fueron lonjas de sol deslizándose vertiginosamente bajo las patas de los caballos de los insurgentes. Manuel Rodríguez, aunque ignorante de que el sargento Villalobos los seguía, apresuraba la marcha de sus hombres, espoleado por su innato instinto de guerrillero.

Pasadas las ruinas de Rancagua, las caballos extenuados ya aflojaron la marcha y fue forzoso hacer un alto junto al camino, en la maraña de un bosquecillo. Oscurecía y los hombres eran partidarios de no marchar de noche, temerosos de extraviarse o de un encuentro sorpresivo con soldados o bandidos.

Froilán González, uno de los cinco guasos, comenzó a encender una pequeña fogata con ramas y pajuelas, lo que le ganó una reconvención del guerrillero.

—Debió traer la carne cocinada, González. No está bien encender fuego; nos verían de todas partes.

—Será apenas un fueguito, patrón; lo suficiente para hacer un rescoldo.

—¿Y por qué no esperar hasta más tarde?

—Sería peor, patrón; en la escuridá verían la vislumbre de las llamas. En tanto, que agora no distinguen ni el humo, que es del mismo color del escurecer. Así, en un rescoldito sancochamos la carne y la guardamos pa que nos dure hasta el campamento de Neira, en Cumpeo. Yo le respondo que ni de la chacra del guaso Fierro, que está entremedio de aquellas dos lomas, nos vichan tan siquiera.

Rodríguez aceptó la explicación, aunque sin convencimiento. Estaba intranquilo sin saber por qué y oteaba continuamente en la dirección que había indicado González. Por allá, cerca de la mancha amarilla que señalaba el techo pajizo de una casa, pasaba el camino al sur. Si alguien los perseguía, por él tendría que correr.

En efecto, el piquete de talaveras que comandaba el sargento Villalobos apareció por ese camino como un tropel de potros y los hombres rodearon el rancho campesino, como si fueran a tomarlo por asalto. Las voces imperiosas del jefe de la tropa obligaron a salir al morador de él, que se había ocultado en el interior, y lo abrumaron desde el primer instante, como si se tratara de un criminal.

—¡Ven acá, guaso bruto! ¿Cómo te llamas?

—Esteban Fierro, pa servir a su mercé.

—¿Estás con el rey, a quien Dios guarde, o con los insurgentes, que el demonio confunda?

—Con el rey, señor.

—Dime y no intentes mentirme porque te saco los ojos: ¿Conoces a un tal Manuel Rodríguez?

—No, señor. Por aquí ya no andan ni pájaros. Antes de la guerra daba gusto, pero agora es muy requetesolo, ¿sabe?

—¿Y quién me garantiza que no tienes escondido en tu rancho a ese bandido, viejo zorro, ¿eh? ¡Soldados, registren esta covacha y el huerto!

El viejo Fierro asistió impotente a la avasalladora invasión de sus pobres pertenencias. Los caballos de los talaveras pisotearon las hortalizas, rompieron las zanjas, quebraron los tallos tiernos de la sementera; sus perros fueron espantados a balazos, los muebles derrumbados a puntapiés, las ollas y cántaros aventados a garrotazos. Por último, rabioso por la inutilidad del registro, el sargento Villalobos decapitó con un golpe de sable a un pequeño cabro que balaba atado a un poste del corredor.

—¡Prepáranos un asado y rápido, de lo contrario...!

Mientras el campesino descueraba el animalillo, los talaveras soltaron sus caballos en la huerta, para que forrajearan con los restos de las plantas tiernas.

Ño Fierro giraba el asado sobre las brasas, con el rostro tostado vuelto hacia el suelo y el ceño dolorosamente contraído, pero, de cuando en cuando, lanzaba, a hurtadillas, miradas rencorosas a los talaveras, que conversaban con risas zafias, sentados en el borde del corredor. Urgido por las frases soeces de sus truculentos visitantes, el campesino retiró del fuego el asado aún no del todo cocido y lo trinchó sobre una tabla. Los talaveras cayeron sobre sus porciones como lobos hambrientos y gritaron reclamando vino. Como ño Fierro no tuviera para darles, lo cubrieron a insultos y hubo de apartarse algunos pasos para ponerse fuera del alcance de sus rebenques. Fue entonces que uno de los soldados distinguió a la distancia las tenues espirales de una columna de humo.

—¡Sargento —llamó la atención de su jefe—, allá, hacia el norte, al borde de aquel bosquecillo, hay gente!

Villalobos se incorporó en su asiento y miró con detención. Efectivamente, las nubecillas de humo no podían significar otra cosa. Pensó en partir de inmediato hacia el lugar, no distante más allá de unas tres cuadras, pero el tufillo del asado que tenía servido en su plato lo hizo vacilar. Y una reflexión del guaso Fierro, dicha como al pasar, terminó de sofrenar su primer propósito:

—Si hay gente allá, no se moverá en toda la noche; en cambio, el asado se pierde si no se lo comen agora.

Villalobos aprobó con un gruñido y volvió a sentarse.

—Despachemos pronto esta bendición y en seguida vamos a ver quiénes están en aquel bosquecillo. ¡Hala, muchachos, a prisa! —y volvió a sumergirse en su plato, masticando con fiereza de mastín.

Pero, tan pronto los vio nuevamente absortos en la comilona, el viejo Fierro se deslizó subrepticiamente hacia la cocina, donde estaba un muchachuelo de unos doce años, al cual presentara como su nieto, y le secreteó premiosamente:

—Antoñito, anda vete corriendo al bosque del otro lao del camino y avísales a los que están allá que los talaveras van a ir a apresarlos. ¡Corre, niño!

—¡Al tiro, tata!

El muchacho se escabulló a escape por entre los matorrales y, a trechos agazapado como un perdiguero, a ratos corriendo como una liebre, no tardó en aparecer en el claro donde acampaban los hombres de Manuel Rodríguez. Con frases entrecortadas por el jadeo, los enteró de los propósitos de los talaveras y les señaló la ruta que tenían que seguir para fugarse sin ser percibidos.

Manuel hizo que sus compañeros diseminaran los, tizones y brasas de la fogata y que esparcieran tierra suelta sobre las cenizas; después, se llevaron los caballos hasta un lugar donde el pasto crecía vigoroso y alto y sus huellas fueron borradas cuidadosamente. Sólo entonces, en el momento de partir, se volvió al niño y le preguntó:

—¿Quién te mandó, chiquillo?

—Mi abuelo, señor.

—¿Cómo se llama?

—Esteban Fierro.

—¡El guaso Fierro! Ya me habían hablado de él los compañeros. Pues bien, vuelve a su lado y dile, cuando nadie te oiga, que Manuel Rodríguez le agradece de corazón su ayuda. —En seguida, volviéndose a sus acompañantes les indicó en voz baja—: Desvanezcámonos en el bosque. Dormiremos cuando estemos en el campamento del bandido Neira.

Este último dato no lo olvidó el pequeño Antonio y, un rato más tarde, cuando pudo hablar al oído a su abuelo, le repitió la dirección que llevaban los montoneros.

La estratagema del guaso Fierro apenas alcanzó a dar resultado: demoró una media hora a los talaveras, justamente el tiempo necesario para que sus perseguidos se perdieran entre las sombras. Y cuando el sargento Villalobos y sus hombres asomaron al claro en donde habían distinguido la columna de humo, no hallaron ni el menor vestigio de la fogata, así como tampoco de los hombres que la habían encendido. Colérico por haber sido chasqueado, el jefe del grupo de soldados ordenó regresar al rancho donde comieran, convencido de que quien los delatara no podía haber sido otro que el guaso Fierro. Pero su ira fue mayor al llegar a la choza y descubrir que también los dos moradores de ella se habían esfumado.

—¡Maldita sea su madre! —barbotó furioso como un energúmeno—. ¡Era un insurgente también! ¡Toda esta comarca está llena de insurgentes! Pues, que pague las consecuencias. ¡Cabo Zapata! ¡Soldado Tapia! ... ¡Prendan fuego a esta basura!

En menos de un minuto, el rancho y los cobertizos vecinos, así como los cercos de zarzamoras y las tranqueras, ardían como antorchas.

Manuel Rodríguez y sus hombres avistaron los resplandores del incendio desde una pequeña colina enmarañada de bosque y apretaron los dientes adivinando qué era lo que ardía y quiénes habían sido los incendiarios. Hasta la aurora marcharon temerosos de que su desconocido benefactor y su nieto hubieran perecido en la hoguera; no obstante, al alba, en un ensanche del sendero que llevaban, se les aparecieron dos figuras inmóviles montadas en un mismo caballo. A la luz pálida del amanecer vieron que el que sostenía las riendas alzaba una mano en señal amistosa a tiempo que su voz cascada los saludaba desde la distancia:

—Buenos días, amigos. Hemos galopado casi toda la noche para darles alcance. Gracias a Dios que conocemos bien estos campos. Mi nombre es Esteban Fierro.

Rodríguez espoleó a su caballo y, deteniéndolo junto al del campesino, le estiró su diestra.

—Gustazo de conocerlo, mi amigo, y gracias por su aviso. Yo soy Manuel Rodríguez.

Se estrecharon vigorosamente las manos y no necesitaron decir más para comprender que acababan de sellar un pacto de alianza.

—¿Y para dónde va usted ahora, ño Fierro?

El guaso meneó la cabeza con aire filosófico y sonrió dentro de su barba espesa.

—¿No conoce a los talaveras, su mercé?... Agora no habrá camino seguro pa mí. Donde me encuentren me carnean. Así es que hei pensao que, si usté anda arrancándole a los maturrangos ha de ser porque les va a hacer pelea, con mayor razón si va a buscar a Miguel Neira, como me contó este guaina de mi nieto. Y en ese caso, lo mejor será que me vaya con su cuadrilla, así voy más protegío. Antoñito servirá pa hacer la comía y yo..., güeno, soy baqueano; conozco estos montes como mis manos y, cuando joven, manijaba bien la tercerola.

La ronda de montoneros acogió con beneplácito las sentenciosas reflexiones del viejo y quedó de inmediato incorporado a la banda. Entonces, ño Fierro se aventuró a hacer una sugerencia:

—Si sus mercés me permiten opinar, como sé que van buscando juntarse con el bandido Neira, déjeme que les diga que lo mejor será que los lleve al rancho de mi compaire Juan Lepe, que está como veinte leguas más al sur y que es el sitio donde el jefe Neira para cuando anda por estos trigos.

Rodríguez distendió su rostro con alivio y se volvió a sus hombres:

—¡Al fin vamos a poder encontrar a ese famoso Miguel Neira! Ya me estaba pareciendo un fantasma. ¡Echele adelante, ño Fierro, que nosotros le seguimos las pisadas!

El baqueano hizo un amplio gesto de contento y girando su caballo hacia el sur, señaló el horizonte con la diestra.

—¡Por allá vamos entonces! ¡Síganme, sus mercés!

3

*M*ientras la galera que conducía a José Miguel Carrera, su esposa y su hermana, escoltada por sus compañeros de destierro, el comandante Diego Benavente y el presbítero Julián Uribe, cruzaba la pampa al galope salvaje de sus tres tiros de caballos, en Buenos Aires su hermano Luis y el capitán José María Benavente se esforzaban por introducirse en la vida social y militar porteñas. Habían llegado el 6 de noviembre, y, siguiendo las instrucciones de José Miguel, se dieron a mover las escasas influencias de que disponían para conseguir que el general fuera recibido con el rango de Presidente de la Junta de Gobierno de Chile y comandante en jefe de su desintegrado ejército. Pero el mismo día habían arribado también a la capital argentina el brigadier Juan Mackenna y su pariente Antonio José de Irisarri. Y así como el joven coronel Carrera se multiplicaba en su afán de conquistar simpatías para su hermano, ellos pregonaban a sus muchas relaciones para que les ayudaran a convencer al director supremo Gervasio Posadas de que debía ordenar la prisión de todos los Carrera, y, si era posible, la expulsión del país.

Día tras día fue comprobando el esperanzado Luis cómo los escritos de Irisarri y las declaraciones de Mackenna iban cerrándoles las puertas de los más connotados políticos rioplatenses. Finalmente, como si la fatalidad hubiera querido intervenir para llevar a una culminación violenta la vieja querella, los jóvenes se alojaron en una fonda de la calle del puerto, vecina a la que ocupaban los dos enemigos de su familia. Dispuestas las cosas así, por obra del azar, en la tarde del 21 de noviembre, Luis entró a su cuarto con el rostro descompuesto por el enojo. Arrojando su quepis sobre una cama, dijo a su amigo Benavente:

—Por fin he sabido exactamente cuáles son las calumnias que esos miserables de Mackenna e Irisarri andan esparciendo sobre nosotros. Expresaron al director supremo Posadas que los Carrera somos unos facinerosos, y que debe expulsarnos del país. Posteriormente, Mackenna se atrevió a afirmarle que siempre hemos sido una amenaza para la seguridad pública y eternos conspiradores contra la autoridad legítima del Estado; y como si esas calumnias fuesen insuficientes, le agregó que somos hijos de una familia despótica que no conoce otra ley que la de su antojo, y que sólo propende a cimentar una aristocracia contraria al régimen republicano. Y en una reunión pública se atrevió a jurar que los Carrera constituimos un núcleo de gente sediciosa y de ambiciones desenfrenadas.

Se paseaba por la habitación, golpeándose una mano contra la otra, como si no pudiera contener los espasmos de sus músculos enardecidos, y no escuchaba los argumentos con que su amigo trataba de calmarlo.

—Demasiado tiempo toleré a ese hombre, sólo porque fue mi superior jerárquico en el cuartel de artillería de Santiago, pero ya no más. En una ocasión me escabulló el cuerpo, cuándo lo reté a duelo en Talca; lo mismo hizo en Mendoza, cuando lo desafió Juan José. Esta vez, junto con la repetición de mi reto, en la misma esquela le advierto que lo consideraré un cobarde si denuncia el duelo a las autoridades.

José María Benavente agachó la cabeza con abatimiento. Luis tenía la misma sangre ardorosa de sus hermanos; era enteramente inútil tratar de disuadirlo; buscaría la consumación del duelo con implacable tenacidad. Lo confirmaban sus palabras.

—Le he dejado en su fonda una tarjeta redactada en los siguientes términos —decía—: "Usted ha insultado el honor de mi familia y el mío con suposiciones falsas y embusteras. Si usted lo tiene, le ha de hacer satisfacción desdiciéndose en una ocurrencia de cuanto ha hablado o con las armas de la clase que usted quiera, en el lugar que le parezca. No sea, señor Mackenna, que un accidente tan raro como el de Talca haga que se descubra esta esquela. Con el portador espero la contestación de usted". La carta la ha llevado, hace media hora, el capitán Taylor, comandante del queche que está anclado en el puerto.

Benavente guardó silencio, pero su rostro traslucía su desaprobación. Con las manos trenzadas frente a la boca, se mordía sombríamente los nudillos.

—¿No has pensado en que puedes morir? —fue lo único que preguntó con voz opaca.

—Me asombran esas palabras en ti, José María. Sólo los cobardes temen morir, cuando se hiere el honor de su familia.

Alguien golpeó apresuradamente la puerta, y, demasiado nervioso para esperar a que lo autorizaran, la abrió y se introdujo en la habitación. Era el comandante Taylor. Aunque su rostro típicamente sajón permanecía inmutable, los ojos le bailaban abrillantados al extender un papel a Luis.

—He aquí la respuesta del brigadier Mackenna. Léala y sepa que estoy a su disposición.

Carrera atrapó el pliego con presteza y lo desplegó ante sus ojos. Este decía:

La verdad siempre sostendré y siempre he sostenido. Demasiado honor he hecho a usted y a su familia, y si usted quiere portarse como hombre, pruebe tener este asunto con más sigilo que el de Talca y el de Mendoza. Fije usted el lugar y hora para mañana en la noche, y en esta noche de ahora podría decidirse, si me diera usted tiempo para tener prontos pólvora, balas y un amigo, que aviso a usted llevo conmigo. De usted, Juan Mackenna.

Luis se quedó pensando con el ceño contraído y extendió el papel a Benavente, sin volver el rostro. Después, cuando éste concluía de leerlo, expresó categóricamente:

—Comandante Taylor, advierta usted a Mackenna que será mañana en el bajo de Santo Domingo, junto al riachuelo de Barrancas.

La oscuridad más completa envolvía el bajo de Santo Domingo, veinticuatro horas más tarde, cuando Luis Carrera llegó acompañado por el comandante Taylor; José María Benavente no acudió, ni dio explicación alguna.

El brigadier Mackenna esperaba con gesto adusto, teniendo a su lado al comandante chilote Pablo Vargas y al cirujano inglés Carlos Handford.

Los duelistas se saludaron con fría ceremonia desde la distancia y los padrinos dispusieron el campo; colocaron dos antorchas encendidas a cuarenta pasos una de la otra, y ensartaron una tercera en el suelo, equidistante de ambas. A la luz de esta última, los padrinos examinaron las pistolas y las cargaron. Luego, las presentaron al brigadier Mackenna para que escogiera. Este, sin mirarlas, tomó una; el comandante Taylor alargó la otra a Carrera. Acto seguido, el juez, encarnado por el cirujano Handford, se encaró con los duelistas.

—Caballeros —su voz suave y conciliadora sonaba extraordinariamente solemne—; de acuerdo con el código del honor, ustedes han cumplido como tales presentándose en este sitio: por tanto, los padrinos y yo estamos acordes en suplicarles que den por terminado el incidente.

De ningún modo —objetó al instante Luis—. El brigadier Mackenna debe pagar sus ofensas.

—¡No perdamos tiempo, señores! —profirió entonces el aludido, con dureza.

El doctor Handford cumplía sus funciones con la frialdad del ritual caballeresco. Sin inmutarse, señaló las antorchas de los dos extremos del campo.

—Sírvanse tomar sus colocaciones, caballeros. A la voz de "apunten", levantarán sus pistolas y a la de "fuego", dispararán.

Los duelistas se alejaron lentamente, con movimientos rígidos, acompañados por sus respectivos padrinos. Se detuvieron un paso más allá de las antorchas, a fin de que la llama los iluminara de lleno. Ambos vestían trajes civiles, se envolvían en capas y llevaban sombreros de copa cónica y ala corta. Ayudados por sus padrinos, se quitaron las capas y las casacas; luego ocuparon sus puestos frente a las antorchas. Ofrecían un espectáculo impresionante. Carrera llevaba puestos un chaleco satinado color perla y camisa blanca con puños de encajes; la luz de la antorcha lo hacía resplandecer con destellos rojizos, pero lo que más brillaba era la hebilla plateada de su sombrero. Mackenna, desde lejos, la escogió como su punto de mira.

El brigadier iba enfundado en un chaleco oscuro, y sólo eran visibles las mangas de su camisa.

En torno, todo era negrura; las figuras de los padrinos se esfumaban en ella. El juez se destacaba por el brillo de la espada que acababa de desenfundar.

—¿Listo caballeros? —preguntó en voz alta, cuando los vio solitarios en sus sitios.

—A la disposición de usted —respondió Carrera.

—Listo —dijo simplemente Mackenna.

Hubo una breve pausa, como si el doctor Handford vacilara o compusiera su garganta, y en seguida se oyó clara y firme su voz:

—¡Apunten!...

Los duelistas levantaron lentamente sus brazos derechos, hasta la altura de sus ojos, y esperaron. Mackenna se había colocado de perfil, y lo único que ofrecía perfectamente visible a la mirada de Carrera era el breve trazo de una manga de su camisa. Apuntaba fríamente a la hebilla del sombrero de su contrincante, que se le mostraba como un faro.

—¡Fuego!...

Las dos detonaciones sonaron casi simultáneas; primero el disparo de Luis; en seguida el de Mackenna. Durante un segundo pareció que la cabeza de Carrera había volado hecha pedazos, tanto así, que el doctor Handford alcanzó a agacharse para recoger su valijilla con instrumentos médicos. Pero, al disiparse el humo, se vio que todo no había sido más que una ilusión óptica; lo que saltó lejos fue el sombrero de Luis. El proyectil de Mackenna había dado una pulgada sobre la hebilla.

—¡Gracias a Dios! —dejó escapar Handford, viendo al joven erguido e ileso. Se volvió entonces a Mackenna—. ¿Cómo está usted, brigadier?

—¡Intacto! —fue la fría respuesta que recibió.

El juez estaba impresionado, pero trató de recuperar su aplomo.

—Caballeros, basta —argumentó—. Ya han cumplido ustedes con todas las exigencias del honor. Gracias a la Providencia están ilesos. Sírvanse venir acá y estréchense las manos, en señal de reconciliación.

Pero ninguno de los contrincantes se movió de su sitio. El brigadier Mackenna expresó trabajosamente:

—Yo estaría dispuesto a acceder, siempre que...

—Insistiré en mi desafío, si el brigadier Mackenna no se retracta públicamente de las calumnias que ha vertido sobre mi familia —lo interrumpió secamente Carrera, y con ello imposibilitó todo intento de reconciliación, porque el aludido cambió al instante de tono, replicando con ira:

—¡No me desdeciré nunca! ¡Antes de hacerlo, me batiría todo un día!

Handford hizo un último esfuerzo por apaciguarlos.

—Caballeros, consideren que las reglas del honor... —alcanzó a decir, pero Carrera no lo dejó terminar.

—¡Señores padrinos, sírvanse cumplir con su deber! —interpuso—. Seguiremos batiéndonos hasta que el brigadier Mackenna retire sus calumnias o pague con su sangre.

—¡Mozalbete insolente! —profirió éste—. Ya atravesé su sombrero; ¡ahora voy a romperle el corazón! ¡Doctor Handford, estoy listo!

—¡Listo también! —gritó Luis.

El juez dejó escapar una maldición en inglés, y tuvo que hacer un esfuerzo para recobrar su aplomo. En seguida, se irguió lentamente, e hizo señas a los padrinos para que cargaran de nuevo las pistolas. Estos, que ya se habían acercado a los duelistas, cumplieron su cometido en pocos segundos. El ruido de las balas al entrar en las recámaras sonaba agigantado en el silencio tenso. Luego, se retiraron rápidamente. Handford levantó su espada.

—¡Apunten!...

Los dos brazos armados se alzaron pausadamente. Ambos contrincantes estaban ahora de perfil y desde la distancia en que se hallaban, apenas se veían uno al otro. Carrera apuntó al trazo blanco de la manga de la camisa de Mackenna; el puño de encajes agitado por la brisa se desplegaba como un pequeño abanico; detrás, en una línea, estaban el hombro y la cabeza del brigadier.

—¡Fuego!...

El estruendo se duplicó al producirse las detonaciones simultáneamente; la atmósfera quedó vibrando y nubecillas de humo envolvieron a los duelistas. Después de un lapso que pareció interminable, pero que no alcanzó a un segundo, se oyó un grito ronco, estertoroso, extraño, como un borbotón que escapa de una cañería rota. Y ante los ojos de los testigos, que iban de uno al otro, el brigadier Mackenna se tambaleó y concluyó por desplomarse.

El doctor Handford recogió su maletín de un manotazo, y corrió a su lado, seguido por los padrinos. Taylor arrancó la antorcha del suelo y la aproximó al rostro del caído. Este mantenía los ojos apretados en un gesto de terrible dolor y a través de su boca angustiosamente abierta se escapaba un ronquido estrangulado. El proyectil de Carrera, después de arrancarle el índice de la mano derecha, de resbalarle a lo largo del brazo, dejándole una franja roja, le había traspasado la garganta. Por la ancha perforación se le escapaba la sangre a borbotones, mezclada con líquidos del estómago, y el aire de los pulmones le zumbaba allí con un silbido ronco.

El doctor Handford, que le había apoyado el dorso sobre una de sus rodillas y le sostenía la cabeza con la mano izquierda, elevó su propio rostro desesperanzado hacia los padrinos, y esbozó un gesto de negación.

—¿No..., no hay remedio?... —musitó el comandante Vargas.

No fue necesaria una respuesta. El brigadier Mackenna abrió desmesuradamente los ojos, curvó la espalda en un espasmo violento, y quedó laxo, con la cabeza tronchada hacia atrás.

—¡Dios lo acoja en su seno! —balbuceó Handford, y le cerró cuidadosamente los párpados. Después, lo tendió con suavidad en la tierra—. Comandante Taylor, llévese al señor Carrera. ¡Vamos, retírelo al momento de este lugar!

Taylor se alejó a grandes zancadas mientras el comandante Vargas cubría al difunto con la capa.

Luis Carrera se había mantenido en su puesto, inquieto, nervioso por la incertidumbre. Inconscientemente, se colocó la casaca y mantenía su capa cogida de una punta, arrastrándola por el suelo.

—Vamos, don Luis; es preciso que nos alejemos inmediatamente de aquí —llegó diciéndole el comandante Taylor y demasiado impresionado para medir sus palabras y sus actos, lo atrapó de un brazo e intentó arrastrarlo, pero el joven lo contuvo con energía.

—¡Un momento! ¿Acaso el brigadier...?

—Sí, ha muerto. ¿Qué espera usted? ¿Por qué no se mueve?...

Carrera se había quedado rígido y respiraba difícilmente por causa de la impresión.

—Era mi enemigo y mucho daño hizo a mi familia —balbuceó—, pero no puedo dejarlo así, botado como un perro. Fue un brigadier de mi patria.

Taylor perdió la mesura. En ese momento estaba profundamente arrepentido de haberse prestado para intervenir en el duelo.

—¡Déjese de sentimentalismos, don Luis! —lo urgió arrastrándolo efectivamente esta vez—. Para eso está ahí su padrino, el comandante Vargas. Usted tiene que retirarse cuanto antes para evitar que lo arresten.

—¡No he cometido ningún crimen! ¡Pude ser yo el muerto!

—Ya lo sé. Pero venga, venga. El comandante Vargas cuidará del cadáver del brigadier. ¡No sea testarudo, camine!

Luis no tuvo ánimo para seguir objetando. Había creído que el castigo de Mackenna le traería un alivio, pero no pensó nunca en la muerte. Ahora, ésta lo abrumaba. Arrastrando su capa, se dejó llevar hasta el lugar donde habían dejado sus caballos y no pronunció una sola palabra en todo el trayecto hasta el puerto de Buenos Aires.

A la mañana siguiente, en el pórtico del Cabildo, sobre una mesa desnuda, apareció expuesto el cadáver encontrado junto al riachuelo de

Barrancas. El comandante Vargas no se había atrevido a darle sepultura por su propia mano.

Un pregonero recorrió la ciudad anunciando la muerte de un extranjero y como Antonio José de Irisarri había encontrado la esquela de desafío sobre la mesa del cuarto que compartía con Mackenna, corrió al Cabildo y con mano trémula alzó una esquina de la capa que cubría al cadáver. Durante unos minutos se quedó contemplando el rostro lívido de su primo y luego, con los ojos enrojecidos por el dolor y el odio, entró a denunciar a Luis Carrera. Antes de una hora, un piquete de guardias penetraba violentamente a la alcoba del coronel chileno y lo arrastraba a la cárcel pública con las manos atadas a la espalda, acusado de asesinato.

Los hoscos postillones de la pampa, de barbas puntiagudas y enmarañados cabellos que les volaban sobre la nuca, vestidos con flotantes chiripás, bajo cuyas haldas bordadas les asomaban las anchas piernas de los calzoncillos pespuntados con hilos de colores, esos hombres hechos a la soledad y al viento que les levantaba el ala del sombrero sobre la frente mientras galopaban frenéticamente maldiciendo sin descanso a los caballos de los carros que guiaban, eran los correos de la pampa. Sus bocas soeces, habituadas al grito salvaje con que acompañaban sus rebencazos, se tornaban parlanchinas y reidoras en las paradas en las casas de postas. Entre risotadas zafias, y mientras engullían la pitanza o trasegaban el áspero vino de los arrieros, echaban a correr las noticias, comentaban los sucesos, repetían lo que habían oído a otros postillones o a los conductores de carretas a lo largo de la interminable ruta. Ellos sabían todo lo que ocurría entre Mendoza y Buenos Aires. Además, transportaban las cartas y los papeles impresos en un zurrón de cuero de cabra impermeable a la lluvia. Ladinos y compenetrados de la importancia del papel que jugaban en la pampa, a veces llegaban hasta a enterarse de algunos secretos militares, sonsacando a los estafetas uniformados, entre mate y mate, en las somnolentas tertulias junto a los fogones batidos por el zonda.

Por todas estas razones fue que uno de ellos recibió en Buenos Aires la angustiada carta que José María Benavente escribió al general Carrera tras la prisión de Luis. No sabía dónde se encontraba el húsar; posiblemente en Mendoza, pero en algún lugar entre esa ciudad y la capital había de estar.

—No hay cómo equivocarse —aseguró al gaucho en el momento de entregarle su misiva—, es el jefe superior de los emigrados chilenos que pasaron a Mendoza. Viste uniforme verde con alamares dorados y lleva morrión de piel; se llama el general José Miguel Carrera.

Y con sólo esos datos el postillón supo hallarlo. Su caballo se cruzó con la galera que conducía a los Carrera y a sus acompañantes en un pequeño abrevadero distante unas leguas al oeste de Esquina de Medrano. A voces consultó al auriga que conducía el carromato y, al recibir respuesta afirmativa, dejó a sus caballos aplacando la sed en el bebedero y se acercó al grupo de soldados de la escolta.

José Miguel Carrera recibió de sus manos la carta y se quedó mirándola con curiosidad y alarma. Luego la leyó, volviendo la espalda al teniente López, que lo observaba con recelo. Fue como si las frases contenidas en aquel breve pliego hubieran galvanizado su espíritu; su cuerpo se irguió vigorizado, su voz adquirió los acentos tajantes propios de una voluntad acostumbrada al mando. Desde ese momento, de prisionero que venía, se convirtió en jefe de la caravana, acicateado por el conocimiento del peligro que estaba corriendo su hermano. Recuperando su magnético imperio, volvió a ser el general que ordena, y todos, desde el teniente Agustín López y los treinta dragones, que por orden de San Martín debían custodiarlos hasta la capital de las Provincias Unidas del Plata, hasta el postillón que manejaba las bridas de las tres parejas de caballos, le obedecieron sin oponer palabra. "Luis estaba preso y en peligro, de muerte", era el único pensamiento que cabía en su mente mientras la pesada tartana en que habían hecho la travesía de la pampa rodaba velozmente, a riesgo de descuadernarse, rumbo a Buenos Aires. El 24 de noviembre, el convoy hizo su última parada en la posta de Luján, y media hora después, con el ánimo más ligero, volvieron a montar todos en la odiosa galera que había sido su hogar durante veintidós días. Promediaba la tarde, cuando, envuelto en el polvo de la calle y entre el resoplar de los caballos extenuados, el carromato se detuvo definitivamente en la casa de posta de Buenos Aires, a un costado de la recova de abastos.

Desmontaron los dragones refunfuñando, aliviados de llegar al término del inacabable galope; Benavente descorrió el pestillo exterior de la portezuela del carricoche y franqueó la salida a los cautivos, que descendieron a tierra estirando los músculos adoloridos. Primero lo hizo

José Miguel, quien ayudó a bajar a doña Francisca Javiera y a Merceditas. A la luz del sol era posible medir el quebranto que habían tenido que sufrir las dos señoras, especialmente la esposa del general, más frágil que su cuñada. Sin embargo, ambas suspiraron con alivio y hasta intentaron sonreír.

Carrera paseó la mirada en torno, observando el sitio al que habían llegado. La casa de postas mostraba una actividad febril; por todos lados se movilizaban caballos y postillones, aprestando los carros que salían desde allí hacia el norte, el oeste y el sur. La atmósfera olía a orines de animales y a grasa frita proveniente de la cocina y el merendero donde los viajeros reponían sus fuerzas mermadas por las largas travesías. Pero el ajetreo de la casa de postas, bullicioso de por sí, debido a los gritos de los postillones, a las discusiones constantes de los pasajeros con los mozos de cordel, a los pregones de los vendedores que a toda costa deseaban imponer a los viajeros sus cachivaches, era sobrepasado por un estrépito mucho mayor proveniente de la vecina recova. El sucio cuadrilátero donde se hacían las ventas de los productos necesarios a la vida de la ciudad era un hervidero de gente de todas las condiciones; se la veía cubierta con los atuendos característicos de los pamperos del oeste, de los pescadores del Plata, de los chacareros del Paraná, de los indios del sur, mezclados con los trajes más civilizados de los comerciantes de la ciudad. Extendidos sobre sacos en el suelo o en toscos mesones se veían los productos de la tierra, resaltando los fuertes colores de las frutas, las legumbres y tubérculos, como en un cuadro digno del pincel de un artista. De improvisados armazones de madera colgaban animales despostados en las ventas de carne y desde corralillos surgía el estrepitoso griterío de las aves y los animales de corral. Compradores y vendedores se entendían a grandes voces para sobrepasar el concierto de balidos, cacareos y mugidos, alternado con los ladridos de los innumerables perros que se escabullían por los pasadizos que dejaban entre sí las ventas. Rodeándolo todo se observaban calesas y birlochos de las señoras bonaerenses, que hacían sus compras cotidianas sin descender de los carruajes para no verse asaltadas por las nubes de moscas y mosquitos.

Sin embargo, aquello era la vida. Al menos así lo pensó doña Francisca Javiera con cierto deleite. Lejos quedaba la desolación de la pampa; en aquel mundo abigarrado que les mostraba Buenos Aires volverían todos ellos a recuperar el lugar que les correspondía. Reconfortada con ese pensamiento recorría la escena con sus pupilas un tanto heridas por el fulgor del sol, mientras Diego Benavente y el canónigo Uribe se preocupaban de la descarga del equipaje. José Miguel se había alejado algunos pasos para averiguar algunos datos al fondero, y Mercedes permanecía adosada a uno de los horcones que sustentaban el corredor de la posada, apenas con fuerzas para tenerse en pie.

El teniente Agustín López, que había aprendido a admirar la fortaleza de doña Francisca Javiera durante el penoso viaje, se le acercó trayéndole un jarro con agua fresca y se lo ofreció casi con galantería. Ella le agradeció con un gesto y lo alzaba para llevarlo a su boca cuando interrumpió su ademán y se quedó con la vista fija en el río de gente que transitaba por el costado de la recova. Con el ceño apretado seguía los movimientos de un personaje vestido de negro, que avanzaba entre la muchedumbre. De pronto, pasó el jarro al oficial y levantó un brazo para llamar la atención del que venía.

—¡Padre Tollo! —exclamó con asombro y alegría, y avanzó unos pasos hacia la recova. Al oír su voz, el general Carrera volvió el rostro extrañado y se acercó presuroso a ella.

—¿A quién llamas?

La señora le señaló con una mano a un sacerdote que caminaba a pocas varas, quien, a su vez, giraba el rostro en todas direcciones buscando a la persona que voceara su nombre.

El general lo reconoció de inmediato: era el religioso Luis Tollo Quintana, que viviera poco más de un año en la casa de los Carrera, en Santiago, mientras terminaba sus estudios de Teología, Leyes y Sagrados Cánones en la Universidad de San Felipe.

—¡Taita Tollo! —lo llamó entonces José Miguel, dándole el tratamiento cariñoso con que lo denominaban sus familiares.

La voz potente de Carrera orientó al sacerdote, que atravesó la estrecha calle con el rostro dilatado por el asombro, abriendo los brazos y balbuceando frases que los chilenos no alcanzaban a oír.

—¡Misiá Javierita!... ¡Excelentísimo general Carrera! —fue lo primero que pudieron entenderle por sobre el bullicio del lugar, cuando estaba ya casi junto a ellos—. ¡Bendito sea el cielo que me permite volver a verlos!

La señora tuvo la tentación de abrazarlo, pero la contuvo su investidura; mas era tanta su emoción que le tomó nerviosamente una mano y se la besó, reverente. En cambio, José Miguel lo estrechó fuertemente entre sus brazos.

—Nosotros somos los que debemos bendecir al cielo por traernos su compañía tan preciada desde el primer momento que asentamos pie en esta tierra que se ha esmerado en mostrársenos hostil, padre.

A sus voces se habían acercado el canónigo Uribe y el capitán Diego Benavente, quienes se mantuvieron a un costado escuchando las sinceras manifestaciones de júbilo de sus amigos, El general, recuperada su compostura, se apresuró a presentarlos y fue en busca de Mercedes, que continuaba apartada, como adormecida por la fatiga. La joven señora tenía los ojos llenos de lágrimas cuando el sacerdote la saludó, tomándole ambas manos.

—Mi madre lo estimaba tanto, padre Tollo —pudo balbucear, tristemente—. Pero ahora ella está tan lejos..., como todo lo que amé.

Doña Francisca Javiera la miró de reojo, con un dejo de fastidio, y le posó una mano en la espalda, remeciéndola suavemente.

—Domínate, niña. Todos tenemos la misma pena en el corazón. Pero no pasará mucho tiempo sin que regresemos a Chile y entonces será para siempre, para vivir en paz y prosperidad.

La pesadumbre de Mercedes pareció volver a la realidad al cura Tollo, que hasta entonces no se había preocupado de indagar nada que le explicara la aparición de sus amigos en Buenos Aires, sin escolta, con las ropas arrugadas y una apariencia que hablaba claramente de penurias y desamparo. En voz baja lo inquirió del general, y éste le dio una breve información sobre las causas que los habían traído hasta ese estado. Lo escuchó haciendo repetidos gestos de pesar y, apenas Carrera terminó, se volvió hacia el grupo.

—Perdónenme mi atrevimiento. Pero estoy pensando que, posiblemente, tengan ustedes pocos conocidos en Buenos Aires y pueden sentirse solos durante los primeros días en medio de sus sesenta mil almas. En vista de lo cual, les ofrezco humildemente mi casa, una modesta casona que heredé de mis padres. Vivo solo en ella y para mí serían una dicha y un honor inestimables poder compensar, aunque sea en una mínima parte, la generosa hospitalidad que ustedes me brindaron en Santiago.

Los hermanos se consultaron con la mirada, pero antes de que pudieran responderle, se interpuso el teniente López, saludándolos con aire algo embarazado.

—Señora..., general..., caballeros…, aquí termina mi cometido. La misión que se me encomendó era la de dejarlos en Buenos Aires. —No supo qué más decir y señaló a sus hombres, que ya estaban montados a caballo. Después, volvió a inclinarse y esbozó una sonrisa turbada—. Dentro de lo que pude, traté de hacer menos ingrato el viaje de ustedes. Adiós, señores; que tengan buena suerte.

Sin esperar respuesta de sus interlocutores, giro rápidamente sobre sus talones y se alejó. Los que formaban el grupo quedaron algo desconcertados, y Carrera sólo atinó a decirle, cuando ya estaba a cierta distancia:

—Gracias, oficial.

Guardaron silencio unos segundos, y doña Javiera retomó bruscamente el hilo de la conversación que sostenía con el cura Tollo.

—Padre, ¿a qué engañarlo? —dijo cansadamente—. No tenemos adonde ir en Buenos Aires. Usted viene a nosotros como un ángel llegado del cielo.

El sacerdote se frotó las manos con íntima satisfacción y su rostro pulcro y bondadoso se distendió en una sonrisa.

¡Oh, si es así, no hay más que hablar! —y con una vivacidad extraña a su gordura se volvió hacia dos muchachos que estaban junto a una carretilla de mano en espera de que alguien los ocupara—. ¡Eh, tú y tú! ¡Vengan acá!... Medio real si llevan estas petacas hasta la calle de la Caridad.

Con sus propias manos los ayudó a cargar los bultos que los postillones habían dejado amontonados a la entrada de la fonda, observado afectuosamente por los cinco chilenos. Como advirtiera, al volver la cabeza, una sonrisa apesarada en el rostro de doña Javiera, le habló, acomodando un almofrej en la carretilla:

—Usted sabrá perdonar la pobreza de lo que voy a ofrecerle. Hubiera deseado verla entrar a Buenos Aires en calesa y con escolta, como una princesa... Sí, como una princesa.

—Es usted demasiado bondadoso con una pobre emigrada, cuyo único mérito estriba en el respeto al honor de su familia.

—Algún día volverán las calesas y la escolta, padre —acotó José Miguel, echando a andar junto a la carretilla que ya se ponía en movimiento—. Ya llegará la hora en que podamos empezar a luchar por el regreso a Chile por el retorno reivindicador a nuestra patria.

Caminaron lentamente por la calle desigual y barrosa, abriéndose paso entre el gentío que pululaba en torno a la recova. El general apoyaba a su esposa, que parecía cada momento más extenuada; Benavente había ofrecido su brazo a doña Javiera y la ayudaba a sortear las profundas huellas que dejaban las carretas en el barro. Por fin, embocaron la primera calle de la ciudad y el avance se les hizo más fácil, al mismo tiempo que la visión más clara. La población estaba edificada sobre colinas apenas insinuadas, pero por sus bocacalles se dejaban ver el río, hacia el oriente, y su agitado movimiento de barcazas y buques veleros. Al frente, todavía lejanos, se divisaban los torreones de la ciudadela fortificada y, levantado en medio de la ciudad, el edificio blanco e imponente del Cabildo.

Al cabo de media hora de marcha torcieron por una calle apenas trazada y descendieron en dirección al río. Allí, entre varias quintas, bastantes distanciadas una de las otras, estaba la casona del cura Tollo.

Una reja de listones pintados de verde, un jardín antiguo y bastante descuidado, en el que se enredaban jazmineros y madreselvas con zarzas agrestes, dieron la bienvenida a los viajeros. Los escaños del jardín rodeando una tosca pileta de piedra con peces de colores y amparados bajo la fresca sombra de unas higueras habrían de constituir el decorado donde se desenvolvería la vida de ellos durante los primeros tiempos.

Fue aquél un remanso de paz para los emigrados, después de la baraúnda que los envolviera durante los últimos meses. En la casa del sacerdote reinaba un silencio bucólico apenas perturbado por los sones armoniosos y lejanos de los cuernos y caracolas marinas con que los barquichuelos se orientaban en el puerto. Pero solamente Mercedes se dispuso a disfrutar de aquel sosiego. Sentada en el jardín, a la mañana siguiente, comenzó a tejer, con lana que le proporcionara la cocinera del padre Tollo, las minúsculas prendas que necesitaría la criatura que esperaba, cuidando afectuosamente a Pedrito, el hijo de doña Javiera, que jugaba cerca de ella.

El general Carrera había salido muy temprano a entrevistarse con el director supremo, Gervasio Posadas, y doña Javiera, guiada por el hospitalario sacerdote, se dirigió a la cárcel, ansiosa de ver a su hermano Luis. A través de los barrotes del ventanillo de la celda lo contempló, pálido, con los ojos brillantes de rencor, y el corazón de la orgullosa patricia pareció que iba a rompérsele en el pecho. Sus manos pálidas y finas se entrelazaron con las vigorosas del oficial y sus labios lo besaron en la frente.

—¡Mi Lucho!... ¡Mi pobre Luchito!... ¿Cómo se han atrevido?... —exclamó mordiendo las palabras, las mejillas enjutas por la impresión. En cambio, el mozo se relajó ablandado por el afecto.

—Gracias por haber venido, Javierita —balbuceó apenas—. No me afectaban las amenazas de mis aprehensores, ni el encierro; pero me estaba matando la incertidumbre sobre la suerte de ustedes.

—Ya estamos aquí; no te dejaremos solo. Y si pretenden atacarte, tendrán que enfrentarse con José Miguel y conmigo. No temas, Lucho; no conseguirán presentar el castigo que aplicaste en el campo del honor como un asesinato, según pretenden.

Luis Carrera sentía duplicados sus ánimos al estímulo de las frases resueltas de su hermana; su acento firme, su rostro decidido, le hacían renacer la fe ciega que tenía en los Carrera. No estaba solo; la potente voluntad de sus hermanos rompería los hierros que lo aprisionaban. Ya podía despreciar a todos los que habían volcado su odio en contra suya; a Irisarri, a Juan Pablo Fretes, el presbítero que fuera amigo y ayudante de O'Higgins en Chile, y al sobrino de ese sacerdote, el comandante Juan Florencio Terrada, que hacía pesar su investidura militar para hundirlo. También a los otros argentinos que vivieran en Chile y allí concibieran su inquina contra los Carrera: Juan José Passo, Hipólito Vieytes y uno apellidado Villegas, de quien no recordaba el nombre. Todos ellos se habían confabulado para malquistarlo con las autoridades rioplatenses y, cuando lo vieron prisionero e indefenso, pidieron al director supremo Posadas su muerte en la horca, como si fuera un asesino, y no conformes con eso, exigieron también que se lo degradara, que en presencia de todos los oficiales de la guarnición de Buenos Aires se le arrancaran los galones de coronel.

—¿Cómo pueden degradarte los argentinos, siendo que eres oficial del Ejército de Chile y que sólo tiene atribución suficiente para ello el general en jefe de tu patria, que es José Miguel? —rugió doña Javiera al enterarse—. ¿A qué extremos estamos sometidos que ya no se respeta ni siquiera la dignidad del generalato extranjero?

Luis iba a agregar algo, pero se mordió los labios y calló. No quiso atribular más a su hermana relatándole que se había enterado de que el director supremo Posadas, acorralado por las presiones, estaba a punto de pronunciar su condena y de consentir en su degradación pública. Pero doña Javiera pareció adivinar su pensamiento.

—No temas, Lucho —le expresó enérgicamente—. Aquí estamos José Miguel y yo desprovistos de todo poder, desconocidos en la inmensidad de Buenos Aires, pobres y acogidos a la hospitalidad de un sacerdote, pero somos siempre los mismos: el general Carrera, que improvisó ejércitos de la nada, y Javiera Carrera, que ha visto doblar la rodilla ante ella a todos esos mequetrefes que buscan tu ruina sin dar la cara. No pierdas la fe, Lucho.

—Tú me la devuelves, hermana.

La señora acarició la cabeza del joven militar igual que cuando era un niño y se forzó a sonreír.

—Vendré a verte muy a menudo. Tú solamente aguarda; recibe las acusaciones con el desdén de un caballero que se sabe sin culpa y que tiene gente fuerte que lo defienda. José Miguel, desde ya, está hablando con Gervasio Posadas; sabrá convencerlo de tu inocencia.

Fueron sus últimas palabras, a tiempo que llegaban los guardias a separarlos. En seguida, regresó a la quinta con el padre Tollo, pero entonces no tenía tanta certeza de que el asunto se resolvería tan fácilmente como se lo inculcara a Luis. Y el estado de ansiedad e incertidumbre la dominó todo el día. A la hora del ángelus, cuando los campanarios de Buenos Aires hicieron oír sus tañidos, oró de hinojos, junto al religioso impetrando el auxilio divino.

—Recemos porque José Miguel consiga doblegar a los fariseos que buscan aplastarnos —musitó entre dientes, y no dulcificó su expresión cuando el cura Tollo le replicó que las oraciones debían elevarse sin odio; lejos de eso, agregó—: Las plegarias nacen del corazón y yo lo tengo anegado de hiel.

Cerró la noche y el general no regresaba; la criada comenzaba a tender el mantel de la cena cuando hizo su aparición. Traía el ceño contraído y las mandíbulas tensas; sólo dijo con voz enronquecida:

—Posadas se negó a conceder la libertad de Lucho —y sus palabras repercutieron en el alma de sus auditores como un sordo redoble de timbal.

—¡Se negó!... —repitió quedamente doña Javiera.

—Nuestros enemigos han predispuesto su espíritu en contra nuestra —le explicó el general—. Me recibió con una terquedad que me encendió la sangre y no pude evitar contestarle en el mismo tono. Nuestras voces se alzaron en forma que hacía imposible todo entendimiento. El sabe perfectamente que Luis mató a Mackenna en un duelo de honor; el coronel argentino Larrea, uno de sus edecanes, que defiende voluntariamente a nuestro hermano, se lo ha repetido muchas veces. Pero hay en torno al director supremo una docena de hombres que lo presionan, que lo acosan exigiéndole que presente la muerte de Mackenna como un asesinato alevoso.

—Debiste haber tenido serenidad —lo reconvino tímidamente Mercedes, sin levantar los ojos.

—No pude; no estoy acostumbrado al menosprecio, me hiere como un golpe.

Callaron todos, comprensivamente; concordaban con el general.

—¿Y qué haremos por Lucho? —preguntó doña Javiera, al cabo de un instante.

—Si no tuve oportunidad de expresarme de palabra, explicaré el asunto por escrito a Posadas. No cejaré hasta ver a Lucho en libertad. Y si no la consigo, prepararé su fuga,

Mercedes alzó la cabeza y lo miró con inquietud; pensaba en su futuro hijo y en los riesgos que comenzarían a vivir si José Miguel se dejaba llevar de sus impulsos. Mas el general supo leer en sus pupilas y trató de tranquilizarla:

—Aún tengo muchos resortes por tocar. He sabido que está en Buenos Aires Camilo Henríquez. El debe guardar contacto permanente con el bando de Irisarri. Quizás, en homenaje a los muchos favores que me debe, se resuelva a prestarnos su apoyo. Mañana iremos Benavente y yo a buscar el alojamiento de su hermano José María, que vino con Lucho. El debe saber dónde encontrar al fraile de la Buena Muerte.

Valiéndose de los escasos antecedentes que poseían, los dos militares se dedicaron, a la mañana siguiente, a investigar el paradero de José María Benavente. Sabían que se había alojado en la fonda de un marino inglés en la calle del puerto y hacia allá fueron, recorriendo las posadas una tras otra, a ambos lados de la vía obstaculizada por los charcos de barro que desbordaba el río. A las siete de la tarde habían perdido ya las esperanzas y se hallaban junto a las últimas casas vecinas al muelle, cuando un hombre les indicó la posada del comandante Taylor.

El ex marino británico los examinó con pupilas recelosas cuando los tuvo frente a sí inquiriéndole por el coronel Carrera.

—¿El coronel Carrera? —repitió, y tardó unos segundos en decidirse a contestar—. Sí, vivió aquí —dijo con cierta rudeza desafiante—. Y ahora está preso, lo que es una iniquidad. Yo fui su padrino en un duelo que sostuvo con un brigadier de apellido Mackenna.

—Yo soy el general Carrera, hermano de su apadrinado, señor —le aclaró gravemente José Miguel—. Doy gracias a la Providencia por haberme permitido encontrarlo.

El comandante Taylor se echó hacia atrás y lo observó a través de los párpados entrecerrados. Finalmente, los rasgos faciales de su visitante parecieron convencerlo y le extendió la diestra cordialmente.

—Encantado de conocerlo, general.

Carrera no perdió tiempo en formalismos y, junto con retenerle la mano fuertemente entre las suyas, le formuló una pregunta acorde con sus pensamientos:

—¿Querría usted declarar por escrito su participación en ese duelo y describir la forma en que fue realizado?

El ex marino frunció los labios y se rascó la cabeza por debajo de la gorra, que era el único distintivo que conservaba de su antigua profesión. Durante unos instantes pareció sopesar las consecuencias que esa declaración podría acarrearle y finalmente aceptó con aire resuelto:

—Sí. Estoy forzosamente anclado aquí, pero no pienso quedarme por mucho tiempo. Por lo tanto, me da lo mismo conservar esta fonda como perderla. Sí —repitió—, creo que es mi deber contribuir a obtener la libertad de don Luis.

Carrera le agradeció palmeándole un hombro con enérgica cordialidad.

—Su caballerosidad no será olvidada, comandante —le expresó y deseó proseguir sus averiguaciones—: Ha dicho usted que el teniente coronel José María Benavente se aloja en su posada. ¿Podríamos verlo?

—Fue huésped mío hasta hace unos días, pero se ha mudado a la fonda vecina —le aclaró el británico, señalando una puerta cercana.

—Entonces vamos a ir por él. Más tarde volveremos a hablar con usted, comandante, para que nos dé su declaración.

Los dos militares chilenos se volvían para encaminarse a la dirección indicada, cuando atronaron los aires los redobles de numerosos tambores. Ambos se detuvieron y Carrera giró la cabeza hacia Taylor, con expresión interrogante:

—¿Qué significan esos tambores militares?

—Se esperaba para esta mañana el desembarco del ejército argentino que arrebató Montevideo a los portugueses —le informó el ex marino—. Son las tropas del general que está de moda: Carlos María Alvear.

—¡Carlos María Alvear! —José Miguel repitió el nombre con asombro y una llamada alegre abrillantó sus pupilas.

—¿Lo conoces? —le preguntó Diego Benavente.

—Desde que era un simple portaestandarte del regimiento Carabineros de Cádiz.

Carrera pronunció la frase casi para sí mismo. Por su cerebro, pasaban vertiginosamente los recuerdos de su vida en España y en casi todas esas imágenes aparecía la figura alta y espigada de un elegante oficial argentino, Carlos María Alvear. Habían sido íntimos amigos en las horas truculentas de la guerra contra Napoleón Bonaparte, cuando el corso invadió la península ibérica; luego, en Cádiz estrecharon más aún los lazos de afecto fraternal que los unían en las misteriosas reuniones en la Logia Lautarina. Ambos participaron juntos, sentados en la misma banca, en aquellas ardientes deliberaciones sostenidas con los maestros de la hermandad, en las que se analizaban proyectos para la independencia de toda Latinoamérica y se adiestraba a los jóvenes del Nuevo Mundo para sembrar la semilla de la libertad y participar en las contiendas que sobrevendrían para aventar el dominio español de sus colonias. La prisión que sufriera Carrera cuando pidió su retiro del ejército hispano e intentó regresar a Chile le impidió seguir los pasos de su gran amigo, por lo que, hasta ese momento, lo suponía aún en España. Enterarse de que se hallaba en Buenos Aires, y que, todavía más, era el general en jefe del ejército del norte argentino, lo cegaba, como si se abriera ante él una luminosa ventana. Carlos María Alvear no lo habría olvidado, sería su mejor apoyo en aquella tierra hostil, sobre la cual mandaba. Arrastrado por este pensamiento vehemente, echó a andar a largas zancadas hacia la esquina de la calle, desde donde podría dominar el muelle en que estaban desembarcando las tropas,

Diego Benavente, aturdido por la sorpresiva actitud de su jefe, se despidió rápidamente del comandante Taylor y lo siguió al trote.

Era un grueso número de soldados el que desembarcaba. Descendían de muchos lanchones, que los estaban transportando desde varios veleros anclados en el río. Algunos batallones estaban ya en tierra y el primer regimiento, encabezado por los miembros de la plana mayor del ejército, empezaba a desfilar por la calle del muelle para dejar sitio a los que navegaban ya hacia tierra.

Carrera se detuvo en la bocacalle y tendió su mirada hacia los jefes, cuyos vistosos uniformes y emplumados bicornios los hacían muy visibles. Distinguió al general al primer golpe de vista; iba adelante de la formación, jinete sobre un caballo tordillo, bailarín y elástico. Alvear era tan alto como José Miguel y su estampa sobresalía por encima de la de los otros jefes; además, su apostura lo destacaba a simple vista; cabalgaba soberbio, sonriente, plenamente triunfador, ceñido su cuerpo esbelto en el uniforme decorado con presillas y entorchados áureos. Se parecía a Carrera extraordinariamente: el mismo rostro delgado y enérgico enmarcado por patillas finas que le descendían como un trazo por las mejillas, igual mentón voluntarioso, sus manos finas eran semejantes en el modo elegante y firme de sostener las bridas, la sonrisa segura..., sólo sus ojos eran distintos, Alvear los tenía más grandes y de color claro, lo que daba a su rostro un aire un tanto más infantil.

Carrera infló el pecho, como si necesitara tomar alientos, y avanzó unos pasos hacia el centro de la calle. Alvear se hallaba ya a poca distancia cuando Carrera alzó un brazo saludándolo:

—¡General Alvear!... ¡Carlos María Alvear!

El jefe argentino frunció el ceño buscando con la mirada a quien se atrevía a llamarlo en forma tan poco acorde con su condición de general victorioso, pero al divisar al que le cerraba el paso enfundado en el suntuoso uniforme verde de húsar, desconocido en Argentina, se quedó perplejo. Durante unos segundos su rostro manifestó desconcierto y contuvo un tanto el paso de su cabalgadura.

—¡Soy José Miguel Carrera, de Chile! —fue preciso que le aclarara el húsar para que resucitaran sus recuerdos. El uniforme de los húsares de Galicia, la figura espigada de Carrera lo transportaron de un golpe a España. Con amplia sonrisa lo saludó agitando la diestra y desvió su caballo hacia el costado de la calle.

—¡José Miguel Carrera! —Vuelto apenas hacia un jefe que lo seguía en la formación, le ordenó brevemente—: ¡Coronel, prosiga usted con las tropas!

Desmontó con agilidad y estrechó entre sus brazos al general chileno.

—¡Mi querido amigo Carrera!

—Carlos María, cuantos años sin vernos.

Entrelazados aún por los brazos se contemplaron sonrientes, remeciéndose con afabilidad.

—Hijo, estás igual; conservas la misma cara simpática que tenías en Cádiz.

—Lo mismo digo de ti, Carlos María. Te ves algo más maduro, pero reflejas el mismo espíritu de antes.

—¿Y tú?... ¿Sigues siendo como aquel teniente de las Milicias de Farnesio que yo conocí, a pesar de haber ascendido hasta el solio de los gobernantes de Chile?

Carrera rió como no recordaba haberlo hecho desde mucho tiempo atrás.

—Para mis amigos nunca cambiaré, Carlos María. ¿Y a ti las victorias y el comando en jefe no te han engreído?

Alvear le respondió con una carcajada que exhibió su fuerte y pareja dentadura, pero infló el pecho con fresca arrogancia.

—Por supuesto que sí, José Miguel. Ya sólo admito a mi lado a mis iguales... y tú eres uno de esos pocos.

Formaban un grupo singular aquellos dos hombres altos y elegantes, seguros de sí mismos, junto al caballo de líneas bereberes; parecían seres de otra raza, distintos de todos los demás. Los vendedores de los almacenes portuarios, la gente del río y los soldados que pasaban los observaban con respeto y admiración y cuchicheaban entre ellos. Embargados por el júbilo de volver a encontrarse, los jóvenes generales conversaban como en un salón, olvidados de cuanto los rodeaba. Fue el ruido de las cureñas que comenzaban a rodar por la calle lo que recordó a Alvear su situación y se volvió hacia la columna en marcha.

—Espera, Carlos María lo retuvo el chileno—. ¿Podrás concederme algunos minutos más tarde?

—Todo lo que resta del día y la noche, si es preciso. Despacho a la tropa, doy cuenta de mis victorias y soy todo tuyo—. Anda a mi cuartel después de almuerzo y, entre recuerdo y recuerdo, hablaremos.

Volvieron a abrazarse apretadamente y Alvear se reincorporó a la columna al trote de su caballo. Carrera se quedó mirándolo alejarse y había en su rostro una expresión de jubiloso alivio. Sabía que las cosas iban a cambiar desde ese instante.

Esa misma tarde, cuando se presentó en el cuartel general del ejército del norte, pudo comprobarlo. Alvear había dado las órdenes pertinentes para que se lo recibiera como correspondía a su alto rango militar, aun cuando no con las ceremonias propias de un jefe de Estado. Pero en la guardia lo esperó un coronel, que lo condujo hasta la comandancia.

El general argentino estaba todavía con algunos de los altos jefes con los que había almorzado y les presentó a Carrera con orgullo aunque con cierta cautela. Sus expresiones al introducirlo fueron invariablemente:

—Mi gran amigo de toda la vida, el general don José Miguel Carrera, comandante en jefe del Ejército de Chile —pero en ningún momento arriesgó el título de jefe del Gobierno.

La charla con los militares argentinos se prolongó varias horas; todos deseaban conocer los detalles de las acciones guerreras realizadas por el ejército en el norte y Alvear se complacía en repetirlas. Era notorio el afán de los militares por adular al general victorioso y conquistarse así sus simpatías e igualmente manifiesto era el placer vanidoso del interrogado al relatar el brillo de sus batallas, los pormenores heroicos, las penalidades soportadas con entereza. No se había llegado a una victoria definitiva, expresaba con sonrisa confiada, pero sería alcanzada a corto plazo, de eso no cabía duda.

Fue una tarde espectacular para Carlos María Alvear y jugó su papel de vencedor hasta agotar el tema. Mantuvo junto a sí a Carrera todo el tiempo, es cierto, pero no se dio oportunidad para recordar que éste deseaba hablarle a solas. Había anochecido ya cuando manifestó que todavía no había visto a su esposa y a sus hijos. Impetuosamente, como en todos sus actos, despidió a los jefes y oficiales y se dispuso a salir. Entonces Carrera lo detuvo antes de que traspusiera la puerta de la comandancia.

Necesito tener una entrevista contigo, en privado.

—Pues, chico, ¿dónde mejor que en mi casa? Ven, acompáñame. Así tendrás ocasión de conocer a mi mujer, que, por otra parte, mucho me ha oído hablar de ti. Vamos, vamos y, entre unos vasos de buen vino, podremos conversar de todo lo que desees.

El encuentro con la familia, las presentaciones, las caricias a los niños, la vibrante euforia con que el general se exhibía ante ellos, volvieron a embargarlo y no dio oportunidad a Carrera para su ansiada entrevista. Sólo más tarde, después de terminada la cena y acostados todos los habitantes de la casa, ambos quedaron a solas en el amplio salón escritorio de Alvear. Este se había arrellanado en un sillón y fumaba un retorcido cigarro brasileño, con aire satisfecho y los ojos entrecerrados. Carrera hablaba paseándose lentamente por la alfombra de gruesa estameña. A grandes rasgos, pero recalcando los detalles principales, mostró a su amigo una visión de lo que fuera su gobierno y de las batallas sostenidas contra los sucesivos ejércitos realistas; luego, le exhibió el cuadro lamentable de la derrota y de la emigración a Mendoza. Sólo entonces, cuando fue entrando en los pormenores de sus choques con San Martín y de la predilección notoria que éste manifestó por O'Higgins, el rostro de Alvear fue perdiendo su apacibilidad, reemplazada por un gesto de preocupación. Por último, sus pupilas se ensombrecieron como si las cubriera un velo de misterio. Comenzaba Carrera a expresarle su afán de reorganizar su ejército en Argentina mediante la ayuda que él podía prestarle, cuando lo interrumpió con un ademán de su diestra extendida.

—Perdón, José Miguel le dijo cautelosamente—, pero hay algo que pareces haber olvidado y cuya existencia aclara todos los acontecimientos que expresas son para ti incomprensibles.

—¿Qué cosa?

—La logia.

Carrera se detuvo en seco y entre ambos quedaron vibrando las dos palabras, como si repercutieran en los muros.

—No la he olvidado —dijo sombríamente el chileno y aguardó a que su interlocutor se explicara.

—Hay hechos que ignoras —aclaró éste y se puso de pie. Después, caminó lentamente hacia un bargueño de donde extrajo una botella de licor y dos vasos. Daba la impresión de que sopesara sus juramentos y la lealtad que debía al amigo y cofrade.

—Nos iniciamos juntos en Cádiz —recordó en seguida y prosiguió como tanteando el terreno—, pero tú alcanzaste a interiorizarte solamente de los propósitos que la Logia Lautarina daba a conocer a los hermanos del primer grado y parte del segundo, ¿no es así? —Carrera afirmó con la cabeza—. Luego, te trasladaste a Chile y no volviste a tener contacto con nuestras iniciativas.

—Me identifiqué con varios hermanos.

—Que no eran necesariamente pertenecientes a la Logia Lautarina; deben haber sido masones regulares dependientes de logias simbólicas de Perú, Inglaterra o Francia. Los nuestros están acá, en Argentina.

—Y bien, es cierto, Pero ¿qué explica eso?

—Que es con la organización nuestra contra la cual te has estrellado.

—¿A la cual pertenecen San Martín, Balcarce…, O'Higgins?

—Exacto. Ten calma, José Miguel, y escúchame con atención.

Alvear llenó las dos copas, ofreció una a su amigo y se bebió la suya despaciosamente. Luego comenzó a hablar:

—A mediados de 1812 viajamos juntos en la fragata "George Canning" José de San Martín, Matías Zapiola y yo, todos iniciados en Europa. Cuando arribamos a Buenos Aires existían en esta ciudad diversas logias masónicas regulares y algunas sociedades patrióticas bastante desorganizadas, pero en actividad. El comerciante portugués Juan Da Silva Cordeiro había fundado, en 1800, la logia "San Juan de Jerusalén de la felicidad de esta parte de América", cuyo templo estaba en el barrio de Las Catalinas; existía también la logia "Independencia", fundada en 1797, y una Sociedad Patriótica y Literaria presidida por el abogado Bernardo Monteagudo. También los marinos ingleses que invadieron Buenos Aires en 1806 trajeron sus logias informales organizadas a bordo de sus buques, las cuales ejercieron gran influencia entre los hombres librepensadores, dando origen a grupos masónicos, como "La Sociedad de los Siete", integrada por Matías Yrigoyen, Juan José Castelli, Feliciano Chiclana, Juan José Passo, Nicolás Rodríguez Peña, Hipólito Vieytes y el general Manuel Belgrano. Esta sociedad mantenía correspondencia constante con Juan Martínez de Rozas y el círculo patriótico de Concepción, al cual pertenecía Bernardo O'Higgins. Estos eran los elementos con que nosotros tres, San Martín, Zapiola y yo, contábamos cuando llegamos a Buenos Aires. Escogimos a los mejores hombres, a los más eficaces y discretos, y con ellos echamos las bases de la Logia Lautarina de Buenos Aires. Venerable Maestro de ella fue en el primer período el coronel San Martín. Nuestro taller trabaja sólo en tres grados. El primero es de mera iniciación masónica y los dos siguientes de organización política de acuerdo a los propósitos generales que tienden a la libertad de todos los países hispanoamericanos. Pero por sobre estos grados está una logia simbólica desprendida de la antigua "Independencia", que nos eslabona con la Logia Matriz de Francia, y de la cual es Venerable Maestro don Julián Alvarez. Este es el panorama general de la organización que rige en estos momentos las acciones libertadoras en Argentina y son sus invisibles mallas las que te han atrapado.

Carrera alzó un brazo para interrumpir la explicación de Alvear.

—¿Y cuándo me dejará en libertad de acción?

—Cuando tus acciones se ajusten a los propósitos de ella.

El general chileno se mordió los labios y guardó silencio unos segundos. Después, dejó escapar sonoramente el aire de sus pulmones.

—¿Con quiénes tendré que entenderme?

Alvear sonrió con cierta fanfarronería y dijo:

—Escucha. La Logia Lautarina está compuesta de cincuenta y cinco miembros; veinticuatro de ellos son incondicionales míos trece lo son de San Martín y el resto se divide entre Matías Zapiola y el doctor Anchoris. —Volvió a sonreír—. Como ves, estoy en situación de ayudarte.

—Gracias, Carlos María. Bien sabes mis afanes son solamente dos: la libertad de mi hermano Luis y ayuda para organizar un ejército con el cual regresar a libertar Chile.

Dicho esto, se puso de pie dispuesto a marcharse por lo avanzado de la hora, pero, volviéndose una vez más a su amigo, le inquirió marcando una tras otra sus palabras:

—Estando San Martín en Mendoza, ¿quién es actualmente el Venerable Maestro de la Logia Lautarina de Buenos Aires?

Alvear se levantó a su vez y, al erguirse, su rastro mostraba una severidad solemne extraña a su temperamento chispeante:

—El general Carlos María Alvear —respondió.

Doña Francisca Javiera alzó las pupilas cargadas de sueño hacia el viejo reloj de péndulo, apenas visible en un rincón del vestíbulo de la casa del cura Tollo. Acababa de dar las dos de la madrugada y en el silencio las campanadas parecieron agigantarse y repercutir en su corazón. Hacía horas que esperaba luchando para que su ansiedad no se desbordara en llanto. Pero estaba sola, sin miradas que pudieran atisbar su quebranto. Comenzó a llorar como no recordaba haberlo hecho desde que supiera la muerte de su primer marido, allá en su lejana juventud. Eran las suyas lágrimas concentradas a través de años, rebalse de amarguras y ansias porfiadamente controladas. Muy profundo parecía su vencimiento; sin embargo, se irguió instantáneamente apenas se oyó el lejano chasquido metálico del cerrojo de la verja del jardín.

—¡Gracias a Dios, ahí llega José Miguel! —musitó y se puso de pie para franquearle la entrada. Pero el padre Tollo, que también velaba discretamente disimulado, se le adelantó.

Doña Javiera oyó entonces ruidos confusos de pasos y espolines avanzando por el corredor y antes de que pudiera borrar sus lágrimas asomaron en la entrada del vestíbulo su hermano y otro militar alto y elegante, calco casi exacto del primero; rostros francos y alegres los de ambos.

—¡Javierita, te traigo la visita más grata que podíamos esperar! —le espetó José Miguel acercándosele tomado de un brazo de su acompañante—. Seguro de tu alegría, no he querido demorarla hasta mañana; de ahí que he acudido con este amigo mío, aunque haya pasado la medianoche.

Alvear se inclinaba cortesanamente ante ella, cuando interrumpió su ademán y se quedó mirándola al rostro con aire afectuoso.

—Señora, ¿llorando usted? Agradezco el privilegio de ver llorar a doña Francisca Javiera Carrera, la mujer más valiente de Chile.

La señora se enjugó las mejillas con gesto turbado y apenas oyó cuando su hermano le presentó al visitante:

—Carlos María Alvear, general en jefe del ejército de Buenos Aires, mi amigo inseparable durante mi vida en España.

—En sentimientos, hermano de su hermano, señora; y como él, máximo admirador suyo, —acotó el argentino, finamente.

Doña Francisca Javiera dobló la cabeza levemente y se mantuvo un instante inclinada.

—Gracias doy a usted, general Alvear, por esta alegría que nos brinda —dijo al levantar el rostro, ya recobrado su aplomo—. Sírvase tomar asiento y disimule estas lágrimas mías; no corren frecuentemente.

—Lejos de ignorarlas, me las grabaré en el alma, señora. Por escasas, valen cada una por un dolor intenso.

—Es el dolor de los Carrera, general.

—En cuyo remedio agotaré mis fuerzas, señora. —Alvear asió la diestra de ella y se la besó galantemente.

—Javiera —dijo entonces José Miguel, con gravedad—, el general Alvear es sobrino del director supremo Posadas y me ha prometido la libertad de Luis.

La aristocrática criolla se puso de pie con lentitud, como si le costara creer en tan inesperada solución; luego, sus ojos relumbraron y la respiración le brotó entrecortada.

—General Alvear, he sido altiva toda mi vida —aseguró—, pero si usted libera a mi Lucho, de rodillas le besaré las manos.

Fue tan intenso su acento y vibraba tan posesivo amor en su ademán, que el argentino calló, impresionado; después, sólo atinó a prometer con voz enronquecida:

—Señora don Luis Carrera saldrá muy pronto en libertad; se lo juro por mi honor.

Los vientos cambiaron desde ese día y la tormenta que amenazaba a los Carrera comenzó a soplar en otro sentido al influjo de Alvear. Las puertas se abrieron francas al paso de los dos gallardos generales y rápidamente la esperanza de la libertad de Luis fue haciéndose una seguridad.

Pero en los primeros días de diciembre Carlos María Alvear debió partir hacia el Alto Perú para retomar el mando de las tropas que combatían contra el ejército del virrey Fernando de Abascal. Sin embargo, dejó pendiente su juramento y encargó su cumplimiento a sus propios parientes. Mientras éstos ejercían sus influencias sobre el director supremo, los huéspedes del cura Tollo mantuvieron su esperanza, pero como llegara el día 31 y terminara el año, sus ánimos decayeron y doña Francisca Javiera con Mercedes se dispusieron a pasar tristemente la noche de Año Nuevo. Tendían el mantel de la mesa para una cena frugal cuando se abrió impetuosamente la puerta del jardín y la voz del general Carrera les llegó jubilosa e incontenible:

—¡Merceditas!... ¡Javiera!...

Surgió en el arco de entrada del comedor con el alto quepis echado sobre la nuca y los brazos abiertos como alas.

—¡Vengan acá y démonos un abrazo tremendo!

Atrapó a las dos mujeres, cada una en uno de sus brazos, y las estrechó apasionadamente contra su pecho riendo y besándolas alternativamente en los cabellos.

—¿Qué ocurre, por qué tanta alegría, José Miguel? —le inquirió su hermana, apenas pudo respirar.

—Que vengo de terminar una conferencia de dos horas con el director supremo Posadas.

—¿Sobre Lucho?... —Los dedos de doña Javiera se crisparon ansiosamente en los alamares de la casaca del militar.

—¡Mañana será puesto en libertad, Javiera! —rió triunfalmente él—. ¡Mañana sale libre el chiquillo del demonio!

El júbilo invadió a todos los habitantes de la quinta. La noticia devolvió a la señora Carrera su habitual dinamismo y comenzó a disponerlo, todo para celebrar con verdadero regocijo la cena de Año Nuevo. El cura Tollo encendió dos velas bajo una imagen de la Virgen en un pequeño altar del vestíbulo y Mercedes salió a la oscuridad del patio a cortar grandes manojos de flores, con los que fue adornando cántaros y búcaros. En medio de tales ajetreos nadie se dio cuenta de la llegada de un grupo de jinetes que se detuvo ante la verja exterior. Fue Mercedes la primera en alarmarse al oír el piafar de los caballos y algunas voces masculinas. Acercándose presurosa a Carrera lo previno y se quedó espiando su rostro.

—¿No serán guardias, José Miguel?

El general no supo qué responderle, estaba desconcertado. De dos zancadas se acercó a una ventana y abrió los postigos. Fue entonces, al vaciarse la luz de la sala sobre el jardín, que se elevó una voz proveniente del pelotón de recién llegados.

—¡José Miguel!... ¡Merceditas!... — gritaba.

La esposa del general se llevó las manos a la boca, sacudida por la perplejidad. Esta voz sonaba como la de su hermano, el alférez Juan José Fontecilla; pero éste había quedado en Chile, escondido en una de las posesiones campesinas de la familia.

Carrera había reconocido a algunos de los jinetes y abandonaba la habitación para salirles al encuentro.

—¡Hombre, qué sorpresa! —lo oyeron exclamar su esposa y su hermana, y después escucharon sus voces asombradas entre una algarabía cordial.

—¡Mi hermano Juan! —musitó Mercedes sin moverse—. Pero ¿qué ha venido a hacer a Buenos Aires?

Doña Javiera salía también al jardín cuando le vino al encuentro el grupo de hombres.

—¡Adelante, pasen todos! —los invitaba alborozadamente el general.

La señora se mantuvo en la sombra del pértigo cubierto de enredaderas tratando de identificar los rostros. Reconoció al hermano de Mercedes y a sus primos, los capitanes Jordán; por último, a Mariano Benavente, el más joven de los miembros de esa familia.

—Creíamos que se nos iba a pasar la noche de Año Nuevo sin dar con el alojamiento de ustedes —decía Servando Jordán cuando llegaron junto a doña Javiera y Mercedes, que también había salido.

—¡Mejores noticias para todos! —exponía el general, vuelto hacia ellas—. Miren quienes vienen.

Pese al parentesco y la amistad, las dos señoras siempre habían guardado una actitud ponderada con sus familiares masculinos, pero en esta ocasión los abrazaron a todos, enternecidas, y charlando atolondradamente entraron a la casa. Sólo cuando estuvieron a la luz de las bujías y se vio la desmedrada condición en que llegaban esos hombres, vestidos de civil, arrugados, sucios por el polvo de muchos caminos, con las barbas y los cabellos crecidos, los habitantes de la quinta se detuvieron a pensar cómo habían llegado a Buenos Aires.

—Tuvimos que abandonar Chile lo más rápidamente que pudimos —les reveló Juan Fontecilla, y dirigiéndose a Mercedes le agregó con tristeza—: Hasta nuestra madre. —Como observara el temor reflejado en las pupilas de su hermana, le aclaró—: Ella quedó en lugar seguro en Mendoza, en un convento. Nosotros decidimos seguir solos hacia Buenos Aires porque comprendimos que no tendríamos con qué mantenernos allí y que nuestra única posibilidad de supervivencia residía en venir a ponernos bajo las órdenes del general Carrera.

—Ustedes nos traen el espíritu de nuestra tierra en el momento más adecuado —intervino doña Javiera, señalando hacia el comedor con la mesa ya servida—. Ahora sí podremos celebrar la llegada del Año Nuevo como si estuviéramos en Chile.

Guiados por las señoras, los jóvenes se encaminaron hacia el interior de la casa para asearse un poco antes de sentarse a la mesa, pero Juan Fontecilla se quedó deliberadamente atrás y extendió con disimulo una carta al general.

—Es de tu hermano Juan José —le participó en voz baja—. Me la entregó a nuestro paso por San Luis. Estaba enfermo de ira.

Carrera la desplegó con rapidez y, aprovechando la ausencia de las mujeres, la leyó junto a una vela.

Querido José Miguel —comenzaba la carta—. *El general San Martín se ensaña en mi persecución. No le basta el confinamiento voluntario al que me he sometido en San Luis para cuidar de la salud de mi pobre Ana María, la que, gracias a Dios, comienza a reponerse. Aún nos sería preciso permanecer algunos meses más en este pueblo antes de poder llevarla a Buenos Aires, pero San Martín, enterado de mi presencia aquí, comenzó por en-*

viarme con mi propio asistente Martínez una conminación para que pagara veinte pesos que, según él, yo habría defraudado en una posta del camino, y luego, que devolviera tres caballos que, según O'Higgins, le fueron robados a su paso por este pueblo. Llegó la odiosidad de San Martín al extremo de terminar su nota con estas palabras: "No sea usted tan imprudente que quiera apoderarse de lo ajeno". Mucho le soporté pensando en la salud de mi Ana María, pero aquello era intolerable. No pude menos que contestarle que no podía aún persuadirme de que un jefe que debe dar el ejemplo de moderación provocase con tanta grosería a un particular de educación y por lo mismo delicado y sensible al insulto. Y su respuesta fue la propia de su despótico carácter. Dentro de las veinticuatro horas debo partir hacia Buenos Aires custodiado por un cabo y cuatro soldados, para ser puesto a la disposición del director supremo. En esta forma, San Martín me obliga a abandonar a mi mujer enferma en medio de la desolación de este pueblo.

Pese a la nota sombría que aportaba aquella carta, en la cena de celebración del Año Nuevo lucieron alegres candelabros y las risas, tanto tiempo apartadas de los labios de los desterrados, volvieron a sonar como en los buenos tiempos de la mansión de los Carrera en Santiago. Y mientras doña Javiera servía el ponche en leche tradicional, los jóvenes recién llegados vaciaban en los oídos de José Miguel las noticias de la otra banda, le informaban sobre el odio de la mayoría de los chilenos contra las tropas invasoras de Osorio, despertado por los atropellos y violencias cometidos por los talaveras del siniestro capitán Vicente San Bruno. Aquel informe alentó las esperanzas del general, moviéndolo a brindar por el pronto regreso a Chile. Además, obraban en su ánimo la certeza de la libertad de Luis al día siguiente y el pronto arribo de Juan José.

Contentos y esperanzados charlaban, pasada ya la medianoche, cuando volvió a oírse el redoblar de cascos frente a la puerta y en seguida el repique brusco de la campanilla de la verja.

Todos cesaron de reír instantáneamente y escucharon con rostros preocupados.

—¡Qué extraño! ¿Quién puede llamar a esta hora? —musitó doña Javiera.

—Todos aprendimos a sentir escalofríos cuando golpeaban a medianoche —dejó escapar Juan Fontecilla—. Los talaveras escogían siempre estas horas.

—No estamos en Santiago, sino en Buenos Aires —razonó el general, poniéndose de pie y encaminándose resueltamente hacia la entrada, pero el presbítero Tollo lo contuvo de un brazo.

—No, general, usted es el único que puede correr peligro. Yo soy el dueño de casa y un cura inofensivo.

En el silencio que siguió a la salida del sacerdote los reunidos evitaron mirarse.

—¡A lo que hemos llegado! —dejó escapar Servando Jordán—. Basta el tintinear de una campanilla para transportarnos de la alegría a la mayor inquietud.

—Esto no ha de ser eterno —observó tercamente el general—. Volverán los días en que nuestros enemigos pensarán con terror en nosotros cuando suenen las campanillas de sus puertas.

El cura Tollo regresaba trotando con pasos menudos y con una mueca de urgencia en el rostro redondo.

—¡Don José Miguel, venga usted, por favor! —dijo a media voz, desde la puerta y apremiándolo con la mano—. Es el general Carlos María Alvear, que desea hablar con usted.

—¡Carlos María!...

Carrera se puso de pie prestamente y, excusándose con un gesto, salió a toda prisa. Alvear había partido hacía un mes para hacerse cargo del ejército que combatía en el Alto Perú; su regreso intempestivo y a medianoche parecía lleno de presagios inquietantes.

Se encontraron unos pasos fuera de la puerta, en el centro del jardín. Pese a la oscuridad, Carrera se percató de que su amigo venía con uniforme de campaña y que su barba sin rasurar delataba varios días de cabalgata apresurada. Se entrelazaron de los antebrazos y se contemplaron ansiosamente.

—¿Qué sucede, Alvear?... ¿Vienes solo?

—Con mis dos asistentes. Están afuera cuidando los caballo. Perdóname si me atrevo a molestarte a esta hora. Tengo urgencia de hablarte y supuse que no te recogerías temprano por ser noche de Año Nuevo.

—Y aunque no la hubiera sido. Te exijo que dispongas de mí en toda ocasión. Pero no me explicas nada. ¿Cómo es que estás aquí?

—Hace una hora llegué desde el norte con mi escolta y ahora vengo directamente de mi cuartel. Aún no he ido a ver a mi esposa.

—Ven, entremos al salón. —Carrera sentía vibrar una especie de fiebre en el cuerpo de su amigo cuando lo tomó del brazo para introducirlo, pero Alvear se resistió a moverse y le reveló junto al oído con una modulación extraña, casi jubilosa:

—Tengo algo muy importante y secreto que comunicarte. Quizás..., quizás de ello dependa la realización de tu sueño de volver pronto a Chile.

—¿Qué estás diciendo?...

Alvear aferró al chileno de ambos hombros y se plantó frente a él, muy próximos los rostros. Los ojos le brillaban cuando dijo con refrenada exaltación:

—Carrera, creo que..., que voy a tomarme el poder de las Provincias Unidas del Plata.

José Miguel sufrió una sacudida tremenda, como si le hubieran dado con un badajo sobre el pecho. El fluido de sus ojos se fundía con el que dimanaba de las pupilas ambiciosas de su interlocutor. Le pareció que había sido él quien pronunciara la frase; el tiempo le saltó hacia atrás, hasta una época en que él también dijo palabras semejantes. Jamás como entonces lo sintió tan parecido, tan similar a sí mismo: de resolución audaz, de iguales ímpetu y temeridad.

Doña Javiera los halló enlazados de los antebrazos, como dos estatuas hechas de un mismo trozo de piedra. Traía el propósito de invitar a Alvear a compartir la sobremesa, pero al contemplarlos en tal actitud algo la previno de que estaban de más las cortesías. Sólo atinó a murmurar:

—Perdón, ya veo que tienen ustedes que hablar a solas. Pasen al salón, y, si no los importuno, personalmente les llevaré unas copas.

Se marchó sin esperar respuesta; sabía que los dos hombres estaban absortos en ellos mismos.

Carrera condujo a su amigo al interior sin soltarle el brazo. Sólo lo hizo cuando cerró la puerta tras ellos.

—Habla; estoy ansioso de saber —dijo, encaminándose a una repisa donde tomó una vela. Mucho tardó en encenderla, descuidando sus movimientos por escuchar lo que Alvear iba diciendo a espaldas suyas.

—José Miguel, se me ha producido una situación muy semejante a la que tuviste que soportar tú con tu Bernardo O'Higgins. Partí con mis tropas victoriosas en Montevideo hacia el Alto Perú, donde estaba operando el general Rondeau contra el ejército del virrey Abascal.

Carrera se volvió lentamente y avanzó, el rostro iluminado por la llama rojiza de la vela.

—¿Rondeau ha sido tu O'Higgins?

—El. Se opuso categóricamente a permitir mi actuación en ese campo de batalla, que considera suyo, y mayormente a entregarme el mando. Por eso he vuelto.

—Pero ¿cómo se atrevió Rondeau a enfrentarte de ese modo? Alvear se encogió de hombros con desdén, y esbozó una sonrisa cruel.

—Parece que la distancia a que se encuentra de Buenos Aires le ha cegado la visión de la realidad, de los hechos que me han llevado a ser el general más querido de las Provincias Unidas. —Hizo una morisqueta traviesa, y dejó escapar una carcajada en sordina—. Claro es que pude abrirle los ojos, pero, como tú comprenderás, preferí no hacerlo. Yo partí al Alto Perú obedeciendo órdenes directas del director supremo Posadas. El rechazo de Rondeau implica un rechazo a las órdenes del director supremo; y eso me da pie para poner en práctica un proyecto que traigo clavado en la mente desde que llegué a Buenos Aires, el 13 de marzo de 1812. —Le brillaban los dientes fuertes a la luz de la vela, y Carrera comenzó a sonreír con igual regocijo.

—Tu ascensión al poder máximo.

El argentino asintió como si aquélla fuera una consecuencia lógica, natural.

—Mi tío, don Gervasio Posadas, está viejo y cansado de gobernar. Esta desobediencia de Rondeau lo abrumará y llenará de temores —reflexionó—. Creo que voy a aliviarlo de un gran peso haciéndolo abdicar el poder en mis manos. Y cuando esto haya ocurrido —dio unos pasos con la vista fija en el suelo y una sonrisa juguetona en los labios—, ...cuando esto haya ocurrido —repitió, volviéndose hacia Carrera—, como cuento ciertamente con la fidelidad del ejército de Buenos Aires, habrá llegado el momento de emprender la gran campaña que te obsesiona: la reconquista de Chile.

Observaba a Carrera gozando plenamente con la expresión maravillada que se había estampado en el rostro de éste. La voz del jefe chileno sonó balbuceante:

—¡Carlos María! ¿En verdad estás decidido a ayudarme?

—¿A ayudarte? —La diestra del argentino cayó vigorosamente sobre un hombro del chileno—. ¡A pasar contigo los Andes al frente de mis cuatro mil soldados y de los chilenos que te sigan y a barrer a todos los realistas que se han apoderado de tu patria!

Doña Francisca Javiera había asomado en ese instante y alcanzó a escuchar la última frase; los vasos que traía en una bandeja tintinearon a causa del temblor de sus manos.

—General Alvear —exclamó, acercándose, conmovida—, por dos veces compromete usted hondamente nuestra gratitud. Primero, por la libertad de Luis, que mañana estará aquí; y ahora, por la libertad de nuestra patria, que será, al mismo tiempo, la de todos nosotros.

—Señora, permítame usted. —Con elegante movimiento, el aludido tomó la bandeja de manos de la criolla, y le ofreció un vaso—. Brindemos —propuso, y demoró en escoger sus palabras —. Brindemos por...

—Por tu providencial ascensión al gobierno de las Provincias Unidas del Plata —le acotó Carrera.

—Y por el regreso de los Carrera al Palacio de Gobierno de Chile —concluyó enfáticamente Alvear, y vació su vaso de un trago.

—¡Salud! —los hermanos Carrera bebieron lentamente, paladeando su esperanza.

🔫 4 🔫

José Miguel Carrera volvía a sentir que tenía una carta de triunfo en la mano, con la que podría apartar los obstáculos que le cerraban el camino, y que, como una espada, le permitiría abatir a los enemigos que se oponían a sus ambiciones. El general Alvear era su arma; pero arma tan filosa, que exigía manejarla con infinito cuidado, so pena de cortarse con ella misma las manos. Su eficacia quedó demostrada al día siguiente: Luis Carrera abandonó la prisión, liberado por el director supremo Posadas, pero a condición de que residiera fuera de Buenos Aires. El grupo de emigrados chilenos alquiló entonces una chacra en los suburbios, en el caserío llamado de Barbones, sobre el camino a Barracas.

Pero el general y su hermano Luis siguieron entrando todas las noches a la ciudad, para reunirse con Alvear hasta que, el 10 de enero, éste recibía el mando de manos de su tío Gervasio Posadas y se sentaba en el sillón de los directores supremos del Plata, respaldado por cuatro mil bayonetas.

Segunda manifestación de que la suerte de los Carrera cambiaba fue el arribo de Juan José a Buenos Aires. Llegó custodiado por cuatro soldados y un cabo, y de inmediato obtuvo la libertad por orden del general Alvear, quien, desautorizaba así abiertamente a José de San Martín.

La penetrante visión del general Carrera le permitía medir cómo comenzaba a dominar la escena, imperceptible pero seguramente. O'Higgins no figuraba para nada. Vivía recluido en una modesta casa junto al cuartel de artillería, reducido a los escasos medios económicos que obtenían su madre y su hermanastra fabricando cigarros, que vendían entre los soldados. Su único apoyo visible era el general San Martín, pero éste se hallaba muy lejos, y era fácil anularlo. Pero ¿cómo proceder para conseguirlo? No olvidaba el lazo secreto, el juramento, que ligaba a Alvear con el jefe cuyano a través de los principios de la Logia Lautarina. Pero ¿acaso él mismo no había sido afiliado a ella en Cádiz, y, una vez radicado en Chile, terminó por disentir de esos principios?

Sabiéndose tan semejante en mentalidad y espíritu a Carlos María Alvear, trataba de adivinar los pensamientos íntimos de éste, examinándose a sí mismo. En aquellos lejanos días en que él fuera iniciado en la Logia Lautarina de Cádiz, se hallaba inflamado por el ideal de la liberación de Hispanoamérica del dominio español. Aun cuando, por las exigencias de la guerra contra Napoleón, había alcanzado hasta el grado de sargento mayor del ejército hispano, a pesar de conducirse, incluso de hablar como un español, nunca dejó de sufrir el ligero desdén con que los peninsulares trataban a los "indianos", que tal era el calificativo que daban a los americanos. Ansió, pues, con todas las fuerzas de su alma que las colonias cortaran el cordón umbilical que las hacía depender de la corona ibérica. Y aquél fue precisamente el plan que se le expuso en las reuniones de los "caballeros racionales". Las logias revolucionarias dependientes de "La Gran Reunión Americana" creada por Francisco Miranda en Londres tendían a la independencia de todas las colonias hispanoamericanas mediante un plan general, que comprendía a la totalidad de ellas y que debía realizarse con la mayor simultaneidad posible. No buscaba la independencia de cada país por separado, no hacía distingos de nacionalidades.

En un principio, Carrera no reparó en esto; pensó sólo en la magia deslumbrante de la libertad americana. Pero después, cuando estuvo ya en Chile, su ángulo de visión se estrechó, vio a su país y a los bandos que se agitaban y disputaban en él; y por imposición propia de su carácter se desentendió del plan general, circunscribió su anhelo a la independencia de Chile, realizada por los chilenos. Fue aquélla su primera trasgresión de los principios de la logia. Después, no tuvo reparos en colocarse contra los personajes que, por su condición de masones regulares, eran algo así como tutores de la Logia Lautarina, y contra O'Higgins, que fuera uno de los creadores de ella en Cádiz, inspirado directamente por Francisco Miranda. El nacionalismo de Carrera, fruto de su orgullo familiar, predominó sobre su deseo inicial de someterse a los propósitos generales de la hermandad revolucionaria.

Carlos María Alvear, seguía reflexionando Carrera, que le era tan similar, de orígenes aristocráticos como él, de familia poderosa en Argentina, como la suya en Chile, ¿no habría evolucionado en el mismo sentido? Si tal cosa hubiera ocurrido, si la sensación del poder supremo, además, lo alentara a considerarse un predestinado a regir a su país como personaje único, desprendido de los dictámenes que el consejo de la logia debía transmitirle, cabía la posibilidad de hacerlo desprenderse del general San Martín y de Bernardo O'Higgins.

Carrera no pensaba en los demás, en el nutrido grupo de personajes invisibles que existían y manejaban los acontecimientos al amparo de la sombra. Imaginaba que, quitados de la escena pública esos dos hombres, podría dedicarse libremente a organizar la fuerza militar necesaria para intentar la reconquista de Chile. Pero Alvear no era, por cierto, un hombre fácil de manejar; lo sabía tan voluntarioso como él mismo, de modo que tendría que proceder con la mayor sutileza y astucia.

En espera de la ocasión más propicia, fue dejando pasar los días, hasta que el jefe argentino estuvo perfectamente asentado en el gobierno; pero no lo abandonó un instante; fue espectáculo habitual verlos siempre juntos, en los cuarteles, en las recepciones; y pasadas las horas de despacho, encerrados a solas en la sala presidencial, sostenían prolongadas conversaciones. Fue en una de esas noches que Carrera se decidió a iniciar su plan. No imaginó cuán fáciles resultados habría de obtener.

—Todo podría perdonarle a San Martín, menos que haya desmembrado el Ejército de Chile, como lo hizo en Mendoza —le expresó, después de repetirle una vez más la forma en que procediera el jefe cuyano a la llegada de los emigrados a su ciudad—. Esa acción de dispersar una fuerza que podría haber servido de base para organizar un nuevo ejército libertador de Chile, es la que me impele a formularte la petición que me has escuchado. Y me parece que deberás acceder a ella si piensas que San Martín jamás admitirá el mando de otro sobre él, puesto que sueña con tener para sí, no sólo el gobierno de las Provincias Unidas del Plata, sino también el de Chile, el Perú, y quizás hasta el de la América entera.

Alvear sonrió maliciosamente, pero esbozó un gesto negativo con la cabeza.

Creo que exageras algo, José Miguel; sin embargo, gran parte de lo que afirmas lo he pensado antes que tú. Escucha lo que voy a revelarte y asómbrate. Partí de España junto con San Martín y Matías Zapiola en la fragata inglesa "George Canning", y una vez que llegamos a Buenos Aires, los tres echamos las bases y dimos vida a la Logia Lautarina de esta provincia. Con esto no hacíamos más que obedecer los dictámenes de la logia madre de Cádiz. Pero, posteriormente, cuando ya nuestra hermandad estuvo en plenas funciones, aglutinando en torno a nosotros a todos los miembros de las antiguas logias masónicas que existían en esta ciudad, San Martín fue revelando con vaguedad primero, con insistencia después, sus ideales de gobierno para América. En Cádiz se había hablado de la independencia de los países americanos como hecho primordial, dejando libertad a los pueblos de ellos para elegir después el sistema de gobierno que les pareciera más adecuado. Entonces fue, cuando San Martín expuso su pensamiento sobre este asunto, que descubrí que entre sus ideales y los míos existe un abismo.

—¿Por qué?...

—Porque..., escúchalo bien, José Miguel..., San Martín pretende establecer una o varias monarquías en América. ¿Entiendes? Métete en su pensamiento, trata de escudriñar su formación mental. San Martín fue llevado, siendo muy niño, desde la misión jesuita de Yapeyú, aislada del mundo, a España. Allá transcurrieron su niñez, su adolescencia y su madurez; en el ejército español alcanzó hasta el grado de teniente coronel. Es decir, en toda su vida no tuvo ocasión de conocer otro sistema de gobierno que la monarquía: la de España, la de Francia, la de Inglaterra. En su mente no cabe, pues, otra forma de mandar a los pueblos. Puede que allá en algún rincón escondido de su cerebro reserve como meta llegar, algún día a establecer gobiernos de tipo republicano, pero en el presente él considera que América no está suficientemente madura como para realizar una innovación tan brusca. Sus planes, expresados en la logia, son los de implantar en estas tierras monarquías constitucionales.

—De una de las cuales, naturalmente, él sería el primer rey.

—Tal vez. No me atrevería a afirmar tanto. Lo que sí sé es que en esto disentimos violentamente con San Martín. Yo lucho por imponer las repúblicas americanas, al estilo de los Estados Unidos.

—Coincido absolutamente contigo, Carlos María, y ahora descubro dónde está la quebradura que me ha separado de los planes de la logia, cuyos componentes piensan igual que San Martín.

—No todos, José Miguel, no te engañes. Pero, guiado por esa idea que tiene remachada en el cerebro, es que San Martín busca organizar un ejército en Mendoza, para con él libertar a Chile, luego saltar al Perú, y, posiblemente, proseguir después con la conquista de toda Sudamérica.

Carlos María Alvear se había puesto de pie y paseaba meditabundo mientras exponía su pensamiento. Por último, se detuvo frente a Carrera y lo miró directamente a los ojos.

—Pues bien, comprendiendo que los ideales o las ambiciones de San Martín encauzarán los acontecimientos por un camino que no me satisface, es que voy a acceder a tu petición: lo habría hecho de todos modos por iniciativa propia. Destituiré a San Martín de su cargo de gobernador de Cuyo, exigiéndole que abandone Mendoza en un plazo mínimo.

El 8 de febrero de 1815 Carlos María Alvear firmó el decreto de destitución de San Martín del cargo de gobernador de Cuyo, nombrando en su lugar al coronel Gregorio Ignacio Perdriel. Este golpe repercutió en pleno corazón de la Logia Lautarina de Buenos Aires, en la que militaban los principales jefes del ejército y los más connotados políticos del Plata. En el seno de la hermandad los partidarios de Alvear eran superiores en número y !a drástica medida se mantuvo firme, pero los adeptos de San Martín, no podían admitirla resignadamente. Desde el día siguiente a la promulgación del decreto, una veintena de hombres comenzó a reunirse en la casa del coronel Juan Florencio Terrada para fraguar una fina trama de intriga que les permitiera defender a su caudillo. Allí asistían también algunos de los desterrados chilenos afiliados a la logia: fray Camilo Henríquez, Ramón Freire, Bernardo O'Higgins; también el guatemalteco Irisarri y los argentinos Juan José Passo, Bernardo de Vera y Pintado, Marcos Balcarce, Juan Pablo Fretes, Juan Martín Pueyrredón, Francisco Antonio Escalada, tío político de San Martín; Antonio Alvarez Jonte y otros de gran representación en el gobierno de las Provincias Unidas del Plata.

Las reuniones se sucedieron con frecuencia y en todas ellas Fretes e Irisarri sostuvieron el mismo punto de vista.

—Es vano cuanto se discurra para hacer que el director supremo recapacite y deje sin efecto su decreto de destitución del hermano San Martín mientras no se separe a los Carrera de su lado. Es, sin duda, ese sempiterno conspirador José Miguel Carrera el que ha inducido al hermano Alvear a provocar este cisma dentro de nuestra logia.

Todos los concurrentes estaban acordes en esa opinión, pero ninguno de ellos descubría el modo de apartar a los Carrera de Alvear. La amistad y confianza que este último les dispensaba eran más poderosas que los deseos de una fracción de la hermandad. Fue Antonio José de Irisarri, con su maestría en la intriga, quien discurrió finalmente el modo de romper la unión que existía entre los dos generales.

—Carlos María Alvear y José Miguel Carrera son copias fieles de un mismo molde —dijo astutamente—. Ambos tienen la soberbia derivada de los abolengos de sus aristocráticas familias y poseen el mismo irreflexivo ardor para todas sus empresas; los animan idénticas ambiciones y esa insoportable arrogancia que los hace creerse superiores a todos. Pero hay algo en lo que Carrera lleva una ventaja innegable sobre Alvear, la elocuencia de su palabra y el magnetismo con que impresiona a los soldados y los unce a su voluntad.

Los lautarinos escuchaban con expresiones intrigadas, sin acertar a descubrir adónde quería llegar Irisarri. O'Higgins atendía en silencio, sin comprender tampoco.

—¿Adónde va su pensamiento, querido hermano Irisarri? —arriesgó con cierta timidez Fretes.

—A una simple conclusión: que si a Alvear se le hiciera sospechar que Carrera intenta sugestionar a las tropas para tomar su mando y llevarlas a Chile, lo creería sin meditarlo dos veces.

La atrevida afirmación dejó pasmados a los concurrentes; sus confusos comentarios hicieron difícil continuar la exposición de Irisarri. Este tuvo que alzar la voz con acento solemne y sentencioso.

—Señores, si esto ocurriera en Chile en idénticas condiciones, José Miguel Carrera lo creería —dijo—. Solicito el testimonio de los chilenos que están con nosotros.

Como la mayoría de los aludidos asintiera con gestos o palabras, prosiguió:

—Bastará que se dé a Alvear la más mínima muestra de una presunta conspiración para que crea a pie juntillas que los Carrera quieren robarle el ejército y hasta derrocarlo. Piensen en lo siguiente, señores: los hermanos Carrera entran y salen libremente en todos los cuarteles, se han hecho conocidos y estimados por los oficiales argentinos, reciben a muchos de ellos en la chacra de Barbones, donde residen. —Hizo una pausa y siguió exponiendo en voz baja su sórdido plan—: Unas cartas escritas imitando la letra del general Carrera dirigidas a ciertos oficiales argentinos, en las que aquél les proponga llevarlos en la expedición que planea a Chile, bastarán para desatar la violencia de Alvear.

El 22 de febrero, a las doce de la noche, un sargento mayor, dos capitanes y doce dragones de la guarnición de Buenos Aires formaron frente a la chacra de Barbones apuntando a puertas y ventanas con sus fusiles.

Los tres Benavente, Juan Fontecilla, Luis y Juan José Carrera permanecieron tras los postigos de las ventanas con las pistolas dispuestas, en tanto que, el general iba a entrevistarse con los oficiales en la puerta de entrada. El superior de ellos, sin dar ni siquiera las "buenas noches", alargó a José Miguel un oficio con los sellos del gobierno.

—¿Qué es esto, mayor? ¿Qué significa esta nota? —quiso saber Carrera, receloso.

—Es una orden del supremo gobierno, cursada por el coronel Juan Florencio Terrada.

El jefe chileno no pudo ocultar su fastidio, a tiempo que extendía el documento.

—¿El coronel Terrada me da una orden a mí?

—No, señor —le puntualizó el mayor—; la orden ha sido redactada por él, pero emana del propio director supremo, general Carlos María Alvear.

—¿Y Alvear, que es amigo mío, me envía una orden a medianoche y portada por un destacamento de soldados como si yo fuera un facineroso?

El oficial argentino se encogió de hombros deslindando su responsabilidad.

—No analizo las relaciones que unían a usted con el señor director supremo. Me remito a repetirle que este oficio señala que usted y sus hermanos disponen de cuarenta y ocho horas para salir de Buenos Aires y marchar a cualquier sitio que no esté a una distancia menor que la provincia de Santa Fe.

Carrera no podía dar crédito a lo que oía; que el general Alvear los expulsara de Buenos Aires así, sin justificación alguna, trasgrediendo todos los principios de la amistad, le parecía inconcebible. Tuvo que examinar atentamente la firma al pie del documento para convencerse de que era una realidad y se quedó, atónito, absolutamente desconcertado. Circunstancia que aprovechó el mayor para montar a caballo y disponerse a partir. Pero, al girar su caballo, insistió una vez más:

—Ya lo sabe, señor: cuarenta y ocho horas para marcharse más allá de Santa Fe. —En seguida emprendió el galope con su tropa.

Al anochecer del día siguiente, el general Alvear terminaba de firmar los despachos de gobierno, cuando su secretario le extendió tres documentos que puso uno al lado del otro bajo sus ojos.

—Son pasaportes para dirigirse a Europa, Excelencia. Fueron solicitados a última hora, pero alcanzaron a ser aprobados por los consejeros correspondientes. Sólo falta la firma de usted.

Alvear los examinó con expresión cansada e indiferente, pero apenas leyó el primer nombre sus pupilas se avivaron y saltaron al pasaporte vecino y luego al siguiente.

—Luis Carrera, José Miguel Carrera, Juan José Carrera —leyó en voz alta—. ¿Quién solicita estos pasaportes para pasar a Europa?

—Don José Miguel Carrera, Excelencia.

—¿Está esperando que se los firme?

—Sí, Excelencia.

—Hágalo pasar.

Mientras el secretario salía a cumplir su orden, comenzó a rebuscar atolondradamente en un cajón de su escritorio, disparando papeles en todo sentido.

—¿Dónde puse esas condenadas cartas? —mascullaba, hasta que dio con dos sobres y las aplastó violentamente sobre la mesa.

El secretario regresó con expresión turbada y ruborizado, como si acabara de sufrir una vergüenza.

—Perdón, Excelencia —tartamudeó—, pero el señor Carrera ha dicho que..., que no tiene nada que hablar con usía y que va de prisa porque debe embarcar mañana al amanecer en una fragata inglesa.

Alvear se puso de pie bruscamente, haciendo resbalar la silla sobre el entablado.

—¿Está allá afuera? —inquirió innecesariamente y salió a grandes pasos azotando la puerta al pasar.

José Miguel Carrera estaba de pie en medio de la amplia antesala, con el morrión calado, y no hizo el menor ademán al ver surgir de estampida a su antiguo amigo. Alvear llegó hasta él enarbolando las dos cartas que había recogido del escritorio y las agitó frente a su rostro.

—Carrera, ¿quieres explicarme qué significan estos papeles escritos por ti? —le espetó impulsivamente.

El general chileno las tomó parsimoniosamente y extendió una. Le bastó echarle una ojeada para descubrir la trama que se había urdido en su contra.

—Significa que eres un ciego o un niño a quien se engaña burdamente con cartas falsificadas —le replicó, devolviéndoselas con desdén.

Alvear se quedó de una pieza, observando ora las cartas ora a su amigo, vacilando, confuso y avergonzado.

—¿Falsificadas?... —repitió quedamente y decidiéndose con su brusquedad habitual, tomó a Carrera de un brazo y lo arrastró a su despacho—. Ven conmigo, José Miguel. Ven, te lo ruego. Desde ya te suplico que me perdones si cometí una injusticia. Ven, tenemos que hablar y esclarecer este engaño, esta burla de que he sido víctima.

La intriga tejida con mañosa astucia por Irisarri en el seno de la Logia Lautarina se desbarató en un instante. La afinidad espiritual que ligaba a los dos jóvenes generales actuó de inmediato y no quedó entre ellos sombra alguna que nublara su mutua confianza. Y lejos de producirse los resultados esperados por los miembros de la hermandad secreta, Carrera y Alvear se unieron más estrechamente que antes, tanto así que se entregaron de lleno a estudiar planes para realizar la campaña de reconquista de Chile. Los elementos que solicitaba Carrera eran reducidos: solamente quinientos hombres, con los que cruzaría la cordillera a la altura de Coquimbo, y mil fusiles para armar a los milicianos que confiaba reclutar en esa provincia chilena. Se basaba en una circunstancia que estimaba fortuitamente ventajosa: que, debido a la insurrección del Cuzco y a los ataques de los generales argentinos Rondeau y Arenales por el Alto Perú, el virrey Abascal se había visto obligado a despojar al general Osorio de un millar de los soldados talaveras que mantenía en Chile.

—Por esta causa —afirmaba con plena seguridad—, Osorio a duras penas podrá oponerme una fuerza de cuatro mil hombres, la mayor parte de ellos reclutas. Y te aseguro, porque lo sé de buena fuente, que todos los chilenos en la actualidad se han convertido en furibundos antirrealistas, incluso los que fueron partidarios del rey en otros años. Las contribuciones que se les han impuesto, los muchos destierros decretados por Osorio y la emigración de más de dos mil personas de la más alta calidad a Mendoza, han sido mis mejores aliados y gracias a esos motivos conseguiré que la mayoría de los chilenos colabore con mi pequeño ejército cuando entre a pelear por la recuperación de la libertad. Los campos de Chile están llenos de fugitivos que rabian por unirse a cualquier fuerza armada que les permita expulsar a los chapetones. Me atrevería a jurar que Manuel Rodríguez ya se fugó de Mendoza y se encuentra en nuestra tierra alentando a la gente del pueblo.

—Quinientos hombres y mil fusiles es todo lo que me pides, ¿no es así?

—Exactamente. Y tú puedes dármelos. Eso bastará para que todos los chilenos emigrados, carrerinos y o'higginistas, se enrolen en mi ejército.

Arduas cavilaciones costaba el asunto al general Alvear. Pese a su aparente llaneza, estaba procediendo con extremada cautela. Aunque, a pesar de no haber podido descubrir quién falsificara las cartas de Carrera y ambos sospecharan que ellas provenían de la Logia Lautarina, en ningún momento la mencionaron. Pero Alvear sentía que la hermandad se agitaba sigilosamente en torno suyo. Lo había percibido instintivamente en las últimas reuniones que le correspondiera presidir; había algo de esquivo en la actitud de los vigilantes y de los hermanos en su trato con él. Presentía que estaba cayendo en desgracia y adivinaba que la causa era su amistad con Carrera. Sin embargo, esa misma sensación de peligro lo hacía mostrarse más desafiante; era una característica de su temperamento impetuoso. Por ello fue que terminó por aceptar la petición del chileno.

—Está bien. Te daré esos quinientos soldados y los mil fusiles.

Pero la resolución fue tardía; había demorado demasiados días en decidirse. Antes de que alcanzara a cursar las órdenes para reunir los soldados y las armas pedidas, llegó del oeste una noticia que sacudió a Buenos Aires. El coronel Perdriel, que enviara como nuevo gobernador de Cuyo, había sido recibido agresivamente en Mendoza. El pueblo, insurreccionado en defensa del coronel San Martín, amenazaba con matar al gobernador si se atrevía a mantenerse en la zona.

—Enviaré un ejército a imponerlo y los cabecillas pagarán cara su rebelión —rugió Alvear, exasperado, pero no estuvo en su mano hacerlo. Casi simultáneamente con el levantamiento de Mendoza, una calamidad mayor amenazó al Gobierno de las Provincias Unidas del Plata.

José Artigas, el caudillo de la Banda Oriental, al frente de sus guerrilleros gauchos, acababa de asomar en las fronteras de Santa Fe y amenazaba avanzar hacia el sur por la ribera del río Paraná.

Alvear estaba con Carrera cuando recibió la alarmante noticia, y junto con ordenar a su secretario que dispusiera una inmediata reunión de su Estado Mayor, se volvió hacia su amigo y le expresó con pesadumbre:

—Ya lo ves, José Miguel: la campaña de Chile tendrá que esperar.

Mil quinientos soldados partieron de Buenos Aires hacia el norte para cortar el paso al guerrillero uruguayo, pero éste, dando muestra de una extraordinaria astucia, consiguió conquistarse a esas fuerzas e, incorporadas a su hueste, las volvió contra el propio Buenos Aires, insurreccionando a su paso a todas las provincias del norte.

El conocimiento de esos lamentables hechos causó consternación en la chacra donde residían los Carrera, quienes habían confiado en que la acción contra Artigas habría de ser rápida, permitiendo en seguida a Alvear organizar la campaña sobre Chile. Pero las noticias eran a cada momento peores; dentro del mismo Buenos Aires se sentía agitarse una corriente contraria al director supremo.

José Miguel Carrera presumía que una vez más era la Logia Lautarina la que estaba actuando para derrocar al hombre que había perdido la confianza de los invisibles seres que la componían.

—A pesar de que Carlos María cuenta aún con cuatro mil soldados adictos en la ciudad y los alrededores —participaba a sus hermanos—, presiento que si no toma una decisión muy fuerte caerá del gobierno. Los patricios bonaerenses le critican su juventud; los pensadores, su predilección por los soldados; las provincias le tienen antipatía por su orgullo de porteño.

—Hay algo peor —terció Luis, que era el que mantenía más relaciones sociales en la ciudad—. Alguien..., es difícil saber quién..., ha echado a correr la especie de que Alvear tiene ocultas combinaciones con la Corte de España, las que habrían sido iniciadas por su tío, don Gervasio Posadas.

—Nuestro único apoyo en el destierro es Alvear —reflexionó José

Miguel, como hablando consigo mismo, y comenzó a pasearse de un lado a otro de la habitación, las manos a la espalda y la cabeza inclinada.

Comprendía que era innecesario advertir a los demás que si el director era derrocado, todos ellos volverían a sufrir humillaciones y persecuciones más rigurosas que antes; San Martín tenía que haber adivinado que su destitución había sido propiciada por los Carrera y, lógicamente, sería implacable.

—¡Oh! ¿Por qué no aproveché los días de calma para ir a reunirme con mi Ana María en San Luis? —se lamentaba Juan José cuando el general interrumpió su paseo y se plantó con aire decidido ante sus hermanos.

—Nuestro futuro depende en estos momentos de una resolución valiente —les dijo, y observó atentamente sus rostros antes de proseguir—: Alvear dispone de cuatro mil soldados y no podrá mantenerse como director supremo con el apoyo de sus bayonetas. La insurrección prenderá en provincias y le será imposible sofocarla. Sólo puede salvar su prestigio y el mérito de sus anteriores glorias emprendiendo una acción que lo destaque ante los ojos de todos sus conciudadanos. Y esa acción nosotros podemos ofrecérsela.

Todos sus auditores lo contemplaron con estupefacción y se miraron unos a otros, hasta que Juan José dejó escapar con un dejo de escepticismo:

—¿La campaña de Chile?...

José Miguel asintió con vigor, y en el acento con que pronunció sus siguientes frases se advertía hasta qué punto lo obsesionaba tal idea.

—Con cuatro mil hombres bien armados, nadie nos impedirá la victoria sobre el ejército de Osorio. Y Alvear, que habrá dejado el poder en manos de una Junta interina, volverá al sitial de los directores supremos enaltecido ante su pueblo por la gloria de haber libertado a Chile.

—¡Volver a Chile! —exclamó Juan José con nostalgia—. ¡Qué maravilloso sería!

—Sí, pero para conseguir que Alvear acepte nuestra proposición será preciso entregarnos en cuerpo y alma a defender su causa ahora —le aclaró José Miguel—, apuntalarlo en el poder hasta que pueda partir a la campaña, ayudarlo a sofocar la insurrección de Santa Fe.

Luis meneó dubitativamente la cabeza. No acertaba a comprender qué clase de ayuda podían prestar al caudillo porteño. No lo expresó por no desanimar a su fogoso hermano. En cambio, reflexionó:

—¿Y, si pese a todos los esfuerzos, Alvear cae?...

—Allí está el riesgo que deberemos correr por acercarnos a la posibilidad de reconquistar nuestro país —le replicó sordamente el general—. Si cae Alvear, seguramente pagaremos con nuestra libertad o..., o con nuestras vidas. ¿Se sienten dispuestos a intentarlo?

Sus dos hermanos respondieron afirmativamente y los demás compañeros de albergue asintieron inclinando las cabezas.

Carlos María Alvear, desconcertado ante la situación que lo iba entrabando cada vez más, se aferró sin pensarlo dos veces a la proposición que le formulara José Miguel Carrera.

Rápidamente sacó a sus cuatro mil soldados fuera de Buenos Aires, los acampó en el llano de Los Olivos y los distribuyó estratégicamente vueltos hacia las provincias del norte. Simultáneamente, hizo que la Asamblea de Concejales de Buenos Aires nombrara una Junta de Gobierno destinada a regir al país durante el tiempo que él tardase en sofocar la revuelta y también en realizar la campaña sobre Chile. Amedrentada, la Asamblea constituyó una Junta con el coronel Irigoyen y don Nicolás Peña, pero la Logia Lautarina, siempre poderosa, agregó un tercer miembro, el que Alvear menos podía esperar: José de San Martín. Y ya no hubo tiempo para combatir esa designación. El coronel Ignacio Alvarez Thomas, que lanzara su grito de rebelión contra Buenos Aires en su campamento de Fontezuelas, el 15 de abril, avanzaba sobre la capital. Alvear, nervioso, mas confiado en sus soldados, partió el 17 hacia su vivac acompañado por el general Carrera. Pero, a pesar de su resolución, no alcanzó a distanciarse mucho de la ciudad; a pocas leguas le dio alcance uno de sus oficiales de retaguardia, escoltando a un mensajero enviado por el Cabildo.

—Tengo órdenes, mi general, de comunicar a usted —le dijo este último— que el pueblo de Buenos Aires ha rechazado a la Junta de Gobierno nombrada por la Asamblea y ha depositado la suma del poder en el Cabildo.

Que "el pueblo", como recitaba solemnemente el mensajero, a sabiendas que esa denominación no encubría sino a los patricios porteños, se le opusiera, encabritó la sangre de Alvear, y su furor se acrecentó al oír al mismo hombre agregar:

—Y el Cabildo, en obediencia a la resolución popular, ordena que usted detenga sus tropas y las inmovilice en este mismo punto.

—Pero ¿esos insolentes señores del Cabildo están locos? —fue su violenta réplica—. ¿Acaso no saben que los rebeldes del norte avanzan sobre la ciudad?

—Ya ha sido despachado otro oficial para que lleve al coronel Alvarez Thomas la misma orden, indicándole aquietar sus tropas en el sitio en que se encuentre —le respondió, impertérrito el mensajero.

Alvear agitó su puño cerrado ante el rostro del estafeta. Carrera lamentó que perdiera el control en esa forma, pero no pudo impedirle decir:

—Pues, si el insurrecto Alvarez Thomas está dispuesto a doblegarse ante los cabildantes que osan usurpar el poder, yo les demostraré que el general Alvear no se amedrenta con una jugarreta tan torpe como ésta. Vuelva usted ante sus mandantes y dígales que si inmediatamente no se reconoce la Junta que ordené instituir, me veré obligado a imponerla por la fuerza de las armas. ¡Vaya usted!

El oficial se inclinó, asintiendo por disciplina, pero era patente su disgusto.

—Bien, Excelencia. Transmitiré su respuesta al pie de la letra.

No bien el correo hubo partido el general Alvear reunió a sus comandantes y les indicó ordenar una conversión completa a las tropas y encaminarlas hacia Buenos Aires.

La violenta reacción del caudillo porteño se difundió por toda la ciudad tan pronto como el mensajero entregó su respuesta a los miembros del Cabildo; éstos, empavorecidos por conocer perfectamente bien el temperamento del altivo general, no se cuidaron de ocultar su temor y la alarma prendió vertiginosamente en todos los barrios. Los pobladores de los suburbios se apresuraron a abandonar sus viviendas para acogerse al amparo del fuerte de la Ciudadela y los vecinos de mayor valimiento se dieron a organizar milicias, a levantar barricadas y a fosear las calles con anchas zanjas que obstaculizarían el avance de las tropas de Alvear. Era la guerra civil inminente.

Así lo comprendieron también los moradores de la chacra de Barbones y doña Francisca Javiera volvió a sentirse presa de la zozobra, sabedora de que José Miguel estaba, junto al exasperado caudillo y que Luis se encontraba en la ciudad tomando noticias de los hechos. Juan José, cada vez más amargado por las circunstancias que lo separaban de su esposa, resumió sus pensamientos en un agorero vaticinio:

—Prepárate a vivir malas horas, Javierita, si las tropas de Alvear lo abandonan y se pliegan al pueblo o deciden pasarse al ejército de Alvarez Thomas.

Pero el frenético arrebato con que Alvear había ordenado el avance sobre la ciudad no duró más allá del tiempo que su ejército demoró en llegar hasta Los Olivos. Allí, inesperadamente, pero con satisfacción de sus oficiales, mandó hacer alto y levantar campamento. Una doble guardia envolvió al vivac y ni un solo soldado fue autorizado para salir de su cerco.

José Miguel Carrera meneaba la cabeza apesadumbrado a medida que pasaban las horas. Pesaba el peligro que representaba la inmovilidad de las tropas a la vista de la ciudad; presentía que a los miembros del Cabildo o a los vecinos importantes no les sería difícil ponerse en contacto con elementos de la tropa y convencerlos de abandonar a Alvear. Finalizaba la tarde, cuando se decidió a participar sus reflexiones a su amigo, y éste no supo qué responderle. Desorientado, se encogió de hombros, y replicó, observando atentamente el rostro de Carrera:

—¿Y qué quieres que haga, José Miguel?...

—Toma una determinación; encauza tus tropas en cualquier sentido, o de lo contrario pierdes a tus soldados.

—Es que no puedo. Si ataco a la ciudad, provoco la guerra civil. Si me vuelvo contra el ejército sublevado de Alvarez Thomas, igualmente la hago estallar.

Carrera se mordió los labios. Coincidiendo con lo que afirmaba su amigo, desde hacía horas revolvía en su cerebro una idea, la pertinaz idea que lo obsesionaba siempre; pero no se atrevía a formularla. Cuando lo hizo, habló lentamente, como tanteando el terreno:

—Carlos María, tienes una salida. Posiblemente la mejor y más útil.

—¿Cuál?

—Deja a Buenos Aires encerrado en sus trincheras y a Alvarez Thomas esperando en su campamento. Marchemos con tu ejército a la reconquista de Chile.

Alvear se levantó de la banqueta en que se hallaba sentado dentro de la tienda de campaña y se quedó, mirando a su amigo con los ojos desorbitados. Había en su expresión asombro y repudio.

—¡Egoísta! —profirió por fin—. ¿Qué intenciones tienes?... ¿Valerte de mi situación...?

—Mi única intención es salvarte, darte la oportunidad de que recuperes tu prestigio de general victorioso y que sirvas a tu país eliminando el peligro que representan las fuerzas realistas acampadas allí, al otro lado de la cordillera, y que ganes el reconocimiento de América entera abatiendo de una vez por todas a los esclavizadores del Nuevo Mundo.

No fueron los argumentos, sino la voz, esa voz magnética e imperiosa de Carrera, la que sugestionó a Alvear. Acosado por su apremiante situación no podía mantener claro su pensamiento:

—¡Oh Dios, marchar fuera de mi patria! —exclamó, atormentado, y comenzó a pasearse por la tienda. Mas el chileno no le daba tregua:

—¡Decídete, Carlos María! ¡Mira que estas vacilaciones te pierden! ¡Da cualquier paso, pero dalo! ¡No te quedes así, mesándote los cabellos, hombre de Dios!

El jefe argentino detuvo su paseo y fue a apoyarse en la mesilla portátil que los separaba. Jadeaba levemente y se lo veía víctima de una nerviosidad que limitaba sus luces.

—¿Cuánto tiempo crees tú que tomaría la reconquista de Chile?

—Para ti y tu ejército, no más de un mes —le afirmó rotundamente Carrera—. Después, seguiré yo solo. —Hizo una pausa y clavó en su amigo su mirada dominante—. ¿Emprendes la campaña de Chile? —le inquirió—. Es tu salvación y la nuestra.

La respuesta del argentino, afirmativa o negativa, fue ahogada por el estruendo de un caballo que llegaba vertiginosamente y se detenía frente a la tienda con estrépito de cascos.

—¡General Alvear! —se oyó una voz llamando con urgencia—. ¡Un mensajero de Buenos Aires!

El jefe del ejército saltó fuera de la tienda y escrutó el campamento, que comenzaba a envolverse en la bruma del anochecer. En efecto, tras el suboficial que traía el anuncio, llegaba un oficial portando una banderola blanca. Era el mismo mensajero que viniera en la mañana.

—Aquí estoy nuevamente, Excelencia —le participó—. Llevé su respuesta al Honorable Cabildo.

—¿Y a qué determinación han llegado esos señores?

El oficial vaciló antes de responder. Se veía confundido y temeroso. Pero, resolviéndose, dijo sin mirar a su interlocutor:

—Soy un simple mensajero y obedezco órdenes por ingratas que ellas sean, señor. Le suplico que no tome represalias en contra mía.

Alvear hizo un ademán vago desdeñándolo como factor en los acontecimientos.

—Hable. ¿Cuál es la resolución del Cabildo?

—Ha hecho apresar a vuestra esposa e hijos, general.

Pareció que Alvear hubiera recibido un mazazo y retrocedió llevándose la diestra a la frente. Fue tan marcado su quebranto que Carrera lo sostuvo de un brazo.

—Ten ánimo, Carlos María.

—Y me ordenan advertirle —proseguía el mensajero sin mirarlos—, que, si usted derrama una gota de sangre, todos ellos serán degollados.

Tras su dureza de cabecilla y sus hábitos feudales de mando, Alvear era un sentimental en su vida doméstica. No fue capaz de soportar la macabra amenaza y se le escapó un grito desgarrado:

—¡No! ¡No pueden cometer un crimen tan horrendo con mis pobrecitos inocentes! —Después ocultó el rostro entre las manos, sollozando—. ¡Mis hijos no, no, por Dios!

Carrera, que lo observaba profundamente conmovido, afectado al verlo derrumbarse tan descontroladamente, se volvió al mensajero y le expresó con cierto fastidio:

—Oficial, comunique usted al Alcalde de Primer Voto del Cabildo de Buenos Aires que el general Alvear entrega las armas a cambio de la libertad de sus familiares; que capitula y deja el poder en manos de los miembros de esa corporación.

Los ojos del mensajero se clavaron con mal disimulada satisfacción en el caudillo abatido, y esperó. Tras una pausa, le preguntó:

—¿Debo entregar esa respuesta, señor?

Alvear afirmó inclinando repetidamente la cabeza.

Aquella misma noche, tras cerciorarse de que su esposa y sus hijos habían sido puestos en libertad, Carlos María Alvear buscó presuroso asilo en una fragata inglesa anclada en el río de La Plata. Desaparecía así de la escena el único apoyo que tenían los Carrera, dejándolos peligrosamente comprometidos.

José Miguel tuvo que reconocerse incapaz de discurrir una forma de hurtar el cuerpo al peligro que sabía inminente. Durante dos días dio vueltas al problema en su cabeza. Todos los caminos de la cordillera estaban dominados por San Martín, los del norte por el coronel Alvarez Thomas y el río por el regimiento de granaderos, que custodiaba la ribera para impedir que desembarcara Alvear. Sólo les quedaba libre la ruta del sur, pero ella conducía a los territorios dominados por los levantiscos indios pampas. No obstante, estuvo decidido a partir en esa dirección para refugiarse en la lejana Patagonia. Pero no alcanzó a poner en práctica su idea. Justamente cuando preparaban sus petacas y el padre Tollo había salido a contratarles una tropilla de caballos, la chacra de Barbones fue rodeada por un escuadrón de caballería del nuevo gobierno.

—¡Uno de ustedes, cuando menos, debe quedar libre! —razonó precipitadamente doña Javiera, y, asiendo de un brazo a Luis, lo empujó hacia el interior de la casa—. ¡Rápido, escóndete entre los árboles del huerto, mientras nosotros entretenemos a los soldados!

Ya resonaban golpes perentorios en la puerta de entrada cuando el joven coronel se escabulló hacia la parte posterior de la casona. José Miguel y Juan José cuadraron los hombros y adoptaron una actitud digna, resignados a lo peor, y el primero dijo a su hermana con acento reposado:

—Abreles, Javierita, y cuídame a mi esposa.

En el vano de la puerta abierta se recortó la figura hosca de un sargento mayor de granaderos, quien hizo a la señora un ademán de apartarse, aunque sin tocarla. En seguida, volviéndose a un pelotón de sus hombres les señaló a los dos jefes chilenos, erguidos en medio del vestíbulo:

—¡Esos son! —les dijo— ¡Arréstenlos!

Por segunda vez las fuerzas que dominaban en las Provincias del Plata atrapaban a los Carrera. Pese a la previsión de doña Javiera, los tres hermanos fueron conducidos presos al Cuartel de Aguerridos, encerrados en un calabozo y aherrojados con pesados grillos que trabaron sus pies.

Aquella noche la hora de la cena en la chacra de Barbones fue penosísima. Merceditas, que se enterara de todo por el alboroto que promovió la persecución de Luis por el interior de la huerta y que se hallaba a pocos días de dar a luz, se trastornó de tal manera que su cuñada temió se le produjera un alumbramiento prematuro. Los capitanes Manuel y Servando Jordán, Juan Fontecilla y los tres Benavente, que regresaran a la casa después del arresto de sus anfitriones, comían consternados, rumiando cada uno planes para libertarlos. Tan sólo el pequeño Pedrito Díaz Valdés, desvelado, por los acontecimientos, se movía en torno a la silla de su madre.

—¿Merceditas no viene a comer? preguntó de pronto Juan Fontecilla, levantando el rostro amargado en un extremo de la mesa.

Doña Javiera negó con la cabeza e instó con un gesto a los demás para que siguieran comiendo.

—Está recostada —dijo opacamente—. Pero, sírvanse, por favor. Ustedes necesitan estar fuertes. Manuel..., Servando, coman.

Fontecilla posó violentamente la cuchara sobre la mesa, roto el freno de sus nervios.

—Oh, ¿hasta cuándo vivir así?... A veces llego a pensar que mi hermana hizo mal casándose con José Miguel.

—¡Juan, cállate! —la diestra de Servando Jordán remeció con brusquedad al joven—. Perdónelo, señora Javiera.

—Es que nosotros, los Fontecilla, no teníamos por qué sufrir este acoso —insistía el afectado, y hubiera continuado en sus acres reproches de no haberlo interrumpido el estridente repiquetear de la campanilla de resorte pendiente sobre la verja del jardín.

Doña Javiera se puso al instante de pie y volvió su rostro ansioso hacia el exterior. Alguien llegaba y a esa hora era impredecible afirmar si la visita representaba un peligro o no. Pero una voz sonando sofocadamente en el jardín los hizo levantarse a todos como impulsados por el mismo resorte.

—¡Javierita!... ¡Merceditas!...

Atropelladamente abandonaron todos el comedor y se agolparon frente a la puerta del vestíbulo. La señora descorrió el cerrojo con mano nerviosa y abrió de un golpe el batiente. Frente a ella estaban sus tres hermanos.

—Pero..., ¿qué es esto?... ¿Cómo es que están ustedes libres?...

—Ya lo ves, hermana, nos han soltado —entró diciendo José Miguel, palmoteando cariñosamente los hombros de sus amigos, pero con expresión de contenida amargura.

—Nos tuvieron una hora engrillados en un calabozo —refunfuñó Juan José, pasando frente a la señora con la cabeza inclinada y sin ánimos de saludar a nadie—, y cuando nos preparábamos para lo peor, asomó un oficial a decirnos que todo había sido una equivocación y que nos devolvían la libertad. Y sin mayores explicaciones nos dejaron marchar.

Doña Javiera estrechó fugazmente entre sus brazos a Luis y lo empujó hacia el interior.

—¡Entren, entren! No sea cosa que los vuelvan a aprisionar —y cerró la puerta rudamente, como si temiera que alguien pudiera violentarla.

—No acierto a explicarme qué razón movió a esa gente a devolvernos la libertad —observaba José Miguel a los demás, mientras se encaminaban al comedor—. Llegué a sospechar que era una estratagema para hacernos caer en una trampa, y, para salir de dudas, fui con mis hermanos al Cabildo a formular una protesta por nuestro encarcelamiento. Nos presentamos ante los regidores y les hice notar rudamente la injusticia cometida; y todo lo que conseguí de ellos fue que nos repitieran que había sido una equivocación, y que se aplicaría un castigo al portador de la orden de arresto.

—¡Todo eso es mentira! —intercaló rabiosamente doña Javiera—. No creo que haya sinceridad en ese proceder.

—Yo tampoco —le corroboró Juan José—, aunque poco más tarde el Alcalde de Primer Voto, Francisco Escalada, tío político de San Martín, nos envió un oficio, dándonos una excusa por el error del ayudante.

—Así ha quedado satisfecho el insulto que se nos infiriera y ellos posiblemente crean que todo ha terminado bien —siguió reflexionando José Miguel—. Pero esta afrenta ha vaciado en mis venas más veneno y tendré que anotarla junto a las otras, que será preciso vengar.

—¡Vengar!... —La voz de doña Javiera sonaba áspera y desilusionada—. ¿Cómo podremos vengar nada, si ni siquiera tenemos la seguridad de vivir tranquilos en algún sitio?

Luis apoyó una mano apaciguadora sobre un brazo de su hermana:

—Ahora nos dejarán en paz por algún tiempo, Javierita. El Cabildo y los políticos han aclamado como director supremo al general Rondeau. Como éste se encuentra luchando en el Alto Perú, lo reemplazará el coronel Ignacio Alvarez Thomas. En las tertulias a las que he sido invitado me enteré de que no es como lo pintaba Alvear, sino un hombre caballeroso, de buena cuna. Espero que nos tendrá consideraciones y hasta es posible que nos apoye en nuestro propósito de volver a Chile.

Luis Carrera, por su juventud, su suavidad de trato y su estampa esbelta y elegante, al mismo tiempo que por ser el de menos ostentosa graduación militar de la familia, había sido el único bien recibido en los salones bonaerenses. Los oficiales porteños de su edad lo estimaban sinceramente y las jóvenes aristócratas lo veían nimbado con un prestigio melancólico. Solían llamarlo entre ellas "el romántico coronel chileno". Se le atribuían romances y hasta se lo suponía en amores clandestinos con la bella esposa de un viejo general español acogido a retiro, el general Urcullún. Gracias a estas relaciones de salón estaba mejor enterado que sus hermanos de la vida íntima de Buenos Aires, y no erró en su apreciación.

En efecto, el coronel Ignacio Alvarez Thomas procedió caballerosamente con los Carrera, desde aquel 19 de abril en que recobraron la libertad. Pero, aunque manteniendo el tono más cortés, les dio a entender claramente que el gobierno prefería que se mantuvieran lo más alejados posible de las esferas militares y gubernamentales.

Fue un período de paz para los emigrados, pero de aislamiento; solamente Luis seguía concurriendo a las reuniones sociales, a los oficios religiosos de gran tono, y, algunas veces, al teatro. Para los demás, fue un motivo de alivio ver cerrarse ante ellos las puertas de las mansiones de pro, porque ello les facilitaba mantenerse en el tren de economía que les exigían sus escasos medios. Pero a corto plazo comenzaron a sentir la exasperante monotonía de los días vacíos. Para José Miguel aquellas semanas fueron de continua alerta. Su esposa, quebrantada por las zozobras, llegaba a las vísperas de la maternidad en estado alarmante. Durante muchas noches, él y su hermana velaron junto al lecho de la embarazada temerosos de un desenlace inesperado. Y en aquellas horas de vigilia fue que un pensamiento tomó cuerpo en el cerebro del general: zarpar a los Estados Unidos de Norteamérica, y obtener allá los recursos necesarios para liberar a Chile por el mar. Poseía amigos poderosos en aquella nación; allá estaban Joel Roberts Poinsett, el contralmirante David Porter y marinos y comerciantes que conociera durante su período de gobierno. Espoleado por esta idea, al atardecer del 28 de abril se encaminó hacia los muelles del Plata, acompañado por Luis y Diego Benavente. Iba en busca del comandante Taylor, aquel marino retirado, en cuya fonda se albergaran sus dos acompañantes cuando lo precedieron a Buenos Aires, y que sirvió de padrino a Luis en su trágico duelo con el brigadier Juan Mackenna.

No les fue difícil dar con la hospedería, y allí, como de costumbre, estaba el viejo marino mascando su pipa tras el mesón. Al ver asomar sus espigadas figuras embutidas en los uniformes militares chilenos, abrió los brazos, y se dirigió a Luis con explosiva cordialidad:

—¡Oh, "my colonel Carrera"! —Veo que la payasada por el duelo terminó bien, ¿eh? Adelante todos. Bienvenidos.

Estrechaba con un brazo a Luis, y con el otro señalaba el interior del recinto a sus acompañantes.

—Es un placer verlo de nuevo, comandante Taylor —le correspondió el joven con igual jovialidad—. Créame que llegué a pensar que no volveríamos a encontrarnos, cuando me metieron en un calabozo. Afortunadamente, llegó mi hermano...

—Ya nos conocemos —abrevió José Miguel, estrechando la diestra del ex marino—. El señor Taylor me ilustró sobre los detalles de tu duelo, y gracias a él pude ayudarte.

Tomaron asiento en torno a una mesa, y Taylor colocó una botella de vino y cuatro vasos. Parloteaba como un hombre que tiene pocas ocasiones de hacerlo, mezclando giros y vocablos ingleses en su cháchara.

—Ya me enteré de que ustedes subieron como burbujas cuando estuvo en el poder "mister" Alvear. Y ahora me estoy quebrando la cabeza para adivinar a qué se debe esta inesperada visita de señores que se mueven con tanta rapidez.

El general Carrera posó las palmas de sus dos manos sobre la mesa y miró al fondo de los ojos a su interlocutor; era la suya una mirada llana, pero en la que palpitaba una ansiosa súplica.

—Ojalá pudiéramos hacerlo con esa rapidez que usted imagina, comandante Taylor. En ese caso, no me vería obligado a molestarlo.

—Diga usted qué desea de mí, general.

El fondero abandonó de golpe su aire festivo y se acodó en la mesa, dispuesto a escuchar con toda seriedad.

Carrera confirmó en la expresión de su rostro que podía confiar plenamente en él y comenzó a exponerle su propósito sin ambages.

—Comandante, usted es marino y conoce bien el movimiento del puerto y las gentes que entran y salen de él —y como observara que el británico enarcaba una ceja, receloso de lo que pudiera solicitarle, prosiguió rápidamente—: No se apresure a pensar nada, comandante. Lo que deseo es solamente que me ayude a enviar un mensaje secreto a un amigo que se encuentra en los Estados Unidos; es decir, que me indique una persona de fiar que zarpe hacia ese país, y se avenga a llevar una carta mía a un personaje influyente del gobierno norteamericano.

El marino no borró su expresión desconfiada, y respondió con cautela:

—No es fácil, pero... Creo que conozco a la persona que usted necesita —y bajando la voz le inquirió lentamente—: ¿Ese mensaje que va a mandar es comprometedor, general?

Carrera agitó la cabeza negativamente.

—Tiene como único objetivo conseguir que un amigo mío llamado Joel Roberts Poinsett facilite mi viaje a esa nación del norte.

El rostro de Taylor se aclaró de inmediato; había comprendido simultáneamente la imposibilidad de Carrera para realizar sus planes en Argentina y la esperanza que cifraba en los Estados Unidos.

—*All right*. Enviaremos ese mensaje —alcanzó a decir resueltamente, cuando hizo su aparición en la puerta de la fonda el mayor de los hermanos Carrera. Juan José mostraba el rostro encendido, delatando la prisa que se había dado en llegar.

—¡José Miguel —exclamó apenas divisó al general—, Javiera me manda a llamarte urgentemente! Vas a tener que correr, hermano —agregó con un esbozo de sonrisa—, si quieres estar presente para la llegada de un nuevo miembro de nuestra familia.

José Miguel se puso de pie de un salto; Merceditas estaba dando a luz.

—Con su permiso, comandante Taylor —se excusó atropelladamente, y salió diciendo—: Compréndame usted... Mi esposa... ¡Voy a tener un hijo, santo cielo!

Todo otro pensamiento se borró de la mente del general, mientras recorría las calles del puerto en dirección a la chacra de Barbones. Sus hermanos, pese a tener las piernas más largas, apenas podían seguir su paso nervioso, y Diego Benavente marchaba al trote tras ellos. A las nueve de la noche llegaron a la chacra y entraron atolondradamente, pero el padre Tollo se les interpuso en la puerta del dormitorio de Merceditas. Unos gemidos sordos que se filtraban a través de los batientes hicieron empalidecer a José Miguel, que empezó a pasearse por el vestíbulo, incapaz de sofrenar su inquietud.

Juan Fontecilla estaba abatido en un sillón, presa de verdadero pánico por la suerte de su hermana, razón por la cual el sacerdote, más experimentado en esos casos, lo comisionó para que preparara algo de comer, secundado por Luis.

Luego, las horas comenzaron a pasar entrecortadas por los periódicos gemidos que traspasaban los muros de la alcoba. A las doce de la noche, el cura intentó retirarse, pero el general lo retuvo, temeroso por la vida de su mujer. Juan José, entristecido por el recuerdo de su esposa, enferma en San Luis, se fue a dormir. Pronto a los demás los fue venciendo también el sueño, y se durmieron en los sillones que ocupaban.

José Miguel permanecía abstraído, con los ojos fijos en el capote de granadero olvidado por Juan José. Los brillantes colores y las lustrosas charreteras que fueran el orgullo un poco narcisista del brigadier, estaban opacados, y los hilos dorados colgaban deshilachados por el prolongado uso. La mirada del general resbaló hacia el dormido Luis, y luego cayó sobre su propio uniforme de general chileno. También en ellos el uso había dejado su huella. Tristemente brotó en su cerebro el recuerdo de los fastuosos tiempos de 1812, el año de los Carrera, en que todos ellos deslumbraban en los salones santiaguinos. Tres años habían bastado para invertir totalmente el orden de las cosas. Ahora eran unos proscritos de su patria y unos parias en el país que les diera asilo; una atmósfera de hielo los envolvía; estaban solos, sin más calor en sus vidas que el de la añoranza de la patria ardiendo en sus corazones como una llama amenazada.

Sin dormir soñó que el comandante Taylor le facilitaba los conductos para llegar a los Estados Unidos, y que allí Poinsett ponía a su disposición una flota cargada de soldados y armas. Se veía, luego, galopando por los caminos de Chile, rodeando el Palacio de Gobierno con aquellas huestes y arriando una bandera de España, mientras hacía ascender, batido por los vientos andinos, el tricolor blanco, azul y amarillo. Impresionado por su visión interior, estrechaba un puño contra el otro y los ojos se le habían llenado de lágrimas. Sus nervios estaban tan tensos que tuvo un estremecimiento espasmódico cuando un sonido agudo y lejano se filtró por entre el fragor de batallas que llenaba su cerebro. Como hipnotizado se puso de pie, y entonces aquel sonido, al repetirse, barrió con todos los otros. Era el llanto de un recién nacido.

—¡Mi hijo! —musitó el general con la garganta estrangulada, y poseído de súbita exaltación, comenzó a remecer a los dormidos—. ¡Luis! ... ¡Taita Tollo!... ¡Juan!... ¡Ha nacido mi hijo!

Todos comenzaron a moverse por la estancia como aturdidos, sin ajustarse inmediatamente a la realidad.

—¿Qué dice usted, general? —le inquirió el sacerdote, más sereno.

José Miguel se limitó a señalarle hacia la puerta tras la cual seguía oyéndose el lloro de la criatura.

—¿No escuchan?... Acaba de nacer la guagua de Merceditas.

Luis paseaba su mirada embobada de uno al otro, y sólo atinó a decir algo que pareció incoherente:

—¡Diablos, ya está de día; hemos dormido toda la noche esperando!

El general alzó el rostro hacia el techo y suspiró profundamente aliviado. Después, pronunció con acento solemne:

—Hoy, 29 de abril de 1815, ha nacido mi primer hijo. ¡Oh, qué emoción!... ¿Por qué no saldrá Javiera para comunicarnos que ha sido un varón?

El cura Tollo lo apaciguó, posándole la diestra sobre un hombro.

—Cálmese, mi amigo. Misiá Javiera no tardará en abrir esa puerta.

Pero quien entró por la que conducía al interior fue Juan José. Traía aún el sueño prendido a los párpados, y consultó en voz baja:

—¿Nació ya?... Los oí gritar desde mi cuarto.

José Miguel le hizo notar el llanto tenue que se oía en la alcoba. Estaba ufano, feliz.

—Es el primer vástago de la nueva generación de los Carrera, Juan José.

El granadero lo abrazó cansadamente, y la sonrisa melancólica volvió a pronunciarse en sus labios. Fue entonces que se abrió la puerta del dormitorio. En el vano apareció doña Francisca Javiera. Desgreñada y con el rostro cubierto de transpiración, pese a su notorio cansancio, sonreía:

—José Miguel... Niños —balbuceó, adelantando hacia el general un envoltorio de paños de cuyo interior surgía el llanto.

—Javierita... ¿qué ha sido? —le inquirió éste, sin atreverse a recibirlo.

—Una preciosa hembrita, José Miguel. Tómala. Casi ha costado la vida a su madre. —Como viera crisparse de alarma el rostro de su hermano, agregó—: Afortunadamente, las dos se han salvado. Tómala —insistió con un suspiro.

El general cogió en sus brazos el envoltorio dentro del cual se agitaba la criatura, y se quedó inmóvil, temeroso de hacer el menor movimiento. —Doña Javiera separó los lienzos y dejó al descubierto la cara minúscula de la recién nacida.

El padre sintió que un flujo ardiente le acudía a la garganta, impidiéndole hablar, y que las pupilas se le nublaban. Pensamientos dolorosos se le agolpaban en el cerebro al contemplarla tan pequeña, frágil y desvalida.

—¿Habrá sido justo traerte al mundo, pequeñita mía? —musitó en un susurro apenas audible—. ¿Me reprocharás algún día tu suerte?

Pensaba en que debía haber nacido en la mansión de los Carrera, en

Santiago, bajo los escudos familiares, bendecida por la mirada bondadosa de don Ignacio, el abuelo. En cambio, venía al mundo en tierra hostil, en un hogar transitorio, sin tradición, frío por los apremios, huérfano de respetos. Llegaba a la vida cuando su estirpe vagaba desarraigada, sin encontrar un camino de regreso... Lo amargo de su pensamiento fue más fuerte que él, y doblegó la cabeza sobre la criatura.

—¡José Miguel!... —Doña Javiera se erguía dura y reprobatoria—. Si tú no tienes el valor suficiente para devolverle lo que le corresponde, dámela a mí. Yo sabré cruzar con ella la cordillera y ponerla en el sitio donde debió nacer. Un hijo no es un manantial de lágrimas, sino fuente donde beber nuevas fuerzas para seguir luchando.

El general se irguió al instante, fustigado por el aliento poderoso de su hermana, y enrojeció de vergüenza.

—Perdóname tú, y que me perdone más tarde esta hija por mi pasajero desaliento. Es verdad; ahora tengo un doble deber por el cual acrecentar mis esfuerzos. He de devolver a Chile su libertad y a esta hermosa niña la patria en que debió nacer.

—¿Y la bautizaremos con qué nombre? —quiso saber el cura Tollo.

José Miguel cerró los ojos y pensó un instante; luego, habló sin abrirlos, emotivamente inspirado:

—Con los nombres de las dos más cercanas a mi alma. Javiera, por nuestra hermana, que siempre mantuvo las fuerzas de mi espíritu, y Roberta, en homenaje a Joel Roberts Poinsett, que es en quien cifro todas mis esperanzas. —Y repitió lentamente, como si pretendiera dejar estampado el nombre de su primera hija—: Javiera Roberta Carrera y Fontecilla.

Por entre la maraña de cuerdas, embarcaciones menores y fardos, el sonar de las conchas marinas sopladas por los contramaestres, y las voces en todas las lenguas de Europa y América que llenaban los muelles del Río de la Plata, se comenzó a ver al general Carrera inquiriendo datos, trabando amistades, intentando posesionarse de los secretos de la vida del mar. En aquel ambiente, donde reinaba el espíritu de la aventura y en que se reunían corsarios de Francia y de Estados Unidos, audaces aventureros que buscaban una rápida fortuna asaltando, en consorcio con los gobiernos revolucionarios, a los barcos de España y de Inglaterra, conoció a los hombres que precisaba para su quimérica empresa;

entre ellos al corsario francés Hipólito Bouchard, y al marino italiano Andrés Barrios. Y también a traficantes de armas, especuladores, prestamistas equívocos dispuestos a arriesgar capitales en cualquiera empresa dudosa, en donde olían la promesa de una ganancia rápida.

Pero el cuartel general de José Miguel era la fonda del comandante Taylor. Una mañana de mayo el astuto marino lo aguardó en la puerta, mordiendo su eterna pipa, y lo condujo hacia los muelles. Sin muchas explicaciones embarcó con él en un bote y comenzaron a surcar el ancho río hacia una fragata que se balanceaba aguas adentro. En su ventruda popa se leía el nombre, escrito con letras blancas: "Hércules".

Taylor rió socarronamente ante la mirada interrogante de su compañero.

—Esa es la famosa fragata del capitán Brown —le explicó proyectando su pipa hacia la nave—. El es uno de los corsarios más expertos que surcan el Atlántico, y actualmente se ve forzado a una insoportable inacción, por causa de las averías que recibió su buque en el combate del 14 de mayo del año pasado, en que Brown venció a la flota de Michelena, frente a Montevideo, y abrió, de ese modo, las puertas de esa plaza al ejército argentino.

—¿Y con qué objeto vamos a visitarlo?

Taylor hizo una mueca picaresca, con la que pretendió tranquilizar a Carrera.

—Ya lo verá usted. Conversé abiertamente con él, y me dio a entender que está dispuesto a ayudarlo. Le anticipo que es un hombre de un valor tremendo, capaz de entrar en cualquiera aventura, aun cuando sólo sea por deporte. Posee patente de corso argentina.

Llegaban a las proximidades de la nave, y los vigías les dieron el aviso de no atracar el bote, pero, habiéndose identificado Taylor, les permitieron atarlo a la plataforma de la escalerilla real, por la que treparon ambos hombres. En la cubierta los aguardaba el capitán Brown, marino corpulento, de tez curtida por el sol y largas patillas bermejas.

Los dos sajones se saludaron en inglés, con broncas risotadas y rudos palmoteos; en seguida Taylor presentó al general Carrera. Brown lo contempló atentamente con sus ojillos azules que destacaban brillantes contra la piel oscura de las órbitas bordeadas por innumerables arrugas que divergían como rayos más claros. Finalmente, la luz desconfiada de sus pupilas se suavizó y el marino le extendió una mano velluda como una zarpa.

—General Carrera, es para mí un honor tenerlo como huésped en mi buque. Sírvase acompañarnos a la toldilla.

Mientras recorrían la cubierta, sorteando rollos de cuerdas, motones y escotillas, el capitán Brown seguía hablando. Taylor ya le había comunicado los planes de Carrera, especificándole que lo primero que necesitaba era una persona que estuviera a punto de zarpar a los Estados Unidos para hacerlo portador de un mensaje urgente para una alta personalidad de ese país.

—Y bien —concluyó, cuando se pusieron a la sombra de la toldilla—, creo que dispongo de la persona requerida.

—¿Amigo suyo? —quiso saber José Miguel, y el corsario afirmó con un gesto:

—Es un corsario norteamericano de nombre Jewett. Puede usted confiar en él absolutamente. Parte en tres días más en una fragata bostoniana, que hará escala sólo en Río de Janeiro.

Carrera le agradeció el interés que ponía en su asunto, y le inquirió cuándo podía ver a ese corsario.

—Acudirá mañana al mediodía a la fonda de Taylor. Allí podrá usted arreglar con él todos los servicios que necesita se le presten en los Estados Unidos —dijo Brown, ufano de su propia eficiencia.

—Nuevamente gracias, capitán —repitió Carrera, y, plantándose cara a cara con el corsario, le preguntó en forma directa—: Y ahora dígame, ¿por qué me hace usted este favor?

Brown lanzó una risotada, y musitó algo en inglés a Taylor, quien también rió.

—Oh, my friend —exclamó en seguida—; si le dijera que es por simpatía personal, mentiría; porque arreglé todo con Jewett antes de conocer a usted. Pero, si he de decir la verdad, debo aclararle que es por interés en sus planes.

—¿Pero... usted conoce mis planes..., todos mis planes?

Brown hizo un ademán categórico, y le chispearon los ojos maliciosamente.

—Atacar a los españoles desde el Pacífico, con cinco o seis buques, ¿no es así?

Carrera reconoció, con asombro, que había acertado; y eso no se lo había revelado a Taylor.

—Efectivamente —dijo—, pero haciendo coincidir ese ataque o bloqueo con un avance de infantería y caballería a través de la cordillera del norte de Chile. Pero, ¿cómo pudo usted adivinar mi proyecto marítimo?

—Simple experiencia y un poco de reflexión, general —le replicó Brown con aire zumbón—. Usted va a Estados Unidos a conseguir ayuda para la reconquista de Chile. Así se lo dijo a Taylor. ¿Y qué otra clase de ayuda puede prestarle Estados Unidos, sino barcos y hombres de mar? ¿Y en qué puede usted usar esos elementos, si no es un ataque por el Pacífico? Todo es claro como el agua.

Los dos marinos reían, haciendo sentirse un tanto confundido al chileno, quien terminó por reír al igual que ellos.

—Tiene usted una inteligencia rápida, capitán —reconoció—. Me felicito de haberlo encontrado.

Brown emitió un gruñido, restándole importancia al halago, y se tornó serio. Apuntando con un dedo nudoso el pecho de Carrera, le dijo:

—Es esa campaña marítima la que me interesa, general. Dispongo de un buque y de su tripulación. Si usted me proporciona otros buques con sus dotaciones, cruzaré el Cabo de Hornos, de acuerdo a sus órdenes, y me apoderaré de cuanto navío español surque frente a las costas de Chile. ¿Comprende cuál es mi ambición, general?... En el Atlántico ya no quedan presas por capturar.

Carrera lo entendía perfectamente; venía sospechándolo desde hacía unos instantes.

—Acepto su concurso —dijo—. Pero he de advertirle que actualmente no poseo dinero ni para equipar un bote.

Brown lo miró de lleno al rostro sonriendo con seguridad.

—Ya lo conseguirá usted —garantizó—. Tengo plena fe. Los hombres de su resolución obtienen lo que buscan.

Carrera se estrujó el mentón con una mano y se quedó contemplando las baterías del buque cubiertas de tela embreada y después los cañones de la costa. Se imaginaba frente a Valparaíso.

—Tendremos que hablar largamente para ponernos de acuerdo sobre la simultaneidad de esa campaña marítima con el ataque por tierra —dijo casi para sí y apenas escuchó la réplica de Brown.

—Hablaremos. Consiga esos elementos aquí o en los Estados Unidos y volveremos a conversar o discutir. Pero desde ahora disponga de mí como de un amigo seguro.

Se estrecharon vigorosamente las manos y regresaron al portalón de la escalerilla.

—Arreglaré mi mensaje a Estados Unidos con el señor Jewett en la fonda del comandante Taylor y después vendré nuevamente a verlo.

—*All right*, general. *Good by.*

José Miguel Carrera parecía protegido por una inesperada ráfaga de suerte. Pudo enviar con Jewett una larga carta a su amigo Poinsett, en la que también incluyó una clave secreta mediante la cual podrían seguir escribiéndose en lenguaje cifrado. Y el mismo día en que la fragata norteamericana se llevó a su fortuito mensajero, una grata sorpresa lo esperaba en la chacra de Barbones. Habiendo franqueado la verja tomaba por el crujiente senderillo de grava que conducía a la casa, cuando surgió del reparo de un arbusto una forma humana que se cuadró estrepitosamente frente a él.

—¡A su orden, mi general Carrera!

Era José Conde, su antiguo ordenanza, el hombre fiel que lo acompañara desde sus campañas en España. La sorpresa y la emoción embargaron a José Miguel al ver el rostro enflaquecido pero sonriente de su compañero de andanzas.

—¿Tú aquí, Pepe? —exclamó afectuosamente.

—Si me he demorado en venir de Mendoza no ha sido por mi gusto, mi general. Pensaba en que le estaría haciendo falta y me mordía los nudillos de impaciencia.

Carrera le apoyó una mano —cariñosa sobre la espalda, pero su rostro expresaba pesadumbre.

—Gracias por haber venido, Pepe. Pero… en verdad... tú no, tenías cómo enterarte de que nuestra situación es diferente ahora. Debo confesarte que..., que apenas tenemos lo suficiente para mantenernos los que nos hemos refugiado en esta chacra.

El hombre permaneció impertérrito, en posición firme todavía.

—Por eso mismo he venido. Yo, que he sido siempre un hombre del pueblo, tengo más práctica en esto de..., de ganarse la vida en lo que se presente. No llego, lógicamente, con la esperanza de continuar la vida maravillosa que llevé cuando fui su ordenanza, sino todo lo contrario, vengo a compensar en una mínima parte todo lo que le debo ayudándolo en estos momentos de apremio.

José Miguel suspiró resignado y sólo atinó a mostrarle la puerta de la casa, murmurando:

—Hay pocos hombres fieles como tú, Conde.

Echaron a andar hacia la morada, el general adelante, el ordenanza un paso más atrás; el primero cabizbajo; el otro, parlanchín como buen andaluz.

—Ya he tenido el gusto de presentar mis respetos a las señoras y también a la señorita Javiera Roberta. ¡Qué sorpresa para mí, señor! Tiene los mismos ojos de misiá Javiera. También pude saludar a su reverencia, el padre Uribe. Llegó a verlo y lo aguarda.

Carrera se detuvo alegremente sorprendido; la vuelta del canónigo lo reconfortaba. Hacía más de una semana que se dirigiera a Buenos Aires a realizar misteriosos trajines y los habitantes de la chacra estaban temerosos de su excesiva impetuosidad.

—Buenas tardes, general. Allí estaba, brioso y tonante, como siempre. Llenando el marco de la puerta con su corpulenta figura, Uribe lo saludaba moviendo los brazos como aspas de molino—. Ya veo que se encontró con su asistente. ¿Y qué le parecen las noticias que nos trae de Mendoza?

—No he tenido tiempo de contárselas, Excelencia —acotó Conde, dándole el tratamiento que le correspondía como miembro de la Junta de Gobierno de Chile.

Carrera lo urgió a entrar al vestíbulo y tomó asiento en un sofá de mimbre, haciendo un hueco a su lado al canónigo. Luego, contempló a Conde con mirada expectante.

—Cuéntanos las noticias de Mendoza, Pepe.

El ordenanza fue haciéndole una exposición desordenada de los hechos que habían ocurrido en la lejana población andina, saltando de un tema a otro, a medida que su mente iba captando recuerdos. Comenzó por detalles sin importancia referentes a él mismo: cómo y dónde había vivido, las dificultades que tuvo que salvar para conseguir que las autoridades militares subalternas dejaran de ocuparse de él y olvidaran que había sido el ordenanza del general Carrera. Sólo entonces pudo principiar a hacer indagaciones. Habló de los militares chilenos obligados a incorporarse al ejército argentino que combatía en el Alto Perú y de la lamentable vida que llevaban en Mendoza aquellos que lograron esquivar ese destino. Sobrevivían desempeñando labores humillantes, como criados de los comerciantes, como peones de las haciendas y los viñedos; pocos permanecieron dentro del pueblo mismo y a ésos era posible verlos, de vez en cuando, enfurruñados y melancólicos, encaminándose siempre hacia la posada que mantenía en la plaza Pedro del Castilo la inquebrantable Mercedes Velásquez.

Ni un rictus delató la impresión de Carrera al oír el nombre de su antigua amante, pero sus pupilas tuvieron un destello de interés.

—¿Cómo está ella? —quiso saber y fue notoria su intención de que su tono pareciera indiferente.

—Bueno..., animosa, como siempre, mi general —le respondió Conde—. Gracias a su voluntad de fierro y a su fe en el porvenir ha conseguido que su fonda sea un refugio de los emigrados chilenos. Allí se reúnen todos los que mantienen la esperanza del regreso y también los que viven abrumados por la nostalgia. Y a la fonda llegan igualmente los que se atreven a pasar a Chile en busca de noticias.

—¿Manuel Rodríguez?...

—Sí, mi general; don Manolito iba constantemente al comienzo, pero desde que se fue para la otra banda, hará cosa de tres meses, no se ha vuelto a saber más de él. —Conde se rascó la cabeza con expresión infantil y añadió, inseguro, desorientado—: Hay algo raro en todo eso, mi general. Fue muy misteriosa la desaparición de don Manuel.

—¿Cómo así?...

—Primero, el general San Martín lo hizo tomar preso. Se supo que lo metieron en una galera y lo mandaron prisionero a San Luis. Después, nosotros, unos pocos chilenos, supimos que no está en San Luis, sino en Chile. ¡Vaya uno a comprender cómo lo hizo! Pero, según misiá Meche, que está enterada de todo por los arrieros y espías que manda San Martín al otro lado, don Manuel se encuentra en Colchagua levantando montoneras.

La frase "los espías que manda San Martín al otro lado" quedó resonando en el cerebro del general y, súbitamente, creyó comprenderlo todo: Rodríguez estaba de acuerdo con San Martín, actuaba según sus indicaciones o había fingido ponerse bajo las órdenes del cuyano para poder pasar a Chile. Era una de las astucias características del bachiller.

—Pero lo más importante se me escapaba, mi general —prosiguió Conde haciendo chasquear los dedos—. San Martín está convirtiendo el campo de El Plumerillo en un enorme cuartel militar. Allí está preparando un ejército para cruzar con él los Andes.

Carrera se levantó bruscamente y se quedó expectante, con la respiración contenida. San Martín se le anticipaba, quería llevarse la gloria de reconquistar Chile. La noticia, en lugar de contentarlo, lo espantaba, era arrebatarle su más acariciada ambición. Su voz sonó metálica al exigir al ordenanza toda clase de detalles. Conde debió poner a prueba su memoria para satisfacer sus múltiples preguntas.

El general San Martín, valido de un talento de verdadero organizador, comenzó por cimentar su futuro ejército sobre los ciento cincuenta soldados, llamados "blandengues", que constituían la guarnición de los fuertes San Carlos y San Rafael, a los cuales sumó el Batallón de Infantería Nº 11 que mantenía en la cordillera el comandante José Gregorio Las Heras. Sobre esta base principió a recorrer los pueblos de Cuyo arengando a los vecinos prominentes y a los estancieros para que le proporcionaran su gauchaje. Impresionándolos con el peligro inminente de que los realistas cruzarían la cordillera y caerían sorpresivamente sobre Mendoza, consiguió gran parte de lo que buscaba. Luego, batiendo como banderola de alarma la misma amenaza, obtuvo que los habitantes de todo Cuyo aceptaran la imposición de contribuciones especiales: un impuesto sobre sus capitales, sobre los caldos de sus viñedos; por último sobre la carne. Reunidos unos mil quinientos hombres y cierta cantidad de dinero para mantenerlos y equiparlos, se dio a buscar un lugar donde adiestrarlos en el arte de la guerra. Eligió el peor de todos, pero el más adecuado para su propósito: el páramo de El Plumerillo, un llano pantanoso y malsano donde brotaban todos los miasmas y pestilencias posibles. Los hombres capaces de sobrevivir allí habrían demostrado ser absolutamente capaces también de cruzar la cordillera por sus cumbres más altas y de soportar las más duras rigurosidades del clima y del terreno. Establecido en ese lugar hizo que los propios reclutas levantaran barracones que, poco a poco, fueron dando al lugar el aspecto de un inmenso cuartel. Sólo entonces San Martín se arriesgó a pedir ayuda al Gobierno de Buenos Aires le solicitó fusiles, cañones de montaña y el envío de su regimiento predilecto, el que creara por su propio esfuerzo, el escuadrón de los Granaderos a Caballo.

—¿Y esos elementos le fueron enviados? —lo interrumpió ansiosamente Carrera.

Conde agitó la cabeza. No lo sabía. Peligrosamente había logrado enterarse de todo lo demás. Sólo podía asegurar que en el momento en que él salió de Mendoza no se habían visto soldados porteños por el pueblo; y en la travesía de la pampa tampoco los divisó.

El general respiró con alivio; no intentaba disimular su oposición cerrada al proyecto de San Martín. Súbitamente, lo asaltó otra duda inquietante.

—¿Y Bernardo O'Higgins participa en la creación de ese ejército? Conde volvió a agitarse, inseguro; San Martín procedía con un sigilo impenetrable, sólo un corto grupo de oficiales de toda su confianza compartía sus ideas.

—Pero se dice que el general O'Higgins llegará a Mendoza pronto y que cooperará en el adiestramiento de las tropas y en su comando en territorio chileno. El general San Martín no conoce Chile, sólo ahora está ordenando que el sargento mayor de ingenieros José Antonio Alvarez Condarco levante croquis de los caminos de la cordillera.

—Manuel Rodríguez debe estar participando en esa labor —acotó el canónigo Uribe y Carrera lo aprobó con un gesto mudo, pero no insistió sobre el tema. En lugar de ello, preguntó a Conde:

—¿Y han fijado alguna fecha para cruzar la cordillera y comenzar la campaña?

El ordenanza escondió la cabeza entre los hombros y adoptó una expresión contrita.

—No he sabido nada, mi general. Usted comprenderá que los mendocinos no se dejaban llevar de la lengua delante del antiguo ordenanza del general Carrera. —En seguida, como si buscara hacerse excusar por su ignorancia, dijo con acento animoso—: Me olvidaba de algo que seguramente va a interesarle. El comandante Portus ha reunido en torno suyo a un crecido número de soldados chilenos, de aquellos que no han perdido aún la fe, y sueña con el momento en que usted se ponga en campaña para volver a Chile. Me encargó... Es decir, encargó a misiá Meche Velásquez, que es la que mantiene contacto con casi todos los chilenos, que si alguno venía a Buenos Aires dijera a usted que en el momento en que lo necesite puede disponer de toda su gente.

—¿Y cuántos hombres reúne, más o menos?

—Calculo que unos cien, mi general.

El brillo radiante que lucían las pupilas de Carrera se opacó al conocer lo menguado de esa fuerza. Guardó silencio y volvió a sentarse, meditabundo.

—Conde, cuente usted a su general lo que ha sabido de Chile —decía, entretanto, el canónigo Uribe, y el ordenanza fue exponiendo la triste situación de los patricios chilenos. El general Mariano Osorio se había vengado enconadamente en ellos; la represión que ejerció sobre las principales familias fue durísima. Cárcel, despojo, humillaciones, azotes, destierro, constituían sus diarias sentencias. Las islas de Juan

Fernández estaban repletas de patriotas, a los cuales se obligaba a vivir en cuevas excavadas por sus propias manos. Los confinados en el lejano presidio isleño sufrían el más doloroso calvario, azotados por el hambre, los malos tratos y la desnudez.

Carrera pensó en su padre relegado en aquel remoto lugar y se mordió los labios, herido por su impotencia. Pero el canónigo Uribe reaccionó con exasperación.

—¡Don José Miguel, esto no puede seguir así! —exclamó—. Mis nervios se están reventando en esta estúpida inmovilidad. Vinimos a Buenos Aires a buscar los medios para reconquistar nuestro país y no hemos hecho nada.

—Todas las puertas se nos cierran, padre Uribe.

—Pues entonces hagamos algo por nuestra propia cuenta; aunque sólo sea intentar el rescate de esos desdichados caballeros que sufren las brutalidades de los realistas en Juan Fernández. Se me desgarra el alma pensando que mi inolvidable amigo don Ignacio está allí, abandonado de todo el mundo, en la árida desnudez de ese peñón.

Carrera se debatió, desesperado. ¿Qué podía hacer él? ¿Para qué lo atormentaba más presentándole esas imágenes, sabiéndolo impotente para obtener los recursos necesarios?

—¿Cree usted que si yo dispusiera de barcos y dinero no intentaría salvar a mi padre?...

—¡Entonces yo lo haré! —afirmó rotundamente el sacerdote y se plantó en el centro de la estancia, encendido el rostro y empuñadas las manos como martillos—. He conocido a un señor muy rico, aparentemente desinteresado... ¡Bueno, su calidad moral no me importa! Puede ser que en el fondo no encubra más que a un explotador. Pero el caso es que se aviene a proporcionarnos todo el dinero necesario para equipar una flota que vaya al Pacífico, ayude a reconquistar Chile y le proporcione a él los beneficios que se obtengan con el corso sobre los buques españoles.

Las frases encendidas de Uribe sonaron en la mente de Carrera como ya oídas; se las había escuchado casi palabra por palabra al capitán Brown, el corsario británico. Pensó en Taylor, en Bouchard, en los numerosos marinos aventureros que había conocido en el puerto. Todos ellos estaban dispuestos a arriesgar sus buques y marinería en una empresa semejante.

—¿Tiene usted a ese hombre? —preguntó a Uribe, asiéndolo de una manga de la sotana.

—Sí. Se llama Vicente Anastasio Echeverría y está esperando una resolución nuestra, general.

—¡Diablos! ¿Pero qué sucede? Todo parece concentrarse para ayudarnos ahora. —Carrera comenzó a pasearse por el vestíbulo hablando para sí, calculando, atando cabos—. Yo tengo esa flota de que habla el señor Echeverría... y su tripulación... y los capitanes. Y el comandante Portus me proporciona la base para formar el pequeño ejército que necesito mandar por tierra a Coquimbo... ¡Gran Dios, las cosas se ordenan como si una mano superior las ajustara! —Detenido ante el canónigo vibraba entero y una sonrisa tensa le estiraba los labios—. ¡Padre Uribe, es preciso que veamos cuanto antes a ese señor Echeverría y lleguemos a un arreglo con él! ¡Que se enriquezca con las presas que se hagan en el Pacífico, que gane dinero a paletadas con el despojo de los buques españoles, pero que nos proporcione el caudal suficiente para equipar una flota y realizar nuestra campaña!

Con el dinero que proporcionó Vicente Anastasio Echeverría y la ayuda del capitán Brown, a comienzos de septiembre estaba preparada frente a los muelles de Buenos Aires una flotilla de tres barcos, con patentes de corso argentinas, lista para zarpar a una orden del general Carrera. Eran éstos la fragata "Hércules" del capitán Brown, en la cual embarcó el alférez Juan Fontecilla; el bergantín "Trinidad", mandada por el comandante Taylor, en cuya oficialidad formó Mariano Benavente, y la corbeta "Halcón", capitaneada por Hipólito Bouchard, a cuyo bordo partiría el capitán Servando Jordán.

Todo estaba listo para el zarpe, pero aún faltaba al general preparar la campaña terrestre que completaba su plan, los quinientos hombres y mil fusiles que enviaría a cruzar la cordillera frente a Coquimbo, mandados por su hermano Luis y el comandante Portus. Y para esto se presentó, confiado, ante el director supremo subrogante de Buenos Aires, coronel Alvarez Thomas. Este lo escuchó cortésmente exponer su plan para la reconquista de Chile, y cuando hubo terminado dejó reposar sus manos delgadas sobre el suntuoso escritorio.

—Su proyecto es claro y factible —reconoció al cabo de unos segundos, y volvió a hacer otra pausa antes de agregar—: Pero existe cierto inconveniente.

Carrera venía preparado para encontrar obstáculos y prosiguió sin alterarse:

—¿Inconvenientes para equipar apenas quinientos hombres y proporcionarme mil fusiles más para armar reclutas en mi tierra, sabiendo que ese pequeño esfuerzo representa para las Provincias Unidas del Plata la expulsión de un poderoso enemigo de su frontera? Bien sabe usted que el general Mariano Osorio se prepara en Chile para caer sobre estas provincias y restablecer en ellas el gobierno del rey de España.

—El inconveniente es de gravedad, general Carrera, pero no insalvable —se esquivó Alvarez Thomas, sin atender a la réplica del chileno—. Me refiero a una flota con cinco mil soldados veteranos que España ha hecho zarpar de la península para que vengan a abatir al ejército de nuestro país. Usted debe saber eso.

El húsar hizo un ademán vago, rechazando la gravedad del asunto.

—Esa flota salió hace mucho tiempo de España y no se sabe si en verdad viene hacia Buenos Aires. Aún más, todo hace presumir que regresó a la península.

—En todo caso, la prudencia más elemental nos ha impuesto retener a los soldados que, bajo las órdenes del ministro de la Guerra, general Marcos Balcarce, iban a partir hacia Mendoza para integrar el ejército libertador de Chile.

La información, proporcionada en forma intencionadamente indirecta, dio a Carrera en mitad del pecho. —Se quedó casi sin aliento mirando con ojos desorbitados al director supremo.

—¿Buenos Aires... mandaba soldados a la campaña de Chile? —tartamudeó.

—Cinco mil. —Alvarez Thomas trataba de aparentar indiferencia, pero no lograba disimular una leve sonrisilla de placer al observar el desconcierto de su interlocutor—. Pero ése es otro asunto. Hemos tenido que retener a esos soldados y ha partido solamente el general O'Higgins con una pequeña escolta.

Era como una segunda puñalada que se asestaba a Carrera, y supo al instante de dónde provenía. La Logia Lautarina seguía acumulando metódicamente sus factores para llegar a sus fines: hundirlo a él y conquistar la gloria de libertad a Chile. No obstante, no quiso rendirse ante la evidencia.

—¿Acaso mi plan no es menos oneroso para su país, Excelencia? Mis buques están esperando en el estuario.

—Sí, es algo muy hacedero —le respondió displicentemente Alvarez Thomas. Pero déjeme estudiarlo algunos días.

—Es que las tripulaciones están recibiendo su paga, Excelencia, y el servicio de los buques es carísimo. No podemos demorar. —Por primera vez había la urgencia de un ruego en el acento del chileno, pero no conmovió a su antagonista.

—Déjeme pensarlo —repitió, encendiendo pausadamente un largo toscano—. Vuelva dentro de diez días.

Carrera tuvo que hacer un esfuerzo sobre humano para controlar su carácter, a tiempo que se ponía cansadamente de pie. Se sentía humillado, afrentado, pero estaba en las manos del vanidoso director.

—Está bien, coronel Alvarez Thomas. Volveré —dijo opacamente, y se retiró.

Cumplido el plazo, acudió tres días consecutivos al despacho del director supremo, pero siempre fue detenido en la antesala con la misma excusa del edecán:

—Lo lamento, señor Carrera, pero Su Excelencia está resolviendo importantes asuntos de Estado y lamenta no poder atenderlo.

Al tercer día el general no pudo contenerse más.

—¿Acaso necesita tanto tiempo para resolver si se me conceden los medios para equipar apenas a quinientos soldados que necesito para pasar a Chile? —protestó, fastidiado.

El edecán, que no era más que un teniente coronel, lo miró desdeñosamente y se encogió de hombros.

—¿Eso es lo que interesa saber a Su Señoría?

—Naturalmente. La resolución del gobierno respecto a mi solicitud.

—No hay resolución todavía. Pero no tardará en llegar desde Mendoza, adonde se mandó en consulta.

Carrera aferró ambas manos al borde del escritorio que lo separaba del edecán y se inclinó hacia él, furibundo.

—¿Se mandó en consulta a Mendoza?... ¿A quién?...

—Al general don José de San Martín.

El húsar se irguió de golpe y el aire le silbó al inflarle el pecho.

—¡A San Martín!... ¡Entonces no necesito esperar respuesta alguna! Buenas tardes. —El golpe con que cerró la puerta estremeció la antesala y el resonar de sus tacones rabiosos fue despertando ecos en la Casa de Gobierno. Carrera sentía que se estrellaba una vez más con una barrera infranqueable.

En la chacra de Barbones tuvo una visión mayor de su infortunio. El canónigo Uribe lo esperaba abrumado por la impaciencia.

—Nuestra situación es insoportable, general —le espetó en cuanto lo tuvo ante sí—. El señor Echeverría se siente engañado. Sostiene que ha tenido que invertir mucho más dinero que el que se le pidió en un comienzo y que es imprescindible que ya empiece a recibir utilidades. Alega que, si los buques no se ponen pronto en marcha hacia "el campo de sus negocios", denunciará el caso a las autoridades argentinas, acusándonos de fraude, de estafa.

Carrera se derrumbó en un sillón. Todas sus esperanzas se desmoronaban. El capitán Brown acababa de advertirle, a su paso por el muelle, que las tripulaciones amenazaban, insubordinarse, enfurecidas por la prolongada permanencia en los buques inmóviles.

—¿Qué podemos hacer, general? —lo apremió Uribe.

—Los buques deben zarpar —reconoció Carrera, sin ánimos para discurrir nada mejor. Y volviéndose a sus compañeros de exilio, que lo observaban en silencio; les dijo—: Servando Jordán, comunique al capitán Bouchard que puede zarpar con el "Halcón"; Juan, tú dirás al capitán Brown que parta con la fragata "Hércules". Y tú, Mariano, llevarás la misma orden al comandante Taylor, de la "Trinidad". ¡Y que tengan todos buena fortuna!

Con las velas henchidas de viento embistieron las aguas del río de la Plata los tres buques que el general Carrera había soñado llevaran la libertad a Chile. Anegado de rencor y amargura los vio zarpar al día siguiente y perderse en la lejanía. Pero junto al muelle, tirando de los calabrotes que la ataban, como impaciente por tomar también la misma ruta, se mecía una pequeña falúa, un queche como la denominaban despectivamente los marinos del Plata. Había sido equipada con las limosnas recogidas por el canónigo Uribe tras sus ardorosas prédicas en las iglesias populares de Buenos Aires.

Con la raída sotana flameando al viento y los cabellos en confusión, el cura-soldado rogaba por última vez al general chileno que lo acompañara en la travesía que iba a emprender.

—Salga usted de Buenos Aires, Carrera —le insistía—. Escuche el consejo de un hombre más viejo. La única labor fructífera que podrá realizar en esta ciudad es la presente: lanzar estas cuatro naves. Ya no podrá repetir nada semejante, no lo dejarán hacerlo. Don José Miguel, todavía es tiempo de abandonar este país ingrato. Después, quizás no pueda realizarlo.

Pero el húsar negaba con obstinados movimientos de cabeza. Mientras alentara en él la vida, seguiría luchando por comandar una expedición poderosa, capaz de liberar a Chile.

—¡Pues, inténtelo con estas cuatro naves! —porfió Uribe, pero comprendía que era una insistencia estéril. Carrera era un militar, no un marino, fácilmente se desprendía de sus palabras que no marcharía sino por tierra. No obstante, argumentó por última vez—: La campaña terrestre está frustrada; usted lo sabe. Venga entonces conmigo e intentemos hacer lo máximo desde el mar. Hundamos barcos españoles y peruanos, quitémosles sus armas y caudales, asaltemos los fuertes costeros y aniquilemos las guarniciones realistas. Sabemos que Manuel Rodríguez está levantando montoneras en Colchagua; pongámonos de acuerdo con él y vamos alzando gente al grito de libertad. Pero no se quede aquí, general. Hágame caso: le será funesto.

Carrera seguía rehusando con ademán sombrío. A pesar de que comprendía que todas sus iniciativas, aunque fuesen geniales, se verían impedidas por la casta militar argentina, no estaba dispuesto a malgastar sus esfuerzos en una empresa tan dudosa como la que emprendían aquellos buques.

—Sigue usted pensando en su viaje a los Estados Unidos —apuntó malhumorado el sacerdote, y el general afirmó tercamente.

—Partiré a los Estados Unidos y allí organizaré una gran flota con nutridas tripulaciones de mercenarios, veteranos de las guerras de ese país y de Europa. Y con dinero y medios suficientes daré el asalto definitivo, para arrojar a los invasores de mi tierra.

—Pero ¿de dónde sacará usted los medios para organizar esa flota?... ¿Tiene acaso dinero para reclutar mercenarios?

El húsar se encogió de hombros con ademán amargo; apenas le quedaba el necesario para mantener a su familia en Buenos Aires.

—Sé que todo aparecerá a su tiempo —afirmó, sin embargo—. No me imagino cómo, pero estoy seguro de que iré venciendo las dificultades.

No se atrevió a expresar que las únicas bases en que asentaba su quimérica esperanza eran la amistad de Poinsett y de Porter y su propia fe patriótica, su llama interior, con la que confiaba inflamar a los gobernantes de los Estados Unidos y convencer a sus armadores de buques.

El cura Uribe dejó caer los brazos con aire resignado y suspiró con desaliento.

—Cuando una obsesión como la que lo domina a usted se anida en el corazón, de nada valen los argumentos. En fin, confiemos en que se cumpla la sentencia bíblica que afirma que la fe es capaz de remover las montañas.

Carrera se limitó a mostrarle con la mano la proa del queche que se balanceaba apegado al muelle. Allí se leía el nombre "Constitución".

—Ahí tiene usted la prueba, padre Uribe. Su fe lo ha flotado y hasta el apático pueblo de Buenos Aires lo ha comprendido así, por ello lo llaman el "Uribe".

Uribe abrió los brazos, con fatalismo, y estrechó entre ellos al general.

—Adiós, don José Miguel. Deseémonos mutuamente suerte. Adiós.

—Buen viaje, padre Uribe, y éxito, mucho éxito.

Cabeceando esforzadamente se alejó el queche "Constitución". Sobre la proa, como la de un profeta guiando a su pueblo hacia la tierra prometida, se destacaba la silueta impetuosa del canónigo. Impresionado y sintiendo pesar sobre su espíritu la soledad, Carrera lo contempló hasta que se perdió en un recodo del anchuroso río. Después regresó cabizbajo a la chacra. Javiera, Mercedes y sus hermanos lo recibieron sin preguntas; comprendían su estado de ánimo. Calladamente se sentaron a la mesa y el almuerzo transcurrió sin que ninguno hablara. La visión de las sillas vacías ponía una nota deprimente de soledad. A los postres, el ordenanza Conde se acercó con una pajuela encendida y dio lumbre al cigarro del general.

—Gracias, Pepe.

Fue lo primero que se oyó decir a José Miguel, quien dio varias chupadas a su cigarro y, contemplando a sus familiares, declaró:

—Voy a iniciar los preparativos para mi viaje a los Estados Unidos.

Sus cuatro contertulios levantaron lentamente las cabezas, y Merceditas, aún muy débil por su difícil alumbramiento, musitó:

—¿Piensas partir de todos modos?

Como él respondiera con una muda afirmación, doña Javiera tomó la palabra. Su actitud era discreta, casi avergonzada.

—¿Y con qué medios piensas realizar ese viaje? ¿Has echado cuentas sobre nuestra situación? —Segura de que su hermano ignoraba hasta qué punto sus finanzas eran deplorables, se las expuso en una frase—:

Las cuatro barras de plata que logramos pasar de Chile y que tú dejaste en consignación en el negocio del norteamericano Marcena Masson. han sido consumidas íntegramente.

—Más que eso, Javiera —le observó amargamente el general—. No tan sólo se han consumido, sino que Masson hace tres días me pasó un estado de cuentas en el que se advierte que los adelantos que me ha hecho suman mil setecientos pesos más que el valor total de las barras. Y he tenido que darle un poder para que cobre esta diferencia por medio de sus agentes en los Estados Unidos, descontándola de ciertos cinco mil pesos que entregué a Poinsett, cuando salió de Chile, para que me comprara una imprenta.

Todos guardaron silencio, aplastados por la triste realidad. Juan José fue el primero en reaccionar; lo hizo con acritud y desesperanza.

—¿De modo que todo lo que poseemos no es más que deudas? ¡Oh, esto no puede seguir! Me volveré a San Luis junto a mi esposa.

—Puedes hacerlo. Quizás es lo más razonable —lo autorizó José Miguel, serenamente.

—Lucho quedará con nosotras y ya veremos cómo seguiremos viviendo —lo apoyó doña Javiera, provocando la alarma de su cuñada.

—¿Aceptas entonces que José Miguel se marche dejándonos sin recursos?

La señora se volvió hacia Mercedes, y su rostro había recobrado su autoridad de siempre.

—¿Prefieres que permanezca en Buenos Aires expuesto a los ataques de sus enemigos y sin tener posibilidades de cambiar de situación?

Juan José la interrumpió con una carcajada seca y acre.

—Sí, sí, todas esas frases están muy bien. Pero dime, José Miguel, ¿cómo te vas? ¿Le pedirás dinero a Alvarez Thomas?

Fue doña Javiera la que contestó en lugar del húsar, herida por la mofa de su hermano mayor.

—Mercedes y yo tenemos joyas —le replicó duramente—. Las hemos guardado como último recurso. Ahora creo que ha llegado el momento de usarlas. ¡Te las damos, José Miguel! Véndelas o empéñalas. Así tendrás dinero para partir y subsistir durante el primer tiempo en los Estados Unidos. —Como el general agachara la cabeza con emoción y vergüenza, lo apremió para que la oferta no quedara sólo en palabras—: ¿Conoces a alguien que pueda prestarte dinero sobre esas joyas?

Luis intervino entonces en apoyo de su hermano.

—Hace unos días acompañé al padre Uribe a la tienda de un irlandés para que le prestara dinero sobre un medallón que perteneció a su madre. Tiene su comercio en la calle de El Cerrito y se llama Ricardo Orr.

Doña Javiera puso término a la conversación en forma concluyente:

—Pues bien, Lucho, tú irás esta tarde a entrevistarte con ese irlandés.

El 15 de diciembre se cumplía el acariciado anhelo de José Miguel Carrera. A las diez de la mañana llegaba al muelle de Buenos Aires en un viejo birlocho acompañado por Javiera, Mercedes, Luis, Diego Benavente y el cura Tollo, que venían a despedirlo. El irlandés Orr había tomado las joyas de las señoras por seiscientos pesos, indicando también a Luis la fecha de partida del próximo barco hacia los Estados Unidas, la fragata "Expedition".

Vestido de civil con una ceñida levita oscura, que hacía más notoria su palidez y tocado con un alto colero gris, José Miguel se veía extraño, más viejo. En su rostro viril, azuloso en las mejillas, se delataba su emoción en la sonrisa tensa con que condujo a las señoras hasta el nacimiento de la escalerilla que descendía a los lanchones.

—Esa es la "Expedition", Merceditas —dijo a su esposa, señalándole la nave anclada a cierta distancia—. Ya ves que no tienes por qué preocuparte; es un barco magnífico. En dos meses me dejará en Baltimore.

Sonreía tristemente reteniendo entre las suyas las manos de su mujer, y no encontraba palabras para infundirle confianza. Vino a sacarlo del apremio la aparición de un marinero que agitaba una banderola en la proa de la fragata, al mismo tiempo que alguien hacía sonar una concha marina. Era la señal de la partida. Todos apretaron el círculo en torno al viajero. Merceditas se apegó a su flanco y se estremecía como si sintiera frío.

—¿Está todo tu equipaje a bordo? —le inquirió doña Javiera.

—Sí. José Conde se vino al buque con él anoche. No es mucho, tú sabes: dos petacas y una caja con documentos.

Luis desprendió suavemente a las señoras del lado de su hermano. El marinero seguía agitando su banderola y la caracola sonaba con insistencia.

—Date prisa, José Miguel; el barco está por zarpar.

El húsar abrazó a las dos mujeres por los hombros y contempló cariñosamente a todos.

—Bueno, queridos míos —suspiró—, ha llegado el momento que he-

971

mos estado tratando de olvidar: Luis, vuelvo a recomendarte que me mantengas al tanto de cuantas cosas ocurran en Argentina y Chile. Preocúpate de tener noticias del capitán Brown y de la flotilla que partió al Pacífico. Es grande la responsabilidad que dejo sobre tus hombros, hermanito. Juan José ha partido a reunirse con su Ana María a San Luis, y tú tendrás que ser el que se preocupe de los nuestros aquí.

—Descuida, José Miguel. No dejaré un momento de velar por todos.

—Vete tranquilo, querido —acotó doña Javiera—. Ya hemos aprendido a hacer economías, y si los tiempos vienen malos, encontraremos alguna labor que...

La voz del botero que aguardaba al general la interrumpió, perentoria:

—¡Patrón, ya el buque está levando anclas!

Carrera besó fugazmente a Merceditas en las mejillas y abrazó a Javiera y Luis al mismo tiempo. De pasada estrechó la diestra del cura Tollo y comenzó a bajar apresuradamente la escalerilla.

—¡No me dejen solo en los Estados Unidos! —iba diciendo—. ¡Escríbanme! ¡Recuerden que ni siquiera sé hablar en inglés!

—¡Adiós, hermano! —le gritó Javiera, con la garganta estrangulada. Y Luis, cuadrándose militarmente, se llevó la mano a la visera del quepis:

—¡Hasta la vuelta, mi general!

Rompían ya los remos del bote el agua del río y aún se oyó una vez más la voz del húsar:

–¡Adiós, queridos míos, y que tengan paz en mi ausencia!

Después se lo vio empequeñecerse, de pie en la proa de la embarcación, agitando la diestra, hasta que no fue más que un punto minúsculo que trepaba por la escalerilla de la fragata "Expedition", justamente en el momento en que la nave izaba todo su velamen y comenzaba a moverse lentamente hacia el océano Atlántico.

$\sim$ 5 $\sim$

En tanto el general Carrera veía alejarse Buenos Aires, donde quedaban sus seres queridos, y su mirada se extendía por la inmensidad del mar, su amigo de la infancia, Manuel Rodríguez, comenzaba a nacer como el guerrillero más temido y aborrecido por los realistas en el territorio chileno.

Al amparo de los bosques seculares del sur, a la sombra de las abruptas montañas, Rodríguez hacía sonar su nombre como una consigna de lucha redentora. Perseguido tardíamente por los talaveras, que como mastines de presa se pusieron tras de sus huellas, el guerrillero fue corriendo los caminos, despertando ánimos en los ranchos aplastados por la miseria y la opresión, susurrando mensajes de esperanza en los oídos de los hombres fuertes que habían vivido con la espalda curvada bajo el yugo de la esclavitud y con una hoguera de odio ardiéndoles sordamente en el corazón. Al paso de la pequeña cabalgata con que Rodríguez atravesaba Colchagua buscando la ocasión de entrevistarse con el célebre bandido José Miguel Neira, los rostros se iban iluminando y las manos abatidas sobre los arados saltaban a las culatas de viejas tercerolas y a las empuñaduras de sables enmohecidos. Una efervescencia subterránea comenzaba a fermentar en pueblos, caseríos y ranchos, desde Rancagua a Talca.

Simultáneamente, los anzuelos dejados por el bachiller en Santiago comenzaban a ensartar los esperados peces. En la fonda de Belarmino Peña se reunían noche a noche los descontentos y los que acarreaban consigo esos descontentos. Doña Amanda de la Quintana, entre minuetos y contradanzas, en su fastuosa mansión, iba recopilando los planes y proyectos del nuevo gobernador, el adamado Casimiro Marcó del Pont. Y en la casa galante de Marilola, la andaluza, chulescamente adornada con claveles, el capitán Rebolledo de Azúa, pagador de los caprichos de la moza gitana, se tragaba también el cebo dejado por Rodríguez cuando se presentara ante ellos disfrazado con los hábitos de un pretendido cura Hernández. Los planos de caminos y las cartas firmadas por el propio general San Martín encandilaban al capitán del "Burgos" que cifraba en ellos la esperanza de un ascenso cuando se los entregara a Marcó del Pont.

Inclinado codiciosamente sobre sus trazos, el capitán los examinaba minuciosamente a la luz de una candela. No figuraba en ellos detalle alguno que se refiriera a los boquetes cordilleranos de Aconcagua; en cambio, había un croquis detallado de los pasos de El Planchón y de El Pehuenche y otro que describía dos senderos que descendían a Coquimbo y Huasco.

—¡Hum! —reflexionó Rebolledo, rascándose la cabeza—. Yo hubiera asegurado que intentarían el cruce por el paso de Uspallata. Pero es claro, no se atreven a venir por allí, ya que baja muy cerca de Santiago y de las fuerzas realistas. Se vendrán entonces por el norte y el sur. —Su rostro resplandecía de satisfacción al levantar los ojos hacia la andaluza, quien difícilmente mantenía la expresión más inocente—. ¡Caray, Marilola, estos planos valen oro! ¿Y dónde está ahora ese frailecillo astuto?

—Me dijo que, sin pérdida de tiempo, iría a saber si es verdad que San Martín está de acuerdo con los indios pehuenches de la cordillera del sur. Agregó que si ese condenado cuyano lograba aliarse con esos infieles, ¡jujuy!, podríamos ir echando nuestras oraciones de difuntos, porque desencadenaría sobre Santiago miles y miles de bárbaros armados de lanzas, macanas y boleadoras.

Rebolledo lanzó una carcajada despectiva: no sería primera vez que los españoles les quebraran el testuz a los indios.

—¿Y qué más dijo? —quiso saber.

—Que le escribirá a usté a esta casa contándole todo lo que averigüe.

El capitán se levantó inflando el pecho y extendió los brazos para atrapar a la mujer.

—¡Ah, Marilola, no sé cómo pagarte estos servicios! Me haces un bien tan grande como no imaginas.

La andaluza apretó los codos contra su cintura y lo rechazó, afirmándole ambas manos sobre el pecho.

—Pues, que te aproveche. Pero, mira tú, no seas tan efusivo, ¡ea! Repara que me fastidias y…, bueno, si lo tomo a pechos, ahí te soplo de mi lado y te quedas sin tener cartas, ni planos, ni na para ir a gloriarte ante el gobernador Marcó y para hacerte pasar por listo.

—Es que yo te quiero, Marilola de mi alma —insistió con pasión el oficial, provocando que ella se zafara violentamente de sus brazos.

—¡Hala! Termina ya con esa historia para hacer dormir nenes; que bien sabes tú que fui tapada y dejé los suspiros y los sentimientos desgajados entre los besos pagados. Además, te vi antier haciéndole chicoleos a una mocita de pro a la salida de misa. —Lanzó una carcajada breve y despectiva— ¡Mire usté al cadetillo como había sabido cortejar! ¡Vamos, vamos, soñador!... Anda mejor y gánale otra partida a ese capitanejo que te inquieta, a ese San Bruno que el diablo confunda con una cucaracha y lo aplaste. ¡Hala, no pierdas el tiempo!

El capitán Rebolledo dejó caer los brazos, resignado, conocedor de los turbulentos arranques de la mujer.

—Está bien, Marilola, tú eres mi perdición. Adiós, y que duermas.

—Dio media vuelta, recogió los papeles de un manotazo y se encaminó a la puerta, haciendo tintinear sus espolines.

—Yendoos todos, ¿cómo no dormir bien? —rió Marilola, e hizo una morisqueta burlona cuando él abría la puerta—: ¡Que te aclamen en Palacio, nene!

Pero tan pronto el batiente se cerró con un recio golpe, su rostro se crispó en una mueca cargada de odio.

—¡Mendigo!... ¡Fantoche!... —barbotó—. Y estos mentecatos pretenden que se los ame; estos merengues reclaman pasión, exigen fuego. Como si ellos fueran capaces de encender una vela con sus almas de muñecos... ¡Puah, guarros!

Taconeando rabiosamente pasó a su dormitorio y dejó la palmatoria sobre el velador. La lumbre iluminó el cajón entreabierto y allí dentro un pañuelo arrugado marcado con las iniciales M. R.

—¡Ay, mi Manolito Rodríguez, tú sí! —musitó apasionadamente, recogiéndolo y oprimiéndolo contra su rostro—. Tú sí que eres hombre... Tú sí que le haces arder el cuerpo a una, como si en tus labios tuvieras brasas, en tus ojos candelas y en tus manos dos puñados de sol. ¡Ay, Dios! ¿Dónde estarás ahora, mi rey? —Permaneció quieta unos segundos con el pañuelo contra su mejilla, pero de súbito lo lanzó con enojo dentro del velador y cerró el cajón de un golpe—. ¡Anastasia! —gritó con aspereza—. ¿Dónde te has metido, mujer? ¡Ven a destrenzarme el cabello, que me voy a dormir!

Debía estar próxima la medianoche cuando la despertaron unos golpes rudos propinados contra la puerta de la casa. Sobresaltada, se incorporó en el lecho y escuchó una voz ruda que profería afuera:

—¡Abran esta puerta!

— ¡Oh, mardita sea el alma del bellaco que me incomoda! —masculló apretando los dientes, y volviéndose hacia el interior, clamó—: ¡Anastasia, dale con el candelabro en el bautismo al enloquecío que chilla ahí fuera!

Pero los golpes arreciaban, advirtiéndose entonces que eran dados con culatas de fusiles. Al mismo tiempo, una voz más imperativa, en la que Marilola reconoció la del capitán San Bruno, amenazó imperativamente:

—¡Abran pronto o derribamos la puerta!

—¡San Bruno!... —exclamó sordamente la andaluza y no pudo evitar un escalofrío al echarse abajo de la cama—. ¡Pues, buenas maneras se gasta el capitán! ¡Ya voy!... ¡Paciencia y compostura!... ¡Qué ya voy, badulaques! ¿Acaso quisieran que les diera el gusto de verme en camisón? —A tientas encendió la vela y buscó algo con que cubrirse—. ¡Que me eche un manto encima, bandidos!

Arrebujándose en la prenda, salió al pasadizo y se detuvo tras de la puerta. Al ruido que hizo al descorrer la tranca cesaron los golpes; pero en el instante en que la mujer entreabrió el batiente, de afuera, lo empujaron con violencia y apareció en el hueco la figura corpulenta del capitán San Bruno, tras la cual se veían las de varios talaveras.

—¡Vamos a ver! ¿Qué significa tanta premura? —alcanzó a preguntar la andaluza, cuando el jefe talavera la apartó de un manotón y penetró al pasillo.

—Significa que vamos a registrar esta casa.

—¡Conque a registrar mi casa! ¿Eh? —La mujer volvió a interponérsele en el camino—. ¿A eso se dedican ahora los talaveras?

San Bruno se puso las manos en jarras resoplando fieramente.

—Mira, tapada, que no tengo paciencia. ¡Quítate de mi paso!

—Ande, pase entonces el testarudo.

Marilola le dio la espalda y entró rápidamente al comedor, que servía de centro a la pequeña casa. Hablando irritadamente iba abriendo puertas y por último la ventana que daba a la calle.

—Ya están abiertas todas. ¡Pasen, pasen! Y entren por la ventana si quieren. —Como viera a un talavera de guardia frente a ella, le gritó con desprecio—. ¡Eh, tú, mentecato, salta por ésta!

Los soldados se diseminaron por todas las habitaciones al trote y llevando sus fusiles por delante. Marilola se enfrentó entonces con el jefe.

—Y ahora dígame, capitán, ¿qué se les ha perdío en mi casa? La vergüenza no puede ser, porque jamás la han tenío.

San Bruno insinuó el movimiento de abofetearla, pero se contuvo.

—¡Mírame, muchacha! —dijo, en cambio, clavando sus punzantes pupilas en ella.

—¿Qué?... —Marilola dio un respingo despreciativo—. ¿Quiere aprovecharse de la fuerza para mirar gratis los ojos más lindos de España?... ¡Ea, disfrute entonces, mandón!

La voz tajante de San Bruno la sacudió como un latigazo.

—Tú tienes a Manuel Rodríguez escondido. Entrégalo y líbrate de castigos.

Marilola echó la cabeza hacia atrás, estremecida por la risa.

—¡Cuerpo de mi madre, y lo que sabe el gachí! —Seguía, riendo, pero sus carcajadas eran secas y nerviosas—. ¡Búsquenlo, pues! Yo a ése apenas lo conozco.

—¡Mientes, tú eras su moza!

—¿Yo?... Lo vi dos veces..., y lo adoré —le replicó desafiante la mujer, quien prosiguió provocativa—. Como lo adoran todas las mujeres. Porque es guapo y generoso, y porque es hombre. Es de ésos a quienes se los ama al verlos, no como otros a los que no soporta ni su madre.

—¡Calla, insolente! —La mano enguantada del talavera cortó el aire, pero la andaluza esquivó el rostro sin que alcanzara a tocarla.

San Bruno dio dos o tres pasos por la estancia, resoplando su cólera. Después, volvió a plantarse resueltamente ante la mujer y toda su actitud era una dura amenaza.

—Si no me revelas dónde ocultas a ese insurgente, te haré azotar desnuda, aquí, frente a la puerta abierta y delante de todos mis soldados.

Marilola sacudió exasperadamente la cabeza y sus negras guedejas le latiguearon el rostro y los hombros; los ojos le ardían como carbones y la voz le brotaba raspante por entre los dientes apretados.

—¿Ah, sí? Pues, vamos, comienza a dar tus órdenes y ojalá te quedes ciego, si es que me ves desnuda. Pero yo te juro que si alguno de tus lacayos se atreve a ponerme la mano encima, desnuda saldré a la calle y desnuda iré a buscar refugio en la propia catedral. Y gritaré tanto contra tus sucios procederes que se armará un escándalo más grande que la cobardía de los hombres que atacan a las mujeres.

San Bruno perdió los estribos ante el insultante tuteo y las imprecaciones de la gitana. Cegado, la señaló a sus soldados.

—¡Cójanla..., y a desnudarla! —y como los talaveras lo contemplaran desconcertados, insistió, frenético—: ¿Qué me quedan mirando? ¡Obedezcan!

Marilola dio un salto atrás al ver abalanzársele a tres soldados y deslizándose por el contorno de la mesa corrió hasta un aparador y sacó apresuradamente un cuchillo. Pero los talaveras fueron tan rápidos como ella y le sujetaron los brazos antes de que alcanzara a volverse. La mujer maldecía furiosamente debatiéndose para librarse de sus aprehensores, pero no era más que una brizna entre sus manos nudosas.

—¡Fraile renegado, verdugo maldecido! —rugía, tratando de alcanzar con sus esputos al capitán, que tenía una sonrisa fija y cruel en el rostro.

Uno de los talaveras le arrancó el manto con que se cubría y otro le prendió el camisón con dedos como garras y de un tirón le dejó al desnudo un hombro y parte del pecho.

—¡Soltarme, bandidos!... ¡Socorro, socorro —profirió a grito herido Marilola y propinando puntapiés en las botas de los talaveras, enredándose entre sus piernas logró llevarlos hasta la ventana, a través de la cual gritó con mayor fuerza—: ¡Auxilio para una mujer!... ¡Socorro!...

Los talaveras, enardecidos, comenzaban a levantarle el ruedo del camisón, cuando una sombra cruzó vertiginosamente el camino paralelo al río y en el hueco de la ventana asomó medio cuerpo el capitán Rebolledo. Con ojos desorbitados desenvainó su sable a tiempo que profería atronador:

—¿Qué significa esto, por mil rayos? ¡Suelten a esa mujer, cobardes! —De un salto estuvo dentro de la habitación y enarboló su arma en alto—. ¡Suéltenla he dicho!

Al relampagueo de la hoja de acero frente sus rostros, los tres soldados dejaron libre la andaluza y retrocedieron hasta los costados del capitán San Bruno.

Marilola señalaba al jefe talavera con una mano, llena la boca de espumarajos.

—¡Ese bandido me quiere azotar desnuda! ¡Defiéndame, capitán!

Rebolledo giró sobre sus talones y el sable silbó en el aire al describir un semicírculo ante los talaveras.

—¡Se niega a entregarme al insurgente Manuel Rodríguez! —vociferó San Bruno sin moverse ni un milímetro aunque la hoja le rozó el pecho.

—¡Vergüenza debiera darle! —le replicó Rebolledo vibrante de cólera—. Lo tuvo en sus manos y lo dejó escapar.

San Bruno volvió los ojos hacia sus soldados y acudió a la punta de su lengua la orden de cargar contra el capitán, pero un resto de cordura lo hizo recapacitar en que tal acto le significaría tener que afrontar después las represalias de los veteranos del batallón "Burgos", tan poderosos como sus talaveras.

Rebolledo había logrado recuperar un tanto la calma y bajó su sable, aunque manteniendo siempre una actitud amenazadora.

—Retírese, San Bruno —dijo roncamente—, si no quiere que informe al señor Marcó del Pont sobre lo que usted hace. Para que lo sepa: ésta es mi casa.

La eterna sonrisilla sardónica volvió a esbozarse en los labios delgados y sin sangre del talavera y comenzó a retroceder arrastrando consigo a sus hombres.

—¡Hum, alguna vez podré cumplir con mi deber, como deseo! —iba mascullando—. Entonces caerán muchos..., incluso españoles. —Y dejando tras de sí el hálito de su amenaza, abandonó el recinto.

Desde aquel día la persecución de Manuel Rodríguez se fijó como una obsesión en su espíritu testarudo; como un toro enfurecido, comenzó a dar cornadas en todas direcciones, arremetió sin consideraciones contra todos los que habían tenido alguna relación con el bachiller. Así, sus talaveras allanaron la mansión de doña Amanda de la Quintana so pretexto de protegerla, pues habían visto un forajido saltar la tapia, y la linajuda señora tuvo que permanecer en ropas de dormir en el centro del patio, junto con sus sirvientes, mientras los soldados registraban hasta las alcobas. Luego, los talaveras cayeron como una jauría sobre la fonda de Belarmino Peña. El fondero y sus hijas apenas tuvieron tiempo de huir al campo dejándolo todo, sus escasos bienes, en manos de los asaltantes. Cuantas familias habían sido amigas y conocidas de los Rodríguez recibieron el mismo tratamiento. Pero nadie, en parte alguna, dijo una palabra sobre el posible paradero de Manuel. Sólo un rumor impreciso, sin origen, corría por la capital: "Rodríguez está levantando montoneras en el sur. El perseguido está organizando guerrillas para combatir a los realistas".

Las tropas de San Bruno empezaron a partir en pelotones dispersos hacia el sur, con el empecinado propósito de buscar al guerrillero en los valles y montañas, hasta encontrarlo.

Entretanto éste, seguido por la veintena de hombres que lo escoltaban como su Estado Mayor, llegaba a una herrería aislada junto al camino a San Fernando. Un estrepitoso ladrar de perros los envolvió cuando estaban desmontando y ño Fierro tuvo que abrirse paso a rebencazos entre los canes agresivos.

—¡Aparte, quiltro, no ladrís más! ¡Quita de ahí, moledera! ¡Compaire Lepe!... —La voz cavernosa del viejo campesino resonó en el recinto de la herrería y penetró en una casucha de adobes adosada a la parte trasera de ésta—. Compaire Lepe, ¿está usté hei? ¡Salga, que venimos a darle un malón!

Contorneando la fragua, enrojecido por el calor de las brasas, desnudo el grueso torso empapado en sudor, asomó el herrero sosteniendo una herradura al rojo con una larga tenaza.

—¿Que no es el compaire Fierro? —exclamó encandilado—. Aguántese un poco que eche esta herradura al agua.

El chirrido del hierro ardiente en la media tinaja de agua delató que interrumpía su labor y segundos más tarde asomaba el mentado Lepe en el hueco sin puerta de su herrería. Era un verdadero gigante, de pecho y hombros tiznados y barba cana constantemente chamuscada por las llamas de la fragua,

—Buenas tardes, compaire chonchón —saludó jocosamente a su amigo, secándose las manos en el delantal de cuero que lo cubría de la cintura abajo, y observando a los numerosos jinetes, dijo no sin cierto recelo—. ¡Ah, chitas, que viene usté con buena compaña!

Fierro le extendió la diestra, que quedó estrujada dentro de la zarpa del herrero, pero no pareció alterarse.

—Vengo con estos caballeros, que necesitan alojar por aquí, compaire.

—Van a tener que dormir paraos, como las golondrinas en los cercados —reflexionó socarronamente Lepe; no obstante, se volvió hacia el interior de su desvencijada morada y ordenó sonoramente—: ¡Pedro María, enciende toos los candiles y los pones en la mesa de comer! —Sólo entonces prestó atención a los componentes del grupo y se dirigió a Rodríguez, que se destacaba por su indumentaria y su estampa—: ¡Ailante, amigos! Si no hay mucho cariño es porque han pasao montón de realistas por aquí y nos han dejao el alma amarga. Pero un buen trago de vino habrá. Basta conque vengan con mi compaire Fierro.

Los acompañantes de Rodríguez agradecieron con la misma llaneza con que eran recibidos y penetraron en el amplio recinto de la herrería, ennegrecido desde el suelo al techo por el polvillo de carbón y el tizne que despedía la fragua.

—Acomódense donde puedan —les iba diciendo el herrero con aire cazurro—; too lo que se ve es asiento, menos yo.

—Muchas gracias, señor Lepe —le correspondió el bachiller y se arrepintió en seguida de haberle dado el tratamiento de "señor", que podía hacerlo aparecer como un señorito remilgado. Afirmó entonces la voz y prosiguió—: Me llamo Manuel Rodríguez y le agradezco en nombre de todos mis compañeros.

Al oír el nombre el rostro del herrero se limpió de recelos.

—¿Rodríguez?... —repitió—. Pero si es el mesmito que estaba con don Manuel de Salas aquella vez, en su chacra de Renca ¿Y qué anda haciendo por estos peladeros, señor, por Dios? ¿Si por aquí los reclutas no han dejado na? —Sin esperar la respuesta de su visitante, se volvió una vez más hacia el interior y gritó con entusiasmo—: Pedro María, desgollátate un par de gallinas y recógete unas habas ¡Hay que hacerle cariño a don Manuel Rodríguez y a los barretas que lo acompañan!

Los componentes de la banda celebraron con carcajadas el modo de expresarse del corpulento anfitrión y desde ese momento reinó perfecta camaradería entre todos. Mientras los hombres se repartían por los espacios despejados de la herrería, Lepe se trabó en conversación con taita Fierro y Rodríguez.

—Y agora en serio. ¿Qué andan haciendo por aquí? —quiso saber.

—Hemos salío al camino a pelear con los godos —le informó Fierro.

—¡Hum, bien armaos dicen que andan ésos y son hartos! —rumió Lepe.

—Espero que nosotros también seremos bastantes y muy pronto —le replicó Rodríguez gravemente—. Acudirán a nuestro lado todos los que han sufrido ofensas, los que desean tener una patria y los que no son cobardes. A los godos les pelearemos como podamos, hasta que llegue desde la otra banda el ejército que prepara San Martín.

El herrero se sobó la cabeza semicalva y frunció el morro.

—¡Hum, es en serio la baraja del naipe entonces! ¿Y aónde van a acampar?... van a hacer un cuartel de reunión?

—Vamos a la hacienda de Pancho Villota, en Teno, y despés a la de Pancho Salas, en San Fernando —le informó el bachiller.

—Hei'ta! —aprobó Lepe y remeció suavemente con una de sus manazas al joven, como para demostrarle que estaba de su parte—. Tomemos un trago en mate entonces pa afirmar la confianza —y girando el rostro hacia el interior, bramó—: ¡María, tráete el vino! —Rió en sordina—. Cuando se demora mucho, le quito el Pedro y lo dejo en María no más.

El invisible mozo a quien el herrero diera sus broncas órdenes no tardó en aparecer. Era un muchachón enteco, de pelos terrosos engrifados sobre la frente. Largo de piernas y de brazos, traía arracimados entre sus dedos flacos varios mates llenos de vino negro.

—Aquí están los mates, don Lepe —dijo con acento gangoso—; ya traigo más.

—Tráete el cántaro grande mejor —le observó el herrero—, así nos vamos sirviendo nosotros mesmos, mientras vos apurai la cazuela, cacho de flojera.

El muchacho salió rezongando y Lepe distribuyó los mates entre los hombres que tenía más cercanos. En un próximo viaje del mozo, todos quedaron con sus vacijas con vino en las manos y bebieron a la salud del dueño de casa. Se secaba el herrero la boca con el velludo antebrazo, chasqueando la lengua de satisfacción, cuando lo volvió a abordar Rodríguez:

—Escúcheme, ño Lepe: usté me va a dar un dato —le dijo, adoptando el habla campesina; y como el interpelado se quedara esperando, le aclaró—: Quisiéramos ver a José Miguel Neira, el de los cerros de Cumpeo.

El herrero emitió un ronquido largo y se quedó observando a Rodríguez por el rabillo de sus ojos.

—Mi compaire José Miguel es muy hombrazo, ¿sabe?

—¡Chis! ¿Y nosotros somos incienso? —terció Fierro.

Lepe rió cavernosamente, pero sus pupilas escondidas bajo la maraña de sus descomunales cejas escudriñaban a toda la banda, recelando de la razón que podía tener un grupo tan numeroso de hombres para buscar al bandido perseguido durante tantos años.

—Ustedes son muy guainas entuavía; ni se les ha secado el ombligo —arriesgó socarrón, pero alerto—. No saben lo que es salir al camino, ni lo que es un hombre que no le tiene miedo ni a Dios ni al diablo.

—¿Tanto así es José Miguel Neira? —le inquirió Manuel.

Lepe agitó varias veces la cabeza de arriba abajo e hizo grandes aspavientos tratando de demostrar cuánta verdad había en lo que afirmaba.

—Tanto que hasta anda en romances. Yo sé uno que cuenta por qué mi compaire Neira se echó al camino y es tan tremendo.

—Cuéntenos, ño Lepe —se oyó que solicitaban varias voces y el herrero infló su abombado pecho envanecido por el papel que le tocaba desempeñar. Echándose al coleto un nuevo mate de vino, para aclarar la garganta, como dijo por lo bajo, apretó el ceño para hacer memoria y principió a recitar con monótono sonsonete, pero mordiendo algunas palabras, la trova campesina que hablaba del bandido Neira, trova sin origen, nacida espontáneamente en la garganta de algún improvisador de versos repentistas, esos payadores que surgen de la masa ignara como las flores del cardo en los yermos calurosos.

Para que oigan los señores
y mediten las morenas
voy a decir el romance
del mentao huaso Neira.
En los campos de Colchagua
lo vio amanecer la tierra
y fue en un día de sol,
dentraba la primavera. Cuando el sol cava en el alma
y el ensueño se hace queja
Neira conoció a una mujer,
que era buena y era bella...

Cuarteta tras cuarteta, con rústica métrica y pegajoso ritmo, el moreno Lepe iba relatando el deslumbramiento del mocetón campesino ante el amor. Las metáforas simples pero acertadas, que comparaban a la mujer con las flores y los pájaros, escurrían de sus labios paladeadas y sentidas. Narraba cómo José Miguel Neira, ilusionado, sembró chacras, se afanó en el arado y juntó dinero para poder casarse.

Y se habló de casamiento
y de preparar la casa,
que sería de carrizo
y totora perfumada...

Luego vino la traición, la suerte común de las mozas bellas vivientes en una gran hacienda.

Una vez llegó allí el amo
y la miró de buena gana;
él era el señor del río,
del prado y de la montaña.
Ella sintió el corazón
lo mesmo que si le aleteara.

El dijo: Seré el padrino
de esta preciosa muchacha;
la prepararé p'al servicio
y la dejaré colocada.
Y tanto la preparó
qu'iba a florecer la amada.
Neira confiaba en el amo
y también en la muchacha,
pero el día del casorio
los pícaros se le escapaban.

La voz del herrero adquiriría sonoridades de ventarrón al recordar la infamia. Se había puesto de pie y declamaba con los puños crispados y las piernas abiertas, como si peleara.

Cómo un lión rugió Miguel y los siguió en el camino y cuando los encontró hizo su primer desatino. Los mató a l'entrá del pueblo con un cuchillo asesino; renegó de Dios y el diablo y se lanzó a los caminos.

Luego vino la descripción de las andanzas del bandido por las tierras de Colchagua y de Maule. La trova lo describía como lo imaginaban los aterrorizados labriegos:

Su puñal era una flecha,
sus ojos veneno vivo,
al matar a quien lo enfrenta,
sin temor a su destino.

Los guasos acompañantes de Rodríguez se estremecían al ritmo con que la voz rotunda declamaba los versos que hablaban de la estela ensangrentada que iba dejando el bandolero. Sentían aquella historia como un suceso propio y rechinaban los dientes al igual que el herrero. Alzado sobre las puntas de los pies, bamboleando su pesado cuerpo, Lepe declamó las últimas estrofas enronquecido, casi a gritos:

El se hace su justicia
y ¡ay del que quiera mandarlo!

Neira es el hombre libre
que los montes va montando.
¡Neira! es un grito de fiebre
pa los hombres afrentados
que buscan que sea libre
su país encadenado.

Cuando se apagó la voz del herrero Lepe, el silencio quedó lleno con el resollar impresionado de los hombres. Los rostros estaban tensos, peligrosamente mudos, y las manos se engarfiaban en los muslos como si todos se aprestaran a dar un salto de fiera.

Rodríguez tuvo que dejar pasar unos momentos antes de resolverse a hablar. Esperó a que sus hombres se bebieran despaciosamente sus vinos y a que Lepe se dejara caer en su banca con la cabeza gacha, como cansado.

—Me ha impresionado la historia del bandido Neira, ño Lepe, y me afirmo más en la idea de que es el hombre que necesito, —dijo y arriesgó con cautela—: Usted, que es amigo de él, ¿me puede llevar a su lado?

El herrero balanceó algún rato su inclinada cabeza, denotando irresolución y dudas.

—A mi compaire Neira no le gusta que lo busquen, aunque sea pa presentarle amigos. Tampoco cree en la amistá —aclaró. No obstante, resolviéndose de pronto, palmeó una rodilla del bachiller—: Pero tratándose de usté...

—¿Me va a llevar al campamento de Neira?

—¡Epa, yo no hei dicho tanto, ni me atrevería a hacerlo! Lo que sí puedo hacer por usté es preparar las cosas pa que su encuentro con Neira se produzca solo, así como por casualidá. De ese modo Neira no tendrá na que reprocharme.

Rió satisfecho de la solución que había encontrado y los demás guasos, similares en lo ladino, le hicieron coro, celebrando la astucia con palmetazos y encontrones que se daban unos a los otros.

—¿Cuándo me llevará, ño Lepe? —lo urgió Rodríguez, pero su interlocutor no parecía entender de apremios.

—No sé... Este invierno —dijo vagamente—. Neira baja de sus montañas cuando viene el frío. Hasta en eso se parece a los liones.

—Es una fecha muy imprecisa, ño Lepe; estamos apenas en abril —protestó el guerrillero, mas el herrero no parecía dispuesto a comprometerse o sinceramente no estaba enterado de los pasos del bandido.

—No puedo darle más noticias, don Manuel. Lo acercaré a las canchas de Neira, pero no sé cuándo lo encontraremos. Por eso le digo: en el invierno.

—Es que antes tengo que ir a la Argentina. Se me está poniendo pesado el barbecho por aquí y me escasean los recursos. Además, tengo que informar sobre las cosas que he hecho y las que he visto.

—Pues, vaya a la Argentina y cuando vuelva, yo quizás haya palabreado a Neira..., quizás.

Rodríguez tuvo que rendirse ante su tozudez y no insistió sobre el tema; en lugar de ello, le consultó sobre los pasos cordilleranos de la zona. Según el herrero existían dos: el de El Planchón y el de El Pehuenche y él podía proporcionarle un guía para que lo dejara a la entrada del más próximo.

—Pedro María, mi aprendiz —dijo señalando al muchachón desgarbado que los había servido—. Parece tonto; en verdá lo es, pero se conoce la cordillera como el jergón de su cama —concluyó haciendo resonar su risa socarrona en su pecho como bombo.

La súbita resolución de ir a Mendoza había germinado en la mente de Rodríguez extemporáneamente, como consecuencia de un plan que acababa de ocurrírsele. Esa misma noche lo participó a sus hombres, sentados todos en semicírculo junto a la fogata de la fragua. Rodríguez hablaba con la mirada perdida en las brillantes brasas, como si conversara consigo mismo; posiblemente su plan estaba madurando en esos instantes.

—Los jefes realistas han comenzado a diseminar soldados por estas tierras del sur para cazar a un insurgente llamado Manuel Rodríguez —iba diciendo—. Entonces yo me pregunto: si un solo Rodríguez les ocupa tanta gente, ¿qué ocurriría si, de repente, aparecieran varios? ¿Me entienden ustedes? —los guasos meneaban las cabezas, desorientados—. Vean ustedes —trató de aclararles el guerrillero—. ¿Qué pasaría si un día los realistas recibieran la noticia de que Manuel Rodríguez, al frente de su montonera, dio un asalto en San Fernando y al día siguiente tuvieran información de que Manuel Rodríguez atacó a una patrulla en el camino a Valparaíso y casi al mismo tiempo Rodríguez apareció por Melipilla? ¡Hm! Comenzarían a volverse locos, ¿no es cierto?

Los hombres se miraban unos a otros sin entender palabra; se oían sus cuchicheos extrañados y algunas miradas se volvieron hacia él observándolo con recelo de que estuviera desvariando.

—Oiga, don Manuel, usté nos está hablando en adivinanzas —terció el taita Fierro restregándose la espesa barba—, porque le hei de decir que de entenderle no le comprendimos na. Si va a estar un día en San Fernando, ¿cómo va a aparecerse al otro día en Valparaíso?

—Eso mismo es lo que se preguntarán los realistas y no sabrán darse una respuesta —le respondió Manuel sonriendo maliciosamente—. Pero yo les aseguro de que es posible. A ver, tú, Pablo Ortiz, levántate y acércate.

El aludido dejó su banca y se acercó sumisamente y algo cortado. Rodríguez se paró al lado suyo y se midió con él de los pies a la cabeza.

—Tú tienes, más o menos, mi estatura y un cuerpo parecido al mío. Ponte mi sombrero. ¡Póntelo, hombre, no seas leso!

Retirándose unos pasos para observarlo, se quitó la casaca de pana color café y se la extendió también. Esperó a que el hombre se la ciñera al cuerpo y con un gesto pidió a Pascual Silvestre que le pasara su manta de lana de vicuña y personalmente la colocó terciada sobre un hombro del guaso Ortiz. Después, lo contempló desde cierta distancia con ojo crítico.

—Agacha la cabeza, Pablo, para que no te veamos la cara. Así. —Se volvió hacia los demás y les mostró al hombre cubierto con sus ropas—. Díganme si éste, mirado de lejos y a la carrera, no es el mismísimo Manuel Rodríguez.

Los montoneros lo contemplaban boquiabiertos y aprobando con atontados movimientos.

—Ortiz, te regalo estas ropas —prosiguió Manuel—, pero las vas a llevar siempre puestas, ¿me entiendes?

—Muchas gracias, patrón. Pero ¿pa qué?

—Ya me vas a entender.

El joven se movía ante su banda con la ágil desenvoltura de un actor frente a sus espectadores.

—Oigan ustedes ahora. Durante mi ausencia, que será de unos veinticinco días, van a recorrer desenfrenadamente todos los caminos de esta región. Si se topan con pequeñas partidas realistas, las atacarán haciendo el mayor bullicio, o si se enteran del paso de alguna galera con pertrechos para las guarniciones realistas, la asaltarán con igual bulla. Y no se olviden de esto: en medio de las refriegas, todos ustedes llamarán a gritos a Pablo Ortiz, pero ¡dándole mi nombre!... ¡Mi nombre! ¿Lo recordarán?

Nadie respondió, no lograban entenderle, y se sentían abochornados por su falta de luces.

—Vamos a llamar a Pablo Ortiz con su nombre, don Manuel –repitió tontamente taita Fierro—. ¿Y pa qué?...

El bachiller suspiró, fastidiado, pero no cejó en su empeño.

—Para que los realistas crean que soy yo quien está dirigiendo la pelea. ¿No les entra en la cabeza lo que quiero conseguir?

Fue el propio Pablo Ortiz el primero en darse cuenta.

—¡Ah, pa'que naiden se entere que su mercé está en la Argentina! —exclamó triunfante.

— ¡Justo! Quiero que Manuel Rodríguez esté siempre presente. Y después voy a querer que Manuel Rodríguez esté en todas partes al mismo tiempo. Para eso voy a traer de la Argentina unos diez trajes igualitos a éste, y voy a meter dentro de ellos a diez hombres que se parezcan algo a mí. ¿Me entienden por fin?

Para los guasos fue como si se abriera el cielo en día nublado. Todos comprendían y celebraban con grandes voces la argucia de su jefe.

—¡Güeno con el patrón bien diablo! —se les oía exclamar—. ¡No había de ocurrírsele más que a don Manuel!...

Habiendo triunfado sobre la torpeza de pensamiento de sus hombres, Manuel dedicó todavía una hora a instruirlos sobre lo que debían hacer y evitar durante los veinticinco días de su ausencia, e hizo que taita Fierro les repitiera punto por punto sus instrucciones, ya que él quedaría como jefe de la montonera. Después, los autorizó para tumbarse a dormir.

Al alba siguiente emprendió viaje en compañía de su ordenanza Corrales, y guiados por el mozo de la herrería. Como el negro Lepe lo asegurara, Pedro María se conocía la región palmo a palmo, y tras una galopada de siete horas los dejó en la entrada del paso de El Planchón. Allí se despidieron y prosiguieron en direcciones opuestas.

El año se presentaba seco y todavía no caían las primeras nevazones del otoño, de modo que la senda, aunque abrupta, era perfectamente transitable. Los caballos de Rodríguez y Pascual tranqueaban parejo, sin descansar sino en las noches, y en tres días comenzaron a descender sobre la pampa argentina. No obstante la facilidad del cruce, Manuel calculaba que tendría que actuar con gran prisa si es que persistía en su empeño de volver a Colchagua antes de que el paso quedara cerrado por la lluvia y la nieve. Pero confiaba en que no tendría tropiezos y le alcanzaría el tiempo. Durante la marcha había redondeado el plan que expusiera a sus hombres, y estaba casi seguro de que el general San Martín lo aprobaría plenamente. Tenía estudiados hasta los nombres de los oficiales chilenos que lo acompañarían en su futura empresa.

—Ya verás —decía alegremente a su ordenanza, cuando principiaron a cabalgar sobre la línea horizontal de la pampa—. Antes de un mes tenemos cuando menos una media docena de Manueles Rodríguez corriendo por el centro de Chile. Va a ser para que se vuelvan locos San Bruno, Rafael Maroto y Casimiro Marcó del Pont. Les vamos a convertir sus cuarteles en un avispero, de donde los soldados van a estar saliendo a la carrera de un lado para otro. Y cuando ya tengamos bien revuelta la masa, ¡zas!, que se descuelgue el ejército que debe estar terminando de organizar San Martín.

Sin compadecerse del cansancio de sus cabalgaduras, los dos jinetes corrieron a lo ancho de la pampa hasta el fuerte San Carlos, vacío desde que los "blandengues" se trasladaran a Mendoza, y allí torcieron hacia el norte, en línea recta a Mendoza, a la cual entraron en la tarde del 20 de abril de 1815. Apenas embocaban la alameda, cuando un espectáculo inusitado les saltó a la vista. La Alameda y la mayor parte de las calles que entroncaban en ella bullían como una colmena de abejas; centenares de hombres, algunos uniformados, otros con vestimentas de labriegos, pero con ciertos arreos militares, como terciados, cinturones o quepises marchaban y contramarchaban de un lado a otro. Al fondo, en dirección noroeste, se divisaban recuas de mulas alejándose hacia la pampa. A los viajeros les dio la impresión de entrar en un campamento de gitanos por la acumulación de carretas y caballerías de toda especie.

—"San Martín está cumpliendo lo que tenía proyectado —pensó Rodríguez—; se ha puesto a organizar un ejército en grande". Pero en vano observaba tratando de distinguir algún chileno entre aquellos centenares de hombres; no divisaba a ninguno. Le parecía absurdo que San Martín hubiera despreciado la fuerza que representaban los soldados de Chile, que, por lo demás, eran los únicos que conocían los campos en que lógicamente habrían de librarse las futuras batallas. Pero, aparte los "blandengues", los Infantes de los Andes y algunos granaderos que pasaron al galope, todos los demás que se veían eran gauchos o negros, antiguos esclavos de las mansiones y las haciendas cuyanas.

—En fin, ya sabremos qué ha sido de nuestros compatriotas —observó filosóficamente—. Cuando nos fuimos a la otra banda, quedaban en Mendoza más de mil.

—Capaz que San Martín se los haya comido a todos —comentó venenosamente Pascual—. No le hacía ninguna gracia que estuviéramos aquí.

Resolvieron dirigirse a la posada de Meche Velásquez, que presumían con mucha razón debía estar enterada de todo.

La plaza Pedro del Castillo había cambiado notablemente en aquellos cuatro meses, tiendas y ventas diversas se veían alineadas en su contorno y en la cárcel se advertía un gran movimiento de guardias bien uniformados. Los dos hombres pasaron rápidamente frente a su macizo portón, con las cabezas gachas para no mostrar mucho los rostros, y fueron a detenerse frente a la posada de la antigua amante del general Carrera. Pascual se hizo cargo de las bestias, y las entró por una tranquera lateral a un vasto corralón vecino a la casa. Rodríguez entró paso a paso a la posada, en silencio por la hora de media tarde. Observando al pasar un emparrado que la dueña había levantado en el primer patio, no pudo menos que sonreír cariñosamente:

"Es una mujer de carácter esta Meche —pensó—. Llegará lejos, siempre que no la consuma el amor enloquecido que siente por José Miguel". El recuerdo indirecto de su amigo desvió su pensamiento hacia la suerte que podrían haber corrido él y los suyos. Imaginó que estarían en Buenos Aires, posiblemente presos todavía.

Entró a la sala principal de la posada, sin que nadie le saliera al paso; no se oía ningún ruido; sin embargo, se advertía que la casa no estaba sola, porque el suelo se veía recién barrido y los chorrillos de agua con que lo habían regado estaban frescos. Rodríguez golpeó las manos y llamó en voz alta, aunque mesurada:

—¡Gente!... ¡Misiá Meche!... ¿No hay nadie aquí?...

Desde un cuarto situado a espaldas del mesón le respondió apagadamente una mujer:

—¡Ya va! ¡Paciencia un momento!

Manuel se detuvo ante la puerta, ligeramente emocionado, y esperó a que se abriera. Por el vano apareció Mercedes Velásquez, secándose las manos en su delantal.

—¿Quién llama? —preguntó sin mirar. Parecía encandilada por venir de la luz a la penumbra. Divisando una figura de hombre, prosiguió—: ¿Necesita alojamiento, o viene solamente a...? —Calló, aturdida por la sorpresa, y sólo atinó a exclamar—: ¡Manuel Rodríguez!... —Avanzó rápidamente los tres o cuatro pasos que los separaban, y le oprimió los brazos a la altura de los hombros, como si hubiera querido abrazarlo y dejara el ademán a medias—. ¡Hombre, es usted como las ánimas; se aparece en el momento menos esperado!

Manuel sonrió cordialmente, con esa sonrisa suya tan característica, que le trazaba dos surcos circunflejos en las delgadas mejillas tostadas por el aire cordillerano.

— Aquí estoy de nuevo, Mechita. Y me alegro de ver que la vida la trata, bien.

La mujer hizo un gesto negando importancia al hecho, y su semblante pareció ensombrecerse.

—De los negocios no me puedo quejar; Mendoza está empezando a dar. Pero usted sabe que no estoy aquí por mi gusto. Espero, espero y no termino nunca de esperar. ¡Bah, hablemos de usted mejor! ¿De dónde demonios sale ahora?

—Vengo de la otra banda, mujer; de Chile. Pero conviene que no se sepa aquí que logré pasar al otro lado.

Mercedes rió, mostrando sus dientes fuertes, a tiempo que lo invitaba a sentarse ante una mesa.

—No se equivoque, Manuel. Hay muchos que saben que usted anda haciendo diabluras en Chile. Los arrieros, los exploradores que manda San Martín hasta las cumbres, han divulgado sus andanzas.

—Pues, mejor así —aceptó Rodríguez—. Si me ven ahora algunas personas en Mendoza, pasarán el dato a los realistas de allá, y eso va a confundirlos más todavía; se darán de cabezazos tratando de adivinar dónde está efectivamente ese condenado Rodríguez.

—Si es eso lo que busca, en mi posada va a encontrarlo; es el paradero obligado de todos los que tienen alguna relación con nuestra patria. Aquí viene toda clase de gente: patriotas, realistas disfrazados de patriotas, y hasta algunos espías argentinos. —Mercedes emitió una carcajada seca—. Se imaginan los incautos que me van a pasar gato por liebre.

Pero cuénteme qué ha hecho en Chile, Manuel.

El bachiller se acodó en la mesa y la miró parpadeando cómicamente.

—Mechita, sólo puedo confiarle que estoy levantando montoneras. San Martín y O'Higgins organizan un ejército para penetrar en Chile, y es necesario prepararles el camino.

La criolla golpeó con el puño sobre la mesa y toda su actitud trasuntaba el rencor más profundo.

—O'Higgins no tiene nada que ver con el ejército que se está organizando en Mendoza —dijo acremente.

—¿Como es eso?...

—O'Higgins se marchó a Buenos Aires. Ojalá no vuelva nunca.

Rodríguez comprendía perfectamente la razón de semejante inquina. Por culpa de O'Higgins, los Carrera habían sido enviados prisioneros a la capital del Plata.

—¿Qué ha sido de José Miguel? —le inquirió—. ¿Ha tenido noticias de él?

El rostro de Meche se distendió al oír el nombre de su amado, y su rencor se transformó en tristeza.

—Hace tres días recibí una carta suya. Me la envió con un oficial subalterno del general Alvear, que alcanzó a huir de Buenos Aires cuando su jefe cayó del poder. Me comunicaba que se veía obligado a marcharse a los Estados Unidos. Va con la esperanza de conseguir una flota con bastantes armas y tripulantes. Se empeña ahora en atacar a los realistas de Chile por el mar.

El guerrillero meneó la cabeza dubitativamente; le constaba que los Carrera no poseían ni siquiera los medios para subsistir holgadamente.

—¿Con qué recursos?... —observó, sin comentarios.

—No lo sé, pero tengo fe en él —afirmó porfiadamente Meche—. Bastará con que mi generalito hable con los que mandan en los Estados Unidos, para que le proporcionen lo que necesita.

Rodríguez volvió a esbozar un ademán negativo. No deseaba destruir la seguridad de la mujer, pero le dolía verla presa de una ceguera que sólo podía conducirla a sufrir una desilusión dolorosa.

—No sea usted tan confiada, Meche. José Miguel ni siquiera sabe hablar inglés.

La reacción de la criolla tomó de sorpresa a Manuel: se puso violentamente de pie y le dijo con sequedad agresiva:

—En mi casa no se pone en duda a José Miguel Carrera, ¿me entiende? El volverá con los medios suficientes para pasar a Chile y recuperar el poder.

—¿Y también se la llevará a usted? —la provocó Rodríguez, un tanto alterado por su acceso de violencia.

—¡Me llevará! ¡Me lo prometió! ¿Acaso usted lo duda?...

Rodríguez supo adivinar cuánta desolación y desesperanza palpitaban dolorosamente detrás de aquel rebelde empeño de aferrarse a una esperanza tan remota. Haciéndole un gesto e invitándola a sentarse nuevamente, le declaró con acento sincero:

—La admiro, Mcche. Ojalá yo tuviera una mujer capaz de empeñarse por mí como usted lo hace por su generalito.

La criolla se dejó caer lentamente en la silla y oprimió con fuerza una mano del guerrillero.

—¡Volverá! —insistió infantilmente, y la voz le flaqueaba—. Por favor, Manuel, no me destruya esa esperanza.

—¡Dios me libre de hacerlo! Ojalá regrese, y pronto. —Hizo una brusca transición, y tomó su acento ligero de siempre—. Meche, ¿puede usted alojarnos en su posada? Ando con mi ordenanza Pascual, mi collera, usted sabe.

—Eso ni que preguntarlo. —La mujer había recuperado su aplomo, y procedía con su natural vitalidad—. Si los desconocidos pueden hacerlo, pagando, los amigos de José Miguel vivirán en mi casa gratis, siempre y todo el tiempo que deseen. Pase usted, que debe venir cansado.

Contornearon el mesón y penetraron por la puerta por donde ella había aparecido. Más allá se veía un patio dilatado, con árboles y un parrón, y por ambos costados corrían hileras de piezas.

—Me he cansado tanto en los últimos tiempos, que ya no me doy cuenta de si lo estoy o no —iba diciendo Rodríguez, mientras caminaba en pos de Mercedes; y al contemplar su andar firme y gracioso el movimiento cadencioso de sus caderas, el cuello esbelto semioculto por la cabellera oscura y brillante, no pudo menos que envidiar a José Miguel Carrera. Cerró los ojos y agitó la cabeza, desviando su mirada. Pero no podía evitar seguir oyendo la voz cálida de su anfitriona.

—Le daré una pieza al fondo, cerca de la puerta trasera. Así podrá usted entrar y salir sin que lo vean —le decía prudentemente—. Es conveniente, ¿sabe? Nos han puesto una vigilancia disimulada. Yo me hago la lesa, como si no me enterara, pero no me engaña ese comandante, con su cara negra y bobalicona.

—¿A qué comandante se refiere?

—A Lorenzo Barcala. Es un negro. Justamente por ser el único jefe negro en el ejército cuyano le cargaron tan ingrata misión. Me parece que es nativo de San Juan. El general San Martín lo tiene de tapada como escribiente suyo. Y cuando vino por primera vez, se me presentó con mucha solemnidad: "Lorenzo Barcala, escribano del ejército de Cuyo". ¡A mí me van a engañar! —rió despectivamente.

—¿Y a todos los chilenos los vigilan así?

—A todos, es decir, a los pocos que quedan.

Rodríguez se le emparejó y la hizo detenerse, porque ese dato le interesaba sobremanera.

—¿Y los demás..., los que estaban aquí hace unos meses?

—Los mandaron engañados a Buenos Aires, pero en mitad del camino los obligaron a torcer rumbo, y se los llevaron enrolados al ejército del Alto Perú.

Un vivo desencanto se marcó en las facciones del guerrillero.

—De modo que el ejército que está organizando San Martín...

—No contiene a ningún chileno, o quizás a unos pocos, no más de diez. San Martín desconfía de todos nosotros. Hasta me atrevería a pensar que también recela de O'Higgins, y que por eso lo indujo a irse a Buenos Aires.

Rodríguez silbó por lo bajo, desilusionado. Temía que los hombres con quienes contaba para su futura empresa ya no estuvieran en el pueblo.

—¡Malo..., malo está eso! De modo que no quedan compatriotas aquí.

—Unos pocos, sí; los que sospecharon qué les iba a ocurrir y rehuyeron la orden de partir a Buenos Aires.

Una leve esperanza renació en Rodríguez; posiblemente entre esos rebeldes encontraría los que necesitaba.

Mercedes se había detenido frente a la última puerta del corredor, y la abría, levantando una vieja falleba. Más allá continuaba el patio, pero invadido de arbustos y matorrales, y, al fondo, se divisaba una puertecilla baja, de gruesos tablones. La mujer se la indicó con un brazo y en su ademán quedaba dicho todo. Por aquella puerta podría entrar y salir cuando lo deseara, sin que ningún morador de la casa se diera cuenta.

—Siempre usted tan atinada, Mechita —le agradeció Manuel, y penetró en la habitación.

—Repóngase usted primero, y después seguiremos conversando —le aconsejó ella desde la entrada—. Hay tantas cosas que ansío saber: ¿Cómo está Chile?... ¿Cuándo será posible regresar?... En fin, a la noche, cuando esté todo tranquilo, hablaremos. Por el momento voy a disponer que les preparen algo de comer.

—Gracias, Meche; nos hace falta; así como también a nuestros caballos. Mi ordenanza los entró.

—Bien, me daré una vuelta por la caballeriza también. Descanse.

Terminaba de comer el guerrillero, cuando entró en la habitación su ordenanza. Venía mordiendo todavía un grueso pedazo de charqui.

—Ya forrajearon los caballos, patrón, y su servidor también —dijo, satisfecho—. Vine por si me necesita para algo más.

Rodríguez afirmó con un movimiento, y señaló una carta que acababa de escribir y plegaba en tres dobleces.

—Vas a llevar inmediatamente este mensaje al propio general San Martín.

Corrales dilató los ojos, aterrado, como si le amenazaran con pasarle una brasa ardiendo.

—¿Yo?... ¿Que mi humilde persona vaya a ponerse delante del... del tremendo...?

—Lamentablemente, va a tener que ser así, Pascual. Las últimas instrucciones que me dio San Martín están vigentes todavía; y ellas me exigen mantenerme escondido, como si no estuviera en Mendoza. No quiero contrariarlo desde la partida, aunque ahora pienso que es mejor que se me vea mucho. De modo que tú irás a llevarle esta carta en que le participo que estoy aquí y que necesito verlo.

Pascual doblegó la cabeza y acató la orden con grotesca resignación.

—Si no queda otra solución..., sea lo que Dios quiera. —Tomó el mensaje y salió calándose la chupalla hasta las orejas y arrastrando los pies.

Las diez de la noche daba la iglesia parroquial de Mendoza cuando Rodríguez entró a la gobernación. Esa era la hora que le había señalado el general San Martín, después de leer su mensaje, y que lo estaba esperando quedaba de manifiesto en la luz que ardía en la sala de la comandancia.

Los dos hombres volvieron a enfrentarse, pero ahora la entrevista tuvo características diferentes a la anterior; ya el general no hablaba a Rodríguez como a un personaje del que es preciso recelar, sino como a un subalterno valioso, que trae informaciones útiles. Por tal razón lo escuchó atentamente, mientras el guerrillero le hacía un relato de todo lo que había visto y realizado en Chile, y un esbozo de sus planes para el futuro. Fue en esta última parte donde San Martín manifestó un mayor interés. El proyecto del montonero de hacer aparecer varios hombres con su nombre y parecida estampa dirigiendo guerrillas en el centro de Chile le hizo resplandecer la mirada adusta, y por primera vez Rodríguez pudo verlo en su verdadero aspecto de organizador, en su cualidad relevante.

Tanto era su entusiasmo, que llegado un momento lo interrumpió, diciéndole:

—Hasta aquí todo es perfecto, capitán Rodríguez, pero...

El título militar que acababa de darle dejó perplejo a Manuel. Una mueca de jocoso asombro se le marcó en las comisuras de los labios.

—¿Capitán ha dicho usted?

San Martín no se inmutó. Si lo había pensado antes o lo discurría en ese instante no logró saberlo el guerrillero.

—En un ambiente como el que he impuesto en Mendoza, en que todo debe tender a la vida militar, no puedo considerarlo a usted un simple civil. De modo que le daré el tratamiento de capitán y veré modo de incorporarlo con ese grado al Ejército de los Andes.

—¿Así se llamará el que está usted organizando?

—Sí. Pero déjeme continuar lo que estábamos tratando antes de que se me escape la idea. Le decía que encuentro perfecto su plan, pero no atino a adivinar con qué hombres cuenta para que se hagan pasar por usted. Entiendo que deben tener la misma estampa, el rostro parecido y, especialmente, un valor semejante al suyo.

Rodríguez estuvo a punto de lanzarse a reír al escuchar por primera vez una galantería en los labios parcos del general.

—Gracias —musitó y luego afirmó más alto—: En líneas generales, así debe ser. Y creo que podré encontrar los hombres adecuados entre mis compatriotas residentes en Mendoza.

San Martín acotó sin mirarlo, jugando con un lápiz que tenía en la mano:

—No son muchos los que van quedando aquí.

—Sé que usted no les quita el ojo de encima, general —dijo con cautela Rodríguez y aventuró entrecerrando los ojos—: Creo no equivocarme si supongo que tiene una lista de los oficiales.

El jefe cuyano lo miró de frente, con mal disimulado disgusto. No le era grato que alguien penetrara en sus manejos.

—Es usted muy perspicaz, capitán. Efectivamente, la tengo.

—Si me permitiera usted verla, podría indicarle cuáles de los allí inscritos me sirven —arriesgó el guerrillero sin inflexiones, como tanteando el terreno y se echó hacia atrás en la silla esperando la reacción de su interlocutor.

San Martín vaciló un momento, como si estudiara la conveniencia de exhibirle aquella lista secreta y se resolvió con la brusquedad habitual en sus decisiones.

—Espere usted —dijo y sacó una llave del bolsillo para abrir una pequeña gaveta de su escritorio, de la que, al cabo de unos segundos extrajo un papel escrito de su propio puño—. Esta es. No son muchos los nombres. Las demás...

—Ya sé. Partieron hacia el Alto Perú —lo interrumpió Rodríguez para evitarle una explicación engorrosa y tomó la lista.

—Bastante sabe usted para estar recién llegado —le hizo ver San Martín en tono que involucraba una velada reprobación, pero el chileno no le replicó, absorto en la lectura de los nombres registrados en la lista—. ¿Le sirve alguno de ésos?

Rodríguez afirmó con la cabeza.

—Cuando menos ya he encontrado a dos —dijo y leyó sus nombres en voz alta—: capitán Juan Pablo Ramírez y sargento mayor Diego Guzmán.

—¡Hum, bien los elige usted! Ya le diré por qué.

—Aquí hay otros dos más —siguió leyendo Rodríguez—: tenientes Ramón Picarte y Manuel Fuentes.

San Martín dejó escapar una risilla seca y despechada.

—Ni que fuera usted adivino.

Rodríguez levantó las ojos del papel y lo escrutó por encima del borde superior.

—¿Por qué dice usted eso, general?

—Porque esos cuatro oficiales son justamente los que se me están escurriendo constantemente de entre los dedos. Absurdo sería que usted no comprendiera que, por la seguridad de mi provincia, debo mantener vigilados a los hombres impulsivos que llegaron entre sus compatriotas, capitán. Con la mayoría me ha sido fácil hacerlo, pero no así con esos cuatro oficiales. Nunca se puede saber dónde están; son escurridizos como anguilas.

A Rodríguez le chispearon los ojos, marcándosele pequeñas arrugas en las comisuras hacia las sienes.

—Los conozco, por eso marqué sus nombres. Hombres como ellos son los únicos que pueden realizar tareas como las que deseo encomendarles.

—Está bien —dijo el gobernador, saltando por sobre sus propias consideraciones—. Los haré reunir en esta Gobernación en el menor tiempo posible.

Rodríguez se puso de pie imitando a San Martín que daba por terminada la entrevista, pero negó con un ademán.

—Perdón, general —dijo respetuosamente—, pero considero que será mejor que no intervenga usted en la búsqueda. Comprenda. Podrían imaginarse que los busca usted para...

—Para apresarlos, sí. Tiene usted razón. — Volvió la espalda y cruzó la sala a pasos lentos, evidentemente malhumorado—. Hágalos buscar por sus propios medios, será mejor.

—Los encontraré pronto, pierda usted cuidado —aseguró Rodríguez siguiéndolo hacia la salida—. Luego que me haya puesto de acuerdo con ellos, nos reuniremos con usted a una hora discreta y le explicaremos qué recursos vamos a necesitar. Lo único que sé hasta el momento es que deberemos atravesar la cordillera antes de la primera nevazón, de modo que debemos obrar con toda rapidez.

—Trabaje usted como mejor le parezca y venga en seguida a rendirme cuentas —aceptó San Martín—. Le proporcionaré todos los medios para que echen ustedes a andar las montoneras en Chile. Lo único que le recomiendo es que escoja usted a sus hombres con cuidado; no sea cosa que alguno le resulte falso.

Rodríguez rió en el momento de cuadrarse ante él.

—No creo que me engañe tanto el ojo, señor. Volveré a verlo antes de diez días y entonces daremos los últimos toques a nuestro plan. Buenas noches, general.

—Hasta luego, capitán.

Aquella misma noche, el guerrillero sostuvo una breve conversación con Meche Velásquez, en el cuarto que ella le destinó en su posada. Lejos, en el primer cuerpo del edificio, se escuchaban los sones de unas guitarras y el apagado rumor de los clientes habituales de la cantina. Manuel entregó a la mujer la lista de los cuatro oficiales que necesitaba encontrar indicándole que los hiciera acudir a la posada a la brevedad posible. Tenía la certeza de que ella manejaba en cierto modo los hilos de la vida de los chilenos en Mendoza y no se equivocó.

—Los haré llamar a nombre mío —dijo con seguridad la hermosa hembra y añadió con risueña coquetería—: Ninguno dejará de venir, se lo garantizo.

—Ni yo —bromeó Manuel—, aunque arriesgara la vida. Con el anzuelo de esos ojos...

Meche rió exhibiendo su deslumbrante dentadura y Rodríguez la sintió en la plenitud de su belleza. Pero ella volvió al momento a la seriedad.

—No, no, Manuel; nada de ensayos conmigo.

—Jamás me atrevería —confesó el joven riendo abiertamente—. Todo lo que le pido es que me haga acudir a esos oficiales.

—Mañana en la noche le aseguro que estarán todos aquí.

El invisible poder de la criolla quedó de manifiesto entonces. Manejando a los clientes de su taberna como mensajeros los desparramó por todos los recovecos de Mendoza y de las viñas de los alrededores. A las diez de la noche siguiente, como había prometido, se encontraban encerrados en el cuarto de Rodríguez el capitán Juan Pablo Ramírez, el mayor Diego Guzmán y los tenientes Ramón Picarte y Manuel Fuentes. Los cinco hombres se estrecharon las manos vigorosamente y tomaron asiento en torno a la mesa, sobre la cual Meche había colocado una botella de vino y los vasos correspondientes. La entrevista que sostuvieron se prolongó hasta las primeras luces del alba y luego los cuatro oficiales volvieron a desvanecerse por las callejuelas de Mendoza. Tres días más tarde, pasado el toque de queda, se hallaban en presencia de San Martín, pero los acompañaba un joven rubio, de anchas espaldas y de actitud arrogante.

Las pupilas oscuras y penetrantes del gobernador cuyano escrutaron lentamente a los seis hombres que estaban de pie ante él y esbozó un gesto aprobatorio. Todos eran de una misma estatura y de corpulencia semejante. Aunque sus rostros no se parecían, algo había de común en todos ellos, tal vez la vivacidad de los semblantes, la agudeza de las miradas, la expresión resuelta. Pero Rodríguez había marcado solamente cuatro nombres en la lista del general y en ese momento lo acompañaban cinco hombres. San Martín observó con recelo al quinto y fue preciso que el guerrillero le explicara la razón de su presencia allí.

—El último de la fila no figuraba en la lista suya, general, porque no pertenecía al ejército chileno. Es Francisco de Paula Lattapiat, hijo de un militar francés y de la dama española doña Agueda Monasterio de Lattapiat.

El gobernador arrugó el entrecejo denotando sus dudas. No aprobaba evidentemente la incorporación del hijo de una española en una misión que exigiría la lealtad más incondicional. Rodríguez adivinó, al igual que sus compañeros, el recelo del general.

—Explícale tú mismo tu situación, Francisco —pidió al joven rubio a quien se aludía. Este habló brevemente, afectado por la desconfianza del gobernador.

—Mi padre murió hace tres años. Era un francés republicano y nos inculcó a mi madre, a mis dos hermanas y a mí las ideas de libertad. Por eso, mi madre, aprovechando que poseemos dos fundos allegados a la cordillera, entre Santa Rosa de los Andes y las cumbres, me envió a Mendoza para que me enrolara en el ejército que Usía está organizando.

—¿Y por qué no se presentó antes, señor Lattapiat?

—Porque llegué solamente anteayer, señor.

—¿Solo?...

—Solo, señor. Conozco la cordillera de memoria. Me criaron en los fundos de mi familia, que ya le he dicho quedan apegados a ella, en el lugar llamado la Rinconada de Los Andes.

—Por eso lo he incorporado a nuestro grupo, general San Martín —terció Rodríguez entusiastamente—. Francisco será nuestro enlace entre el pueblo de Los Andes y Mendoza. Asegura ser capaz de cruzar la cordillera en cualquiera época del año. Además, cuenta con la autorización de su madre para que ocupemos esos dos fundos vecinos a la cordillera como centros de reunión o refugios, en caso de peligro.

—Mi madre posee, además, una casona en Santiago, en la calle de La Merced N°40, próxima a la Plaza de Armas. Servirá para que todos nosotros dispongamos de un lugar seguro donde alojarnos.

San Martín pareció tranquilizado y tomó asiento, despreocupándose del joven para fijar su atención en los cuatro restantes.

—Son los cuatro que marcamos en su lista, general —le advirtió Rodríguez—. Los iré nombrando y ellos le explicarán dónde han de actuar y en qué forma. —Apartándose un paso de la fila, señaló al más próximo—: Sargento mayor Diego Guzmán.

—¡A la orden! —contestó el aludido—. Actuaré en Santiago bajo el nombre de Víctor Gutiérrez, quien fue un realista de Valparaíso y murió en una refriega popular. No dejó parientes que puedan desconocerme.

—¡Teniente Ramón Picarte!

—¡A la orden! Trabajaré bajo el mando del mayor Guzmán en Santiago, encubierto con el nombre de Vicente Rojas, conocido realista de Talca, que se encuentra enclaustrado voluntariamente en una hacienda sureña.

—¡Teniente Manuel Fuentes!

El señalado, de menos edad que sus compañeros, se cuadró enérgicamente llevándose la diestra a la sien.

—También me moveré en Santiago a las órdenes de mi mayor Guzmán y bajo el nombre de Feliciano Núñez, vendedor de velas asesinado en el Tajamar.

—¡Capitán Juan Pablo Ramírez!

Era sin duda el más parecido a Rodríguez; hubieran podido pasar por hermanos. Sonreía con el mismo desparpajo que el bachiller.

—Mi zona será Concepción, donde viviré con el nombre de Antonio Astete, viejo hacendado realista, fallecido hace poco en su chacra de Chillán, lejanamente emparentado con mi familia.

—Y Manuel Rodríguez, servidor —concluyó con acento ligero el guerrillero—. Firmaré mis mensajes con el apodo de El Español y me moveré entre Valparaíso y Concepción coordinando las acciones. Los seis aquí presentes vestiremos ropas iguales: casaca de pana marrón, pantalón gris, bota corta, manta de vicuña y sombrero cordobés negro. Montaremos, siempre que sea posible, caballo negro, de cola y crines largas.

—Comprendo —aprobó San Martín—. Así la figura será reconocible desde cualquier distancia.

—Y ante los miembros de todas las montoneras que formemos, cada uno de nosotros será Manuel Rodríguez —concluyó el guerrillero sin envanecerse—. Así mi humilde nombre será voceado simultáneamente en diversas partes, provocando la mayor confusión a los realistas.

—¡Perfecto!

San Martín se puso de pie e hizo una seña a su ayudante que se había mantenido discretamente en la sombra de un rincón. Este avanzó y abrió las puertas de un armario empotrado en el muro. La estantería interior se veía repleta de los objetos más heterogéneos: ropas, cajas, botellas, armas, cuerdas, adornos femeniles, etc.

—Con mi ayudante hemos separado todos los elementos necesarios para diez hombres, incluyendo armas, dinero español, mantas, caballos y algunas sotanas de frailes de diversas órdenes —puntualizó el jefe cuyano indicando los efectos que se veían en los anaqueles.

Rodríguez se acercó y fue examinándolos meticulosamente.

—Agregaremos algunos collares, pulseras, polvos de olor y frascos de agua de rosas —enumeró con seriedad, pero volvió el rostro hacia el general y en sus pupilas brillaba una chispa maliciosa—. Usted sabe, una mujer conquistada puede servir para derrotar a todo un regimiento.

El cuyano insinuó una mueca que pretendía ser una sonrisa.

—Trasládense al almacén de aprovisionamiento y pidan a mi ayudante lo que les falte. —Esbozaba el ademán de dirigirse a la puerta, pero se detuvo asaltado por una idea repentina—: ¡Ah, una última pregunta! ¿Qué juramento los liga, qué les garantiza que si uno cae en desgracia no denunciará a los otros?

Los seis hombres se miraron entre sí, desconcertados por la interrogación y se encogieron de hombros. Rodríguez resumió el pensamiento de todos:

—Ninguno, general; solamente nuestra palabra de honor de chilenos. Y eso nos basta. —Como si aquella afirmación fuese la apropiada para poner término a la entrevista se cuadró ante el gobernador imitado por sus cinco compañeros—. Hasta pronto, general. Pasaremos la cordillera antes de que amanezca. Cuando nos sea posible, le enviaremos noticias nuestras y de los realistas.

—Hasta pronto, señores oficiales —les contestó San Martín escuetamente y los despidió con una rígida inclinación de cabeza.

Era una extraña caravana la que trasmontaba la precordillera andina aquel 28 de abril de 1815; parecía un solo jinete multiplicado en seis por capricho de un curioso espejismo. Eran seis Manuel Rodríguez cabalgando uno en pos del otro. Solamente el ordenanza Corrales desentonaba en aquel conjunto de hombres idénticos, porque vestía de manera diferente y montaba sobre una mula. Buen ojo había tenido el guerrillero para escoger a sus sosias; a primera vista y a cierta distancia nadie hubiera podido determinar cuál era el verdadero Manuel Rodríguez. Por obra del ideal común que los embargaba y de la camaradería fácilmente nacida entre ellos, parecían copiarse los gestos, hasta reían del mismo modo. Encabezaba la columna Francisco de Paula Lattapiat, como mejor conocedor de la zona, e iba marcando la ruta con toda seguridad. Tras él marchaba Manuel Rodríguez, anotando los accidentes del sendero en un rudimentario croquis. Lo seguían Diego Guzmán, Juan Pablo Ramírez, Ramón Picarte y Manuel Fuentes. Cerraba la marcha Pascual Corrales.

Durante la noche trotaron regularmente por espacio de 20 leguas en dirección al este, levemente inclinados hacia el norte. Comenzaba a amanecer cuando divisaron un pobre caserío de chozas construidas con piedras, barro y cañas. Lattapiat se volvió sobre su montura y lo señaló a Rodríguez.

—Ese es Canota, Manuel.

—¿Entraremos en el pueblo, Francisco?

El interrogado hizo un gesto desdeñoso y negativo.

—No vale la pena. Bastará con que se graben ustedes la ubicación que tiene, porque este pueblito es el punto de partida de casi todas las sendas de la precordillera. Pero es preferible que lo sorteemos; seguramente debe haber alguna guarnición militar, soldados del "11.º de Infantería", que comanda Gregorio Las Heras.

Rodríguez asintió con un ademán; sabía que San Martín mantenía aún a ese batallón resguardando los pasos cordilleranos. Decidió confiar enteramente en la decisión de Lattapiat. Este guió su cabalgadura hacia la derecha para flanquear el caserío y siguieron marchando. El joven guía les daba algunas indicaciones, de vez en cuando.

—Ahora entraremos en la pampa de Yalhuaraz. Es un peladero árido y sembrado de cascajos, pero no existe otra ruta para llegar al paso que busco.

El propósito de Lattapiat era el de cruzar la cordillera por el boquete de Valle Hermoso, pero se reservaba la posibilidad de hacerlo por otro lugar, en caso de que las condiciones de la atmósfera les cerraran el camino. Sabía que existían tres boquetes para elegir. El de Valle Hermoso era el más fácil en caso de que no se desencadenaran las primeras tormentas del otoño. En circunstancias adversas tendrían que intentar el cruce por el paso de Las Yaretas, ubicado más al norte, o por el de Lo Ibáñez, pero este último lo emplearían sólo como supremo recurso, si se vieran acorralados por la nieve; era el más alto y difícil, mas siempre se mantenía abierto por ser un profundo cajón.

Después de dejar atrás la pampa de Yalhuaraz, cruzaron las estancias de Jahuel y Las Higueras, comenzando en seguida a repechar la precordillera por el llamado Cordón del Tigre. Desde la cumbre de esa sierra avistaron, abajo y al norte, el encerrado valle de Calingasta, por cuyo centro corría el río San Juan.

Pese al cansancio de las bestias, Rodríguez pugnaba por proseguir la marcha ininterrumpidamente, pero Lattapiat lo disuadió con filosofía práctica.

—Te advierto que en la cordillera la conducta más segura es saber tener paciencia —le sentenció.

Desmontaron y se tumbaron en el suelo, en tanto que Corrales reunía palos secos para encender una fogata.

—¿Por dónde proseguiremos? —quiso saber Picarte, y el joven Lattapiat se conformó con señalar hacia el este, en dirección al río que bajaba por un estrecho cañadón.

—Vamos a cruzar el río por el vado de Los Hornillos —dijo apuntando con un dedo a una enorme roca negra que se divisaba en la ribera izquierda—. Por ese punto emprenderemos el verdadero ascenso hacia las cumbres. Iremos bordeando un afluente que se llama río Las Leñas, hasta desembocar en una hondonada abierta, dos jornadas más arriba, que es la ciénaga de Manantiales. Allí acamparemos y daremos descanso a las bestias.

—¿Y qué hay con nuestros propios huesos? —inquirió Guzmán con una carcajada.

—Se supone que tendrás los tuyos más duros que los de tu caballo, Diego —le respondió el gula.

El mayor Guzmán se sobó ostentosamente las posaderas, fingiendo una mueca dolorosa.

—Vas a tener que forrártelas con cuero —le recomendó en son de broma el guía—. Te advierto que aún no entramos en la verdadera aventura.

Antes de que aclarara totalmente estaban ya sobre sus caballos y descendían hacia el río San Juan. El vado de Los Hornillos tuvieron que cruzarlo atados en una larga cordada, pues la corriente era terriblemente impetuosa. Y, en efecto, tal como lo asegurara Lattapiat, allí comenzó el verdadero ascenso. Durante dos días y medio cabalgaron siempre subiendo, deslizándose por estrechas sendas labradas en los paredones de los cerros. Sólo detenían la marcha cuando comenzaban a caer las sombras y el ordenanza se apresuraba a buscar leña para encender una fogata. Su máxima primordial era:

—El fueguito es la vida.

A media tarde del tercer día entraron en un espacio abierto, que se extendía en línea casi horizontal. Junto al río, ensanchado por verse libre del cajón por el cual corría, se observaban numerosas lagunas, en torno de las cuales crecían abundantemente el pasto y los totorales. Era la ciénaga de Manantiales.

Los caballos, reconfortados por el agua y el forraje, se tumbaron apiñados junto a una de las lagunas y los hombres se acostaron en sus mantas en torno al fuego, se los veía arrebujados porque comenzaba a reinar el frío de la altura, recrudecido por los primeros vientos helados del otoño. Rodríguez observó los rostros de sus compañeros.

—¿Cómo te sientes, Picarte? —consultó al más próximo.

—Perfecto, Manuel —le respondió el aludido, sonriendo.

—¿Y tú, Guzmán?

—Como una lechuga, fresco y recibiendo el sereno de la noche con paciencia.

El guerrillero miró a Fuentes, como repitiéndole la misma pregunta. El teniente bostezó con pereza y se arrebujó más en su manta.

—Lo único que quiero es echar un buen sueño.

Consultado el capitán Ramírez, contestó:

—Nací para esto, Manuel.

Rodríguez se envolvió también en su manta y cerró los ojos reconfortado. Pero no todos parecían dispuestos a dormir. El ordenanza Corrales, que yacía apegado al vientre de su mula, levantó la cabeza.

—¿Y hasta dónde nos pegamos el otro saltito mañana, mi subteniente Lattapiá?

El joven rodó medio cuerpo y lo contempló con divertido asombro.

—¿Desde cuándo tengo grado, Pascual?

El ordenanza se rascó la revuelta pelambrera y emitió algunos gruñidos.

—Es que... como todos aquí son mayores, capitanes y tenientes..., ¡güeno!..., ¿cómo lo voy a dejar de civil no más, pus, don Pancho?

Los expedicionarios rieron en sordina dentro de sus ponchos, y Lattapiat respondió a la consulta del asistente.

—Mañana vamos a comenzar a subir en serio. Tendremos la jornada más larga: unas doce horas seguidas. Pero no nos podemos detener hasta que lleguemos a un desfiladero abierto al pie de un murallón de montaña. Se llama El Peñón. Su acumulación de rocas es el único reparo donde nos podremos refugiar para dormir. Allá arriba hace frío de veras, y el viento sopla fuerte. De modo que traten de dormir. Mañana tendremos una marcha dura y, o mucho me equivoco, esas nubes que están asomando por el sur, mañana van a ser como un poncho mojado envolviendo las cumbres. Así es que, buenas noches.

—Será lo que Dios disponga —filosofó Corrales—. Buenas noches, mi subteniente Lattapiá —y se estrechó contra el vientre de su mula, tratando de robarle el calor.

En la jornada siguiente, poco después del mediodía, el teniente Fuentes fue quedándose atrás. Su caballo manqueaba de una de las manos, y no quiso exigirlo. Sus compañeros, sabedores de que el oficial era un espléndido jinete, no se preocuparon por su retraso. Sin embargo, cuando acamparon junto a El Peñón, se fijaron turnos de guardia para esperar su llegada. Fuentes arribó pasada la medianoche; se había visto obligado a hacer un largo trayecto a pie. Por esa razón, lo dejaron dormir una hora más por la mañana, y cuando despertó, ya estaban los animales ensillados, y la carga sobre las mulas. La montura de Fuentes había sido colocada sobre una de éstas.

Mientras el joven se despabilaba con un mate caliente que le ofreció el ordenanza, Rodríguez y sus compañeros escuchaban al joven Lattapiat, que les señalaba la ruta que tendrían que seguir. El brazo del guía describía un largo trazo, indicando un dilatado cordón de altísimas montañas que les cerraba el horizonte por el oeste. En la empinada ladera se distinguía el sendero culebreante que desaparecía y volvía a aparecer entre los abruptos montes.

—Ese cordón montañoso es El Espinacito, la columna dorsal de la cordillera en esta zona —les ilustraba Lattapiat—. No hay forma de esquivarlo.

—¡Buena escarpa es ésa! —reflexionó Rodríguez, impresionado, observándola. Sentía la respiración entrecortada, lo que lo hacía suponer que se hallaban ya a una altura próxima a los tres mil quinientos metros. Calculaba, con razón, que el paso de El Espinacito les exigiría remontarse a más de cuatro mil quinientos metros.

—¿Aguantaremos bien el cruce? —inquirió Ramírez.

Lattapiat se encogió de hombros, y cuando respondió, lo hizo dirigiéndose a Rodríguez.

—Nadie puede decir cómo reaccionará en la altura. Por eso tomaremos las precauciones de los arrieros. Distribuye charqui y galleta. Iremos masticando lentamente sobre la marcha. Ahora nos tomaremos un vaso grande de agua cada uno y nada más.

Rodríguez hizo que el ordenanza abriera uno de los sacos, y comenzó el reparto de los víveres, pero antes de emprender la marcha, echó mano de otro de los líos y sacó unas cebollas y unos ajos.

—He oído decir que esto es lo mejor para la altura. Tomen. Mastiquen un diente de ajo y un casco de cebolla en cada ocasión que sientan cansancio o el corazón muy acelerado.

Reanudaron la marcha. El sendero, cada vez más angosto, era irregular y estaba sembrado de guijarros oscuros que se escurrían bajo las patas de las bestias. Al mediodía, cuando el sol se observaba más radiante, y sin que nube alguna cruzara el cielo, sorpresivamente se dieron cuenta de que la atmósfera comenzaba a llenarse de brillos fugaces. Era como si cayeran del cielo millares de minúsculos espejos o agujas de cristal. El aire se veía lleno de pequeños arcos iris que se encendían y apagaban casi al instante. Lattapiat sonrió, divertido por la extrañeza de sus camaradas.

—Es la escarchilla, muchachos —les explicó—. El aire está tan seco a esta altura, que su escasa humedad se congela por causa del intenso frío. Así se forman esas agujas de hielo que caen suavemente. No significan sino que el aire se está enrareciendo cada vez más.

—¿Y allá arriba, en El Espinacito, cómo irá a ser, entonces? —reflexionó escandalizado el ordenanza.

—Allá el asunto es bravo, compañeros —les informó seriamente Lattapiat—. Aunque reine un sol esplendoroso, el viento sopla con tanta furia, que hay que desmontar e irse apoyando mutuamente con el caballo. Y pese al viento, el aire parece que no entrara en los pulmones. Es la peor parte de la travesía, pero la cruzaremos; no hay cuidado.

Los siete hombres aprobaron en silencio, y, subiéndose el cuello de las mantas hasta cubrirse las orejas, dejaron que las bestias fijaran su propia velocidad de marcha.

Empezaron a trepar la monumental montaña que les cubría la visión de norte a sur. Con el alma sobrecogida por la majestuosidad de la barrera, se esforzaban por trasmontarla lo más rápidamente posible, temerosos de ser alcanzados por la noche entre sus precipicios; pero a las pocas horas la marcha se les fue haciendo más lenta y difícil. Progresaban en fila india, equilibrándose sobre un sendero de no más de un palmo de ancho, suspendido a enorme altura sobre el cajón del río Las Leñas. La senda zigzagueante estaba cortada a trechos por aludes de pedruscos sueltos, o cruzaba por escalones de piedra pizarra, donde las bestias resbalaban.

Sobre los cuatro mil doscientos metros de altura se hicieron presentes los calamitosos efectos de la puna. Los caballos respiraban estertorosamente, con los ojos salidos de las cuencas y las venas del cuello dilatadas. Súbitamente, una de las mulas de carga comenzó a sufrir el soroche y el cuadro que ofreció era impresionante. Caída sobre los cuartos traseros, estiraba el cuello y gemía con dolor, como una mujer. Tuvieron que detenerse, y Lattapiat le embadurnó el hocico con ajos machacados. Veinte minutos después, reanudaron la ascensión.

Ya cerca del filo de las cumbres surgió el viento huracanado y la temperatura bajó hasta el extremo de que se les congeló el agua en los odres. Los expedicionarios observaban cómo la respiración se les convertía en escarcha sobre el labio superior; el frío les traspasaba las mantas, les quemaba las manos crispadas sobre las riendas y el ventarrón los obligaba a parpadear constantemente, para que no se les congelara la humedad sobre las córneas. Llegó un momento en que los caballos eran empujados en forma tan impetuosa por la fuerza del vendaval, que subían tambaleándose.

—¡Nos vamos a desbarrancar si seguimos montados! —advirtió Rodríguez, y echó pie a tierra penosamente—. Sigamos llevando a las bestias de los ronzales.

Sus acompañantes lo imitaron, y, como Picarte intentara una observación, el guía lo hizo callar.

—No hablen; se van a fatigar más. Arrastren a los caballos que van enceguecidos.

Cerca de dos horas demoraron en trepar los últimos mil metros. Avanzaban paso a paso, encorvados sobre la tierra, con los rostros hundidos en el cuello de las mantas. Por fin, asomaron a la meseta-cumbrera de El Espinacito. Era una vasta explanada sin ondulaciones, lisa como una mesa, que exhibía en el centro una gigantesca roca amarilla, y regularmente rectangular y de aristas filosas. Aquí el viento multiplicó sus ímpetus. Las mantas, arremolinadas, parecían banderas tremolando locamente. Las bestias marchaban con los hocicos a flor de tierra y las patas muy abiertas; no obstante eso, el viento las hacía derivar hacia los bordes de la meseta.

Siguiendo las instrucciones de Lattapiat, los expedicionarios apoyaron un hombro contra la paletilla de sus caballos, y, cogiendo las bridas bajo los belfos del animal, fueron guiándolos, apuntalándose el hombre y la bestia mutuamente.

—¿Hasta dónde sigue este infierno, Pancho? —preguntó a gritos Picarte, y tuvo que callar de golpe, peligrando asfixiarse.

El interrogado hizo un ademán vago con un brazo, como indicándole que no se hiciera la ilusión de que terminaría tan pronto. Señaló hacia el otro extremo de la meseta, que se veía distante unos quinientos metros. Pero en lugar de encaminarse en esa dirección, condujo su caballo hasta el pie de la gran roca amarilla.

Los demás lo siguieron, formando cada uno un trípode con su animal. Difícilmente lograron llegar hasta la roca central y, colocados a barlovento de ella, pudieron hurtar un tanto el cuerpo al viento, que aullaba con ferocidad, Extenuados, se tumbaron junto a sus bestias y quedaron resollando penosamente. Al cabo de unos instantes, Rodríguez pudo emitir algunas palabras:

—¿Cómo están todos?... ¿Alguno se siente mal? —inquirió balbuceante.

—Todos nos sentimos mal, Manuel, pero no vamos a aflojar —le respondió Picarte, en igual forma.

Lattapiat les hizo señas de que callaran, para no malgastar energías. De súbito, el mayor Guzmán descubrió que Corrales estaba tendido de espaldas y le brotaba sangre por las narices. Se incorporó alarmado, pero Lattapiat lo sujetó de un brazo.

—Déjalo; eso lo aliviará.

No obstante, Rodríguez se levantó, inquieto, y a gatas se acercó a su ordenanza. Temía que el mal se le agravara, por ser demasiado corpulento y sanguíneo. Lo remeció de un hombro hasta que lo hizo abrir los ojos.

—¿Qué tienes? ¡Contéstame!

Corrales le respondió con un gemido infantil.

—Parece que me llegó la hora, patrón —y comenzó a llorar, con hipos convulsivos—. Me creo que me voy a morir, don Manolito... Me salta el corazón como una campana...; me golpea en la frente, en el cogote, en los talones.

Rodríguez lo sacudió vigorosamente, para arrancarlo de ese estado,

—¡Hombre, por la vida, tú nunca has llorado! ¿Cómo es posible que tengas miedo ahora?

—Si no es na miedo, patrón...; es que me estoy muriendo, y me dan ganas de llorar, no sé por qué.

Lattapiat se había puesto de pie y se afirmaba en su caballo.

—Es la puna, Manuel —dijo—. La puna hace llorar a veces. No se va a morir, pero tenemos que bajar pronto.

Rodríguez echó mano a su bolsillo y sacó una cabeza de ajo y un pedazo de cebolla; sin miramientos, los introdujo en la boca del asistente y se los estrujó contra los dientes.

—Anda chupándolos de a poquito. Así. Reclínate en la barriga de tu mula, que es más sabia que tú, y se ha quedado quieta, descansando. Cuando te sientas mejor, avisas. Yo estaré aquí, al lado tuyo.

El guía insinuaba gestos de desaprobación.

—No te gastes, Manuel. Aquí el que se apuna tiene que arreglárselas solo. Son gajes de la altura; después uno se acostumbra.

El guerrillero se había quedado sentado junto a Corrales, y respiraba con suma dificultad. El único pensamiento que cabía en su cerebro, limitado por la falta de oxígeno en la circulación sanguínea, era que si el ejército de San Martín, pasaba por ese punto para entrar a Chile se le morirían muchos soldados. Alcanzaba a comprender, sin embargo, que era la senda más adecuada. Siendo los otros pasos más fáciles, lógicamente estarían mejor vigilados. Nadie se imaginaría que un ejército se atreviera a utilizar aquella ruta.

—Van a quedar centenares de hombres mirando definitivamente al cielo —musitó para sí—. Esto es endiablado. —Sentía que el corazón se le estrellaba contra la garganta. Alzando un poco la voz, preguntó a Lattapiat—: ¿Tenemos que pasar por otras alturas como éstas?

—Una más: el Alto del Cuzco. Esa es ochocientos metros más alta.

—Como Manuel emitiera un silbido de espanto, lo tranquilizó—: Pero no sopla viento y no hay puna. Es una de las rarezas de la cordillera.

Pascual Corrales se había incorporado, demostrando sentirse mejor.

—Sigamos andando antes de que me dé otra pataleta —articuló con voz temblorosa, y remeció las bridas de su mula, para que se levantara también.

Lattapiat dio la orden de marcha, y todos volvieron a tomar sus animales de las riendas, y empezaron a andar nuevamente, en silencio, paso sobre paso. Media hora más tarde comenzaron a descender desde el borde de la meseta, y la enorme masa del monte los cubrió del viento. Hicieron otro breve descanso, y, considerando que los caballos ya se reponían, volvieron a montar.

Poco más tarde, al doblar un recodo del sendero, avistaron al fondo, en la juntura de las cadenas montañosas, un hilo plateado. Era el río Los Patillos, según les informó Lattapiat.

—Si la noche no nos cubre, acamparemos a su orilla —dijo éste, pero sus compañeros comprendieron que era una estimación muy optimista. Se habían retardado excesivamente en la travesía de la cumbre de El Espinacito; el sol alumbraba apenas las cimas más altas de los montes.

Lattapiat se volvió sobre su montura, y señaló las dos cumbres más altas, una al norte y otra al sur.

—Son el Mercedario —dijo, aludiendo a la primera— y el Aconcagua —señalando a la segunda—. Dos de los montes más altos del mundo.

Rodríguez se quedó atónito, y se estremeció al pensar que debían pasar entre ellas dos.

—Te imaginas a un ejército cruzando por estos precipicios, con cargas, víveres, pertrechos, cañones, municiones... —exclamó.

Lattapiat le respondió tratando de reír, pero al hacerlo por los labios resquebrajados le escurrieron gotas de sangre.

—Tendrá que pasar —dijo—. Es la primera impresión la que te amilana, Manuel. Los arrieros chilenos pasan a menudo por aquí. Una travesía más lenta no es tan penosa como la que hacemos nosotros.

Rodríguez meneó la cabeza con aire dubitativo; consideraba que tendría que ser brujo el que lograra transportar cañones por esas cumbres.

Sin embargo, sabía que él mismo iba a abogar por que se usara ese camino, cuando el ejército que se organizaba en Mendoza estuviera listo.

—¿Cuántos días nos faltan para que pisemos suelo llano, en Chile? —preguntó cansadamente a Lattapiat.

El joven guía alzó la cabeza y miró el cielo de un extremo a otro.

—Con suerte, cuatro más —respondió.

—¿Por qué dices "con suerte" en ese tono?

—Porque la cordillera es caprichosa como una mala mujer, Manuel. —Señaló con un brazo una lejana nube oscura que comenzaba a asomarse por un costado del Aconcagua.

—¿Temes una tempestad?

—Una tormenta de nieve en estos parajes —prosiguió en voz baja Lattapiat— nos borra los caminos irremediablemente. Ni el mejor baqueano es capaz de seguir cuando todo se pone blanco; se desaparecen los senderos, se rellenan los precipicios, se desprenden los aludes.

Rodríguez frunció las cejas, cargadas de polvillo de hielo, y volvió a contemplar las nubes amenazantes.

—¿Cuánto tarda en desencadenarse una tormenta de ésas?

Lattapiat encogió la cabeza entre los hombros, e hizo un ademán vago.

—Dos horas, una..., media hora..., diez minutos..., ¡nadie lo sabe! Lo mejor es que apuremos la marcha. Tenemos que bajar al río Los Patillos cuanto antes. —Volviéndose a medias, aleteó con el brazo derecho, invitando a los demás a apurarse. Estos le consultaron en forma confusa la razón de su apremio, pero no les contestó. Sólo repitió en voz baja a Manuel—: Es mejor apurarse; yo sé por qué.

Protegidos del viento, y habiendo salido de la zona de puna, los caballos pudieron apresurar su marcha, y fueron descendiendo aceleradamente hacia el profundo cauce del río. Pero la noche los sorprendió antes de llegar a su destino, y tuvieron que pernoctar en una grieta del agresivo monte La Ramada.

El período de las tormentas invernales parecía abrirse bruscamente, amenazando con atraparlos en mitad de la cordillera. En la penumbra del refugio de rocas en que se hallaban, los siete hombres, aunque resueltos y seguros de su resistencia física, se miraban disimuladamente, y en sus pupilas brillaban fulgores de inquietud. Al cabo de un rato, Rodríguez volvió el rostro hacia Francisco de Paula, y le consultó en un susurro:

—¿Crees que podremos pasar, Pancho?

El interrogado afirmó con un leve movimiento.

—No me preguntes por cuál paso lo haremos, porque eso depende de las circunstancias en que nos pille la tormenta. Pero tengo fe en que pasaremos.

—¿Entonces no hay duda de que nos va a envolver la tormenta?

—No la hay. Antes de dos horas se habrá desencadenado con todas sus fuerzas.

—¿Y qué haremos?

—Prepararnos para lo peor. —Lattapiat se incorporó un poco y llamó la atención de los demás.

—Escúchenme, compañeros. Todos somos hombres acostumbrados al peligro y a vencer los obstáculos. Disponemos de víveres para unos diez días más; los caballos, aunque cansados, vienen enteros. Pues bien, lo más grave que puede ocurrirnos es que el temporal nos separe.

Los expedicionarios asintieron mudamente. Comprendían que en ese caso se cernía sobre ellos ese peligro, puesto que no conocían los caminos. Lattapiat pensaba justamente en eso, y sacó un papel en el cual había dibujado un pequeño croquis.

—Pongan atención, y grábense los detalles que voy a describirles con toda fijeza. Esta ha de ser nuestra ruta probable. —Extendió el papel sobre el suelo, para que lo iluminara la luz de la fogata, y fue señalando con el índice una gruesa raya culebreante.

—Desde este lugar vamos a seguir descendiendo hasta el fondo de la quebrada, por donde corre el río Los Patillos. Siguiendo su curso hacia el suroeste, él debe llevarnos indefectiblemente al valle del Yeso. No hay forma de equivocarlo: es el escenario más grandioso que ustedes puedan imaginar; ancho y profundo, y por sus flancos corren dos ríos. Las paredes que lo encierran son de grandes bloques de mármol veteado. En él podremos descansar, porque la tormenta no llegará a su fondo. Por el extremo sur, saldremos al valle de Los Patos, que no puede cubrirse de nieve en los primeros días de tormenta. Ascendiendo por su interior encontraremos el río de Los Patos, que tendremos que remontar casi hasta su nacimiento. Poco antes, en la falda del Mercedario, la senda se divide en dos: Una rama lleva al paso del Valle Hermoso; la otra, al paso de Las Yaretas. Allí, junto a una roca partida como una horqueta, haremos nuestro último campamento. Después vendrá la postrera repechada, la más alta.

—¿El Alto del Cuzco?... —aventuró Rodríguez.

—Exactamente. Ya les dije que tiene cinco mil cien metros de altura. Se puede pasarlo por dos puntos: por la cima, lo que es más corto, o contorneándolo por la llamada Cuesta Colorada. Pero es suicida intentar atravesarlo con tormenta. Si está nevando, tendremos que esperar hasta que cese. No lo olviden.

—Pero ya estaremos en territorio chileno... supongo —dijo, algo impresionado el teniente Fuentes.

—Sí. La frontera queda más acá del Alto del Cuzco —siguió informándoles Lattapiat—. Pasado el Alto del Cuzco, la cordillera baja decididamente por una garganta llamada Cajón de Videla, hasta el cauce del río Rocín. Desde ese punto en adelante es imposible perderse —agregó Francisco, y su rostro reflejaba alivio, como si ya se encontrara en aquel lugar—. Basta con seguir el río, que nos llevará hasta el resguardo de Achupallas. Si las circunstancias nos han obligado a separarnos, ahí nos reuniremos, porque a escasas leguas están las minas del cerro Las Coimas, donde debe haber realistas. Luego viene Putaendo, y en seguida el pueblo de Los Andes. —Escrutó atentamente a sus compañeros, para cerciorarse de que lo habían comprendido, y volvió a guardarse el croquis en un bolsillo. Inmediatamente se puso de pie y se asomó al exterior.

—¿Podremos reanudar la marcha con este viento, Pancho? —le consultó el mayor Guzmán.

—Sí, Diego —le respondió el joven, oteando la noche estrellada hacia el oeste, pero cubierta en la dirección contraria—. Creo que alcanzamos a descender al río Los Patillos. La bajada es aliviada y llegaremos en unas dos horas. Estimo que antes no comenzará a nevar.

Sus seis compañeros se pusieron de pie y abandonaron el refugio de las rocas. Envueltos en sus mantas, como sombras espectrales, volvieron a colocar los bocados a los caballos y montaron en ellos.

—Por si no podemos hablarnos durante el trayecto, ¡buena suerte, muchachos! —les deseó Rodríguez—. Sea como fuere, nos encontraremos en la Rinconada de Los Andes, donde están los fundos de la madre de Lattapiat.

—¡Buena suerte! —murmuraron todos, y se pusieron en movimiento. La manta de Lattapiat, flameando, los guiaba como una bandera negra.

Pascual Corrales arrimó su mula a las ancas del caballo de Manuel y le bisbiseó entre dientes:

—Oiga, patrón, prontito esta jodienda va a ser una moledera de viento y nieve.

Su jefe le hizo un ademán perentorio con un brazo para que se callara.

—¡Envuélvete en la manta y afírmate en los estribos! ¡Sígueme, Pascual!

El descenso a través de la noche fue espeluznante. Durante las primeras horas los hombres marchaban divisándose unos a los otros, extendidos como en un largo rosario. Pero antes del tiempo calculado por Lattapiat comenzó a nevar. Fueron al comienzo algunos copos helados que les daban en el rostro y se deshacían en agua. Después, con mucha rapidez, fue una verdadera cortina blanca que se desplegaba solapadamente envolviéndolos. Muy pronto, Rodríguez sólo tenía conciencia de que iba seguido por Pascual Silvestre; los demás se habían esfumado en medio de aquel caos silencioso. Sin embargo, aún podía seguir los rastros que dejaban como manchas oscuras los caballos de Lattapiat y Guzmán. De Fuentes, Picarte y Ramírez no se sabía nada. Seguramente venían bastante atrás.

Manuel alentaba la esperanza de entrar pronto al valle del Yeso, en donde lograrían reunirse nuevamente; y esa esperanza se avivó al llegar la aurora. Pero junto con el nacer de la pálida luz, la nevazón arreció. Los copos blancos les caían encima como grandes masas algodonosas, cegándoles la visión más allá de cinco metros. El suelo estaba completamente albo y apenas asomaban, de tarde en tarde, las aristas de las rocas más grandes. Los caballos marchaban con los cuellos doblegados, sacudiendo las cabezas para aventar la nieve que se les acumulaba entre las orejas, sobre la frente y en la tusa.

Corrales seguía cabalgando con su animal pegado al de su jefe y la nieve lo obligaba a escupir a cada instante y a resoplar como si le obstruyera las narices. Marchaban en el silencio más profundo, puesto que no se oían ni siquiera los pasos de los caballos.

Rodríguez comprendía que estaban extraviados, pero continuaba adelante, imperturbable; se aferraba a la esperanza de llegar al valle del Yeso. Sin hablar, cabalgaron alrededor de diez horas. La inmovilidad sobre la montura los tenía tullidos y helados, pese a que agitaban los brazos como molinetes cada cierto tiempo. Además, el hambre y la sed comenzaban a roerles los estómagos.

Sin saber cómo, súbitamente se encontraron descendiendo y poco después marchaban sobre un terreno horizontal. La nevazón disminuyó un tanto y pudieron ver algo más hacia los costados. Se encontraban, sin duda, en un valle pero no era el del Yeso, puesto que las laderas de los cerros no mostraban los bloques de mármol de que hablara Lattapiat, sino rocas negras, en los parajes que la nieve no había cubierto todavía.

—¡El valle de Los Patos! —exclamó sordamente Rodríguez.

—¡Las cosas de mi subteniente Lattapiá! —gimió, por su parte, el ordenanza—. Dijo que en el valle de Los Patos no podía caer nieve y vamos sumidos hasta los corvejones. Y se me llena la boca también —barbotó, escupiendo.

Vino la noche y seguían avanzando. Rodríguez cabalgaba sin volver la cabeza, atento sólo a los leves ruidos que hacían las fornituras de su ordenanza y tratando de captar el rumor del río Los Patos, que lo había guiado durante las últimas horas. Pero éste ya no se oía.

A eso de la medianoche, según calculó Rodríguez, Pascual Silvestre comenzó a gemir. Era un lloro ronco, difícil y estertoroso.

—¡Patroncito, ya no doy más!, parece que se me va a salir el corazón por la boca.

Manuel giró sobre la montura y le hizo señas de continuar.

—Es la altura, Pascual. —Pero él mismo comenzaba a desesperarse. Tenía la certeza plena de que estaban extraviados. Hacía muchas horas que debían haber llegado a la piedra en forma de horqueta, donde instalarían un campamento. Meneando la cabeza, aceptó con pesar que se habían pasado de largo.

—Parémonos patrón —volvió a gemir el ordenanza—. Tengo la cabeza llena de sangre.

Rodríguez hizo un terco gesto negativo. Detenerse en esas circunstancias era la muerte irremediable.

—Ya no doy más —lloriqueó Pascual a sus espaldas. Se volvió entonces colérico hacia él y le gritó con dureza:

—¡Tienes que dar más! ¡Habráse visto! Estamos extraviados y sin darnos cuenta hemos empezado a subir el Alto del Cuzco. Seguiremos marchando hasta que se caigan los caballos o hasta pasar la cumbre. ¡Sígueme, no me pierdas de vista!

Pero aquella tremenda prueba era excesiva para un hombre grueso y sanguíneo como Pascual Silvestre. Una hora más tarde aproximadamente, Manuel lo sintió exhalar un ronco quejido y casi inmediatamente escuchó el rebotar de su cuerpo sobre la nieve. Deteniéndose al punto, trató de desmontar, pero sus piernas estaban envaradas por la interminable cabalgata y el comienzo de congelación. Con gran esfuerzo sacó los pies de los estribos y se dejó deslizar por un costado del caballo. A gatas se acercó a su ordenanza y lo palpó en la oscuridad. Estaba con el rostro hundido en la nieve y difícilmente pudo tenderlo de espaldas. Sangraba por boca y narices, según pudo comprobarlo al pasarle la mano por la cara y sentir la humedad viscosa.

Inútilmente lo frotó con toda la energía de que era capaz, dentro de la extrema debilidad en que lo mantenía la altura. Pascual Silvestre respiraba como un fuelle roto y el corazón le saltaba alocadamente.

Manuel tuvo que apelar a sus últimas fuerzas, nacidas de la desesperación, para levantarlo tomándolo de las axilas. El hombre pesaba como un fardo de plomo. Varias veces fracasó en su intento de cruzarlo sobre la silla de la mula. Afortunadamente, el animal era de pequeña alzada y, por fin, logró su propósito. Tambaleándose, hurgó bajo los pellones y desprendió con sus dedos doloridos el lazo del ordenanza. Con él lo ató de pies y manos por debajo del vientre de la mula. Cerciorado de que el hombre no resbalaría, fue hasta su caballo y sacó su propio lazo, con el que ató las riendas de la pequeña bestia a la montura de su animal. Luego, sintiendo que la cabeza le daba vueltas y que estaba a punto de desmayarse, trepó penosamente sobre su montura y reanudó la marcha.

Iba totalmente a ciegas, sin divisar ni siquiera las orejas de su cabalgadura. Escuchaba con espanto el doloroso resollar del animal y hasta sus piernas se transmitía el temblor de las patas de éste. Llegó un momento en que juzgó que todo estaba perdido; si la bestia cedía, ellos, hombres y animales, perecerían cubiertos con la nieve o congelados por el frío. Había perdido por completo la noción de las horas y en su cerebro sólo restaba una idea fija, obsesionante: avanzar, avanzar.

La primera noción diferente que tuvo fue que el ámbito en torno suyo comenzaba a tornarse más claro. Brotó entonces en su espíritu una vaga y remota esperanza, y como si entonces concluyera su calvario, los animales comenzaron a descender. La marcha entonces se volvió algo más fácil y más rápida. La pendiente era muy pronunciada y las bestias, por instinto, bajaban zigzagueando. Al mismo tiempo la respiración fue haciéndoseles menos dificultosa y Rodríguez se dio cuenta de que salía del sopor y principiaba a pensar mejor.

Lejano e impreciso en los primeros momentos, fue llegándole el ruido vago del agua. Después, éste fue inconfundible; se aproximaban a un río. "¡El Rocín!", discurrió Manuel, y sintió unas inexplicables tentaciones de reír. Sin saber cómo habían hecho en una sola cabalgata el trayecto correspondiente a tres jornadas. No imaginaba siquiera por qué lugares habían pasado; seguramente progresaron en línea recta, a través de montes y quebradas. El guerrillero no lograba concebir cómo no se habían desbarrancado en el camino. Sólo se atenía a pensar con alivio que habían trasmontado el Alto del Cuzco y que ahora descendían definitivamente hacia Chile.

Un par de horas más tarde dejó de nevar. Ciertamente la nevazón continuaba en las cumbres más altas, pero no allí, en la media ladera que iban descendiendo. Por fin logró distinguir el débil trazo de un sendero entre los riscos y lo siguió como un náufrago que se aferra a la tabla de salvación. Este lo condujo hasta una meseta que se abría como una pequeña explanada sobre la cumbre de un cerro adherido al cordón cordillerano como una joroba. Abajo, en la lejanía, se vislumbraba el trazo vago de un río. Estaban sobre la ciénaga del Rocín. Manuel detuvo las bestias, y aspirando afanosamente el aire, que ya era más denso, lanzó un sincero quejido de alivio. Dejándose resbalar por el flanco de su caballo se desplomó en el suelo, tendido de espaldas. Así permaneció largo rato, moviendo sistemáticamente y con cautela cada uno de sus miembros. Sentía un verdadero gozo al estirar su espalda adolorida sobre la tierra lisa.

Cuando recuperó un tanto el dominio de su organismo, se levantó y fue a desatar a Corrales, que aún seguía cruzado sobre la mula, desvanecido, sumido en sopor o muerto. Pero no, el hombre respiraba y ya no le escurría la sangre por el rostro; ésta estaba estampada en anchos cuajarones sobre su barba y su cuello. Cuidadosamente lo desató y lo dejó deslizar al suelo. Tendiéndolo en la forma más cómoda, le improvisó una almohada con las alforjas y lo envolvió en las dos mantas.

Hecho esto, giró la vista por los alrededores, hasta divisar unos matorrales secos, muertos en anteriores nevazones. Cortándolos con su cuchillo, los amontonó cerca de Pascual Silvestre y encendió un fuego, el que siguió alimentando con las telas de los sacos en que llevaban la carga y los envoltorios de los víveres.

Al calor reconfortante de las llamas el sueño de Pascual Silvestre se hizo más normal. De vez en cuando lanzaba algunos ronquidos y se revolvía en su manta como si buscara hacer más blando su colchón de tierra. Finalmente, concluyó por despertar y se sentó restregándose los ojos.

—Quédate tranquilo —lo sosegó Manuel, alargándole un mate que había calentado en la fogata—. Tómate esto y vuelve a dormir. Descansaremos hasta mañana. Pero no te preocupes, ya estamos en Chile.

El ordenanza bebió su mate con los ojos entrecerrados, sin despabilarse del todo, y una vez que terminó, volvió a tumbarse en la manta y se quedó nuevamente dormido. Rodríguez lo observó con una sonrisa afectuosa, y después de cerciorarse de que las bestias quedaban bien atadas, se arrebujó también en su manta y se echo a dormir a pierna suelta.

Hacía varias horas que los cuatro personajes se mantenían esperando en el vetusto comedor colonial de la casona campesina. Ya habían hablado todo lo que tenían que decirse y guardaban un silencio expectante. Eran los miembros de la familia Lattapiat: la madre, doña Agueda, una mujer alta, algo entrada en carnes, de grandes ojos claros y cabello castaño sujeto en la nuca en un moño apretado; las dos hijas, Olivia y Octavia, de 15 y 17 años, respectivamente, rubias, como su hermano mayor, Francisco de Paula. Este había llegado al comenzar la tarde en compañía del mayor Guzmán y, pese al cansancio, permaneció en pie, alerta, asomándose a cada rato a la ventana que daba al camino. Mientras su compañero dormía, él esperaba, esperaba cada vez más inquieto. Por el lado del levante sonaba el viento en el interior de la cordillera.

Ya comenzaba a caer el crepúsculo, cuando su madre se le emparejó junto a la ventana y observó también los campos silenciosos que se extendían hasta la cordillera.

—¿Estás seguro, hijo, de que sabrán dar con este fundo?

Francisco aprobó mudamente. Después dijo:

—Si no llegan a éste, irán al otro, a la Monja. Por si acaso, ya advertí a don Recaredo, el capataz, que me mande avisar en cuanto asomen.

—¡Mala época para cruzar la cordillera! —reflexionó la señora, apretándose el chal contra los hombros—. No debiste haberte arriesgado en la temporada en que comienzan las tormentas.

—No podía elegir, madre —fue la concisa respuesta del joven—. Además, yo estaba cierto de que podía pasar.

—Tú, sí, pero ¿y los demás?...

—También pasarán —sonrió Francisco—. Son hombres de fierro,

mamá. Lo único que temo es que puedan haberlos sorprendido los realistas en Las Coimas.

Siguieron en su observatorio todavía un rato más y hubieran continuado de no haberse abierto una puerta a sus espaldas, por la que entró Octavia hablando apresuradamente:

—¡Francisco, avisa Celedonio que vienen dos jinetes por el camino!

El joven se volvió con presteza y se dispuso a salir. Su rostro reflejaba el alivio que lo invadía. Su madre fue tras él y ambos observaron el camino desde el alto corredor enmarcado por una balaustrada de madera. Madre e hijo trataban de perforar la penumbra crepuscular, pero se los impedía una fina garúa.

—¿Los ves? —inquiría doña Agueda, ansiosamente—. ¿Son tus compañeros, Panchito?

El joven sólo le contestó cuando ya eran bien visibles las formas de dos jinetes que avanzaban por el camino.

—Sí, madre. Uno es Manuel Rodríguez, y el otro... tiene que ser su ordenanza.

Sin demorarse bajó las gradas de madera y se lanzó al llano para salirles al encuentro. Entretanto, la señora se internaba en la casa para ordenar que se preparara algo caliente a los recién llegados, que debían venir empapados por la garúa y rendidos de fatiga.

Media hora más tarde estaban todos reunidos en el comedor. La luz de las velas daba de lleno en el rostro de Rodríguez, que terminaba de comer, y dejaba en sombras a Pascual Silvestre, que se había quedado dormido sobre la mesa, después de tomar un plato de sopa.

Octavia, la hija mayor, observaba a Manuel a hurtadillas, con velada admiración y embeleso; pese a las huellas del cansancio y a la suciedad que le dejara la larga y penosa travesía, el guerrillero mostraba para ella un irresistible atractivo. Después de retirarle el plato en que comiera, se sentó cerca suyo y volvió a mirarlo atentamente.

—¿Está usted cansado?

Manuel la observó con mirada afectuosa, sonrió débilmente.

—No voy a mentir diciéndole que fue un paseo, señorita. En realidad, si no hubiéramos tenido la carne tan pegada a los huesos, nos quedamos allá arriba. ¿Y el mayor Guzmán?

—Duerme como un bendito —le respondió doña Agueda—. Ya venía entre sueños sobre el caballo cuando llegó con Panchito.

—Es firme para la cordillera su hijo, señora —la felicitó Manuel, y la viuda se esponjó, satisfecha.

—Todos estamos acostumbrados a ella —dijo sencillamente—. Mi difunto marido adiestró a los niños, desde pequeños, a penetrar en sus vericuetos. Se puede decir que nacieron a caballo y trepando los montes.

—Yo también, señor —intercaló impulsivamente Olivia, y luego se ruborizó con coquetería—. He pasado a la Argentina cinco veces.

—¡Caramba! ¿Con temporales?

La muchacha se limitó a reír con graciosas carcajadas.

Interrumpió la charla Francisco de Paula, que seguía en observación en la ventana que daba al llano.

—¡Gracias a Dios, ahí llegan los otros tres!—exclamó alborozadamente, pasando junto a la mesa, y dirigiéndose a la salida. Rodríguez lo siguió con cierta dificultad; todavía lo atenaceaba el cansancio.

—¡Menos mal!, ha sido una buena prueba de capacidad la que han rendido mis futuros colaboradores —iba diciendo.

Francisco lo esperaba en la balaustrada, señalando hacia el camino. A no mucha distancia, eran perfectamente visibles las sombras de tres jinetes que se aproximaban con penosa lentitud.

—Tienes razón; son ellos —reconoció Rodríguez, y bajó la escalinata llamándolos a voces por sus nombres—: ¿Ramírez?

—¡Aquí estoy, Manuel! —le contestó una voz cansada.

—¿Picarte?

—¡Firme, mi capitán!

—¿Fuentes?...

—¡A la orden!

Manuel Rodríguez hinchó el pecho y dejó escapar el aire con un sonoro suspiro. Ya estaban todos reunidos en Chile. Habían vencido la durísima prueba. Secundado por Lattapiat, ayudaron a desmontar a sus camaradas y los condujeron al interior de la casa, mientras un mozo se hacía cargo de las cabalgaduras. Los tres recién llegados venían tan maltrechos, que apenas pudieron tomar un plato de sopa y cayeron como fardos inertes sobre los lechos que les habían destinado.

Sin embargo, a la mañana siguiente ya eran otros. Aunque todavía demacrados por el titánico esfuerzo, se bañaron animosamente, y concluían de vestirse cuando Octavia les avisó a través de la puerta que estaba servido el desayuno.

Mientras se colocaban las casacas, reanudaron una conversación iniciada poco después de despertarse.

—Nos decías que piensas marcharte ahora mismo. ¿Por qué? —preguntó Picarte a Rodríguez.

—Tengo una pequeña montonera esperándome cerca de San Fernando. Prometí a esos hombres estar de vuelta antes del 1° de mayo, y hoy es 7. No quiero que se me diseminen, y tenga que empezar de nuevo el trabajo.

—¿Y nosotros cuándo comenzaremos a actuar? —quiso saber Fuentes, calzándose las botas.

–Lo antes posible. El mayor Guzmán tiene todas las instrucciones. Ustedes trabajarán bajo sus órdenes en Santiago. Tendrán que buscar tres lugares distintos y seguros, que les sirvan de refugio y donde yo pueda encontrarlos.

El capitán Ramírez ya estaba vestido, y abrió la puerta.

—Yo iré contigo hacia el sur, Manuel —dijo—. Mi puesto está en Concepción.

—Ya buscaremos tu ubicación exacta por el camino —le expresó Manuel, siguiéndolo por el pasillo.

—Buena gente los Lattapiat —observó Fuentes, tras ellos—. Son seguros y resueltos, como Francisco de Paula.

Rodríguez emitió un gruñido afirmativo, y se detuvo en la puerta del comedor.

—Buenos días, señores —los saludó doña Agueda—. ¿Amanecieron descansados?

Los tres respondieron afirmativamente, reiterándole su agradecimiento por la hospitalidad que les brindaba. Luego, tomaron asiento en torno a la mesa, y las hijas les sirvieron el desayuno. Doña Agueda les explicó que se habían quedado deliberadamente sin servidumbre, para no tener posibles delatores dentro de la casa. Sólo habían conservado a unos pocos criados seguros.

—Así es que pueden ustedes contar con todos nuestros recursos —aseguró Francisco, que presidía la mesa.

Comieron unos instantes en silencio, y, repentinamente, la dueña de casa miró al mayor Guzmán, como consultándolo sobre algo que habían conversado antes y luego habló:

—Perdónenme que me entrometa en sus planes, pero platicamos esta mañana temprano con el mayor y con mi hijo y llegamos a la conclusión de que podemos hacer algo más que ofrecerles estos dos fundos nuestros como refugio para cuando vayan o vuelvan de la cordillera.

—Ya es mucho, señora —le expresó Rodríguez, pero ella siguió exponiéndole lo que habían barajado con los aludidos anteriormente—: Poseo también una casa en Santiago, en la calle de La Merced N° 40, y numerosas relaciones. Gente decidida, ¿entiende usted?, y patriota.

—Hasta frailes —acotó Francisco, riendo—. Sí, no me miren de ese modo. Mi madre ha sido benefactora del convento que tienen los dominicos en Apoquindo...

Manuel lo interrumpió con un ademán de su diestra. Un recuerdo acababa de asaltarlo a la mención de ese convento.

—¿Te refieres a los frailes dominicos, que tienen un viejo templo de dos torres en Apoquindo, cerca de la cordillera, al oriente de Santiago?

Doña Agueda aprobó con un gesto. Justamente a esa Orden y para la mantención del expresado convento era que ella había estado dando limosnas y donaciones, hasta que llegaron los realistas.

—Viven allí solamente siete sacerdotes; y el superior, reverendo Demócrito Valdivieso, aparte de estar muy agradecido de mí, es un ferviente patriota —continuó—. Ustedes saben: los religiosos criollos también se han visto postergados por los sacerdotes, que vienen de España.

¡El convento de los dominicos! Manuel recordaba perfectamente las circunstancias en que llegó hasta él no hacía muchos meses, cuando cruzó por el misterioso Paso del Fraile, conducido por el baqueano a quien llamaban el loco Salustio. De inmediato calculó qué valor podía tener para ellos la gratitud del superior de aquel convento.

—Sería muy importante que esos frailes accedieran a recibir a uno de nosotros como miembro de su claustro —dijo pensativo—. El portero de ese convento tiene un compadre, baqueano argentino, que posee el secreto de un camino para pasar rápidamente a Mendoza. Esa senda sale a Chile cerca del templo de las dos torres.

La viuda Lattapiat lo interrumpió con un ademán seguro. Ella conseguiría que el superior aceptara a uno de los expedicionarios, como fraile de su convento.

—Con sotana y todo —garantizó.

—¡Caramba, esto es interesantísimo! —intercaló Guzmán con entusiasmo—. Yo necesitaré actuar en Santiago, secundado por Picarte y Fuentes, debiendo estar en contacto permanente con el general San Martín.

Rodríguez se hurgó rápidamente en los bolsillos, y tras una rebusca, sacó una moneda, que mostró sonriendo picarescamente.

—Pues, que Fuentes y Picarte echen a la suerte cuál de los dos se hace fraile —y lanzó la moneda al aire. Ganó Picarte—. Te has ganado la sotana, muchacho —rió el guerrillero, y todos festejaron su ocurrencia. Pero la viuda Lattapiat seguía con el ceño fruncido devanando su pensamiento.

—Entonces el teniente Picarte se quedará aquí hasta que viaje conmigo a Santiago. De ahí irá al convento —discurría—. Otro de ustedes debería instalarse en mi casa en la capital. Está a pocas varas de la Plaza de Armas. Podría pasar como mi cochero.

—¡Eso me conviene! —saltó Guzmán—. Como debo moverme en Santiago, el oficio de cochero me servirá para rodar por toda la ciudad.

—Y acompañarme a las ceremonias públicas y verlo todo —completó doña Agueda.

A Rodríguez le brillaban los ojos de satisfacción. Todo iba ajustándose en forma perfecta, y acomodó sus planes a lo establecido por la señora. El teniente Fuentes se instalaría, en calidad de mozo, en la fonda de Belarmino Peña, Cañada abajo, lo que le permitiría espiar el camino que iba hacia la costa. Confiaba en que las hijas de ño Belarmino, Luciana y Flor María, se esmerarían en entregarle los mensajes que él le enviara. Complementó su plan Francisco Lattapiat:

—Concentren todas las informaciones en el mayor Guzmán, que, como dijimos, estará en la casa de mi madre. Yo iré periódicamente a recogerlas allí, y las haré pasar la cordillera en manos de alguno de nuestros baqueanos fieles o transportadas por mí mismo.

Rodríguez concordó con él, pero opuso una objeción: Todos los mensajes debían ser siempre verbales, sin que nada quedara escrito.

—Es preciso que alguien se encargue de estamparlos en el papel aquí, en este fundo, cuando ya no haya peligro de que caigan en poder de los realistas.

Doña Agueda miró a sus hijas con cariño, y ellas sonrieron, confiadas y ruborosas. Ambas aseguraron tener muy buena letra. Rodríguez les agradeció con un gesto amable, cayendo en cuenta de que papeles escritos con letra de mujer naturalmente despertarían menos recelos.

—Nos ha iluminado usted, señora Agueda —dijo a la dueña de casa, y resumió en seguida para todos—: Esos son los conductos que deben seguir nuestras informaciones. Las haremos llegar todas de palabra al mayor Guzmán; éste las repetirá a Francisco de Paula, quien las traerá al fundo para que las señoritas las escriban y las entreguen a los baqueanos que las llevarán a Mendoza. Y en caso de que la ruta de Uspallata esté copada por los realistas, los mensajes serán llevados al fraile Picarte al convento de los dominicos, y éste los hará llegar a la Argentina por el Paso del Fraile.

De acuerdo todos en el sistema que acababan de forjar, se dispusieron a entrar en acción de inmediato. El capitán Ramírez, Rodríguez y el ordenanza Corrales partirían hacia el sur sin pérdida de tiempo. Los demás irían marchándose a Santiago por turnos, para ocupar sus respectivos puestos.

En el corredor, frente ya a los caballos ensillados, se despidieron de la dueña de casa y de los compañeros que se quedarían aún. Pero antes de marcharse aparecieron las dos niñas con bandejas en que portaban vasos de vino.

—Señores, en esta casa no se brinda desde la muerte de mi marido —dijo la viuda, con cierta solemnidad—. Les propongo, pues, que brindemos por el éxito de la peligrosa misión que ustedes se han impuesto. Porque obtengamos la libertad de Chile, salud.

—¡Salud! —le corearon los hombres, y bebieron en silencio. Antes de ingerir todo el contenido de su copa, Rodríguez agregó:

—Confiemos en que antes de muchos días, los seis Manuel Rodríguez que ahora somos empezaremos a revolver la calma de los realistas, desde Concepción a Valparaíso. ¡Ah, ya veo cómo se van a volver locos San Bruno, Marcó del Pont y los demás de su cuadrilla, mandando soldados en todas direcciones, sin orden ni concierto!

Minutos más tarde, Manuel y el capitán Ramírez, seguidos por el ordenanza Corrales, se empequeñecían en el camino. Desde la balaustrada se veían iguales, como dos figuras copiadas en el mismo molde.

Pronto serían seis los que galoparían por Chile, seis jinetes idénticos, seis corazones resueltos, seis voluntades de acero. Iguales uno a los otros; vestidos del mismo modo, montados sobre caballos negros, envueltos en flotantes mantas de vicuña. Seis espíritus del mismo temple, ¡seis temerarios Manuel Rodríguez! Era la red tendida para desconcertar y confundir a los soldados realistas, preparando, de este modo, el camino al ejército que San Martín pugnaba por organizar en Mendoza.

6

El General mendocino, despreciando sus achaques martirizantes, recorría los poblados de su jurisdicción exhortando a los vecinos a enrolarse en su naciente ejército. Su palabra era directa, su terco argumento uno solo:

— ¡O formamos un ejército poderoso para defender los pasos de la cordillera o los realistas la cruzarán y se apoderarán de Cuyo!

Su amedrentante voz de alarma no tardó en conseguir frutos. Avanzando por calles y caminos centenares de pobladores respondieron a su llamado. Con ese contingente formó dos batallones de cívicos; en uno, llamado "Cívicos Blancos", agrupó a los vecinos pudientes y a los comerciantes; en el otro, denominado "Cívicos Pardos", alineó a los artesanos, gañanes y labriegos. En seguida, con el gauchaje de los campos vecinos formó dos escuadrones de caballería, masa arisca y montaraz de jinetes.

Los infantes del batallón N° 11, que mantenía Gregorio Las Heras de guardia en la cordillera, bajaron cuando la caída de las nieves cerró todos los pasos y sus hombres reforzaran el ejército en cierne.

Simultáneamente, el general San Martín enviaba un oficio tras otro a las autoridades de Buenos Aires solicitando recursos, tanto en hombres como en armas. Por ese medio consiguió que le enviaran dos compañías del batallón de Infantería N° 8 y cincuenta artilleros con cuatro piezas de montaña. Fue entonces que el jefe cuyano creyó llegado el momento de insistir en la realización de su más caro anhelo y exigió perentoriamente que se le enviara al regimiento "Granaderos a Caballo", que él creara hacía tres años para llevarlo a combatir en el Paraná. Alentaba la más absoluta confianza en que empleando a esos aguerridos veteranos como espina dorsal del nuevo ejército, ellos inculcarían disciplina y arrojo a los soldados bisoños. Su petición no admitía réplica.

La primera, segunda y tercera compañía del "Granaderos a Caballo" llegaron a Mendoza el 3 de septiembre de 1815, bajo el mando del antiguo camarada de San Martín, coronel José Matías Zapiola, quien era, al mismo tiempo, uno de los fundadores de la Logia Lautarina de Buenos Aires. Pero el gobernador de Cuyo no se dio por satisfecho todavía. Hizo acudir a Bernardo O'Higgins desde la capital y, tan pronto lo tuvo a su lado, le expresó:

—Ya tenemos cuero para sobar, mi apreciado colega. He logrado enganchar unos ochocientos hombres, aparte de mis granaderos. Pues bien, a esos hombres hay que darles instrucción militar. Para eso es que lo quiero a usted aquí, brigadier.

Don Bernardo agachó la cabeza con un ademán casi doloroso, como el del arriero perdido en el desierto que descubre que acaba de reencontrar la ruta verdadera.

—Me enmohecía en Buenos Aires, mis nervios amenazaban estallar —dijo sordamente—. Días amargos hemos pasado mi madre, mi hermana y yo.

—Pues, el período de inactividad ha terminado, mi amigo —le respondió escuetamente San Martín, sin prestar mayor atención al estado de ánimo del chileno. Sólo le interesaba la función que éste debía prestar en el gran mecanismo que estaba montando—. Ahora comenzaremos a trabajar y duramente. Usted irá dando nociones militares a los reclutas y yo me preocuparé de aumentar su número. Le participo que acabo de oficiar a los tenientes gobernadores de San Luis y San Juan ordenándoles que procedan al enganche forzoso de todos los vagos y malentretenidos que holgazanean en sus respectivas jurisdicciones.

Allí estaba San Martín en su verdadera faz: organizando fríamente las cosas, manejando su juego con mano de hierro. O'Higgins lo contempló por primera vez tal como era. Mientras el gobernador hablaba, no podía menos de sentir una mezcla de admiración y de frío; denotaba tener un conocimiento cabal de las gentes que estaban bajo su mandato y se disponía a arrearlas como un rebaño que necesita de un pastor rígido. Según él, aquel procedimiento coercitivo le proporcionaría un mínimo de mil hombres, pero estaba decidido a enrolar mil doscientos, sin importarle la forma que usaría para atrapar a los doscientos restantes. Pero su ambición no paraba allí. Ya tenía en sus manos un censo, que ordenó practicar secretamente, sobre los esclavos negros existentes en Mendoza. Comprendía éste a los bozales que servían en las casas como domésticos y también a los que laboraban en los campos como peones. Todos ellos sumaban unos seiscientos hombres. Pero también había puesto sus ojos en los recogidos que mantenían los religiosos de San Agustín en la estancia El Carrascal, unas leguas al sur de Mendoza. Estos representaban otros seiscientos esclavos.

—No creo que esos frailes se avengan a entregarle los miembros de su colonia —le objetó O'Higgins, pero sólo consiguió que se marcara una sonrisilla sardónica en el rostro de su interlocutor.

—Por supuesto que no. Ya se los he pedido y me estrellé con la más rotunda negativa. Pero creo haber encontrado el método para quebrarles la mano a los agustinos. Echaré a correr la especie de que en una reunión que debo tener el próximo mes con el director supremo en Tucumán, se estudiará seriamente el problema de la abolición de la esclavitud, y les aseguraré que tal medida será aprobada. Abocados a la perspectiva de perder de todos modos a sus esclavos negros, los frailes agustinos y los propietarios de Mendoza preferirán ganar el aprecio del gobierno entregándolos al ejército.

O'Higgins celebró la astucia de la idea y recordó simultáneamente los famosos batallones 7º y 8º de Infantería de Buenos Aires, que tan destacada actuación tuvieran en las batallas en el Alto Perú. San Martín también había pensado en ellos y los hacía encajar en una parte de su gigantesca organización.

—Pediré que el Supremo Gobierno me envíe algunas compañías de esos batallones; aquí les agregaremos nuestros propios negros y formaremos otros batallones propios, a los que daremos también la numeración de 7º y 8º. Pero a éstos los llamaremos "Batallones de Libertos" y estarán bajo las órdenes directas de usted, brigadier.

Bernardo O'Higgins comenzó su trabajo casi inmediatamente. Principió por adiestrar a los enganchados de San Juan y San Luis, elemento deleznable, compuesto de vagabundos y gauchos incivilizados, que le exigieron titánicos esfuerzos de paciencia e ingeniosidad. Pero, al cabo de algunas semanas, logró desbravarlos y encauzarlos dentro de la disciplina. Sólo entonces creyó llegado el momento de iniciarlos en el adiestramiento militar propiamente dicho. Para ello fue preciso que se trasladara con sus incipientes batallones al campamento de El Plumerillo, escogido como campo de operaciones por el general San Martín y su ayudante, el sargento mayor Alvarez Condarco. La impresión que recibió el jefe chileno al contemplar aquel páramo pantanoso, anegado por los desbordes de las lagunas de Guanacache, le encogió el ánimo. Los reclutas marchaban por entre los totorales hundiéndose en el lodo hasta más arriba de los tobillos. Toda clase de matorrales y yerbas negruzcas se enredaban en aquella marisma dificultando el acceso al centro del campo, donde se habían levantado unos barracones sobre un terreno disparejo en que se arrugaba el barro seco.

San Martín sorprendió su impresión ante aquel panorama, y le aclaró en tono áspero y bajo, para no ser oído por los oficiales:

—No crea que no me he dado cuenta de la insalubridad de este paraje. Justamente por eso es que lo he elegido. Imagine usted las condiciones terriblemente adversas que tendrán que afrontar nuestros soldados cuando crucen la cordillera. Le aseguro que sólo podrán vencerlas aquellos que hayan templado sus organismos en un medio más duro aún. Esa es la razón que me movió a escoger la ciénaga de El Plumerillo. Aquí, en medio del barro y la escarcha, los pondremos a prueba, obligándolos a realizar luchas de bayoneta y de tiro.

O'Higgins tuvo que reconocer una vez más que San Martín procedía siguiendo una línea fríamente trazada. Los soldados que salieran de ese campamento serían capaces de vencer los obstáculos más insuperables. Y desde aquel día el mismo se sumergió en el lodo de la ciénaga. Pero en las noches, cuando concluía la jornada, durante la cual se había mantenido enseñando a sus reclutas el uso del fusil, de la bayoneta, del sable y el cuchillo, realizando personalmente cada ejercicio, caía rendido en el catre de campaña y sus viejos achaques reumáticos lo torturaban durante el pesado sueño.

En cambio, San Martín se mantenía entero gracias al opio y la morfina, que consumía en cantidades, para aplacar los dolores de su artritismo, y a la hora de la cena compartía la mesa con sus oficiales, a los cuales instruía en estrategia y organización militar o les relataba acciones guerreras vividas por él en Europa. En el día se preocupaba de otros aspectos del acrecentamiento de su ejército. No desdeñaba procedimiento alguno con tal de obtener dinero y las contribuciones y exacciones que imponía a los atemorizados pobladores. Los únicos que se sentían mejor eran los soldados; comenzaban a recibir una paga y la gastaban sin escrúpulos en las cantinas y, especialmente, en la fonda de Meche Velásquez.

—Diga, doña Meche, ¿nos sirve otro cántaro de vino? Agora hay paga, ¿sabe? —era lo que se les oía en los fines de cada semana.

—¡Ahora hay paga! —refunfuñaba la mujer, malhumorada, pero les hacía atender.

—San Martín dice que soldado sin paga bota el fusil —le argumentaba el capitán Nicolás Maruri, comensal frecuente de la fonda, pero la chilena no aceptaba razones.

—La plata la está sacando a la fuerza de los bolsillos de la gente. Primero aplicó un impuesto de cuatro reales por cada mil pesos de patrimonio; después, duplicó las multas y ordenó aplicarlas porque sí y porque no. Confiscó los bienes de los españoles que se marcharon a Chile o al Perú, y, por último, acaba de aplicar un impuesto a la carne a un pueblo que no sabe alimentarse sino con carne. ¿Es justo?

—Los mendocinos pagan sin protestar, mujer.

—Porque tienen miedo. Porque le temen más que al demonio. Piense usted, capitán Maruri, que los viñateros se aplicaron voluntariamente un impuesto sobre sus caldos antes de que él se los impusiera mayor.

Maruri esgrimía razones, pero sabía que era en vano. Meche odiaba al general San Martín con todo su instinto de mujer.

—Está usted demasiado resentida con el general, Meche—. El toma esas medidas para recolectar fondos con los cuales dotar de elementos al ejército que está formando. Ya tiene casi tres mil hombres. Anteayer llegaron de Buenos Aires cincuenta oficiales instructores, con cuatro cañones, dos obuses y doscientos fusiles. Es mucha gente y se hace preciso vestirla, alimentarla, dotarla de armas.

—Así será —aceptaba la criolla a regañadientes—. Puede que San Martín logre cruzar la cordillera y vencer a los realistas en Chile, pero siempre lo seguiré odiando igual.

Maruri, como todos los oficiales que aún permanecían en Mendoza, conocía perfectamente los orígenes de la inquina de Mercedes y lamentaba que su afección incondicional por José Miguel Carrera la cegara, impidiéndole ver las cosas en sus verdaderas proporciones.

—¡Ay, si mi generalito fuera quien está realizando todos estos preparativos, entonces sería feliz! —suspiraba amargamente la chilena—. Pero observar que otros le roban esa gloria me indigna.

Sin embargo, cuando estaba a solas sentía flaquear su fe en su caudillo. Este parecía haberla olvidado, no le enviaba noticia alguna. Por intermedio de otros chilenos que viajaron de Buenos Aires se enteró, por casualidad, de que el general se había embarcado rumbo a los Estados Unidos con la esperanza de conseguir recursos allá. No obstante, seguía amándolo, con una pasión ciega, robustecida por su terca negativa a aceptar el olvido.

"Algún día lo veré entrar por esa puerta —se decía a sí misma—, y si no me caigo muerta por la impresión en el momento en que lo vea, seré la mujer más feliz de la tierra". Y esa esperanza sin fundamento lógico la arrastraba a recibir con hosquedad y malas palabras las atenciones y requerimientos del coronel. Lorenzo Barcala, el jefe negro que San Martín designara para vigilar a los emigrados chilenos. Era injusta su actitud, porque, en verdad, Barcala se comportaba con ella muy noblemente y parecía amarla con sinceridad. Pero a Meche le bastaba verlo entrar todas las tardes y ocupar el mismo sitio frente a una mesa para que le asomara la comparación a la mente. Pese a la gallarda estampa del negro, no podía emular la belleza viril de José Miguel Carrera, sus movimientos elegantes, su natural apostura dominante. Mercedes se tragaba a solas el despecho y la amargura que le provocaba su ignorancia de las actividades del general chileno y de sus proyectos futuros.

José Miguel Carrera, en verdad, la había olvidado en el torbellino que envolvió su vida en los Estados Unidos. El 17 de enero de 1816, la fragata "Expedition", que lo conducía, entró a la rada de Chesapeake, y desembarcó con su ordenanza en Annapolis, capital del Estado de Maryland.

En el muelle los esperaba el capitán Jewett, que los acompañó en la diligencia hasta la ciudad de Baltimore, donde se instalaron. El ex marino fue utilísimo para el general, pues lo conectó rápidamente con el comodoro David Porter, el antiguo comandante de la fragata "Essex", hundida en Valparaíso. Porter fue la llave que abrió a Carrera las puertas de los principales centros a los cuales le interesaba entrar. Posteriormente, lo albergó en su propia casa en Washington y obtuvo para él una audiencia con el Presidente de los Estados Unidos, Jacobo Madison, a la cual lo acompañó, respaldándolo en esta forma con su propio prestigio.

José Miguel Carrera expuso con vehemencia al poderoso personaje su iluminado plan de libertad para todos los países sudamericanos, como base inicial para la formación de los Estados Unidos de Sudamérica, proyecto que también acunaba Simón Bolívar, el caudillo insurrecto de Venezuela.

El presidente Madison y sus consejeros de Estado escucharon con vivo interés las ardorosas exposiciones del chileno, que concordaban con sus propios anhelos; pero, lamentablemente, la oportunidad no era propicia. El Gobierno norteamericano estaba en trámites para comprar a España la península de La Florida, y el representante español había exigido como condición previa a cualquiera negociación que los Estados

Unidos rehusaran toda ayuda a las colonias insurgentes de América del Sur.

Presa del más hondo desencanto, Carrera vio frustradas sus esperanzas de obtener la cooperación del Gobierno norteamericano. Sin embargo, no cejó en su empeño; decidió obtener los elementos que precisaba mediante negociaciones con los armadores particulares de esa nación, a los cuales ofreció condiciones sumamente ventajosas. Posiblemente, sus afanes hubieran terminado en el fracaso de no haberlo apoyado otra vez el comodoro Porter. Este, conocedor de los hilos invisibles que manejaban la marcha del gran país, lo hizo iniciar en la Logia Masónica San Juan N° 1 de Washington, logia simbólica y regular, del rito escocés antiguo, en la cual tuvo oportunidad de conocer a personajes de la más alta importancia, tanto norteamericanos como ingleses, franceses e irlandeses. Estas relaciones habrían de ser las que más adelante le habrían de facilitar los caminos para la consecución de sus deseos. No obstante, el general ya llevaba clavada una dolorosa espina en el corazón. Joel Roberts Poinsett, su amigo, el admirador ferviente de su hermana, le había fallado. Desoía sus cartas y no daba manifestaciones de interesarse en la causa que Carrera perseguía con tanto afán.

Entretanto, en la chacra de Bardones, junto a Buenos Aires, los vientos fríos de la miseria empezaban a envolver a los parientes del general. Solamente doña Francisca Javiera mantenía aún una actitud serena. En cambio, a Merceditas era corriente oírla sollozar en las noches dentro de la intimidad de su alcoba. También Luis estaba profundamente inquieto; era el único que no se había decidido a desprenderse de su uniforme y rango de coronel chileno. Los demás emigrados buscaron trabajo en distintas profesiones. Manuel Jordán, por ejemplo, se empleó como amasandero en una panadería.

Era el desastre inminente y todos veían llegar la ruina sin encontrar medios para contrarrestarla. Doña Francisca Javiera se sentía resuelta a imitar el ejemplo de la madre y la hermana de O'Higgins, que se sustentaban fabricando cigarrillos para los soldados de un cuartel de artillería. No obstante, antes de adoptar una resolución tan extrema, tentó obtener recursos escribiendo secretamente a su marido a Santiago. Se concedió un plazo de un mes de espera. Si en ese lapso no recibía auxilios de don Pedro Díaz Valdés, ella también saldría a la calle a buscar trabajo.

Las semanas se arrastraban lentamente. Pocas eran las noticias que llegaban a la chacra de Barbones. Se supo que San Martín y O'Higgins aceleraban los aprestos del Ejército de los Andes en Mendoza. Simultáneamente, un congreso reunido en Tucumán proclamaba en forma oficial la independencia de las Provincias Unidas de La Plata, designándoles como director supremo al coronel Juan Martín de Pueyrredón. Este, que en esa fecha servía también el cargo de Venerable Maestro de la Logia Lautarina de Buenos Aires, se apresuró a nombrar comandante en jefe del Ejército de los Andes a San Martín, dejando como gobernador de Mendoza a Toribio Luzuriaga, también miembro de la logia de ese pueblo. De este modo, se ampliaban aún más las redes absorbentes de los lautarinos.

Entretanto, José Miguel Carrera se debatía, desorientado en los Estados Unidos, sin hallar la ruta que lo condujera al logro de sus anhelos. Por fin, en septiembre de 1816, el comodoro Porter vino nuevamente en su auxilio, señalándole la posibilidad de enrolar en su expedición a un grupo numeroso de oficiales norteamericanos, que terminada la guerra contra Inglaterra quedarían fuera de servicio. Igualmente, le comunicó la información de que el poderoso naviero Henri Didier estaba dispuesto a equipar algunos barcos para la futura empresa bélica. En efecto, pocos días más tarde, el señor Didier se presentó en la posada donde vivía el general, y escuchó de sus labios, con profunda atención, los planes y necesidades de Carrera. Cuando éste concluyó su exposición, el armador se quedó mirándolo con expresión astuta, y le inquirió, visiblemente extrañado:

—¿Cree usted que eso sólo le bastará para vencer, general?

—Cuento también con el afecto de muchos hombres, que están organizando allí partidas guerreras en secreto —le replicó apasionadamente José Miguel—. En Coquimbo todos me son leales, y a mi primera señal se plegarán bajo mis banderas. Además, en la región de Arauco espera mis instrucciones un cacique indígena, un verdadero caudillo, el indio Venancio, y, por último, creo que podré disponer de fuerzas de Colchagua y de Maule, que debe estar organizando un amigo mío, que es como mi hermano, llamado Manuel Rodríguez.

Carrera se había puesto de pie, y caminaba nerviosamente por la estancia, sin resolverse a expresar que también contaba con sus hermanos, oficiales queridos por muchos de los soldados chilenos emigrados a la Argentina.

Sin embargo, por último, también se lo participó, agregando:

—Ellos levantarán un ejército tan pronto yo llegue con mis barcos, señor Didier.

El armador francés pareció cavilar durante unos minutos, y Carrera se mantuvo rígido y expectante mientras su interlocutor tomaba una determinación.

Al cabo de un lapso de pesado silencio, el naviero comenzó a hablar como si repitiera en voz alta cálculos que había hecho en su fuero interno:

—He estado abasteciendo de armas al ejército de Buenos Aires durante todo el último año —reveló a Carrera—. Tres bergantines le he mandado ya: "El Expedition", "El Mamouth" y "El Regent". Este último llevó tres mil quinientos fusiles. —Hizo una pausa, y, fijando su mirada en el general chileno, le afirmó categóricamente—: Creo que podría proporcionar a usted los barcos y elementos que me pide.

Carrera suspiró con alivio y sonrió, agradecido, a su visitante.

—Eso es lo que espero de usted, señor. Y le garantizo que su inclusión en esta empresa traerá a la casa "Darcy y Didier" grandes beneficios. Además, si gracias a su ayuda yo vuelvo a ocupar un lugar destacado en Chile, aparte las ganancias naturales del capital que ustedes invierten, daré a su firma armadora oportunidades de otros negocios de gran consideración.

El señor Didier sonrió maliciosamente. Avezado comerciante, le divertía un tanto que Carrera hubiese podido pensar que él intervenía en aquel asunto movido por el idealismo. Pero su sonrisa fue apenas fugaz, y su rostro adquirió la severidad impersonal que mostraba siempre al discutir sus negocios.

—Antes que nada —dijo—, será preciso que mi compañía compruebe que usted ha obtenido los elementos principales para el éxito de la expedición; es decir, los soldados y oficiales que irán con usted.

Carrera le respondió con su vehemencia habitual, tal vez algo más acentuada en este caso por su urgencia en obtener el auxilio del armador. Le participó que tenía proposiciones de numerosos oficiales norteamericanos, incluso de varios graduados en la Academia de Westpoint, también de varios jefes militares franceses, mencionando al mariscal Grouchy, al general Brayer y al general Claussel, todos ellos antiguos ayudantes de Napoleón Bonaparte, terminando por afirmar que también contaría con numerosos oficiales ingleses.

Didier lo interrumpió con un vago ademán de su diestra, desinteresado en la enumeración.

—Exhíbanos usted un rol de esos militares con sus firmas al pie, y todo es hecho. Lo demás no nos importa.

—¿Debo entender que si yo les muestro un registro de contratación de los hombres indispensables, su compañía me proporcionará los barcos y las armas? —le inquirió nerviosamente.

El armador afirmó sin vacilaciones, y se puso de pie, como si ya se considerara en posesión de todo lo que necesitaba saber.

—En principio, así es —dijo—. Sólo faltará la aprobación de mi socio, el señor Darcy.

Carrera frunció el ceño evidenciando su contrariedad. Había confiado en que esa entrevista bastaría para echar a andar su proyecto.

—¿Y cuánto demoraremos en obtener la aceptación de su socio?

Didier se encogió de hombros y respondió sin conceder importancia al notorio apremio de Carrera:

—No lo sé a punto fijo. El señor Darcy se encuentra navegando en uno de nuestros bergantines, buscando una nueva ruta hacia las costas escandinavas.

Carrera quedó aterrado. Demasiado bien comprendía que aquel viaje de exploración por regiones tan alejadas lógicamente tendría que ser de larga duración. Didier no intentó ocultárselo. Abriendo los brazos, como quien se somete a lo inevitable, concluyó:

—No podemos hacer otra cosa que esperarlo. Pero le prometo que, tan pronto regrese, consultaré con él y daré a usted una respuesta definitiva.

La ansiedad, la impaciencia, y, por último, una verdadera angustia, consumieron al general Carrera en los meses siguientes. Apoyado por el comodoro Porter, por un periodista providencialmente aparecido y dotado de un extraño idealismo, de nombre Bernardo Irving, y por Joel Robert Poinsett, que se hizo presente por fin, logró contratar un nutrido batallón de militares y marinos dispuestos a trasladarse a Chile. No obstante, corridos dos meses sin tener noticias de la firma "Darcy y Didier", llegó al amargo convencimiento de que esos armadores lo habían echado al olvido.

Intentó, entonces, negociar con varias firmas inglesas, interesándolas ventajosamente en la expedición, pero todas sus gestiones terminaron en lamentables fracasos. Agotado y presa de la desmoralización se disponía a regresar a la Argentina, cuando en la mañana del 12 de agosto golpearon a la puerta de la pieza que ocupaba en la hospedería. Segundos más tarde se mostraba ante él la figura delgada y pulcra del señor Didier.

—General Carrera —lo saludó sonriendo cordialmente—; me costó volver a encontrarlo, porque había olvidado la dirección de su alojamiento. Pero, ya ve usted, aquí estoy para darle la buena noticia: El general irguió el cuerpo, resucitadas nuevamente sus esperanzas.

—¿Regresó ya su socio, el señor Darcy?

—Sí, general Carrera. —El armador posó jovialmente una de sus manos en el hombro del joven militar—. Darcy, ha regresado y aprueba nuestro proyecto. La empresa "Darcy y Didier" pone a disposición de usted, general, no sólo un barco para ir a Chile, sino cuatro, y provistos con el equipo más completo. Las fragatas "Clifton" y "La Davey", y los bergantines "Salvaje" y "Regente".

El general Carrera experimentó una emoción tan honda, que no fue capaz de contenerse: abrazando estrechamente a Didier, lo retuvo apegado a su pecho durante largos segundos. El armador reía suavemente del infantil arrebato del caudillo militar.

Una semana más tarde quedaron firmados los contratos correspondientes, y las cuatro naves empezaron a ser cargadas con todos los elementos bélicos prometidos. Concluidas estas faenas, la tripulación reclutada por Carrera, compuesta por la más heterogénea confusión de militares de distintas nacionalidades, ocupó los puestos que les fueron designados en los buques.

7

El General San Martín enflaquecía a ojos vistas. Sus viejos y dolorosos achaques lo acosaban cada vez más, a medida que la gigantesca empresa en que estaba empeñado se hacía más compleja. Pese a que las labores más pesadas del adiestramiento militar de los tres mil quinientos hombres que había logrado enrolar las hacía recaer sobre los hombros de O'Higgins, Zapiola y otros jefes argentinos de alta graduación, que permanecían constantemente en El Plumerillo, la preocupación de abastecer y equipar al nuevo ejército ponía en sus pupilas un brillo afiebrado, y, en las noches, en la intimidad de la sala de la comandancia, se entregaba más a menudo que antes al uso de las drogas que aplacaban sus dolores.

El principal escollo contra el cual se estrellaba era la obtención del dinero necesario para mantener aquella gran masa humana. No habían sido suficientes las contribuciones y gabelas que impuso a los cuyanos. Su esposa, doña Remedios de Escalada, era una de las escasas personas que conocía a fondo el problema que atormentaba al general. Por ello fue que en la primavera de aquel año comenzó a realizar discretas tertulias en su casona de la alameda de Mendoza. Tarde a tarde se veía llegar a ella a las patricias de las familias más antiguas de la zona, incluso algunas esposas de los hacendados y viñateros de las comarcas un tanto alejadas. Aquellas tertulias habrían de culminar en una ceremonia de trascendencia sentimental y patriótica, que infundió nuevos ánimos a los jefes forjadores del ejército, y llenó de orgullo al general San Martín.

Una tarde, el Cabildo se reunió en pleno, a solicitud de doña Remedios de Escalada, y, tras de esperar unos minutos en silenciosa expectación, los cabildantes vieron trasponer la puerta claveteada de hierro del ayuntamiento a la esposa del jefe cuyano, encabezando a las vecinas más destacadas, jóvenes y ancianas.

En tanto que los militares que se habían hecho presentes en esa reunión permanecían de pie, las señoras ocuparon las sillas del costado izquierdo de la sala. Sin embargo, doña Remedios de Escalada no tardó en levantarse, y, dirigiéndose a los miembros del Cabildo, les habló con voz que trataba de mantener entera, pero que la nerviosidad hacía un tanto trémula.

—Señores cabildantes y jefes militares de Cuyo —comenzó diciéndoles—, las señoras de Mendoza, sabedoras del riesgo que van a correr sus seres más queridos, esposos, hermanos, hijos y parientes, en general, durante la campaña que entendemos es ya inminente, hemos llegado a la conclusión de que los diamantes, las perlas, las joyas e, incluso, nuestras sortijas matrimoniales, nos sentarán mal en horas tan angustiosas como las que se avecinan. Por tanto, todas, en absoluto acuerdo, estimamos preferible donarlas para que, reducidas a dinero, contribuyan al mejor equipamiento de la tropa, a su alimentación y vestuario. Así, el Ejército de los Andes podrá defenderse mejor y alcanzar el triunfo.

Acto seguido, ante el emocionado asombro de los militares y

cabildantes, todas las señoras se despojaron de sus alhajas y de otros objetos de valor que traían en sus bolsos, y, una tras otra, fueron depositándolos sobre la mesa presidencial del Cabildo, hasta que en el centro de ella se formó un montón refulgente de oro y pedrerías.

Este gesto romántico de abnegación de las mujeres mendocinas, entre las cuales estuvieron también algunas damas emigradas de Chile, permitió a la caja del ejército fijar una soldada al contingente: un peso fuerte a los soldados, doce reales a los cabos y dos pesos a los sargentos. Pero, al mismo tiempo, tuvo efectos espirituales inesperados.

Otro de los problemas que embargaban a San Martín y cuya solución había buscado estérilmente secundado por O'Higgins era el de la vestimenta del Ejército de los Andes, el uniforme que habría de identificar e igualar a todos los soldados que lo componían.

La noticia de la acción que realizaran las señoras se esparció, como era natural, rápidamente por el pueblo y los contornos y llegó también a la posada de Meche Velásquez. Entre los concurrentes habituales al establecimiento de la briosa chilena se contaba un individuo celebrado por su fecundo ingenio. Su nombre era Dámaso Herrera. Se decía de él que era capaz de inventar soluciones para subsanar hasta los inconvenientes más difíciles: inventaba juegos para entretener a sus compañeros emigrados, entristecidos por la nostalgia, y su charla estaba siempre salpicada de ocurrencias divertidas. Enterado de la estéril búsqueda que realizaban San Martín y O'Higgins para solucionar la falta de uniformes, se presentó ante el primero de ellos y le dijo:

—Señor general, me anticipo a participarle que jamás he intervenido en la fabricación de paños, pero algo conozco de molinos. En mis campos de Chile, en varias oportunidades, me vi obligado a construir rústicas maquinarias de este tipo para moler mis trigos.

San Martín lo interrumpió con un ademán tajante. Pese a que habitualmente escuchaba con paciencia a la gente que le solicitaba entrevistas, ya sus nervios estaban demasiado mellados por sus múltiples quehaceres.

—Abrevie, señor —le dijo con sequedad—. ¿A qué viene su cuento de los molinos?

Dámaso Herrera no pareció inmutarse, pero su voz perdió algo de seguridad al proseguir:

—Tengo entendido de que el pueblo de San Luis paga parte de su contribución de guerra en bayetas tejidas con lana del país, principal artesanía de esa región. Pues bien, para convertir esas bayetas en un paño apretado y firme, propio para confeccionar uniformes, es preciso pasarlas a través de un molino. Eso es lo que vengo a ofrecerle, señor general. Mendoza posee arroyos torrentosos en sus cuatro costados. Autoríceme usted para instalar un molino de agua en cualquiera de ellos y ya me ingeniaré yo para aprender cómo se abatanan las bayetas.

San Martín no vaciló un instante y al día siguiente el chileno Herrera se enfrascaba en la construcción de un pequeño molino, en el cual trabajó durante varias semanas, haciéndolo y deshaciéndolo, hasta que logró adaptarlo al fin que perseguía.

Las bayetas de San Luis fueron pasando, más tarde, por el molino de Dámaso Herrera y salieron de él convertidas en un género grueso y resistente, propio para soportar los fríos de las cumbres cordilleranas. Las manos laboriosas de las mujeres mendocinas se encargaron luego de transformar ese bayetón en uniformes para todos los soldados del Ejército de los Andes.

El paso siguiente fue la fabricación de armas y municiones. A los jefes de la artillería se les presentó entonces un curioso dilema: ¿qué fabricar primero, las balas o los fusiles? Cualquiera que fuese la respuesta, los dejaba en igual situación, porque no tenían pólvora para las primeras, ni expertos en forja de metales para los segundos.

Otro hombre notable dio la solución al primero de los casos. Hasta entonces la pólvora se compraba en Europa, pero era excesivamente cara y tardaba mucho tiempo en llegar. El mayor de ingenieros Antonio Alvarez Condarco, en su calidad de primer ayudante de San Martín, debía recorrer con mucha frecuencia el camino de Mendoza a San Juan y en sus viajes había observado las dilatadas extensiones salitrosas existentes en esa comarca. Se propuso fabricar pólvora con salitre, azufre y carbón y la obtuvo de buena calidad y en cantidad ilimitada.

Casi simultáneamente se destacó entre los emigrados chilenos un fraile franciscano de nombre Luis Beltrán. Era oriundo de Mendoza, pero había vivido muchos años en Chile y sus sentimientos se inclinaban hondamente hacia ese país. Sus afanes de estudioso lo llevaron a adquirir un profundo conocimiento de los trabajos del metal. No era sino un teórico, pero, empecinado en el propósito de cooperar con el ejército, empezó a experimentar con lo que sabía. Al cabo de unas semanas de silenciosos ensayos, se presentó ante el general San Martín declarándole que se sentía capaz de forjar fusiles, sables, bayonetas y hasta cañones.

Impresionado el jefe mendocino por la seguridad del religioso, le concedió autorización y le proporcionó los medios para que diera comienzo a su labor. Fray Luis Beltrán instaló una maestranza a media legua de Mendoza y trabajó con tal acierto que su figura quedó perpetuada para siempre en la tradición mendocina, asida a la palanca de una fragua y extrayendo el tubo al rojo de un cañón de entre las brasas. De su maestranza salieron casi todas las armas que el Ejército de los Andes usó en su campaña de Chile y, posteriormente, las que el Ejército Libertador empleó en la guerra en el Perú.

San Martín lo recompensó confiriéndole el grado de capitán. Pero no paró allí el esfuerzo de fray Luis; en el momento preciso, cuando la expedición se aprestaba ya a lanzarse a la cordillera, inventó y fabricó ingeniosos elementos de rústica ingeniería para el acarreo de los pesados cañones a través de las cumbres y los abismos de la cordillera. El principal de ellos era un pequeño carro, que los soldados llamaron jocosamente "zorras", que tenía, ruedas de madera para ser arrastrado por bueyes en los senderos anchos y mangos para ser alzado a mano en los pasos estrechos y difíciles. Igualmente fabricó cabrias y cabrestantes, para salvar los precipicios.

El general San Martín solía emplear aforismos militares de su propia imaginación o copiados de los grandes capitanes del mundo. Uno de sus preferidos expresaba, "el secreto más importante de la guerra consiste en apoderarse de las comunicaciones del enemigo". Naturalmente, esto fue lo que con mayor ahínco trató de conseguir. Numerosos fueron los peones que movió en el complicado ajedrez que comenzó a jugar. Necesitaba enterarse de todos los movimientos de sus futuros contendores en una vasta extensión del territorio chileno, y para conseguir este objetivo diseminó espías en gran número. Este arriesgado papel seguían desempeñándolo los hombres que manejaba Manuel Rodríguez. Pero la sagacidad con que movía sus hilos aquel maestro de la intriga que era San Martín, lo llevó hasta el extremo de infiltrar como espía a su servicio, a uno de los oficiales de la propia secretaría de Casimiro Marcó del Pont.

Pero, inflexible en la persecución de sus propósitos, el jefe cuyano no vaciló en sacrificar el prestigio y destrozar la vida de uno de sus mejores amigos. De acuerdo con su abnegada víctima, un individuo idealista, descendiente de españoles, urdió una increíble estratagema.

Don Pedro Vargas, casado con doña Rosa Corvalán y Sotomayor, estaba afincado en Mendoza desde hacía muchos años. Convencido por San Martín, se prestó para hacerse pasar por un recalcitrante partidario de la corona española. Obediente, en forma incondicional, a lo pactado dentro del secreto más absoluto con el jefe cuyano, fue pregonando imprudentemente su fervorosa adhesión a la causa del rey. Esta actitud suya determinó que San Martín lo hiciera arrestar una y otra vez sometiéndolo a tales humillaciones públicas que, muy pronto, los auténticos realistas emboscados de Cuyo fueron demostrando su compasión por él. Manejando astutamente esta argucia, el jefe mendocino, cada vez que lo apresaba, lo enviaba a distintas cárceles de la provincia. Así, permaneció en la de San Juan, la de San Luis y, naturalmente, las diversas prisiones militares de Mendoza. Durante esos períodos de arresto, don Pedro Vargas trabó intimidad con los realistas detenidos y pudo enterarse de sus secretos y de los medios de comunicación que mantenían con los chapetones de la otra banda. Posteriormente, la rigurosidad de su martirio fue tan difundida, que llegó un día en que recibió una nota de aliento del propio capitán general de Chile, Casimiro Marcó del Pont. Desde ese momento la correspondencia que se intercambió entre "el godo acérrimo", como se apodaba popularmente al señor Vargas, y el gobernador de Chile, fue constante y estuvo estrictamente dirigida por el propio general San Martín.

Pero la estratagema había sido elaborada tan secretamente, que los propios familiares del señor Vargas exigieron a la esposa de éste, doña Rosa Corvalán, que solicitara judicial y eclesiásticamente la separación de cuerpos y bienes de su marido.

Terminados ya los aprestos del ejército, fue preciso completar los conocimientos que sobre los pasos de la cordillera habían conseguido José Antonio Alvarez Condarco y los capitanes Francisco Díaz y Francisco Bermúdez, en sucesivas exploraciones practicadas con el guía Justo Estay, viejo baqueano de toda la confianza del comandante en jefe. Los croquis levantados por estos oficiales abarcaban solamente la ladera argentina de los Andes y, para lograr conocer el lado chileno, San Martín discurrió un temerario sistema. Concertó con el ingeniero Alvarez Condarco que se arriesgara a cruzar a Chile, en calidad de parlamentario, con la aparente misión de entregar a Marcó del Pont el Acta de la Independencia de las Provincias Unidas de La Plata, sancionada en Tucumán el 9 de julio de ese año. Comprendían los gestores de aquella añagaza que tal acto aparecería ante los ojos de Marcó del Pont como la más desmedida insolencia y se apresuraría a despedir al parlamentario con cajas destempladas y por el sendero más corto. Atendiendo a este raciocinio, se ordenó al audaz emisario que cruzara la cordillera por la vía más larga.

Los hechos se produjeron tal como se habían calculado. Marcó del Pont ardió en cólera cuando Alvarez Condarco se presentó ante él y le expuso su parlamento. Cierto es que el asunto estuvo en un tris de resultar fatalmente contrario a lo imaginado por San Martín, pues la primera reacción del gobernante español fue mandar ahorcar al atrevido parlamentario. Afortunadamente para este último, los pundonorosos jefes del ejército realista se opusieron rotundamente a tal violación de las leyes de la guerra y Alvarez Condarco salvó la vida. Marcó del Pont tuvo que tragarse su irá y contentarse con hacer quemar en una pira, en la Plaza de Armas, la copia del acta de independencia argentina, pero ordenó que expulsaran al emisario del país con la máxima celeridad. Y así fue como se lo puso en la frontera siguiendo la vía más corta.

Gracias a este peligroso ardid, el Estado Mayor del Ejército de los Andes llegó a poseer croquis completos del paso de Los Patos o Valle Hermoso, el más largo y abrupto, y del paso de Uspallata, el más corto y transitable.

Deseosos los jefes mendocinos de confundir por completo a los militares realistas, y sabedores de la extremada falsía de los indios pehuenches radicados en los faldeos cordilleranos, sesenta leguas al sur de Mendoza, los convocaron a un solemne parlamento en el mes de diciembre de 1816. Tras de báquicas ceremonias y de colmarlos de regalos, el propio San Martín solicitó a los principales caciques que les otorgaran autorización para pasar sus tropas a través de sus tierras. Adivinaba el general que, tan pronto él y su escolta volvieran las espaldas, los indios se apresurarían a cruzar la cordillera para ir a vender el secreto a los jefes realistas de Talca y Curicó. Esto ocurrió con precisión matemática, y, a los pocos días, el alto mando del ejército realista enviaba gran cantidad de tropas a esos pueblos, convencido de que la invasión se practicaría por aquella zona.

Fue en los postreros días anteriores a la partida que los forjadores del ejército repararon en que olvidaban un factor de importancia espiritual: la bandera bajo la cual combatirían. La única bandera chilena, con sus franjas blanca, amarilla y azul, había sucumbido en Rancagua. Argentina aún no tenía una que fuera aceptada por todas sus provincias. Fue necesario entonces concebir una bandera y hacerla confeccionar a toda prisa. De esta última labor se encargó una dama chilena, doña Dolores Prats de Huici, secundada por las señoritas mendocinas Mercedes Alvarez, Margarita Corvalán, Laureana Ferrari, y otras. La bandera llevaba los colores blanco y celeste, pero distribuidos con dos franjas verticales, con el blanco hacia el asta. En el centro lucía un escudo oval, con dos manos entrelazadas coronado por un gorro frigio y una pica. Sobre éstos, un sol. Aquella bandera exhibía un curioso detalle de femenina sensibilidad: tanto la bellota del cono del gorro frigio como los ojos del sol eran de diamantes.

Ella fue bendecida en una solemne ceremonia en la plaza Pedro del Castillo de Mendoza, en los primeros días de enero de 1817, al mismo tiempo que el Ejército de los Andes era colocado bajo la protección divina de la Virgen del Carmen.

Dos días después, en el campamento de El Plumerillo, la tropa formada en cuadro prestaba su juramento a la bandera, a los acordes de músicas marciales. Aquellos sones eran ejecutados por una banda de músicos, compuesta por ocho negros, antiguos esclavos de don Rafael Vargas, hermano del "godo acérrimo", quien, a su costa, los envió a Buenos Aires a estudiar música, y encargó a Europa los instrumentos necesarios. Esta fue la única banda de músicos militares que cruzó la cordillera con el ejército, y la que, posteriormente, introdujo en Chile los ritmos y cantares cuyanos que habrían de incorporarse al folclor chileno, como el "cuando", el "aire" y la "sajuriana".

En los primeros días de enero de 1817, el flamante ejército estaba compuesto de tres mil novecientos ochenta y siete hombres. A este número se agregaban mil doscientos milicianos que debían actuar como peones durante la travesía, siendo su misión la de cuidar las cargas, cocinar los víveres y arrear los animales; y también ciento veinte mineros, que llevó consigo el capitán fray Luis Beltrán, para que fueran allanando el camino, volando los peñascos con pólvora o a golpes de barreta. El total general de los hombres que iban a emprender el cruce de la cordillera, era, pues, de cinco mil trescientos siete.

Las últimas disposiciones del general San Martín sólo llegó a conocerlas el brigadier O'Higgins cuando estaban dadas todas las órdenes y diversos destacamentos empezaban a ponerlas en práctica. Fue llamado apresuradamente al campamento de El Plumerillo, y se trasladó al cuartel de Mendoza en las primeras horas de la noche.

San Martín había sostenido aquella tarde una Junta de Guerra con sus ayudantes, y, especialmente, con los comisionados que en los últimos meses enviara a recorrer la cordillera. El resultado de aquella reunión fue la que el jefe mendocino participó a O'Higgins a solas los dos, esa noche.

—Excúseme usted que haya prescindido de sus conocimientos sobre esta materia —comenzó diciéndole San Martín—, pero consideré que ya tenía excesivas preocupaciones con el adiestramiento de las tropas en El Plumerillo.

—¿A qué materias se refiere usted, general? —quiso saber el jefe chileno.

San Martín se paseó parsimoniosamente por la sala antes de participarle el asunto que lo preocupaba. Después dijo:

—Me refiero a la táctica que debemos emplear para penetrar en Chile con algunas posibilidades de éxito. Las exploraciones practicadas por mis ingenieros, espías y baqueanos, nos han permitido establecer que en la zona central de la cordillera existen seis pasos practicables en la época estival; dos al norte, dos al centro y dos últimos al sur. Basándome en estos antecedentes, he decidido simular anticipadamente avances por el norte y el sur, y, en definitiva, atacar con el grueso del ejército, por el centro.

A medida que hablaba, se había aproximado al escritorio e iluminaba con dos velas un amplio croquis de la cordillera, dibujado para él por el Ingeniero Alvarez Condarco. Bernardo O'Higgins, que confesó no conocer aquellos datos geográficos, se aproximó también, e inclinados ambos sobre el mapa estudiaron los pasos que San Martín iba señalando con el dedo.

Los boquetes cordilleranos del norte eran: el de Vichina, que conduce desde La Rioja a Copiapó y, Huasco, y el de Olivares, que lleva de San Juan a Coquimbo. Los del centro eran el de Los Patos, que une el valle de Calingasta con Putaendo y San Felipe, y el de Uspallata, que pasa de Mendoza al pueblo de Los Andes. Los pasos abiertos en el sur, eran El Portillo, que entra por el cajón del río Maipo en dirección a Santiago, y El Planchón, que desciende sobre Talca y Curicó.

Pese a que Bernardo O'Higgins había entendido perfectamente su proyecto, San Martín, siguiendo su costumbre de ser redundante en sus órdenes, para que no pudieran ser mal interpretadas repitió su plan:

—En pocos días más enviaremos hacia el norte una pequeña partida de ejército, que se hará ver en Chile por los pobladores de Copiapó y Huasco. Otra, de no mayor número, lo hará en Coquimbo. Casi en seguida partirá hacia el sur un destacamento militar, que cruzará por El Portillo, y también pondrá buen cuidado de hacerse notar. Simultáneamente, una cuarta compañía de soldados penetrará en Chile por El Planchón, y tratará de apoderarse de Talca o de formar una montonera perfectamente notoria.

O'Higgins, que había guardado silencio, y escuchaba con concentrada atención, de acuerdo a su hábito, intervino solamente cuando el general cuyano guardó silencio:

—¿Y el avance definitivo, el del grueso del ejército, que ha dicho usted se practicará por Uspallata y el paso de Valle Hermoso, en qué momento será iniciado?

San Martín miró hacia un calendario que colgaba del muro, y fue volviendo lentamente sus hojas. Señalado con una cruz roja aparecía el día siete de enero.

—Esta será la fecha de romper la marcha hacia nuestro último cuartel, en el caserío de Canota —dijo, y siguió volteando las hojas del calendario, marcando varias de ellas con trazos de colores—. En los días siguientes irán partiendo los diferentes destacamentos que le he mencionado. Y nosotros, el fuerte del ejército, entraremos en acción en este momento —concluyó a tiempo que su mano retenía las hojas correspondientes a los días 21, 22, 23 y 25 de enero.

En tanto que Mendoza vivía las últimas horas de preparativos para la gigantesca empresa forjada afanosamente a través de más de dos años, Manuel Rodríguez galopaba por las tierras de Colchagua y con fervor místico iba arrastrando a los hacendados patriotas y a sus peonadas, predicándoles la causa de la libertad. Lentamente, al principio; aceleradamente después, la escolta del guerrillero fue engrosando, y sus claves y medios de comunicación quedaron discretamente repartidos en los rancheríos y en algunos fundos que rodeaban San Fernando y Talca.

Escurridizo como un fantasma, el guerrillero era visto en todas partes, entre Santiago y el Maule, y las partidas de talaveras enviadas en su persecución aumentaban estérilmente sus filas hasta constituir verdaderos batallones, que seguían día y noche la figura inconfundible del chileno, figura engañosa, que repetían exactamente los cinco agentes secretos que trajera de la Argentina y que vestían ropas semejantes a las suyas, y montaban todos sobre cabalgaduras iguales. Los partes que los agentes realistas mandaban al capitán San Bruno sólo hablaban de fracasos. Este, enfurecido, se desquitaba en los patriotas que caían en sus manos, sometiéndolos a vergonzosas torturas con la esperanza de obtener de ellos informes sobre el paradero del audaz bachiller o de sus lugartenientes.

El capitán general Marcó del Pont, débil, y afeminado, sólo atinaba a preocuparse del posible arribo del Ejército de los Andes, y no se daba tiempo para oponerse a las crueldades realizadas por el pérfido policía. El, como casi todos los que componían su cámara de consejeros, estaba convencido de que una vez apresado y ahorcado, el guerrillero, toda acción patriota desde los Andes sería fácil de frustrar. Por esta razón, en las esferas del Gobierno tenían preferencia las noticias llegadas desde el sur referentes a las fechorías efectuadas por el guerrillero y sus bandas, y la persecución incansable que practicaban los talaveras. No obstante, todas ellas eran desconcertantes.

—Manuel Rodríguez está en todas partes, excelencia, pero..., pero no se lo encuentra en ninguna.

En tanto el guerrillero, el auténtico Manuel Rodríguez, acompañado por sus principales lugartenientes, abandonaba la herrería de Francisco Lepe, situada en el camino a San Fernando, y avanzaba a campo traviesa en dirección a ese pueblo.

Pese a la promesa que el herrero le hiciera antes de partir a la Argentina de enviar a un propio para prevenir al bandido José Miguel Neira de que Rodríguez lo buscaba para hablarle, hasta ese momento, transcurridas varias semanas desde su regreso, el joven bachiller no había percibido ninguna manifestación de que el bandolero se hubiese dado por enterado de su deseo. Aun cuando recorría los campos engrosando sus montoneras y creando otras nuevas, que iba dejando establecidas en lugares estratégicos y escondidos, en ningún momento Rodríguez abandonaba la búsqueda de Neira.

—Encuentro que ya están siendo excesivas las dificultades para dar con este hombre —refunfuñaba sobre la marcha—. Se hace rodear de tantas precauciones como si fuera un monarca.

El viejo ño Fierro reía sotacapa ante las reflexiones coléricas de su jefe, y respondía siempre con semejantes términos:

—¡Y..., y a la de no..., en cuanto se descuide, los realistas le meten una bala en la frente, y se acabó José Miguel Neira! El lo sabe bien; por eso se cuida y es tan desconfiao. Hay que comprender al hombre. Se ha pasao la vida dando que hacer en los caminos, y justo es que sepa que hay muchos que quieren su cabeza servida en un plato. Por eso no se fía de naiden, ni siquiera de su compaire Lepe.

Razones que no convencían al jefe montonero; él imaginaba que todos debían saber cuáles eran sus ideales y que no se andaba con dobleces.

—Ayer el herrero Lepe dejó entender que Neira estaba por aquí cerca, y después, inexplicablemente, cambió de parecer, y resultó que tenía que mandar un mensajero para advertir a ese condenado Neira nuestra llegada. Horas más tarde, tras de unos cántaros de vino, llegó a la conclusión de que el bandido nos esperaría cerca de Talca. ¡No, no, no, amigo Fierro! —protestaba, sin dejar de otear el paisaje campesino en la esperanza de divisar por algún lado un rastro que lo condujera hasta el huidizo personaje—. Yo tengo buenas narices, y a mí no me cabe duda de que Lepe se encontró anoche con Neira, y se pusieron de acuerdo para inventar todas estas patrañas. Pero ¿con qué fin?, me pregunto yo.

El guaso Fierro se encogió de hombros e hizo un gesto atontado, señalando hacia las arboledas y cerros vecinos.

—Neira es más desconfiao que un zorro —musitó—. Capacito es que nos venga vigilando agora mesmo, y que nos esté siguiendo hasta Talca.

Rodríguez detuvo en forma brusca su cabalgadura, justamente en la cumbre de un cerrito que repechaban.

—Pues, las cosas así no me gustan, ño Fierro —protestó—. Prefiero ser yo quien vigile a ser espiado desde la sombra. Necesito llegar hasta ese hombre como un superior o en igualdad de condiciones; de ninguna manera como un admitido a prueba. De modo que vamos a alterar un poco nuestros proyectos.

—Las cosas se harán como su mercé disponga —acató el montonero viejo—. ¿Qué se le ha ocurrido agora, patrón?

Rodríguez tendió la vista hacia los contornos, para orientarse, y luego resolvió:

—Vamos a almorzar en aquel bosquecillo, cerca de Molina —dijo, señalando hacia el sur—. Después de almuerzo, como quien no tiene prisa, nos tenderemos a sestear un rato, dando permiso a toda la gente para hacerlo también.

—Güeno... ¿y?...

—Cuando todos estén dormitando, ya me las arreglaré para hacerme humo.

El guaso Fierro se quedó mirándolo, perplejo, sin entender a qué obedecía el propósito de Rodríguez.

—¿Y pa dónde va a ir su mercé, y cómo haremos pa encontrarnos de nuevo? —reflexionó.

—Nos buscaremos en tres días más en el fundo de Pancho Villota —determinó Rodríguez—. Y si antes ocurriera cualquier cosa extraña que fuera indispensable informarme, enviarás a tu hijo Antonio para que me busque por los alrededores de Chagres. Adviértele que no pregunte a nadie por mí, sino que me busque hasta que dé personalmente conmigo. ¡Ah, e instrúyelo para que ponga especial atención en los frailes que se tope en el camino!

Aquella misma tarde, mientras los montoneros se entregaban confiadamente a la siesta, al amparo de los árboles, Manuel Rodríguez desapareció sin que ninguno de ellos se percatara.

El capitán general Marcó del Pont, notificado de la infructuosa búsqueda de Manuel Rodríguez, y atemorizado por la amenaza de que apareciera, inesperadamente, el Ejército de los Andes, sólo atinó a refugiarse en las medidas contraproducentes que le dictaban sus consejeros, todos ellos irreflexivos y fanfarrones. Entre éstos se hallaba el capitán Rebolledo, comandante del regimiento "Burgos", que ocupaba un lugar preferente junto al gobernador, gracias a los falsos planos y cartas que hiciera llegar a sus manos su manceba, la andaluza Marilola.

Aquellos documentos lo habían llevado al convencimiento de que el ejército de San Martín, si llegaba a iniciar la invasión del territorio chileno, lo haría por el sur, por el paso de El Planchón. Basado en esta convicción, peroraba jactanciosamente ante sus jefes militares:

—Sé que ese insurgente no cuenta con un ejército verdaderamente regular, y que para tener alguna posibilidad de éxito, deberá aliarse con los bárbaros pehuenches; bárbaros que, aunque buenos jinetes, han sido siempre derrotados por las fuerzas reales. En estos planos y cartas que ha logrado interceptar el señor capitán Rebolledo, nada se habla del paso

1048

de Uspallata. Igualmente en cartas que hemos recibido del realista mendocino señor Del Castillo Albo, nos enteramos de las penurias, debilidades e ineficiencia del dicho Ejército de los Andes.

A su turno, el capitán Rebolledo de Azúa ha insinuado la idea de que seamos nosotros quienes crucemos el macizo andino para ir a cazar a San Martín en su propia guarida.

Pero la opinión general de los comandantes de la plana mayor del ejército realista fue decididamente contraria al impulsivo propósito.

Veteranos de numerosas guerras en Europa y Africa, la sola contemplación del macizo andino les bastaba para comprender las insuperables dificultades que tendría que vencer cualquier ejército para cruzarlo. Y la discusión que se gencró entre ellos vino a hacer más confusas las ideas del capitán general.

Por una parte, el sagaz mercedario fray Melchor Martínez, que había partido hacia el sur por iniciativa propia para inspeccionar el río Diamante y las gargantas cordilleranas que conducían al paso de El Planchón, aseguraba categóricamente que en esa senda no se había realizado trabajo alguno como para dejarla apta para el paso de un ejército. En consecuencia, desprendía que San Martín no entraría por el sur.

Por otra parte, el capitán Vicente San Bruno afirmaba que su subalterno, el sargento Juan Villalobos, había recorrido esa misma región, adquiriendo muchas pruebas en el terreno mismo de que el ejército insurgente estaba listo para introducirse en Chile por esa comarca. Aun más, San Bruno corroboraba lo dicho por su lugarteniente, agregando:

—El ejército insurgente entrará en este reino por El Planchón, por ser la parte más baja de la cordillera, y porque en esa comarca encontrará forma de abastecer a sus soldados, y de robar más caballos para su ejercito. Añádase a esto el terror que comienza a desencadenar en Colchagua el bandido de Manuel Rodríguez; y si ese sujeto moviliza sus montoneras por allí, es indicio seguro de que está esperando a sus secuaces de la otra banda.

Sumido en un mar de confusiones, Marcó del Pont insistía en apoyarse en la fe ciega que tenía en el ejército real. Más que su temor a que el ejército de San Martín pudiera derrotar al suyo propio, le inquietaban las actividades levantiscas de Rodríguez en el sur. Por ello fue que dictó al capitán San Bruno una orden que habría de atizar aun más la hoguera.

—Capitán —le dijo con acento frío, y batiendo en el aire sus manos pálidas—; os autorizo para condenar a muerte a cuanto hombre os parezca sospechoso, sea quien fuere. En consecuencia, estáis capacitado para hacer lo que estiméis conveniente en el mejor servicio del rey, a quien Dios guarde, desde este momento mismo.

San Bruno infló el pecho y emitió un resoplido de satisfacción:

—Excelencia —respondió—; yo os juro que, o despueblo Colchagua entera en un mes, o cuelgo a Manuel Rodríguez antes de diez días en una horca tan alta como la Giralda.

Al anochecer del segundo día, después que Manuel Rodríguez se separó de su banda, una cabalgadura con dos jinetes se acercó galopando cansadamente a la posada de un italiano, ubicada en el paradero de Chagres, en mitad del camino entre Talca y San Fernando. La bestia se detuvo frente al tosco edificio de troncos, que más parecía una barraca, y el hombre que la guiaba desmontó dificultosamente, para ayudar en seguida a descabalgar a una joven morena que venía sobre el anca del animal.

Al ruido de los cascos había asomado a la puerta el posadero, quien los recibía con una obsequiosa reverencia, la que dejó inconclusa al observar el aspecto modesto de los viajeros. No obstante, como las sombras de la noche ya envolvían el campo, los invitó a entrar.

—No pensarán seguir viaje a estas horas, ¿verdad? Estos caminos son malos, muy malos —agregó, y bajó la voz casi a un susurro—. La banda de José Miguel Neira suele salir a tomar la luna... y la propiedad ajena —concluyó con una risilla socarrona.

—Querríamos que nos proporcionara un par de cuartos para alojar, no más —le respondió el hombre, emponchado en una gruesa manta, y con el rostro casi oculto por una chupalla de paja.

El posadero los contempló con sorpresa. Aquello de solicitarle dos cuartos, siendo que los que viajaban eran un hombre y una mujer, le pareció insólito, pero no se atrevió a hacer preguntas; la actitud del guaso no era tranquilizadora, ni menos su modo de hablar.

—¿Tiene dos piezas de alojados o no? —insistió categóricamente.

—¡Oh, sí, por supuesto que sí! Es que estaba pensando, solamente en que las habitaciones no podrán estar juntas.

El recién llegado se volvió a su compañera y le consultó en voz baja:

—¿Qué le parece, Florcita María?... ¿No le dará miedo?

—Después de lo que he pasado, ya no le tengo miedo a nada ni a nadie —respondió la mujer. Pero el guaso no parecía conforme y volvió a dirigirse al dueño de la hospedería.

—¿Y por qué no nos puede dar dos piezas juntas, siendo que tiene una casa tan grandaza?

—Porque no pensé nunca que iban a venir dos pasajeros al mismo tiempo y ayer no más le alquilé la habitación del medio a un frailecito que va a estar aquí hasta mañana.

A la mención de un fraile los ojos del recién llegado se avivaron astutamente y el hospedero captó al instante su cambio de expresión.

—¿Acaso no le gustan los frailes a usted?

El guaso sacudió atolondradamente la cabeza.

—No, no, todo lo contrario, no es eso —dijo, y cambió bruscamente de tema—. Vamos al interior y muéstrenos esos cuartos, patrón, que la señora viene muy cansada.

El italiano echó a andar y, cogiendo una palmatoria que estaba colocada en una rústica hornacina, se adelantó guiándolos con la lumbre de la vela. Los dos viajeros cuchicheaban tras de él.

—¿Oyó eso, Florcita María? Hay un frailecito en la posada —dijo el hombre.

—¿Crees tú que pueda ser Manuel, Pascual? —le inquirió la mujer.

Pascual Corrales, que no era otro el recién llegado, se encogió de hombros y esbozó un gesto dubitativo.

—¿Y quién nos asegura que no? Que estaría en Chagres y vestido de fraile, nos dijo ño Fierro.

El posadero italiano había abierto la puerta pesada y crujiente de una habitación y la señalaba, aunque sin detenerse en su camino por el largo corredor de la posada.

—Esta es la primera —dijo—, la que podría ocupar la señora. —Siguiendo más allá indicó otra puerta cerrada y advirtió en voz baja—: Esta es la que ocupa el padrecito. —Siguió rápidamente y abrió una tercera pieza—. Aquí puede dormir usted —concluyó, dirigiéndose a Pascual Corrales.

—¡Qué lástima que el pairecito ocupe justo la pieza del medio! —reflexionó el hombre—. Dígame, patrón, ¿y no habría forma de decirle al curita que se corra pa una de las piezas de los laos y que nos deje las otras dos juntas?

El italiano alzó las manos aparatosamente y replicó en un bisbiseo escandalizado:

—¿Está usted loco? ¿Atreverme a pedirle a su paternidad que cambie de habitación cuando él la eligió tan cuidadosamente? ¿Pedirle yo tal disparate a un personaje que me doy cuenta es de alcurnia y que me ha dicho que es amigo íntimo de su excelencia don Casimiro Marcó del Pont? ¡No, eso jamás! Tengo en mucha estima mi negocio y mi pellejo.

—¿Tan bravo se muestra el frailecito, mire oiga? —comentó socarronamente Pascual, a lo que el italiano le respondió, hablándole casi al oído:

—Es un realista furibundo y se me ocurre que viaja en misión secreta del Gobierno, desenmascarando patriotas.

—¡Diablos, habrá que cuidarse mucho de él entonces! —replicó el ordenanza, fingiendo temor—. ¿Y sale a menudo de su cuarto?

—No, pero anoche y hoy se acercó al mesón y comenzó a platicarme bebiéndose un anisado; y, como quien no quiere la cosa, fue haciéndome una serie de preguntas que me ponían los pelos de punta.

—¿Y qué preguntas eran? —quiso saber Pascual, interesado.

—Me inquirió por el bandido Neira —musitó el italiano—..., si lo conozco..., si suele venir por acá. Después, quiso saber si la gente de los alrededores lo aprecia..., si hay muchos realistas o muchos patriotas... Oh, *per la Madonna;* me puso en amarillos aprietos.

—¿Y por qué? —intervino por primera vez la mujer—. Con responderle la verdad bastaba.

El italiano puso las ojos en blanco y volvió a alzar los brazos al cielo. ¡Responderle la verdad!... ¿Y si es tan realista como parece? ¡Decirle que casi todos los campesinos son patriotas, que adoran a Neira, que lo seguirían hasta el infierno si se lo pidiera! No, prefiero no decirle nada en claro y responderle con sonrisillas bobaliconas.

No terminaba de hablar cuando la puerta del medio crujió y se entreabrió un palmo. El italiano hizo un gesto perentorio para silenciar a sus nuevos clientes y habló hacia el intersticio de la puerta con tono servil.

—Buenas noches, paternidad. ¿Se le ofrece algo?

Desde el interior del cuarto a oscuras surgió una voz raspante, antipática y de marcado acento andaluz.

—¡Un brasero, vive Dios, que esta habitación es más fría que el campanario de mi parroquia del Carmen Bajo! —reclamó, autoritario.

La mujer tuvo que apoyarse en un brazo de Pascual Corrales para no exhalar un grito. Pese a la deformación, aquélla era, indudablemente, la voz de Manuel Rodríguez.

—En seguida le hago traer fuego, reverencia —se apresuró a obedecer el posadero al presunto fraile. Este seguía hablando despótico y tajante:

—Y luego, exijo silencio. Nada de trajines y pláticas aquí en el pasillo. No quiero oír vuestros sucios pies arrastrándose frente a mi puerta, como anoche. Y advierta usted a los nuevos alojados, que parece que los hay, que no me placen las conversaciones junto a mi cuarto, ni susurros, ni suspiros, ni inmundicias. ¿Estamos?...

—Sí, sí, su paternidad. Descuide usted que... —no alcanzó a terminar la frase, porque se la cortó un brusco portazo.

—Ya lo ven sus mercedes —susurró el amedrentado italiano a Flor María y Pascual—. Se nota que es una autoridad, ¿no es así? Por favor, no hagan ninguna de esas bullas que él prohibió.

Corrales rió en sordina, cubriéndose la boca con el cuello de la manta.

—No pase cuidado, casero; nosotros vamos a dormir no más. Y usted hágale caso también; no venga a asomarse por estos laos.

—¡Ah, lo que es yo no me asomo por este pasillo aunque arda la casa! —replicó rápidamente el posadero, y se alejó en punta de pies—. La cena la pueden tomar en el vestíbulo, si quieren.

Apenas el italiano hubo desaparecido en un recodo del largo pasillo, Flor María Peña remeció a su acompañante de un brazo.

—Estoy loca de impaciencia por entrar al cuarto de Manuel —le dijo, tratando de arrastrarlo hacia la puerta cerrada, pero el hombre la retuvo de un brazo.

—Si él toma tantas precauciones, tendrá su razón. Entremos a mi cuarto mejor y nos pondremos de acuerdo a través de la pared. El tabique de barro y paja debe tener agujeros.

Un silencio profundo envolvía la rústica casona cuando entraron a la habitación en sombras, apenas iluminada por el fulgor de la noche que penetraba por la ventana entreabierta. Más allá se divisaba el camino solitario que unía los pueblos arrasados tantas veces por las cabalgatas realistas.

Pascual Silvestre Corrales, conocedor de las artimañas usadas por su patrón, cerró cuidadosamente la puerta y fue a colocarse apegado al muro. Con mano indecisa dio tres o cuatro golpecitos sobre la capa de barro.

—On Manuelito, ¿me oye usted?

Al otro lado se oyó un leve resbalar de pies, pero la respuesta tardó en llegar, razón por la cual Flor María apegó su boca al muro y susurró apasionadamente:

—¡Manuel! ¡Manuel de mi alma!

Entonces sí que el vecino les contestó. Su voz, aunque atenuada, sonaba alegre y optimista:

—Aquí estoy. Los esperaba impaciente. Aguarden un segundo, que ya paso a esa pieza.

Flor María se abalanzó hacia la puerta, pero el ordenanza volvió a sujetarla.

—Agora me va a dejar hablar a mí solo, porque, de la de no, nos vamos a armar un enredo y nadie entenderá na.

La muchacha se debatía ansiosa en espera de que la puerta se abriera.

—Desde que los talaveras arrasaron nuestra casa y tuvimos que salir todos de Santiago, no he ansiado otra cosa que encontrarme con Manuel —decía atolondradamente—. Me dejarás abrazarlo a mí primero.

Corrales sofocó una risotada y la soltó bruscamente.

—¡Meh! ¿Pa qué quiero abrazar hombres yo? Cálmese, Florcita, hable despacito, pa que no la oigan desde el mesón.

En ese instante la puerta se abrió con sigilo, casi sin ruido, y volvió a cerrarse tras una sombra delgada que penetró ágilmente.

—¡Hola, queridos míos! —se oyó exclamar suavemente a Rodríguez. Y, como la muchacha se le arrojara en los brazos, la mantuvo estrechada contra su pecho—. Chiquilla del alma, casi me hiciste venderme. Cuando te vi, de repente, allí afuera, fue tan fuerte mi impresión que por poco me olvido de mi papel de fraile realista y te doy un abrazo tan apretado, tan apretado como éste, mi negra querida.

Pero no permitió que las efusiones de la muchacha se prolongaran más y, manteniéndola estrechada de los hombros con un brazo, se dirigió a su ordenanza.

—¿Y a ti cómo te han sentado los vientos cordilleranos? —le consultó, aludiendo a una misión en Mendoza que le había encomendado.

—Muy requete bien, pus, patroncito —le respondió ufano el ordenanza—. Cumplí con su mandato hasta onde pude. Pasé la cordillera y me presenté al general San Martín. Le conté too. Me entregó un montón de cartas pa usté, una bolsa con provisiones y otra con adornitos pa mujeres y pañuelos pa hombres.

—¿Y armas?...

—Treinta fusiles de chispa con sus balas.

—¡Magnífico! ¿Y dinero?...

—Un bolso con cuatrocientos pesos para repartir entre los hombres que sean necesarios.

—Con eso ya tendremos otra montonera andando —celebró Rodríguez.

Iba a seguir indagando, pero lo interrumpió la voz dolida de la muchacha, que le reprochaba que se preocupara de todos y no de ella—. Perdóname, m'hijita, también me ocupo de ti —se excusó, acariciándola—. He pasado noches enteras lamentando la fatalidad que San Bruno descargó sobre ustedes y buscando el modo de aliviarla. Pero ¿cómo llegaste hasta aquí?

Flor María le hizo un breve relato, con acento quebrado y lastimero. Pascual Corrales, fiel a sus amistades, visitó la fonda de los Peña a su paso por Santiago y sólo encontró las ruinas del incendio. Cerca de allí, en una casa de amigos, estaba amparada ella.

—Y como vi que la Florcita María no tenía onde estarse, me las arreglé pa traérsela pensando en que usté no había de enojarse por esta cosa —acotó el ordenanza, con un leve dejo malicioso—. Agora, si le parece mal...

Manuel lo interrumpió con un gesto y estrechó algo más a la mujer bajo sus brazos. Pero luego reflexionó gravemente:

—Claro está que, como tendré que vivir a salto de mata, no podré mantenerte a mi lado, como quisiera, Flor María, pero buscaré donde dejarte segura mientras trabajo en esta zona.

—¿Y a dónde me va a dejar, Manuelito? —gimió la muchacha, crispándole sus dedos en el pecho.

—En el rancho de una amiga mía, dentro del fundo de don Pancho Villota. Ahí estarás bien acompañada y yo iré de vez en cuando a enterarme de tu salud.

A Corrales comenzaban a fastidiarlo las exigencias y zalamerías de la mocita y no trepidó en ponerles fin.

—Oiga, patrón, ¿y pa qué toma tantas precauciones? —intervino—. Pa mí que el dueño de esta fonda es patriota también.

Rodríguez hizo una morisqueta burlona y sus dientes brillaron en la oscuridad.

—Es más que patriota, Pascual —aclaró—. Se me ocurre que es nada menos que uno de los lugartenientes de José Miguel Neira.

1055

Corrales emitió un leve silbido de espanto, que hizo reír quedamente a su jefe.

—Sí —añadió—, y esta posada no es más que un paradero del bandido y su centro de informaciones.

—¿Y qué es lo que lo hace pensar así, don Manuel?

—Le he estado tirando la lengua al italiano —le explicó el guerrillero—. Además, esta mañana había aquí un mozo, que salió a la hora de la siesta a mata caballos en dirección a los campos de la costa, hacia el mismo lado en que supongo tiene su guarida Neira.

Corrales dejó que le colgara el labio inferior y se quedó boquiabierto con actitud atontada.

—¡Por la vida, en el lugarcito en que estamos metíos! —reflexionó—. No se le vaya a ocurrir a ese diablo hacernos una visita de ripente.

—Eso es lo que espero —afirmó Rodríguez—. Así nos entrevistaríamos más pronto con él.

Lejano, en el vestíbulo, se oyó el arrastrarse de una silla, razón por la que interrumpió la sigilosa plática, y tomando a la muchacha de un brazo la llevó consigo hacia la puerta.

—No despertemos sospechas. Vamos a dormir, que mañana al alba tenemos que salir para la hacienda de Pancho Villota.

Minutos más tarde dejaba a Flor María en la primera habitación, recomendándole atrancar, fuertemente su puerta, y se introducía en la suya, en tanto que Corrales cerraba la que le había correspondido.

En el extremo izquierdo de la posada, en una pequeña sala vecina al vestíbulo y con puerta directa al camino, el posadero aguardaba en rara inmovilidad. Estaba sentado frente a una mesa y la luz de la vela que apenas lo iluminaba mostraba un cajón entreabierto, por el cual asomaba la culata de una pistola.

Sin cambiar de actitud, silencioso como una estatua, el hombre permaneció de aquella guisa por espacio de más de una hora. Repentinamente, sin que se hubiese percibido algún ruido notorio, desvió la cabeza y se quedó escuchando hacia el exterior.

La puerta que daba al camino se abrió despaciosamente y por ella asomó primero el rostro de un hombre rudo y de espesa barba, después su cuerpo entero ancho y de baja estatura. Sofocando la intensidad de su vozarrón, preguntó al posadero en un cuchicheo:

—¿Se durmieron ya?

El italiano asintió con una inclinación de cabeza y se puso de pie, tomando la pistola del cajón.

—Roncan como benditos. Pero en el cuarto del fraile no se oye ruido alguno. Ese tonsurado parece ladino hasta para dormir.

—Pues, vamos a ver si sigue siendo tan astuto cuando el capitán le ponga el naranjero al pecho.

El posadero fue en punta de pies hasta la puerta que daba hacia el interior, y regresó en seguida junto al recién aparecido.

—¿Viene o no viene Neira?

—¿Como no va a venir sabiendo que el que está aquí es un fraile de los de rosario de oro y amigo del mujerón de Marcó del Pont? El jefe echó sus cálculos al tiro y me dijo: "Ese carajo debe llevar encima unas buenas onzas y, aunque más no fuera por romperle uno de sus cortesanos al mariposón de Marcó, vamos a visitar esta noche al pairecito este".

No prosiguieron el diálogo, porque los interrumpió el apagado trotar de un caballo sobre el polvo blando del camino. El italiano tomó la vela y ocultó su llama con la palma de la mano. Ambos se asomaron a la puerta y no hablaron más. Por la franja difusa y levemente más clara de la senda se acercaba la sombra de un jinete sobre su caballo.

—¡Hei'stá! —musitó el bandolero que llegara de avanzada—. Es el jefe.

La negrura de la noche cubría la casa de postas de Chagres como un capuchón de terciopelo que ahogaba todos los ruidos campesinos. En el ala destinada a las habitaciones sólo un hombre dormía, Pascual Silvestre, el ordenanza, que se había tumbado sobre el lecho rendido por la dura jornada. Manuel Rodríguez lo oía roncar a través del tabique que separaba sus habitaciones, y al mismo tiempo escuchaba de tanto en tanto los suspiros inquietos de Flor María que velaba en el cuarto vecino.

El montonero ni siquiera se había quitado la sotana y dejaba que la sensación de alarma lo mantuviera plenamente despierto. Hacía poco rato que se había sentado en un sillón a fumar, cuando oyó el trote apagado de un caballo y su experiencia le avisó de inmediato que aquel animal traía las patas envueltas en trapos para amortiguar el ruido de sus cascos. Con un salto felino el joven se apegó a la ventana e incrustó su mirada por la ranura que dejaban los postigos. Fácilmente vio al costado izquierdo de la casa una luz que formaba un halo redondo y movedizo en torno a un grupo de personas. En el centro se destacaba un jinete que acababa de descabalgar sin ruido y estaba de pie plantado sobre dos botas perneras guarnecidas con flecos metálicos. Lo cubría un ancho chambergo negro y su cuerpo alto y fornido se enfundaba en una manta oscura bajo cuya halda asomaba la vaina de un sable curvo.

"¡Diablos, ese tiene que ser el bandido Neira!", exclamó para sí, con cierto regocijo, pese a su conciencia del peligro.

La luz de la vela alumbrando el rostro del italiano dueño de la posada aclaró también su cerebro. Neira reunía esa noche allí a algunos de sus hombres o quizás a toda su banda y la presa que perseguía era él, el furibundo fraile realista amigo de Marcó del Pont. Trasladándose sigilosamente por el cuarto, golpeó en el tabique que lo separaba de Pascual y lo llamó en voz baja hasta conseguir despertarlo.

—Levántate al momento y ven con tus armas a esta pieza —le dijo y se deslizó en seguida al otro muro para prevenir a Flor María. Pero apenas pronunció su nombre, la joven le respondió del otro lado.

—¿Estás acostada? —le inquirió él entonces.

—No, recostada sobre la cama, nada más.

—¿Vestida?

—Claro, pues.

—Recoge inmediatamente tus cosas y pasa sin hacer ni el menor ruido hasta mi cuarto —le ordenó Rodríguez y volvió al centro de la habitación, donde tenía su bolsa de viaje. Hurgando cuidadosamente, sacó dos pistolas, se cercioró de que los gatillos accionaban sin tropiezos y esperó.

Segundos más tarde estaban a su lado sus dos acompañantes.

—Creo que van a intentar asaltarnos esta noche —participó a Corrales—, es decir, van a asaltar al fraile acaudalado que soy yo. Como alardeé tanto delante del posadero de mi alcurnia y de mi intimidad con Marcó del Pont, deben haberse imaginado que llevo encima un regio botín.

—¿Y quiénes son los que van a asaltarlo, patrón?

Rodríguez golpeó suavemente la espalda de su ordenanza con expresión regocijada antes de responderle teatralmente:

—Nada menos que el célebre bandido Neira.

—¿Y qué puede hacernos él solo, patrón?

—Es que el muy ladino no está solo ni mucho menos. Desde luego, lo acompañan uno de sus hombres y el italiano, dueño de la posada. Pero también es posible que hayan entrado otros más por la parte trasera del patio.

Flor María asintió con un gesto apresurado. En efecto, cuando ella cruzaba el pasillo para venir a la habitación había alcanzado a distinguir algunas sombras en el fondo de la casona por el lado de los corrales.

El propósito de Rodríguez era, evidentemente, el de encontrarse con el bandido Neira, pero no en aquellas circunstancias. Sobradamente conocía los procedimientos de aquel hombre, quien no se detendría para dejarle tiempo de hablar y de explicarse. El y sus demás forajidos simplemente caerían sobre las víctimas elegidas disparando a matar antes de preguntar nada.

—Cierra bien la puerta, Pascual, y crúzale la tranca —ordenó a su asistente, y mientras éste le obedecía, pidió a la mujer—: Flor María, ayúdame a correr la cama y la cómoda, para formar una barricada detrás de la puerta. Apura, ya es inútil guardar precauciones.

En efecto, mientras ellos realizaban la fortificación de la pieza, en el extremo del pasillo se oyeron los pasos fuertes y pesados de varios hombres.

—¡Apéguense a las paredes y no se muevan! —ordenó Manuel a sus compañeros y, llevándose consigo a la muchacha, se allegó al muro y esperó en silencio.

Afuera, los pasos de los bandoleros se detuvieron frente a la puerta y, durante unos segundos, no se oyó ruido alguno. Después, brotó una voz ronca y autoritaria, que conminaba sin gritar.

—Abra su puerta, reverencia. Sabemos que está usté ahí dentro.

—¿Por qué no le dice usté a Neira que es Manuel Rodríguez? —susurró Corrales en el oído de su jefe, pero éste hizo un ademán negativo y lejos de obedecerle, respondió con el más altisonante acento andaluz:

—¿Quién es usted y por qué viene a interrumpir mi descanso a tan altas horas?

—Hable y pregunte menos, pairecito; sepa que quien lo requiere es José Miguel Neira, muy conocido por su poca paciencia. Abra, que necesito conversar con su paternidá.

Manuel Rodríguez estuvo tentado de identificarse en ese instante mismo, pero el tono que había empleado el bandido era demasiado urgente y amenazador, de modo que tuvo la certeza de que no iba a creerle.

—Lo siento mucho, pero no son horas para pláticas y sospecho que sus intenciones son repudiables —le replicó.

—¿No sabe usté quién es José Miguel Neira? —exclamó afuera el otro, y era notorio que comenzaba a exasperarlo aquella demora.

—Me temo que un bandido.

—Pues, si lo teme, abra pronto esa puerta o se van a confirmar muy desastrosamente sus temores. ¡Vamos, abra o hago derribar estas tablas! —profirió enfurecido.

Rodríguez comprendió que no pasarían muchos segundos sin que se cumpliera la amenaza y alzó entonces el tono hablando con su voz natural:

—¡Un momento, Neira! Quiero que sepa usted, a su vez, quién soy yo.

Pero ya era tarde; los hombros de los secuaces de Neira comenzaban a golpear la puerta haciéndola bambolear en sus goznes, al mismo tiempo que sus voces encolerizadas llenaban la noche con sus maldiciones procaces impidiendo toda explicación.

El montonero y su ordenanza aprestaban sus pistolas para defenderse, cuando por encima del ruido que hacían los bandidos escucharon hacia el exterior el estrépito de una cabalgata que se acercaba por el camino, en dirección a la hostería.

—Parece que ahora van a terciar otros más en la contienda —exclamó Rodríguez corriendo hacia la ventana cuyos postigos abrió.

En efecto, un grupo de jinetes, que excedía de una veintena, acababa de detenerse frente a la casona y sus hombres desmontaban con ruido de sables y tercerolas.

Los bandidos, alertados por algún centinela, también tomaban noticia de la llegada de aquellos soldados y abandonaban precipitadamente su propósito de derribar la puerta. El montonero y sus acompañantes los oyeron alejarse a través del patio en dirección al huerto.

—¡Abrid!... ¡Abrid! ¡Abrid a las tropas del rey! —se oía simultáneamente ordenar frente a la puerta del mesón—. ¡Abrid, pícaros, o echamos la puerta al suelo!

Corrales se volvió hacia su amo al oír aquella voz inconfundible y esperó su reacción. Rodríguez sonrió en la sombra y dijo fingiendo miedo:

—¡Ave María Purísima, si es el mismísimo sargento Villalobos del regimiento Talavera, brazo derecho del capitán San Bruno! Y el encargado de la persecución de ese bellaco de Manuel Rodríguez.

El ordenanza esbozó una santiguación sobre su rostro y acotó en tono fatalista:

—Dios nos ampare: salimos del fuego para caer en las brasas.

El montonero comprendía demasiado bien que estaba entre dos fuegos. Si intentaban huir por la parte posterior de la posada, caerían en manos de la banda de Neira; si lo hacían por la puerta de entrada, los atraparían los talaveras.

—¡Caramba, qué perspectiva! —razonó indeciso, pero divertido.

Después los hechos se precipitaron y no hubo tiempo de resolver fríamente el dilema. Los talaveras derribaron la puerta y se introdujeron atropelladamente al vestíbulo. Mientras se orientaban en la casa a oscuras, Rodríguez discurrió una estratagema que quizás pudiera salvarlos. Volviéndose a sus acompañantes, les musitó con premura:

—Síganme en la comedia que voy a hacer. —Y dirigiéndose a la ventana la abrió de par en par, comenzando a gritar, medio cuerpo echado hacia fuera—: ¡Auxilio!... ¡Socorro!... ¡Soldados de Su Majestad!... ¡Favor, valientes! ¡Ayuda para un pobre clérigo anciano!

Sus gritos destemplados y gemebundos tuvieron la virtud de acallar súbitamente los ruidos de los soldados y, poco después, se oyeron los pasos, remarcados por el tintinear de los espolines, de dos o tres soldados que se acercaban al cuarto. La voz del sargento Villalobos inquirió desde afuera:

—¿Quién sois vos y qué os ocurre? ¿Por qué os encerráis y clamáis en esta forma?

Manuel se apresuró a descorrer los muebles que obstruían la entrada y quitó la tranca, sin cesar en sus seniles lamentaciones. Cuando hubo franqueado la entrada, invitó a los de afuera:

—Entrad, señor oficial, entrad y dadnos presto socorro, que hemos pasado angustias insufribles asaltados por una cuadrilla de bandoleros.

El sargento Villalobos vaciló, temeroso de una emboscada, y amartillando su pistola, volvió a preguntar sin dar un paso:

—¿Quiénes sois vosotros?

—El reverendo padre Silvestre Piñeiro, del convento de San Sebastián Alcortas, en Santiago de Compostela —lo informó Rodríguez, fingiendo, esta vez, una perfecta voz de viejo gallego. Y sin dar tiempo a que su interrogador recapacitara, le insistió—: pero, por caridad, menos plática y entrad pronto unos pocos para que nos protejáis y que el resto salga a registrar la posada.

El sargento, convencido ya, penetró en la habitación a tiempo que ordenaba que varios de sus hombres salieran a recorrer la casa. Rodríguez, temeroso de que sus compañeros pudieran cometer un error se apresuró a presentarlos al suboficial de talaveras:

—Estos son mis criados Juan y Carmela, marido y mujer, que me acompañan desde Concepción.

En seguida se dio a relatar a Villalobos una fantástica versión sobre el asalto de los bandidos. Le dijo que habían sido despertados en medio de la noche por el estruendo de los hombres montañeses y que apenas tuvo tiempo de reunir a sus sirvientes en la habitación y de parapetarse tras los muebles.

—Segundos después, vino el asalto —prosiguió— y entonces oí que uno de ellos gritaba a otro llamándolo Neira; y ese respondió al que lo requería denominándolo Rodríguez.

El sargento Villalobos lanzó un resoplido de furor y se volvió hacia dos soldados que lo acompañaban, como poniéndolos por testigos:

—¡El bandido José Miguel Neira y ese bellaco de Manuel Rodríguez! ¿Oís, muchachos? Los mismos que nosotros andamos buscando. ¿Y hacia dónde escaparon, reverencia?

Rodríguez se encogió dentro de su sotana e hizo una serie de ademanes desconcertados.

—¡Ay, hijo mío, cómo quisiera tener yo la facultad de vosotros los jóvenes! ¡Ay, pero mis oídos se han puesto torpes y mi vista...!

—Pero siquiera os percataríais de hacia dónde salieron —insistió el sargento con cierta rudeza.

—¡Oh, sí, sí, salieron por el huerto! —le contestó presurosamente Manuel—. Ese pícaro llamado Rodríguez lo consultó en voz alta con el bandido Neira. ¿No fue así, Juanillo?

El ordenanza Corrales asintió con torpes inclinaciones de cabeza y con voz meliflua:

—Así fue, reverencia; salieron por el huerto. Y en dirección a San Fernando según me pareció oírles también.

Al oír aquel dato, el sargento y sus hombres, que deliraban por ganar la recompensa que ofreciera Marcó del Pont por la captura del insurgente, salieron atropelladamente de la habitación y cruzaron el pasillo llamando a los demás hombres para que tomaran sus caballos y los siguieran por el camino a San Fernando.

Corrales y Flor María suspiraban aliviados ya de verse libres de aquel peligro cuando los paralizó una reacción inesperada de Manuel. Este salió al pasadizo y corrió tras el sargento llamándolo con voz cascada:

—¿Cómo es esto, oficial? ¿Vais a dejarnos nuevamente solos en este caserón amedrentante?... ¡No, considerad que somos gente de paz y de años!

Villalobos se detuvo apenas unos segundos, fastidiado, y le gritó por sobre un hombro:

—¿Y qué más podemos hacer por vosotros, paternidad? ¡Comprended que tenemos que perseguir a esos malvados!

—Pero bien podéis permitirnos que vayamos protegidos por vuestro escuadrón hasta algún punto donde podamos quedar seguros —le insistió Rodríguez, adoptando cierto aire autoritario—. Nosotros tenemos que pasar por San Fernando y vosotros vais en esa dirección.

El talavera consintió con un gruñido de desagrado.

—Sólo en respeto a vuestros hábitos, paternidad, acepto. Pero iréis a nuestro lado sólo hasta el momento en que encontremos a esos bandidos. Pero cuando eso suceda tendremos que cumplir obligaciones que no se avienen con la presencia de un religioso. De modo que ¡al avío!, ordenad a vuestros criados que apresten vuestros caballos y seguidnos.

Rodríguez cruzó beatíficamente las manos sobre el pecho y exclamó, a tiempo que los soldados se alejaban:

—¡Ay, Dios, cuándo estaremos amparados entre los santos muros del convento de San Fernando!

Al atardecer del día siguiente, las descascaradas murallas del fundo de don Francisco Salas se estremecían con las risotadas estruendosas de todos los guasos y montoneros de Manuel Rodríguez al oír la relación que éste les hacía del viaje que realizara la noche anterior escoltado por los talaveras hasta las puertas mismas de San Fernando.

Sentados en el asoleado corredor, Rodríguez y Salas platicaban mientras bebían a sorbitos la chicha de la zona, rodeados por el grupo de más confianza de sus leales guerrilleros. Pero las que más risas arrancaban eran las chuscadas del ordenanza Corrales. Este, imitando una actitud seráfica, narraba los instantes de la despedida del talavera.

—Y con todo respeto el sargento Villalobos se quitó el quepis y le mostró a mi patrón la calle que conduce a la parroquia de San Fernando; y si no fuera porque yo lo estaba cateando y se me le asomaba una risita zumbona, también que le agarra el cordón de los hábitos y se lo besa nudo por nudo.

—Y éste no está tan santificado que digamos —acotó Rodríguez riendo—, porque me lo regaló una andaluza de Santiago que…, bueno, lo usaba para sujetarse el refajo en la cintura. Y hay que conocer a Marilola para saber qué de recuerdos guarda este cordón.

Concluidos los comentarios, el guerrillero y el hacendado pasaron a hablar de sus planes. Examinaron todo lo que Corrales había logrado traer desde Argentina: azúcar, yerba mate, telas de colores, collares, pulseras, y otros adornos para las mujeres, y un sinfín de pequeñas cosas codiciadas por la gente campesina. Todo ello sería repartido entre los lugartenientes jefes de las otras montoneras que se estaban formando en la región. También se enviarían algunas especies a los otros cinco guerrilleros que se movían desde Santiago hasta Concepción, disfrazados bajo la personalidad de Manuel Rodríguez.

El recuerdo de los esforzados émulos del guerrillero trajo a la memoria de Pancho Salas un comunicado que había recibido del teniente Manuel Fuentes, que servía de enlace entre los montoneros de Santiago y la costa. En él le informaba, para que a su vez se lo participara a Rodríguez, que había logrado reunir un grupo bastante considerable de patriotas, con el cual tenía el propósito de realizar un asalto a la guarnición militar de Melipilla.

Manuel meditó un instante, y luego posó una mano sobre el velludo antebrazo de su aliado.

—Si es así, prefiero ir a reunirme con él, y desistir de continuar tras las huellas de Neira —dijo.

—¿Cómo? ¿Justamente ahora que estamos casi en sus talones? —le objetó el hacendado, a lo que Rodríguez le replicó pensativamente:

—Sólo yo seré quien desista de perseguirlo, pero usted, don Pancho, que es más baqueano que nadie en esta zona, puede seguir tras su huella, en tanto dejo bien encauzada la montonera de Melipilla. ¿Qué le parece?

Salas acató la sugerencia por disciplina, pero no se sentía muy seguro de poder cumplir en igual forma que el guerrillero. No obstante, comprendía que la intervención de Rodríguez en el asalto a Melipilla podía ser decisiva.

—Por lo menos, trataré de abrirle el camino para llegar hasta la guarida de Neira —le dijo—. Después, cuando usted regrese, verá qué hace.

Durante el resto de la tarde, el guerrillero se dedicó a dar instrucciones personales a los jefes de grupo de las montoneras, y a inspeccionar que sus anticuadas armas y arreos estuvieran en buenas condiciones. Le extrañó no encontrarse durante aquellas horas con su ordenanza, pero no tuvo tiempo para preocuparse por ese detalle. Ya bien cerrada la noche, después del último mate, se despidió de don Pancho Salas, comunicándole que partiría al día siguiente hacia Melipilla, acompañado solamente por su asistente. A trancos lentos recorrió el largo corredor que envolvía a la casona por sus cuatro costados, y en el cual dormían envueltos en sus mantas los guasos y montoneros. Sorteando sus cuerpos y monturas, llegó hasta el cuarto que le habían destinado. Con extrañeza observó entonces que su ordenanza Corrales se hallaba tendido de través ante la puerta, durmiendo como un bendito.

—¿Qué estás haciendo aquí? —le preguntó después de despertarlo remeciéndolo con un pie—. Te vas a entumir de frío. Andate a tu cama, que yo te despertaré cuando comience a clarear.

Pero el asistente se negó a obedecerle.

—Déjeme dormir aquí, cerca de su mercé. Tengo una corazonada, así es que no quiero estar lejos de usté si algo se produce.

—¿Y qué podría ocurrir, hombre? —rió Manuel. Pascual Silvestre hizo unos gestos vagos, y no respondió. El mismo no sabía qué le pasaba, o no quiso comunicárselo a su jefe. Este, rendido por el cansancio, pasó sobre él, y se tumbó en su camastro después de quitarse solamente las botas. Se durmió casi en el acto. En cambio, el ordenanza quedó afuera, agitándose inquietamente en el suelo.

Lo que le ocurría era que, desde que dejaran a Flor María Peña en la chacra de don Salustio Alcorza, no había podido apartar de su mente la sospecha de que el sargento Villalobos y sus talaveras podían volver a pasar por esa zona. Su cálculo era simple: Villalobos trataría de seguir el rastro de Rodríguez en San Fernando, y, al no hallarlo, desharía su camino, para retomarlo en la posada del italiano. Desde allí no le sería difícil dar con la chacra de don Salustio.

Que sus presunciones no eran erradas quedó demostrado poco antes de la aurora. Súbitamente, los centinelas de la montonera atraparon a un muchacho que intentaba introducirse en el campamento. Era el Toño, el nieto de ño Fierro, a quien Rodríguez dejara para que cuidara y atendiera a Flor María. Tras perder algunos minutos en identificarse y explicar a los vigías la urgencia de su misión, el muchacho logró ser llevado ante Manuel Rodríguez, despierto por las voces.

—¿Qué haces aquí, Toñito? —le inquirió el guerrillero—. ¿Por qué abandonaste la chacra donde está la Flor María?

—Ella misma me mandó, patrón —tartamudeó el mocito, jadeante aún por la carrera que había hecho a través de la noche—. Por un indio que pasó por la chacra, ño Salustio y la señorita se enteraron de que los talaveras regresaban de San Fernando, y que andaban rondando en las cercanías de la casa.

Rodríguez no necesitó más para comprender el peligro que estaba corriendo la joven, y, calzándose rápidamente las botas, llamó a su ordenanza:

—Pascual, reúneme al momento unos cuantos voluntarios, unos diez o doce. Adviérteles que se armen, para salir conmigo al galope.

En tanto que el ordenanza partía a despertar a los hombres que estaban más próximos, Manuel se caló su manta y su sombrero; se colocó el cinto con las pistolas, y salió al llano a ensillar su caballo. Tan pronto lo hubo hecho, alzó al Toño sobre el anca y se dispuso a partir.

Doce montoneros llegaban ya sobre sus caballos, y dispuestos a seguirlos a donde ordenase. La cabalgata partió al galope desenfrenado en dirección hacia el noroeste. En la penumbrosa agonía de la noche, el hijo de ño Fierro iba guiando a Rodríguez por atajos y senderillos que lo llevaban casi en línea recta a la chacra del viejo Alcorza. Sin embargo, la carrera se prolongó por más de una hora, y amanecía ya cuando divisaron las casas de la posesión campesina.

Embocaban el camino carretero, en donde sus caballos podían galopar más libremente, cuando a lo lejos resonó un breve toque de trompeta. Era el inconfundible son de las trompas que usaban solamente los talaveras.

—¡Maldición; dieron la alarma esos cochinos! —exclamó Corrales, espoleando a su bestia.

Ya no cabía duda de que los soldados de Villalobos estaban dentro de la chacra, y, desde dos cuadras de distancia, vieron confirmado el hecho, al observar cómo hombres vestidos de rojo y azul salían precipitadamente de la casa, y requiriendo sus caballos se alejaban por el camino del norte.

—¡A ellos, muchachos! —gritó Rodríguez a sus montoneros—. ¡Persíganlos, y, si pueden, lacéenlos, y me los traen vivos! De lo contrario, túmbenlos a balazos.

Separándose del grupo, acompañado sólo por su ordenanza, guió su cabalgadura hacia la casa. La puerta, arrancada de sus goznes, delataba la violencia con que los talaveras se habían introducido en ella. Los dos hombres desmontaron de un salto y entraron a la carrera. Pero apenas habían traspuesto el umbral, se quedaron paralizados. Allí, en el centro de la sala principal, atada a uno de los horcones que sustentaban el techo, estaba Flor María. Se la veía totalmente desnuda, y con la piel surcada por los oscuros trazos de un látigo.

Rodríguez rechazó a su asistente con un brazo, y avanzó solo hacia la mujer.

—¡Quédate donde estás, Pascual, y arrójame tu manta!

La muchacha gemía con voz estrangulada, haciendo movimientos desesperados para cubrir su desnudez.

—¡Don Manuelito, no me mire!... Me pegaron esos salvajes...; me azotaron desnuda, porque no les decía dónde estaba usted.

Rodríguez la envolvió cuidadosamente con la manta de Pascual, y luego, sin destaparla, fue desatándole las ligaduras, hasta que la tuvo acunada en sus brazos.

Desde la puerta, vuelto de espaldas, el ordenanza preguntó:

—¿Puedo mirar ya, patrón? Porque hei llega uno de los nuestros, el guaso Fierro.

Rodríguez salió al exterior con su carga, y la depositó sobre una banca de madera apegada al muro. En ese instante frenaba violentamente su caballo, a pocas varas, el viejo baqueano.

—¡Cumplida la orden, patrón! —gritó, tratando de aplacar a su alborotada bestia.

—¿Atraparon a esos infames?

—Les matamos a dos, laceamos a otros dos, y los restantes están siendo perseguidos por el campo.

—¿Iba entre ellos el sargento Villalobos? inquirió sordamente el guerrillero.

—Ese es el que va corriendo delante de todos.

Comenzaban a regresar los demás montoneros, y entre sus caballos, arrastrándolos con sus lazos tensos, traían a los dos talaveras prisioneros.

Rodríguez esperó en el borde del corredor, con los brazos cruzados sobre el pecho y la mirada fiera. Los dos soldados venían cubiertos de polvo, sin quepis y jadeantes, por la carrera que los habían obligado a hacer.

—Llegó la hora de que comencemos a hacernos justicia profirió fríamente Rodríguez, y, señalando unos árboles que crecían juntos al borde del camino, ordenó a los captores:

—¡Atenlos allí!

Sólo entonces, al observar cómo los guasos arrastraban a los talaveras hasta los árboles, y comenzaban a amarrarlos con golpes y maldiciones, la mujer pareció reanimarse.

—¿Qué van a hacer, Manuelito? —consultó con voz temblorosa a Rodríguez.

La respuesta fue dura y tajante:

—Vengarte. Vengar las mil ofensas y ultrajes que estos talaveras han inferido al pueblo nuestro. Dar comienzo a nuestra justicia, la única que podemos aplicar, por despiadada que sea.

Los prisioneros ya estaban inmovilizados en los árboles del camino, y clamaban misericordia a grandes voces. Pero los montoneros no les prestaban oídos, y, sin haber recibido orden alguna, se desplegaban ante ellos, aprestando sus tercerolas.

—¡Ya están listos estos paquetes, jefe! —gritó Pascual desde un costado.

—¡Pues, fusílenlos!

Los dos españoles elevaron aún más sus voces quejumbrosas e implorantes. Rodríguez apretó los dientes y se hizo el sordo.

— ¡Malditos invasores —les gritó con voz ronca—: la justicia patriota los elige como a los primeros condenados! ¡Tienen treinta segundos para elevar una oración!

La reacción de los dos prisioneros fue diferente. Uno dobló la cabeza sobre el pecho, y comenzó a orar; el otro levantó la suya, y, con los ojos despidiéndoles chispas de furor, abrumó a insultos a los montoneros.

—¡Bastardos!... ¡Malditos mulatos!... ¡Asesinos! —repetía, espumajeante la boca de saliva, y siguió profiriendo denuestos durante todo el rato que tardó Rodríguez en recoger una tabla y escribir sobre ella una frase con un trozo de carbón. Esta decía: *Aquí empieza la justicia de la Patria*. Luego, se la pasó a Corrales, ordenándole clavarla sobre la cabeza de uno de los condenados. Mientras esto se realizaba volvió a tomar a Flor María en sus brazos y la colocó en el anca de su caballo. Al tiempo de montar se volvió a sus hombres y les dijo, meneando la cabeza con pesar:

—Perdónenme, pero no tengo hígados para matar a nadie a sangre fría. Ya sé que hay que hacerlo como escarmiento y para que no vuelvan a desolar estas tierras. ¡Pascual, da tú las órdenes! Y después alcáncenme por el camino.

Girando su bestia, se alejó al trote. Apagadas por la distancia que crecía, oyó a Pascual Silvestre dar la orden a los montoneros de aprestar sus armas, y, por último, la de "fuego".

El estampido de los doce fusiles lo hizo estremecerse sobre su caballo, pero apretó las riendas y siguió impertérrito. Detrás de él, la muchacha musitaba, sollozando:

—¡Jesús, María y José, descanso eterno para sus almas!

Con el espíritu lleno de tormentos, Manuel Rodríguez encabezó la marcha de regreso al campamento de don Pancho Salas. Iba distraído y confuso, sin mirar el camino, reprochándose no haber tenido el valor de asomarse al interior de la chacra, para conocer la suerte cruel que debieron haber corrido el matrimonio Alcorza y su peón. De pronto, recordó que el grueso de la montonera debía haberse movido ya hacia el oeste, con la guerrilla del hacendado, y decidió cortar a campo traviesa, para darles alcance.

El sol despuntaba por encima de los montes sinuosos de la cordillera y rayó de amarillo un camino angosto abierto entre dos lomas y bordeado de zarzamoras impenetrables. Manuel seguía cabalgando con la cabeza gacha y en su cerebro resonaba, obsesionante, la descarga que segara la vida a los dos talaveras. En un momento determinado, el guaso Fierro apuró su cabalgadura, y emparejándosele, se inclinó hacia él y le expresó en voz baja:

—Don Manuel, ¿sabe que su mercé se equivocó de camino?

El guerrillero pareció despertar, y giró la cabeza en todos sentidos.

—Es verdad —reconoció—, pero yo creía que eran ustedes los que venían guiando.

—¡Güen dar que somos tontos, entonces! —musitó el viejo, con tono perdonador—, nosotros creíamos que era su mercé...; se nos ocurría que había descubierto un sendero más corto pa juntarnos con la montonera.

Manuel tuvo que confesar que venía absolutamente distraído, y que había sido su caballo quien eligiera la senda.

—¿Y dónde estamos? —preguntó—. ¿Nos hemos alejado mucho del buen camino?

El guaso Fierro negó con la cabeza, pero su rostro reflejaba una extraña inquietud.

—Creo que nos hemos metido en terreno muy peligroso, patrón —cuchicheó.

Rodríguez tentó detener su caballo, pero no lo hizo por no alarmar al grupo de montoneros que lo seguía.

—¿Adónde conduce este atajo? —se limitó a inquirir.

Su interlocutor dejó escapar el aire de sus pulmones con un resoplido, y volvió a inclinarse hacia él.

—Afírmese bien en la montura, patrón —murmuró agoreramente, e hizo una pausa antes de declarar—: Estamos en el límite de los cerros de Cumpeo, y esta cortada lleva al propio campamento de José Miguel Neira.

Entonces sí que el guerrillero detuvo su caballo en seco y alzó un brazo para que sus hombres lo imitaran. Su mirada inquieta giraba lentamente, registrando el campo en los contornos, pero los cerros laterales limitaban su horizonte, escondiéndole todo lo que pudiera existir detrás de sus gibas. Durante meses había estado buscando al bandido Neira, y venía a caer dentro de sus campos, justamente en la peor de las condiciones, acompañado apenas por doce de sus hombres.

Ño Fierro pareció adivinar su indecisión, y le dijo en voz baja:

—Si su mercé permite a un viejo baqueano que le dé su parecer, mejor es que volvamos grupas y nos alejemos cuanto antes de este camino, aunque cortemos a los caballos en la arrancada. Los compañeros no saben todavía que vamos trotando sobre terreno ardiente, y ni se van a enterar de que en esta prudencia hay también un poquito de julepe.

Rodríguez sonrió ante la inocente y filosófica declaración de su segundo jefe.

—No es que yo le tenga miedo a José Miguel Neira —replicó suavemente—, pero, por lo que me han contado de él, creo que no le va a gustar nada que un grupo de extraños se meta en sus dominios; y para hombres de su calaña, lo más cuerdo y cómodo es eliminar los estorbos a balas o cuchilladas.

Ño Fierro giró prestamente su caballo, pero como su patrón no lo imitara, se quedó sofrenándolo y a la expectativa.

—Volvámonos, jefe; hágame caso. Yo conozco a Neira; soy su amigo.

El guerrillero asintió con un gesto resignado. Una cosa era ser valiente, y otra muy distinta proceder como tonto.

—Salgamos por los cerros de la izquierda hacia el norte —determinó. Volviéndose a sus hombres, que lo escucharon perplejos, les señaló la dirección, ordenándoles en voz no muy alta—: ¡Conversión por la izquierda, maaar!...

Pero apenas habían alcanzado a recoger bridas y a girar sus caballos, cuando sobre los cerros que pretendían escalar asomó un friso de nubecillas de humo muy juntas la una de las otras, y un segundo más tarde la explosión de una descarga cerrada repercutió en el desfiladero. Los montoneros alzaron los ojos, a tiempo de ver asomar sobre la cresta montañosa una compacta hilera de jinetes, que abarcaba más de media cuadra.

—¿No le dije, patrón? —barbotó ño Fierro—. ¡Son los bandidos de Neira!

A la mención de ese nombre, los montoneros agitaron confusamente sus cabalgaduras, buscando una dirección para huir. Pero ya por los cerros de la derecha surgía otro rosario de bandidos extendido sobre el filo, los que también les disparaban de arriba hacia abajo.

Rodríguez levantó su caballo sobre los cuartos traseros, a riesgo de derribar a Flor María, que se aferraba a la montura. Pudo ver entonces que, desde el fondo de la senda por donde habían venido, galopaba frenéticamente hacia ellos una nutrida tropilla de guasos. No les quedaba otra salida que el mismo camino por donde habían llegado, viniendo desde el oeste. Mas los minutos de indecisión que perdieron revolviéndose en el mismo sitio habían dado tiempo a los bandoleros de los cerros para descolgarse chivateando como indios a cerrarles la retaguardia. Estaban, pues, encerrados como en un corral.

Los doce montoneros desabrocharon los fusiles que traían en bandolera, y se aprestaron a la defensa, pero Rodríguez comprendió que era suicida intentarlo.

—¡Calma, muchachos! —los apaciguó, inmovilizando su cabalgadura—. Tenemos que proceder con tranquilidad y valor, si deseamos salvar el pellejo. ¡Desmonten todos!

Aunque rebelándose interiormente contra la orden, los montoneros saltaron a tierra y se quedaron observando con miradas fieras el avance de los bandidos, los puños crispados en sus fusiles. Al observar su actitud resuelta, Manuel los obligó a deponer las armas.

—Nadie dispare. Mantengan las armas con los cañones hacia el suelo. Tomen los caballos de las bridas y formemos una hilera atravesada en el camino. Esperémoslos aquí, con dignidad, a pie firme e inmóviles.

Tuvieron el tiempo preciso para realizar la maniobra que indicaba Rodríguez. Los bandoleros, viniendo de los cerros y del fondo del camino, al observarlos en actitud pasiva, disminuyeron su avance arrollador, y fue al galope corto que se acercó el que parecía el jefe de la banda principal.

A no más de cincuenta varas de distancia refrenó su caballo y se quedó observando al pequeño grupo con mirada recelosa. Después, consultó a otro bandolero que se le había emparejado, y en seguida hizo una señal a los demás, para que se acercaran lentamente. La cuadrilla convergió sigilosamente hasta envolver a los montoneros en un apretado anillo de caballos y fusiles. Sólo entonces el jefe habló:

—¿Quiénes son ustedes, y qué vienen a hacer por estas tierras?

Rodríguez se adelantó unos pasos, y le replicó serenamente:

—Mi nombre es Manuel Rodríguez, y éstos son montoneros bajo mis órdenes. Vengo para hablar con José Miguel Neira, y no para entrometerme en sus tierras y en sus asuntos. Les entregaremos nuestras armas, y usted nos conducirá a presencia de su jefe.

El bandolero pareció desconcertado en un principio, pero luego lanzó una risotada, que corearon sus hombres más próximos.

—¿Y tú crees, carajo, que basta con decir que quieres llegar hasta el campamento de Neira para que todos te obedezcan?

—José Miguel Neira sabrá comprender mis intenciones —aseguró Rodríguez—. Vengo a proponerle una alianza beneficiosa para ambos.

—Neira no necesita alianzas con naiden, y ya verás cómo te hace cortar el pescuezo antes de que tengas tiempo de mentir muchas cosas.

—Me arriesgo —afirmó Rodríguez, sin perder ni un ápice de su arrogancia.

El jefe de la banda miró a sus hombres, comentó con algunos en voz baja, y les dio una orden. Una veintena de bandidos partieron bruscamente al galope y envolvieron a los montoneros, girando vertiginosamente y enlazándolos con habilidad de expertos reseros. Los hombres de Rodríguez no intentaron debatirse, pese a que varios cayeron al suelo; lejos de eso se acomodaron ellos mismos los lazos en torno a los cuerpos. En un minuto, todos ellos estaban fuertemente atados, salvo Flor María, que permanecía encogida dentro de la manta, sobre el anca del caballo de Manuel, y a quien los bandidos respetaron por su actitud desvalida.

—Agora sí que podemos ir al campamento —rió el jefe bandolero—. Las visitas hay que llevárselas a Neira bien amarraditas, por si resultan falsas.

La cabalgata emprendió camino hacia el este, yendo los prisioneros a pie, arrastrados por un largo ronzal del cual tiraban varios jinetes.

Poco más de media hora más tarde, el cabecilla de los aprehensores se presentaba ante José Miguel Neira, en la puerta de la amplia tienda que sobresalía en el centro del campamento. El famoso bandolero, alto, enjuto y huesudo, de rostro ancho, curtido por el sol y cruzado por una gruesa cicatriz que le descendía desde una sien hasta el mentón, escuchó a su subalterno con expresión agresiva, manoseando un látigo de correones que prendía de su muñeca. Cuando le oyó decir el nombre del jefe de sus cautivos, apretó aún más el ceño y gruñó violento:

—¿Qué es lo que dices, so bestia?

—Que hemos apresado a Manuel Rodríguez y a doce de su banda.

Neira alzó el rostro y se echó hacia atrás el sombrero alón con un ademán brusco. Sus ojos pequeños y punzantes enfocaban el claro central del campamento, en donde se distinguía el grupo de prisioneros.

—¡Manuel Rodríguez! —ronroneó ferozmente al distinguir la figura esbelta y mejor trajeada del montonero—. ¿Qué es lo que ha venido a hacer ése por aquí? —caviló con voz sorda—. ¿Que no calcula que se la tengo sentenciá?

—Anda también con él el guaso Fierro y su güeñecito Toño —le acotó el otro, sabedor de que entre el campesino y su jefe existía cierta amistad.

—¿El guaso Fierro metío en esto?... ¿Se querrá acaso que lo afusile a él también? —Neira se rascó despaciosamente el costurón de su cicatriz, como pensando qué resolución iba a tomar. Después crispó los labios en una sonrisa acre y dijo, sin despegar los ojos del grupo de cautivos—: Andulfo, haz que amarren a toos ésos en las estacas del centro. Me avisai cuando estén listos pa afusilarlos.

El aludido se volvía para cumplir la orden cuando recordó la existencia de Flor María.

—Anda con ellos también una mujer. No sé qué le habrá pasao, pero viene desnúa y envuelta en una manta. —Sabía que Neira odiaba a todas las mujeres salvo a una que atrapara no hacía mucho y que guardaba en una carpa aislada a un extremo del campamento. Pero el jefe bandolero tenía su mente embargada por completo con la idea de enfrentarse con el tan pregonado Manuel Rodríguez, de modo que apenas paró mientes en ella.

—Que la lleven a la tienda de la Peta. Ya veré qué hago con ella —y se quedó inmóvil como un tronco reseco, con los brazos cruzados sobre el pecho, observando el cumplimiento de su orden.

Los doce montoneros y Rodríguez fueron atados prestamente a una hilera de estacas regularmente alineadas en el centro del campamento. Cuando la operación estuvo terminada, Neira fue avanzando paso a paso a través del terreno despejado. Había una cierta dignidad fiera y felina en su modo de caminar. El tintineo de sus grandes espuelas sonaba rítmica y agoreramente en los oídos de los cautivos. Incluso los propios componentes de la banda se amedrentaron al verlo avanzar. Demasiado bien conocían aquella actitud rígida y silenciosa de su jefe, precursora de sus grandes ferocidades. El hombre se encaminó en línea recta hacia Rodríguez, que ocupaba la estaca central, y se detuvo a unos cinco pasos de distancia, examinándolo de los pies a la cabeza durante largos segundos. Después, hizo un cuarto de giro sobre sus talones y encaró al guaso Fierro.

—¿Y usté, compaire, qué anda haciendo por estos trigos sin mi permiso, eh?

Ño Fierro se encogió sin disimular su temor.

—Nos extraviamos, compaire —balbuceó tímidamente—, y cuando ya íbamos a salir de sus campos y don Manuel daba la orden pa...

—¿Quién es el mentao Manuel Rodríguez pa dar órdenes en mi tierra? —lo interrumpió bruscamente el bandolero, escupiendo al suelo, pero sin desviar su mirada.

El guaso se limitó a señalar al mencionado con un movimiento de la cabeza.

—¿Qué quiere?... ¿Quién le ha dao permiso para dentrar en mis campos? ¿Qué no sabe que todo Cumpeo es mío y que el que entra vivo aquí sale en cuenta de ánima?

Sólo entonces el guaso Fierro pareció recobrar su aplomo y dignidad.

—Es un amigo, compaire Neira —afirmó serenamente. Pero sus palabras en lugar de convencer al bandido, parecieron exaltarlo.

—No me hable de esa manera, compaire Fierro —ronroneó amenazadoramente—. Nunca creí que usted se casaría con un enemigo mío. ¡A ese Rodríguez yo se la tengo jurá!

Manuel, que había escuchado con todos los sentidos alertos, espiando el giro que tomaría el diálogo, intervino entonces. Lo hizo cautelosamente, pero con la voz entera.

—Yo soy Manuel Rodríguez, capitán Neira, y permítame que le diga que si estuviera en su pellejo, también se la habría jurado a Manuel Rodríguez. Pero si lo cogiera prisionero, lo escucharía antes de sentenciarlo.

Neira siguió sin mover la cabeza, mas sus pupilas se desviaron una fracción de segundo hacia el jefe montonero. No obstante, continuó mirando a Fierro.

—A ese intruso no lo escuchará más que mi cuchillo —sentenció brutalmente.

—¡Si yo lo aguanto! —estalló Rodríguez, perdido el control.

La desafiante bravata del bachiller pareció coger totalmente por sorpresa al bandido. Jamás nadie, ni menos estando inerme, se había atrevido a hablarle en ese tono. Su mente estrecha se desconcertó, más aun cuando el guerrillero siguió hablando con igual firmeza:

—Ese odio contra mí tiene colores de envidia o de miedo, José Miguel Neira.

La actitud hierática y teatral del señor de Cumpeo se descompuso de golpe; arrancándose el sombrero alón de la cabeza lo estrelló a sus pies, barbotando furiosamente:

—¡Recristo! ¡Usté ha venío a armar partías a mi campo, ha saltiao a mi gente, ha ahuyentao a las caravanas con gentes ricas y mercaderías que antes pasaban por aquí y que eran presas mías!... ¡Ha hecho arrancar a toos los hacendaos realistas de estos contornos llevándose sus talegas!... ¿Y entuavía tiene la desfachatez de insolentarse? ¿Que no sabe el carajo quién es José Miguel Neira?

Una onda de gozoso escalofrío corrió por el cerco de bandoleros que envolvía al campillo central. Todos imaginaron que el jefe lo iba a desollar vivo, que lo rajaría en pedacitos. Pero pese a que Rodríguez oyó sus murmullos y los vio agitarse expectantes, no se amilanó.

—Precisamente porque usted es José Miguel Neira es que lo buscaba. Manuel Rodríguez necesita gente grande para hablarla y conocerla. Por eso están de su lado desde hace algunas semanas don Pancho Salas y don Pancho Villota, que son los principales hacendados de este partido y a quienes usted debe conocer.

—¡ Yo no conozco ni a Dios ni al diablo! ¡Usté hablará conmigo desde el fondo de la fosa de los muertos! ¡Porque yo no admito mandones en las tierras donde mando yo y a toos los que quieren levantar mucho la voz les corto el resuello a tiempo!

El bandolero había sacado el cuchillo de un tirón de su cinto y lo levantaba como para abalanzarse sobre su prisionero, pero lo contuvo una carcajada sardónica de éste.

—¡Jamás, creí que el pregonado Neira fuera capaz de matar a los que despiertan sus recelos, amarrados, como un cobarde!

El insulto hizo retroceder a Neira como si hubiera recibido un latigazo en la cara. El subalterno que había capturado a los montoneros echó mano también a su puñal y gritó a los demás miembros de la cuadrilla:

—¡Este pendejo es loco! ¡Se atreve a llamar cobarde al jefe! ¡Hay que matarlo ahorita mesmo y a toos los otros también!

Pero aunque muchos avanzaron con sus armas relucientes en las manos, Neira no saltó sobre el cautivo.

—¡Naiden se ha atrevío entuavía a llamarme cobarde! —profirió roncamente—. Y pa demostrarte, deslenguao, que nunca le hei tenío miedo a naiden... —Hizo un amplio gesto con ambos brazos para apartar lejos a todos los hombres que habían estrechado el círculo y él mismo retrocedió unos pasos para dejar campo despejado—. ¡Apartarse toos! Desamarren al compaire Fierro y a los demás pelagatos y sáquenmelos de aquí.

Los hombres más próximos se apresuraron a cortar las sogas que ataban a los prisioneros y los arrearon a empellones. Rodríguez quedó solo y libre, sobándose los brazos, mientras Neira escarbaba el suelo como un toro rabioso. De un manotón el bandido arrebató el cuchillo que tenía su segundo en la diestra y lo arrojó a los pies del jefe montonero.

—¡Hei, tenís un arma, Manuel Rodríguez! ¡Demuéstrame que tenís hígados pa apuntalar las bravatas! —Rodríguez continuó inmóvil y sus ojos se clavaban duramente en su antagonista. Este casi no podía contenerse—. ¡Quiubo, recoge ese cuchillo y muéstrame que tenís el brazo fuerte como la lengua!

El bachiller siguió sin obedecerle. Más bien extendió una mano hacia Neira.

—Oyeme, jefe de Cumpeo, yo soy tu amigo. Déjame proponerte una misión de valientes,

—¿Que te perdone? —rió ásperamente el aludido. La carcajada encabritó la sangre de Rodríguez,

—¡Grandísimo carajo, a mí no viene nadie a botárseme a perdonador, habráse visto; lo que quiero es hablarte en nombre de la Patria, y si me matas no podré hacerlo, o si yo te mato no alcanzarás a ser lo que espero que seas, condenado testarudo!

Neira arrebató la manta que uno de sus subalternos tenía terciada sobre un hombro, se la dobló sobre el brazo izquierdo y simultáneamente saltó hacia adelante.

—¡Maldita sea mi suerte! —tartajeo en su avance—. ¡Pelea, cobarde! La acción del bandido, aunque vertiginosa, no cogió de sorpresa a Rodríguez. Con rapidez de relámpago se agachó, recogió el cuchillo e hizo un esguince con el cuerpo. Su contrincante pasó de largo hiriendo el aire con su arma. Cuando se volvió, Manuel lo enfrentaba con el puñal en ristre y una manta que había quitado al pasar a uno de los hombres. También sus dientes apretados relucían con ferocidad.

—¡Mi abuela, a mí naiden me trata de cobarde, gato con humos de león! —vociferaba, empleando inconscientemente el mismo lenguaje de su antagonista. Pero aún logró controlarse unos segundos más—. No te voy a matar, Neira, porque tu vida es necesaria. Sácate la rabia y aguanta hasta que uno de los dos caiga herido. Con eso basta.

—¡Venga de ahí, entonces!

El bandido volvió a saltar, pero ahora con más cautela que antes. Y los hombres chocaron en medio del ruedo. Se vio las dos armas centellear en el aire y buscar el pecho del contrario, pero ambas chocaron en el mismo sitio y se enredaron en la cruz. Así permanecieron los duelistas durante unos segundos, pugnando por desprender sus cuchillos sin quedar en descubierto. Los músculos de sus brazos hinchaban las mangas de sus camisas, las venas del cuello parecían reventárseles, y los rostros, apegados casi el uno contra el otro, daban la impresión de que iban a morderse. De súbito, Rodríguez echó un pie un palmo hacia atrás y uniendo todas sus fuerzas arrojó lejos al bandido.

Neira cambió de táctica entonces. Borneando la manta con el brazo izquierdo, la hacía pasar una y otra vez frente a los ojos de Rodríguez, para perturbarle la vista. Ambos iban girando en un estrecho círculo, como si estuvieran atados a una estaca central, espiando hasta sus menores movimientos y tratando de adivinar los siguientes. Su juego era tan semejante a una riña de gallos de pelea que los bandoleros circundantes comenzaron a entusiasmarse. Uno gritó:

—¡Veinte pesos pongo por mi capitán Neira!

—¡Van los veinte! —le replicó el guaso Fierro.

—¡Un caballo por el jefe Neira! —terció otro, y uno de los componentes de la montonera le aceptó la apuesta.

Fue el propio Neira quien gritó entonces:

—¡Quinientos pesos por mí y el traje que lleva Manuel Rodríguez!

—¡Van los quinientos y el pellejo de José Miguel Neira para hacerme un tambor —le contestó el guerrillero.

Entre un revoloteo de mantas, los dos hombres volvieron a trabarse. Se los veía forcejar el uno contra el otro, golpearse con el antebrazo izquierdo, con los pomos de los cuchillos, y las hojas filosas subían y bajaban, trazaban cortes transversales, se hundían en derechura; pero los cuerpos esquivaban los tajos con agilidad de danzarines. Sin embargo, ya había comenzado a correr la sangre. El bachiller tenía una desgarradura en el hombro y la camisa se le iba enrojeciendo; también lucía un chirlo en el mentón, que le chorreaba un hilo escarlata sobre el pecho. Neira mostraba abierto el brazo derecho desde el codo a la muñeca, pero era sólo una herida superficial y no le hacía caso.

Jadeaban como potros en la vara y el polvo se les arremolinaba en torno a los pies. Hubo un momento en que quedaron con los cuchillos en alto, entrecruzadas las hojas, y entonces sus cuerpos estaban juntos, como fundidos en uno solo.

—¿Estái cansado, capitán? ¿Te está doliendo el brazo? —rió cruelmente Rodríguez, y el otro le respondió con un escupitajo, a tiempo que saltaba un paso atrás y hacía descender su arma en vertiginoso semicírculo. Fue un molinete relampagueante destinado a abrir a Manuel de un lado a otro por el bajo vientre. Pero el bachiller previó la trayectoria del cuchillo y recogió las caderas hacia atrás, salvando su carne, pero no así la faja que se rajó a lo largo al paso del filo.

Fue el momento que Rodríguez esperaba. El bandido, arrastrado por su propio impulso, giró sobre sus tobillos, y durante una fracción de segundo ofreció a su contrincante el costado derecho descubierto. Manuel pudo entonces haberle sepultado su arma entre las costillas, perforándole los pulmones. Pero prefirió mantenerse apegado a su propósito. Levantando la punta de su arma la lanzó adelante empujada por todo el peso de su cuerpo. El puñal penetró por la masa muscular del hombro de Neira, y después de atravesárselo por completo, fue a asomar su nacimiento ensangrentado justamente al pie del cuello. El bandolero exhaló un ronco alarido de dolor y retrocedió tambaleándose, mientras se le escurría el puñal de la mano inutilizada. Luego quedó bamboleándose sobre las piernas temblorosas, crispada la boca y sujetándose la herida con la mano izquierda, a través de cuyos dedos escapaba la sangre a borbotones.

Rodríguez bajó su brazo y permaneció rígido e inmóvil, esperando. Sabía que Neira ya estaba fuera de combate, pero aguardaba la reacción de su gente. Al alarido del bandido siguió un largo lapso de silencio. Fue como si los dos contendores hubieran estado solos. Pero, súbitamente, cuando la gavilla vio a su jefe doblarse en dos y presenció su padecimiento, emitió un coro de imprecaciones y amenazas, que fueron subiendo de volumen a medida que sus componentes se acercaban al guerrillero.

Los montoneros de Rodríguez estuvieron ciertos, durante unos momentos, de que los bandoleros iban a despedazar a su jefe. Los veían adelantarse, todos esgrimiendo sus puñales, con los rostros plenos de odio y ferocidad. Y escuchaban sus voces aisladas alentándose a matarlo.

—¡Charquiémoslo a tajos!...

—¡El que se la hace al jefe me la hace a mí!

Rodríguez permanecía siempre inmóvil, pero cuando los vio ya a menos de diez pasos de distancia, alzó la voz y les gritó despectivamente:

—¿Este es el valor de los hombres de Neira?... ¡Puah, Dios los guarde, bravucones!

Fue la última chispa que faltaba para hacerlos estallar. La cuadrilla entera saltó adelante, dispuesta a despedazarlo. Pero en el instante preciso en que ya se levantaban los cuchillos sobre él, un cuerpo se interpuso ante los bandoleros. Era el propio Neira, que sacando fuerzas de flaqueza se erguía amenazador e imperioso frente a su gente.

—¡Quietos, carajos! —profirió—. ¡Atrás todos, hijos de puta!... La pelea era entre Rodríguez y yo, y este hombre, habiendo, podido matarme, no hizo más que agujerearme un hombro, y a la buena. ¡Manuel Rodríguez es mi amigo agora, y se acabó!

El imperio del bandido sobre sus hombres fue evidente hasta en esos momentos en que la exaltación los enardecía. Callaron todos a una, y retrocedieron lentamente. Neira volvió a gritar, cubriéndolos de insultos, y eso bastó para que guardaran sus armas en los cinturones. Sólo entonces, cuando los vio dominados, el jefe de la gavilla se volvió al montonero, y, con actitud teatral, le extendió su mano izquierda.

—Dame la mano, gallo —le expresó, tratando de sofocar los jadeos que le provocaba el dolor—. Te doy la izquierda, animal, porque la otra me la dejaste hecha una basura.

Manuel se la estrechó, lanzando una carcajada, y después lo apoyó de la cintura, para que no se derrumbara al suelo delante de sus hombres.

—Eres un tipo de agallas, Neira —le susurró por lo bajo, mientras lo ayudaba a caminar hacia su tienda.

El bandolero iba enfurruñado, pero, aun en su desagrado y malhumor, parecía calmado.

—Te debo quinientos pesos y un traje como el que llevas —dijo, recordando su apuesta—. No esperís que te entregue mi pellejo pa que te hagái un tambor, como te atreviste a apostar vos, lenguaraz; pero, en cambio, pa compensarte, te convido a que vamos a mi tienda y nos tomemos unos güenos tragos de aguardiente.

—Que harta falta te están haciendo —le acotó el bachiller, aludiendo a la debilidad cada vez más evidente del herido.

Neira emitió un gruñido de asentimiento, y se afirmó más pesadamente en su nuevo amigo. Había tanta familiaridad y confianza en la manera en que se alejaron, que los componentes de la banda comprendieron que se acababa de sellar una amistad sincera entre esos dos hombres. Y con la misma facilidad con que se habían enardecido antes, pasaron al entusiasmo entonces.

—¡Vivan los comandantes Neira y Rodríguez! —gritaron, lanzando al aire sus chupallas, y fueron palmoteando y estrechando las manos de los montoneros que acompañaban a Manuel.

Poco después llegó a la tienda del jefe su querida, una mujer morena y ancha de cuerpo, llamada Petronila. Traía consigo a Flor María, a quien había proporcionado uno de sus vestidos. Entre ambas curaron al herido, mientras Rodríguez iba explicando a éste sus planes futuros y las razones que lo habían movido a buscarlo entre los cerros. Entre gemidos sofocados y gruñidos satisfactorios, Neira fue aceptando la alianza que le proponía el montonero. Y cuando pasó su debilidad, y se sintió entonado por los numerosos tragos de aguardiente, resumió su pensamiento, expresando:

—Me convertiré en montonero patriota a tu lado, Rodríguez, y llevaré conmigo a toda mi gente. Te aseguro que no dejaremos godo vivo en todos los contornos, y que, si me apuran un poco, llego hasta Santiago persiguiéndolos. Pero... —aquí hizo una pausa, trasegó un nuevo vaso de licor, y agregó con severa solemnidad—, pero ese general San Martín, que dices vendrá con un ejército de la otra banda, me tendrá que dar el grado de comandante del ejército y un uniforme azul con charreteras dorás y galones doraos en las bocamangas.

—Prometido, a nombre del general —aceptó Rodríguez, riendo, y sacudió al bandolero suavemente de un hombro.

—Entonces —culminó éste con los ojos brillantes de entusiasmo—, pa celebrar la alianza, esta noche vamos a pegarnos una fiesta de Padre y Señor mío en el campamento. ¿De acuerdo?

—¡De acuerdo, y que sea con guitarras y cuecas!

—Oye, negra —ordenó Neira a su manceba—, anda, vete y decíle a toas las mujeres de la cuadrilla que se arreglen con sus hombres, pa que hagamos la fiesta. Yo cargo con too. Que de mis animales se carneen unas diez vaquillas, y que se bajen unas barricas de vino del carro al que yo tengo prohibido que se acerquen.

Sentados sobre unas monturas en la puerta de la tienda, los dos caudillos presidieron la fiesta nocturna. Todos los bandidos se acomodaron en semicírculo frente a ellos, y en el centro encendieron dos grandes fogatas, cuyas brasas iban apartando varias mujeres para asar en ellas las vaquillas, que esperaban atravesadas por largas estacas de ramas verdes.

El ñato Rubio, un gigantón que servía de ayudante al caudillo de Cumpeo, se acercó con dos potrillos rebosantes de chicha baya, y alargando uno a cada jefe, gritó estentóreamente:

—¡En nombre de mi capitán Neira, que cuando pelea no dibuja, ofrezco este trago a toda la compaña, y esas vaquillas asás, que murieron solteras, sin conocer las penas del corazón! ¡Y huifa, mi alma, salú!

Todos los bandidos bebieron alborotadamente, y durante unos minutos el campamento se desordenó por completo. Cuando la calma se fue restableciendo un poco, Rodríguez se puso de pie con cierta envarada tiesura, y miró a Neira con expresión maliciosa.

—Salú, mi "comandante" Neira —dijo, alzando una vez más su copa, ya medio vacía, y marcando intencionadamente el título que daba al bandolero. Como éste enarcara las cejas, asombrado, se dirigió entonces a la banda, alzando la voz para que no se perdieran sus palabras—: ¡Muchachos, el comandante Neira, por intermedio mío, acaba de firmar una alianza con el Ejército de los Andes, que vendrá a libertar a Chile dentro de poco! Hace un momento me pidió algo que considero muy justo, y yo no le respondí palabra, porque quise hacerlo en presencia de todos ustedes. Ahora, pues, le respondo y le digo: "Salud, comandante".

—¿Por qué me tratái de comandante, Rodríguez? —Neira se puso de pie, presintiendo algo.

—Porque desde este momento lo eres del ejército de la patria. El general San Martín, conocedor de la influencia que tienes en estos partidos, me ha encargado que te dé ese grado. Tu fama llegó hasta Mendoza, amigo Neira, y yo conseguí tu nombramiento. Míralo, aquí está el documento que lo afirma. —Con un gesto, Manuel hizo que Pascual Corrales aproximara su caballo, y sacó de una de las alforjas un rollo de cuero. Después de desligar el correón que lo amarraba, extrajo un ancho pergamino adornado con sellos y una cinta bicolor. Adivinando que Neira no sabía leer, lo extendió frente a ambos, y fue leyéndolo en voz alta—: *Por disposición del Comando Superior del Ejército de los Andes, se confiere el grado de Comandante de Milicias de Chile al señor José Miguel Neira..."* Y observa quién lo firma: "General José de San Martín".

El bandolero cogió en sus manos el pliego, y lo sostuvo con tanto cuidado como si fuera de quebradizo cristal. Embelesado, repetía:

—¡Comandante de milicias de Chile, señor José Miguel Neira! —luego se echó a reír como un niño, pavoneándose ante sus hombres.

—Y con el uniforme también, amigazo —prosiguió Rodríguez, girando por delante de su caballo, y extrayendo de una bolsa colgada de la montura un paquete plegado con delgadas sogas. Era el uniforme azul con charreteras doradas que ansiaba el bandido. Cuando lo recibió en su único brazo hábil, parecía que los ojos se le iban a arrancar de las órbitas; reía y se ponía pálido, para volver a reír. Por último, Manuel sacó un quepis, y quitándole el chambergo, se lo caló en la cabeza. Ahí sí que Neira se tornó definitivamente serio; su rostro cetrino parecía de piedra, por causa de la emoción. Pero cuando ésta llegó al límite fue en el momento en que Pascual Corrales le trajo una espada que portaba colgando de su propia montura.

Con ademán caballeresco, Rodríguez la tomó de la dragona y se la colgó del cinturón al desconcertado comandante.

—Listo —concluyó el bachiller con seriedad—. Ya eres comandante, y dentro de muy poco el general San Martín te mandará armas nuevas, caballos y municiones para todos tus hombres.

Neira paseó en redondo en torno a la fogata más próxima, caminando como un sonámbulo, y repitiendo con voz creciente:

—Yo, comandante de milicias... Con armas nuevecitas, una espada, municiones, charreteras... ¡Por la madre, si San Bruno es apenas capitán! ¿Oyeron, muchachos? ¡San Bruno es apenas capitán, y yo soy comandante! ¡Huifaaa!... —Con un arrebato increíble en él, pasó el uniforme a la Peta, que no estaba menos deslumbrada, y abrazó estrechamente a Rodríguez, pese a su herida—. ¡Gracias, hermano! ¡Dispone agora de José Miguel Neira y de toa su gente!

La gavilla, toda de pie, saltaba y vivaba, elevando los brazos:

—¡Bravo, bravo! ¡Viva el comandante Neira!...

—¡Esto hay que celebrarlo! —gritó, a su vez, el jefe de la banda—. ¡Que vengan las niñas Jorquera, también las "Piedras Azules", con sus guitarras! Vamos a hacer una fiesta con canto y trago hasta que venga la amanecía.

A media mañana del día siguiente, la mayor parte de los bandidos todavía dormían su borrachera. Sólo unos pocos cumplían sus labores de centinelas, adormilados en las cumbres de los cerros o al pie de los grandes árboles, desde donde espiaban todos los caminos.

Rodríguez, que más que beber fingió hacerlo, se levantó temprano y sostuvo una conversación con sus doce montoneros, que también habían procedido con sobriedad. Buscaba el medio de ponerse en contacto con el resto de su guerrilla, que seguramente andaría buscándolo por los campos vecinos. Terminaba de ponerse de acuerdo con ño Fierro para que éste enviara a su hijo Toño a cumplir tal misión, cuando se produjo un pequeño alboroto en la entrada principal del campamento. Eran tres hombres que arrastraban por medio de un lazo a un falte prisionero.

Manuel observó la escena, intrigado y alerta. La figura del cautivo le parecía, en cierto modo, familiar, conocida, pese a que el ancho sombrero del comerciante le caía desordenadamente sobre el rostro. Vio al pequeño grupo encaminarse a la tienda de Neira, y, separándose de sus hombres, se dirigió hacia el mismo lugar.

El jefe de los bandoleros había asomado a la abertura de su tienda, y sostenía un violento diálogo con el prisionero.

—Liquídenlo por allá lejos, por donde no estorbe —decía, en los momentos en que el guerrillero llegó a su lado.

—¿Qué pasa? —quiso saber este último, tratando de contemplar la cara del prisionero, que éste se obstinaba en mantener baja.

—Este intruso, que se las da de comerciante, se ha metido a nuestro campamento sin mi permiso —le explicó agriamente Neira—. Por lo tanto, debe pagar el precio que le corresponde.

En ese instante el falte levantó ligeramente el rostro, y miró a Rodríguez con el rabillo de un ojo. Había en su expresión un aire malicioso y cómplice, que impulsó al guerrillero a estirar la mano y arrancarle el sucio chambergo.

—¡Por la vida! —exclamó, sorprendido ¡Si es el teniente Ramón Picarte! El aludido resopló con alivio, y rió ante el asombro de Neira.

—¡Gracias a Dios por traerte ante mí en el instante preciso, Manuel! —celebró el joven oficial, extendiéndole la diestra, que su compañero estrechó efusivamente.

—¿Pero qué diablos es esto? —preguntaba Neira, a lo que Rodríguez le contestó, acercándole a su compañero retenido por los hombros.

—Comandante Neira, este hombre es nada menos que el teniente Ramón Picarte, uno de los más esforzados oficiales del antiguo ejército chileno, y camarada mío de peligros en la organización de montoneras.

El bandido lo contempló, ya serenado, pero no le estrechó la mano, porque no era costumbre en él hacerlo con nadie.

—¡Caramba, me alegro de no haberlo matado al tiro! —dijo—. ¿Y qué viene a hacer por estos campos? ¿A buscarlo a usté, me imagino?

—Exactamente, y a traerle un mensaje urgente —respondió Picarte, mirando a su jefe.

Comprendiendo que sólo poderosas razones podían haber impulsado a Picarte para abandonar su refugio en Santiago y arriesgarse en la peligrosa travesía que había hecho, Manuel solicitó de Neira que les prestara su tienda para hablar a solas. Aunque no del todo complacido porque se lo excluyera de aquella entrevista, el bandolero aceptó. Tan pronto se encontraron en privado, Picarte explicó a Manuel que habían recibido un mensaje del general San Martín, por medio del sistema de comunicaciones establecido con la familia Lattapiat. El jefe cuyano comunicaba a los seis hombres que recorrían los campos de Chile, que había llegado el momento de acelerar las acciones de sus respectivas montoneras, a fin de obligar al ejército realista a desperdigar el mayor número posible de tropas fuera de Santiago.

—¿Y por qué esta urgencia? —quiso saber Rodríguez.

—Porque el Ejército de los Andes ya está totalmente organizado y presto a emprender la travesía de la cordillera.

Los otros cinco cabecillas montoneros, Juan Pablo Ramírez, Diego Guzmán, Manuel Fuentes, Francisco de Paula Lattapiat, y él mismo, Ramón Picarte, habían comenzado sus faenas hacía aproximadamente un mes. Sus montoneras estaban batiendo los campos en todo sentido en torno a la capital. Guzmán asaltó caravanas en los caminos que conducían a Valparaíso; Fuentes diezmó patrullas de talaveras y de soldados del "Burgos" en los campos vecinos a Talagante, El Paico y Melipilla; Lattapiat mantenía enloquecidos y en carrera constante a los escuadrones realistas que custodiaban los faldeos de la cordillera, en las proximidades de Santa Rosa de Los Andes, San Felipe y Las Coimas, llegando, incluso a asaltar la caja fuerte de esta última mina, llevándose cuatro cargas de barras de plata. Del único que no se conocían exactamente sus acciones, pero sí se sabía que causaba gran conmoción entre Chillán y Concepción, era del capitán Juan Pablo Ramírez.

Rodríguez informó, a su vez, a su subalterno de sus propias actividades, y de cómo había echado sobre sus huellas a varias compañías de talaveras.

—¿Hay alguna orden especial del general San Martín para mí? —le preguntó en último término.

—Sí, capitán —dijo Picarte—. El general San Martín ordena que nos reunamos todos, los seis, en Santiago, para ponernos de acuerdo con otros cuatro agentes más que ha hecho llegar secretamente a la capital. De modo que seremos diez los Manuel Rodríguez que robaremos el sosiego a las fuerzas de Marcó del Pont.

—¿Y dónde nos reuniremos, y cómo haremos para reconocer a esos cuatro nuevos compañeros?

—No lo sé; lo único que conozco es un santo y seña que servirá para la identificación. Todos iremos llegando, seguramente, en diversos días, al cabezal norte del puente de Calicanto. Allí deberemos instalarnos provistos con una canasta de flores, como si fuéramos vendedores profesionales. Entre todos nuestros pregones encajaremos uno que dirá: "Rosas blancas de Los Andes, siemprevivas de Rancagua".

—"Rosas blancas de Los Andes, siemprevivas de Rancagua" —repitió Rodríguez, para grabarse la frase—. Es un bonito símbolo: las tropas de los Andes que vuelven para vengar el desastre de Rancagua.

—Los únicos que no asistiremos a esa reunión hemos de ser el capitán Ramírez, que debe continuar en Concepción, y yo, que lo reemplazaré a usted frente a su montonera.

—¿Y por qué? —deseó enterarse el bachiller—. ¿Acaso demoraré en regresar?

—Sí. El general San Martín indica que debe usted pasar la cordillera en seguida, para recibir sus últimas instrucciones. Eso es todo. De modo que trate de ponerse en marcha ahora mismo.

Rodríguez asintió con un gesto enérgico, y abandonaron la tienda de Neira. En un costado del campamento, frente a las dos tiendas que se les habían prestado, estaban los doce montoneros de Rodríguez. El pequeño Antonio había partido ya para buscar al resto de la guerrilla. Luego de presentarlo al guaso Fierro, y de traspasarle su mando, el guerrillero regresó junto a Neira, a quien explicó que debía partir lo antes posible hacia Santiago, pero mintió, diciéndole que retornaría en breve plazo. Al mismo tiempo, lo informó sobre el puesto que ocuparía Picarte, solicitándole que le prestara al joven teniente la misma ayuda que le había ofrecido a él. Neira, ya vestido con su uniforme completo de comandante de milicias, obedeció con una disciplina propia de su nueva situación.

Antes del mediodía, Manuel emprendió el viaje, solo, dejando a su ordenanza junto al oficial, para que le colaborara durante los primeros días, debiendo reunírsele después, en Santiago, en la casa de la viuda Lattapiat.

Tres días más tarde, Rodríguez ocupaba su puesto en la parte superior de la rampa norte del puente de Calicanto. Oculto bajo unos andrajos campesinos, y tocado por una chupalla de paja que le cubría gran parte del rostro, se mantenía en cuclillas, adosado, a la baranda del puente, y teniendo frente a sus piernas un canasto lleno de flores. Entre la baraúnda que formaban los pregones de los innumerables vendedores que se establecían habitualmente próximos a los once ventorros instalados en las proas de piedra que ornamentaban la gigantesca construcción del corregidor Luis Manuel de Zañartu, sobresalía, de tanto en tanto, la voz gangosa y monocorde del bachiller, ofreciendo su mercancía:

—¡Azucenas para el altar de las devociones!... ¡Claveles rojos, como la boquita de moza enamorada!... ¡Rosas blancas de Los Andes!... ¡Siemprevivas de Rancagua!... ¡Jacintos color de cielo!... ¡Alelíes pa mensajes de amor!...

Hora tras hora, bajo el sol primaveral que ya comenzaba a picar fuerte, se repetía su jacarandoso pregón, pero aparte de dos o tres criadas viejas que se acercaron a comprarle sus flores, no se presentaba nadie que respondiera al santo y seña.

A media mañana del segundo día observó, no sin alarma, que se detenía en medio del puente un soldado talavera escoltado por otro que redoblaba un tambor. Con aburrimiento y voz engolada, el primero comenzó a leer un bando:

—"Por orden del gobernador, por la gracia de su majestad el rey, excelentísimo señor, don Casimiro Marcó del Pont, previénese al vecindario de Santiago y de todo el reino, que aquel que ocultare o diere medios de subsistencia o de fuga al criminal insurgente Manuel Rodríguez, sufrirá sentencia sumaria de muerte, de reclusión perpetua o de destierro. Y se conmina en igual forma al vecindario a denunciar, a apresar y entregar al dicho delincuente, para que sea sometido al juicio y pague en la horca sus muchos crímenes. La generosidad del señor gobernador, por gracia del rey, a quien Dios guarde, ofrece al que cumpliere así sus deberes con la corona, una prima de mil pesos de recompensa. Dése por conocido".

Apenas se alejaban los soldados, haciendo redoblar su tambor, sorpresivamente, y en el instante preciso en que Rodríguez gritaba una vez más impacientemente su pregón, se detuvo ante su canasto una negrilla alta y delgada, con la cabeza envuelta en un chillón pañuelo de colores.

—Mi ama quiere un ramo grande de rosas –dijo, con voz cantarina.

Manuel levantó el rostro y la espió de soslayo. Era una mulata agraciada y pizpireta, de cintura estrecha. Con ademán indiferente, el guerrillero le extendió un ramo de las flores requeridas.

—Aquí tiene unas rosas té, requetelindas, m'hijita.

Pero la moza las rechazó con un mohín gracioso:

—No, mi ama no quiere de ésas, casero.

—¿Y de cuáles quiere, entonces, su señora, negrita?

—Rosas blancas de Los Andes —le respondió lentamente la muchacha, mirándolo de modo especial a los ojos.

Manuel no pudo ocultar un gesto de sorpresa, pero se controló al instante. Como quien no tiene intención alguna, le inquirió:

—¿Y quiere el ramo de puras rosas blancas, mi linda?

La mulata pareció cavilar un poco, y luego dijo con sencillez:

—Póngale también siemprevivas de Rancagua.

—¡Al fin! —musitó el bachiller, agachando la cabeza y hurgando lentamente en su canasto. Iba a entregarle el ramo pedido, cuando la moza cambió de parecer y agregó:

—Más mejor es que se las lleve usted mismo a mi señora, para que ella elija las que desea. Sígame, florero y sin esperar más, echó a andar por el puente, contoneando las caderas y provocando piropos y frases intencionadas entre la decena de comerciantes.

Rodríguez se incorporó desgarbadamente, y, recogiendo su canasta, echó a andar tras ella. Por entre los vendedores de zuecos, de velas, de encajes, de rapé y tabaco, contemplaba de reojo la figura ondulante de la criada. Esta descendió la rampla que daba a la ciudad, y tomó por la calle de La Nevería, pasando junto al templo de Santo Domingo. Prosiguió hacia la Plaza de Armas, por la vereda de la cárcel, y al llegar a la esquina, tomó por la calle de La Merced.

En esos momentos estuvo a punto de perderla de vista porque se había producido una gran aglomeración de gente que escuchaba a otro pregonero, éste vestido con el uniforme de los veedores de la Real Audiencia, que vociferaba con aire pomposo:

—"Don Francisco Casimiro Marcó del Pont, Angel Díaz y Méndez, caballero de la Orden de Santiago, de la Real y Militar de San Hermenegildo, de la Flor de Lys, Maestrante de la Real Ronda, benemérito de la patria en grado heroico y eminente, mariscal de campo de los reales ejércitos, superior gobernador, capitán general, presidente de la Real Audiencia, superintendente, subdelegado de Real Hacienda y correos, postas y estafetas, y vicepatrono Real de este reino de Chile, manda y ordena:

—¡Por la vida, la retahíla de titulitos que se gasta el maricón! —musitó Rodríguez abriéndose paso entre la gente.

—"Por cuanto son insufribles los excesos que cometen en el partido del sur —proseguía el pregonero— los salteadores y demás facinerosos capitaneados por el malhechor José Miguel Neira, que por dirección del detestable insurgente Manuel Rodríguez se ha puesto en complicidad con los rebeldes de Mendoza y roban y matan no sólo a los transeúntes, sino también a los vecinos de este partido y que también ayudan a los espías que llegan de la otra banda sin más destino que espiar los procedimientos del gobernador, se hace preciso una única providencia: quitar las cabezas de tan perjudicial agrupación de criminales..."

La voz del pregonero se iba perdiendo a lo lejos, cuando Rodríguez dio alcance a la negrilla. Se disponía a continuar siguiéndola de cerca, cuando divisó una carroza adornada con escudos nobiliarios que comenzaba a detenerse frente a la Casa Colorada, que fuera de Don Mateo de Toro Zambrano. Una mirada bastó a Rodríguez para advertir que quien venía, adentro era nada menos que Marcó del Pont. El genio burlesco del bachiller lo hizo olvidar toda prudencia. Riéndose interiormente, cruzó la calle y con ademán servil se acercó a la portezuela, anticipándose a un mozo galoneado que salía de la casa para abrirla. Sin titubeos, Rodríguez giró la manivela y franqueó el descenso al gobernador a tiempo que se quitaba la chupalla y le hacía una reverencia.

—¡Dios guarde al excelentísimo señor don Casimiro Marcó del Pont! —saludó con voz campesina.

El adamado personaje bajó pisando con delicadeza las gradas del coche y se detuvo en las losas de piedra que enfrentaban la suntuosa mansión. Con ademán displicente echó mano a su bolsa y sacó una onza que dejó caer en la mano extendida del florista.

—Gracias, buen hombre. Haces bien en ser leal —dijo el personaje y penetró en la casa con pasos menudos, afirmándose elegantemente en su bastón de mando.

Apenas hubo cruzado el umbral, Rodríguez recogió su canasto y caminó a paso vivo hasta la esquina, en donde lo aguardaba la mulata. Esta lo vio llegar, con los ojos desorbitados, y le susurró con voz que a Manuel no le pareció la misma:

—¡Es usted un imprudente del demonio! —en seguida reanudó la marcha, ahora a paso más vivo, en dirección al cerro Santa Lucía.

Rodríguez la siguió manteniendo la onza apretada en la mano y riéndose para su capote. Con el aire de un palurdo entontecido iba diciéndose:

—La vida es corta y es única. Hay que sacarle el jugo a la risa.

De pronto otra idea pareció asaltarlo y se detuvo a tiempo que pasaba junto a él un chicuelo desarrapado.

Lo llamó con un gesto y le dijo:

—Oye, guaina, ¿querís ganarte un realito?

—Mande, iñor.

Manuel hurgó rápidamente en el bolsillo de su sucia cotona y sacó un retazo de papel y un lápiz. Afirmándolo sobre su palma extendida, escribió una frase. Luego colocó la onza al centro y la envolvió en él.

—Mira, coltrito, te vai a ir despacito hasta el portero de la Casa Colorada y le entregái este papelito con la onza adentro. ¿Te atrevís?

El muchacho asintió con un torpe movimiento, recogió el pequeño paquete y el real que le entregaba Rodríguez y partió paso a paso.

—¡La que se va a armar cuando Marcó del Pont lea el papelito!—susurró para sí el bachiller y tomando una vez más su canasto siguió a la mulata que llegaba ya a la calle de Las Claras. Poco más allá, ésta se detuvo frente al ancho portón de una maciza casona levantada en la esquina del callejón de Los Perros. Allí esperó a su seguidor y ambos se introdujeron rápidamente en la morada.

La escena que se producía minutos más tarde en el salón principal de la Casa Colorada era indescriptible. Marcó del Pont, cárdeno de furor, sostenía en su diestra el papel y la moneda.

—¡Por Dios vivo, esto es inaudito! —exclamaba atipladamente.

—¿Qué contiene ese papel, excelencia? —le preguntó con alarma el capitán San Bruno, que se encontraba a su lado.

—Una onza y una frase espantosa —le explicó el gobernador y leyó trémulamente—: "A Casimiro Marcó del Pont. Te devuelvo la onza que me diste de limosna para que la agregues a la recompensa que ofreces por mi cabeza. Manuel Rodríguez vale más de mil pesos, roñoso".

Los denuestos e insultos del capitán general abrumaron a San Bruno. Manuel Rodríguez, a quien se suponía trastornando los campos del sur, estaba en Santiago, se burlaba de todos y hasta había tenido el atrevimiento de abrir la portezuela del coche de la primera autoridad. Tanto fueron los reproches y amenazas que don Casimiro formuló al capitán de Talaveras, que éste salió casi a la carrera hacia el Palacio de los gobernadores, al cual entró tronando:

—¡Que la guardia rodee la plaza y arreste a todos los rotos sospechosos!... ¡Que los talaveras recorran a escape las calles convergentes a este lugar y arreen a la plaza a todos los revoltosos y mal encarados!

Poco después, Marcó del Pont agregaba nerviosamente una orden: "Que nadie salga de la ciudad, que los salvoconductos que rigen dejen de valer y que todas las casas cuyas interioridades no nos son conocidas sean revisadas sistemáticamente, una tras otra, de día y de noche".

La ancha casa, con trazas de fortín a la que entraran Manuel Rodríguez y su riosa guía, era demasiado conocida por el bachiller. Había pertenecido a doña Damiana de la Carrera, tía de los cuatro hermanos desterrados en Buenos Aires. Vivió también en ella la hija de doña Damiana, Dolores Araos de la Carrera, casada con Tomás Figueroa, hijo del coronel del mismo nombre, que se amotinó contra los patriotas y fue fusilado el 1° de abril de 1811. El joven la suponía deshabitada, pero ignoraba que la había alquilado pocos días atrás don Pedro Aldunate y Toro. Al cerrarse el recio portón tras sus espaldas, se encontró en el empedrado zaguán de altos muros ocupado por los más heterogéneos objetos. Allí se veían atados de quesos, canastos con pescados, un lío de cordobanes, ramos de cochayuyo, es decir, las mercaderías habituales de los vendedores ambulantes. Más allá, en el primer patio, que antes fuera un hermoso jardín, varias mulas mordisqueaban el pasto crecido desordenadamente. Torciendo por el corredor hacia la derecha, llegaron hasta el antiguo salón de la morada, ahora desnudo de muebles y con los rincones cubiertos de telarañas. Al trasponer la puerta, Rodríguez se detuvo impresionado. Frente a él estaban los propietarios de aquel extraño baratillo. Eran diez hombres vestidos de arrieros, de huasos maulinos, de frailes limosneros; incluso la mulatilla que lo había guiado se alineaba ahora junto a ellos y, quitándose el pañuelo de la cabeza, dejaba al descubierto una cabellera castaña, pero de hombre. El bachiller se acercó a ellos con expresión de asombro y fue estrechando las diestras de los que conocía: Diego Guzmán, Manuel Fuentes, Francisco de Paula Lattapiat. A los otros se encargó de presentárselos don Pedro Aldunate y Toro, antiguo vecino de Santiago:

—El teniente Antonio Merino, apodado "el americano" —dijo, señalando a un joven alto, delgado y de apariencia sajona—; el teniente Santiago Bueras, el hacendado Bartolomé Barros, José de San Cristóbal, Miguel Ureta... —Rodríguez abrazó efusivamente a su viejo amigo, a quien no había reconocido en la penumbra— y esta picaresca mulatilla que es el subteniente Juan Rivas —concluyó el señor Aldunate.

—Abrumado por los piropos que me prodigó por el camino el señor Rodríguez —rió el joven disfrazado de mujer, y todos ellos corearon sus carcajadas. Pero sus risas duraron poco, porque las apagó el estrépito de un grupo de caballos que pasó al galope por la calle.

—Son los soldados talaveras, que ya deben andar buscándome —les explicó Rodríguez—. Cometí una imprudencia, lo reconozco, pero la tentación fue demasiado fuerte. Ya les contaré. Por el momento, es preciso que despachemos en forma rápida nuestros asuntos. Ya el teniente Picarte me comunicó las instrucciones del general San Martín. Ellas son las de acelerar nuestras actividades en la zona y provocar el mayor desconcierto con nuestras montoneras, porque el Ejército de los Andes se apresta a romper la marcha hacia Chile. ¿No han recibido ustedes instrucciones iguales?

—Exactamente, don Manuel —le confirmó el señor Aldunate—. Y esperamos ponernos de acuerdo con usted para proceder.

Despreocupándose de los ruidos que seguían oyéndose en la calle, y que indicaban que los soldados empezaban a practicar el registro de las casas próximas, formaron un círculo para poder escucharse mejor.

—Como ya deben estar enterados, debo partir hacia Mendoza lo antes posible, de modo que tendrá que ser uno de ustedes quien se encargue de mantener las comunicaciones de todos. Propongo al mayor Guzmán, que ha participado desde el comienzo en nuestras acciones. El conoce perfectamente cuáles son los conductos y lugares que usamos para mantener nuestra correspondencia con la otra banda, y para refugiarnos en caso de emergencia. Hasta el momento se encuentran en acción las montoneras organizadas por Guzmán, Fuentes, Lattapiat, Picarte y Ramírez. Los demás deberán escoger las zonas en donde tengan mayor número de amigos y conocidos, para que los ayuden a formar nuevas montoneras de hombres fieles. Durante mi ausencia, que calculo será breve, todos ustedes batirán las comarcas que les corresponden, provocando graves desórdenes, y tratando de desconcertar por completo a las fuerzas realistas que los perseguirán. Logrado este primer objetivo, propenderán, en cuanto les sea posible, a alejar a esas tropas perseguidoras de Santiago, a llevarlas en sus persecución a la mayor distancia que puedan. No olvidemos que el propósito que nos guía es el de despejar la zona central de Chile, porque el Ejército de los Andes entrará al país justamente por ella.

El señor Aldunate y Toro extendió sobre el suelo un mapa del centro de Chile, dibujado someramente por alguno de sus compañeros, y de rodillas todos, fueron delimitando en él las comarcas en las cuales se distribuirían para movilizar a sus diferentes montoneras. En este trabajo emplearon aproximadamente media hora, y concluían ya cuando resonaron recios golpes en la puerta de calle.

Los conspiradores comprendieron de inmediato que se trataba de los talaveras, que llegaban a registrar la casa. Durante unos segundos se consultaron con las miradas, y Rodríguez discurrió con rapidez una forma de salir de aquel apurado trance. Dirigiéndose al joven Rivas, que aún vestía de mujer, le expresó:

—Al fondo del segundo patio existe una puerta falsa, que se abre sobre el callejón de Los Perros. Colóquese el pañuelo sobre la cabeza, salga por ella, y, procediendo con la misma habilidad con que me engañó a mí, corra hasta el fondo del callejón, y comience a gritar que acaba de ser asaltada por Manuel Rodríguez. Después de señalarle a los soldados en dirección al río, escabúllase como pueda y regrese a esta casa.

El subteniente se apuró a cumplir la orden, y, cubriéndose la cabeza en tanto corría hacia el patio interior, desapareció de la vista de sus compañeros. Estos aguardaron en absoluta inmovilidad, sintiendo los golpes que insistían cada vez más duramente en el recio portón. No pasaron más allá de tres minutos, hasta que comenzaron a oírse los despavoridos gritos de una mujer, en la calle lateral, gritos entre los cuales se destacaba claramente el nombre del guerrillero. De inmediato cesaron los golpes en la puerta, y luego se escuchó el galopar de los caballos alejándose hacia la esquina, y corriendo enseguida por el callejón de Los Perros.

—El subteniente Rivas ha alejado a los realistas —dijo el señor Aldunate—. Tenemos que aprovechar esta oportunidad para ponernos a salvo nosotros.

Uno a uno fueron recogiendo los bártulos que correspondían al disfraz que llevaban, y salieron al primer patio a tomar sus mulas. Pero cuando se disponían a cruzar el zaguán y abrir el portón, sonaron en los batientes unos golpes discretos, obedientes a cierta clave que Rodríguez no conocía. Aldunate les hizo seña de aquietarse, y fue a abrir el postigo enmarcado en uno de los batientes. Quien entró por allí fue el subteniente Rivas. Parecía alterado.

—Compañeros —les dijo, rápidamente—, les traigo una mala noticia. El capitán San Bruno y sus talaveras están registrando todas las casas, calle por calle. También lo hacen los infantes del "Burgos", encabezados por el capitán Rebolledo de Azúa. Pero hay algo peor, de lo que me acaba de enterar uno de los propios talaveras a quienes envié hacia el río: esto es que Marcó del Pont ha dictado otro bando, con el cual deja sin efecto los salvoconductos y prohíbe categóricamente la salida de persona alguna de Santiago.

Los guerrilleros se quedaron alelados. Comprendían que sumadas las fuerzas de los dos regimientos más numerosos de la capital, tendrían un cerco insalvable en torno a ella.

—¿Qué haremos, don Manuel? —dijo Aldunate, y los demás guerrilleros clavaron sus miradas interrogantes en Rodríguez. Este se rascó la cabeza con aire preocupado.

—Tenemos que intentar alguna medida desesperada para conseguirnos permisos, o un medio especial para salir de la ciudad. Pero, en este instante, no se me ocurre nada, ya que ni siquiera podemos asomarnos a la calle. Sin embargo, entiendo que si uno de nosotros no se arriesga, nos perdemos todos. Sin disminuir los méritos de ustedes, creo que soy quien mejor conoce la ciudad y el que está más habituado a escabullirse por ella; en consecuencia, ese hombre seré yo.

—¿Y cómo piensas proceder? —le inquirió Guzmán, preocupado.

—Existe un personaje a quien no se arresta nunca—fue cavilando en voz alta Manuel—. Este es el sereno. —Hizo una pausa, y consultó al arrendatario de la casa—: Señor Aldunate, ¿tiene usted aquí elementos necesarios para convertirme en un pasable sereno envejecido por sus labores? ¿Una manta vieja, una peluca canosa, un bigote largo, un sombrero alón, un cayado con contera de hierro y un farol?...

—Creo que sí. Si registramos en todos nuestros talegos, seguramente hallaremos lo necesario. Veámoslo al instante.

Los diez hombres abrieron los sacos que colgaban a la grupa de sus mulas, y fueron registrando apresuradamente. En pocos minutos estuvieron frente a Rodríguez los efectos que había requerido, y en no mayor tiempo éste los vistió y se envejeció la cara con la peluca, largos mostachos y tizne de carbón. Cuando estuvo listo, se volvió a sus compañeros y les dijo:

—Voy a intentar conseguir esos permisos especiales. Si no regreso antes de mañana, uno de ustedes deberá ensayar su ingenio para obtener los medios de salir todos fuera de Santiago.

Dicho esto, se encaminó hacia el segundo patio, y salió a la calle por la misma puertecilla falsa que daba al abandonado callejón de Los Perros.

Culebreando por entre toda clase de inmundicias y cosas inservibles, pues aquella vía era usada como basural por las casas de ese sector de la ciudad, consiguió llegar hasta el arenal que corría paralelo al paseo arbolado llamado el Tajamar. Hasta ese instante, nadie se había interpuesto en su camino, pero ya en el Tajamar divisó hacia el poniente grupos y muchedumbre que se agitaba nerviosamente, en especial en las cercanías del puente de Calicanto. Los soldados de la guarnición estaban cumpliendo frenéticamente la misión que les encomendara Marcó del Pont. Al galope de sus caballos, propinando planazos con sus sables, arriaban a los sospechosos en dirección a la plaza. Manuel penso por un momento vadear el río y dar la vuelta por el barrio de la Chimba, mas comprendió que en la otra ribera encontraría los mismos inconvenientes. Prefirió, en cambio, bordear el basural en el cual nacía la calle Santo Domingo, y marchar en línea recta hacia su destino. Ya en la esquina donde se erguía el templo de los dominicos, se dio cuenta de lo arriesgado de su maniobra. Allí la aglomeración de hombres arrestados por los talaveras repletaba la calle de La Nevería, donde se hallaba la cárcel. Calándose más profundamente la chupalla, se apegó a los muros del norte, y siguió caminando con la marcha cansina, habitual de todos los serenos. Su disfraz era tan perfecto, que pudo pasar inmediatamente después de que cruzara la bocacalle un pelotón de talaveras. Superado aquel peligro, apuró la marcha Santo Domingo abajo, hasta la esquina de la calle Atravesada de La Compañía. Allí, en aquella esquina, estaba la nueva casa de la andaluza que lo enloqueciera en sus tiempos de estudiante, la bella y traviesa Marilola. Espiando un momento en que no venía nadie por la calle, el guerrillero golpeó la puerta con el mango de su cayado. Comenzaba a impacientarse y a crecer su temor de que apareciera un nuevo piquete de soldados, cuando una voz áspera de mujer le habló a través de la puerta:

—¿Quién alborota así? ¿Quién llama, digo?

Rodríguez compuso la voz, y le respondió como un viejo del pueblo:

—Soy el sereno de este barrio. Necesito hablar con la señora al momento.

—Mi ama está ocupada ahora —gruñó la criada, sin la menor intención de abrir—. Retírate.

Pero el guerrillero no estaba en situación de desistir de su intento, y golpeó el batiente con mayor energía.

—Diga usted a su ama que le traigo un mensaje urgentísimo —insistió. Y como sintiera en las cercanías un nuevo griterío y el correr de caballos, agregó con acento suplicante—: Abrame pronto, y le aseguro una buena recompensa.

Afortunadamente para él, la sirvienta hizo girar el cerrojo y entreabrió un poco la puerta. Esto bastó para que Rodríguez, de un empellón, terminara de abrirla y se colara dentro de la casa.

—¿Qué es esto? ¡Jesús, ladrones! —alcanzó a proferir la mujer antes de que Manuel le cubriera la boca con una mano y la llevara casi a rastras hacia el vestíbulo. Pero los gritos guturales y pataleos de la mujer habían sido ya oídos por Marilola, quien salió de su habitación, malhumorada y dispuesta a tratar duramente a quien se atrevía a provocar ese alboroto.

—¡Vamos a ver qué es lo que ocurre! —asomó vociferando—. ¿Quién es el que se cuela en mi casa como un puñal en la barriga? —Al ver a aquel hombre tan mal trajeado, que seguía forcejeando con su criada, se detuvo con cierto espanto —. ¿Qué es esto, espantajo? —gritó.

Rodríguez se irguió entonces, haciéndole visible su rostro y le replicó, risueño y natural:

—No me tratas tan mal en tus sueños, Marilolilla.

La andaluza se llevó las manos a la boca como para ahogar un grito. El asombro hizo que se le dilataran sus hermosos ojos.

—¡Santísima Virgen! ¡Manolito, Manolito de mi alma!

Solamente entonces el guerrillero soltó a la criada y se aproximó a su antigua amante.

—Mi reina mora, más soñada, más recordada y apetecida que la absolución de mis pecados —susurró apasionadamente, oprimiéndola de los hombros. La mujer, presa aún de la perplejidad, enroscó sus brazos en torno al pecho del bachiller y se dejó besar, un tanto estremecida y confusa.

—Pero, gitano de mi vida, si es que se me estaba acabando la voz de tanto llamarte en vano. ¿Dónde estabas, qué te habías hecho que no venías a consolarme? ¡Ah, si supieras a cuántas mujeres he hecho picadillos en mis sueños, soñando que me engañabas, bandido!

Rodríguez se zafó de ella, dio un paso atrás y se exhibió con ademán teatral y lamentoso.

—Mírame, y dime si tengo trazas de tenorio.

La andaluza lo contempló enarcando las cejas y luego comenzó a reír suavemente, aumentando sus carcajadas mientras más lo observaba.

—¡Ay, Dio, si pareces la piltrafa que despreció un perro por pestilente! —exclamó por fin—. ¿Y too esto por qué? Dime, nene.

—Me persiguen, Marilola —se explicó el bachiller, manteniendo su lamentable comedia—. Y he venido al único lugar donde mi corazón me dice que me van a proteger, donde espero que una mujer a quien adoro me tienda la mano.

—La mano y el cuerpo entero, si es preciso—aseguró ella con vehemencia—. A ti no te toca ni un pelo nadie, nadie mientras exista una mujer que se llama Marilola, ¿lo oíste?

Rodríguez dejó colgar los brazos y exhaló un profundo suspiro de alivio.

—¡Al fin! ¡Qué descanso!

En seguida le narró en breves frases cómo los talaveras y los infantes del "Burgos" estaban desparramados por las calles en persecución suya, registrando casa por casa, a lo que la mujer respondió con fiereza:

—Pues, aquí no tengas cuidado, mi rey. Tú te quedas en esta casa, que todo el mundo sabe que la paga el mismísimo comandante del "Burgos"; descansas y te ríes de los peces de colores, porque esta noche... —lanzó una carcajada mordaz e hizo un giro de baile sobre uno de sus pies—, porque esta noche misma, ¡mira lo que son las coincidencias!, doy una cena a un grupo de oficiales del "Burgos", que vienen con el capitán Rebolledo de Azúa. De modo que pasemos a mi cuarto y allí me cuentas todo lo bueno y lo malo que has hecho por esos caminos de Dio.

Con un gesto de asco desprendió la manta de los hombros de Manuel, y prendiéndose luego de su brazo lo arrastró apasionadamente hacia su alcoba.

Aquella noche, como lo había afirmado la andaluza, se reunieron en su casa cinco capitanes del famoso regimiento "Burgos", y durante las primeras horas de la noche bebieron copiosamente, contándose unos a los otros sus peripecias de cuartel, especialmente las que habían vivido aquel mismo día, en que entraron en la mayor parte de las casas santiaguinas. Con grandes risotadas celebraban las escenas que provocaran sus registros de alcobas y otros sitios íntimos de las austeras casonas. Marilola los escuchaba con expresión severa, fingiendo sonrisas cuando ellos la observaban. Llegado cierto momento, llamó a su criada y le dijo:

—Nicolasa, advierte a Gaspar que ya puede servir.

Al oír aquel nombre ajeno a su conocimiento de los pobladores de la casa, el capitán Rebolledo volvió su mirada sorprendida hacia su amante.

—Gaspar, ¿y quién es ése?

Marilola le devolvió la mirada, fingiendo la más absoluta inocencia.

—¡Vaya! ¿No te he hablado de él? Gaspar es aquel gallego que te conté me ayudó tanto cuando venía en el barco que me trajo de España.

¿No recuerdas que te expliqué que su mujer me daba tisanas de jengibre para combatir el mareo? El oficial hizo unos cuantos gestos vagos, como si tratara de recordar, y no insistió más sobre el asunto, porque no le interesaba mayormente.

—¿Y por qué está aquí? —quiso saber, sin embargo.

—Bueno, porque se le acaba de incendiar la barbería que tenía en la calle de San Diego Viejo —le respondió Marilola, encogiéndose de hombros—. ¡Ay, y dirán ustedes que no es fea la vida para algunos! Lo que es a éste, lo ha colmao. La hijita que yo le conocí en el barco se le murió de tabardillo, y la mujer finó hace no más de un mes, sin que nadie pudiera saber por qué, así, de repente, como se apaga una vela.

—¡Suerte perra!, ¿no? —masculló uno de los comensales, meneando compasivamente la cabeza, y los demás lo imitaron con ademanes compungidos.

—Y como no tenía dónde parar esta noche, se acordó de mí, que, gracias a la bondad de un militar, tengo mi situación —agregó Marilola, dejando caer una mirada incendiaria sobre el capitán Rebolledo. Este se hinchó como un pavo y trató de atrapar a la andaluza por las caderas. Pero en ese instante entraba el presunto Gaspar, para anunciar que la cena estaba servida, y dejó inconcluso su atrevido ademán.

—Oiga usted, Gaspar —dijo entonces al mozo, con aire de suficiencia—. La señora me ha enterado de su desgracia y quiero decirle que puede quedarse en esta casa cuanto le sea preciso.

Rodríguez agradeció con una torpe reverencia y comenzó a hablar con acento y locuacidad propios de un barbero gallego.

—¡Oh, gracias, señor capitán! Pero, agradeciendo mucho a su señoría, mañana mismo vuelvo a mi barbería y con los palos que han quedao y con piedras levantás del lecho de la Caña la vuelvo a parar, pero ahora, con piedras, ¿eh? Que no vuelvan a hablarme de llamitas a mí, ¿eh? Con piedra he dicho, así como los bilbaínos levantaron a su llegada a Santiago, con piedras, ¿eh?, con piedras y a fuerza de puños, esa catedral que llaman del patrono Santo Domingo. Así, ¿eh?, con piedra comienzo a levantar mi barbería y, ¡me caso en diez!, que no se me vuelve a quemar.

Uno de los capitanes aplaudió entusiasmado por la arenga gallega que el mozo acababa de espetarles.

—¡Así hablan los de España! Me alegro de que conserves el ánimo, Gaspar. Eso es hablar como un español de cepa.

Rodríguez comenzó a depositar sobre la mesa los platos que traía en la bandeja hablando siempre con verbosidad inagotable.

—Con la venia de los señores capitanes, les deseo buen provecho, ¿eh? ... Nada de indigestiones y otras inmundicias, ¿eh? Buen provecho. Con la venia de los señores —y les señaló los puestos que debían ir ocupando.

—Gracias —le expresó Marilola, y a tiempo de hacerle señas de que se retirara, le recordó:

—Al término, el jerez.

—En su punto, señora, en su punto. Mi deber es mi deber. A mí no me enseña nadie, ¿eh? —y se retiró.

Tan del agrado del capitán Rebolledo y de sus invitados fue la actitud del mozo, que el primero sugirió a Marilola que lo dejara definitivamente a su servicio, y uno de los huéspedes propuso un brindis porque, de una vez por todas, se le enmendara su mala suerte.

Entretanto, decididos a defenderse hasta morir, los otros agentes patriotas seguían esperando en la casa que perteneciera a doña Damiana de la Carrera, sintiendo pasar las horas tensas, como si se avecinara una terrible tormenta. No era pequeña la que los amenazaba a ellos, porque hasta la hora de las oraciones fueron distinguiendo los ruidos que hacían los soldados registrando, una tras otra, las casas, desde la plaza. Después, reinó el silencio indicando que los hombres de San Bruno postergaban la reanudación de su registro hasta la mañana siguiente. De todos modos, ninguno de ellos intentó acostarse esa noche. Apostados en los alféizares de las ventanas y en el quicio de la puerta aguardaban inmóviles, con sus armas prestas. Cerca de la medianoche, el teniente Fuentes, destacado por su temeridad, propuso que se decidieran a abrir la puerta y a lanzarse a las calles protegidos por la oscuridad. Pero el mayor Guzmán desaprobó la operación. Según él, debían esperar hasta el alba, hora máxima fijada por Rodríguez para su regreso.

Serían aproximadamente las dos de la madrugada cuando, sin que los precediera ningún ruido exterior, se oyeron en la puerta unos leves golpes. Los nueve agentes se consultaron con la mirada y fueron agrupándose en silencio detrás del portón.

—Abramos repentinamente y caigamos sobre el que llega —susurró Aldunate, y sus compañeros se distribuyeron de modo de poder actuar con más eficacia.

Guzmán descorrió bruscamente el largo pasador y abrió una de las maderas. Apenas el hueco se acentuó, saltó hacia adentro la sombra de un hombre. Las culatas de las pistolas de los agentes se alzaban en el aire, cuando las contuvo la voz de Rodríguez:

—¡No, camaradas, que soy yo!

Los guerrilleros ampliaron su círculo y se quedaron mirándolo abismados. Rodríguez vestía un completo uniforme de capitán del "Burgos" y traía bajo el brazo un voluminoso paquete oscuro.

—¿De dónde sale usted, con ese uniforme? —intentó inquirirle el mayor Guzmán, pero Manuel acalló las interrogaciones con un gesto.

—En otra ocasión hablaremos, señores. Lo que importa ahora es salir cuanto antes de esta casa y de Santiago. En esta bolsa traigo cinco uniformes más de oficiales del "Burgos".

—¿Cómo los obtuvo? —no pudo evitar de preguntarle el mismo oficial.

—Después, después. Ahora cinco de ustedes vístanlos y dispónganse a salir al momento conmigo. ¡Rápido, rápido! —Mientras los agentes iban sacando las vestiduras del interior de la bolsa y algunos comenzaban a colocárselas, el bachiller seguía exponiendo su plan:

—Los otros cuatro restantes deberán esperar aquí. Cuando el primer grupo haya salido de Santiago, se quitarán los uniformes y uno volverá con ellos para que se marche el segundo grupo. Por último, yo deberé volver con todas estas prendas para devolverlas a quien me las proporcionó, antes de que sus dueños despierten de la soberana mona que están durmiendo.

Sus acompañantes rieron, intrigados, y siguieron en su tarea. Manuel ayudaba a los más lentos, enseñándoles la forma de colocarse los terciados de acuerdo al uso de los infantes del "Burgos".

—Tuve la honra de servir una cena a seis capitanes —iba diciendo entretanto—. Y quiso la mala suerte de ellos que se me cayeran unas pelotillas de opio en la botella de jerez que ellos paladearon. Ahora los pobres incautos duermen atravesados sobre una cama. Pero despertarán en la mañana, y cuando lo hagan, es forzoso que se encuentren vestidos con sus uniformes tal como se durmieron. De lo contrario, se pierde nuestra mejor amiga.

—¿Quién es? —preguntó Aldunate.

—Eso no importa —suspiró románticamente el bachiller—. Es una mujer que haría muchas cosas por mí.

Ya los cinco agentes estaban vestidos, y siguiendo a Rodríguez se encaminaban al patio donde esperaban sus caballerías. Rápidamente montaron en ellas y las condujeron hasta el zaguán. Manuel, que los encabezaba, se volvió a los restantes y les dijo con cierto pesar:

—Lamento que ustedes tengan que pasar aún algunas horas de nerviosidad. Pero trataremos de proceder con la mayor rapidez. Calculo que puedo estar de vuelta antes de las cuatro. Entonces saldrán todos ustedes y se reunirán en el lugar donde el camino al sur corta las Tres Acequias. A mí no volverán a verme hasta mi regreso de Mendoza. Nuestro punto de enlace será siempre la casa de la viuda Lattapiat.

Abriendo sigilosamente el portón, los seis jinetes se lanzaron a la calle y tomaron en dirección hacia el oriente para contornear la ciudad por detrás del cerro Santa Lucía y encaminarse enseguida hacia el sur, por el camino de Santa Rosa, llamado también "De las ciudades de arriba".

Aquella noche el guerrillero lamentó como nunca el montar en mulas y no en caballos. Pero pese a la lentitud de sus animales, logró sacar a través de los cordones de centinelas que cercaban la ciudad a sus cinco compañeros. Luego regresó con los uniformes hasta la casa del callejón de Los Perros y condujo al otro grupo hasta las afueras de la ciudad por otra vía, a fin de no enfrentar a los mismos centinelas anteriores.

Extenuado hasta el punto de que le temblaban las piernas, pero satisfecho por el éxito de la difícil operación, consiguió volver a casa de Marilola cuando ya comenzaba a palidecer la noche. Los seis capitanes del "Burgos" dormían todavía profundamente por efectos del narcótico, cuando lanzó sobre ellos el atado de sus uniformes.

—Y bien, mi reina, ya ves como la noche alcanzó para todo... —suspiró con verdadero deleite—. Ahora, con dolor de mi alma, tengo que marcharme. Perdóname si no me doy tiempo para servirles de doncella a tus invitados y vestirlos, pero comprende que tengo que poner pronto pies en polvorosa. Encarga a Nicolasa que lo haga y adviértele que tenga cuidado de no ponerles los uniformes equivocados.

—No te preocupes de eso, Manolito —le replicó la andaluza, señalando con desdén a los dormidos–. Piensa sólo en lo que yo estoy pensando: en tu regreso. ¿Cuándo volverás, mi adorado?

Rodríguez, vistiendo apresuradamente su raído traje de sereno, esbozó un ademán vago.

—No lo sé, querida. Debo pasar a la Argentina hoy mismo y no tengo idea de cuáles serán las misiones que deberé aceptar. Pero de volver, vuelvo. Te lo juro. Y el mismo día que ponga pie en Santiago, vengo a pagarte en caricias el servicio que me has hecho esta noche. Adiós, mi reina, más buena y más linda que los dulces sueños.

—Adiós, mi rey. Bésame y que se te quemen los labios si besas después a otras.

Amanecía ya, cuando Rodríguez abandonó la casa de la andaluza y marchando a tranco vivo, aunque pregonando de vez en cuando la hora, con su consabido "Ave María Purísima" tomó el camino hacia el oriente y se perdió tranqueando en busca de los cerros de Apoquindo, a cuyo pie se alzaba el viejo convento de los padres dominicos, que lo albergarían como en otras ocasiones y le permitirían ponerse en contacto con el viejo arriero ño Salustio, poseedor del secreto de "el camino del fraile".

8

<big>El</big> campamento militar de El Plumerillo, junto a Mendoza, bullía como una inmensa fragua. Columnas de reclutas, ya diestramente militarizados, marchaban de un lado a otro en los anegados campos de ejercicios. En un desmesurado barracón sobre una colina resonaban incesantemente combos y martillos, golpeando sobre el fierro al rojo; múltiples caballerías cruzaban en todos sentidos y columnas de carros completaban el estrépito de aquella zumbadora colmena. En la barraca central destinada al comando, el general San Martín y su plana mayor consumían sus energías empujando hacia adelante aquella tremenda empresa.

Un rígido y triple cerco de centinelas envolvía al campamento, dejando entrar solamente a los que poseían un santo y seña que se iba renovando cada tres días. Sin embargo, el 3 de enero de 1817, en los momentos en que el general San Martín extendía ante sus ojos una profusión de planos que el brigadier O'Higgins le había entregado no hacía mucho, su ayudante de órdenes se cuadró ante él:

—General, uno de los muleros de nuestro servicio de arrieros solicita hablar con su señoría.

El jefe cuyano alzó la mirada imperiosa, y manifestó fastidiado:

—¿Uno de nuestros arrieros pretende hablar conmigo, teniente O'Brien?

El oficial asintió con cierta timidez, y trató de explicarse:

—Ha insistido en forma verdaderamente extraña, señoría. Es uno de los que salió con el último destacamento de exploración ayer tarde, y dice volver de la cordillera con un mensaje urgente.

La insólita situación despertó el interés del general, y ordenó que el hombre fuera introducido a su presencia. Mientras se cumplía su orden, esperó golpeando nerviosamente con el lápiz sobre los planos. Por fin, se abrió la puerta del despacho, y el teniente O'Brien empujo hacia el escritorio a un hombre vestido con el clásico chiripá y las botas de cuero de potro de los arrieros cuyanos. El hombre se inclinó ante el general, y los ojos le brillaron maliciosamente bajo el ruedo del sombrero.

—Muy buenos días tenga su superioridad —dijo, con acento gaucho.

Pero San Martín se puso de pie bruscamente, y apuntándolo con un dedo, dijo, presa del mayor asombro:

—¡Manuel Rodríguez!

El guerrillero lanzó una carcajada, pero se reportó inmediatamente, aunque no dejó de comentar en tono chancero:

—Güen dar con el ojito de mi general! Le confieso que es el único que me ha reconocido a primera vista.

El mendocino no pudo menos que sonreír, algo poco habitual en él. Sin embargo, no lograba explicarse cómo podía haber cruzado la cordillera solo, sin que sus exploradores y vigías cumbreros lo detuvieran; y sintió también una amarga decepción al comprobar que ese hombre había logrado burlar igualmente al triple cerco de centinelas.

—¿Cómo hizo para llegar hasta aquí? —se limitó a preguntarle.

Rodríguez esbozó una sonrisa, como si todo hubiera sido asunto muy fácil:

—Pasé la cordillera por un camino privado, y como encontré a un arriero desprevenido, arriero de los suyos, mi general, le saqué sus ropas, lo vestí con las mías, y aquí me tiene usted.

San Martín frunció el ceño, y su acento fue duro:

—¿Cómo?... ¿Lo mató usted?

—¡Oh, no, mi general! Pero va a dormir algunas horitas, junto a la fogata, y cuando despierte, sólo lamentará haber perdido su caballo. Pero, como ellos tienen varios, a lo mejor ni lo nota.

El jefe cuyano contorneó la mesa y le estrechó la mano jovialmente.

—Le felicito; es usted un hombre sin falla. Me alegro, porque lo he llamado especialmente para darle una instrucción y una noticia:

—¿Cuáles son ellas, mi general?

San Martín le señaló los mapas extendido sobre la mesa, y dijo, escuetamente:

—Allí están indicados los caminos que vamos a seguir, y las zonas que dominaremos, si la Providencia lo permite. Pero, para lograr ese objetivo, es necesario que ustedes, los once cabecillas de montoneras que hemos desparramado por Chile, hayan realizado su labor a fondo. ¿Cree usted que la han hecho?

—Estamos efectuándola, general.

—Pues bien; yo necesito, exijo, que las montoneras entren en acción inmediata; que las lance usted a realizar sus funciones vertiginosamente, a toda prisa. Galope de un lado a otro con ellas; desoriente a los realistas; enloquézcalos, amáguelos por diez puntos distintos simultáneamente; hágalos correr engañados de un pueblo a otro; destruya sus cuarteles, desordene sus filas, manténgalos durante un mes más en un infierno de rabia.

—¿Un mes más, mi general? —Rodríguez lo observaba con los ojos punzantes como acero—. ¿Entonces el cruce de los Andes por este ejército que usted ha formado... se producirá...?

—Justamente, en un mes más, día por día; es decir, el primero de febrero de 1817. Ya le avisaré, Rodríguez; un mensajero mío le hará llegar por intermedio de la familia Lattapiat el momento exacto en que el ejército romperá la marcha. De modo que no volveremos a vernos hasta el instante de la victoria..., o de la derrota, que espero no se produzca. Pero, desde ahora hasta entonces, usted tendrá que echar tras de sí y de sus montoneras al mayor número de batallones enemigos, y arrastrarlos hacia el sur o hacia el mar, para que nos dejen libre el paso por Uspallata y por Valle Hermoso. Este secreto, capitán Rodríguez, sólo puedo revelárselo a un hombre como usted. Así, pues, ya sabe la fecha y los pasos por donde entrará a Chile el Ejército de los Andes. Hágase digno de él, como nosotros tratamos de hacernos dignos de la gran causa que perseguimos.

Como sombras espectrales diluidas en la noche, iban entrando siluetas embozadas en la casa del callejón de Los Perros, esquina con la de La Merced. Desde un altillo colocado sobre el mojinete del recio portón, Manuel Rodríguez las fue contando: diez pasaron bajo su mirada escudriñadora en forma intermitente. Tras la última, el portón se cerró definitivamente, y Pascual Corrales emitió en la planta baja un débil y prolongado silbido, que era la señal convenida por su jefe. Entonces, el guerrillero descendió por una angosta escalerilla de caracol hasta el zaguán, de donde pasó al primer patio. Todo era silencio en la ciudad; lejos, un sereno cantó en forma inaudible la hora. El guerrillero, calculó que eran las diez.

Silenciosamente continuó atravesando la casona desierta hasta llegar a la caballeriza, cuya ancha entrada quedaba en evidencia por el débil fulgor de un farol de aceite que los recién llegados o tal vez el ordenanza habían encendido.

Desde el hueco que daba paso a la pesebrera, Rodríguez distinguió a los diez hombres. El farol estaba en el suelo, y los alumbraba desde abajo, dando a sus rostros un aspecto más misterioso aún. Pero los identificó fácilmente, pese a que todos ellos ya vestían prendas exactamente iguales a las que usaba él mismo: casaca marrón, pantalones grises, bota a media pierna, sombreros cordobeses negros y mantas color vicuña. Estaban todos; no faltaba ni siquiera el sargento mayor Ramírez, que había venido desde Concepción. Formados en fila, fueron saludando a Rodríguez uno tras otro: Aldunate, Guzmán, Fuentes, Merino, Rivas, San Cristóbal, Ramírez y Santiago Bueras, que había sacrificado sus frondosas barbas para asemejarse a su jefe.

—Gracias, compañeros, por haber acudido tan pronto. Ya veo que recibieron ustedes los mensajes que les mandé con Francisco de Paula Lattapiat —les expresó Rodríguez—. La prisa de nuestras actividades debe ser tanta desde este momento, que ella es la especial razón de mi agradecimiento. Aun más, creo que disponemos de escasos minutos para concertar nuestros procedimientos. El motivo de ello es que todo lo que nos queda por hacer deberemos ejecutarlo apenas en veintisiete días.

—¿Y por qué solamente en veintisiete días? —quiso saber el mayor Ramírez.

Rodríguez, le respondió con una extraña solemnidad, y marcando lentamente sus palabras:

—Porque dentro de veintisiete días se pondrá en marcha el Ejército de los Andes, y entrará a Chile por los pasos de la zona central. De modo que nuestra labor consistirá especialmente en atraer tras nuestras huellas a los batallones realistas hacia el sur y hacia el mar. ¿Me han comprendido ustedes bien? —Como todos asintieran con un gesto mudo, prosiguió—: por labios de mi ordenanza y del subteniente Lattapiat, ya estoy al tanto de todo lo que ustedes han realizado durante mi ausencia; conozco las desenfrenadas acciones de vuestras montoneras; sé que el desconcierto ha sido sembrado ya por ustedes entre las tropas realistas. Ahora, nuestra labor debe dividirse en dos etapas: la primera, aquí en Santiago y sus alrededores. Todos, nosotros once, vamos a actuar simultáneamente en la capital, provocando un verdadero caos. No respetaremos nada que huela a realista; nuestras actuaciones han de ser vertiginosas y fugaces, atacando, asaltando, incendiando en distintos puntos de la capital. Dejo a la iniciativa de ustedes la elección de las partes más sensibles en que hay que herir a los realistas. Pero, eso sí, no deben ustedes olvidar que tras de cada uno de nuestros atentados debe quedar sonando el nombre de Manuel Rodríguez. Es indispensable que los soldados y sus jefes crean ver a Manuel Rodríguez al mismo tiempo en todos los barrios y los campos suburbanos de la capital.

El capitán Guzmán lo interrumpió con gesto sereno, levantando una mano:

—No podremos mantenernos muchos días realizando ese juego —razonó—. Santiago es una ciudad pequeña; pronto más de uno de nosotros se vería acorralado, y, posiblemente, pasaría a ser una víctima del furor de los realistas.

—Es verdad —reconoció Rodríguez—; todos nos exponemos a caer en esa situación. Pero hay que hacerlo. Claro es que esta táctica no puede durar muchos días. Nos mantendremos creando este torbellino todo el tiempo necesario para que Santiago se convierta en un infierno, en el cual cada hombre desconfíe de su vecino y hasta los amigos más íntimos, lleguen a temerse entre ellos. Tenemos que dar la sensación a los habitantes de que la ciudad está totalmente llena de enemigos en abierta revolución.

—Tres días bastarán —reflexionó Aldunate.

—Eso he pensado —le confirmó Rodríguez—. Mantendremos nuestra actividad desorganizadora justamente tres días; al cabo de ellos, desapareceremos todos al mismo tiempo. Vale decir que el ocho de enero, a las diez de la noche, hora que estamos viviendo, abandonaremos Santiago, cada uno por donde le sea más fácil, para dirigirnos por senderos diferentes hacia los lugares en donde se encuentran nuestras montoneras.

Entonces será cuando comience la segunda etapa de nuestras actividades. Ella ha de ser la de atacar los cuarteles realistas en los pueblos del sur y de la costa, asaltar las patrullas que recorran los caminos, caer sobre las haciendas de los partidarios del régimen realista, robar en las subdelegaciones dependientes del Actual Gobierno. Estos hechos que realizaremos con celeridad inagotable, saltando de un punto a otro, llegarán a su culminación en el momento preciso en que el general San Martín me haga llegar el anuncio de que su ejército está ya cruzando la cordillera. Entonces todos nos plegaremos con nuestras montoneras sobré Santiago, a fin de estar dispuestos a prestar toda nuestra ayuda al ejército regular que invadirá el país, ¿Me han entendido ustedes cabalmente?

Los diez hombres volvieron a afirmar en forma silenciosa. Después de eso, ya no había más que decir. Rodríguez volvió a estrecharles la diestra uno a uno, y les deseó a todos la mejor de las suertes.

Tan silenciosamente como se habían introducido en la casona, los once agentes secretos fueron abandonándola con intervalos, y se perdieron en la plácida noche santiaguina.

Desde aquella noche el Palacio de Gobierno se convirtió en una verdadera casa de locos. Vicente San Bruno, recientemente ascendido a mayor, pero a quien se le seguía llamando capitán; el capitán Rebolledo de Azúa, el capitán del "Húsares de la Concordia" el propio capitán general Marcó del Pont, y, especialmente, los miembros civiles de su camarilla de cortesanos, entre los que destacaba el señor Del Pozo y Silva, todos, diariamente, fueron conociendo las desastrosas manifestaciones de vida de Manuel Rodríguez, acres noticias del inalcanzable guerrillero, que aparecía por todas partes.

En el salón de audiencias de don Casimiro Marcó del Pont, decorado con cortinajes de seda dorada, los jefes realistas mordían las palabras al comentar los hechos que sucedían a cada momento en la congestionada ciudad.

Una noche, Manuel Rodríguez asaltaba por sorpresa a dos talaveras, mientras bebían en una fonda del comienzo de La Cañadilla, daba cuenta de uno y dejaba mal herido al otro, y, luego de quitarles los caballos, huía, gritándoles: "Para que no vuelvan a meterse con Manuel Rodríguez".

Pero a la misma hora, era uno de los infantes del "Burgos" que acompañaba a una moza a su domicilio, quien caía bajo los sablazos propinados por Manuel Rodríguez, que pasaba al galope de su caballo pregonando su nombre.

Los comandantes de esos regimientos estaban desconcertados por la inexplicable coincidencia, pero más desorientado quedaba Marcó del Pont al oír de boca de sus cortesanos, que varios de ellos habían sido atacados y golpeados despiadadamente por un jinete vestido con casaca marrón y manta clara, quien, después de maltratarlos, les había dicho ser Manuel Rodríguez. Don Juan del Pozo y Silva exhibía como testimonio su indumentaria desgarrada; don Nicolás de Chopitea, acentuados moretones en el rostro y en la espalda, y el marqués de La Pica, don Manuel Yrarrázaval, heridas de sable en las piernas y en una de sus mejillas.

— ¡Gran Dios! —exclamaba histéricamente Marcó del Pont, agitando las manos—. ¡Se ha colado en nuestra ciudad un lobo furioso, y muerde a toda hora y en todo lugar! —Y encarándose con el jefe de los talaveras, lo increpaba rabiosamente—: Capitán San Bruno, vos sois el director del Consejo de Seguridad y Vigilancia. ¡A vos se os ha encomendado apresar a ese bellaco, y, en cambio, dejáis matar a vuestros talaveras!

San Bruno se defendía, enronquecida la voz, alegando que al batallón de "Infantes del Burgos" también se le encargó igual misión, a lo que respondía el capitán Rebolledo de Azúa, argumentando que el "Húsares, de la Concordia", que mandaba el capitán Vélez, igualmente tenía por obligación perseguir y capturar al bandido. Y la discusión entre los tres jefes excedía toda mesura, llegando hasta insultarse en forma soez, en presencia del capitán general. Este, exasperado hasta las lágrimas, los acalló a gritos:

— ¡Sois todos unos ineptos! A este paso, Manuel Rodríguez va a venir a sentarse en este sillón, y dormirá en mi lecho cuando le plazca.

En la reunión de la noche siguiente, que fue de igual violencia y desconcierto, los hechos inexplicables llegaron a su extremo máximo. En los momentos en que entre gritos y reproches los jefes de las guardias trataban de ponerse de acuerdo para organizar un plan que les permitiera vigilar la ciudad entera, una violenta pedrada destrozó uno de los vidrios del ventanal que daba hacia la Plaza de Armas.

Marcó del Pont exhaló un grito de horror, creyendo se trataba de un disparo, pero uno de los oficiales se apresuró a recoger de la espesa alfombra, el proyectil que había penetrado en la sala. Era un pedrusco envuelto en un grueso papel.

—¡Es un mensaje, excelencia! —dijo, desazonado, alargándoselo a Marcó del Pont, que lo recibió con mano trémula, igual que si se tratara de una brasa encendida.

San Bruno le ayudó a desplegar el papel con ademán tal vez demasiado brusco y con sus propias manos lo extendió frente a los ojos del capitán general. Este dejó escapar una exclamación escandalizada al leerlo y trató de arrugar el pliego entre sus dedos, pero el jefe de los talaveras se lo arrebató y le dio lectura en voz alta. Decía: "Manuel Rodríguez se las ha jurado a todos los gobernantes maricones".

Un murmullo sordo corrió entre los reunidos, rumor que en boca de algunos era de indignación, pero que en la de otros disimulaba, en verdad, una carcajada.

San Bruno, menos cortesano y más ejecutivo, estrujó el papel y se abalanzó hacia la ventana. Sus ojos apenas alcanzaron a divisar en la esquina de la plaza, y corriendo por la calle Catedral hacia el poniente, a un jinete de cordobés negro y manta clara, que no tardó en perderse en la distancia.

El capitán general, víctima de un ataque de nervios, se aferraba al borde de su dorado escritorio, repitiendo como un desatentado:

—¡Que se le persiga, que se le aprese..., que se le corte la lengua! ¡Hay que arrestar a todos los hombres que anden a caballo esta noche en la ciudad!

Mas todas las medidas que adoptaban tanto los talaveras, los infantes del "Burgos" como los del "Húsares de la Concordia", eran vanas. Manuel Rodríguez se les escabullía por entre los dedos. En el momento en que creían acorralarlo en un punto, recibían noticias de que incendiaba una casona realista en el extremo opuesto de la ciudad.

Pero lo que ocurrió en el tercer día desde que comenzaron aquellos desmanes rebasó toda medida y puso al capitán general, Marcó del Pont, en un tris de enloquecer verdaderamente. Durante todas las horas de aquella jornada su sala de audiencia fue eco de las más extraordinarias quejas y lamentaciones. Los vecinos más connotados, chapetones puros, pasaron sucesivamente ante él, exhibiéndole las humillaciones, vejámenes y calamidades que les había inferido Manuel Rodríguez. Uno alegaba que le había apoyado la espada en el vientre, arrebatándole en seguida su talega con el dinero recién sacado de su tienda; otro relataba que, en el momento en que iba a cerrar su negocio de artículos de ultramar, saltó al lado suyo un jinete envuelto en una capa clara y, colocándole un descomunal pistolón a la altura de los riñones, lo obligó a entrar nuevamente al negocio y lo forzó a empaquetarle gran cantidad de telas, collares, pulseras y adornos para señora. Y para colmo, al despedirse, le cruzó el rostro de una guantada y se alejó gritándole...

Ya lo sabía Marcó del Pont; gritándole que era Manuel Rodríguez. Pero aún quedaba al atribulado gobernador conocer el atentado más atroz. Fue el propio capitán San Bruno quien llegó a su despacho apoplético de ira e impotencia a relatárselo.

Aquella tarde una compañía del batallón "Talaveras" despedía en el cementerio ubicado entre la cárcel y el convento de Santo Domingo, a dos de sus compañeros, asesinados por Manuel Rodríguez, y en el momento más solemne, cuando los ataúdes descendían a sus sepulturas y los soldados se descubrían, quitándose sus quepis y abandonando sus armas asomó un jinete por sobre la tapia, apuntó dos pistolas sobre el grupo de talaveras e hizo fuego. Resultado: dos talaveras más para sepultar.

San Bruno no encontraba palabras para proseguir su narración. Se le saltaban los ojos, se retorcía los dedos, haciendo crujir las coyunturas. Todo había sido inútil. Pese a que abandonó el enterramiento y lanzó a todos sus hombres a la calle de La Nevería, no distinguieron a persona alguna. El agresor se había hecho, simplemente, humo. Pero bien pudieron varios de los talaveras distinguir sus hombros, su rostro y su sombrero, cuando asomó sobre la tapia. Era Manuel Rodríguez, con su cordobés negro y su casaca marrón y era su risa diabólica la que sonó junto con los disparos que asesinaron a los dos talaveras.

Después de aquella escena, que agotó sus nervios definitivamente, el capitán general Marcó del Pont volvió a reunir a todos sus comandantes. Estaba pálido como la cera, los ojos le relucían con fiebre y un insoportable tic nervioso le contraía un extremo del labio inferior, cuando les habló en forma categórica y definitiva:

—Señores, tenemos que emplear ahora todo nuestro rigor. Ya nada excusa contemplación alguna. Si no lanzamos batallones enteros sobre ese asesino infernal, pronto no nos quedará ni un solo soldado y la ciudad estará convulsionada. Sí, señores comandantes, a Manuel Rodríguez hay que perseguirlo como si fuera una potencia enemiga, tenemos que dedicar todas nuestras fuerzas a dar caza a ese insurgente insufrible, igual que si se tratara de un ejército. Señores jefes de la guarnición, desde este instante tenéis carta blanca para manejar este asunto, os autorizo para proceder con los medios que os parezcan convenientes; no trepidéis en usar todos los rigores, en penetrar en todas las casas, en arrestar a cuanto hombre tenga la más leve semejanza con ese sujeto. Desplegad las fuerzas de vuestros regimientos cercando la ciudad, primero, y desparramadlas después por todos los campos que se extienden hacia el sur, que ya sabemos es la zona predilecta de los insurgentes. Pero os conmino a que, antes de una semana, tengáis a ese bandido colgado de la horca más alta, aquí, frente a mis ventanas.

El furor del capitán San Bruno y de todos los comandantes de cuerpos peninsulares no tardó en pesar sobre la ciudad. Los soldados inundaron las calles y todos creían ver en cada sombra al burlesco guerrillero y perseguían y azotaban pobladores sin rendirle cuentas a nadie. El capitán Rebolledo de Azúa y el capitán Vélez, heridos ambos, en su amor propio, procedían con igual rigurosidad. Pero todo fue en vano. Aquella noche misma, de acuerdo con lo convenido, los once Manuel Rodríguez abandonaban la capital ocultos bajo los más diversos disfraces y se perdían por los caminos, yendo cada uno en busca de su respectiva montonera.

Pasó una semana. Las furias del averno parecían haberse desencadenado sobre la capital y sus alrededores. San Bruno, objeto visible de las despiadadas burlas del guerrillero era mirado con una despectiva compasión por los santiaguinos e igual suerte corrió el capitán Rebolledo por causa del fracaso de su frenética búsqueda.

El nombre de Rodríguez ganaba ya las alturas fabulosas de las leyendas, y la simpatía sin límites que por él sentían los campesinos y los patriotas oprimidos se acrecentaba.

Imposibilitados de encontrarlo en Santiago, los comandantes, especialmente San Bruno, se lanzaron a buscarlo por los campos vecinos y allanaron chozas y casas principales, llegando hasta a atreverse a violar los claustros de los recoletos y de los dominicos, sospechosos de inclinación hacia los insurgentes. El mayor Morgado, el coronel Quintanilla y otros oficiales de valor fueron incorporados a la persecución. Los campos se llenaron de soldados que sembraban azotes, muerte y lágrimas. Además, iban confiscando los bienes de los campesinos y quitándoles sus caballos. Era casi suicida transitar por los caminos. No obstante, nadie pudo dar con Manuel Rodríguez, aunque era indudable que tenía que haber pasado por alguno de ellos. Mil pesos habrían sacado de apuros a los campesinos casi esclavos, pero preferían sufrir las torturas antes de delatarlo.

Gracias a ellos, un día al crepúsculo, un jinete pudo atravesar la cortina de selvas que encerraba al campamento de la montonera de don Pancho Villota y se detuvo junto a las fogatas. Una sola voz se elevó entre los montoneros que vivaqueaban antes de dormir:

—¡Don Manuelito Rodríguez!... ¡Viva don Manuel!

Sin embargo, el guerrillero no acogió con su sonrisa de siempre la afectuosa recepción. Lejos de esto, clamó en voz alta, aun sin desmontar:

—¿Quién es el encargado de distribuir los centinelas?

—Yo, patrón —le respondió el guaso Fierro acercándose a su estribo.

El látigo que Rodríguez uncía a su muñeca cruzó el rostro del viejo subalterno.

—Cincuenta azotes como éste debiera darte por lo mal que cumples —dijo con violencia que ninguno de sus compañeros le conocía—. Así como yo, podía haber llegado un batallón de realistas sin que nadie se enterara en el campamento, sin que los centinelas se percataran de ello, siquiera.

El fiel lugarteniente, que había retrocedido presa de asombro y dolor, le replicó respetuosamente:

—¡No, patrón! Esa gracia la hace usté no más, porque es como las ánimas y se cuela hasta por el ojo de las cerraduras. Hace mal en pensar que los maturrangos pueden burlar a nuestros centinelas; a ésos los sentimos a más de dos leguas de distancia.

Rodríguez sintió pena por la acción que acababa de ejecutar, pero comprendió que no debía echar pie atrás. Por fortuna para él, llegaba don Pancho Villota saludándolo jovialmente.

—¡Hola, mi querido amigo Villota! ¿Cómo se siente usted? —lo saludó Rodríguez.

—Impaciente por hacer algo por la Patria, don Manuel.

—Pues, aquí se acaba su impaciencia, mi amigo —dijo Rodríguez en voz alta y alzándose sobre los estribos para que los escucharan todos los montoneros, quienes se apresuraron a rodearlo.

—¿Cómo es eso? —quiso saber Villota, con ansiedad.

—Ya es la hora compañeros, de lanzar a las montoneras a cumplir su destino —prosiguió diciendo Rodríguez, y las voces entusiastas de los hombres apagaron sus palabras. Todos querían saber cuál sería el comienzo de sus actividades.

—¿Nos vamos a apoderar de algún pueblo? —inquirió Villota.

—De dos o tres, de cuatro a la vez. Vamos a ir saltando de uno en otro, destruyéndolo todo, espantando a los realistas y desapareciendo siempre antes de que lleguen los soldados del rey, para que así nos estén persiguiendo sin descanso.

Los montoneros comenzaron a arremolinarse, disponiéndose a partir al momento hacia el lugar que el caudillo les indicara. Requirieron sus caballos, se ajustaron las armas al cinto, e inquietos y bulliciosos se agitaron en torno a los dos jefes.

—¿Cuál es el primer punto, don Manuel? —gritó una voz.

—¡Curicó!... ¡Pasado mañana asaltaremos Curicó, muchachos!

La cuadrilla deliraba de impaciencia por entrar en acción y fue difícil contenerla.

—¡No podemos entrar a tontas y a locas en el pueblo! —los aquietó Rodríguez—. Es preciso que don Pancho Villota y algunos de ustedes entren en él y estudien las posibilidades del asalto y el momento oportuno para realizarlo. No los acompaño yo mismo, porque tengo que ir a ponerme de acuerdo con Pancho Salas, para que la montonera de él actúe inmediatamente después de la nuestra, sobre San Fernando.

Este raciocinio logró contener a los montoneros, que, a regañadientes, desmontaron, e instruidos por sus jefes de patrullas se dedicaron a limpiar sus armas y a afilar, en toscos molejones, sus sables y cuchillos.

Rodríguez partió aquella misma tarde hacía el campamento de don Pancho Salas, escondido en un claro dentro de un bosque muy espeso, al fondo de la dilatada hacienda que poseía junto a la cordillera.

La conversación que sostuvieron aquella noche los llevó al convencimiento de que era prematuro y peligroso proceder al asalto de Curicó en el día subsiguiente. La montonera de Salas no estaba en condiciones de atacar a San Fernando en esa misma oportunidad.

Precisaron, pues, que el ataque se daría siete días más tarde, porque, además, Rodríguez tenía un tercer plan; éste era el de reunirse con la montonera del bandido José Miguel Neira para estudiar la posibilidad de asaltar, simultáneamente, al pueblo de Melipilla.

—¿Le alcanzará el tiempo para que coincidamos, don Manuel? —le insistió don Pancho Salas, en el último instante, y como Rodríguez afirmara con un gesto enérgico, concluyó—: Pues bien, en siete días más yo me lanzo con mi gente sobre San Fernando.

Mientras lo acompañaba hacia el cuarto que se le había reservado para que alojara, ambos iban precisando la forma en que se realizaría la carga. Todos los hombres llevarían amarrados de las cinchas de sus caballos cueros rellenos con piedras y grandes ramas de árboles. El objetivo era que los realistas creyeran que la polvareda que levantarían los jinetes escondía a un verdadero ejército y que el ruido de las piedras era el de grandes piezas de artillería.

—Llévese usted a toda su gente; présteme a mí solamente unos diez, para que me escolten hasta Melipilla —le indicó Rodríguez, al hacendado—. Después si usted y yo libramos el cuero en San Fernando y Melipilla, nos avisaremos mutuamente para venir a ayudar a Villota en su asalto a Curicó.

A la mañana siguiente, con los primeros resplandores del alba, Rodríguez partió con su escolta de diez montoneros. En su tránsito hacia los cerros de Cumpeo, donde lo aguardaba Neira, pasó por el campamento de Pancho Villota. Este se había introducido en Curicó con mala fortuna, puesto que había sido reconocido en la calle por el teniente Ornaz, jefe de la guarnición española. El y el subalterno que lo acompañaba libraron de la furia de los realistas sólo gracias a la velocidad de sus magníficos caballos.

Rodríguez frunció el entrecejo con disgusto, pero no quiso hacer reproches a su aliado, por su evidente falta de prudencia.

—Yo parto al instante a reunirme con Neira para asaltar Melipilla —le dijo, en cambio—. Nos apoderaremos de ese pueblo y en seguida volveremos a echarle una manito. Usted comprenderá que ahora ya no puede realizar solo el asalto a Curicó, por lo tanto, no lo intente todavía, deje pasar algunos días hasta que nosotros regresemos.

—¿Y si pudiera?... —le replicó Villota, con cierta molestia.

—No, mi amigo —lo rechazó Rodríguez secamente—. Usted se ha demostrado demasiado impulsivo y su excesiva pasión puede hacernos perder mucha gente y nuestro interés es que ni un solo patriota muera en estas contiendas, ¿me entiende? Nuestras fuerzas no deben disminuir. Así es que le exijo que espere nuestro regreso. Entonces, con Pancho Salas y Neira emprenderemos todos juntos el asalto a Curicó.

Pese a que la orden de Rodríguez hería su orgullo, Pancho Villota pareció acatarla y se despidió del caudillo prometiéndole que aguardaría hasta que las tres montoneras estuvieran juntas.

Galopando por el filo de los cerros y por senderos sólo conocidos por él, Rodríguez se introdujo entre los cerros de Cumpeo. Pero aun cuando los recorrió por todas sus hondonadas y valles, no logró encontrar ni la menor huella de la montonera de Neira. Desgraciadamente había descuidado consultar a Ramón Picarte sobre los planes futuros que dejara establecidos con el bandolero antes de dirigirse a Santiago. Temeroso de que Neira pudiera dar algún golpe por su cuenta que entrabara los planes trazados por las otras montoneras, recogió bridas y volvió lo más rápidamente posible a la hacienda de Pancho Salas. Este lo vio llegar con sorpresa y la conclusión a que llegó, después de intercambiadas las primeras frases, pareció razonable al guerrillero:

—Neira está ansioso, hace mucho tiempo, de tomarse Linares. No tendría nada de raro que, incapaz de contener sus ímpetus, se haya corrido hacia el sur por el estribo de la cordillera.

—¿Y cree usted, amigo Salas, que Neira es capaz de realizar esa acción sólo con su gente?

—Me parece que sí —contestó el interrogado y, después de pensarlo un instante, razonó—: de todos modos, lo que haga Neira no estorbará nuestro plan de atacar San Fernando. Afortunadamente, hemos logrado reunir la caballada suficiente y me siento en condiciones de lanzar a mis hombres mañana o pasado mañana sobre ese pueblo.

Rodríguez, impaciente por realizar lo suyo, lo aprobó sin objeciones. Sabía que Salas tenía gente abundante y segura y que era más organizado que Villota.

—Láncese entonces. Alléguese a San Fernando por los desechos, esquivando los caminos y tómese la población. Yo, por mi parte, trataré de ir enrolando gente por los campos y de llegar a Melipilla en dos o tres días más. Confío en encontrar, en los alrededores, la montonera del teniente Fuentes. Si no dispongo de la de Neira, me tomaré el pueblo con la gente de ese joven amigo. Y si por azar pierdo la partida en Melipilla, iré a refugiarme en Alhué. Allí, dicen que ronda el diablo, pero éste será siempre mejor que San Bruno —concluyó riendo.

Descansado ya, y jinete en un vigoroso garañón que le proporcionara Salas, el guerrillero y sus diez hombres de escolta cruzaron hacia el norte, galopando ahora por la carretera real, aunque sorteando los pueblos. Iban pasando a través de los fundos y caseríos, llamando a los labriegos, atrayéndose a los guasos. La voz vibrante de Rodríguez, perfectamente identificable en su vestimenta, ya tan conocida por todos los patriotas, galvanizaba a la gente proletaria, y los hombres, de quince años hasta ancianos, montaban en caballos y mulas y, proveyéndose de cualquier clase de arma, hasta de echonas y horquetas, lo seguían por el ancho camino amarillento de sol.

En Teno se les incorporó Pascual Silvestre Corrales, que aguardaba allí a su jefe y había aprovechado para ganarse a su causa a cuatro guasos de gigantesca corpulencia, los que pasaron a ser algo así como la guardia personal del caudillo.

Sumaban poco más de treinta los hombres que lo seguían cuando embocaron al camino que conducía, en línea recta, a Melipilla. Allí Rodríguez disimuló a su hueste en un bosquecillo ubicado a un cuarto de legua de la senda y desparramó espías por todos los contornos del pueblo para que trataran de dar con la montonera de Manuel Fuentes. Pero, como en el caso de Neira, su tentativa no tuvo éxito. Los planes se habían descoordinado o, tal vez, la impulsividad del joven teniente lo había llevado a movilizar su montonera hacia las cercanías de la capital, para asaltar Talagante o El Paico.

Dejando a sus enganchados siempre al amparo de los árboles, el guerrillero y su ordenanza descendieron al camino y se escondieron en una zanja, con sus pistolas listas y dispuestos a eliminar a los primeros soldados realistas que vieran pasar. Afortunadamente quienes vinieron fueron dos guasos de Cauquenes, a los cuales los guerrilleros habían conocido en el fundo Las Pataguas. Se llamaban Edelmiro Galleguillos y Ramón Paso.

—Estos dos compañeros son patriotas y diablos como nosotros —celebró el ordenanza saliéndoles al encuentro y estrechándoles las manos.

Rodríguez consideró de buen augurio este primer hallazgo y su satisfacción se vio colmada cuando el guaso Galleguillos le comunicó que él y su compañero venían de Melipilla, agregando en seguida con los ojos saltones de malicia:

—¿Y sabe, mi comandante, el gobernador del pueblo, que, por orden de Marcó del Pont, les ha cobrado muchas contribuciones a los patriotas, para proveer de armas a su ejército, tiene toda la plata guardada en su casa, porque todavía no han venido a buscarla los recaudadores de Santiago con su escolta de talaveras.

Oír aquella afirmación y pensar de inmediato en apoderarse de los caudales fue todo uno para Rodríguez. Con pocas palabras logró entusiasmar a sus compañeros y se pusieron rápidamente en acción.

Esa tarde cruzaron el río Maipo por el vado de Naltahua y fueron a pasar la noche en el caserío de Lo Chacón, cerca de El Monte. Allí Manuel Rodríguez tenía un amigo, en cuya casa, estaba establecido, debían alojarse siempre los diez agentes secretos a su paso por esa región. Quiso su buena suerte que encontrara en lugar del teniente Fuentes al mayor Diego Guzmán. Este también andaba en busca de Fuentes, con cuya montonera se había perdido toda conexión.

Entre ambos discurrieron aquella noche la "payasada" que iban a hacer a los godos al día siguiente.

De alba galoparon hacia El Paico. En mitad del camino, Rodríguez detuvo a su caballo y procedió a revisar las armas que poseían. El cargaba dos pistolas, un sable y una daga; Corrales, una tercerola y un cuchillo; Guzmán, un sable y una pistola; Galleguillos, un machete y una penca con alma de fierro; y Ramón Paso, solamente un corvo y su rebenque.

—Peor es nada —reflexionó Rodríguez filosóficamente, pensando en las armas que poseían los reclutas que dejara la noche anterior en el bosque cercano a Melipilla—. Ahora nos vamos a instalar aquí en el camino y atajaremos a cuanto guaso vaya o venga de Melipilla para enterar una montonera respetable.

Sin tardanza, los cinco hombres se alinearon a lo ancho de la senda, interceptando por completo el paso.

Antes de dos horas, habían juntado alrededor de cincuenta guasos, de todas calidades y trazas, los que, sumados a los que aguardaban en el bosquecillo, llegaban al número de ochenta. Después de reunidas ambas fuerzas, Rodríguez los convidó para ir a apoderarse de Melipilla y repartirse la plata que los sarracenos les habían sacado a los pobladores y tenían guardada en la casa del gobernador. Los guasos se entusiasmaron de inmediato y, al grito de ¡Viva la Patria!, emprendieron el galope en dirección a Melipilla enarbolando palos, picanas, chuzos y hasta hondas con piedras. Manuel Rodríguez cabalgaba a la cabeza, orgulloso de lo que él llamaba "su nuevo ejército". Serían las nueve de la mañana cuando entraron sorpresivamente al pueblo, con un chivateo pavoroso y arrollándolo todo.

Sin detenerse en parte alguna, se encaminaron en derechura a la casa del gobernador, que era un individuo llamado Julián Yécora, a quien el guerrillero tomó preso, conminándolo a entregarle al instante la caja con los caudales. Esta contenía solamente dos mil pesos, lo que despertó los recelos de Rodríguez, los que se tradujeron en un registro total de la residencia, acto en el cual hasta los muebles y los colchones fueron destripados. Sin embargo, el presentimiento de que los recaudadores con su escolta de talaveras podían llegar de un momento a otro, le obligó a acelerar las acciones.

El guerrillero hizo formar a los ochenta guasos que lo habían secundado, en el centro de la plaza y comenzó a repartir el dinero por cantidades iguales. Como le sobraran algunas monedas sueltas y la porción que a él mismo le correspondía, las arrojó al aire "a la chufla" y todo el guaserío formó una jocosa batahola, disputándose entre risotadas y encontronazos las brillantes onzas o narigonas, como se las denominaba en atención a que en ellas estaba estampada la efigie del rey Carlos III, quien ciertamente poseía una generosa nariz.

Terminado este festivo asalto, Rodríguez volvió a ordenar a su gente y les dijo con autoridad:

—Ahora, compañeros, hay que diseminarse. Pónganse a salvo lo más pronto posible porque es seguro que no ha faltado un traidor que haya llevado el aviso a los talaveras que debían venir en camino. De manera, niños, que cada uno para su santo y ¡hasta que nos volvamos a ver!

El guaserío no perdió un segundo en obedecer la orden, y, poco más tarde, salían todos por las diversas callejas de Melipilla en dirección a los cerros.

Pero Rodríguez era hombre de una inquietud incontenible. Habiéndose enterado por boca de uno de los vecinos de que en el cercano caserío de Codigua estaba de facción un teniente español que se había granjeado la antipatía de todos los pobladores de la comarca, se propuso ir a tomarlo prisionero. Escoltado por sus cuatro compañeros principales llegó hasta ese punto y, valiéndose de la sorpresa, logró apresar al oficial, quien resultó llamarse Manuel Terreros. Era éste un hombre en extremo arrogante y de estampa aristocrática; a tal punto que, al verse arrestado, hizo acudir también a su ordenanza, para que lo acompañara en su infortunio y lo sirviera en el camino. Y entonces fue que comenzaron las penurias de Manuel Rodríguez y de sus acompañantes.

Mientras los soldados talaveras enviados por Casimiro Marcó del Pont buscaban afanosamente al guerrillero y sus hombres por los alrededores de Melipilla, para hacerles pagar con sus vidas la fechoría cometida, los cinco hombres con sus dos prisioneros a la rastra vagaban por los montes de las haciendas Culiprán, Santa Rosa y San Vicente, pasando hambres y fatigas.

Un día el guaso Galleguillos logró lacear un cabro en las laderas del monte y alentaron la esperanza de resarcirse de las privaciones pasadas con un buen asado. Pero la mala suerte los perseguía. El cabro resultó ser un chivato viejo al que no pudieron ni siquiera hincarle el diente. A todo esto, los caballos que los conducían estaban tan maltratados por las caminatas a través de cerros y pedregales, que constituía una crueldad exigirles mayores esfuerzos. Además, los dos prisioneros que llevaban enancados Galleguillos y Guzmán, pesaban considerablemente. Fue, pues, forzoso apearse en el claro de un bosque y dar suelta a las cabalgaduras; ocasión que aprovecharon también los hombres para echar una siesta que los repusiera del cansancio. Fue ése el momento de imprevisión que habría de acarrearles una consecuencia funesta.

Al despertar, Rodríguez se apercibió de que el asistente del oficial español, pese a hallarse atado, se había fugado. El primer pensamiento del guerrillero fue que éste pudiera haber ido a juntarse con los talaveras que les seguían la pista y les indicara su paradero. Furioso por la certeza de que el oficial cautivo tenía que haber ayudado a su ordenanza en su fuga, lo enfrentó airadamente:

—Dígame pronto hacia dónde ha huido su ordenanza.

—No lo sé —fue la seca respuesta del teniente Terreros.

Rodríguez echó mano al cinto y su sacó su daga con ademán amenazador.

—Sí que lo sabe, y me lo va a decir inmediatamente o pasará usted una pésima experiencia —le dijo.

El español se encogió despectivamente de hombros.

—Puede usted hacer lo que quiera conmigo puesto que estoy en su poder e indefenso y no me sorprenderá que me mate como un delincuente, pues el asesinato es de uso común en tropas de bandidos como la que usted manda.

Manuel Rodríguez sintió que se le encabritaba la sangre ante la insolencia del prisionero y levantó la daga como para sepultársela en el pecho, pero lo contuvo la voz del español que añadía sin inmutarse:

—Agregue a la patria que usted defiende un galardón más ultimando vilmente a un caballero.

Rodríguez bajó el brazo, se echó lentamente ambas alas del poncho sobre los hombros e inclinándose sobre el preso, le dijo con tranquilidad, a tiempo que le cortaba las ligaduras:

—Yo también soy un caballero, tal vez más que usted, que no ha procedido francamente. Pero voy a creer en su palabra. ¿Cómo desea usted que lo castigue?

—¿Castigarme?... ¿Y por qué? —exclamó el español.

—Por haber insultado a la patria chilena y a uno de los jefes de su ejército que soy yo. Teniente Terreros, se encuentra usted delante del capitán Manuel Javier Rodríguez Erdoyza, quien tiene la generosidad de concederle la elección del castigo que merecen su complicidad en la fuga de un prisionero y la insolencia de sus palabras.

El oficial, verdaderamente impresionado al saber que se encontraba frente al famoso e inalcanzable Manuel Rodríguez, murmuró en tono más mesurado:

—Soy un oficial del ejército real de España y debo enfrentar la muerte como tal. Respondo de mis palabras y de mis actos. Cuando se me provoca o insulta reacciono como un caballero si está en mi mano hacerlo.

La actitud valerosa del español despertó en Rodríguez su instinto hidalgo. Haciéndole señas de levantarse, sacó sus dos pistolas y puso una en poder del prisionero.

—Tome distancia de diez pasos y, cuando yo golpee mis manos, vuélvase y dispare, que yo habré hecho lo mismo.

Vaciló un instante el español, pero al notar la sonrisa despreciativa que empezaba a insinuarse en los labios del guerrillero, replicó con energía, poniéndose en pie de un salto:

—¡Bien, acepto!

Los cuatro acompañantes de Rodríguez se quedaron impresionados, especialmente el ordenanza Corrales, quien no comprendía para qué su jefe iba a exponerse en forma tan absurda. Quiso decírselo, pero él lo atajó, ordenándole en voz baja:

—¡Calla y ve a ponerte junto al godo para que no me dispare a traición!

De un par de saltos, Pascual se emparejó al español y comenzó a caminar los diez pasos indicados al mismo compás suyo.

Pero Rodríguez cometió aun una imprudencia más. Habiendo dado los pasos dichos, y mientras el teniente Terreros esperaba vuelto de espaldas el ruido de la palmada, le expresó con voz firme:

—Vuélvase usted de frente y dispare cuando guste, que yo tiraré después.

El español levantó el brazo armado y ya comenzaba a girar su cuerpo, cuando Pascual Silvestre Corrales tomó una resolución repentina. El no tenía nada que ver con la generosidad caballeresca, sólo entendía que el español podía matar estúpidamente a su jefe. Así fue que con un movimiento brusco sacó su corvo y se lo clavó enteramente en el vientre al oficial Terreros, que cayó al suelo retorciéndose, herido de muerte.

Rodríguez contempló la escena con los ojos desorbitados y reaccionando en forma frenética se abalanzó sobre su ordenanza.

—¿Qué has hecho, miserable? ¡Asesino!

Y sin contemplaciones, disparó su pistola sobre Pascual, a boca de jarro, tumbándole en el suelo con un hombro atravesado.

Un rato más tarde, mientras el ordenanza soportaba el sufrimiento, tratando de contener la sangre que le brotaba de la herida, Rodríguez y sus otros compañeros dieron sepultura al cadáver del oficial.

—¡Qué diablos, yo no tenía por qué matarlo! —gruñía en su dolor el ordenanza—. Pero tampoco podía permitir que por una tontera mi patrón pudiera recibir una bala de un godo. ¿Cómo iba a dejar que el otro lo matara "por la pura alverja"?

Con los ánimos ensombrecidos por aquella amarga experiencia, los cinco montoneros continuaron a través de los bosques, progresando difícil y lentamente en dirección al antiguo caserío de Alhué, dentro de una de las grandes posesiones de la familia Toro.

No podían imaginar totalmente la profunda conmoción que sus acciones habían producido en esos días en la capital. En el Palacio de Gobierno se recibieron, con intervalos de pocas horas, noticias de un asalto a una caravana de mercancías y víveres en el camino entre Valparaíso y Santiago, ataque efectuado por Manuel Rodríguez; el salteo de la hacienda de don Marcial Torrejón, autoritario realista, que dominaba gran parte de la región sur de la angostura de Paine; el incendio de un tambo, cercano a Teno, en donde comían los componentes de una patrulla del "Burgos"; y dos atentados contra casonas realistas en el barrio poniente de Santiago. Todos estos hechos eran atribuidos a Manuel

Rodríguez. Pero la información más grave que recibiera el gobernador Marcó del Pont fue la del asalto y saqueo del pueblo de Melipilla. La desorientación y el descontrol más absolutos reinaron en la casa de los gobernantes de Chile durante todo aquel día y el siguiente. Mientras Marcó del Pont dictaba órdenes y contraórdenes, dispersando tropas en todo sentido, el capitán San Bruno decidió actuar por su cuenta, y, al frente de un escuadrón de talaveras, se lanzó en dirección a Melipilla. Allí lo aguardaban los diez talaveras que servían de escolta a los recaudadores de los tributos del pueblo, quienes no se habían arriesgado a realizar con sus escasas fuerzas la persecución de los montoneros, pero que, al verse robustecidos por las nuevas tropas que traía San Bruno, se ofrecieron para señalarle la ruta que habían seguido Manuel Rodríguez y sus principales lugartenientes. El propio gobernador Yécora les sirvió de guía, como profundo conocedor de la zona.

Tomando la ruta de Codigua, avanzaron desplegados en una amplia hilera de batidores comunicándose continuamente entre ellos por medio de voces. Su avance fue acelerado, hasta que se encontraron con un recodo del río Maipo que les cerraba el paso. No hubieran podido continuar la persecución, de no haber llegado un capataz de la hacienda Chocalán, perteneciente a una dama de antigua estirpe realista, quien los orientó para continuar tras de los fugitivos.

Con el auxilio de aquellos dos guías, los talaveras lograron al cabo de dos días de persecución acorralar a los montoneros dentro de la espesura resinosa de una selva casi impenetrable que coronaba a las montañas vecinas de Chocalán. Pronto, un nuevo detalle les indicó que ya estaban casi encima de sus futuras presas. Este fue el hallar un caballo rendido por la fatiga.

—¡Ah! —celebró San Bruno, con maligna alegría—. Los insurgentes ya no pueden exigir más de sus cabalgaduras, y tendrán que atravesar el Bosque a pie. No pueden escapársenos, por mil rayos.

—En un bosque como éste, mi capitán, es más fácil movilizarse a pie que a caballo —intentó objetarle el sargento Villalobos, pero su despótico jefe no lo dejó continuar.

—En otras ocasiones, sí —afirmó—, pero en la que yo voy a crearles, dudo mucho que puedan fugársenos.

Observando atentamente los lindes de la arboleda, comenzó a desplegar a sus numerosos soldados en semicírculo en torno al costado del oeste y del sur.

—Los bosques de pinos están pavimentados de agujillas resinosas, que arden como pólvora —reía al mismo tiempo que señalaba a sus hombres los distintos lugares en que debían apostarse—. ¡Ahora quiero ver cómo se las arreglará ese famoso Manuel Rodríguez para salir de entre las llamas! ¡Veamos si tiene alas como los ángeles para escapar por los aires!

Desmontando de un salto, raspó con ademán violento su vesquero y dio fuego a un pequeño montón de agujillas de pino. Luego, a manotazos las fue esparciendo sobre el terreno vecino. Las llamas, diminutas primero, no tardaron en tomar incremento. Los talaveras, que habían improvisado antorchas con ramas secas y con manojos de agujillas, fueron transportando aquellas llamaradas a lo largo de los linderos de la selva, hasta que todo un costado no fue sino una cortina de llamas que avanzaba vorazmente hacia el interior, trepándose por los árboles y lanzando al viento nubes de chispas.

Amenazados por las llamas que veían crecer a la distancia, Rodríguez y sus montoneros corrían cerro arriba, en busca de un refugio que no hallaban.

El capitán San Bruno seguía desplegando todas sus tropas en torno al bosque, y sus antorchas iban propagando el fuego más y más. Así, saltando por entre las matas y hurtando el cuerpo a los árboles, que, vencidos por el incendio caían lanzando chasquidos y un manto espeso de chispas, los patriotas se fueron allegando hasta la hacienda de Chocalán. Pero la dueña de la posesión había instruido a su peonada, y lanzó también a sus perros leoneros en persecución de los guerrilleros.

La fuga se hizo entonces espantosa para éstos. Los perros, acostumbrados a perseguir fieras y ladrones furtivos, captaban el rastro en el viento, y corrían ladrando y gruñendo.

Las voces de los talaveras orientándose unos a los otros, y los vibrantes ladridos de los mastines, hicieron comprender a los montoneros que no podrían encontrar salvación en las laderas, de modo que insistieron en repechar el cerro en que se encontraban. Ascendían atropelladamente, cayendo y levantándose, guiados por el guaso Galleguillos, que era oriundo de esa región. Este avanzaba balbuceando entrecortadamente algo que los demás no alcanzaban ascender. Corría de un lado a otro, culebreando sin dejar de a ascender, pero como si buscara algo.

Rodríguez marchaba en la retaguardia, preocupado de que no se rezagaran ni el guaso Fierro, por su vejez, ni su hijo Antonio, por su juventud. Pascual Silvestre Corrales, pese a su herida, conservaba el vigor suficiente para avanzar a la zaga de Galleguillos y Ramón Paso. El mayor Guzmán, ágil y avizor como siempre; corría por un flanco, buscando algún zanjón o una acequia profunda donde pudieran tumbarse.

El humo del incendio, acumulado en espirales, por la forma del cerro, comenzaba a hacerles difícil la respiración, a pesar de que las llamas todavía estaban algo distantes. No obstante, desde la lejanía, se tenía la impresión de que el monte entero estaba ardiendo. Por lo menos, así lo observó con deleite el capitán San Bruno. Se encontraban ya cerca de la cumbre, en la que irremediablemente quedarían acorralados, pues las laderas del otro lado ardían también, cuando Galleguillos exhaló un grito sofocado:

—¡Por la Virgen santísima, la descubrí! —profería, y su brazo señalaba un punto oscuro en medio de la maraña—. Me acordaba de haberla visto por estos lados cuando era guaina, pero no me podía venir a la memoria el sitio. Ha sido una inspiración divina la que me guió, porque seguramente no estamos en pecao, ¡Hei'stá, mírenla sus mercés!

Frente a ellos se abría la estrecha boca de una cueva sombría y húmeda, por el centro de cuyo suelo escurría débilmente el agua de un manantial. Todos los matorrales, enredaderas y musgos que se adherían a la boca de la cueva eran de un verde negruzco, denotando cuánta savia corría por sus ramas.

Sin perder un segundo, Galleguillos se introdujo en el interior, y sus compañeros lo imitaron. A lo largo de unos pasos chapotearon en el agua fría de la vertiente, pero después pisaron en terreno firme, aunque barroso, y se estrellaron contra la pared del fondo. La caverna no era grande, en verdad; apenas cabían los cinco hombres en el término de ella, detrás del nacimiento del manantial. Más era la salvación, el único lugar hasta donde no llegarían las llamas, pero sí el humo. Para evitar morir por asfixia, todos ellos se dieron a arrancar a manotazos las hierbas y líquenes que crecían cerca de la boca de la cueva, y los entrelazaron, tratando de crear en ella un enrejado de ramas verdes y húmedas, que con sus apretadas hojas evitaran, en parte, la penetración del humo.

Después se apelotonaron en el fondo y esperaron inmóviles. Manuel Rodríguez apenas tuvo ánimos para decir:

—Los que sepan rezar, que lo hagan; que aquí nos quedan tres posibi-

lidades. O morimos asfixiados por el humo, como pescados ahumados...,
o nos convertimos en empanadas de horno..., o Dios querrá que el incendio pase veloz por encima de nosotros, y nos salvemos.

Después, en tanto el ruido, creciente y sordo, de las llamas devorando al bosque, se acrecentaba hasta hacerse atronador, sólo se oyó el bisbiseo susurrante de los guasos que oraban.

En el grado de extenuación máxima, casi arrastrándose por las laderas de los cerros, asiéndose de riscos y matorrales, los seis montoneros lograron descender de aquel cerro que fuera un infierno de llamas durante todo el día anterior. Afortunadamente para ellos, en la ladera del poniente existían grandes macizos de pinos jóvenes, que no ardieron del todo y que permitían a los hombres ir buscando rutas en donde la tierra no estuviera cubierta de pavesas quemantes y de cenizas recalentadas. La oscuridad de la noche les facilitaba distinguir los fulgores de las brasas que aún permanecían encendidas, y de este modo, lenta y penosamente, pudieron llegar hasta un arroyo, a lo largo de cuyo curso se encaminaron hacia Alhué.

Allí, Rodríguez pudo orientarse con más precisión, y, en lugar de entrar al viejo caserío, lo flanqueó por la izquierda y se encaminó directamente a la hacienda de Joaquín de Toro, el hijo segundo del conde de la conquista. Era al que menos conocía de todos los hermanos; había sido amigo verdadero de Domingo, y enemigo declarado de Gregorio, el hermano mayor, realista furibundo y esposo de la noble catalana doña Josefa Dumont. Don Mateo de Toro y Zambrano había dejado en herencia a su hijo Joaquín la inmensa casona que poseía al término de la calle de Las Agustinas, y que abarcaba toda la ladera poniente del cerro Santa Lucía, por considerarlo el más letrado y aristocrático de sus hijos, ya que la mayor parte de su vida la pasó en Europa. Pero cuando el mozo regresó del Viejo Mundo y decidió asentarse en Chile, el conde de la conquista agregó a su testamento la hacienda de Alhué, a fin de que el elegante Joaquín de Toro poseyera también una hermosa porción de tierra, que agregara más lustre y valor a su calidad de solterón acaudalado.

Este era el personaje con el cual iban a enfrentarse los montoneros. Rodríguez lo sabía incoloro en asuntos políticos; en verdad, jamás intervino en las querellas iniciales de la independencia. Su actitud era de una displicente aceptación de todos los principios y doctrinas, mientras ellos no traspasaran los umbrales de su elegante y plácida mansión. Sin embargo, su vida en España y Francia, dentro del boato imperial de Napoleón en la primera, y de la rigidez cortesana de Carlos IV, en la segunda, lógicamente debían haber dejado en su alma una inclinación hacia los regímenes monárquicos. Pero a Rodríguez no le quedaba elección posible; la única forma de proseguir en su campaña y de regresar hacia el sur para unirse a don Pancho Salas en San Fernando residía en conseguir caballos con Joaquín de Toro. Así, pues, se resolvió a enfrentarlo tan pronto viniera la mañana.

Conocedor de las atildadas maneras del europeizado gran señor campesino, se aseó prolijamente en un estero, y acomodó sus ropas en la mejor forma posible. Luego, dejó a sus hombres en espera a unos pasos de la entrada de piedra de la hacienda, y la traspuso él solo, caminando erguido y con paso seguro, seguridad que estaba muy lejos de experimentar.

Joaquín de Toro era un hombre alto, de una cincuentena de años, grueso de cuerpo y extraordinariamente blanco de carnes. Tenía un notable parecido con su padre, especialmente en la pequeñez de los ojos y en el mentón graso y redondo. Vestía con una elegancia muy particular: traje de guaso, pero de terciopelo, y con hileras de botoncillos de plata; la pechera de su camisa bordada se abrochaba con pequeños racimos de tres perlas. Usaba sombrero alón de pita de Guayaquil.

—No recibió a Rodríguez en el alto corredor que daba entrada a la casa principal, sino que lo hizo introducir en un salón pequeño, vecino al vestíbulo, como si pretendiera que la visita del guerrillero pasase inadvertida, incluso hasta para sus criados más íntimos. Cuando lo vio frente a él, insinuó el ademán de extenderle la diestra, pero se arrepintió, y entrelazó ambas manos en la espalda.

Rodríguez pasó por alto aquel desaire, y tomó asiento en un sillón de vaqueta labrada, sin esperar que lo invitara.

—Sé que mi visita en estos momentos no puede serte agradable —dijo con abierta sinceridad a su antiguo conocido—. En los tiempos que corren, la relación con Manuel Rodríguez no es ciertamente beneficiosa para los hombres de apellido como tú. Pero quiero revelarte algo para que comprendas que, al venir a pedirte un favor, te estoy haciendo en pago un servicio.

—¿Qué es lo que ocurre? —le replicó ambiguamente el hacendado—.

1126

¿Qué servicio puedes hacerme tú, en la situación en que te encuentras?

—Hacerte una advertencia —Rodríguez se puso de pie y paseó durante largos segundos, indeciso de revelar lo que traía pensado. Después, fue hablando con cierta vacilación—: Tú no puedes ignorar, Joaquín, que al otro lado de los Andes se está forjando un ejército, un poderoso ejército, capaz de abatir a los realistas que en estos momentos dominan en nuestro país. Pues bien, en tu familia hay varias personas que estarán a salvo en caso de que ese ejército logre una victoria y se redima a Chile de la opresión extranjera.

Joaquín de Toro enarcó una ceja y lo observó casi con fastidio, incapaz de seguir la argumentación tan débilmente expresada por el guerrillero.

—¿Qué familiares míos se salvarían en caso de que vencieran los insurgentes?

—Tu hermana Marina y tu hermano Domingo, porque ambos han sido siempre patriotas —le afirmó Rodríguez, recobrando ya su aplomo—. En cambio, se arruinará para siempre, si es que no pierde la vida, tu hermano Gregorio, que, incitado por su esposa, se ha pronunciado constantemente contra los patriotas.

El dueño de Alhué emitió un gruñido de inteligencia, y acodándose sobre la mesa que tenía ante sí, se quedó meditabundo, como si pesara la situación que Rodríguez comenzaba a plantearle.

—¿Y yo?... —fue todo lo que dijo, finalmente.

—Tú, que jamás te has mezclado en las inquinas políticas de nuestro país, y que todavía logras mantenerte al margen, podrás seguir guardando tu fortuna y verte libre de posibles persecuciones si haces caso de mi advertencia.

La sola mención de su fortuna y de un probable trastorno de la apacibilidad de su vida bastaron para que el ánimo de Joaquín de Toro, pusilánime como sus antepasados, se alterara de inmediato. Con el ceño ensombrecido, preguntó en voz baja:

—¿Y cuál es esa advertencia?

Manuel tuvo un último instante de irresolución. Pero pensando en que los hechos eran inminentes, y en que no tenía otra posibilidad a su alcance, se decidió:

—Joaquín —le dijo gravemente—, lo que voy a revelarte, si sale de tus labios, te costará la vida. Te lo juro por mi honor. Yo o cualquiera de los hombres que me siguen vendríamos a cobrarte esta deslealtad. —Hizo una pausa y observó profundamente el rostro de su interlocutor. Este se veía cerúleo, y las pupilas le brillaban amedrentadas. Con un gesto vago lo invitó a seguir—. Mi advertencia es ésta: antes de veinte días entrara a Chile el Ejército de los Andes. Sus fuerzas alcanzan a más de cinco mil hombres, provistos de abundante caballería y artillería. Todas las posibilidades están estudiadas y no cabe duda alguna sobre su victoria.

Joaquín de Toro se levantó pesadamente de su sillón y caminó unos pasos hacia una alacena, en donde tomó una botella de cristal y dos vasos. Le temblaban un tanto las manos al escanciar el jerez.

—¿Qué crees que debo hacer, Manuel? Ilústrame en esta contingencia; tú sabes que vivo alejado de la mundanidad santiaguina.

Rodríguez supo en ese instante mismo que ya tenía a su interlocutor rendido a su voluntad y se esforzó en acosarlo más.

—Escucha, Joaquín: si te pronuncias en favor de los realistas en estos días, no respondo por ti, ni por tus campos, ni por tus casas. En cambio, si permaneces tranquilo, sin moverte de esta hacienda y te haces sordo a todo lo que venga, yo sabré ponerte a cubierto de toda clase de consecuencias. Ese es el servicio que te ofrezco. Pero a cambio de un favor inmediato que tú debes prestarme.

—Dime de qué se trata, Manuel. Si está en mis manos...

—Basta una orden tuya. Llama a un criado y ordénale que me proporcione seis de tus mejores caballos, aparejados con sus correspondientes bridas y monturas. Eso es todo.

El rostro de Joaquín de Toro resplandeció de alivio. En verdad, no pensó que fuese tan poco lo que el guerrillero iba a solicitar. Si a un precio tan fácil lograba conseguir que Rodríguez lo amparara en el caso de la victoria de los patriotas, no demoraría un instante en acceder a su pedido. Como lo hizo, en efecto.

Diez minutos más tarde, frente al corredor de la antigua casona ornada con los escudos de los Toro y los Zambrano, se alineaban los seis corceles solicitados. Eran animales de regia estampa y de un vigor visible a la primera ojeada. Rodríguez aprobó la elección con un gesto y saltó sobre el primero de ellos, tomando a los demás de largos ronzales, que reunió en su mano derecha.

—Gracias, Joaquín —dijo al hacendado, en el momento de girar su bestia—. Ahora puedes quedarte tranquilo. Enciérrate en tu hacienda, paladea tus ricos moscateles y amontillados y no vuelvas a salir de ella hasta que pase la borrasca. Ten la seguridad de que nadie vendrá a perturbar tu sosegada vida. Hasta pronto, después de la victoria.

Mientras se alejaba guiando al trote vivo los caballos, oyó apagadamente la voz de Joaquín de Toro, que balbuceaba palabras de gratitud que no logró entender.

Jinetes sobre tan magníficos caballos, los seis montoneros emprendieron al instante el galope hacia el suroeste. Iban por estrechos atajos montañeses, trepando y bajando cerros, deslizándose por los linderos de los bosques en línea recta hacia San Fernando, donde los esperaba don Pancho Salas.

Entretanto, en el Palacio de Gobierno de Santiago se vivían horas de franco jolgorio. El capitán San Bruno había llegado hasta Casimiro Marcó del Pont con la noticia que éste esperaba con la mayor ansiedad:

—¡Manuel Rodríguez, el empedernido insurgente, murió quemado vivo en los cerros de Chocalán!

La explosiva información corrió vertiginosamente por la casa de los gobernadores y se desparramó por la ciudad, provocando las más diversas reacciones. Aquella noche, en las casonas realistas se festejó el hecho con verdadero júbilo, pero en otras casas, las más, las de los patriotas y las de la gente humilde, se guardó el silencio propio de un velorio.

El capitán Vicente San Bruno reinó entonces durante unas horas en la tertulia de Marcó del Pont. Se lo veía pavonearse, paseándose ufano, risueño como jamás se mostrara, y repitiendo de grupo en grupo, con palmoteos en las espaldas:

—¡Señores, ya se acabaron las montoneras! ¡Ese pícaro de Rodríguez era el único peligroso!

Y cuando el austero coronel Quintanilla intentó opacar su triunfo recordándole que nadie encontró los restos del guerrillero y sus insurgentes, lo contempló con desdén, con una insolencia que hizo enrojecer al aristocrático jefe peninsular.

—¡Bah, el coronel Quintanilla aún tiene miedo de que Manuel Rodríguez esté con vida! —exclamó, dirigiéndose a los demás concurrentes—. ¡Pues yo afirmo que murió quemado, y creo que eso basta!

Pero su jactancia había de durar apenas unas escasas horas. Recién se relevaba la guardia del Palacio de Gobierno cuando llegó a matacaballos un estafeta militar, que venía del sur. La información que traía era tal que fue conducido a la propia alcoba del gobernador Marcó del Pont. Este, sin peluquín y cubierto apenas con su bordado camisón de dormir, lo oyó con espanto informarle:

—¡Excelencia, Manuel Rodríguez y su montonera asaltaron y saquearon Linares hace tres días!

El estupor más profundo conmovió a todos los funcionarios del Gobierno. Jinetes y mensajeros salieron en todas direcciones para reunir de inmediato al Cabildo, a la Real Audiencia, a los vecinos principales.

Y dos horas más tarde, cuando aquellas corporaciones ya habían deliberado largamente y el capitán San Bruno estaba abrumado por las recriminaciones que esos señores le hacían, un segundo mensajero llegó portando otra noticia del mismo carácter que la anterior. Introducido a la sala del Ayuntamiento, de pie en el centro de ella y bajo las miradas desorbitadas de los cabildantes y de los señores de garnacha roja, el estafeta les espetó algo increíble:

—¡Manuel Rodríguez y su montonera acaban de asaltar el pueblo de Olmué, en el camino a Valparaíso, y, después de saquear las haciendas más próximas, sostuvo un breve tiroteo con nuestros soldados y terminó por alejarse con su banda en dirección hacia la costa!

El pasmo, la consternación y un descontrol general dominaron al centenar de personajes que se apiñaba dentro de la sala capitular. "¡Manuel Rodríguez! ¡Manuel Rodríguez! ¡Manuel Rodríguez muerto, y sin embargo resucitado por todas partes!" Era cosa de volverse locos. Marcó del Pont perdió por completo los estribos. Puesto de pie en el testero de la sala agitaba los brazos como aspas de molino y su rostro, congestionado y sudoroso, dejaba en descubierto la capa de afeites que se aplicaba para dar tersura a su piel.

—¡Que salgan los batallones de Santiago hacia el sur! ¡Que los de Valparaíso lo hagan hacia el norte!... ¡Que todas las fuerzas de que disponemos, salvo las estrictamente necesarias para guarnecer la capital, tiendan un inmenso cerco que cubra desde las alturas de La Ligua hasta el pueblo de San Fernando!... ¡Pero rápido, rápido! ¡Que esos batallones marchen como un rodillo aplanador arrollando campos, haciendas, casas, en general todos los sitios en donde puedan esconderse los facinerosos que ocultan y ayudan a ese Manuel Rodríguez!...

Escarmentados por los sucesivos fracasos, ninguno de los altos jefes militares realistas se atrevió a oponer objeciones a las disparatadas órdenes del capitán general. Ni siquiera el capitán Vicente San Bruno, que estaba demasiado apabullado por los reproches y humillaciones que se le infirieran esa mañana en el Cabildo. Sin embargo, fue éste el que pensó con más lógica. Si era que Rodríguez estaba vivo, sus rutas más seguras tenían que ser las del sur. Así, pues, partió con uno de sus escuadrones de talaveras, nuevamente en esa dirección.

En virtud de estas disposiciones, Santiago y el centro del país vieron alejarse a los más fuertes elementos militares realistas en opuestas direcciones. La capital y su acceso a cordillera quedaban desguarnecidos, tal como lo había anhelado el general San Martín. Tras las huellas del múltiple e inalcanzable Manuel Rodríguez partían más de dos mil soldados del ejército del rey.

9

Conducidos por el vertiginoso galopar de los caballos de fina sangre que les proporcionara Joaquín de Toro, Manuel Rodríguez y sus montoneros llegaron al cerrar la noche a la hacienda de don Francisco Salas. Este, que se encontraba escondido con su numerosa guerrilla en una serranía boscosa de sus campos, lo recibió arma al brazo y, luego de palmotearlo afectuosamente, lo invitó a una barraca donde se había instalado, despreciando la comodidad de su confortable casona. Mientras caminaban hacia ella, Manuel pudo percatarse de que la montonera estaba lista para entrar en acción. Veía las cabalgaduras perfectamente alineadas en un costado del claro, los hombres repasando sus armas frente a sus toscas tiendas y, en el centro, cerca de las fogatas, a ño Fierro, dirigiendo una extraña labor: la de numerosos hombres que rellenaban sacos con grandes piedras. Era la "artillería" que habría de usar la montonera en su asalto a San Fernando. Más allá se veían numerosas ramas de árboles, que servirían para crear mayor confusión y espanto en los minutos de la arremetida.

—Como usted ve, ya estamos listos —le iba diciendo don Pancho Salas, mientras entraban a la barraca—. Todos hemos cumplido, nosotros y usted. Ahora sólo falta su voz de mando para que nos pongamos en marcha.

—Así es, don Pancho. Y creo que debemos proceder con la mayor premura. Las brasas están demasiado calientes ya, y si nos demoramos nos van a quemar las manos. Así es que sigamos en el mismo ritmo que hemos tomado. Mañana asaltamos San Fernando; pasado mañana Curicó, secundados por don Pancho Villota.

—¿Y después...? —inquirió entusiastamente Salas.

Rodríguez se encogió de hombros e hizo un ademán de ignorancia.

—No seamos ambiciosos —dijo—. Si salimos con bien de estas dos empresas, ya veremos si tenemos hígados para caer sobre Santiago. Por el momento, déjeme usted dormir, que ya me caigo de cansancio, y encárguese, personalmente, de que todo esté listo para que la montonera se encamine hacia San Fernando a las cuatro de la madrugada. Usted mandará en jefe. Ño Fierro irá a cargo de la patrulla que arrastrará los sacos con piedras, o sea, de nuestra artillería. González, Garuga y Monsalves irán al frente de los tres grupos de guerrilleros. Yo me adelantaré unas pocas cuadras y, cuando crea llegado el momento oportuno, les haré una señal. Entonces usted lanzará la montonera como una tromba a través del pueblo. Ojalá todos crean que es un terremoto y sólo se les ocurra arrodillarse. De lo contrario, ¡bala y tajo, amigo!... ¡Bala y tajo, hasta que no quede ni un solo soldado realista resistiéndose! Tomado el pueblo, saqueadas sus arcas, pregonados nuestros principios y amenazas, desaparecemos con la misma vertiginosidad con que entramos. Después, vendrá lo de Curicó. Y ahora, buenas noches don Pancho.

Sofocando un bostezo, Rodríguez se quitó la manta, se tumbó sobre unos pellejos y se cubrió con ella. En pocos segundos dormía como una piedra.

Antes de que se apagaran las estrellas partió la montonera. Perforando los bosques que les habían servido de amparo, aquellos hombres de barbas hirsutas y de miradas fieras, que nada recordaban a los guasos sufridos y sumisos que habían sido antes, bajaron al camino real y se fueron deslizando en ordenada columna por sobre el polvo plateado por el alba que amortiguaba el golpear de los cascos de sus caballos. Hermosa mañana estival era aquella en que llegaron a las goteras de San Fernando. Pese a la revolución, a las guerrillas, a las luchas de pequeños bandos, los trigales se veían maduros y las chacras se arrancaban más allá de los lindes de la población. Los montoneros respiraron hondo, como si aquel aire aromado de mieses y de verdura fresca les deleitara los pulmones. Después, sacudieron las cabezas greñudas y se concentraron en lo que iban a realizar. Primero estaba aquella misión, que era de destrozo y de muerte; más tarde, vendrían la paz y el disfrute de lo que aquella pródiga tierra regalaba.

El pueblo dormía aún en el más absoluto silencio, roto apenas por los innumerables trinos de los pájaros que comenzaban a despertar. La montonera se detuvo en orden a un cuarto de legua del empalme de la carretera con la calle principal. Los expertos jinetes sofrenaban sus caballos y les impedían relinchos y piafares con mano firme.

Rodríguez avanzó solo hasta la boca de la Calle, observó con cuidadosa atención y luego regresó junto a los que encabezaban la guerrilla. Su ademán de desenfundar las dos pistolas que siempre llevaba al cinto fue la señal.

Pancho Salas avanzó su caballo un par de saltos, lo acicateó con bridas y espuelas para enardecerlo y en seguida desenvainó su largo sable curvo y lo alzó hacia el cielo.

—¡Ahora, muchachos!... ¡Adelante y hagan todo el ruido posible!...

El arranque de la montonera fue un espectáculo que trasuntaba siglos de guerras bárbaras. Chivateando al modo araucano, corrieron frenéticamente la corta distancia que les faltaba hasta el pueblo y entraron por la calle central como un torrente desbordado. Atronando el aire con sus gritos ululantes, sus disparos y los golpes que propinaban en las puertas con las culatas de sus viejos fusiles, los montoneros cruzaron todo San Fernando de ida y de regreso. Al frente de la columna desarticulada de jinetes marchaba ño Fierro dirigiendo las maniobras de la "artillería". Esta era constituida por cincuenta guasos que galopaban en todas direcciones, arrastrando los sacos con piedras, que rebotaban y sonaban con el estrépito de un pavoroso terremoto. Las gentes del pueblo se echaban a la calle en ropas de dormir y nadie atinaba a pensar en lo que verdaderamente ocurría.

El gobernador, señor Vargas, fue despertado bruscamente por uno de sus guardias, quien, a su vez, había sido arrancado del lecho por el estrépito indefinible. La primera autoridad no supo qué hacer y, aunque oía gritos que más hablaban de ferocidad que de terror, insistió en creer que se trataba de un fortísimo temblor de tierra. Cubriéndose con un batón de lana, se puso a rezar en alta voz, y en esta actitud estaba cuando atropellaron la puerta de su alcoba varios de los soldados de la guarnición. Venían armados, pero temblaban.

—¡Señor gobernador, es Manuel Rodríguez que asalta el pueblo con su montonera! —profirió uno, y todos se quedaron esperando alguna orden, alguna resolución de su jefe. Pero éste sólo atinó a ponerse a toda prisa sus pantalones y su casaca y, en seguida, a pie desnudo huyó escaleras arriba hasta un altillo que coronaba su antigua casona.

—¡Ordene que salgan las tropas y hagamos frente a esos bandidos! —le gritó en vano uno de sus hombres, más veterano y esforzado. El gobernador sólo le respondió con un gimoteo absurdo, dentro del cual entremezcló frases balbuceantes:

—¡No podemos combatir!... ¿No se han dado cuenta de que ese facineroso ha entrado en el pueblo con artillería pesada? ¡Que se rindan todos!... ¡Rindámonos antes de que ese malvado y sus secuaces realicen una matanza en el pueblo!

Las amedrentadas reflexiones del gobernador saltaron a la calle en boca de sus soldados, que arrojaban sus armas y se inmovilizaban de espaldas a los muros con los brazos alzados. Los pobladores que alcanzaron a hacerlo se escondieron en sus casas; los demás imitaron a los militares y pronto el pueblo fue recuperando parte de su silencio anterior.

Manuel Rodríguez, detenido frente a la gobernación, erguido sobre su potro encabritado, contemplaba sonriendo con desdén al gobernador, que, asomado al ventanal de su altillo, ora se golpeaba el pecho impetrando la protección divina, ora levantaba los brazos, pidiendo clemencia a los montoneros.

En pocos minutos el pueblo entero estaba en poder de la gente de Pancho Salas, y los soldados realistas, atados en una larga ristra, ocultaban su vergüenza bajando los rostros, en el centro de la plaza.

Manuel Rodríguez tomó el control del pueblo y, llevando junto a sí al gobernador, totalmente sometido, fue procediendo sistemáticamente al despojo de las riquezas que guardaban las arcas fiscales, mientras sus lugartenientes desmantelaban las bien provistas casonas de los hacendados realistas, que preferían vivir en el pueblo antes que en sus posesiones campesinas.

Fue un nuevo golpe aplastante para Casimiro Marcó del Pont. Su equilibrio espiritual, ya excesivamente quebrantado por los múltiples y simultáneos atentados anteriores, terminó de desplomarse al conocer aquella última noticia. Esta la llevó hasta el Palacio de Gobierno un soldado que, por estar de centinela en el extremo norte de San Fernando, logró huir cuando penetraba la montonera. Cubierto de polvo y babeante de cansancio y pavor, relató al capitán general el espectáculo que había presenciado desde la cumbre de un morrillo cercano al pueblo asaltado.

El nervioso gobernante emitió dos o tres exclamaciones, que tradujeron su íntimo sobresalto, y terminó por desplomarse en su dorado sillón, oprimiéndose las sienes con los puños apretados, en tanto clamaba en forma incoherente:

—¡Oh, Santísima Virgen del Pilar, Madre de los desamparados! ¡Ese villano es capaz de llegar hasta Santiago!... ¡Manuel Rodríguez!... ¡El gobernador prisionero, sus soldados también! —Arrastrado por un súbito rebrote de energía histérica, se puso de pie y golpeó repetidamente con la diestra sobre su escritorio—. ¡San Bruno ¡es un inepto! ¡Edecán, llamad a don Prudencio Lazcano!

El personaje aludido era uno de los más respetables miembros del Estado Mayor del ejército realista. Por su edad y su prudencia había sido dejado en Santiago. Pero el terror que comenzaba a invadir a Marcó del Pont lo impulsó a cometer su último desatino militar. Incapaz de oír las experimentadas objeciones del señor Lazcano, le ordenó perentoriamente:

—¡Mande más fuerzas por el camino hacia San Fernando, para que lo cierren e impidan todo posible avance de los insurgentes! Pero no, no sólo eso, que también intenten cercar todo el territorio en que se movilizan los montoneros de Rodríguez.

—Para eso se precisarán numerosos hombres, excelencia, quizás batallones enteros —le replicó secamente el coronel Lazcano, confiando en disuadirlo de su descabellada idea. Pero Marcó estaba cegado a toda razón.

—¡Mande regimientos enteros, si es necesario! ¡Pero que sea ahora mismo..., ahora mismo!

Entretanto, Rodríguez y la montonera de Pancho Salas se disponían a abandonar San Fernando. Durante todo un día y una noche entera habían estado revisando el pueblo y acumulaban en sus bestias de carga, a más de dinero, numerosas armas, víveres y objetos de valor, que iban a servirles para aprovisionar a la montonera de Pancho Villota. Al amanecer de la nueva aurora la hueste se encontró formada frente a la gobernación y al mando de Rodríguez. La tropilla de bestias de carga había partido una hora antes en dirección a Curicó, encabezada por el guaso

Galleguillos, que tenía la misión de explorar los alrededores de aquel pueblo y de regresar a rendir un informe a sus jefes en el camino.

Después de cerciorarse de que no se les rezagaba ningún hombre, Rodríguez dio orden de romper la marcha y la cabalgata cruzó el pueblo y se alejó de él al trote lento, en perfecta calma. En la gobernación. quedaban el gobernador, ligeramente atado, para que pudiera liberarse con facilidad, y los soldados realistas de la guarnición, a los que no se había inferido ningún daño.

El acuerdo con el hacendado Pablo Villota establecía que las dos montoneras debían reunirse en las tierras de él aquella tarde y que sólo entonces se tomarían las determinaciones necesarias para asaltar Curicó a la mañana siguiente. Confiado en esto, Rodríguez cabalgaba plácidamente conversando con su amigo Salas. Tendían ya sus pensamientos a más allá del término de la guerra; platicaban sobre el resurgimiento de aquellos campos cuando volviera la paz.

—Seguramente ésta de mañana será nuestra última carga —reflexionaba Rodríguez—. El Ejército de los Andes ya no debe tardar muchos días en emprender el cruce de la cordillera, y la conmoción que provocará en Santiago la noticia de nuestros asaltos a San Fernando y Curicó terminará de acarrear considerables fuerzas realistas hacia esta comarca, es decir, las suficientes para que la capital quede casi por completo desguarnecida.

Pero sus esperanzas habrían de verse bruscamente truncadas pocos minutos después. Iban ya a medio camino y se disponían a salirse de la carretera real para entrar por un desecho hacia los cerros donde Pancho Villota mantenía su guerrilla, cuando les vino al encuentro el guaso Galleguillos. El galope esforzado de su caballo y el aletear de su manta a medida que lo acicateaba a rebencazos, dieron a entender de inmediato a los dos jefes montoneros que algo grave había forzado al explorador a regresar tan vertiginosamente.

—¡Alto! —gritó Rodríguez, y la montonera se inmovilizó bajo el sol.

Galleguillos llegó como un celaje y sentó su potro sobre los cuartos traseros. Manoteaba la bestia y piafaba con estrépito haciendo difícil entender las palabras de su jinete.

—¡Don Manuelito!... ¡Don Manuelito, los han muerto, señor! ¡Los mataron a todos, patrón!

Rodríguez experimentó un sobresalto que lo sacudió entero, y acercando su caballo al del explorador, lo sofrenó cogiéndolo de las palancas del freno.

—¿A quiénes han matado, hombre? ¡Dilo de una vez y no estés tartamudeando como una vieja!

Galleguillos tragó saliva y tomó aliento para revelar de un tirón:

—¡Los españoles mataron a don Francisco Villota y a casi todos sus hombres, en Curicó!

El resto de la información fue un relato confuso que alborotó y desordenó a los montoneros. Todos giraban sus caballos en torno a Galleguillos, pechando por introducirlos lo más cerca y escuchar la narración. Zarandeado por sus propios hombres, Rodríguez pudo tomar cuenta cabal de lo ocurrido a Villota.

El hacendado de Teno no había sabido mantenerse en calidad de subalterno; la ancestral autoridad feudal que usara siempre había desarrollado en él, excesivamente, la soberbia. El lucimiento de Rodríguez lo hería y deseó brillar también por sus propios actos. Así pues anticipó el asalto a Curicó. Embravecido por algunos tragos de aguardiente, que también distribuyó con prodigalidad entre sus hombres, los lanzó de frente contra el pueblo a la hora del crepúsculo del día anterior. No tomó precaución de ninguna especie, enardecido por su impulsividad, ni siquiera intentó ocultar sus movimientos y sus hombres tomaron en tropel bullicioso la carretera real que conducía al pueblo. Los vigías realistas los avistaron desde lejos y dieron la alarma. Villota y sus hombres entraron como una tromba por las calles, pero no encontraron a enemigo alguno. Estos estaban distribuidos en los techos de tejas de las casas, parapetados tras las ventanas y los quicios de los anchos portones. Los montoneros sólo vinieron a saber de ello cuando les cayeron, como una lluvia granizada, los proyectiles de los veteranos realistas. Estos disparaban de mampuesto, con rapidez y sangre fría, y cada proyectil que enviaban significaba un montonero muerto.

Fue estéril que Villota hiciera evolucionar desesperadamente la caballada por las calles vacías. Sus tiros se perdían en el aire y, en cambio, de todas partes seguían llegándole las balas enemigas. Fue una matanza que se prolongó no más allá de media hora. El propio Francisco Villota cayó con la cabeza destrozada en una esquina de la plaza. Sus lugartenientes, todos guasos valientes, pero desconocedores en absoluto de la táctica militar, sólo atinaron a tratar de sacar a los sobrevivientes por el mismo sitio por donde entraran. Pero allí ya se había establecido una verdadera muralla de fusiles, que les cerró el paso, causándoles más muertes.

Volvieron grupas en busca de la salida por el norte, pero les ocurrió lo mismo. Por último, desbandados y ya sin guía alguna, se lanzaron independientemente por las distintas callejuelas que se abrían hacia los campos del oriente y del poniente. No más de quince fueron los que lograran escapar de aquel apretado cerco de fusiles. Extenuados, malheridos, muerta ya toda ilusión, esos hombres se desparramaron por los campos en busca del amparo de las serranías.

Manuel Rodríguez estaba pálido de coraje; Francisco Salas, demudado.

—¡Grandísimo atarantado, vanidoso incorregible! —barbotó el primero—. Se lo había advertido. Casi tendríamos derecho a alegrarnos por su muerte, pero sería impropio. Ahora sólo nos queda seguir viaje hasta Curicó a galope desenfrenado y vengar su muerte matando a cuanto realista se nos ponga por delante.

El guaso Galleguillos le cruzó su caballo, como si quisiera impedirle realizar tal acto.

—¡No, eso sería llevar a la muerte a todos los hombres! —dijo con ruda energía—. Los sarracenos vienen por bandadas, con regimientos completos hacia el sur. Los catié desde un cerro cuando entraban a Curicó después de la matanza, y los vi más tarde salir a marcha forzada en dirección hacia acá.

Rodríguez lanzó una desalentada imprecación, pero en seguida su rostro se serenó. Había sido destrozada una montonera completa, era cierto; pero se había conseguido el objetivo que perseguía. El ejército realista se desmembraba enviando regimientos en pos de ellos.

—Dentro de nuestra rabia, esto debe alegrarnos, muchachos —exclamó—. Ya Santiago y el centro del país están reducidos en sus fuerzas militares. Eso lo hemos logrado nosotros arriesgando el pellejo. Ahora el Ejército de los Andes podrá entrar más fácilmente por los boquetes cordilleranos que ha escogido. Pero aún nos queda un tiempo más de esfuerzos. Tenemos que atraer a los realistas hacia las montañas, obligarlos a mantenerse constantemente en lucha en esta comarca, jugar al escondite con ellos por entre las quebradas y bosques. Creo que será una de las etapas más peligrosas, porque tendremos que enfrentarnos con soldados veteranos, pero lo intentaremos. Vamos a dividir nuestras

1138

montoneras en pequeñas guerrillas y éstas irán apareciendo, una tras otra, constantemente, en diversos lugares, a fin de que las tropas realistas no puedan ni siquiera pensar tranquilas. Procedamos al instante. La montonera de Pancho Salas se disgregó aquella misma mañana en partidas de no más de cinco hombres, las cuales se diseminaron por los campos. Manuel Rodríguez regresó hacia el norte con la montonera de ño Fierro y, marchando por senderos extraviados, la enmontañó, para proceder en seguida a dividirla también en pequeñas fracciones, que se escabulleron por las serranías levantadas entre San Fernando y Requínoa. Desde aquel día el territorio comprendido entre Rancagua y Chillán se vio constantemente asolado por una guerrilla de fantasmas. Todas las montoneras, desde la de Juan Pablo Ramírez, que operaba entre Chillán y Concepción, y la del "comandante" José Miguel Neira, escondida entre los bosques de Longaví, hasta la de ño Fierro, que estaba en el otro extremo, entre las serranías de Requínoa, entraron en acción simultáneamente. Día y noche, sin cejar jamás, se veía a los montoneros galopar en pequeños grupos por los lomajes y entrar sorpresivamente a los pueblos y caseríos. Las tropas realistas, enfurecidas, que habían pretendido arrasar todo el territorio amagado como un rodillo gigante, se extraviaban en los senderos culebreantes, se desorientaban en los montes enmarañados. Era la de ellos una persecución estéril; sus enemigos se hacían visibles apenas a ratos y luego desaparecían, sin dar más manifestaciones de vida que sus disparos surgidos desde las espesuras o de los tapiales de barro de los potreros.

Era la consecución del plan forjado por Manuel Rodríguez. Pese a los peligros que ello implicaba, el guerrillero se sentía plenamente satisfecho. Seguro ya de haber alcanzado su meta, y de que las montoneras mantendrían ocupadas a las fuerzas realistas durante muchos días más, decidió partir hacia el norte, con el propósito de trasmontar la cordillera y de llevar al general San Martín la noticia de que el campo ya estaba despejado para que el Ejército de los Andes emprendiera la travesía.

Escogiendo el más fuerte de todos los caballos que poseía su banda, emprendió su viaje solo por el estribo de la cordillera. Dejaba tras él a su inseparable ordenanza, porque Pascual Silvestre Corrales todavía no se recuperaba de la herida que él mismo le infligiera. Además, deseaba tener la máxima libertad de movimientos, pues suponía que debía encontrar en el camino innumerables dificultades; las patrullas realistas batían los campos enloquecidas y furiosas. El propósito del guerrillero era alcanzar hasta el pueblo de Los Andes y, flanqueándolo, penetrar en la cordillera para intentar escabullirse por senderos ignorados hasta alcanzar el paso de Uspallata.

El 15 de enero se había separado de sus hombres, y el 17, recién, lograba descender por la cuesta de Chacabuco hacia el oriente, llegando al viejo caserío indio de Pocuro al atardecer de aquel día. Había escogido ese lugar por conocer que sus escasos habitantes eran gente de mucha pobreza y absolutamente ajenas a las contingencias de la guerra. Sin embargo, en los momentos en que se encontraba en la tranquera de entrada de una de las chacras, solicitando al dueño de casa que le diese alojamiento por aquella noche para descansar su extenuado organismo, vio venir desde el camino llamado Calle Larga a dos soldados cabalgando en gastadas mulas. Eran del regimiento "Burgos". Rodríguez no pensó siquiera en huir; su agotamiento y el de su caballo se lo hubieran impedido; por lo demás, los soldados sólo parecían preocupados de cumplir la misión que allí los llevara. Detuvieron sus mulas frente al grueso tronco de una, vieja encina alzada en la callejuela central, y sacando un rollo de papel lo clavaron allí con parsimonia. Después volvieron grupas y se alejaron.

Tan pronto hubieron desaparecido, Rodríguez se excusó con el campesino que le iba a brindar alojamiento, y fue a leer lo que aquel pliego decía:

En Los Andes, enero de 1817, por disposición del excelentísimo señor gobernador del reino, don Casimiro Marcó del Pont, se advierte por postrera vez a todos los pobladores de estas villas que dondequiera se encuentre a un individuo con las armas en las manos, será ejecutado sin más sumario ni ceremonia. Igual pena sufrirán los bandidos insurgentes y aquellos que los asilen. Por otra parte, el Supremo Gobierno ordena:

Primero, que en plazo de tres días deben ser quemados todos los bosques y sementeras ubicados entre los pueblos del Maipo y el Maule, a fin de que los montoneros no encuentren lugar donde guarecerse y sean visibles a los ojos de los soldados del rey.

Segundo, que nadie que no sea militar o emisario del Gobierno pueda viajar a caballo en toda la zona extendida entre los mismos ríos Maipo y Maule.

Tercero, que todos los hacendados de Colchagua, Curicó y Talca deberán entregar sus caballos a la autoridad para que los traidores no tengan oportunidad de usarlos y luego estos caballos deberán ser trasladados al lado norte del Cachapoal.

Finalmente, se conmina a todos a entender claramente este bando, pues aquel que infrinja sus disposiciones en lo más mínimo, será castigado, inexorablemente, con la pena capital.

Manuel Rodríguez entendió perfectamente el terror y desconcierto que dejaba entrever aquel terrible bando entre sus líneas. Pero, al mismo tiempo, comprendió el riesgo a que iba a exponer a los pobladores de la chacra en que había solicitado alojamiento, si dormía bajo su techo. Y pese a su enorme cansancio, requirió su caballo y se alejó penosamente por los montes que conducían al pueblo de Los Andes. Se cerró el crepúsculo sobre sus espaldas, vino la noche y siguió caminando. Poco antes del alba, guiado casi exclusivamente por su instinto, comenzaba a repechar la ladera cordillerana, siguiendo el curso del río Blanco. Apenas había alcanzado a ascender un par de leguas, cuando su caballo cayó muerto de fatiga. Echándose sobre un hombro las alforjas, y sacando su fusil del arzón, siguió caminando a pie, a trastabillones, semivencido por el sueño, hasta que, por fin, sus ojos divisaron los gastados muros de piedras de un antiguo tambo de arrieros. Allí, en aquel rústico cuadrilátero, encerrado en pircas, sin techo y pavimentado de boñigas secas de mula, se desplomó y sumió en el sueño, indiferente a todo lo que pudiera ocurrir en torno suyo. Había llegado al límite de sus fuerzas, pero, al mismo tiempo, sabía que estaba en su meta. Por allí tenía que pasar el Ejército de los Andes, si ya había emprendido el cruce.

El cálculo de Manuel Rodríguez no era errado. El Ejército de los Andes había comenzado su movilización el siete de enero y, abandonando su cuartel en El Plumerillo, fue a establecerse en una aldea denominada Canota, veinte leguas al oeste de Mendoza. Allí el general San Martín dio una nueva organización a la gigantesca fuerza militar; la dividió en cuatro cuerpos independientes. El primero, a las órdenes del coronel Gregorio Las Heras; el segundo, comandado por el general Estanislao Soler; el tercero, bajo el mando del brigadier Bernardo O'Higgins; y el cuarto, denominado Gran Reserva, lo mantuvo bajo sus órdenes directas.

De acuerdo con el plan tan largamente meditado, la penetración en la imponente cordillera se realizó en dos etapas. En la primera, partieron los débiles destacamentos que harían simulacros de invasión por el norte y el sur. El nueve de enero marchó hacia San Juan el teniente coronel Juan Manuel Cabot, con sesenta hombres, que serían reforzados en aquel punto con cuarenta milicianos, fuerza destinada a entrar en Chile por el paso de Olivares, para asomar sobre Coquimbo. Al día siguiente, diez de enero, salió el teniente coronel Francisco Zelada, con ciento treinta hombres, rumbo a La Rioja, para cruzar la cordillera por el paso de Vichina y amenazar Copiapó y Huasco. Esas eran las fuerzas destinadas al norte.

El catorce rompió marcha hacia el sur el teniente coronel Ramón Freire, llevando consigo ochenta infantes y veinte jinetes, entre los que iban varios oficiales chilenos. Debía atravesar por el paso de El Planchón, para caer sobre Talca y conectarse con las montoneras de esa comarca.

Aquel mismo día emprendió su movilización también hacia el sur el capitán Juan José Lemos, con cincuenta "blandengues" y avanzó por el valle de Los Chacayes hasta El Portillo. Debía descender por el cajón del Maipo y apoderarse del resguardo de San Gabriel.

El quince de enero, San Martín evidenció una vez más su sentido de previsión, enviando mil doscientos caballos de guerra a un punto intermedio de la cordillera, llamado Los Manantiales, para que allí fueran herrados y se habituaran al aire rarificado de la altura. Además, envió cien mulas con forraje y víveres secos, y escalonó a lo largo de todo el trayecto que tendría que hacer el grueso de su ejército, doscientos cuarenta vacunos en pie.

Esta fue la primera etapa de aquel plan coordinado meticulosamente.

Desplegadas ya las dos falsas alas de su ejército por el norte y el sur, dio orden de avance definitivo al grueso de las tropas a través de los dos boquetes cordilleranos del centro de la línea.

El dieciocho de enero partió Las Heras con su batallón de "Infantería Nº 11", más treinta granaderos a caballo y veinte artilleros con dos piezas de montaña. El diecinueve le siguió el capitán fray Luis Beltrán, llevando siete cañones de a cuatro y dos obuses de seis pulgadas. Estas piezas iban envueltas en lana y pieles frescas de vacuno, para evitar que se destrozaran en sus golpes y roces contra las rocas. Se las llevaba rodando sobre las "zorras" ideadas por Beltrán, y al pasarlas por los precipicios y quebradas se las bajaba y subía a brazo, ayudados por cabrias y roldanas.

Estas dos fracciones que componían el primer cuerpo empezaron a ascender la montaña directamente hacia el paso de Uspallata.

El mismo diecinueve de enero inició su movilización el segundo cuerpo, que mandaba Estanislao Soler. Lo hizo fraccionado en dos divisiones, la primera de las cuales iba bajo el mando del comandante Juan Melián; la segunda, que partió el veinte, recibía órdenes del teniente coronel Rudecindo Alvarado. Ambas divisiones cruzaron la árida Pampa de Yalhuaraz, encaminándose hacia el paso de Los Patos o Valle Hermoso. Su jefe, el general Soler, no partió hasta tres días más tarde.

El veintiuno de enero se puso en movimiento el tercer cuerpo, dirigido por el brigadier Bernardo O'Higgins. Encabezaron la marcha cuatro compañías de fusileros, del batallón de "Infantería Nº 7", compuesto exclusivamente de negros, al mando del comandante Pedro Conde. Prosiguieron el veintidós cuatro compañías del batallón de "Infantería Nº 8", también de negros, guiadas por el comandante Ambrosio Cramer; y el escuadrón escolta de San Martín, bajo las órdenes del comandante Mariano Necochea. Cerraba la marcha el jefe de ese cuerpo, brigadier Bernardo O'Higgins.

El día veintitrés, junto con tomar la pampa de Yalhuaraz el general Soler, principió a moverse la Gran Reserva, rompiendo la marcha dos escuadrones del "Granaderos a Caballo", que llevaban a la cabeza a su jefe, el coronel José Matías Zapiola.

Por último, el veinticinco de enero, terminó de salir de Canota el resto del ejército, con el parque y los artesanos de la maestranza.

El general San Martín, que se mantenía aún en Mendoza, abandonó la ciudad ese mismo día, acompañado por sus edecanes y su fiel baqueano Justo Estay. Cuando su figura erguida sobre una mula de gran alzada cruzó la calle principal, todas las iglesias echaron a vuelo sus campanas, y las mujeres le dedicaban sus bendiciones al pasar. Fue el instante solemne en que, por fin, se veía en marcha la gigantesca empresa libertadora.

La pampa desnuda y reseca se iba escurriendo lentamente bajo las pezuñas de las mulas. Estaba dispuesto que la tropa hiciera montada el trayecto hasta las cumbres, para evitarle el agotamiento. Los soldados disponían de siete mil trescientas cincuenta y nueve mulas de silla y mil novecientas veintidós de carga, aparte los mil doscientos caballos de guerra que los esperaban en Los Manantiales. Pero, en contraposición, iban calzados con ojotas de cuero de buey, y muchos de ellos llevaban los pies envueltos en trapos de lana, que les habían proporcionado las mujeres mendocinas.

Durante los tres primeros días, la marcha fue a campo traviesa, cruzando las estancias Jagüel y Las Higueras, entrando en seguida en la inhóspita pampa de Yalhuaraz. Al cuarto día empezaron a repechar la precordillera por el lugar llamado Cordón del Tigre. Era la misma ruta que habían explorado Manuel Rodríguez y sus primeros cinco camaradas de espionaje. Al igual que ellos, los jefes del Ejército de los Andes contemplaron al otro lado el valle de Calingasta y el río San Juan. Después de vadear este torrente, acamparon en Los Hornillos, y el general San Martín pernoctó allí al amparo de una gigantesca roca negra.

Abandonado aquel lugar, emprendieron el verdadero ascenso de la cordillera, ribereando el río Las Leñas, hasta desembocar en la cenagosa hondonada de Los Manantiales. Allí aguardaban los mil doscientos caballos de los granaderos.

Los cálculos de San Martín se cumplían exactamente. Su estudio de la organización de la marcha había sido tan acucioso que en sus instrucciones a los diversos comandantes les indicaba los lugares donde había pasto, agua, forraje seco, leña; señalándoles al mismo tiempo la altura y calidad de los terrenos. Desde Los Manantiales la pendiente de la ladera se empinó notoriamente, y los soldados sufrieron un gran desgaste para llegar hasta el conglomerado de grandes rocas rojizas denominado El Peñón. Allí se encendió el vivac.

A la mañana siguiente, el intenso frío transformó el aspecto de los soldados. Se los vio encogerse y encorvarse dentro de sus burdos uniformes de bayeta. Se hallaban a tres mil quinientos metros de altitud, y frente a ellos se alzaba la escarpa monumental de El Espinacito. Pese a ser verano, el lomo afilado de su parte más alta se veía cubierto por extensos manchones de hielo.

Los soldados contemplaron con el alma sobrecogida la desmesurada altura que debían trasponer en esa jornada, y los que ya sentían los efectos del cansancio y de la puna, hicieron mueca de fatalista resignación.

De acuerdo a las minuciosas instrucciones generales, antes de emprender la marcha se repartió la ración de charqui y galleta, agregándose a ella los elementos indispensables para combatir el mal de altura: cebollas y ajos.

Los hombres empezaron a trepar rápidamente, ansiosos de transmontar

1144

lo antes posible aquella formidable barrera, pero a las pocas horas la marcha se les fue tornando cada vez más lenta y difícil. Progresaban en una interminable fila india, equilibrándose sobre un sendero de poco más de un palmo de ancho, suspendido a enorme altura sobre el cajón del río Las Peñas. La senda zigzagueante estaba cortada a trechos por aludes de pedregullo suelto, o cruzaba por escalones de piedra laja donde hombres y bestias resbalaban. Cuando comenzaron a desbarrancarse algunos soldados, los demás comprendieron que era preferible seguir el ascenso a pie. La larga columna continuó progresando cada vez más lenta.

Sobre los cuatro mil doscientos metros, se hicieron presentes los calamitosos efectos de la puna. Los soldados quedaban tumbados en la estrecha cornisa, respirando estertorosamente, con los ojos dilatados y las venas hinchadas. Toda la fila tenía que detenerse, mientras se alentaba al afectado, estregándole cebolla entre los dientes.

Más arriba, fueron algunas mulas las que sufrieron el "soroche". Los arrieros les embadurnaban los hocicos y las fosas nasales con ajos machacados, según la vieja costumbre andina y reanudaban la marcha.

La columna llegó al paso superior de El Espinacito, con la mayor parte de sus elementos, animales y humanos, extenuados. Un tercio de los hombres venía sufriendo la puna, y se tumbó en la pequeña planicie erosionada por las nieves del invierno. Pese al viento huracanado que sopla eternamente allí con velocidad suficiente como para empujar a hombres y bestias, no fueron capaces de dar un paso más, y sus jefes tuvieron que concederles un descanso. Funesta decisión. Los soldados de la retaguardia, que alcanzaron aquella altura a últimas horas de la tarde, pernoctaron allí. Al despuntar el alba, había más de veinte hombres en estado de semicongelación, muchos de los cuales perecieron poco después. Fueron sepultados apresuradamente al pie de la gigantesca roca amarillenta que se alza en el centro de la meseta, y el brigadier O'Higgins dejó estampadas en ella la fecha y una señal de tan triste suceso.

El treinta y uno de enero por la tarde, la columna del jefe chileno logró descender hacia el otro lado, por la abrupta ladera que pende sobre el río Los Patillos. Las penalidades que iba sufriendo eran exactamente las mismas que experimentara más de un año atrás Manuel Rodríguez, pero a su columna no la abrumó la nieve, como le ocurriera a la del guerrillero.

Alcanzados por el anochecer, los soldados del tercer cuerpo debieron acampar al pie del monte abrupto denominado La Ramada. En la diafanidad de la noche frígida, O'Higgins pudo contemplar, al norte y al sur, los conos inaccesibles del Mercedario y del Aconcagua.

Al día siguiente, bajaron hasta el río Los Patillos, y, siguiendo su curso, penetraron en el Valle del Yeso. Difícilmente ojos humanos podrán extasiarse ante un espectáculo más grandioso que el que ofrece este valle, cuyos altísimos paredones laterales muestran a la vista descomunales bloques de mármol veteado en las formas más caprichosas. Desde lo alto de los farellones volaban los cóndores y por centenares rondaban sobre la columna en marcha.

Luego de dejar atrás el Valle del Yeso, los expedicionarios cruzaron un estrecho desfiladero y entraron al Valle de Los Patos por uno de cuyos costados corre el río del mismo nombre. Allí se bifurcaba el sendero y la columna de O'Higgins se dividió en dos. Una, de cincuenta hombres, al mando del mayor Antonio Arcos, tomó la ruta del suroeste, para cruzar el tercer cordón cordillerano por el paso de Valle Hermoso y el resto, siguió con el brigadier chileno rectamente hacia el oeste, para hacer la travesía por el mismo boquete por donde iba la vanguardia de Estanislao Soler: el paso de Las Yaretas.

La fracción de O'Higgins, que constituía el grueso del Tercer Cuerpo, emprendió el ascenso por un costado del monte Mercedario. Fue una de las repechadas más crueles; hasta el propio ayudante de campo del brigadier, capitán Manuel Saavedra, cayó aniquilado por la puna, y O'Higgins tuvo que reemplazarlo por un emigrado chileno, que viajaba voluntariamente a su lado, el capitán Lorenzo Ruedas. Por otra parte, el "Escuadrón Escolta" se adelantó en su marcha y no prestó el auxilio de sus caballos a los soldados que habían perdido sus mulas en las etapas anteriores. Para colmo de males, la intendencia había quedado detrás de El Espinacito, y los hombres apenas tenían los mínimos víveres para subsistir.

El cinco de febrero, la división de O'Higgins logró llegar a La Horqueta de Leiva, en la confluencia del río Leiva y el estero Las Yaretas; pero como el lugar fuera inadecuado, el brigadier exigió a sus hombres un esfuerzo más y cruzó la frontera por el paso Las Yaretas, acampando en el Portillo de los Piuquenes, donde se encontraron con las dos divisiones de la vanguardia del general Soler, las que habían perdido casi todos sus animales.

Desde aquella altura podían contemplar a sus espaldas el ancho desfiladero tapizado de grandes rosetones dorados y rojos, formados por las flores de las yaretas, y al frente de ellos el último cordón cordillerano, el más elevado, el Alto del Cuzco.

El seis de febrero la vanguardia y el tercer cuerpo realizaron el postrer esfuerzo, al cruzarlo por un sendero que trasmonta su cumbre a cinco mil cien metros de altitud, descendiendo inmediatamente por una angosta garganta, denominada Cajón de Videla, hasta el río Rocín.

Fue justamente cuando bordeaba este precipitado torrente que el brigadier O'Higgins recibió una tras otra dos noticias que lo estremecieron de júbilo. La primera, llegada desde la retaguardia, le informaba que la fuerza del coronel Las Heras había tenido su primer encuentro con una avanzada realista en la quebrada Picheuta, poco antes del paso de Las Cuevas, consiguiendo vencerla y causarle catorce muertos. La segunda noticia venía de la vanguardia, y el mensajero que rehízo el camino desde el llano le informó que el mayor Antonio Arcos, después de cruzar por el boquete de Valle Hermoso, cayó con sus cincuenta hombres sobre el resguardo de Achupallas, poniendo en franca derrota a la guarnición realista, cuyos sobrevivientes huyeron en dirección a Putaendo y San Felipe.

El ansioso jefe chileno apresuró entonces la marcha, sin piedad por sus extenuados hombres, consiguiendo llegar al resguardo de Achupallas a las diez de la noche de aquel mismo día. Mientras él se dedicaba a redactar un parte para enviar a San Martín, la totalidad de su tropa se desplomó en el sitio en que se habían detenido, vencida por el esfuerzo sobrehumano que acababa de realizar.

Entretanto, la vanguardia de Soler, acuciada por la acción del mayor Arcos, y tratando de impedir que los realistas pudieran organizar una defensa fuerte en Putaendo, o en la villa de San Felipe, el cinco de febrero había destacado al comandante Mariano Necochea con los noventa jinetes del "Escuadrón Escolta", para que practicarán un reconocimiento sobre esta última ciudad. La caballería alcanzó a avanzar hasta una legua y media de Putaendo, cuando se vio interceptada por trescientos jinetes enemigos, apostados al pie del cerro Las Coimas, sobre el cual se mantenían de reserva cuatrocientos infantes.

Necochea fingió entonces una retirada para separar a la caballería realista del respaldo de su infantería, y, cuando vio lograda su astuta estratagema, ordenó a sus hombres sentar sus caballos de un brusco tirón de riendas, y volver cara al enemigo, lanzándolos en seguida en una carga frenética.

Los jinetes realistas, cogidos de sorpresa, y, especialmente, impresionados por el ruido de las vainas de los sables patriotas, que eran de latón y no de suela como se acostumbraba, emprendieron una desordenada fuga. El "Escuadrón Escolta" los fue acuchillando por la espalda, causándoles treinta muertos, entre ellos dos oficiales, y llevó su persecución hasta las goteras de San Felipe.

Casi simultáneamente, el coronel Las Heras batía a los guardadores de la cuesta de Juncalillo, y entraba en la ciudad de Los Andes el ocho de febrero.

Estas dos victorias entregaron al Ejército Libertador toda la provincia de Aconcagua.

Las dos divisiones de O'Higgins, que acampaban en la hacienda San Andrés del Tártaro avanzaron hasta la capilla de Putaendo, situada una legua al norte de San Felipe.

El ocho de febrero entraban a la villa el general San Martín y el brigadier O'Higgins, a la cabeza del grueso del ejército, y constataban que las tropas realistas la habían abandonado precipitadamente, yendo a parapetarse en la cuesta de Chacabuco.

San Martín redactó entonces un parte al Gobierno de Buenos Aires, en cuyo párrafo final le expresaba: "A mi pesar, no puedo allí seguirle hasta dentro de seis días, término que creo suficiente para recolectar cabalgaduras en qué movernos y poder operar. Mañana salgo a cubrir la sierra de Chacabuco".

En efecto, de los mil doscientos caballos de batalla con que el ejército iniciara la travesía de los Andes, no quedaban siquiera doscientos en estado de caminar, y de las nueve mil doscientas mulas, se habían perdido más de un tercio. El escuadrón "Granaderos a Caballo", puntal del ejército, estaba casi desmontado.

Pero como la mayor parte de los comandantes de San Martín le insistieran que era temerario dejar transcurrir un plazo tan largo, éste llamó a su lado al baqueano Justo Estay, y le ordenó:

—Vos te adelantarás inmediatamente, y te introducirás en Santiago. Tu misión será la de averiguar con cuántas fuerzas cuentan los enemigos en el centro del país, y qué tiempo demorarán en reconcentrar las que tienen dispersas en la costa y el sur. Regresa cuanto antes, que de ello depende nuestra resolución.

Envuelto en su manta clara y resguardado en parte del intenso frío por la boñiga seca que cubría el suelo del refugio de arrieros en donde se tumbara la mañana anterior, Manuel Rodríguez dormía tan profundamente como hacía mucho tiempo no lo hiciera. El sol comenzaba a penetrar oblicuamente dentro del cuadrilátero formado por las toscas pircas de piedra, cuando despertó sobresaltado. Sus agudos sentidos, ya descansados por las veinticuatro horas completas que había dormido, captaban un ruido para él inconfundible: el lejano golpear de cascos de caballo sobre el camino pedregoso y el bronco rodar de cureñas de artillería. Parpadeando rápidamente, para acostumbrarse a la viva luz del día, se puso de pie de un salto, y asomó la cabeza por sobre uno de los desgastados muros. Su oído atento trataba de captar la dirección desde donde venían los ruidos que lo habían despertado. Era desde lo alto de la montaña. Su mirada experta no tardó en ubicar a los causantes de aquel sordo retumbar en la oquedad de la quebrada, y se quedó anhelante y desconcertado. Lo que veía era a un grupo de jinetes uniformados que encabezaban a una larga columna de soldados, de carros y de cañones.

Por unos instantes temió que fuera aquélla una expedición realista que regresaba de las cumbres, pero pronto razonó que los exploradores del enemigo no se introducirían en la cordillera portando artillería. La idea que le sobrevino entonces lo hizo estremecerse. Aquellos soldados no podían ser sino una avanzada del Ejército de los Andes.

Tambaleándose de emoción abandonó el tambillo de arrieros y salió al camino. No sabía qué actitud adoptar, su cerebro se oscurecía por la confusión que le causaba la sorpresa. Por último adoptó una determinación temeraria. Afirmándose el sombrero con el barbiquejo, para que no se lo arrebatara el viento, echó a andar rápidamente senda arriba. A medida que la cabeza de la columna se aproximaba a él, su marcha se fue tornando más acelerada; luego, emprendió el trote; por ultimo, las ansias incontenibles de confirmar lo que le era tan difícil creer lo impulsaron a correr. Pese a que el camino ascendía frente a él, corría, corría cada vez con mayor celeridad. A poco más de dos cuadras de distancia, su vista pudo precisar los detalles y entonces distinguió los característicos uniformes amarillo y celeste del regimiento "Infantes de los Andes". Lo había visto vestir tantas veces a su amigo el capitán Maruri. Ya no le cupo duda alguna de que la que venía a su encuentro era una vanguardia del ejército de San Martín.

Por su parte, los batidores que encabezaban la columna detuvieron sus caballos ante el espectáculo insólito de aquel hombre que corría hacia ellos agitando los brazos y con la manta flotando al viento. Lo aguardaron con expresiones recelosas y con las armas listas para disparar.

Rodríguez sólo pensaba en encontrar al brigadier O'Higgins o al general San Martín, para comunicarle que el campo estaba despejado y ponerse a sus órdenes, pero a medida que los rostros de los que lo aguardaban se le fueron haciendo más visibles, se extrañó de no ver a ninguno de los dos jefes. Jadeando ansiosamente, apresuró aún más su carrera; sin darse cuenta iba gritando como un poseso.

—¿El general San Martín?... ¿Dónde viene el general?... ¿Dónde está el brigadier O'Higgins?... ¡Respóndanme! ¡Soy Manuel Rodríguez! ¡Soy Manuel Rodríguez!

El oficial que comandaba a los batidores, al oír aquel nombre, avanzó su caballo algunos pasos y desmontó de un salto. Manuel, arrastrado por su carrera, tropezó y fue a estrellarse contra el cuerpo del joven explorador. Este lo retuvo de los hombros, y se quedó mirándolo con profunda emoción, casi enternecido. Las penurias, el cansancio y la suciedad daban una demacración de apóstol al rostro del guerrillero, Este palmoteaba nerviosamente al oficial y balbuceaba cosas ininteligibles.

—Cálmese, mi amigo; sosiéguese que ya está seguro —lo apaciguaba fraternalmente el oficial.

Rodríguez tuvo que hacer un esfuerzo para controlar su emoción y sólo entonces vino a caer en cuenta de cuán profundamente alterado estaba su sistema nervioso por causa de años de alarmas e inquietudes.

—¿Dónde está el comandante de esta columna? —logró preguntar finalmente—. ¿Quién es?

—El sargento mayor Enrique Martínez —le respondió el guía de la vanguardia, señalándole a un oficial que avanzaba por el costado de la columna, jinete en un caballo moruno.

Rodríguez se desprendió del oficial y salió al encuentro del jefe de la expedición, contemplando sonriente, al pasar, los rostros de los soldados de la avanzada. Eran ésos los primeros hombres del Ejército de los Andes que llegaban a territorio chileno.

Cuando estuvo junto al mayor Martínez, tuvo que afirmarse en el cuello de su cabalgadura. Acezaba penosamente y no podía sacar las palabras.

El jefe de la columna lo contemplaba desde lo alto con expresión extrañada, sin descubrir quién era ese hombre ni por qué se había detenido la expedición.

—¿Quién es usted —le preguntó.

—Manuel Rodríguez, mi mayor —pudo articular por fin el guerrillero—. Por favor, infórmeme. ¿Dónde vienen el general San Martín y el brigadier O'Higgins?

El jefe patriota había desmontado y le estrechaba ambas manos, sacudiéndoselas cordialmente.

—Vienen muy lejos, todavía, capitán Rodríguez —le respondió—. No los encontrará usted. Preferible es que siga con nosotros y descanse sobre un buen caballo.

—¿Pero es el Ejército de los Andes el que llega?... ¿El ejército entero? —insistía Manuel, como si aún no pudiera convencerse de lo que estaba viendo. Y como el jefe afirmara con alegres movimientos de cabeza, seguía preguntándole—: ¿Quiere decir entonces que recomienza la guerra?..., ¿que el Ejército de los Andes viene para aventar de una vez por todas a los realistas?

—Sí, sí, mi querido amigo.

Rodríguez exhaló un largo y doloroso suspiro y apoyó la cabeza contra el cuello de la cabalgadura del mayor. Parecía a punto de desplomarse. Con voz entrecortada, balbuceando para sí, muy próximo al llanto, musitaba con auténtico fervor:

— ¡Gracias, Dios de los cielos, por haberme dado la felicidad de ver llegar al ejército libertador de mi patria! ¡Sólo por haber vivido este momento, ya mi vida está colmada!... ¡Puedes disponer de mí, Señor!

—luego, muy quedo, quebrada la voz con un sollozo, exclamó—: ¡Viva la patria!

El mayor Martínez respetó su emoción guardando silencio, pero hizo señas a uno de los granaderos que lo seguían y éste se aproximó trayendo del diestro uno de los caballos de carga. Después de ordenarle que le quitase el albardón y le colocara una silla de montar y bridas, el oficial argentino se volvió hacia Rodríguez que observaba atentamente la cantidad de tropas que se iban acumulando a lo largo del camino.

—Este no es el ejército, don Manuel, sino apenas una fracción —le aclaró—. El grueso de las fuerzas viene por otro paso. Nosotros constituimos apenas la descubierta de la división de mi coronel Juan Gregorio

Las Heras: el batallón de "Infantería Nº 11", reforzado con treinta granaderos a caballo y dos baterías de montaña.

El guerrillero esbozó un gesto de comprensión.

—¿Y los cuerpos principales por dónde pasarán? —inquirió.

El mayor Martínez señaló hacia las lejanas cumbres del norte.

—La segunda división, al mando del brigadier Estanislao Soler, que trae como vanguardia a los batallones de infantería números 7 y 8, mandados por el brigadier O'Higgins, lo están haciendo ahora por los pasos de Valle Hermoso y Las Yaretas.

El montonero meneó la cabeza pesarosamente. La salida de esos pasos al llano quedaba demasiado al norte como para que él alcanzara a llegar hasta allí.

—¿Cuándo cree usted, mi mayor, que asomarán los soldados por Putaendo y San Felipe? —preguntó a su interlocutor. Este se encogió de hombros denotando su ignorancia.

—Todo depende de la resistencia que les ofrezcan los enemigos. Sabemos que existen guarniciones nutridas en esos puntos.

Rodríguez negó categóricamente. Las montoneras habían logrado arrear esas guarniciones hacia el sur; de seguro serían muy pocos los realistas que se opusieran al paso del Ejército de los Andes.

—Pero sí los habrá en gran abundancia en el camino a Santiago —reflexionó—. Con mayor razón si los traidores que viven en estas comarcas y en el pueblo de Los Andes mandan aviso al gobernador Marcó del Pont. Los jefes realistas todavía tendrán tiempo de concentrar sus tropas en el camino a la capital.

—Habría que intentar impedirlo —aventuró el oficial argentino—. ¿Acaso sus montoneras no podrían hacerlo?

Manuel asintió vagamente. Pensaba en la forma de realizarlo. El había dejado a sus hombres diseminados en Colchagua y las demás montoneras estaban igualmente dispersas por otras comarcas. Pero de pronto recordó que el teniente Manuel Fuentes debía mantenerse con la suya en las proximidades de Melipilla y, al mismo tiempo, le vino a la memoria el compromiso contraído con los demás hombres que combatían haciéndose pasar por él. Todos ellos estaban de acuerdo en reunirse en los fundos de la familia Lattapiat en la Rinconada de los Andes. Tan avizores como él, aquéllos ya debían haber procurado acercarse a ese punto de reunión.

—Sí, creo que nuestras montoneras pueden hacerlo —expresó brevemente y montó sobre el caballo que le había ensillado el granadero.

—Pues, corra usted y avíseles que viene nuestro ejército y que es preciso despejarle el camino a la capital, a cualquier precio —le advirtió el mayor Martínez innecesariamente, pues ya Rodríguez giraba su cabalgadura y se alejaba galopando paralelo a la columna detenida.

Manteniendo una carrera riesgosa por el camino descendente y pedregoso, se encaminó hacia el valle del río Aconcagua. Exponiéndose a rodar con su bestia a los precipicios, pasó como un celaje por Río Colorado y bajó hacia la villa de Santa Rosa de Los Andes, pero no entró en ella, sabedor de que allí existía una gruesa guarnición realista. En lugar de eso, contorneó el pueblo y tomó la huella de Calle Larga hacia los montes de Chacabuco. Un solo pensamiento embargaba su cerebro: encontrar a los diez compañeros que manejaban a las montoneras. Sabía que eran hombres probados y que tan pronto les indicara que debían limpiar el paso al Ejército de los Andes, lo harían sin demora. Un solo temor lo asaltaba: no encontrarlos en los fundos La Monja o El Algarrobo.

Vibrantes los músculos por la precipitada cabalgata, entró por fin en la umbría alameda que conducía a las casas principales del segundo y, con gran estrépito de herraduras, frenó su caballo ante el alto corredor. De un salto estuvo en el suelo, rodeado por los perros que le ladraban furiosamente y subió corriendo las gradas.

Una puerta se abrió bruscamente ante él y en el vano apareció el rostro ceñudo del mayor Diego Guzmán, que lo apuntaba con un fusil.

—¡Alto! ¡Un paso más y lo dejo seco!

Rodríguez exhaló un verdadero grito de contento.

—¡Diego, soy Manuel! —dijo y avanzó a estrechar la mano de su compañero.

Entraron a la casa enlazados de los brazos y felicitándose mutuamente por encontrarse de nuevo e ilesos.

—¿Y los otros? —quiso saber Rodríguez—. ¿Dónde están los demás compañeros?

—Cuatro estamos aquí: Ramón Picarte, Manuel Fuentes, Francisco de Paula Lattapiat y yo. Juan Pablo Ramírez se mantiene en los alrededores de Chillán, Aldunate y Santiago Bueras cayeron prisioneros en el camino a Valparaíso...

El guerrillero lo interrumpió con un gesto de pesar.

—Eso me lo cuentas después. Por el momento me interesa reunirme con los que están aquí. Llévame adonde ellos; es sumamente urgente.

—Ven conmigo. Están todos esperando la cena en el comedor.

Cruzaron el amplio vestíbulo en dirección a la habitación del fondo, en la cual se sentían voces de hombres y mujeres. Manuel apuraba el paso, nervioso.

—¿Qué te ocurre? ¿Te Persiguen?

—No, Diego; es algo mucho más importante. Acaba de asomar sobre la cordillera el Ejército de los Andes.

—¡Gran Dios!... —Guzmán no alcanzó a expresar en otra forma su impresión, pues asomaban a la puerta del comedor y un silencio repentino acogió su presencia.

—Señora Agueda, compañeros, aquí está Manuel Rodríguez y nos trae la más extraordinaria noticia —proclamó Guzmán y cedió el paso a su amigo.

La mirada ansiosa de Rodríguez los captó a todos de una ojeada. Allí estaban la dueña de casa, doña Agueda Monasterio viuda de Lattapiat, desmejorada y con un rictus amargo en la comisura de los labios; sus dos hijas, Octavia y Olivia; su hijo Francisco de Paula, y los dos tenientes, Manuel Fuentes y Ramón Picarte, este último vestido con una sotana de dominico.

Todos ellos se pusieron de pie y avanzaron hacia Rodríguez con rostros resplandecientes. Manuel abrió los brazos como si quisiera estrecharlos a todos, pero concluyó con hincar una rodilla ante doña Agueda y le besó la diestra.

—Señora —musitó emocionadamente—, a usted que, según supe, se portó como una heroína, deseo darle esta noticia primero. Su patriotismo la hace merecedora de ello.

—¿Qué ha sucedido, hijo? —le replicó la viuda con cariñosa dignidad.

—El Ejército de los Andes está entrando a Chile, señora. La información dejó mudos a todos los presentes. Eran seres demasiado habituados a controlarse como para irrumpir en exclamaciones y comentarios, pero sus rostros, graves y severos, denotaron la impresión que sufrían.

—Estamos viviendo un momento de enorme trascendencia —prosiguió suavemente Rodríguez—. El Ejército de los Andes viene a liberar a Chile, es verdad, pero todos nosotros sabemos cuánta fuerza tiene todavía el ejército realista. Es preciso, pues, que completemos nuestra tarea.

Los cuatro cabecillas avanzaron unos pasos y se alinearon frente a él.

—¿Qué debemos hacer, Manuel? —expresó Picarte—. Ordena y te obedeceremos al punto.

El caudillo les sonrió reconfortado. Después fijó su vista especialmente en el teniente Fuentes.

—Tú partirás conmigo —le indicó apoyándole una mano sobre un hombro—. Los demás se unirán a los diversos cuerpos del Ejército de los Andes, antes de que desciendan completamente de la cordillera y, luego de poner al tanto a los comandantes de lo que está sucediendo en Santiago y de orientarlos sobre la ubicación exacta de las tropas realistas, les servirán de guía para conducirlos por los caminos menos expuestos. Entre tanto, Fuentes y yo iremos a reunirnos con la montonera que él dejó en Melipilla y procuraremos espantar del territorio entre Los Andes y Santiago a todos los soldados realistas que aún puedan estar allí. ¡Ah, otra cosa quiero pedirles! Todos ustedes disponen de hombres fieles. Dispérsenlos por esta comarca para que ellos impidan a cualquier precio que los soldados de las guarniciones realistas en la cordillera puedan mandar mensajeros a Santiago llevando a Marcó del Pont la noticia de la aparición del ejército trasandino. Comiencen, pues, a aprestarse para partir al momento y...

Doña Agueda Monasterio se interpuso entre él y los cuatro hombres.

—No, hijos —les dijo con maternal autoridad—. No cometerán ustedes la insensatez de partir ahora mismo. Es de noche y están demasiado fatigados. Por muy importante que sea la labor que deben desempeñar, ahora cenarán y descansarán. Mañana al alba, yo misma les tendré preparadas las alforjas y las bestias necesarias para que partan a sus distintos puntos de acción.

Los cinco hombres se doblegaron, sumisos, a la voluntad de la dama. Ya sentados en el comedor, Manuel observó a sus compañeros uno tras otro, a hurtadillas, contestando con monosílabos a la plática que le daba la encantadora Octavia. Aquéllos eran los jóvenes guerrilleros que habían movido los hilos para desconcertar a los avezados guerreros de España y, con riesgo de sus vidas, los habían mantenido alejados de las inmediaciones de los Andes. Ellos eran también los que, adoptando la imagen de Manuel Rodríguez, habían sembrado la leyenda, la superstición casi de que el joven bachiller era un brujo capaz de estar en varias partes al mismo tiempo.

Después de transcurrida la cena y mientras sus compañeros iban a preparar sus avíos, Manuel, que vagamente había tenido noticias de que la familia Lattapiat viviera un horrendo drama hacía un par de meses, salió al jardín en compañía de Octavia y le preguntó en tono confidencial:

—Dígame, amiguita, ¿cómo se ha sentido últimamente su madre? La noto muy desmejorada.

La jovencita suspiró dolorosamente, pero se rehízo en seguida.

—Quizás usted ignora lo que nos ocurrió, don Manuel. No creo que el mayor Guzmán que, como usted sabe, escondía su personalidad haciéndose pasar como nuestro cochero, haya alcanzado a relatarle cómo nos sacó de Santiago después de la terrible impresión que sufrimos en el cadalso que levantaron para nosotros los verdugos de San Bruno.

Rodríguez negó con un ademán e invitó a la joven a sentarse en un escaño. Luego le rogó que le narrara el suceso.

Los hechos ocurrieron del siguiente modo, según Octavia.

Un día de comienzos de diciembre de 1816, época en que la inminencia del asalto del Ejército de los Andes era sobradamente conocida por los jefes realistas y mantenía en el más alto grado de nerviosidad a Marcó del Pont, se presentó en su despacho el jefe de los guardias del Palacio de Gobierno, Pedro Arrué.

—Excelencia —dijo a Marcó del Pont, con una sonrisa de triunfo—. Acabamos de apresar a dos espías.

El atildado capitán general dio un salto en su sillón.

—¿Dónde?... ¿Cómo?... —quiso saber aferrándose nerviosamente al borde de su escritorio.

Arrué le fue revelando los pormenores despaciosamente, para dar más importancia al asunto. Sus agentes, diseminados en las cercanías de los pasos cordilleranos, los habían avistado cuando cruzaban por el boquete de Las Cuevas y, siguiéndolos cautelosamente, los vieron refugiarse en el fundo La Monja.

—¿De quién es ese fundo? —le inquirió con urgencia Marcó del Pont.

—De doña Agueda Monasterio viuda de Lattapiat —le precisó Arrué, manteniendo siempre su sonrisa perversa.

—¿Y arrestaron allí a los espías?...

—No, excelencia —respondió el jefe de los guardias—; consideramos que era más provechoso darles soga para conocer al mayor número de implicados en este turbio negocio.

Marcó del Pont se impacientaba visiblemente y concluyó por dar una recia palmada sobre el escritorio. Arrué, que bien conocía la crueldad que escondía la apariencia afeminada del capitán general, se apresuró entonces a completar su información de una tirada.

—Los seguimos con sigilo hasta Santiago, excelencia, los dejamos moverse hasta que llegaron a la madriguera que tienen en la capital. Sólo entonces les echamos la zarpa encima.

—¿Dónde?... —clamó exasperado Marcó del Pont.

—En la casa de doña Agueda Monasterio, en la calle de La Merced N° 40.

Marcó del Pont se puso de pie felinamente y golpeó una campanilla a cuyo sonido entró de inmediato uno de los chambelanes.

—Haga acudir a mi despacho al capitán Vicente San Bruno —le ordenó apresuradamente, y cuando el chambelán salió a cumplir la orden, se volvió de nuevo a Pedro Arrué y le dijo, mostrando apretados sus pequeños dientes blancos—: Supongo que, junto con los dos espías, habrán ustedes apresado a esa mujer.

El guardia torció el gesto y emitió un gruñido.

—Lamentablemente, no encontramos ni a ella ni a las hijas en esa casa, excelencia —confesó avergonzado—. Los criados que alcanzamos a coger nos revelaron que la viuda y sus dos niñas habían huido por el portón trasero de la casa.

Entraba en ese momento el temido capitán San Bruno. Y el capitán general lo incluyó al instante en la conversación.

—Partan inmediatamente —les ordenó con tono perentorio—. Galopen hacia los fundos de esa mujer y captúrenla antes de que tenga tiempo de fugarse a través de la cordillera.

Los cálculos del gobernador no estaban errados. Los guardias de San Bruno y Arrué arrestaron a doña Agueda Monasterio justamente cuando llegaba a su fundo El Algarrobo. Pero más fructífero fue todavía el registro de las casas de la posesión. En la alcoba de una de las hijas, Octavia, de diecisiete años de edad, encontraron varias cartas de los espías patriotas y una de respuesta, a medio concluir, escrita con cuidada letra de mujer.

—¿Quién estaba escribiendo esta carta? preguntó amenazadoramente San Bruno a las aterradas cautivas, y respondieron la madre y la hija al mismo tiempo:

—Yo, señor.

San Bruno lanzó una carcajada sardónica y amedrentante.

—Pues bien, las dos van presas —determinó—. Ya sabremos nosotros sonsacarles toda la verdad sobre esta red de espías, y o mucho me equivoco o terminarán ambas en la horca.

Ambas fueron trasladadas a Santiago, maniatadas sobre sendas mulas. La otra hija, la más pequeña, quedó en el fundo al cuidado de una criada vieja y bajo la vigilancia de dos guardias.

Un incidente inesperado vino a agravar la ya triste situación de las mujeres. Casimiro Marcó del Pont se aprestaba para ir a la cárcel para interrogarlas, al mismo tiempo que a los espías Guzmán y Picarte, cuando volvió a presentarse ante él Pedro Arrué. Pero esta vez el jefe de los guardias venía con el rostro demudado.

—Excelencia —le espetó desde la puerta del despacho—, los dos espías que habíamos logrado cazar anteayer se fugaron mientras el capitán San Bruno y yo andábamos cautivando a la viuda Lattapiat en la Rinconada de Los Andes.

Marcó del Pont se puso pálido de ira, y en los minutos siguientes su boca vomitó las peores maldiciones para los torpes guardias que habían permitido que los espías se fugaran. Sin terminar de desahogarse, partió hacia el calabozo donde habían encerrado a doña Agueda y a su hija. Era éste un lugar lóbrego y húmedo, la peor celda de la cárcel pública. El capitán San Bruno sonreía sádicamente cuando Marcó del Pont penetró en ella con una mueca de asco en sus finas facciones.

Doña Agueda lo recibió de pie en medio de la celda, en una actitud firme y digna, ocultando tras su espalda a su hija adolescente.

—¡Es indigno el tratamiento a que se somete a dos damas! —enrostró al capitán general, apenas lo tuvo ante sí.

—¡Más indigno es servir de espías! —le replicó éste, con el semblante contraído—. Tan indigno que las dos purgarán su falta en el patíbulo, como no disminuyan su culpa revelándonos los nombres de todos los espías que han amparado y los lugares y sistemas que usan para el ejercicio de su innoble profesión.

Doña Agueda no se inmutó; lejos de eso, se volvió a su hija y le dijo serenamente:

—No respondas nada, Octavia.

La muchachita se mordió los labios, como manifestando que no los abriría ante amenaza alguna.

Inútiles fueron los interrogatorios inmisericordes a que se las sometió en los días siguientes, estériles las amenazas; ni el látigo que tuvo que sufrir la viuda Lattapiat fue suficiente para hacerla romper su empecinado mutismo.

Exasperado, Marcó del Pont urdió el más diabólico plan. Cuatro días después del arresto entró en la celda donde se quebrantaban las dos damas el alguacil mayor de Santiago, escoltado por un escribano, y con siniestra solemnidad les leyó una larga acusación que terminaba en esta sentencia:

"...y por tanto, decreto: que la llamada Agueda Monasterio, viuda de Lattapiat, sufra la pena correspondiente a los espías descubiertos en flagrante delito de espionaje, que sea ajusticiada en la horca en la plaza pública, en la madrugada de mañana, nueve de diciembre de 1816. Y la otra reo, culpable de haber escrito la correspondencia a los espías, pierda su mano derecha bajo el hacha del verdugo".

Aquella noche un falso sacerdote acompañó a las dos desdichadas hasta el alba, tratando de sonsacarles con engaño de confesión los nombres de los agentes secretos del Ejército de los Andes. Pero madre e hija continuaron con los labios sellados, aunque las abrumaba la desesperación.

Al rayar el día, los tambores del piquete que venía a llevarlas al patíbulo concluyeron de destrozarlas. Doña Agueda se abrazó a su hija, besándola y llorando, pero su angustia no fue suficiente para conmover a San Bruno, que ordenó que ambas, con las manos atadas a la espalda, fueran sacadas al patio y conducidas luego, como criminales, entre dos filas de guardias, hasta la Plaza de Armas.

El espectáculo había sido dispuesto con el refinamiento más cruel. Junto a la horca esperaba un verdugo, cubierta la cabeza con una caperuza negra. A pocos pasos se veía un gigantesco tajo junto al cual estaba de pie otro verdugo, armado de una enorme hacha. En un estrado próximo asistía el capitán general Marcó del Pont, rodeado por algunos oidores.

Las dos mujeres fueron empujadas, la madre hasta el pie de la horca, la niña hasta un costado del tajo. El alguacil mayor esperó la venia del gobernante, y a una seña de éste, dijo en voz alta:

—Ejecútese primero la pena de Octavia Lattapiat. Córtesele la mano derecha.

Doña Agueda exhaló un terrible grito a tiempo que el verdugo correspondiente agarraba la frágil mano de la niña y la colocaba sobre el tajo.

Levantaba su filosa hacha cuando Marcó del Pont lo contuvo con un gesto perentorio, para enfrentarse en seguida con la madre.

—Por última vez —le gritó—. Confiese los nombres de los demás espías y salve a su hija.

Doña Agueda negó con un ademán trágico y Marcó del Pont ordenó rabiosamente al verdugo:

— ¡Cúmplase la pena!

El hacha siniestra relampagueó en la atmósfera y cayó con un golpe seco, incrustándose en el grueso tronco que servía de tajo. Madre e hija lanzaron simultáneamente un alarido de horror y la pequeña cayó al suelo, desmayada. Fue la última muestra del incomparable sadismo de Vicente San Bruno, gestor de aquella pavorosa farsa. Sí, porque todo no fue más que una farsa. El hacha del verdugo no cayó sobre la muñeca de la jovencita y la viuda de Lattapiat tampoco fue ahorcada. En lugar de eso, Marcó del Pont se levantó con gesto fastidiado y dijo, alejándose:

—No quiero ensuciar mi conciencia con la ejecución de estas bellacas. Llévenlas a su casa y manténganlas bajo custodia.

Pero doña Agueda Monasterio, después del terrible grito que lanzara, había quedado estremecida de convulsos sollozos, los que fueron transformándose en una risa histérica impresionante. Había perdido la razón.

En tal estado fue que el capitán Guzmán las sacó de la casa de la calle de La Merced N° 40, al filo de la medianoche y en uno de los coches que usaba para conducirlas por la ciudad. Burlando increíblemente a los centinelas apostados en los caminos, logró llegar con ellas hasta el fundo El Algarrobo, en donde lentamente la viuda de Lattapiat fue recobrando el juicio.

—Es terrible, Octavia —lamentó Rodríguez, después que la jovencita hubo terminado su dramático relato—. Sólo seres como ustedes, que poseen tanta entereza de espíritu, podían recuperarse de una impresión tan dolorosa.

Aunque entristecida, la muchacha sonrió y posó suavemente una de sus manos sobre las del guerrillero.

—Gracias a Dios, están ustedes aquí y el ejército que baja de esas montañas. Mi madre ya no sentirá nunca más en sus oídos el golpe del hacha del verdugo.

—Octavia, hija mía —expresó Manuel gravemente—, yo te juro que el horror que ustedes han sufrido no quedará sin castigo. Pronto, en muy pocos días más, Casimiro Marcó del Pont y Vicente San Bruno habrán caído en nuestras manos. Entonces no habrá clemencia para ellos. Yo te lo juro.

Como si tras aquel juramento no cupieran nuevas palabras, ambos se levantaron del escaño y regresaron al interior de la casa. Doña Agueda terminaba de ordenar los aprestos para el día siguiente y los cinco guerrilleros se retiraron al dormitorio común, que siempre ocupaban. Pero Manuel, pese a su enorme cansancio, no pudo conciliar fácilmente el sueño, recordando la dramática experiencia de la viuda Lattapiat.

Clareaba apenas la aurora cuando los cinco guerrilleros abandonaron el fundo El Algarrobo. Tres tomaron hacia el norte para ir a incorporarse a las filas del Ejército de los Andes, y Manuel y el teniente Fuentes buscaron rutas escondidas para dirigirse a Melipilla.

Entretanto, en Santiago la vida parecía transcurrir normalmente, sin que ninguna noticia alterara de nuevo los nervios de Marcó del Pont. La gente seguía atendiendo sus negocios y asistiendo a las tertulias y las damas y sus criadas concurrían como de costumbre a las iglesias, comentando uno que otro chisme a la salida de las misas.

Doña Amanda de la Quintana, aunque ahora llevaba una vida más retirada, no faltaba a los oficios dominicales en la catedral, y aquel primer domingo de febrero permaneció durante toda la ceremonia con la cabeza gacha, cubierto el rostro con el tenue velo negro. Pensaba en Manuel Rodríguez. En ningún momento, durante los meses que dejara de verlo, lo había olvidado y sus oraciones susurrantes y fervorosas iban siempre encaminadas a impetrar la protección divina para el guerrillero.

Esa mañana abandonó el templo con la mente embargada por completo por el recuerdo del hombre que revolucionara su temprana viudez. Caminaba distraída cruzando la Plaza de Armas y seguida por su sirvienta Dorotea, que le llevaba la alfombrilla de los hinojos, cuando ésta se le acercó un tanto y le susurró, chismosa:

—Mire, misiá Amandita, quien va ahí —y sus ojos bailones señalaban hacia la vereda del Palacio de Gobierno.

Era Marilola Albarracín, la andaluza que había hecho retorcerse de celos durante años a la encopetada asturiana. Doña Amanda dio un respingo, desvió la mirada al momento y proyectó hacia adelante la fina barbilla. Aunque su rostro apenas empalideció, dentro de su alma volvía a desatarse el saco de las furias.

Marilola caminaba erguida y desafiante, vestida con sayas de seda fina de colores brillantes; no miraba a nadie y parecía marchar por un mundo propio, pero, a través de los afeites, se delataban sus ojeras profundas.

—¡Qué desfachatada! —musitó Dorotea, con rencor de poblana, haciéndose partícipe de los sentimientos de su señora—. Dicen que el capitán Rebolledo le ha regalado la mitad de su fortuna y que el pobre está ahora...

—¡Basta de chismes, Dorotea! No me interesa la vida de esa mujerzuela —la interrumpió doña Amanda, y apresuró el paso para abandonar pronto esa vecindad. Pero tuvo que detenerse, porque en ese instante cruzaba la plaza en diagonal al galope tendido un jinete cubierto de polvo y con el caballo bañado en sudor.

Era un soldado del "Húsares de la Concordia" y su sola aparición bastó para provocar una intensa conmoción entre los guardias apostados en la entrada de la Casa de Gobierno. Apenas hubo desmontado y pronunciado sus primeras palabras, comenzó un correr de hombres hacia el interior del Palacio, en tanto que la totalidad de la guardia salía desatinadamente a cubrir la puerta.

—¡Virgen de los Milagros! —exclamó la asturiana, llevándose las manos al pecho, asaltada por una dolorosa corazonada—. ¡Que no traiga la noticia de que han capturado a Manuel! Sólo algo así puede alterarlos tanto.

Pero doña Amanda —estaba equivocada. El recién llegado era el teniente Ravira, de las fuerzas destacadas en la cordillera, y la información que lo hacía correr escalera arriba por el Palacio trataba de muy diferente asunto. La espetó casi sin alientos apenas estuvo frente al gobernador Marcó del Pont.

—¡Excelencia, por Uspallata viene entrando el ejército de San Martín! El techo desplomándose sobre su cabeza no hubiese aplastado en forma tan brutal al gobernante. Se levantó de su asiento con las piernas temblorosas y trató de hablar pero las mandíbulas se negaron a obedecerle. Alelado contemplaba al oficial, que seguía informándole:

—Lo he visto con mis propios ojos, excelencia. A estas horas las avanzadas deben estar descendiendo los últimos contrafuertes cordilleranos.

—Pero ¿cómo es posible?... En todo esto debe haber un monstruoso error —pudo articular por fin el capitán general—. Si ayer no más me comunicaron que se habían avistado las avanzadas de los insurgentes por el paso de El Planchón, a la altura de Talca.

El teniente Ravira dejó caer los brazos, desalentado.

—Una estratagema, excelencia..., una estratagema, nada más.

Marcó del Pont se desplomó en su asiento. El día anterior habían estado gozándose con la noticia de que los insurgentes venían por el sur, en donde, por la persecución de las montoneras, se encontraba una gran parte del ejército.

—¡Oh, pero todos mis colaboradores son unos imbéciles! —profirió al comprender el engaño de que habían sido objeto—. Reían creyendo acorralar a ese facineroso de Manuel Rodríguez, cuando era éste el que se reía de nosotros arrastrándonos de la nariz hacia el sur! ¡Maldición, han sido mis propios jefes los que han actuado como enemigos del rey! ¡Ellos han facilitado la entrada a los siniestros insurgentes de San Martín! —Su mano enjoyada golpeó frenéticamente sobre la campanilla de resorte llenando de estridencias el despacho, y cuando entró su ayudante, atolondrado por aquel estrépito, le ordenó, descontrolado—: ¡Capitán Farras, convoque al Consejo a toda prisa! ¡Llame al coronel Maroto y a todos los jefes de la guarnición! ¡Que partan mensajeros a notificar lo mismo a San Bruno, a Quintanilla, a Morgado, a todos los oficiales que comandan fuerzas en persecución de Manuel Rodríguez por el partido de Colchagua! ¡Transmítales la orden de converger con sus tropas, a marchas forzadas, sobre Santiago! ¡Que se reúnan aquí tan brevemente como les sea posible!

Después, ya a solas, quedó en su sillón como un muñeco desarticulado. La luz de la verdad le hería el cerebro como un cuchillo: Rodríguez tomándose los pueblos, Neira asaltando en todos los caminos, decenas de montoneras agitándose en todas partes, y ellos, los soldados del rey, corriendo como bobos en su persecución. ¡Todo nada más que una burla, una soberana burla, para facilitar la entrada del ejército invasor por el punto más desguarnecido! Sentía ansias de fusilar a todos sus subalternos, desde generales a subtenientes. San Martín estaba allí, a pocas leguas de distancia. Ya no era una remota amenaza, sino un peligro vivo e inminente.

La verdad era que San Martín se encontraba muy mal en esos momentos, El cruce de la cordillera había sido para él una prueba demasiado dura. El esfuerzo físico, descontada la ansiedad mental, titánico aún para los hombres jóvenes, había recrudecido en su organismo sus viejos achaques. En la habitación que ocupara en el cuartel de San Felipe se retorcía de dolor, enclaustrado para que no lo vieran ni siquiera sus oficiales más íntimos. La artritis que atenaceaba sus articulaciones le deformaba el cuerpo en su vana búsqueda de posiciones que le aliviaran su intenso padecimiento. La última parte del descenso de la cordillera fue un calvario para él, tormento sufrido con los dientes apretados, sin atreverse a echar mano del pequeño botiquín de madera que llevaba en la grupa de su mula y en donde guardaba celosamente sus múltiples frascos con opio, morfina, éter y otros calmantes hipnóticos. Después, tuvo que presidir el Consejo de los jefes y mantenerse lúcido hasta concluir de dar las últimas instrucciones. Sólo en la noche pudo encerrarse en un cuarto y solicitar la ayuda del fiel teniente O'Brien, conocedor de sus aflicciones. Por último, hasta de él prescindió. Necesitaba quedarse a solas, gemir sin rubor, luchar con su cuerpo martirizado hasta que las drogas hicieran su efecto sedativo. Y después, pensar. Sí, a sus padecimientos físicos uníase una grave preocupación, algo que gravitaba únicamente sobre su cerebro.

A su paso por el llano de Los Manantiales le había dado alcance su tío político, el general Hilarión de la Quintana, que venía desde Mendoza, trayéndole un mensaje del director supremo de Buenos Aires. Este era breve y categórico. San Martín recordaba perfectamente, palabra por palabra, el párrafo principal. Decía: "Regrese a la Argentina si no tiene una seguridad absoluta de obtener una victoria pronta y definitiva". ¿Y quién podía darle esa seguridad?... Su ejército estaba constituido por cinco mil hombres, de los cuales mil doscientos eran artesanos o milicianos. Además, varios centenares habían quedado inutilizados por la travesía de la cordillera. En cambio, los realistas, según sus informes, contaban con más de cinco mil soldados veteranos y descansados. Su única esperanza se basaba en la labor que pudiera haber desarrollado Manuel Rodríguez y sus montoneras. Si los guerrilleros habían sido capaces de disgregar el ejército enemigo, si pudieron arrastrar tras ellos a grandes bloques de las fuerzas realistas, entonces sí existía una relativa seguridad de triunfo. Pero ¿y si no había sido así?...

Sin embargo, San Martín no obedeció al director supremo de Buenos Aires; "respetuosamente" se guardó el mensaje en un bolsillo de su guerrera y dijo al general De la Quintana:

—Señor, exprese usted al coronel Juan Martín de Pueyrredón que de esta campaña no sólo depende la libertad de Chile, sino la de Argentina.

1164

Nuestro país nunca verá afianzada su seguridad mientras tenga como país limítrofe a uno dominado por las fuerzas de España. No volveré. Trataré de invadir Chile y, si soy derrotado, asumiré mi responsabilidad ante mi país y ante el mundo.

Amodorrado ya por los efectos del opio, cubierto de transpiración y con la boca tartajeante, musitaba entre las brumas del sopor, como quien se aferra a una esperanza única:

—Manuel... Rodríguez... Las montoneras...